AF203167

ANIME ZUM LESEN

EHRLICH. FINSTER. QUEER.

WWW.LOSTHERO.NET

©2024 Lost Hero Publishing (Heartcraft Verlag)
Landwiese 21 35085 Ebsdorfergrund
1. Auflage

Text: Freya Petersen
Illustrationen: Freya Petersen

ISBN: 9783989423626
Bestellung und Vertrieb: Nova MD GmbH, Vachendorf
Druck: OSDW Azymut sp. z o.o.

Das Werk, einschließlich seiner Teile, ist urheberrechtlich geschützt. Jede Verwertung ist ohne Zustimmung des Verlages und des Autors unzulässig. Dies gilt insbesondere für die elektronische oder sonstige Vervielfältigung, Übersetzung, Verbreitung und öffentliche Zugänglichmachung.

Bibliografische Information der Deutschen Nationalbibliothek:
Die Deutsche Nationalbibliothek verzeichnet diese Publikation in der Deutschen Nationalbibliografie; detaillierte bibliografische Daten sind im Internet über http://dnb.d-nb.de abrufbar.

FREYA PETERSEN

Die MUTTER der MASKEN

SÄURE

Band 1

*You've got to bite the hand
that starves you.*

— Clementine von Radics

Für Mama und Papa.

*Wann immer ich eine miese Elternfigur schreiben muss,
lasse ich sie einfach genau das Gegenteil von dem machen,
was ihr tun würdet.*

Erzweiden

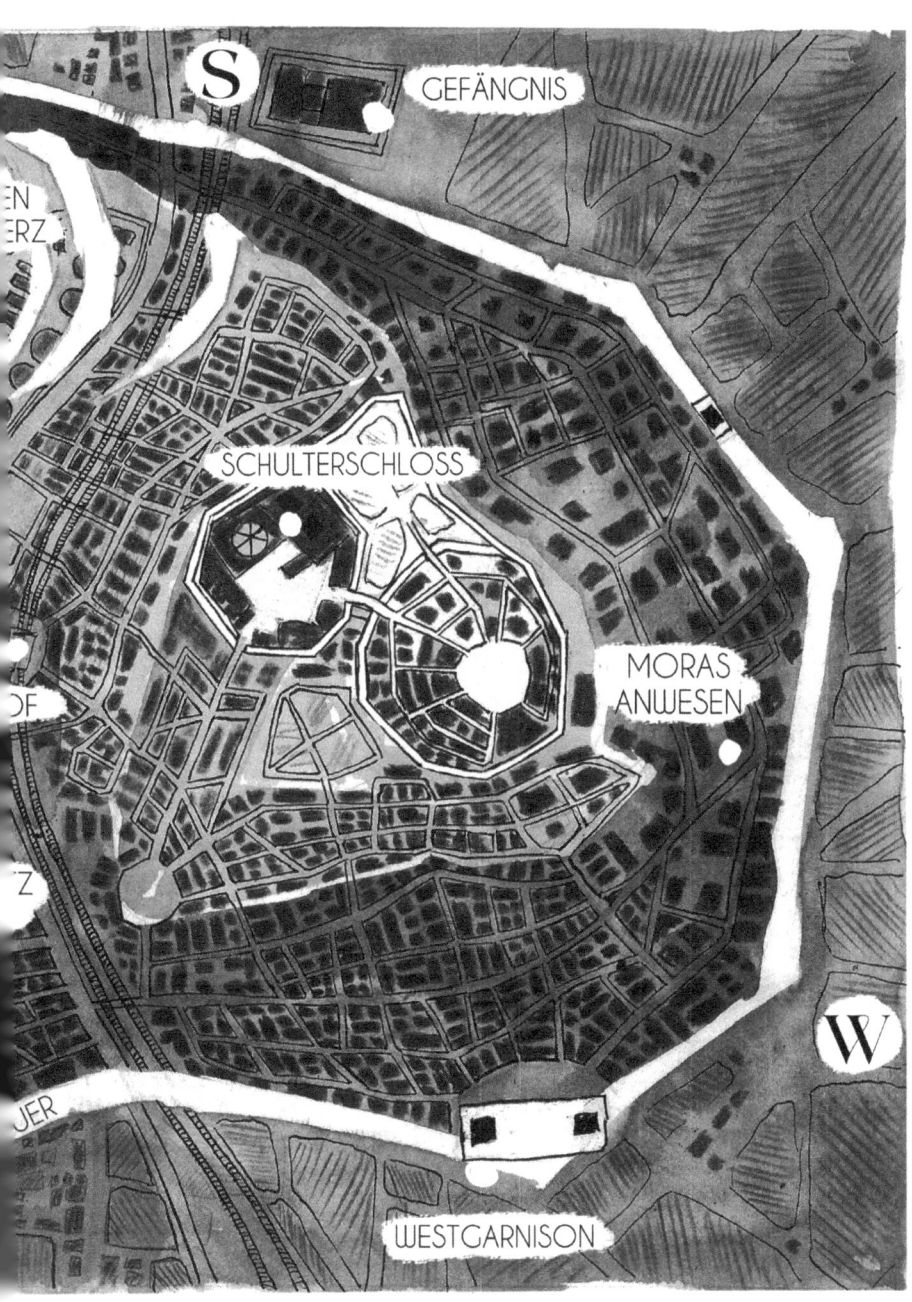

IRRLICHTER

SIRENEN

FROSTGEIER

FRIEDHOF
DER
RIESINNEN

FROSTGEIER
NESTER

IRR

PFAD DER SPÄHERINNEN

BRENNENDE KÜSTE

NO

SIRENENGRÜNDE

MÜNZINSELN

FEUERKAN

Die Silberlanden

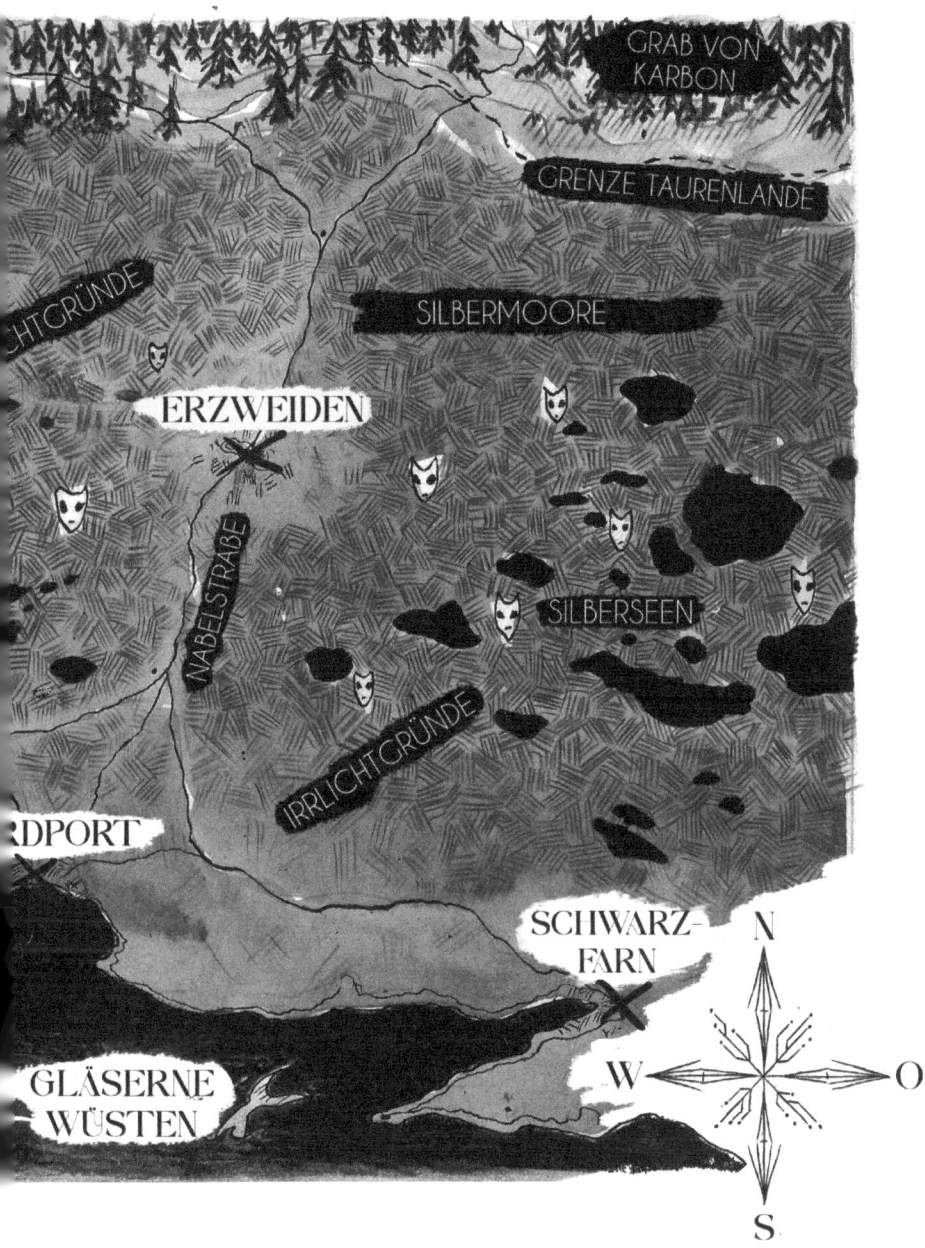

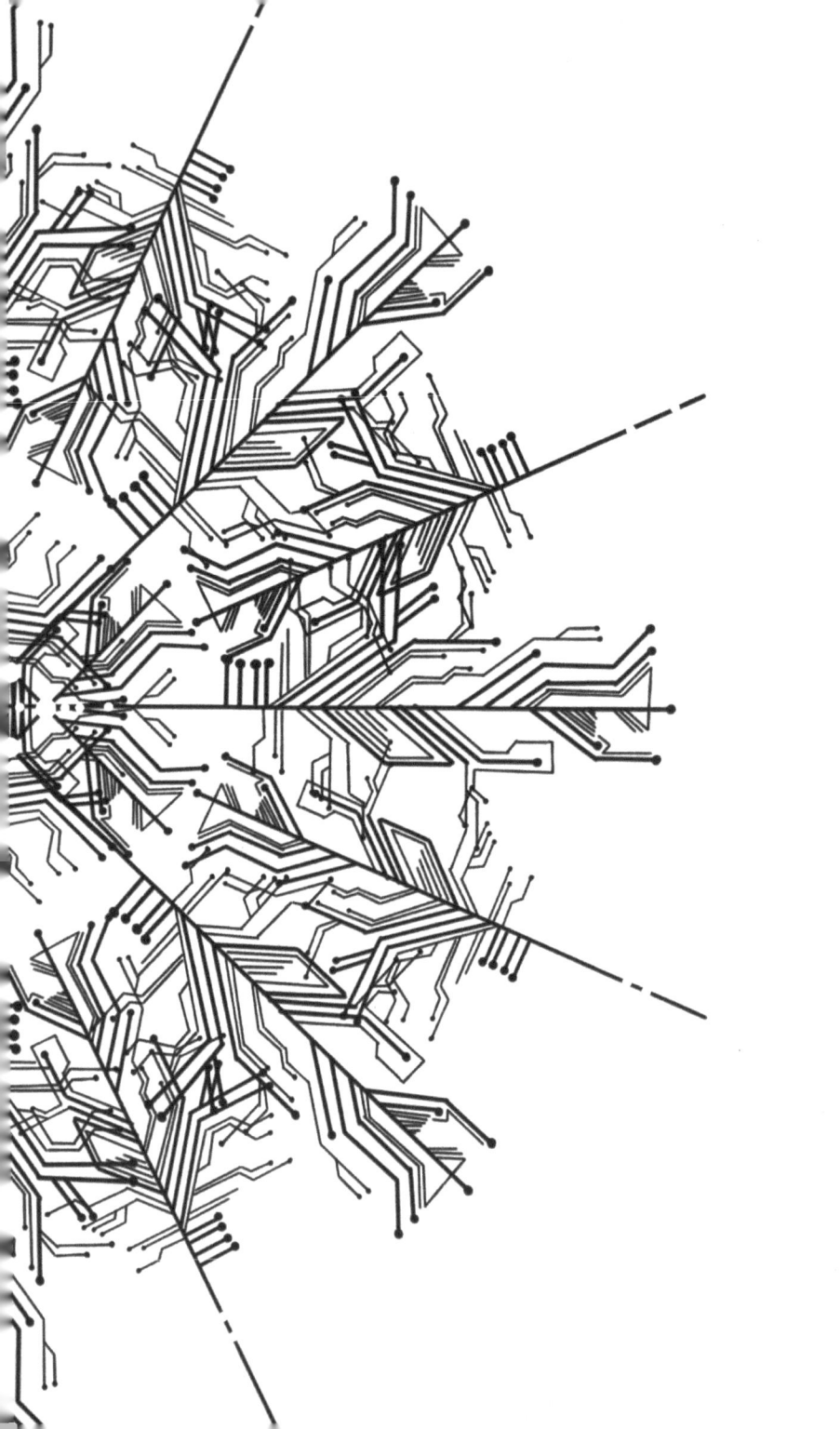

VORWORT

Liebe Besucher*innen,

wir vom Erzweiden Tourismus e.V. sind der Meinung, dass jeder Mensch das Recht hat, in unserer schönen Stadt eine gute Zeit zu haben. Deswegen verweisen wir an dieser Stelle auf die Content Notes dieses Reiseführers, die auf S. 585 zu finden sind, damit ihr euch informieren und euren Besuch gegebenenfalls auf einen Zeitpunkt verlegen könnt, an dem für euch optimale Reisebedingungen bestehen.

Allerdings empfehlen wir, nicht im Winter nach Erzweiden zu kommen. Also, wirklich nicht. Das ist kein Witz.

Danke und viel Spaß!

Eintrag aus dem Kompendium der Mondjägerinnen (3001 na. So.)

Kreatur: Die Mutter der Masken

Status: Herrin der Irrlichter

Klassifizierung: urmagische Naturgewalt (= Ureinwohnerin)

Gefahrenstufe: 14/14

Terrain: Silbermoore, genaue Lage der Brutstätte unbekannt

Aussehen: unbekannt / nicht verifiziert

Natürliche Feinde: Riesinnen (ausgestorben)

Beute: Menschen

Kräfte: HEFTIGE TELEPATHISCHE ANGRIFFE UND MANIPULATION DER WAHRNEHMUNG BIS ZUR SELBSTZERSTÖRUNG DES OPFERS, verlässt selten ihr Nest, sammelt Informationen durch ihre Irrlichter (Schwarmbewusstsein?)

Schwächen: SONNENLICHT, unfähig, Riesinnenterrain zu betreten / die Moore zu verlassen

<u>**Empfohlene Angriffstaktik:**</u> SOFORTIGER
RÜCKZUG!

<u>**Nachtrag:**</u> die Mutter der Masken scheint
zum Erschaffen ihrer Irrlichter Menschenknochen zu benötigen; gefallene Soldatinnen /
Zivilisten sind zu verbrennen und ihre Knochen zu zermahlen

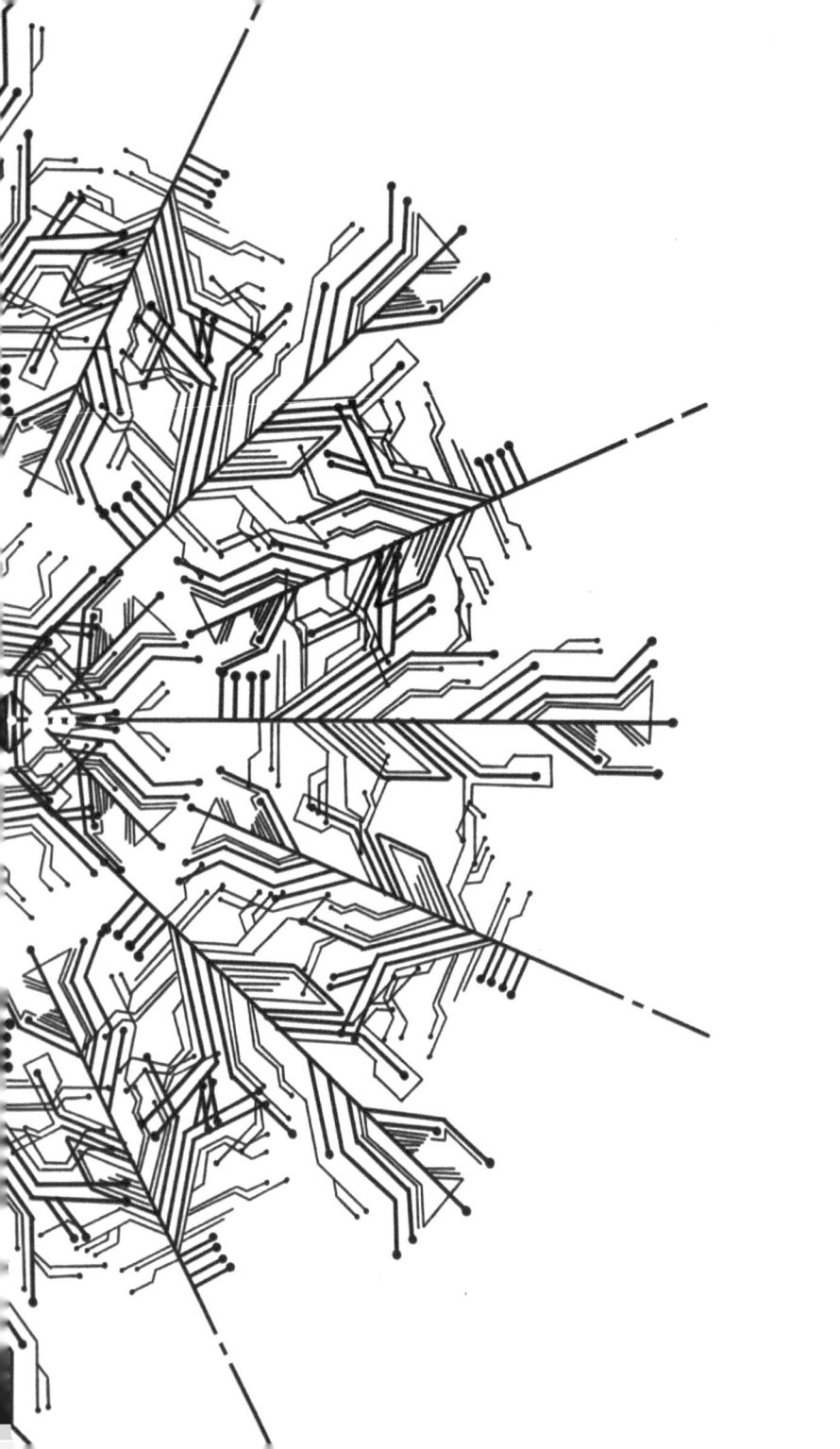

Prolog

Die Mutter der Masken wartet nicht, denn sie wartet nie und schon gar nicht auf Menschen.

Nicht immer ist das so gewesen, doch diese Zeiten liegen lange zurück und müssen nur kurz geweilt haben, denn die Mutter hat bloß eine vage, unwichtige Erinnerung an sie. In all den Jahren, Jahrhunderten, Jahrtausenden, die sie bereits in diesem Körper steckt, ist vieles vage und unwichtig geworden – Zeit, zum Beispiel – und nun kennt sie kein *bald* oder *früher* mehr, sondern nur noch *jetzt* oder *nicht jetzt*. Und statt dem *Warten* gibt es nur das *Nehmen*.

Das hier ist das *Jetzt*. Und es ist das *Nehmen*.

Mit dem Tag verschwindet all das Rascheln, all das Summen zwischen den Gräsern. Die Silbermoore dämmern in die Nacht hinein. Der erste Frost deckelt die Moorlöcher zu, die Kälte drückt das Leben von der obersten Erdschicht in eine tiefere, stillere, wo es liegen bleibt und die Winterstürme ausharrt. Eis kriecht an den Grashalmen hoch und hält sie in Stellung. Das Feld klingelt im Wind.

Und über das Klingeln legt sich das Knirschen der Masken, die vom langen Rumpf der Mutter hängen, ihre Wirbelsäule bedecken, ihre Schultern schützen, ihre Brust schmücken – eine Rüstung, ein Kettenrock aus Gesichtern, die sich bei jedem langsamen Schritt der Mutter ineinander verschieben, verdrehen, verkeilen. Weiß leuchtend klappern sie Stirn an Stirn: alle Gesichter mit den gleichen Zügen, wenn auch nicht mit dem gleichen Ausdruck.

Es sind die Gesichter ihrer Ältesten, ihrer Kinder, ihrer ältesten Kinder. Sie haben gelebt und danach sind sie zu ihr zurückgekehrt, ihre Erinnerungen im Gepäck. Nun sehen sie alles, was die Mutter sieht – und die Mutter weiß alles, was sie wussten.

Vieles davon ist nicht von Wert. Anderes jedoch ist unbezahlbar.

Die Mutter hebt den Blick. Um sie herum wartet ihr Hofstaat auf ihren Befehl – ja, im Gegensatz zu ihr *warten* die Irrlichter, denn Warten ist es, worin sie gut sind. Wie kleine Kunstwerke aus Knochen, wie *ihre* Kunstwerke sind sie über Steine und Sträucher, Moorhügel und Moorinseln verteilt und harren aus, mal sitzend, mal stehend. Ein paar Irrlichter regen sich, als sie sehen, wie die Mutter an ihnen vorbeischreitet und die Gesichter ihrer Ahnen den Frost von den Gräsern streifen. Andere Irrlichter verschränken die Arme vor der Brust, streichen sich das Haar zurück, richten sich die Masken – doch keines macht einen Schritt zurück, keines verlässt seinen Posten. All die bleichen Masken sind auf die Mutter gerichtet. Blaues Licht nistet in all den dürren Rippenbögen, strahlt durch Haut und Kleidung. Jetzt, ohne die giftigen Sonnenstrahlen, erstreckt es sich über Kilometer.

Die Mutter spürt eine tiefe Zufriedenheit. Das hier ist das Jetzt. Und es ist das Nehmen. Sie lässt den Blick über die Irrlichter wandern, über die vielen Masken. Sie wird wissen, welches Gesicht sie sucht, sobald sie es sieht.

Und tatsächlich. Mit einem leisen Knacken der Rüstung bleibt sie stehen. Das Kettenhemd verstummt. Nichts bewegt sich mehr. Selbst der Wind verschwindet, lässt die Atemwolken der Irrlichter in der Luft stehen.

Die Mutter wendet sich beiseite, mit einer steifen Drehung ihres Torsos, und beugt den Nacken. Schwarzes Haar legt sich um ihr Gesicht, so lang und dünn, dass die Strähnen sich auf Rippenhöhe in nichts auflösen. Die Irrlichter, die ihr am nächsten sind, treten einen Schritt zurück – bis auf das eine, das auf einem überwachsenen Findling hockt und vor sich hin döst, die Stirn in der Faust abgestützt.

Die Mutter spürt, wie eine Welle der Belustigung durch die umherstehenden Geschwister geht, dicht gefolgt von einer noch größeren Welle, einer der Beunruhigung.

Das Irrlicht erwacht und schaut auf. Es ist klein, kaum größer als ein Mensch, und trägt auf seiner Maske ein Grinsen. Die Augenschlitze sind groß, geformt wie Rosenblätter. Die paar Bänder Haar, die es besitzt, hat es nach hinten gekämmt und zu einem winzigen Zopf geknüpft. An seinem spindeldürren Körper hängt ein Menschenkittel, der einst weiß war, jetzt jedoch grau und ausgefranst über die Knie bis zum Boden fällt.

Eine zeitlose Erinnerung schwappt ins Bewusstsein der Mutter. Eine Bestattung ohne Feuer, wie es sich gehört, und dann ihre Fingerspitzen, die die Knochen einer Jugendlichen aus der Erde ziehen. Die Menschen lebten noch blind in den Höhlen. Wie es sein soll.

Das Irrlicht springt auf und verfällt in eine gebückte Haltung, legt eine Hand auf den mageren Hals, das Gesicht zum Boden gewandt. Die Mutter lässt es so lange verharren, bis sie sehen kann, wie sein Nacken vor Anstrengung zuckt, dann seufzt sie kaum merklich und das Irrlicht richtet sich wieder auf. Es nimmt die Hand vom Hals, steht auf und schaut hoch zur Mutter. Es sagt kein Wort, es wartet nur.

Die Mutter lächelt. Ihre Lippen öffnen sich und offenbaren Zähne wie Splitter.

»Nerissa«, sagt sie und ihrer Stimme fehlt jegliche Kontur. Fast, als würde nur ein Geräusch ihre Kehle verlassen – das Irrlicht aber versteht diesen Ton als Worte.

»Geh und höre. Höre, bist du erfährst. Erfahre, und dann komme zurück. Sage mir Bescheid.«

Das Irrlicht, Nerissa, rührt sich kein bisschen. Dünn und breit lächelt es zur Mutter hinauf. Hinter den Augenschlitzen liegt nichts, kein Funken. Trotzdem kann es atmen, fühlen, denken und, in diesem Falle sogar, Fragen stellen.

Die Mutter kann es spüren, das *Warum?* im Kopf ihres Kindes – gefolgt von einem *Worauf denn?*

Um sie herum teilen die anderen Irrlichter sich ein peinlich berührtes Schweigen.

Langsam blinzelt die Mutter. Ihre Stirn bleibt weiterhin glatt, doch durch ihre Lippen geht ein kurzes Kräuseln. »Wenn ich das bereits wüsste, bräuchte ich dich dann?«

Nerissa überlegt und senkt schließlich den Kopf. Die Mutter bewegt kurz die Hand.

»Geh.«

Nerissas Kopf sinkt noch tiefer. Dann beginnen ihr Hemd und Haar zu flattern, als sich erst ihr dünner Körper im Blau zwischen den Rippen auflöst, dann die Sphäre selbst verschwindet und nur der leere Findling zurückbleibt.

Mit einem letzten Blick auf die lichtlose Stelle wendet sich die Mutter ab, die Masken leise knirschend, knackend, ineinander greifend wie ein Uhrwerk. Die verbleibenden Irrlichter verharren immer noch in stummer Aufmerksamkeit, Gesicht an Gesicht. Alle sind sie in Hemden, Hosen, Röcken gekleidet, die einmal an lebenden Menschen hingen, Trophäen der Jagd.

Die Mutter legt den Kopf schräg. Ihre Augen blicken tot ins Nichts, ihr Mund lächelt trocken und leer.

»Es ist doch Nacht«, raunt sie. »Macht weiter.«

Ein Schaudern, eine Bewegung geht durch die Menge wie durch Sand, der verrutscht. Blau um Blau lösen sich die Irrlichter in ihrem Glimmen auf. Es dauert keine fünf Sekunden, da ist das kilometerweite Leuchten verschwunden und das Moor liegt wieder kalt da, nun winterdunkel.

Die Mutter der Masken jedoch bleibt, lauscht dem Klingeln der Gräser, in die Stille der Moorlöcher. Ihr Blick wandert zum Himmel. Der Mond ist diese Nacht nicht zu sehen, aber der kleine Ambra mit seinem gelben Planetenring zieht seine Bahn, überschattet vom mächtigen Edera, einer grünen Scheibe zwischen den Sternen.

Wenn die Menschen doch nur wieder dorthin verschwinden würden.

Die Mutter spürt, wie in diesem Moment ihre Kinder an

anderer Stelle erscheinen, fern von hier, dort, wo das Moor ihr mit Eisen genommen wurde, wo die Knochen einer Riesin liegen, wo es Felder gibt und Höfe. Sie spürt auch, dass sich in diesem Moment Nerissa auf einem dieser Felder materialisiert, die kleinen Hände vor den glühenden Rippen verschränkt, und mit breitem Grinsen und leeren Augen beginnt, zu erfahren.

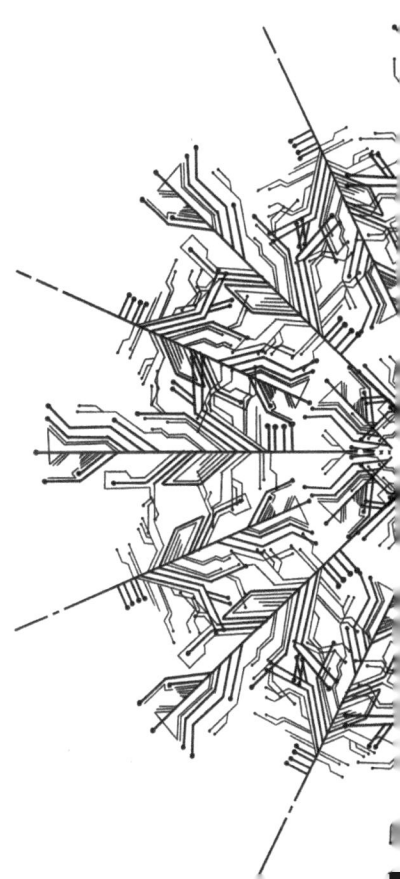

DAS ERZJOURNAL

Titelseite vom 22.09.3024

EILMELDUNG: SPÄHERINNEN BESTÄTIGEN WINTEREINBRUCH!

AUSGANGSSPERRE AB DEM 27.09.

Die neuesten Meldungen der Späherinnen bestätigen: Dieses Jahr wird es einen Winter geben, der erste seit sieben Jahren. Ab Anfang nächster Woche ist mit Frostgeiern zu rechnen - Bewohnerinnen Erzweidens müssen sich entsprechend auf die Schneestürme vorbereiten! Wie lange der diesjährige Winter andauern wird, ist noch nicht abzusehen.

»Natürlich nehmen wir die Situation ernst«, versichert der Vorsitzende des Neuen Rates, Tordor Salzknochen. »Aber Dank der frühen und verlässlichen Prognosen unserer Späherinnen sind wir zuversichtlich, dass die Stadt die kalte Jahreszeit ohne große Verluste überstehen wird. Von medizinischer Notfallversorgung über Anlaufstellen für Obdachlose bis hin zu Essensrationen für bedürftige Haushalte ist alles vorbereitet.«

Tordor Salzknochen bestätigte dem Erzjournal,

dass der Neue Rat der Stadtwacht für die Dauer der Winterstürme einen Trupp seiner besten Magierinnen zur Verfügung stellen wird. »In solch kalten Zeiten müssen wir zusammenrücken, magisch oder nichtmagisch. Ich versichere: Noch nie war Erzweiden so gut auf einen Winter vorbereitet.«

Journalistin: Marei S. Farnkind, 22.09.3024

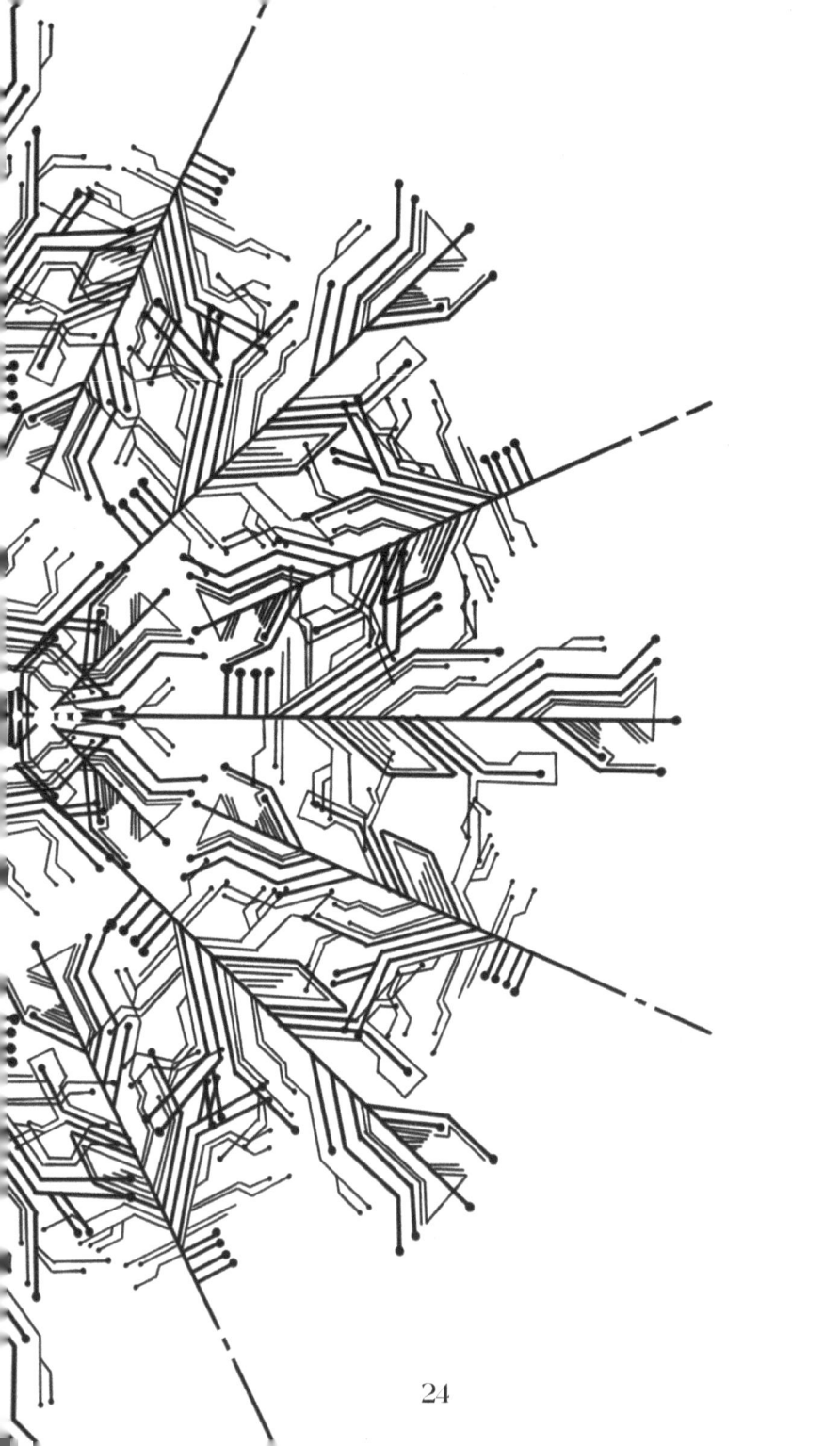

Jahr: 3024 nach Sonnenschlüpfen
(vor 13 Jahren)

Dieses Jahr gab es einen Winter.

Es war erst Olgas zweiter und an ihren ersten erinnerte sie sich nicht, doch so, wie es jetzt lief, konnte es gerne ihr letzter sein. Zu gut hatte sie noch die Zeichnungen von Frostgeiern aus den Schulbüchern vor Augen: Gefiederte riesige Kreaturen, die mit ihren gebogenen Klauen mühelos Häuser auseinanderrupften wie weiches Brot.

Auf Olgas Frage hin, *warum* die Frostgeier die Häuser zerstörten, hatte ihre Lehrerin nur mit den Schultern gezuckt, und als sie fragte, ob die Frostgeier mit den Wintern kamen oder die Winter mit den Frostgeiern, hatte sie geschnaubt – und ihr das Buch aus den Händen gezogen.

»Kommt aufs Gleiche hinaus, oder?«

»Bestimmt nicht«, murmelte Olga. Sie lief die Straße entlang, die Hände fest im Schal verschlungen, die kurzen Beine bis zu den Oberschenkeln nass vom Schnee, der jeden Winkel der Stadt verstopfte, Dachschindeln eindrückte, Regenrinnen zerbrach.

Die Flocken stürmten mit solcher Wucht durch die Straßen, dass sie an Olgas Wangen zu Staub zerplatzten. Hustend presste sie sich den Schal auf den Mund und lief weiter, bis eine krachende Böe sie zum Stehenbleiben zwang.

Ob es einem die Augäpfel in den Hinterkopf wehen kann?

Kauernd harrte sie aus, bis der Wind von ihr abließ und seinen Weg kreischend ins Innere der Stadt fortsetzte. Bei Gelegenheit würde sie eine Erwachsene wegen der Augäpfel fragen. Sie hauchte in ihre Hände und bog in den Schutz einer Seitengasse.

Über ihr klapperten die Dächer, Fensterläden schlugen wild um sich. Hier und da stieß Olga auf Überbleibsel des Maskenfestes: Zu starren Girlanden gefrorene Festfahnen, buntes Konfetti im Schnee. Ein Eimer schoss aus dem Nichts, krachte neben ihr gegen die Wand, und als sie in der Ferne eine Glocke anschlagen hörte, schirmte sie ihre Augen mit den Händen ab, um hoch in den Himmel zu starren.

Irgendwo da oben glitten sie durch den Schnee, schossen durch den Sturm – still, groß, weiß, das riesige Auge auf die Straßen unter sich gerichtet. Tastend. Suchend. Hungrig auf Menschenfleisch.

Die Zeichnungen waren da *sehr* explizit gewesen.

Kurz machte Olga einen Schatten am Nachthimmel aus, aber das musste nichts heißen. Ihre Mama sah auch immer Schatten und die waren nie da. Also lief sie unbeirrt weiter, und weiter, und weiter. Ihre kleinen Füße trugen sie aus der Gasse heraus. Plötzlich stand sie im Nichts. Die Stadt war in eine dunkelweiße Masse randloser Formen zerfallen und sie orientierungslos mittendrin. Trotzdem fühlte sie sich seltsam ruhig.

»Wenn du nichts siehst, sieht auch nichts dich.«

Das sagte ihre Mama immer, bevor sie sich die Augenbinde aufsetzte und den Tag in ihrem Zimmer verbrachte, den Körper zur Tür gewandt, das Schwert auf den Knien. Als würde sie auf jemanden warten. Wenn Papa das sah, schüttelte er den Kopf, nahm Olga an der Hand, ging mit ihr in die Küche und machte ihr einen Tee und sich selbst einen »mit Schuss«. Was bescheuert war, denn er benutzte dabei nie eine Pistole.

Papa.

Sie streckte die Arme aus, tastete sich durch den Schnee, der ihr inzwischen bis zur Hüfte ging und in Stiefel und Socken sank. Das Gestöber verschluckte jedes Licht. Nach ein paar zögerlichen Schritten nach rechts, dann links, griff Olga in ihre Tasche und zog einen kleinen, leuchtenden Stein heraus.

Es war ein Taurenauge, ein *echtes* Taurenauge. Sie hatte es von ihrer Urururgroßmutter, eine Jägerin, genau wie ihre Mama. Ihre Urururgroßmutter hatte den Tauren an ihrem dreiundzwanzigsten Geburtstag getötet. Was Olga wohl selbst töten würde, wenn sie dreiundzwanzig Jahre alt war? Vielleicht eine Hundsziege. Oder sogar einen Frostgeier. Aber bestimmt keinen Tauren, die waren inzwischen wichtige Handelspartner. Es wäre *nicht diplomatisch*, sagte ihr Papa. Olga wusste zwar nicht, was diplomatisch bedeutete, aber es musste irgendein Verbot sein.

Das Licht des Taurenauges glomm sanft durch die Zwischenräume ihrer Finger, als würde sie ein Stück der Sonne selbst halten. Sie hielt es hoch, entdeckte eine Wand und folgte ihr zu einem Geländer. Ein paar schiefe Stufen führten nach unten, schmal und dem Wind so ausgesetzt, dass sich nicht einmal der Schnee auf ihnen halten konnte.

Ein aufgeregter Schauer durchfuhr Olga. So weit war sie noch nie gelaufen, ihre Eltern verboten ihr, den Hüftberg zu verlassen.

Irgendwo im Nichts kreischte ein Geier. Einmal hatte ihre Nachbarin sich die Hand an der Ofentür verbrannt – das Wesen klang genau wie ihr Schmerzensschrei. Olga wich zurück an die Wand, schaute hoch in den Himmel, die Augen weit aufgerissen, und lauschte ein paar schnelle Herzschläge lang.

Die Vorstellung eines glühenden Raubtierauges, das irgendwo da oben den leuchtenden Stein in ihrer Faust bemerkte … seinen gierigen Blick auf sie richtete. Sie presste die Lippen zusammen, stopfte das Taurenauge zurück in ihre Jackentasche und drehte sich wieder zum Geländer. Die Arme weit ausgestreckt umgriff sie es und stolperte die rutschige Treppe hinab, so schnell ihre kurzen Beine sie trugen. Ihre Welt verwandelte sich in eine Ewigkeit aus Stufen, ein unendlicher Zickzack den Berg hinab. Irgendwann schälten sich auf Olgas Augenhöhe die Umrisse eines Wachturms aus dem Himmel, der aus der Masse der

Hausdächer ragte. Sie schaute genau in dem Moment rüber, in dem die Glocken erneut anschlugen. Kreischende Gestalten huschten über den Turm hinweg, so nahe, dass ihre Schattenschwingen seine Spitze streiften, und –

Das Treppengeländer sprang aus der Halterung. Olga schrie auf, rutschte, griff nach neuem Halt, fand keinen. Wie eine Hand, die einen lästigen Fussel entfernt, fegte der Wind sie seitlich von der Treppe und ins Nichts.

Kurz fühlte sie sich, als würde sie in der Luft festhängen. Sie überschlug sich, sah, wie ihr Taurenauge aus ihrer Tasche fiel und einer Sternschnuppe gleich davonsauste. Mit dem Gesicht voran krachte sie in einen Schneeberg. Ihr Schrei brach ab. Beim Versuch, sich aufzusetzen, sackte sie nur tiefer. Eis drang ihr in Mund und Nase und erstickte ihr Prusten.

Durch das Knirschen des Schnees hörte sie jemanden etwas rufen. Schnelle, klappernde Schritte, die näher kamen. Hustend streckte Olga die Arme aus und spürte einen festen Griff um ihren Ellenbogen.

»Hab dich!«, rief eine hohe Stimme. Mit einem Ruck wurde Olga ins Freie gezogen. Handschuhe strichen ihr den Schnee aus dem Gesicht, kratzten über ihre Haut. Als sie wieder gucken konnte, erwiderten die schwarzen Augen einer Soldatin ihren Blick, eingerahmt von einem mit heller Tarnfarbe bespritzten Visier.

»Nicht dein Ernst.« Beim Sprechen blähte sich der Mundschutz der Soldatin über ihren Lippen auf. Immer noch Olgas Arm gepackt, schaute sie über die Schulter und rief: »Avrett! Hier ist ein Kind!«

Olga, tränend vom Husten, reckte den Hals. Hinter der Soldatin rannte eine Schar bewaffneter Menschen mit Laternen Richtung Wachturm. Ein kleiner Soldat jedoch brach aus dem Strom und kämpfte sich zu ihnen. Er erblickte Olga und ein Stöhnen hallte durch seinen Helm.

»Großartig. Was bei den Masken hast du draußen zu suchen, Mädchen?« Olga schüttelte ihren Arm frei und öffnete den Mund zur Antwort, doch die Soldatin vor ihr stutzte und schaute an ihr vorbei. »Was ist das?«

»Hey! Das ist meins!«

Die Soldatin ignorierte Olga, beugte sich an ihre Seite und schaufelte das Taurenauge aus dem Schnee. Neugierig betrachtete sie es, wobei sie Olgas grapschende Finger beiläufig abwimmelte.

Ein Krachen, irgendwo die Straße runter. Das Scheppern der Glocken schwoll an. Rüstungen taumelten vorbei, Pferde preschten. In der Ferne peitschten Gewehrschüsse durch die Luft.

Olga gab es auf, nach ihrem Taurenauge zu greifen, und schrie die beiden Wachen an: »Ich muss zu Papa!«

»Was?«, brüllte der Soldat und trat noch näher. Ein kurzer, schwarzer Zopf rutschte unter seinem Helm hervor und flatterte im Wind.

»Ich muss zu Papa! Er ist bei der Mauer!«

»Was, bei der Ostgarnison?«

»Ja!«, schrie sie. »Er ist Mauerwacht!«

Vor ihr löste die Soldatin den Blick von dem leuchtenden Stein und schüttelte den Kopf, sodass es klapperte. »Wieso bist du nicht drinnengeblieben …«

»Es ist wegen Mama!« Olga wurde langsam heiser vom Schreien. »Er muss sofort kommen! Mama benimmt sich seltsam! Also, seltsamer als sonst.«

»Ich fasse es nicht«, zischte der Soldat. Unruhig legte er die Hand auf die Schulter seiner Kameradin. »Was verdammt noch mal machen wir jetzt, Milan?«

Der Blick der Fremden schoss zum Himmel, dann zu Olga. »Wie ist dein Name?«

»Olga!«, schrie Olga. »Olga Frost!«

Die Soldatin beugte sich heran. »*Frost?* Hast du *Frost* gesagt?«

»Ja!«

Sie bekam diesen Gesichtsausdruck, den die Leute immer bekamen, wenn sie Olgas Nachnamen hörten. *Ehrfurcht*, nannte ihr Papa es zufrieden. *Einfach nur Furcht*, korrigierte ihre Mama immer. Die Soldatin, Milan, richtete sich auf und hielt Olga die Hand hin.

»Du hast immer noch mein Taurenauge«, blökte Olga. Aber sie nahm die Hand.

»Das ist ein Taurenauge? Huh. Ich hab mir die immer anders vorgestellt.« Sie steckte es in ihre Gürteltasche, bevor sie ihrem

Kameraden zunickte. »Avrett, ich bringe das Kind zu Mora. Sie wird wissen, was zu tun ist.«

»Bist du sicher? Deine – die Kommandantin hat nicht ohne Grund befohlen, dass du mit uns –«

Milan schnitt ihm das Wort ab. »Hast du eine bessere Idee?«

Ein Kreischen hallte durch den Himmel, ließ sie alle zusammenzucken. Der Soldat zog sein Gewehr vom Rücken, lud es, und nickte Milan knapp zu. »Bis später.« Er sagte es wie ein Versprechen.

»Natürlich.« Milan zwinkerte ihm zu. »Bring mir eine Feder mit.«

»Ha!«, machte Avrett nur. Dann drehte er sich um und rannte los, in Richtung der Glockenschläge. Olga sah ihm noch nach, als Milan sie bereits weiterzog. Einen Herzschlag später tauchten sie in einen überdachten Gang, durch den der Wind heulte wie durch ein Rohr. Das Geklapper der Rüstung hallte im Gang wider und schmerzte in ihren Ohren.

»Du hast das Glück eines Katzenhirsches«, schrie Milan. »Hätten wir dich nicht bemerkt, wärst du jetzt hoffnungslos umhergeirrt.«

»Wäre ich nicht!«

»Doch. Und jetzt pass auf, wir müssen gleich schnell sein.«

Milan blieb stehen, lugte aus dem Gang hinaus in die Nacht, Olga sicher an ihre Seite gedrückt. Es war, als würde die Stadt außerhalb der Gasse einfach nicht mehr existieren. Zusammen lauschten sie. Keine Schreie, keine Glocken.

Langsam griff Milan auf ihren Rücken, tastete nach dem Gewehr und zog es einsatzbereit an ihre Brust. Olga schaute auf Milans Hand, die sich abwechselnd öffnete und wieder schloss, und dann hoch in ihr Gesicht. Von Nahem sah sie ziemlich jung aus, zwar älter als Olga, aber kaum eine Hand voll Jahre mehr. Papa sagte immer, das war quasi noch ein Kind.

Trotzdem war sie am ehesten das, was Olga gerade an Erwachsenen zur Hand hatte. »Kann es einem die Augäpfel in den Hinterkopf wehen?«, fragte sie.

Abwesend schaute Milan weiter in den Himmel. In ihren dunklen Augen lag ein Zittern.

Grob stupste Olga sie gegen die Schulter. »Hast du Angst?«

»Scht«, machte Milan nur, nahm ihre Hand und legte sie auf ihren Munitionsgürtel wie auf eine Leine. »Halt dich an mir fest.« Angespannt entsicherte sie das Gewehr und ging los, zog Olga mit, ins weiße Nichts hinein. Der Eisstaub umhüllte sie. Olga stolperte über einen Eisbrocken und drohte zu stürzen, Milan packte ihren Oberarm und hob sie wieder auf die Beine.

Ein dunkler Block erschien im Schneegestöber, ragte so hoch über ihnen auf, dass Olga die Spitze nicht erkennen konnte. Sie zupfte an Milans Gürtel. »Ist das die Stadtmauer?«, schrie sie.

»Scht!«, machte Milan erneut. Hastig zog sie einen Handschuh aus, klemmte zwei Finger zwischen die Lippen und pfiff.

Olga zog eine Schnute. »Wieso darfst du laut sein und ich nicht?« Erneut wurde sie ignoriert.

»Tor auf!« Die Soldatin ging inzwischen so schnell, dass Olga Mühe hatte, mitzuhalten. »Ich hab ein Kind gefunden!«

Ein schweres Knarren ertönte. In der glatten Mauer formte sich ein Torbogen, wie ein leuchtender Mund, der sich öffnete. Milan legte die Hand in Olgas Kreuz und schob sie ins Licht. Sofort waren sie von Rüstungen umgeben, die genau wie Milans schwarz waren und mit weißer Tarnfarbe bespritzt. Hände packten sie unter den Armen, hoben sie aus dem Schnee, setzten sie wieder ab, dieses Mal auf hartem Stein. Kaum waren sie drinnen, knallten die Torflügel wieder ins Schloss und der Schnee an ihren Stiefeln verflüchtigte sich zu Wasser. Milan taumelte kurz, als würde die plötzliche Wärme sie zum Schwindeln bringen.

Olga wischte sich das Haar aus der Stirn und sah sich ungerührt in ihrer neuen Station um, ein weiterer Wachturm, der über ihr aufragte wie ein Schlauch aus Stein. Eine Treppe wand sich bis ganz nach oben, nur unterbrochen von den Plattformen, über die man das Dach der Stadtmauer betreten konnte. Und überall hockten die Kolleginnen ihres Papas, auf den Stufen und auf dem Boden, die schwarzweißen Rüstungen unordentlich und die Arme um die Knie geschlungen. Einige Soldatinnen lehnten an den Wänden oder standen dicht um die Feuertonne gedrängt, Dosensuppen in den Händen und Löffel im Mund.

Ausnahmslos alle gafften das rothaarige, tropfende Mädchen an, das in ihre Runde geplatzt war. Neugierig starrte Olga zurück.

Sie hatte noch nie so viele von der Mauerwacht ohne Helm gesehen.

»Ist Mora hier?«, brach Milan an ihrer Seite das Schweigen.

Kühle Blicke. Eine Soldatin räusperte sich, Olga erkannte die Frau – sie hatte früher mal in ihrer Straße gewohnt. Spöttisch musterte sie Olga von oben bis unten.

»Als ich gescherzt habe, wir könnten eine Frost gebrauchen, habe ich nicht das Gör gemeint.«

Nervöses Lachen in die Dosensuppen, das sofort erstarb, als eine Seitentür aufflog und ein fremder Mann hereinrauschte, der Vollbart zu Strähnen gefroren, die Augen wie wütende Jade. »Was gibt's hier zu lachen?«, rief er und entdeckte Milan, die nur wortlos auf Olga deutete.

Olga zog lautstark die Nase hoch. »Hallo. Ich will zu meinem Papa.«

Der Mann stierte sie an. Mit zwei zackigen Schritten stand er vor ihr, packte ihre Wange und drückte zu. »Bei den Masken!«, brüllte er begleitet von Schnapsgeruch. »Hat dir jemand ins Hirn geschissen? Du hättest draufgehen können! Nicht zu fassen! Wie heißt du?«

Ihr Vater beantwortete die Frage für sie, indem er oben auf der Steintreppe auftauchte, die roten Haare kompromisslos kurz rasiert, sein Gesicht schmal und weiß und damit so gar nicht wie das seiner Tochter. »Olga?«, fragte er verdattert.

Ein Knirschen hallte durch den Raum, als die anderen Soldatinnen sich zu ihm umdrehten. Irgendwo murmelte jemand etwas, das Olga nicht verstand, aber es brachte ein paar Leute zum Lachen, was sofort erstarb, als sich Olga aus dem Griff des Bartmannes zog – »Hey!« – und durch den Raum und die Stufen hochflitzte, sodass die hockenden Soldaten hastig ihre Ellenbogen einziehen mussten.

»Papa!« Sie packte seinen Ärmel. Er wich leicht zurück, wie wenn er nicht wusste, wie er mit einem aufdringlichen Straßenköter umgehen sollte. Irritiert schaute er in die Runde auf der Suche nach einer Erklärung. »Was zum Henker hat sie hier zu suchen?«

»Ja«, knurrte der Bartmann in Milans Richtung. »Was soll der Mist, Soldatin?«

Milan setzte ihren Helm ab und fuhr sich mehrmals durch das

Haar, bis es ihr vom Kopf abstand wie die Federn einer jungen Krähe. »Avrett und ich haben sie allein am Fuß der Steißtreppe gefunden und …«

»Und dann bringst du sie hierher?«, rief Olgas Papa. »Geht's noch?«

»Papa, ich muss dir was sagen!«, versuchte Olga erneut vergeblich, seine Aufmerksamkeit zu bekommen.

Milan zögerte und warf einen hilfesuchenden Blick zum Bartmann. »Ich … sie sagte …«

»Moorfund hier wollte bloß nicht das einzige Kind am Schauplatz sein«, rief eine Frau an der Feuertonne. Lachen. Milan öffnete den Mund, wurde jedoch von einem stämmigen Soldaten unterbrochen. »Jetzt lässt dich die Kommandantin schon Säuglinge rekrutieren, oder was?«

»Nennst du sie eigentlich auch Kommandantin, oder einfach Schwesterchen? Zu Befehl, Schwesterchen – aber natürlich, Schwesterchen …«

»Das ist genug«, drohte der Bärtige in das darauffolgende Gelächter hinein. Olga kannte solches Lachen aus der Schule, es fühlte sich nie gut an. Sie suchte Milans Blick, doch diese glättete nur ihr Gesicht und wandte sich zum Feuer. Also fokussierte sie sich wieder auf ihren Vater. Ihr nächster Ruck an seinem Arm war so stark, dass er gar keine andere Wahl hatte, als sie zu beachten.

»Lass das«, sagte er knapp.

»Mama ist seltsam!«

»Inwiefern seltsam? Seltsamer als sonst?«

Erleichtert, endlich sein Interesse zu haben, holte Olga tief Luft. »Sie rennt im Haus herum und schreit, sie hat ein paar Töpfe zerschlagen, und dann hat sie ihr Schwert geholt, du weißt schon, das aus der Truhe in deinem Zimmer –«

»Was?« Schlagartig verstummte das Lachen im Raum. Ihr Vater kniete sich hin und packte sie an den Oberarmen. »Sie hat dich angegriffen?«

Olga blinzelte. »Sie hat mich nicht –«

»*Lüg mich nicht an, Olga!* Lüg mich nicht an, sonst … Hat sie dich –«

»Hey, hey! Das reicht, Bojan.« Der Bartmann tauchte hinter Olga auf den Stufen auf, begleitet von dem Geruch nach Alkohol und Lagerfeuer. Bestimmt legte er ihrem Vater eine Hand auf die Brust und drückte ihn von ihr weg.

»Also wirklich, Bojan«, knurrte er. »Wie frisch aus den Höhlen gekrochen. Ihr alle!« Sein Blick wanderte durch den Raum und erdolchte jeden einzelnen, der es wagte, ihn zu erwidern. »Pause ist vorbei. Löst eure Posten ab.«

»Gruppenführer Raureif?«, sagte ein Soldat leise, der sogar noch jünger war als Milan. Seine Stimme zitterte, seine Wimpern waren nass und um seine Hand hatte jemand einen hastigen Verband gewickelt. »Wo bleiben die Magierinnen?«

Olga holte Luft, um zu antworten, dass bereits eine Magierin vor Ort war – sie. Prompt spürte sie den festen Handdruck ihres Vaters auf der Schulter, ein Griff, den sie kannte. Er bedeutete: *Halt bloß die Klappe, Kind. Kein verdammtes Wort.*

Frustriert schob Olga die Unterlippe vor. Sie könnte helfen, da war sie sich sicher – wenn ihre Eltern es sie nur probieren lassen würden, aber die sahen das anders. Olga betrachtete die lädierten Soldatinnen und Soldaten und hörte die Stimme ihrer Mutter förmlich in den Ohren: »*Natürlich solltest du Leuten helfen, wann immer du kannst, Olgaspatz. Es ist sogar sehr nobel von dir, dass du helfen willst. Aber das da, das sind fremde Leute. Leute, die nicht Familie sind, verstehst du? Und sollten die herausfinden, dass du Magie kannst, kommen die anderen Magierinnen und nehmen dich uns weg. Das möchtest du doch nicht, oder?«*

Olga senkte den Blick und schwieg.

Natürlich wollte sie das nicht.

Eine Gewehrschützin räusperte sich und legte dem jungen Soldaten schützend eine Hand auf den Kopf. »Levia hier hat Recht, Rondor. Wir könnten wirklich ein wenig Magie gebrauchen.«

Zustimmendes Gemurmel. Der Bartmann funkelte in die Runde. »Hilfe ist angefragt, Leute. Aber so, wie es aussieht, toben die Frostgeier wie besessen im Magieviertel. Verlassen wir uns auf nichts.«

»Schon gar nicht auf Magievolk«, murmelte jemand. Mehrere nickten. Ein anderer Soldat protestierte: »Die verheizen uns hier im Schnee, während sie sich in ihrem Schloss die Füße wärmen.«

»Was ist das hier, eine scheiß Debattierstunde?« Scharf schlug der Bartmann in die Hände. »Die Mauerwacht ist kein verfickter Leseverein geworden, nur, weil die Mutter der Masken tot ist! Ihr wusstet alle, worauf ihr euch einlasst! Und jetzt verpisst euch auf eure Scheißposten, wir –«

»Hört ihr das?« Der Junge mit dem Handverband erstarrte, die Augen weit aufgerissen. Ein Soldat, der gerade vom Boden aufgestanden war, hielt mitten in der Bewegung inne. Alle Blicke schossen zur Decke.

»Was …«, fing Olga an. Ihr Vater presste ihr die Hand auf den Mund und schaute die Stufen hoch ins Obergeschoss. Keiner machte einen Ton, niemand regte sich, bis auf den Bartmann, der sich langsam auf der Stelle drehte und prüfend die Dachbalken musterte. Milan unten am Feuer setzte vorsichtig, sehr vorsichtig, ihren Helm wieder auf. Andere taten es ihr gleich.

Ein paar Atemzüge lang war da nichts bis auf das Knistern des Feuers und das Rauschen des Sturmes in den Ritzen des Mauerwerkes.

Wieder dieses Kreischen, der Schmerzenslaut einer Frau, nur länger, frostig, fremder. Olga wurde eiskalt, obwohl der Schnee in ihrer Kleidung längst geschmolzen war. Der Schrei war so nahe.

Ein heftiges Rauschen fuhr über sie hinweg.

Dann krachte etwas mit voller Wucht aufs Dach.

Der Ruck fuhr einmal die Mauer hinab in den Boden, traf Olga so heftig wie ein Tritt ins Kreuz – hätte ihr Vater sie nicht gehalten, sie wäre hingefallen. Stein bröckelte von der Decke, ein paar Leute schrien. Im oberen Stockwerk trampelten die Soldatinnen los, krachend, rufend, und dann brüllte der Bartmann so laut, dass es Olga in den Ohren dröhnte: »WORAUF WARTET IHR?«

Soldatinnen sprangen auf, rissen ihre Waffen an sich, warfen Becher und Dosen zu Boden, Schnaps und Suppenbrühe spritzten auf ihre Stiefel. Der Junge mit dem Handverband schleuderte einen Eimer Wasser in die Feuertonne. Die Kohle zischte, grauer Qualm fauchte hoch.

Ihr Papa zog Olga aus dem Weg, als die ersten Soldatinnen an ihnen vorbei die Treppe hochtrampelten. Der Bartmann winkte die Letzte von ihnen vorbei. »Acht Schützen auf die Straße, vier aufs Dach! Zündet die Teergeschosse!« Entschlossen setzte er seinen Helm auf, sodass sein Gesicht von schwarzem Stahl verschlungen wurde. »Und *bei den verfickten Masken*, findet heraus, wieso die Glocke nicht angeschlagen hat!«

Ein weiteres Krachen schickte ein Beben durch die Mauer, gefolgt von einem schabenden Geräusch, als würde etwas sehr Großes, Schweres über das Dach kratzen. Olga sah den Riss, der sich an der Decke ausbreitete wie junges Wurzelwerk. Ihr Herzschlag sprang ihr in den Hals.

»TILGNER! ZUM GLOCKENTURM!«, bellte der Bartmann. »Milan! Warte.«

Milan, die Anstalten machte, ihrer Mitsoldatin durch die Tür in den Nebengang zu folgen, blieb mitten im Raum stehen, das Gewehr verunsichert in den Händen. Der Bartmann drehte sich zu Olga um, schaute jedoch nicht sie an, sondern ihren Papa.

»Aufs Dach, Frost. Milan übernimmt.«

Olga blinzelte. *Was?* Prompt griff sie nach vorne und packte den Bartmann am Arm.

Ihr Vater riss ihre Hand zurück. »Olga!«, rief er, hielt sie an der Schulter. »Benimm dich!«

»Was ist mit Mama?«, fragte sie den Bartmann. Dieser schien kurz ernsthaft zu überlegen, ob er sie die Treppe herunterschubsen sollte. Stattdessen schob er sie zur Seite und trat so nahe an ihren Vater heran, dass er sich ein Stück zurücklehnen musste.

»Aufs Dach mit dir, Gewehrschütze Frost«, sagte er leise. »Sofort.«

Ein drittes Beben fuhr durch das Gebäude. Alle bis auf den Bartmann zuckten zusammen und lauschten dem Krachen. Von draußen hörte sie Rufe und weitere Vogelschreie. Dieses Mal aus unterschiedlichen Richtungen.

Die Hände ihres Vaters verschwanden von ihrer Schulter. Als sie sich umdrehte, war er bereits zwei Stufen nach oben gelaufen.

»Papa!«, rief sie empört.

»Mach einmal in deinem Leben das, was man dir sagt, Olga!«

Wütend schaute er noch einmal zurück, dann verschwand er nach draußen. Der Sturm schlug die Tür hinter ihm so heftig zu, dass sie Holz splittern hörte.

»So. Jetzt zu dir, kleine Frost.« Der Bartmann griff nach Olga, aber sie tauchte weg und rannte die Stufen nach unten zu Milan, packte die Hand, die sie ihr ausstreckte.

Inzwischen war der Turm leer. Alle anderen waren verschwunden, hatten nur ihre Becher und Dosen zurückgelassen, die mit jedem Beben des Gebäudes leise klapperten. Der Bartmann zuckte mit den Schultern, zog eine massive Armbrust vom Rücken und nickte Milan zu.

»Bring sie verdammt noch mal weg von hier. Und Moorfund: Ich habe der Kommandantin versprochen, dass ich dich sicher halten kann. Mach mich nicht zu einem Lügner.«

»Aber ...«, setzte Olga an.

»Geht klar.« Milan schwang das Gewehr zurück auf den Rücken, packte Olga am Kragen und schleifte sie mit sich. Schon waren sie aus dem Turm heraus und rannten in die Tiefen der Mauergarnison, weg vom Bartmann, weg vom Kampfeslärm. Sie hatte gerade noch Zeit für einen Blick zurück, bevor der Gang eine Kurve schlug und ihre Sicht abriss.

Mit voller Kraft rammte sie die Hacken in den Boden und zwang Milan zum Stehen. Wütend holte sie aus und hieb der Soldatin aufs Handgelenk. »Lass mich los!«

Milan blinzelte und pflückte ihre Faust aus der Luft. »Wir müssen weg hier.«

»Nein!« Mit vollstem Einsatz trat sie ihr gegen das Knie, doch da war nicht viel, was ihr durchnässter Stiefel gegen eine Rüstung aus Riesenerz anrichten konnte. Quietschend rutschte sie ab.

»Das war nicht nett«, sagte Milan.

»Ich will zurück!«

»Lass das bitte.«

»Ich will zu Papa!«

»Kannst du vergessen!«

»*Feigling!*«

Milan stockte. Dann wich ihre Überraschung Verärgerung. Sie ging in die Hocke, packte auch Olgas zweite Faust und behielt sie ruhig in ihren Händen.

»Ein Feigling mit Befehlen. Ich bring dich hier weg,

ob es dir passt oder nicht, und – lass das! – wenn du dich nicht an die Regeln hältst, erwischen dich die Frostgeier und dann bringst du weder deinem Vater, noch deiner verrückten Mutter etwas …«

»Mama ist nicht verrückt!«

»… und wenn du blind in die Menge rennst, riskierst du unser Leben und wir gehen alle drauf, okay? Willst du das?«

Olga hörte auf zu zappeln und starrte sie an, wütend. Milan beugte sich näher zu ihr heran, ein leichter Geruch nach Kaffee ging von ihr aus. Ihre Stimme war ruhig, ihre Augen jedoch verrieten sie: sie zitterten. »Willst du das?«

Langsam, trotzig, ließ Olga die Hände sinken. »Wird Papa auf dem Dach sterben?«

Milan erwiderte ihren Blick. Das Zittern in ihren Augen wurde stärker.

Durch den Gang fuhr ein so heftiges Beben, dass sie beide auf die Knie fielen. Die Decke, die Wände, alles vibrierte, und als der Stein unter ihnen absackte, schrien sie auf, bevor ein weiterer Ruck durch den Untergrund fuhr und der Boden wieder zum Halten kam.

Steinsand rieselte auf Olgas Schultern. Die Decke hatte sich verschoben, die Mauer hinter ihnen wölbte sich in den Raum, streckte ihnen den Bauch zu. Milan sprang auf. »Los. Los!« Sie rannten weiter. Die Augenbrauen zusammengekniffen, nahm Milan den Helm vom Kopf und drückte ihn Olga in die Hand. »Setz den auf.«

Sie gehorchte, obwohl der Helm so schwer war, dass Milan sich bücken und ihr helfen musste.

Ein weiterer Türbogen tauchte hinter einer sanften Kurve auf. Sie stürzten hindurch und fanden sich in einem weiteren Turm wieder, nur breiter, massiver, mit einem Zwischenboden auf halber Höhe. Oben hing eine Glocke, über die die Schatten von Menschen huschten, doch Milan zog sie nicht nach oben, sondern nach rechts auf ein Holztor zu, unter dessen Kante weißer Schnee durchleckte.

Eine Gruppe von Soldatinnen platzte aus dem gegenüberliegenden Türbogen und kam klappernd und keuchend zum Stehen.

»Vergiss es. Das Tor ist zugeschneit.« Die vordere Frau schaute auf ihre Armbrust, stieß einen Fluch aus und pfefferte die Waffe in die Ecke, wo sie endgültig zerbrach. Eine Soldatin hinter ihr geriet ins Wanken, eine weitere stürzte herbei und fing sie auf, bevor sie am Boden aufschlug, und eine dritte half, die Verletzte aufrecht hinzusetzen. Da, wo ihre Knie den Boden berührt hatten, blieben rote Flecken zurück.

Olgas Augen wurden groß. »Ich kann helfen!«

Milan nahm die Hände vom Holz und wandte sich langsam zur Soldatin. »Wollt ihr damit sagen, dass in die andere Richtung auch …«

Ein Rumpeln und Knacken, als träte eine Riesin einen Wald nieder. Olga fuhr herum. Der Gang hinter ihnen sackte endgültig in sich zusammen, Stein um Stein in einer dunklen Kaskade aus Schutt – Olga spürte Milans Hand an ihrem Kragen und einen Ruck nach hinten. Das Geröll stoppte an ihren Schuhspitzen.

Ein heller Ton hallte durch den Turm: Der Einsturz hatte die Glocke in Schwingung versetzt. Mit angehaltenem Atem verharrten sie, lauschten. Die Verletzte wimmerte. Die Soldatin neben ihr legte ihr die Hand auf den Mund. Ein gigantischer Flügelschlag über ihnen. Erst lauter, dann leiser.

Jemand wisperte etwas. Schnelle Schritte über ihnen – mehrere Leute stürzten zu den Türen, die auf das Dach führten, und als Olga sich von Milan befreite und ein paar Schritte beiseite stolperte, den Kopf in den Nacken gelegt, sah sie, wie einer der Soldaten die Hand vor den Mund schlug. Das Wispern wurde lauter und formte Worte, die sich von Mund zu Mund getragen ausbreiteten wie Sturmeskälte.

»Bei den Masken …«

»Der Turm –«

»Die Mauer …«

»Das Dach ist –«

»Verstärkung!«

»Wir brauchen Verstärkung, wo bleiben die Magier …«

»Wir brauchen –«

»Mädchen! *Nein, nein, nein, nein, nein!*«

»OLGA!«, schrie Milan.

Doch Olga war schon längst auf die erste Treppenstufe gesprungen. Halb aufrecht, halb krabbelnd rannte sie hoch, Milans Helm scharf auf ihren Schultern springend.

»Haltet sie fest! Haltet sie – Olga!«

Ein Arm schlang sich um ihren Oberkörper. Sie griff nach oben, erfasste Barthaar und zog. Der Mann schrie auf, der Arm verschwand. Olga stolperte durch die Tür und hinaus auf die Stadtmauer.

Sofort warf der Wind sie nach rechts, als wäre sie kaum mehr als ein Käfer. Mit einem lauten Dröhnen schlug sie gegen die Zacken der Mauer und ihre Stirn gegen die Wand. Ihr eigenes Keuchen hallte durch ihren Helm. Der Schneesturm kreischte, zerriss die Umgebung in kleine, graue Detailfetzen, ein flimmerndes Wirrwarr kurzer Eindrücke.

Aber selbst das Schneechaos konnte die große Lücke im Stadtbild nicht verdecken, dort, wo eben noch das Dach gewesen war – das Dach, auf dem …

Wie gemein von Milan.

Sie hatte ihre Frage nicht beantwortet.

Die Hände in den Stein gekrallt, die Schuhe voll Schnee, der Mantel aufgeweht, öffnete Olga den Mund und schrie, so laut sie konnte, nach ihrem Papa. Und dann noch einmal. Und noch einmal, als keine Antwort kam, und wieder …

Über das Sturmkreischen hinweg hörte Olga ihren Namen. Sie drehte sich um. Mit in den Nacken gelegtem Kopf taumelte Milan auf die Mauer und hob ihr Gewehr. Olga schaute hoch. Gerade noch rechtzeitig, um zu sehen, wie die Frostgeier in den Glockenturm krachten.

Die Welt verschob sich nach unten, der Boden schlug Wellen. Etwas krachte gegen ihren Kopf. Sie fiel hin. Risse blühten unter ihren Händen. Der weiße, hysterische, flügelschlagende Koloss, der die Krallen aus dem Turm riss und mit den Krallen ein gigantisches Stück Wand – *Das sieht so viel mühsamer aus als in*

den Büchern. Sie griff um sich, aber alles, was sie hielt, fiel auch, fiel mit ihr. Und prallte schließlich auf.

Windstille. Rostgestank. Ein Murmeln. Jemand legte sie auf dem Boden ab. Kälte, die um sie herum wallte, Rauschen in ihrem Kopf, wie es sich mit jedem Pulsschlag aufbauschte.

Zwei hastige Finger an ihrem Hals. Ein erleichtertes Aufatmen. Die Berührung verschwand. Mit verklebten Wimpern blinzelte Olga, sah blauschwarzen Samt auf Augenhöhe, eine Hand, deren Tätowierungen weiß zu glühen begannen, hörte das Summen und Knacken von Magie, als die Nanobots sich aktivierten und warmliefen. Dann stieß sich die Person vom Boden ab und verschwand in den Himmel, hinterließ nichts bis auf einen Fußabdruck im Schnee und den Geruch nach verbranntem Streichholz.

Langsam stemmte Olga sich in einen Sitz, wobei ein warmer Tropfen aus ihrer Nase rollte und den Rostgeschmack auf ihre Lippe legte. Der Helm saß immer noch auf ihrem Kopf, doch das Visier war aus der Fassung gesprungen. Es war nirgendwo zu sehen, dafür Massen und Hügel von Geröll, Schutt, Mauerstaub und hier und da eine Feuertonne oder eine Tür, die den Einsturz überlebt hatten.

Olga hatte den Einsturz überlebt.

Aber … wo war der Sturm?

Es war immer noch kalt, der Boden mit Schnee bedeckt, doch es windete nicht mehr. Benommen blickte sie umher. Eine Art durchsichtige Barriere umspannte die ganze Einsturzstelle, ließ die Flocken abrutschen wie Wasserperlen an einem Glas. Als wäre sie selbst *in* einem Glas, in einer Schneekugel, die darauf wartete, geschüttelt zu werden.

Eine Bewegung zog ihren Blick auf sich.

Nur ein paar Meter links von ihr, das Schwert in einen gigantischen Schneehaufen gesteckt, stand eine Fremde.

Sie sieht wichtig aus. Die schwarze Rüstung der Frau war mit roten Sonnen bemalt, passend zu dem roten Umgang, dessen Saum nass an ihren Hacken klebte. An ihrer Hüfte hing ein zweites Schwert. Sie trug keinen Helm, sodass der lange Zopf ihr auf dem Rücken lag wie ein festes, schwarzes Seil.

Der Schnee unter ihren Füßen war rot.

Hinter ihr stand ein großes, fassförmiges Glas, von Schnüren und Schläuchen umschlungen. Eine goldene Flüssigkeit schwappte träge darin hin und her, wie Öl aus Sonnenlicht.

Die Frau setzte einen Fuß auf den Berg, packte ihren Schwertgriff mit beiden Händen und riss es heraus. Federn aus Porzellan fielen herab, zerschellten am Boden. Der Berg kippte nach hinten weg, offenbarte ein Paar mannsgroße Krallen und einen gefiederten Bauch.

Olga sah sich Aug in Aug mit einem Frostgeier. Nur dass der Geier keine Augen besaß, zumindest nicht da, wo sie hingehörten. Sein Gesicht war komplett flach, eine weiße Scheibe aus Porzellan.

Die Soldatin versetzte dem Kopf einen Stoß, sodass er schwer zur Seite rutschte. *Jetzt* kam ein Auge zum Vorschein. Groß wie ein Schädel, goldrauchig wie ein Bernstein saß es auf der Brust des Tieres. Es schimmerte noch, genau so, wie das Tier noch rasselnd atmete.

Die Fremde legte eine Hand ins Porzellangefieder. Wie eine Entschuldigung. Dann, den linken Fuß auf den Krallen des Vogels, machte sie sich seelenruhig daran, das Auge aus der Brust zu schneiden. Das Tier bebte, wehrte sich jedoch nicht.

Mit zitternden Knien stand Olga auf, spürte etwas Warmes von ihrem Kinn den Hals hinab in ihren Schal laufen. Außerhalb der Schutzkuppel ertönte ein Kreischen, gefolgt von Schüssen, aber gedämpft, als wären sie unter Wasser. In der Ferne spaltete ein Blitz den Sturm und mit ihm die Schwingen eines Frostgeiers. Olga konnte einen Menschen sehen, wie er aus dem Himmel sprang und die Kreatur im Sturz verfolgte. Vielleicht wollte er sichergehen, dass der Aufprall am Boden tödlich war.

»Ich nehme an, du hast noch nie einen Magier gesehen.«

Olga drehte sich um. Die Frau trat vom Körper des Vogels zurück. Ausdruckslos schaute sie Olga an, die Augen pechschwarz und hart wie Kohle in ihrem weißen Gesicht.

Als sie weitersprach, fragte sich Olga, wie sie es schaffte, dass sich dabei kein anderer Teil ihres Gesichts bewegte.

»Hätte der Magier dich nicht aufgefangen, wärst du jetzt tot. Das ist *inakzeptabel*. Man sollte sich niemals in eine Situation begeben, in der man von Magie abhängig ist. Wer hat es dir gestattet ...«

Olga hörte ihr nicht zu. All ihre Aufmerksamkeit lag auf dem Auge, das die Frau in ihrer rechten Hand hielt wie einen blutigen Kopf.

Das Zittern in ihren Knien stieg weiter auf, drückte sich heiß und stechend in ihrem Magen hoch, ließ ihren Herzschlag lauter und schneller werden und fand sein Ende schließlich in einem kleinen Wimmern, das ihr über die Lippen sprang.

»... Konsequenzen. Mädchen. Hör mir zu, wenn ich mit dir rede.«

Die Frau war an sie herangetreten. Sie war groß, sehr groß, und schlank wie ein Speer. Aus der Nähe konnte Olga sehen, dass ihr ein Ohr fehlte: Dort, wo es eigentlich hätte sitzen sollen, war ihr Schädel glatt, als hätte jemand es ihr einfach abgeschnitten.

Eine kurze Übelkeit überkam sie, die sie daran erinnerte, dass da etwas war. Etwas, das sie gerade verdrängte. Etwas, das mit aller Macht versuchte, an die Oberfläche zu kommen.

»Antworte deiner Kommandantin.«

Es ging nicht.

Die Fremde musterte sie ausdruckslos, betrachtete ihre zerrissene Kleidung. Schließlich zuckte ein Erkennen über ihr Gesicht. Mit angespanntem Kiefer streckte sie die freie Hand aus. »Dieser Helm. Gib ihn mir.«

Als Olga nicht sofort reagierte, beugte sie sich ein kleines Stück hinab und schnipste mit dem Finger. »Willst du warten, bis der Magier da draußen erlischt und die Barriere verschwindet? Gib ihn mir.«

Ungelenk, mit schmerzenden Schultern, zog Olga sich den Helm vom Kopf, wobei warmes Blut aus ihrer Stirn quoll. Die Frau nahm den Helm, hob ihn hoch und betrachtete ihn. Was sie sah, machte sie unzufrieden. Plötzlich war ihr Gesicht dicht vor Olgas. Sie ließ den Helm zu Boden fallen, kniete sich hin und legte Olga die Hand ans Gesicht – Olga zuckte zurück, doch die Hand folgte ihr. Warme Finger auf ihrer Wange.

»Die Soldatin, die dir diesen Helm gegeben hat«, meinte sie ruhig. Fast nett. »Wo ist sie?«

Überfordert schüttelte Olga den Kopf. Vorsichtig wischte die Kommandantin mit dem Daumen einen klebrigen Tropfen weg, der drohte, ihr ins Auge zu laufen.

»Ich habe Ärzte«, sagte sie sanft. »Ich kann ihnen sagen, dass sie dich versorgen sollen. Aber erst musst du mir meine Frage beantworten.«

In ihrem Kopf knirschte und drückte alles. Als habe sich ihr Schädel mit Schnee gefüllt. Sie hob die Hand und deutete hinter die Kommandantin, auf den Trümmerberg. Auf der Spitze saß die Glocke wie ein verbeulter Hut.

Die Kommandantin zog ihre Hand schnell von Olgas Gesicht, wie von einer Herdplatte. Stattdessen packte sie sie am Oberarm. »Gutes Mädchen.«

Olga nickte nur. Es war angenehm, dass die Kommandantin sie festhielt. So musste sie sich nicht selbst auf den Beinen halten.

Die Frau schaute über ihre Schulter und rief: »Antreten!«

Von der anderen Seite der Barriere schwirrten Soldatinnen heran, wie Geister, die nur darauf gewartet hatten, heraufbeschworen zu werden. Als ihre Schultern die unsichtbare Kuppel durchstießen, erklang wieder das Knistern von Blitzen. Vier – fünf – bei sieben hörte Olga auf zu zählen. In einem sauberen Halbkreis kamen sie zum Halten, dessen Ordnung nur dadurch gebrochen wurde, dass ein paar von ihnen deutlich lädiert waren: Zwei der Männer mussten sich auf ihren Waffen abstützen. Falls sie Schmerzen hatten, konnte Olga das nicht erkennen. Alle trugen sie ihre Visiere unten.

Die Kommandantin ließ einen kurzen Blick über ihre Leute gleiten, dann nickte sie mit dem Kinn auf die Trümmer in ihrem Rücken. »Nach Überlebenden suchen. Sofort.«

Ein Mann trat vor, neigte den Kopf, schlug die Hacken zusammen – torkelte leicht, umschloss seinen Speer und zog sich wieder in eine stramme Haltung. »Was ist mit Toten?«, krächzte er.

»Liegen lassen.«

»Waffen?«

»Mitnehmen.«

»Der Geier?«

»In mein Labor. Das Auge gebe ich euch gleich mit. Und zwei von euch gehen raus und helfen den Magischen.« Trocken fügte sie hinzu: »Sie sind nur geliehen.«

Wie zur Bestätigung ertönte ein fürchterliches Kreischen und ein kurzes Zucken glitt durch die Kuppel. Alle Köpfe wandten sich in Richtung Kampfeslärm. In das Kreischen mischte sich ein verzweifeltes, wütendes Brüllen – gefolgt von einer grellweißen Lichtklinge und mehreren Blitzen.

Jemand keuchte. »Scheiße. Das Mädchen!«

Alle Blicke lösten sich vom Kampf im Schneesturm und legten sich auf den Soldaten mit dem Speer. Er selbst starrte Olga an und sie erkannte ihn an seinen grünen Augen als den Bartmann.

»Verdammte Scheiße, so war das nicht geplant.«

Die Kommandantin hob eine Hand. Er verstummte und sie schaute wieder in die Runde.

»Worauf wartet ihr? Ausrücken! – Erkläre dich, Rondor.«

»Das ist Bojans Göre«, antwortete er verbittert. Beim Namen ihres Vaters schaltete sich Olgas ganzer Körper taub. *Nein.* Während sich Bartmanns Kameraden aus der Runde lösten und begannen, die Trümmer zu erklimmen, blieb er vor der Kommandantin zurück. »Sie war bei uns im Nordostturm. Dann griffen die Frostgeier an und deine Schwester …« Auf einmal wurde er heiser. »Moment – Milan – ist sie etwa … «

»Bojan«, sagte die Frau nachdenklich. »Welcher Bojan?«

»Bojan Frost«, antwortete Rondor, um eine ruhige Stimme bemüht.

»*Frost?* Wie Olathe Frost? Mädchen, schau mich an.«

Träge hob Olga den Blick. Im Gesicht der Frau hatte sich etwas verschoben. Als würde sie sie zum ersten Mal richtig bemerken.

»In der Tat.« Ihre Hand wanderte von Olgas Oberarm zu ihrem Kinn. Vorsichtig drehte sie es zur Seite, betrachtete sie genau so, wie sie eben noch den verletzen Frostgeier betrachtet hatte. »Wenn man es weiß, erkennt man ihre Mutter.«

»Mora«, sagte Rondor. »Ich glaube, sie wird gleich ohnmächtig. Soll ich sie nehmen? Ich kann sie zu Olathe nach Hause …«

»Nein.« Noch immer schaute die Kommandantin sie an und das weiße Rauschen, das inzwischen den Rand ihres Blickfelds zerfraß, umrahmte das blasse Gesicht wie einen Blütenkranz.

»Keine Sorge.« Knapp lächelte sie. »Ich kümmere mich um sie.«

Eintrag aus dem Basis-Nachschlagewerk für Kadettinnen (aktuelle Ausgabe)

BEFEHLSORDNUNG DER STADTWACHT

DER NEUE RAT		
OBERKOMMANDANTIN		
Kommandantin der Stadtwacht	Kommandantin der Moorwacht	Kommandantin der Mondjägerinnen
Gruppenführerinnen		
Soldatinnen		
Kadettinnen		

STADTWACHT	MOORWACHT	MONDJÄGERINNEN
Zuständig für die Sicherheit und Gesetzesausübung innerhalb Erzweidens.	Zuständig für die Sicherheit der Stadtmauer, der Handelsstraßen sowie für sonstige Einsätze außerhalb der Stadt.	ELITEEINHEIT. SPEZIFISCH FÜR DEN UMGANG MIT URMAGISCHEN KREATUREN TRAINIERT. Zuständig für das Auftreiben und Töten von Irrlichtern. *Vermerk:* *Die Mondjägerinnen wurden nach der Letzten Mondjagd (3015 na. So) aufgelöst.*

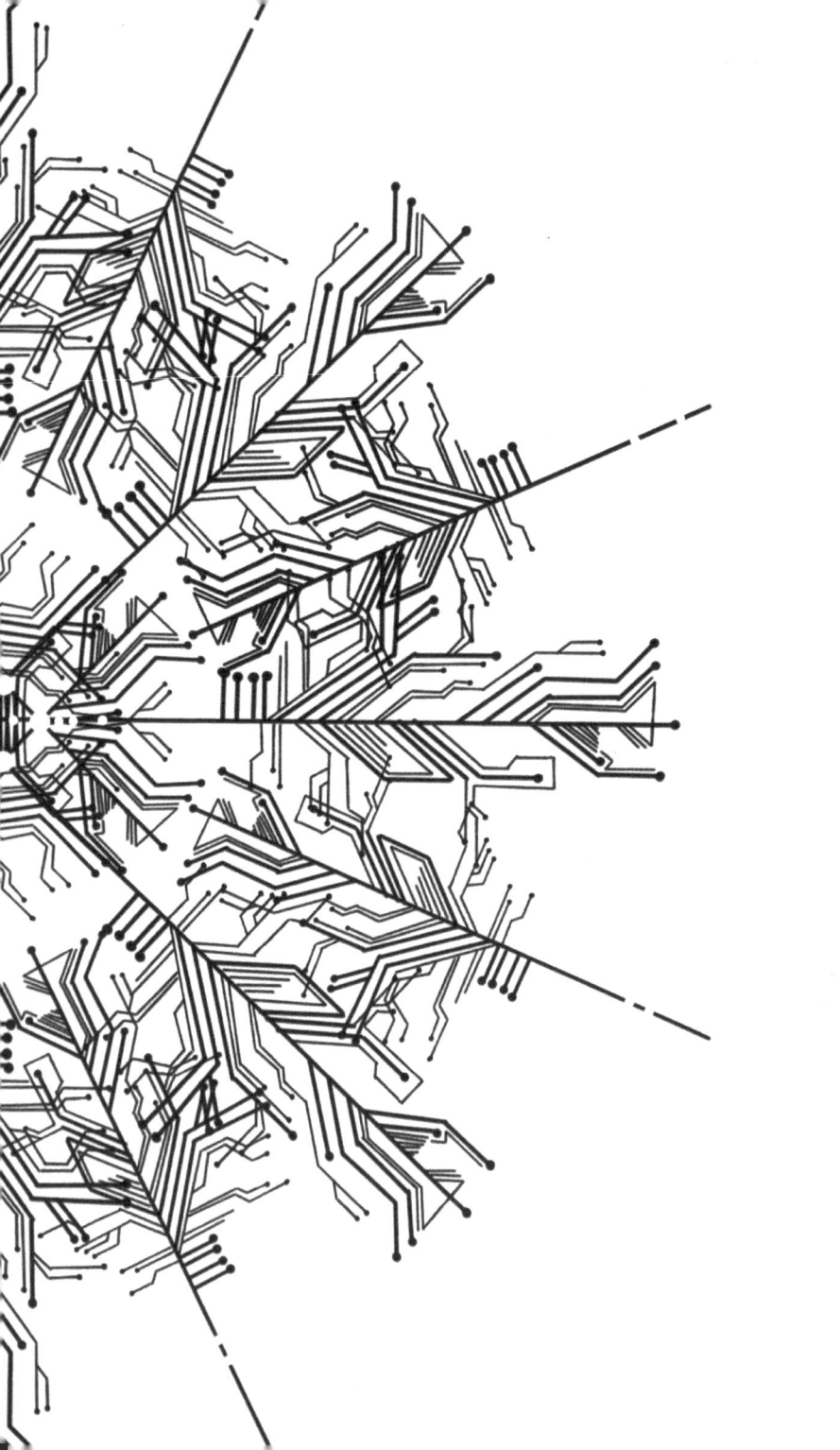

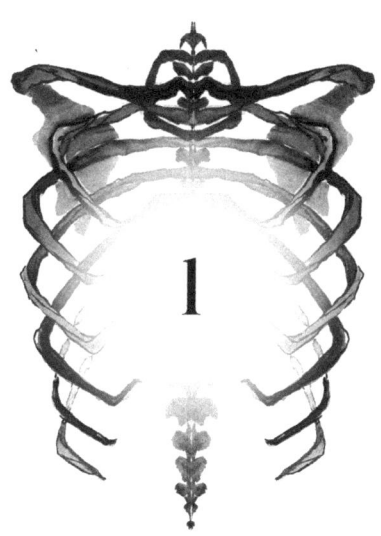

3037 nach Sonnenschlüpfen
(Gegenwart)

D as Postamt backte in der Sommerhitze. Unzufrieden
schmatzte Olga. Die Luft hier war wie in einem Schuhkarton – ein Schuhkarton mit turmhohen Regalreihen wie
Korridore, in deren Fächern schmale Briefe auf Auslieferung warteten.

Oder, in manchen Fällen, eher hofften.

Olga warf einen Blick über die Schulter. Die gehetzten Stimmen der Schreiber hallten durch das Gebäude, unterlegt von
einem Teppich aus Schreibmaschinenrattern und vermischt mit
dem einen oder anderen Lachen. Irgendwo knallte eine Tür.
Aber zu sehen war niemand.

Gut.

Routiniert kletterte sie hoch, erntete einen Umschlag aus
seinem Fach und steckte ihn in die Innentasche ihrer rotbraunen
Weste, bevor sie zu Boden sprang und der Rollleiter einen Tritt
versetzte. Laut ratterte sie davon. Zufrieden richtete sich Olga
die lockere Uniform, zog die Posttasche zurecht und stapfte raus
in den Gang.

Die Schreiber nannten diesen Gang liebevoll »Die Hauptstraße«. Olga nannte ihn »Einen erbärmlichen Witz von einem Flur mit viel zu vielen Menschen« und musste sich prompt an die Seite drücken, damit ihr ein mit Paketen beladener Karren nicht über die Füße fuhr. In den Lärm der Räder mischten sich wütende Stimmen aus der Eingangshalle.

Ein paar Schreiberinnen mit Tintenflecken auf den Lippen, dort, wo sie auf ihren Füllern gekaut hatten, steckten die Köpfe in den Gang und murmelten sich besorgt etwas zu.

Dann schauten sie erwartungsvoll zu Olga.

Olga schnaubte. Sie kannte diese Blicke, bekam sie immer zu spüren, wenn die Kacke handgreiflich wurde – als würde ihr Familienname allein bedeuten, dass sie mühelos Leute zwei Köpfe größer als sie in die Knie zwingen konnte. Und die meisten Leute *waren* zwei Köpfe größer als sie. Seit ihrem vierzehnten Lebensjahr war das Einzige an ihr, was stetig gewachsen war, ihre miese Laune.

Das Gebrüll in der Eingangshalle wurde lauter, die Schreiber und andere Postbotinnen um sie herum drängelten Richtung Tumult. Olga gab schnell auf und ließ sich von den Schaulustigen mitschieben. Vielleicht konnte sie sich einfach aus dem Postamt spülen lassen wie ein lustloses Blatt im Fluss, ohne irgendwie in die Sache verwickelt zu werden.

»Olga!«, schrie Trifon. »Da bist du ja! Komm her!«

Wäre ja auch zu schön gewesen.

Es musste hart sein, eine Stimme wie Kreide an der Tafel zu haben, da Trifons schicke Schreiberuniform ihn allerdings auf der sicheren Seite des Postschalters hielt, hielt sich Olgas Mitleid in Grenzen. Trifon wischte um die Ecke und kam vor ihr zum Stehen, ohne dass sich nur ein Haar aus seinem festen, braunen Dutt löste.

»Wer ist sauer?«, fragte sie ihn finster. »Wen habt ihr jetzt wieder gefeuert?«

»Das ist es nicht«, winkte er ab. »Ausnahmsweise.«

Ein wütender Ruf aus der Halle unterbrach ihn. Dieses Mal johlte die Menge. Auf Trifons weißen Wangen bildeten sich dunkle Flecken. Er schaute zu Olga und stach mit dem Finger Richtung Eingangshalle. »Worauf wartest du?«

»Dass ihr Pfeifen endlich eine richtige Türsteherin einstellt«, murmelte sie, doch dann gab sie sich geschlagen und drückte Trifon ihre Posttasche in die Arme. Im Laufen griff sie sich ans Ohr und öffnete ihren Ohrring: Eine flache, silberne Münze, über die eine gravierte Schwalbe flog. Sie steckte sie in ihre Tasche, zusammen mit dem grünen Ring aus Malachit, den sie sich vom Daumen zog, und schloss mit Nachdruck den Knopf.

Die erste Regel einer Kneipenschlägerei: Schmuck ablegen.

Der Gang öffnete sich und gab den Blick frei in die Eingangshalle. Der Effekt der Buntglaskuppel, ein funkelndes Gewölbe von imposanter Spannweite und Stolz des Postamtes, wurde deutlich davon gedämpft, dass es durch die Krusten Taubenschiss nur vereinzelte Flecken Licht runter auf die dunklen Fliesen schafften.

Olga warf die Trennung des Postschalters hoch, eilte auf die andere Seite und drängelte sich durch die Menge schaulustiger Morgenkundschaft zum Auslöser des Tumults.

Es war eine Magierin.

Olga wurde langsamer. *Natürlich* war es eine verdammte Magierin, mit schwarzblauer Uniform und allem. Und der deutlich kleinere Veteran, der an ihrem Kragen riss, war entweder zu besoffen oder zu lebensmüde, um das Knistern wahrzunehmen, welches die Luft um die Frau vereisen ließ.

Olga zögerte wieder. Dann setzte sie sich über ihre Gänsehaut hinweg, rannte vor und packte den Kerl am Oberarm. »Hey! Opa!« Die fremde Nähe ließ ihren Kiefer erhärten, nur suchte Trifon schon seit einer Weile nach einem Grund, ihr Gehalt noch weiter zu kürzen. Also hielt sie den Veteranen fest, versuchte, ihn von der Magierin abzudrängen. »Reg dich ab. Das Postamt ist neutraler Boden.«

Der Opa ignorierte sie. Seine freie Hand hing immer noch am Kragen der Magierin, die Trauermünzen an seinem Ohr klingelten bei jedem Ruck. »Willst sie durch den Dreck ziehen, was?« Speichel sprühte von seinen Lippen.

Doch die Magierin war von der ganzen Sache ziemlich ungerührt. Ihr Gesichtsausdruck war ruhig, fast schon gelangweilt. »Ich muss sie gar nicht durch den Dreck ziehen«, sagte sie mit einer Stimme, bei der Olga an kaltes Öl denken musste. »Sie kriecht doch schon von allein.«

Als Antwort rammte der Mann ihr die Faust ins Gesicht. Das Knacken eines Knochens hallte durch den Raum, begleitet von einem kleinen *Uff* der Schaulustigen.

Wenigstens guckt sie jetzt nicht mehr gelangweilt, dachte Olga milde überrascht, als der Kopf der Frau nach hinten schnappte. Blut spritzte aus ihrer Nase und auf den Boden.

Eine Erinnerung. Das Labor im Keller. Blut auf den Fliesen, vermischt mit schaumigem Speichel. Der Geruch nach dem Angstschweiß eines Tieres, überlagert vom Stechen der Säuredämpfe. Eine Axt in ihrer Hand.

Instinktiv zuckte Olga zurück. Sofort riss sich der Veteran aus ihrem Griff. Wie ein knorriger Hund sprang er die Magierin an, warf sie zu Boden und schloss seine Finger um ihren Hals. Ihr Japsen riss Olga aus ihrer Schockstarre.

»Hey!« rief sie abermals und sprintete vor. Hinter ihr rumorte die aufgebrachte Menge, Angstlaute mischten sich unter Anfeuerungsrufe. Niemand kam ihr zur Hilfe. Olga stieß einen Fluch aus, schlang die Arme um die Rippen des Veteranen und zog. Er schüttelte sie mit einem Knurren ab, mit der anderen Hand immer noch an der Kehle der Magierin, deren Hacken laut auf den Fliesen zappelten. Olga packte den Kerl erneut. Genauso gut könnte sie versuchen, einen Fisch zu halten.

»Okay, du Arsch«, schnaufte Olga mit zorniger Panik in sein Ohr. »Lass sie los, oder —«

Sein Ellenbogen schnellte gegen ihre Stirn und ihr Sichtfeld zerknallte vor Schmerz. Sie stolperte, rutschte auf dem Blut aus und stürzte auf den Rücken. Beim Aufprall wich die Luft aus ihr wie aus einer Flöte. »Verfickter …« Eine Hand am pochenden Schädel stemmte sie sich in einen wackeligen Halbsitz, ihr Blick schwimmend auf der Suche nach einem Fixpunkt.

Die Magierin gurgelte. Die Menge feuerte den Veteranen an. Olga hörte ihn, über die Magierin gebeugt, die Stimme gefasst. »Weißt du, Magiegeburten wie dich haben wir früher im Brunnen ertränkt.«

Okay, jetzt ist es persönlich. Olgas Blick fand seinen Fokus wieder. *Milan wird so sauer werden.* Aber das Risiko musste sie wohl eingehen. Mit einem frustrierten Laut griff sie in ihren Stiefel und riss die Pistole aus ihrem Knöchelholster.

Hinter ihr ertönte ein mahnender Ruf, den sie als Trifon erkannte. Statt auf ihn zu hören, drückte sie dem Opa die Pistole in den Nacken.

Er erstarrte.

»Ich hab gesagt, *neutraler Boden!*«, schrie sie mit pochender Stirn und ein wenig wackelig auf den Beinen. Die Magierin kämpfte immer noch hörbar nach Luft, also löste Olga die Sicherung. Das Klicken durchschnitt die plötzliche Stille der Eingangshalle. »An deiner Stelle würde ich es nicht drauf ankommen lassen«, mahnte sie.

Einen Moment schien der Veteran ernsthaft zu überlegen, ob eine erdrosselte Magierin ihm die Kugel nicht wert wäre. Dann, zu Olgas Erleichterung und der Enttäuschung einiger Zuschauer, ließ er die Magierin los – sofort riss Olga ihn nach hinten, stieß ihn auf die Seite und zwang ihn dann auf den Bauch. Protestierend wollte er sich hochstemmen, doch sie stupste mit der Waffe gegen seinen Hinterkopf, ein Knie in seinem Kreuz. »Denk nicht mal dran, Rentner.«

Schnaufend verrenkte er den Kopf und sah sie zum ersten Mal richtig an, bemerkte ihr langes, rotes Haar, das im Gerangel unter ihrer Postmütze hervorgerutscht war. Zischend schleuderte er ihr einen Satz auf Gischt zu. Olga sprach selbst kein Gischt, doch sie hatte ihre Mutter oft genug fluchen gehört, um eine Beleidigung zu erkennen. »Jaja, du mich auch«, murrte sie und drückte das Knie noch ein wenig tiefer.

Der Alte reagierte, indem er anfing zu schreien und sich zu winden, als habe sie höchstpersönlich seine Kinder geköpft.

Schritte ertönten hinter ihr, hastig und schwer, und ein dreckiger Stiefel tauchte am Rand ihres Blickfelds auf. »Brauchst du Hilfe?«, keuchte jemand über ihr.

»Ach, *jetzt* fragst du?«, fauchte sie. Eine verdutzte Pause. Dann ging der Fremde endlich neben ihr in die Hocke und half ihr, den schreienden Rentner am Boden zu halten.

Olga musterte ihren Helfer. Er trug ein altes Hemd und Hosen, stank nach Maschinenöl und Teer verklebte ihm die braune Haut und die kurzen Haare. Eindeutig ein Fabrikarbeiter, mit gleich fünf Trauermünzen am Ohr und einem jungenhaften Gesicht, das nicht so ganz zu seiner schrankartigen Statur passen wollte.

Olgas prüfendes Starren schien ihn nicht zu stören. Stattdessen klebte seine Aufmerksamkeit an der Pistole in ihrer Hand.

»Vielleicht solltest du die wieder einstecken?«, schlug er höflich vor.

Sie rümpfte genervt die Nase, doch er hatte einen Punkt. Die Leute glotzten, ein paar deuteten mit dem Finger auf sie. Olga ließ die Sicherung wieder einschnappen, steckte die Waffe zurück in ihr Knöchelholster und zog das Hosenbein über den Stiefel. »Kannst du ihn allein halten?«, fragte sie den Fabrikarbeiter.

Nachdenklich schaute er auf den zappelnden Veteranen in seinem Griff. »Ich denke schon.«

Der Opa sah es als Stichwort, sie wieder zu beschimpfen – dieses Mal nicht in Gischt, sondern in Silber. »Salz über dein Haupt, Schlampe!«, brüllte er, die Sehnen in seinem Hals gespannt wie Drahtseile. »Wo ist deine Ehre? *Eine Mondgeburt zu verteidigen!* Kommandantin Mora wird davon erfahren! Sie wird erfahren, was das Miststück über sie gesagt hat!«

»Das ist nicht nett«, seufzte der Fabrikarbeiter und würgte ihn ab, indem er ihn platt zu Boden drückte, aber Olgas Aufmerksamkeit war geweckt.

»Wenn du so weitermachst, kannst du Mora im Knast persönlich davon erzählen«, antwortete sie. Doch ihrer Stimme fehlte der nötige Biss. Sie stand auf, trat vom Veteranen zurück und sah sich nach der Magierin um.

Diese hatte es inzwischen geschafft, sich auf die Knie zu ziehen, das Gesicht zu Boden gerichtet. Eine Hand am Hals hustete sie laut und rasselnd, ihre Wut erfüllte knisternd die Luft und hielt die Leute in einem großen Kreis auf Abstand.

Olga stellten sich die Nackenhaare auf. Es war wie der Geruch vor einem Gewitter oder der Hauch eines fernen Brandes – Gerüche, die an ihren Urinstinkten zerrten und sie in Alarmbereitschaft versetzten. Sie beruhigte ihre Nerven damit, dass die Dame hier offensichtlich zu viel Selbstbeherrschung für einen magischen Querschläger besaß. An ihrer Stelle hätte Olga den Angreifer wahrscheinlich mit einem Blitz zu Staub gebraten, sobald er auch nur ihre Schulter berührte.

»Ey, du.« Vorsichtig machte Olga einen Schritt in ihre Richtung. »Kommst du klar?«

Die Magierin hörte auf, zu husten, und richtete sich auf. Ihr blondes Haar rutschte nach hinten, offenbarte ein markantes Antlitz mit reiner Haut und gezupften Augenbrauen. Der gepflegte Effekt wurde allerdings ein wenig durch den rohen Spalt gestört, der quer über ihre zertrümmerte Nase klaffte und Blut über ihren ganzen Hals tropfen ließ. Aus eisgrauen Augen warf sie einen Blick in die Menge der Schaulustigen. »Habt ihr nichts Besseres zu tun?«

Ein ertappter Schauer ging durch die Gaffer. Murmeln, Räuspern, ein paar Seitenblicke. Hastig zerstreuten sich die Leute in der Eingangshalle und reihten sich zurück in die Schlangen ein. Genau so schnell, wie er zum Stillstand gekommen war, erreichte der Postamtstrubel seine übliche, schnatternde Lautstärke.

Befriedigt wandte sich Olga wieder an die Magierin. »Soll mein Chef die Stadtwacht …«

Die Magierin schnippte mit dem Finger. »Taschentuch.«

Überrumpelt schaute Olga auf die ausgestreckte Hand. Dünne Tätowierungen schmiegten sich um die blassen Finger, so filigran, dass sie fast darüber hinwegtäuschten, wie viel Zerstörungskraft sie in Schach hielten. Die Manschette der Uniform schloss sich maßgeschneidert um das Handgelenk der Frau. Aus der Nähe konnte Olga die Silberfäden sehen, in den nachtblauen Stoff verarbeitet wie teures Haar.

Olga schob den Kiefer vor, griff in ihre Tasche und zog ein Tuch heraus, ein Stück grobes Leinen ohne Saum. Die Magierin rupfte es ihr aus den Fingern und führte es sich ans Gesicht. Sofort blühten rote Flecken im Gewebe auf.

Kurz beobachtete Olga die Magierin still. »Gern geschehen.«

Die Magierin blinzelte irritiert, bevor sie knapp lächelte und sich abwandte, behutsam ihre Nase abtupfend. Olga runzelte die Stirn. *Das Taschentuch sehe ich wohl nie wieder.*

»Frost!«, rief Trifon.

Ein verärgerter Stich gesellte sich zum Schmerz an ihrer Stirn. Sie fuhr herum, funkelte den Schreiber an, der unberührt mit schnellen Schritten herantrabte wie ein verdammtes Dressurpony. In den Händen hielt er Olgas Posttasche.

»Ernsthaft?«, fuhr sie ihn an, als er vor ihr stehen blieb.

»Was?«, fragte er verdutzt. »Was ist?«

»Schrei meinen Nachnamen doch gleich bis nach Nordport, wenn du schon dabei bist, Arschloch«, schimpfte Olga, während um sie herum der Effekt des Namens bereits einsetzte. Die Magierin starrte sie schockiert an und der Fabrikarbeiter, der immer noch den Schreihals am Boden hielt, hob interessiert den Blick. Den armen Veteranen traf die Erkenntnis allerdings am heftigsten. Sein faltiges Gesicht verzog sich zu einem solchen Unglauben, dass Olga für eine Sekunde fast Mitleid mit ihm bekam. So oft an einem Tag das eigene Weltbild zerfallen zu sehen, konnte in dem Alter nicht gesund sein.

»Entschuldigung? Hey!« Trifon zuckte zusammen, als Olga ihm die Tasche entriss und den Gurt über ihre Schulter warf. »Hey!«, rief er wieder, während sie kehrtmachte und in Richtung Ausgang losstapfte.

»Ich bin schon viel zu spät dran«, rief sie ihm über die Schulter zu.

»Frost!«, rief er verärgert.

»*Frost?*«, schrie jetzt auch der Veteran. Er bäumte sich unter dem Griff des Fabrikarbeiters auf, die Stimme hoch vor Angst. »Wie – wie *Olathe* Frost?«

»Keine Sorge.« Sie befestigte ihren Ohrring, drehte sich um und schenkte ihm ein diabolisches Lächeln. »Ich hetze dir schon nicht die ach so große Letzte Jägerin auf den Hals.«

Damit verließ sie das Postamt, grimmige Zufriedenheit im Gang. Wenigstens für ein wenig Drama war der Name ihrer Mutter noch zu gebrauchen.

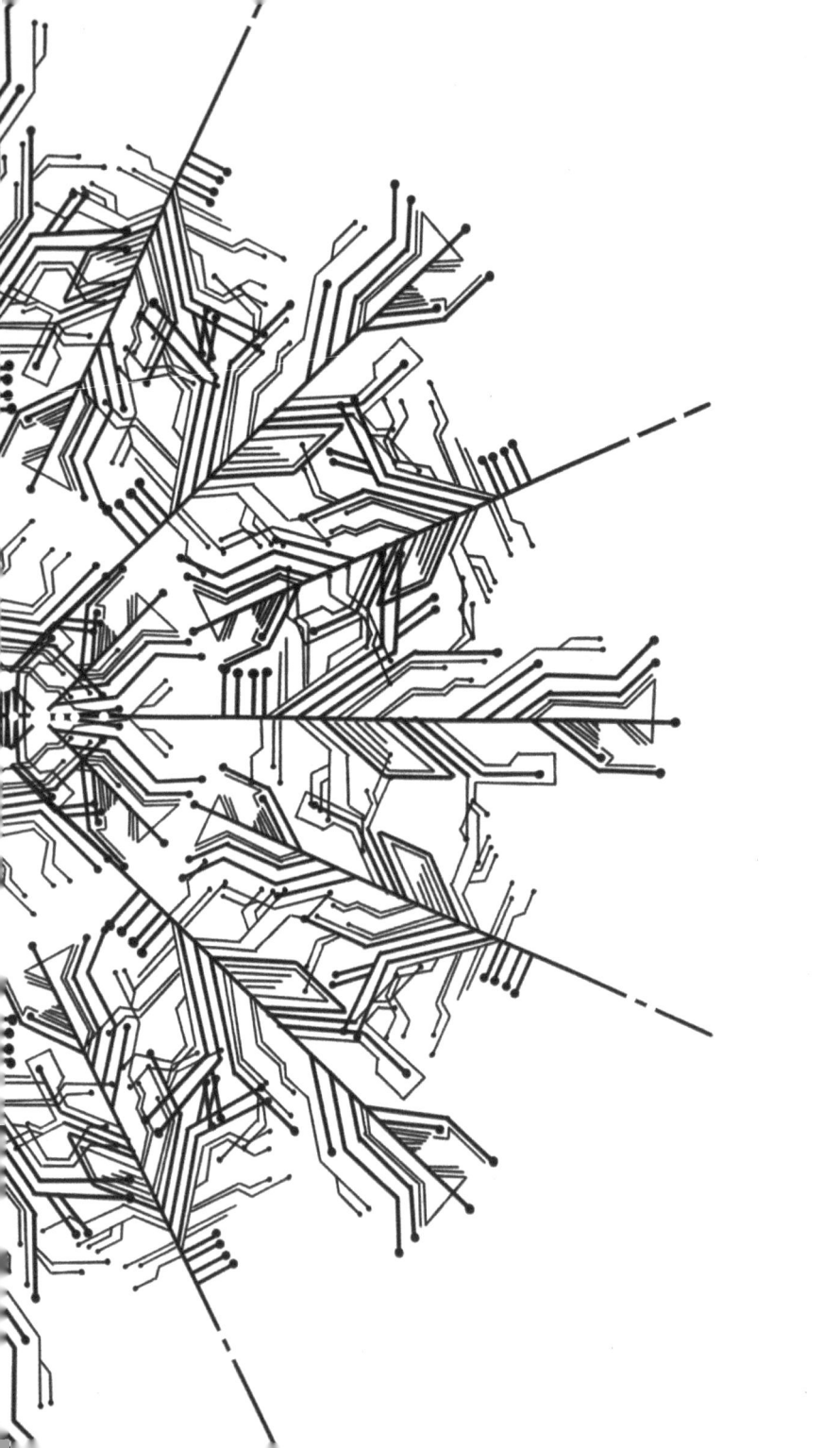

FLYER DES ERZWEIDEN TOURISMUS E. V.

BUCHE JETZT EINE RUNDREISE* DURCH
UNSER SCHÖNES ERZWEIDEN
UND SICHERE DIR BEI VORLAGE DIESES
COUPONS EINEN FAMILIENRABATT SOWIE
EIN EXKLUSIVES TRINKFLÄSCHCHEN!

*Der Erzweiden Tourismus e. V. übernimmt keine Haftung für Haustiere, doppelt gebuchte Zimmer, Qualität des Trinkwassers in den Unterkünften, Diebstahl, Überfall, Sonnenbrand, Stichwunden, Knochenbrüche oder sonstige Verletzungen (egal ob physischer oder psychischer Natur), Einsturz von Gebäuden oder Sehenswürdigkeiten sowie Vergiftungen beim Besuch der Fabriken. Stornierung auch im Todesfall ausgeschlossen.

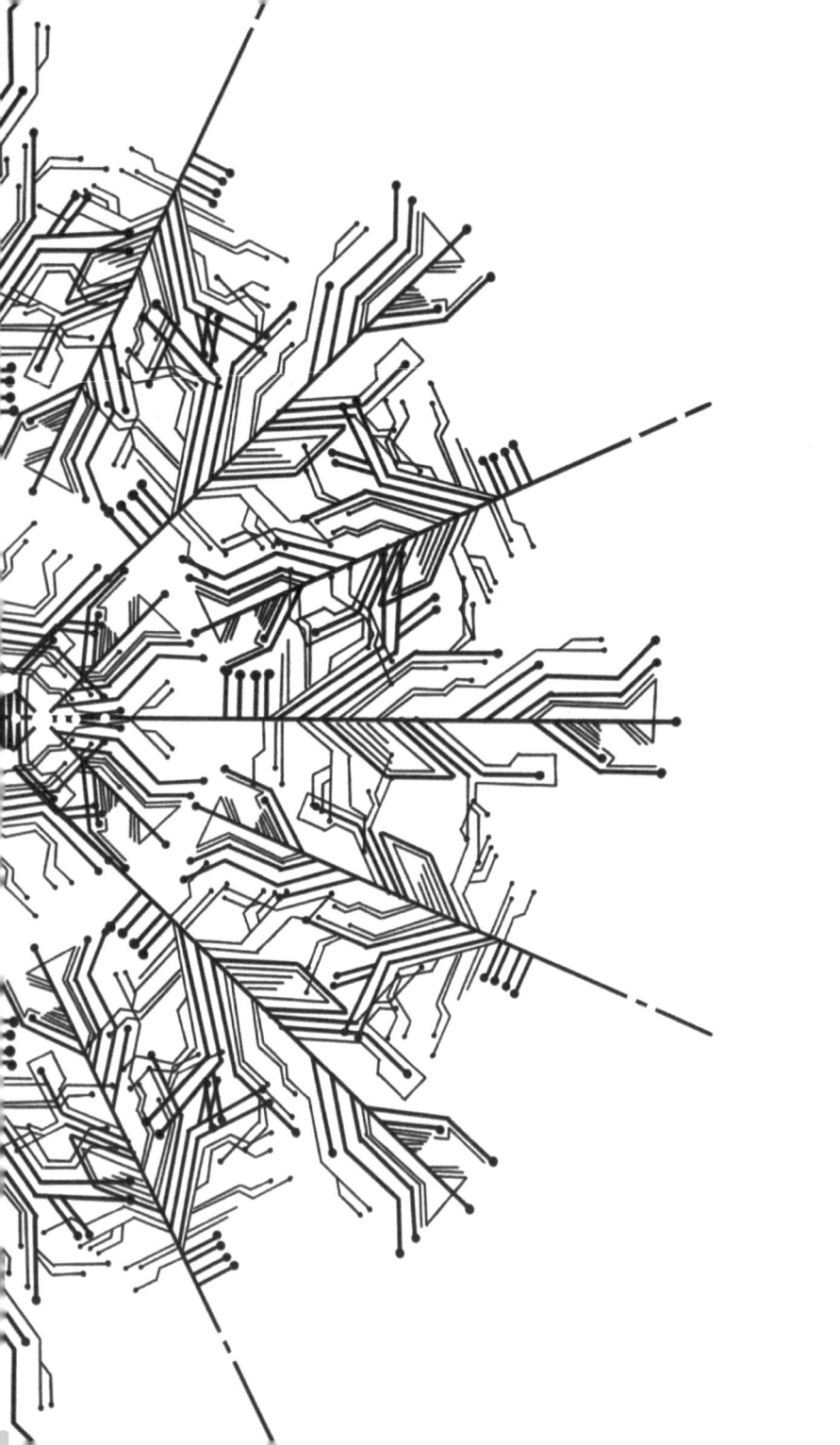

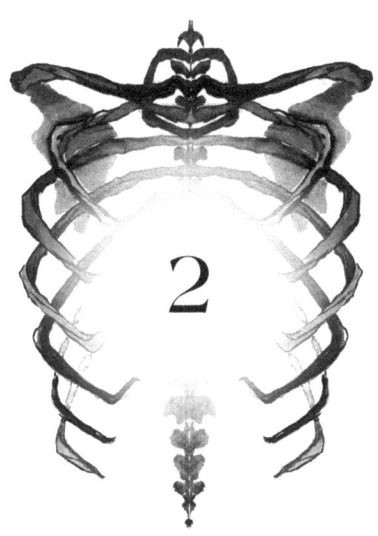

2

3037 nach Sonnenschlüpfen
(Gegenwart)

Erzweidens Straßen platzten aus allen Nähten. Händlerinnen prügelten Karren mit Obst und Eisenwaren den Berg hoch, Fabrikarbeiter zwängten sich Schulter an Schulter Richtung Postamt und Hospiz, und nach nur wenigen Schritten versengte die Sonne Olga bereits den Nacken.

»Kinder der Sonne!«, schnitt wie aufs Stichwort die schrille Stimme eines Jüngers durch den Lärm. Automatisch drehte sich Olga um. Der Mann stand auf einer Kiste, Hände gen Himmel gerissen und dort, wo seine Anzugsjacke offen stand, pellte ihm die Sonne bereits die oberste Hautschicht von den Schlüsselbeinen. »Kommt her und hört die Botschaft des Hohepriesters!«, brüllte er. »Die Weisheiten des Erleuchteten, des Sehenden ...«

Missmutig sah Olga sich um. Ein Jünger der Doppelsonne kam selten allein. Vor allem zu dieser Jahreszeit predigten sie in Rudeln, sangen und rekrutierten an jeder Straßenecke in Vorbereitung für das Maskenfest, welches in einem Monat die Stadt zum Beben bringen würde. Wenigstens das musste Olga ihnen lassen: Die Kultisten wussten, wie man eine gute Party schmiss.

Mit ihren gelben Anzügen stachen sie aus der Menschenmenge heraus wie Pickel auf einem Gesicht. Olga erspähte den jungen Anwärter in genau der Sekunde, in der er sie ins Visier nahm und sich mit flatternden Broschüren in Bewegung setzte. »Du da, junge Postdame!«, rief er strahlend. »Hast du ein Ohr für die alten Traditionen? Oder ein Stück Silber für die Festkasse?

»Weder noch«, antwortete sie und ergriff die Flucht. Vor ihr schleppten zwei Arbeiterinnen einen Balken den Berg hinauf, sie tauchte darunter hinweg und grinste, als sie noch hörte, wie die Frauen ihren Verfolger anblafften, weil er im Weg stand.

Statt der Straße weiter Richtung Knieplatz zu folgen, bog Olga rechts in eine Parallelstraße. Obwohl es nicht einmal Mittag war, flirrte der Boden schon von der Hitze. Nicht mehr lange und es würde selbst in den Schatten unerträglich sein. Das Gerangel mit dem verdammten Veteranen hatte ihr wertvolle Arbeitszeit gestohlen. *Na dann.* Gelangweilt zog Olga den ersten Brief aus der Posttasche und steuerte die Hintertür des Schusters an, bückte sich, ließ den Umschlag unter der Tür hindurch ins Wohnhaus schießen und stapfte weiter, bereits den nächsten Brief in der Hand. Tür ansteuern, bücken, Brief durchschieben. Weiterrennen.

Nach zwei Abzweigungen und acht weiteren Türen war der Bund ihrer Kappe nass geschwitzt. Auf ihrer Stirn bildete sich eine dicke Beule und auch ihr restlicher Körper nahm ihr die Prügelei übel. Ein steifer Schmerz setzte sich in ihren Muskeln ab. Sie war echt aus der Übung. Scheiße, wenn es jetzt schon so weh tat, wie würde es dann erst heute Abend aussehen?

Und das Ganze ausgerechnet für eine Magierin.

Wenn es nicht so ironisch wäre, wäre es fast schon witzig.

Der nächste Umschlag war groß, blickdicht, mit Wachssiegel und einem dicken roten Stempel in der Ecke. Olga verdrehte die Augen, setzte einen Fuß vom Bordstein und sprang sofort zurück, als ein Brauereikarren an ihr vorbeidonnerte, die riesigen Zugtiere so nahe, dass ihr eine Duftwelle aus Dung und Schweiß an die Wange schlug. Angewidert überquerte sie die Straße, stieg die Stufen zur Haustür hoch und schlug mit der Faust auf die Klingel.

Irgendwo tief im Inneren meldete sich eine Glocke. Olga trat von einem Fuß auf den anderen, schaute hinter sich. Der Lärm des Handwerksviertels ließ ihre Kopfschmerzen zu solcher Intensität anschwellen, dass sie das Öffnen der Haustür überhörte.

»Ja?«

Olga zuckte zusammen und drehte sich um. Eine winzige Frau mit Uhrmacherbrille glotzte sie an. »Maretta Bergspross?«, las Olga vom Brief ab.

»Die bin ich. Ah, wie schön!« Die Frau schob sich die Brille auf die Stirn, wobei ein paar Rädchen und Ketten leise klickten, und nahm den Umschlag entgegen. Bei dem Anblick leuchteten ihre Augen auf. »Wunderbar! Auf den Auftrag hab ich schon gewartet, das ist ein sehr spannendes Projekt …«

»Toll«, meinte Olga trocken und reichte ihr den Stift und das Klemmbrett aus dem Seitenfach ihrer Tasche. »Ich brauche eine Unterschrift.«

Die Frau unterschrieb so schwungvoll, als wollte sie das ganze Blatt nutzen, bevor sie Olga das Brett zurückreichte. Olga spürte ihren aufmerksamen Blick wie eine Berührung im Gesicht.

»Dich kenne ich gar nicht«, stellte sie freundlich fest. »Trägst du immer im Handwerksviertel aus?«

»Nein«, log Olga, verstaute das Klemmbrett, richtete sich auf und tippte sich an die Mütze. »Muss weiter. Einen schönen Tag noch.«

Ohne eine Antwort abzuwarten, drehte sie sich um und spürte, wie der Blick ihr die Stufen hinab folgte, bis die Tür ins Schloss fiel. Ein wenig Spannung wich aus Olgas Schultern. Klar, sie fehlte oft auf der Arbeit, aber das musste man ihr doch nicht unter die Nase reiben, verdammt.

Vor ihr am Straßenrand hockte ein Bettler und hielt ihr eine Dose hin. Ohne Augenkontakt aufzunehmen, lief sie an ihm vorbei und stopfte hier und da einen Brief durch die Türschlitze. Einen ganzen Stapel Briefe später lief Olga bergab in eine Kurve, wobei sie sich an einer Mauer abstützen musste, um das Gleichgewicht zu halten. Alter, diese Hitze war steineschmelzend. Sie erreichte einen Torbogen, fügte sich in den Strom der Menschen ein und ließ sich von ihm treiben, bis sie wieder genug Platz hatte, um ihre Ellenbogen zu bewegen.

An einem Hauseingang vor ihr unterhielten sich zwei erloschene Magier, wie ihre grauen Roben verrieten, die langen Haare ordentlich in den Nacken gekämmt, die Kragen bis zur Kehle hochgeknöpft.

Oh, oh.

Olga wurde langsamer. Nur, weil die beiden Kerle keine Magie mehr besaßen, machte sie das weder harmloser als die hochnäsige Frau im Postamt, noch bedeutete es, dass sie ohne Eskorte waren. Verstohlen sah sie sich um. Und tatsächlich: Keine drei Meter hinter den beiden, auf einem Stapel Kisten, thronte eine Hundsziege.

Um sich zu beruhigen, rief sie sich ihre Pistolen in Erinnerung.

Knöchelholster, Hosenbund, geladen, zwölf Schuss.

Die Hundsziege starrte sie an, groß wie ein Wolf, ihre Hörner noch mit dem Flaum eines Jungtieres bedeckt, doch ihr Gebiss war bereits voll ausgebildet. Und wie bei jeder Hundsziege war es das Gebiss, das zählte. Die kribbelnde Präsenz von Magie erfüllte die Luft, schickte eine knisternde Gänsehaut über ihre Arme.

Langsam ging Olga vorbei, mied den direkten Blick in die goldenen Augen und spürte, wie die Kreatur ihre Aufmerksamkeit wieder auf jemand anderen richtete. Hinter sich hörte sie einen Händler, der scharf Spucke durch die Zähne zog und dann die Straßenseite wechselte. Olga sah über die Schulter. Die Hundsziege richtete sich auf, streckte sich gähnend, bevor sie von den Kisten sprang und sich auf lautlosen Pfoten an die Fersen des Händlers heftete. Die Menschenmenge spaltete sich vor ihr wie das Meer vor einem Boot. Mit einem zufriedenen Fauchen und einem Schlag des Schweifes wischte die Hundsziege um die Ecke und außer Sicht.

Olga spürte die Grenzen zwischen den Stadtvierteln so deutlich wie einen Nagel unter dem Schuh, wie alle, die in Erzweiden aufgewachsen waren.

Die Kathedrale der Kerzen lag kurz vorm Knöchelbrunnen,

genau auf der Kante von Handwerksviertel und Fabrikviertel. Weiter die Straße runter, vorbei an den vernagelten Mineneingängen, provisorischen Werkstätten, Ateliers und Kneipen, flossen die engen Behausungen der Arbeiterschaft gleich an gleich den Berg hinab, um schließlich an den Stadtmauern zu branden.

Der Gestank nach verbanntem Torf und Sonnensäure allein war schon Grund genug, warum Olga niemals hier leben könnte. Sie schaute auf, betrachtete die massiven Schornsteine der Stahlfabrik, wandte sich ab und steuerte stattdessen die Kathedrale der Kerzen an.

Die Kathedrale galt als eine der kleineren Fabriken in Erzweiden, das machte ihre Fassade jedoch nicht weniger gewaltig. Schief und bis auf ein paar dreckige Flecken Glas unterm Dach fensterlos hockte das Gebäude da. Dutzende kleine Schornsteine ragten ohne ersichtliche Ordnung aus den Wänden, malten graue Streifen Rauch auf den Putz und ließen die Fabrik aussehen wie einen Käse, der von einem Igel angegriffen wurde.

Aus dem Tor quoll Olga der Geruch von Fisch, Essig und Wachs entgegen, von der Hitze zu einem unerträglichen Gestank aufgekocht. Sie würgte, vergrub die Nase in ihrem schwarzen Hemdärmel und ging hinein.

Die Kathedrale produzierte Wasserfeuerkerzen, eines der wichtigsten Exportgute Erzweidens und der einzige Grund, warum Hafenstädte wie Nordport und Schwarzfarn sich von Erzweiden so viel Mist gefallen ließen. Der Feuerkanal – die einzige Schifffahrtsroute, auf der Seefahrende nicht regelmäßig von Sirenen zerfleischt wurden – wäre ohne Wasserfeuer nicht möglich. Erzweiden lieferte Wasserfeuerkerzen, Nordport küsste dankbar Erzweidens Stiefel und starb dann innerlich ein Stück, wenn der Neue Rat mal wieder nachfragte, ob man die Zollpreise nicht ein wenig drücken konnte.

Ein Geschäft, das wortwörtlich zum Himmel stank.

Mit tränenden Augen stapfte Olga in den Gang zwischen Töpfe so groß wie Wasserspeicher, in denen das Wachs blubberte. Ein Gewirr aus Plattformen, Ösen und Schienen schoss von Wand zu Wand, belebt von gut hundert Arbeiterinnen, die in braunen Einteilern Ketten auf und ab turnten wie verschwitzte Spinnen.

Olga schmunzelte. Wenigstens um diesen Job war sie bis jetzt herumgekommen.

»KOPF RUNTER!«, brüllte eine Arbeiterin. Gerade rechtzeitig, dass es nur Olgas Postmütze erwischte.

Olga fuhr in die Hocke. Eine Stahlkette flog über sie hinweg und schlug gegen den nächstliegenden Topf. Der Aufprall dröhnte in ihren Ohren wie ein Glockenschlag, und kurz schwappte Schnee in ihre Lungen. Dann war der Moment vorbei und Olga war wieder auf den Beinen. Ihr Herz schlug ihr in den Ohren.

»Passt doch auf!«, blaffte sie.

»Hey, hast gute Reflexe«, kam eine Antwort von oben.

»Einfach mal 'nen Helm aufsetzen, du Touristin«, rief jemand anderes.

Olga riss ihre Mütze vom Boden und legte den Kopf in den Nacken. »Wer war das?«

Die Arbeiterinnen tauschten einen Blick. Dann zuckten sie mit den Schultern wie verdammt noch mal eingeübt, schlugen ihre Karabiner von den Geländern und kraxelten auf klappernden Böden davon, ratternde Kerzengestelle im Schlepptau.

»Arschlöcher.«

So schnell sie konnte, durchquerte sie den Rest der Halle. Vier Arbeiter schoben eine gerädterte Tonne auf sie zu, bis zum Rand mit türkisblauen Fischhäuten gefüllt. Den Ärmel auf die Nase gepresst, die Bänder und Schnallen an ihrer schwarzen Hose bei jedem Schritt hüpfend, stapfte sie vorbei und betrat den Lagerraum.

Hier war es deutlich kühler als in der Betriebszone, auch der Gestank hielt sich in Grenzen. Eine der großen Holztüren stand offen und von draußen schwappte das Geschnatter der Schlachter herein. Aber hier drinnen war sie alleine.

Sie blieb stehen, die Hände um den Riemen ihrer Tasche gekrallt, wobei mehrere ihrer Finger abstanden wie schief verheilte Fühler. Ihr Herz raste. Schnee. Säure. Zitternd drückte sie die Hände auf die Augen. Der leichte Luftzug strich ihr über die Wange, brachte die Girlanden aus fertigen Kerzen hoch über ihr zum Klappern wie Windspiele aus Wachs. Beruhigend.

Olga öffnete die Augen und schaute nach rechts. Die Glasscheibe in der Wand, die das Büro vom Rest der Lagerhalle trennte, war pelzig vor Staub, aber selbst so konnte sie die Umrisse des Tisches erkennen, an dem eine Silhouette mit Hochsteckfrisur in die Schreibmaschine hackte. Olga atmete noch einmal durch, ging rüber und trat ins Büro.

Die Sekretärin wartete mit dem Meckern nicht einmal, bis die Türklingel anschlug. »Du bist dermaßen zu spät.«

Olga schloss die Tür hinter sich zu und schaute sich um. Leere Tische, kein Licht im Hinterzimmer. »Woher weißt du, dass ich es bin?«, fragte sie.

»Weil du *immer* zu spät bist.« Sonja beendete die Zeile auf der Maschine, hob den Kopf und grinste in ihre Richtung.

Irgendwie hatte sie es geschafft, sich über achtzehn Jahre das gleiche Gesicht zu bewahren: Weiche Wangen, Hasenzähne und ihre Augen zwei blinde Perlen, auf einen Punkt über Olgas Schulter gerichtet.

Milchglotze hatten die anderen Grundschüler sie damals genannt – Olga auch. Als Antwort hatte Sonja ihr ein Buch auf den Kopf geschlagen und das war der Moment, in dem Sonja für sie plötzlich interessant geworden war. Vor drei Jahren dann hatten sie etwas begonnen, was wohl eine Beziehung werden sollte, in der Umsetzung jedoch eher an eine mit Benzin übergossene Katze erinnerte, die besoffen in einen brennenden Heuschober rannte. Die gemeinsamen drei Monate waren für Olga in einem einzigen Filmriss verschwunden und das war wahrscheinlich besser so.

»Beeil dich«, sagte Sonja. »Chefin ist bald zurück und ich hänge so schon genug hinterher.« Sie stupste gegen die Schreibmaschine. Links und rechts stapelten sich Ordner bis an ihre Ellenbogen. Olga erkannte Tabellen, Rechnungen, Buchhaltungskram halt, wie alle offiziellen Schriften in Erzweiden in Punktschrift gestanzt.

»Und Chefin ist eh schon stinkig genug«, fügte Sonja mit einem Seufzen hinzu.

»Warum, weil ihr Büro mit Fenster zu einer Fischschlachterei ist?« Achtlos warf Olga ihre Posttasche auf den Boden, bevor sie in die Westentasche griff. In der Sommerhitze an ihre Brust gequetscht zu sein hatte dem gestohlenen Brief nicht gut getan: Das Wachssiegel war zu einem dunkelblauen Pfannkuchen zerdrückt, die Anschrift bis zur Unlesbarkeit verlaufen.

Aber war ja eh nicht so, als würde das Ding bei seiner Empfängerin ankommen.

»Besten Dank«, flötete Sonja, erntete den Umschlag aus ihrer Hand und steckte ihn in die Tasche ihres Kittelkleids, bevor sie ihrerseits einen Umschlag herauszog. »Und das ist für dich.«

Die Geldscheine knirschten, als Olga sie in eine ihrer Hosentaschen stopfte. Ein Glück konnte Sonja nicht die Erleichterung auf ihrem Gesicht sehen.

»Weißt du …« Die Sekretärin wuchtete die Ordner auf ihre Arme und ging mit wippenden Haaren an Olga vorbei zum Aktenschrank. »Ich weiß gar nicht, was du hast. Ich mag es, dass das Büro neben den Fischen liegt. Die Geräusche sind beruhigend.«

Durch das angelehnte Fenster hallte das Knallen der Hackbeile, nur übertönt vom Lachen der Arbeiterinnen. Olgas Blick wanderte zurück zu Sonja. »Beruhigend«, echote sie trocken.

Grinsend schob Sonja die Aktenschublade wieder zu. »Alchemie ist doch genau dein Ding?«

Olga öffnete den Mund zu einem bissigen Kommentar. Dann schloss sie ihn wieder, bückte sich und wuchtete die Posttasche zurück auf ihre Schulter. *Nicht den Streit wert.* »Wieso ist deine Chefin also stinkig, wenn es nicht die Scheißfische sind?«

»Ach, du weißt schon.« Der Bürostuhl knarzte, als Sonja sich hineinwarf und im Kreis drehte. »Neue Beschränkungen vom Rat für die Herstellung von Sonnensäure, die Marktpreise steigen, Chefins Laune sinkt. Das Übliche. Langweilig. Erzähl mir lieber von dir.«

»Ha. Wie hast du so schön gesagt? Ich bin spät dran.« Sie klopfte mit dem Knöchel auf den Schreibtisch und wandte sich zum Gehen. Sonja fing ihre Hand auf der Tischplatte und drückte sie. Olga erstarrte. Tief in ihr zog sich etwas zusammen, harrte die Berührung aus.

»Bis in einer Woche also?«, säuselte Sonja.

»Eher drei.« So gefasst wie möglich zog Olga ihre Hand zurück. »Die Leute in der Sortierung werden etwas unruhig. Zu viele Beschwerden über vermisste Post.«

»Mmmh.« Sonja lehnte sich zurück, wippte leicht im Stuhl. »Drei Wochen ist lang. Das wird dem Hohepriester nicht gefallen.«

»Oooo neeein, das ist natürlich unzumutbar. Sag ihm, wenn es ihm stinkt, kann er ja seinen gepuderten Arsch ins Postamt bewegen und selbst nach fremder Post verlangen.«

»Oh, um ihm diese Nachricht auszurichten, bezahlt er wiederum *mich* nicht gut genug.« Theatralisch seufzte Sonja, gefolgt von einer scheuchenden Handbewegung. »Na gut. Zisch ab, wenn du eh nur wieder die Spielverderberin gibst.«

»Frag doch deine Chefin, ob sie mit dir spielt. Kommt bestimmt gut an.«

Grinsend, Sonjas Mittelfinger im Rücken, trat Olga zurück in die Lagerhalle und schloss die Bürotür, bevor sie zurück Richtung Ausgang stapfte. Prüfend drückte sie die Hand auf die Hosentasche. Die Geldscheine raschelten, ein Geräusch wie Balsam auf ihren angespannten Schultern.

Eine Fuhre Veteranenkraut für ihre Mutter.

Die Nachzahlung für Kats Gehalt.

Wenn sie es geschickt anstellte, blieben am Ende vielleicht sogar noch ein paar Münzen für die längst überfällige Reparatur am Dach.

Olga wollte nie wissen, was der Hohepriester mit den Briefen anstellte, die sie für ihn mopste, und das würde auch so bleiben. Die Umschläge mit dem blauen Siegel waren das Boot, das Olga und ihre Mutter über Wasser hielt. Sie würde nicht so dämlich sein, seinen Rumpf mit Fragen zu zerstechen.

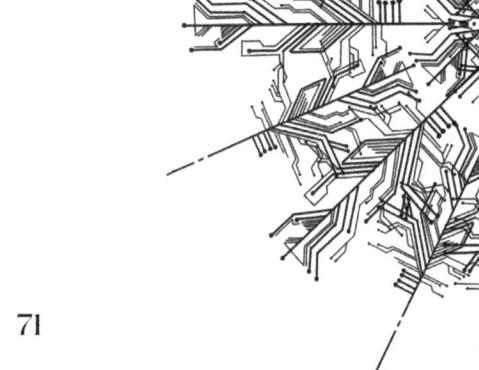

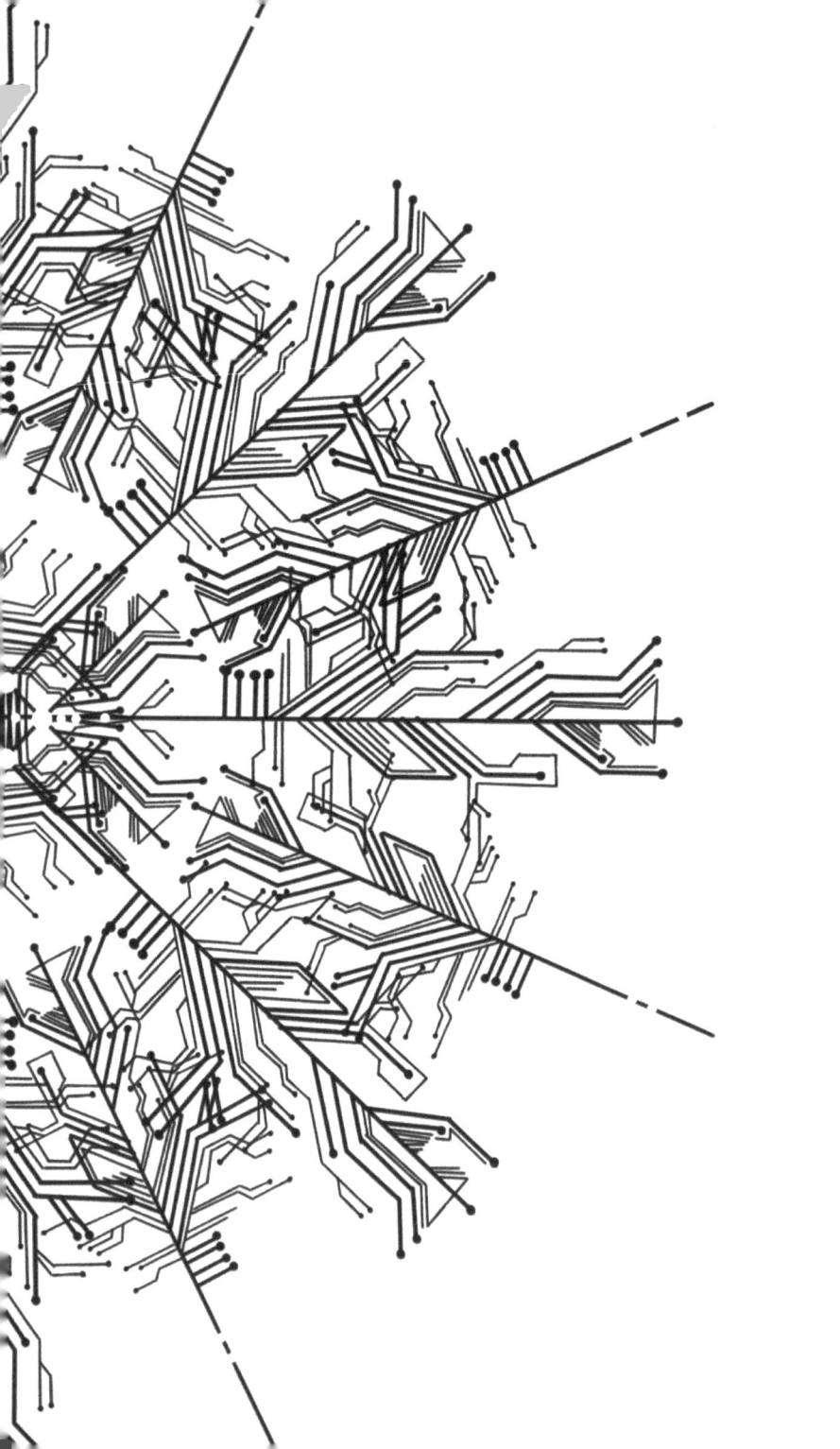

Erzweiden - Chronologie und Stadtgeschichte (Schulexemplar)

Von Prof. A. A. S. Schindel

Kapitel 13.2
Die Große Schmelze von 2888

Nachdem die Bergminen Erzweidens bereits Anfang der 2860er vollständig erschöpft waren, holte der Mangel an Riesenerz die Stadtwacht Ende der 2880er endgültig ein. Material für Waffen und Rüstungen wurde knapp.

Um überhaupt noch eine Chance gegen die Truppen der Irrlichter zu haben, befahl Oberkommandantin Vera Warnfeuer also im Sommer 2888 das Einschmelzen aller auf Riesenerz angefertigter Schriften aus den Stadtarchiven.

Vierzehn Archivarinnen widersetzten sich dem Befehl mit der Begründung, durch das Einschmelzen der Schriften würde ein Großteil des kulturellen Erbes der Menschheit verloren gehen. Die Oberkommandantin erwiderte, dafür würde die Menschheit wenigstens Erben haben, und ließ die Archivarinnen in die Schmelzfeuer werfen.

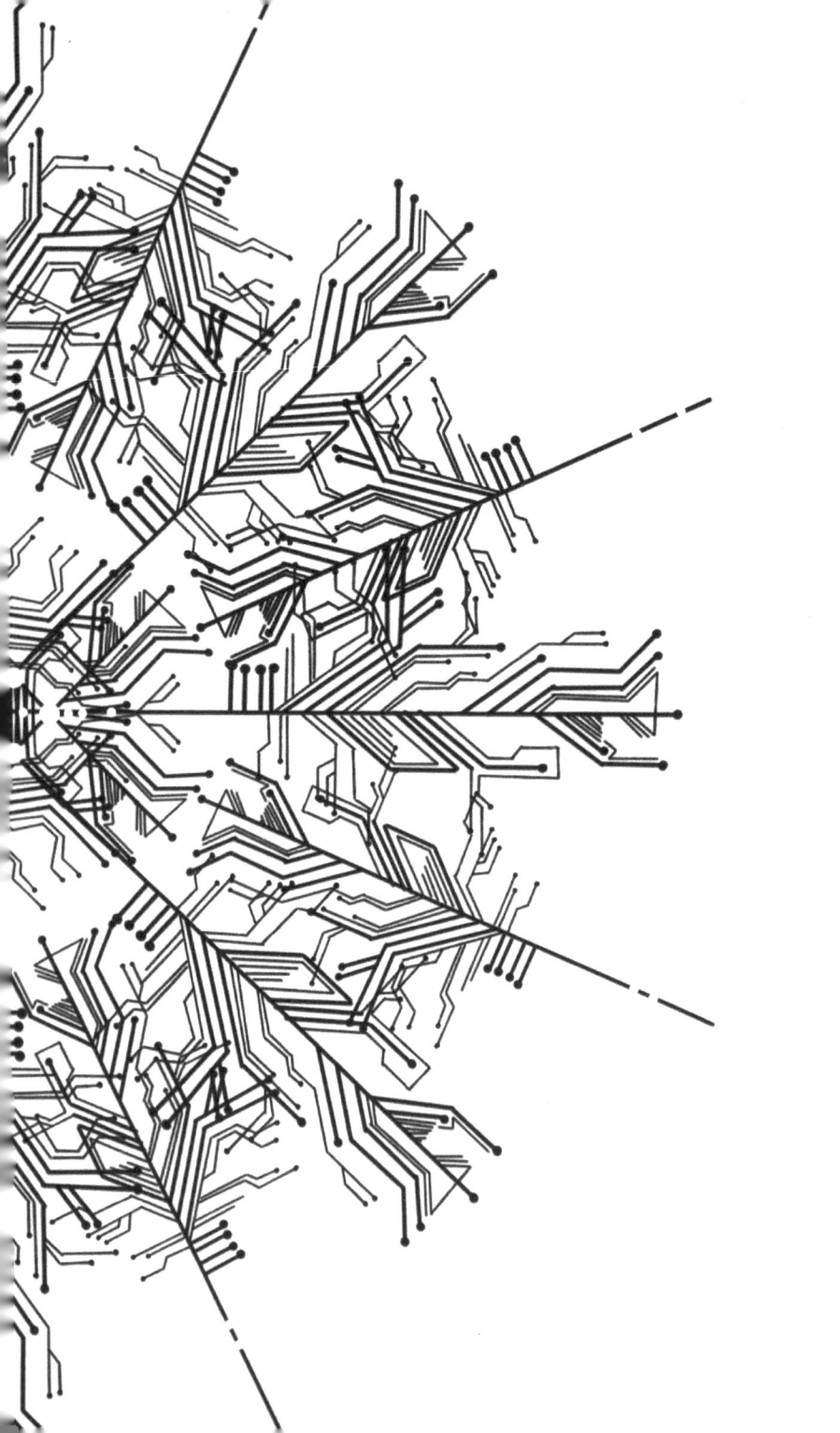

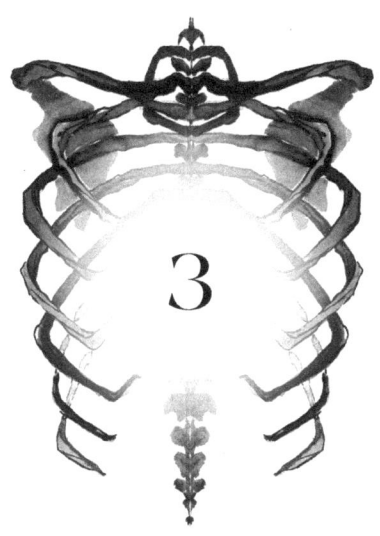

3

3037 nach Sonnenschlüpfen
(Gegenwart)

Mit glühendem Nacken und einem vollendeten Tag auf dem Rücken kroch Olga den Wadenhügel hoch zurück zum Postamt. Auf halber Strecke öffnete sich die Hausfassade und machte Platz für einen Springbrunnen.

Olga setzte die Kappe ab, kämmte sich das hüftlange Haar grob mit den Fingern und hielt den Kopf unter den eiskalten Strahl. Ein Helm aus purer, kühler Wohltat umschloss sie. So verharrte sie, bis sich ihr Kopfschmerztier soweit abgeregt hatte, dass es ihr nicht mehr mit Fängen und Klauen an die Schläfen sprang.

Etwas weniger mies gelaunt richtete sie sich auf und wandte sich, die nassen Haare zu einem Knoten ausgewrungen, der Aussicht zu.

Erzweidens Dächer flossen als eine einzige Bewegung aus schwarzblauen Schindeln in die Dämmerung, glitten den Berg hinab, schmiegten sich an Stufen und Gärten und verschmolzen mit zunehmender Ferne zu einer organischen Masse aus Ecken und Winkeln, nur um am Ende von den Schornsteinen der Stahlfabrik unterbrochen zu werden.

Selbst aus dieser Entfernung waren die Schornsteine gewaltig – ihre Spitzen befanden sich fast auf Augenhöhe mit dem Hüftberg.

Als Kind hatte sich Olga gefragt, ob es die Riesin Erz nicht störte, eine Fabrik direkt auf den Füßen zu haben. Musste schließlich warm werden unter all den Schmelzöfen. Olathe hatte die Gelegenheit genutzt, um ihrer Tochter zu erklären, dass man im Tod nichts mehr fühlt.

Olga glaubte ihr nicht. Dazu hatte sie zu viel von Alchemie gesehen.

Sie trat an die Balustrade der Aussichtsplattform und spähte runter. Wenn man es wusste, ließen sich die Umrisse der Riesin Erz gut erkennen, über deren Grab die Stadt erbaut war. In Fötusposition zusammengerollt, von einer dicken Schicht Stein und Erde bedeckt, war sie selbst im Tod noch eine schützende Präsenz gegen die Irrlichter.

Olga ließ ihren Blick vom Schwung der Landschaft – vom Schwung der Beine der Riesin – über die Stadtmauer und ins Silbermoor hinaus lenken. Von hier oben waren die Felder wie grünliche, dunkle Tinte, die man auf einer Glasplatte ausgekippt hatte. Ein Dunkelgrün, das vom Planeten Edera am Himmel gespiegelt wurde. Im Sommer war der Planet auch tagsüber gut zu sehen, ein gigantischer Teller, über den der kleinere, gelbe Ambra wanderte.

Leise seufzte Olga. Milan liebte die Planeten. Genauer gesagt, sie war versessen auf alte Techniken und Schriften aller Art und viele von ihnen erzählten nun einmal von den Planeten: Edera, die Alte Heimat, Ambra, der Alte Feind.

Jedenfalls *glaubte* sie, dass das so in den alten Schriften stand. War ja nicht so, als würde irgendjemand die Scheißdinger noch lesen können.

Bei dem Gedanken an Milan trat Olga von der Mauer zurück, wandte sich ab und verließ den Brunnenplatz. Wenn sie sich beeilte, schaffte sie es zurück zum Postamt und zu den Archiven, bevor sie den Haupteingang schlossen.

»Versteckst du dich immer noch hinter deinem Tresen?«, begrüßte Olga Trifon. Der Schreiber hob den Blick von seinen Papieren und schenkte ihr einen kühlen Blick über den Rand seiner Brille hinweg. In seinem Rücken prangte das Motto des Postamtes in großen goldenen Buchstaben: *Eure Information, unsere Diskretion.*

»Milan ist in ihrem Büro«, antwortete der Schreiber trocken. »Willst du ihr auch deinen Trick von heute Morgen zeigen?«

»Welchen Trick genau meinst du?« Olga schlüpfte auf die andere Seite des Tresens und ließ die Klappe hinter sich runterknallen. Vor Schreck warf Trifon fast Tinte über seine Arbeit. »Den Trick mit dem Würgegriff oder den mit der Pistole?«

»Du bist *Postbotin!* Warum besitzt du überhaupt eine Pistole?«

»Du solltest öfter mal deinen schicken Thron verlassen und durch die Straßen gehen, dann wüsstest du genau, warum, Arschloch. Man sieht sich.«

Sie konnte Trifons Gemecker noch hören, bis sie die gigantischen Regale der Sortierung hinter sich gebracht hatte und den Flur betrat, der in den hinteren Bereich des Amtes und zu den Archiven führte. Nach dem Krieg hatte der neue Rat beschlossen, das Postamt und die Archive unter einem Dach zusammenzuwerfen – wahrscheinlich, weil das allen so gute Laune bereitete.

Milans Büro lag im stummelartigen Übergangsgebäude, das beide Verwaltungen miteinander verband. Nicht gerade die ruhigste Lage, aber wer hier arbeitete, beschwerte sich über *alles*, nur nicht über eigene vier Wände.

Unter dem Türspalt kroch Licht hindurch. Olga hielt inne, öffnete ihren Dutt und stopfte ihr Hemd etwas ordentlicher in die Hose, dann hob sie die Hand und klopfte.

Keine Reaktion.

Sie wartete kurz und klopfte erneut.

Es blieb still.

Olga öffnete die Tür und trampelte ins stickige Büro. »Milan?«

Milan lag auf dem Teppich, ein zerknautschtes Buch als Kissen, ein weiteres aufgeschlagen auf ihrem Bauch, die Hand im Schlaf über ihre Augen gelegt. Olga musste grinsen. Vorsichtig trat sie in den Raum – und prompt auf einen Füller, der unter ihrem Stahlkappenstiefel knackend zerplatzte. »Ah, Kacke.«

Milans Auge sprang auf. »War das mein Füller?«

»Leg ihn halt nicht auf den Boden, wenn du schlafen gehst, Vollidiotin.«

»Ich habe nicht geschlafen. Ich habe nachgedacht.«

Nur noch breiter grinsend rieb Olga schnell ihren Stiefel am Teppich ab. »Spricht nicht gerade für deine Gedanken, wenn sie dich zum Einschlafen bringen.« Während Milan sich auf dem Teppich aufrichtete und gähnend die Sonnenbrille mit den roten Gläsern aufsetzte, griff Olga hinter sich und schloss die Tür.

»Draußen ist es nicht einmal dunkel«, schnaubte Olga.

»Nicht, dass es hier drinnen einen Unterschied macht, oder?«, antwortete Milan immer noch gähnend, zog sich an einem Stuhl hoch und humpelte um den Schreibtisch herum, wo sie einen schwarzen Schal von ihrem Stuhl zog und sich um den Hals schlang.

Olga schmunzelte, stieg vorsichtig über das Labyrinth aus Zetteln, Kaffeebechern, Büchern und Technikkrams am Boden. »Ist dein Aktenschrank explodiert, oder was?«

»Das nennt man kreatives Chaos.« Belustigt zupfte Milan sich den Schal zurecht und steckte dann die Füße zu ihrem Fußofen unter den Tisch.

Olga hob die Augenbrauen. »Du Oma«, neckte sie.

»Als deine Chefin weise ich dich an, die Klappe zu halten und einen Kaffee mit mir zu trinken.«

Demonstrativ zog Milan eine Kanne vom Fußofen und knallte sie auf den Tisch, sodass die Kerzen wackelten. Eine Dampffahne wallte Richtung Decke. Olga hielt inne, Zettel vom Hocker zu schaufeln, und kniff die Augen zusammen. »Willst du mich umbringen?«

»Er ist nur lauwarm. Ich schwöre.«

»Sagt die, die selbst in einer kochenden Badewanne fröstelt.«

Ein Lächeln. »Sagte deine Chefin nicht, du sollst die Klappe halten?«

»Du bist nicht meine Chefin«, grinste Olga. »Nur *eine* Chefin. Was ist das?«

Milan schaute beim Einschenken auf und betrachtete die Zettel in Olgas Hand. Ein Leuchten sprang in ihre Augen. »Eine Hausarbeit von der Universität in Nordport! Ich hab sie schon vor Wochen angefragt und heute kam sie endlich mit der Post. Diese neuen Eisenplatten, von denen ich dir erzählt habe? Die, die sie bei den Ausgrabungen in Schwarzfarn gefunden haben? Die *älter sind als die Sonne selbst?*«

Sie klang so stolz, als hätte sie die antiken Dinger höchstpersönlich aus dem Matsch gezogen.

»Die Professorin für Archäologie hat sie mit den Platten aus den Gläsernen Städten verglichen und einem ihrer Studenten ist eine Parallele im Schriftbild aufgefallen, *unfassbar* faszinierend, und jetzt will ich noch einmal einen Blick auf unsere eigenen Aufzeichnungen aus den sonnenlosen Jahren werfen und – und du hörst mir nicht zu.«

»Oh, doch, ich höre dir zu.« Mit einem Knarzen ließ sich Olga auf den Hocker fallen und stützte ihr Kinn auf der Hand ab. »Es interessiert mich nur nicht.«

Milan stach ihr mit dem Gehstock in den Fuß.

»Au!«

»Trink deinen Kaffee.«

Muffig gehorchte Olga, allerdings nicht, ohne Milan die Zunge rauszustrecken. Ihre Freundin umgab sich stets mit einer Aura absoluter Höflichkeit; eine Aura, die sie, seit sie in den Archiven arbeitete, zur Perfektion getrieben hatte. Umso stolzer war Olga, die einzige Person zu sein, die Milan ernsthaft aus der Reserve locken konnte.

Grummelnd schenkte sich Milan ein, hob die Tasse an ihre Lippen und sog den Geruch nach bitterer Bohne durch die Nase ein. Olga stahl sich einen ausführlichen Blick.

Milans geschlossene Augen, eingerahmt von einem großzügigen Lidstrich. Ihre kurzen Rabenfederhaare, vom Nickerchen auf dem Teppich zerwühlt und im starken Kontrast zu ihren fein geschliffenen Gesichtszügen und ihrer ordentlichen Kleidung. Und natürlich die Details: Die kleinen Muttermale auf der weißen Haut, die feine Falte neben ihrer Lippe aus der Zeit, als sie noch geraucht und sich immer eine Zigarette in den rechten Mundwinkel geklemmt hatte.

Wenn sie so wie jetzt stillhielt, sah sie der Kommandantin unfassbar ähnlich. Doch dann schlug sie die Augen auf und war wieder Milan. Ihre warme, intelligente, forsche Milan.

»Trifon sagte, du hast heute Morgen eine Waffe gezogen«, kommentierte die Archivarin in genau diesem Moment laut.

Mist.

Olga machte eine schwurbelnde Handbewegung. »Als ob. Der Pisser atmet zu viele Tintendämpfe ein.«

Milans Augenbraue wanderte hoch. »Es gab achtzehn Zeuginnen.«

»Die mir alle hätten helfen können, anstatt nur dumm rumzustehen, will ich nur anmerken.«

»Ich wusste nicht einmal, dass du eine Pistole *hast.*«

Eigentlich sind es sogar zwei, dachte Olga, biss sich aber auf die Zunge, denn ein verletzter Ton hatte sich in Milans Stimme geschlichen. Nur kurz. Dann stemmte sie sich hoch und griff über den Tisch nach Olgas Gesicht.

»Ey!«, protestierte sie.

»Trifon sagte zwar, dass du dir den Kopf gestoßen hast, aber bei deinem Dickschädel dachte ich, das ist kein Grund zur Sorge ...«

»Finger weg.« Drohend hob sie den Becher. »Aus!«

Ihre Freundin schnappte ihr die Mütze vom Kopf. Schon strichen die kühlen Finger über Olgas Stirn. Ein scharfes Ziepen schoss durch ihre Beule, ließ sie zusammenzucken. Grob schob sie Milans Finger zurück. »Lass das.«

Eine Falte sprang auf ihre Nasenwurzel. »Was hast du abbekommen, einen Hammer?« Ihre Hand streifte ihren Nacken.

»Einen Ellenbogen. Ich sagte, *lass das!*«

Olga packte die Mütze, riss sie ihr aus den Händen. Milan zögerte, bevor sie sich wieder auf ihre Seite des Schreibtisches zurückzog. Finster verschränkte Olga die Arme vor der Brust, den Blick in die Tischplatte gebohrt. Ein Plätschern, eine süßherbe Duftwelle. Dann schob sich ein frischer Becher Kaffee in ihr Sichtfeld.

»Entschuldige.«

»Schon gut. Ich mag einfach nicht, wenn ... ja.«

»Ich hab's vergessen.«

»Schon gut.«

Sie tranken, die Blicke an verschiedenen Flecken des Büros versteckt. Draußen im Flur schob jemand einen Karren vorbei. Das Klingeln von Tintengläsern biss in die Stille. Es erinnerte

Olga an das Geräusch von Eiszapfen. Schnell ergriff sie den Gedanken. Sie brauchte einen Themenwechsel.

»Meinst du, es gibt dieses Jahr einen Winter?«

»Was? Oh, nein. Ich bezweifle es.« Milan stellte ihren Kaffee ab, rieb sich fröstelnd über den Arm. »Die Späherinnen schreiben, alles sieht gut aus. Die Frostgeier wandern Richtung Westen.«

»Das klingt gut.«

»Ja.«

Stille. Ein Seufzen. Dann Milans sanfte Stimme.

»Ich sorge dafür, dass das mit der Pistole nicht nach oben wandert.«

Überrascht hob Olga den Blick. Die Archivarin zuckte mit den Schultern, lächelte an die Becherkante. Olga zog langsam die Arme auseinander, strich über die Tischkante, als wolle sie die Qualität der Holzlasur überprüfen. »Du bist nicht sauer?«

»Warum?«

»Wegen der Pistole.«

»Ach so. Nein, bin ich nicht.« Als sie Olgas Gesichtsausdruck sah, fügte sie hinzu: »Eine erwürgte Magierin im Postamt spricht auch nicht gerade für einen ‚neutralen Boden‘, oder?«

Olga betrachtete wieder die Maserung der Tischplatte. Sie glaubte ihr nicht.

Es war schwer für sie beide gewesen, damals, nach der Kommandantin. Olga konnte zurück zu ihrer Mutter gehen, aber Milan … musste um eine Anstellung kämpfen. Überraschenderweise machte es einen nicht gerade beliebt, wenn man eine Kriegsheldin wie Kommandantin Mora in den Knast steckte. Vor allem, wenn besagte Kriegsheldin die eigene Schwester war.

Schließlich hatte Avrett für Milan gebürgt und ihr eine Stelle im Archiv vermittelt. Seitdem waren Milan und ihr Bürostuhl unzertrennlich. Das Misstrauen ihrer Kollegen war geschmolzen, hatte sich erst in Respekt verwandelt, dann in Vertrauen.

Vertrauen, das Milan auf Olga erweitern konnte.

Auf einmal wogen die Geldscheine in ihrer Hosentasche so schwer, dass es ihr fast körperlich wehtat. Wäre das Postgeheimnis ein Mensch, Milan würde sich für ihn vor eine Armbrust werfen. Schnell spülte Olga das schlechte Gewissen mit dem letzten Schluck Kaffee runter und erhob sich.

»Es ist spät. Mama wartet bestimmt schon.«

Milan lächelte schief. »Grüß sie lieb von mir.«

»Ha.« Die Posttasche schon wieder über der Schulter, den Hocker an den Tisch gerückt, hielt sie inne. Auf dem Boden lag eine gelbe Broschüre für das Maskenfest. Klar, das Fest war zwar voller Kultkram, aber das Essen war gut, und Milan mochte den Anblick der Laternen.

»Milan?«

»Mmh?«

»Hast du Bock, mit mir aufs Maskenfest zu gehen?« Unsicher knetete sie ihre Hände. »Wir könnten Masken tragen, Essen kaufen, Kinder schubsen. Gläubige belächeln. Maskenfest–Sachen halt. Außer …«, fügte sie hinzu, als sie Milans Zögern sah. »Außer, du hast über die Feiertage nicht schon Pläne mit Avrett. Natürlich.«

Auf einmal sah Milan fast peinlich berührt drein. »Oh«, sagte sie. »Avrett. Ich, ich habe mit ihr Schluss gemacht.«

Olga starrte ihre Freundin an. Sie bemerkte es und begann, mit übertriebener Sorgfalt die roten Brillengläser zu putzen.

»Aha«, machte Olga. »Ähm. Krass. Wann? Warum?«

»Ist nicht so wichtig.«

»Nein. Nein, natürlich nicht.«

»Guck nicht so zufrieden.«

»Ich gucke nicht zufrieden.« Hoffnungsvoll räusperte sie sich. »Das heißt, du hast Zeit?«

Eine Unlesbarkeit legte sich über Milans Gesicht, die sie bereits kannte. Ihre Schutzfunktion. Schnell fügte Olga hinzu: »Einfach als Freundinnen. Nichts … Großes. Ich hätte einfach Lust, ein bisschen mehr abzuhängen. So wie … na ja.«

»So wie früher?« Milans Stimme war leise, beinahe kleinlaut.

Olga zögerte und nickte.

Die Archivarin lehnte sich in ihrem Stuhl zurück, den Blick auf eine Erinnerung gerichtet. »Ich vermisse früher«, lächelte sie schwach. »Zumindest *den* Teil von früher.«

Olga grinste. Sie ging um den Tisch herum, beugte sich herab und zog Milan in eine Umarmung. Milan stieß einen überraschten Laut aus, erwiderte aber die Geste. Kurz verharrte Olga, den Geruch von Pfefferminze und Seife in ihrer Nase.

Dann drückte sie noch einmal fest zu, bevor sie auf Abstand ging.

»Bis Morgen. Schlaf nicht wieder auf dem Teppich.«

»Hey …« Misstrauen schlich sich in Milans Stimme. »Das mit dem Maskenfest ist kein Date, ja?«

»Okay«, grinste Olga.

»Das ist mein Ernst.«

»Ja, ja.« Mit einem liebevollen Mittelfinger winkte Olga ihr zum Abschied und hüpfte aus dem Büro.

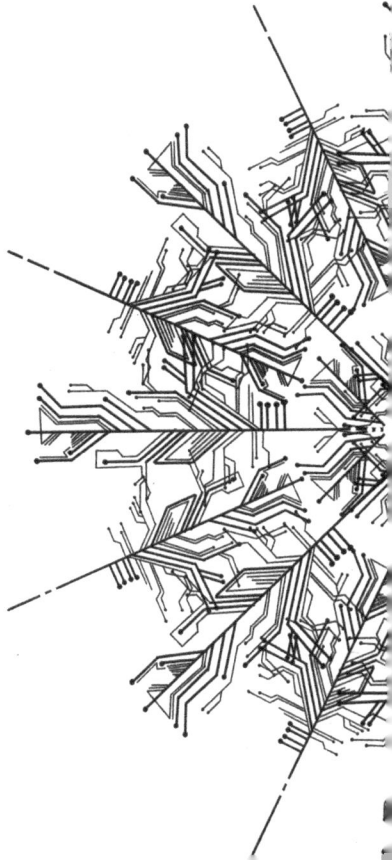

DAS ERZJOURNAL

Titelseite vom 16.11.3015

EILMELDUNG: DIE MUTTER DER MASKEN IST TOT!

DIE »LETZTE MONDJAGD« WAR ERFOLGREICH

Letzte Nacht, am 15.11.3015, beendeten die Mondjägerinnen das, was die Erste Jägerin vor dreitausend Jahren begann: *Sie drangen in das Nest der Mutter der Masken ein und töteten die Herrin der Irrlichter!* Zum ersten Mal seit Menschengedenken sind die Horden der Irrlichter auf dem Rückzug.

Der historische Schlag gegen die Mutter der Masken forderte allerdings einen hohen Preis: Nur zwei der einunddreißig Mondjägerinnen schafften es lebend zurück nach Erzweiden, Kommandantin Mora Moorfund (20) und Gruppenführerin Olathe Hannah Frost (22), zwei der jüngsten Heldinnen in der Geschichte der Stadtwacht.

»Natürlich sind wir zutiefst erschüttert über den Verlust unserer Kameradinnen«, sagte Kommandantin Moorfund gegenüber der Presse. »Doch ihr Opfer war es, das Gruppenführerin Frost den entscheidenden Schlag gegen die Herrin der Irrlichter ermöglichte. Wir haben es geschafft.«

Auf Nachfrage, ob Gruppenführerin Frost für ein Interview zur Verfügung stehe, informierte die Kommandantin uns, dass die Jägerin derzeit nicht ansprechbar sei. »Sie war einer heftigen mentalen Attacke der Mutter der Masken ausgesetzt, die selbst für eine willensstarke Kriegerin wie sie eine zutiefst traumatische Erfahrung war. Nur die Zeit wird zeigen, ob ihr Verstand sich von dem Angriff erholen kann.«

Auf die Frage hin, wie es Kommandantin Moorfund gelang, das Nest der Mutter der Masken ausfindig zu machen, ließ sie sich entschuldigen. Sie habe seit vier Tagen kein Auge zugetan und bräuchte nun Ruhe, ein Umstand, den wahrlich jede einzelne Bürgerin Erzweidens nachfühlen kann.

Aber dank dieser beiden letzten Jägerinnen - Gruppenführerin Olathe Hannah Frost und Kommandantin Mora Moorfund - kann Erzweiden heute zum ersten Mal seit Jahrtausenden ruhig schlafen.

Journalistin: Marei S. Farnkind
16.11.3015

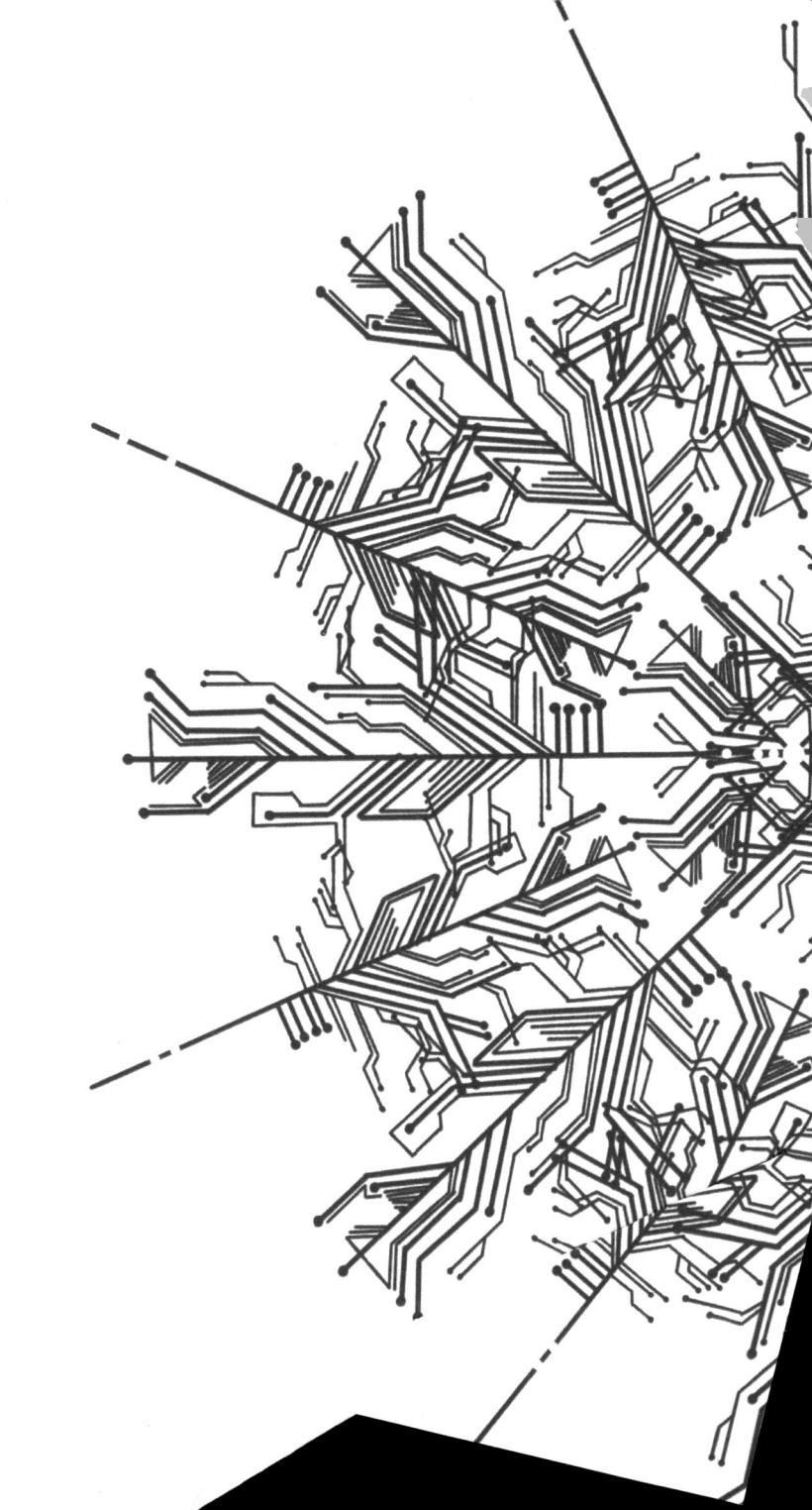

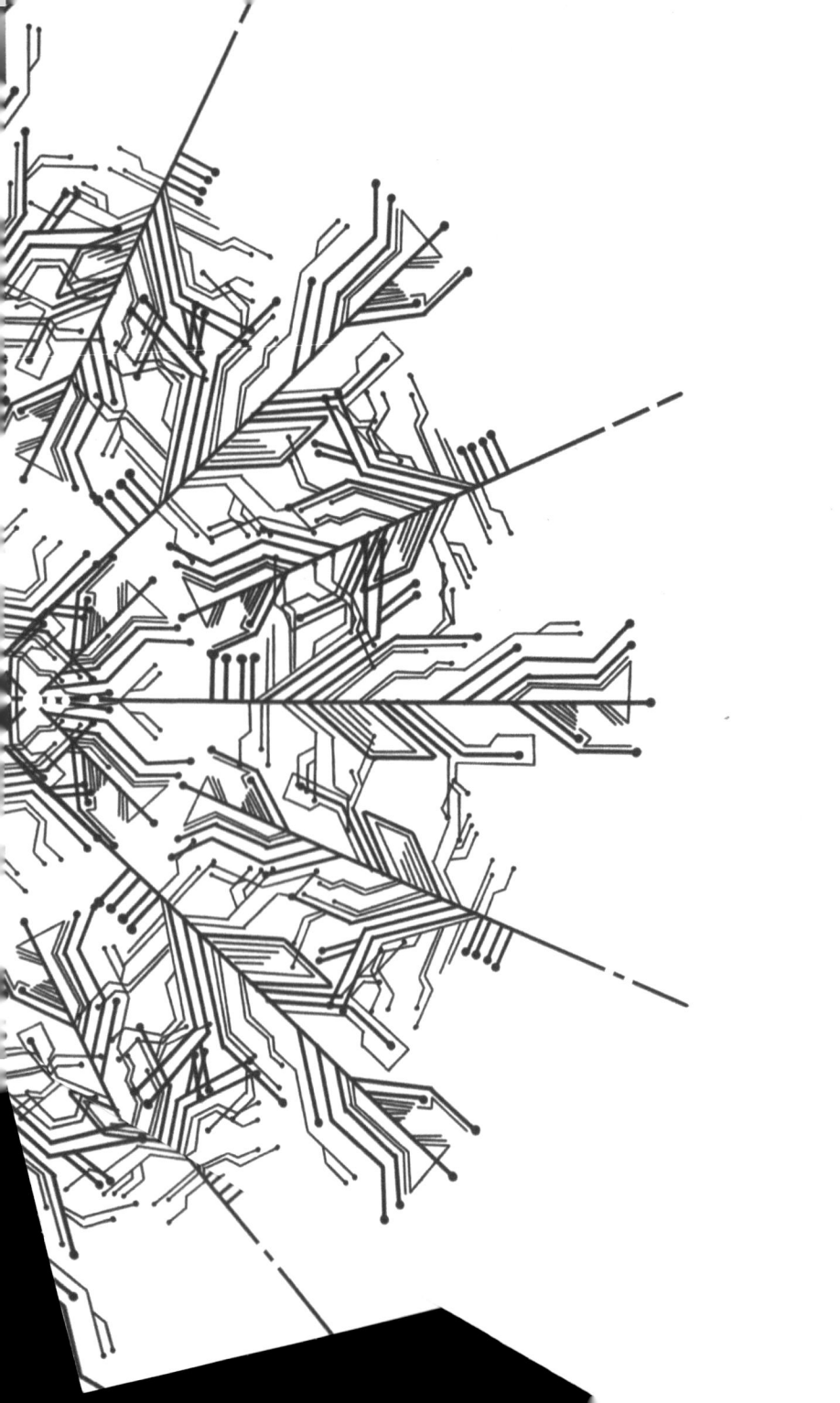

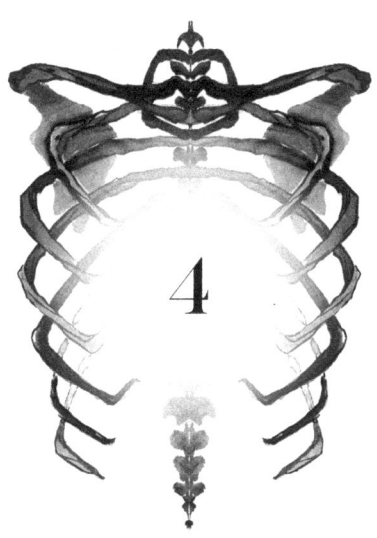

4

3037 nach Sonnenschlüpfen
(Gegenwart)

In Erzweiden ging der Spruch umher: Wenn man nicht schon eine Veteranin war, bevor man das Veteranenviertel durchquert hatte, war man es spätestens danach – nicht wegen der maroden Straßen und baufälligen Häuser, sondern der Launen der Bewohnerinnen.

Eine Hand locker auf der Pistole in ihrem Hosenbund, schleppte sich Olga den Hüftberg hoch Richtung Zuhause. Eigentlich ging sie nie über den Platz der Mondjägerinnen, sondern nahm eine der engen Abkürzungen, aber seit zwei Wochen hatte das Veteranenviertel ein Loch. Ein riesiges Gerüst versperrte den Blick auf die klaffende Wunde im Stadtbild und blockierte die umliegenden Straßen gleich mit. Es war nicht das erste Mal, dass der Grund unter einem Haus nachgegeben hatte und das Gebäude in die alten Bergminen hinabgerauscht war, nur das erste Mal, dass es Olga richtig nervte.

Es gab keine andere Wahl, als über den Platz der Mondjägerinnen und am Denkmal ihrer Mutter vorbeizugehen.

Die Steinbüsten der Jägerinnen leuchteten rosa im Licht der Dämmerung und die ältesten waren so verwittert, dass ihre Gesichtszüge kaum mehr als solche zu erkennen waren. Alle besaßen sie die gleiche, austauschbare Geschichte: In ihrer anstrengenden und oft kurzen Lebensspanne hatten sie so viele Irrlichter gejagt und getötet, dass irgendwer sich dachte, hey, die verdient eine eigene Büste.

In der Grundschule hatte sich Olga geweigert, all ihre Namen auswendig zu lernen. Wieso sollte sie sich die Geburtsdaten von Leuten merken, die seit Jahrhunderten tot waren?

Umso bescheuerter war es, zwischen all den Büsten das Gesicht ihrer Mutter zu sehen.

Natürlich lebte ihre Mutter noch, die Stadt hatte sie nur gar nicht schnell genug als Legende verewigen können. *Wahrscheinlich, damit Mama nicht protestieren konnte.* Olga ging an ihrer Büste vorbei, starrte in das gebieterische Gesicht mit den todernsten Augen und ein belustigtes Schnauben entschlüpfte ihr. Wer auch immer die Büste angefertigt hatte, hatte ihre Mutter eindeutig nie mit eigenen Augen gesehen.

Die Büste neben der von ihrer Mutter war da schon besser getroffen, aber das war auch nicht schwer bei einer Frau, die auch im echten Leben guckte wie in Stein gemeißelt. Mit gerecktem Kinn starrte die Kommandantin auf sie herab, ein gutes Dutzend Gebetskerzen zu ihren Füßen.

Ohne den Augenkontakt mit ihr zu brechen, hob Olga den Stiefel und zertrat die Kerzen, sodass weiches Wachs unter ihren Sohlen hervorquoll. Sobald auch die letzte erloschen war, drehte sie sich um und verließ den Platz.

Als Olga das Haus erreichte, waren die Vorhänge zugezogen und die Läden im ersten Stock verriegelt. Laut gähnend schlurfte sie die Stufen zur Haustür hoch und wühlte den Schlüsselbund aus ihrer Tasche. Beim Aufschließen warf sie einen letzten Blick über die Schulter.

Die Straße war leer, doch in den umherliegenden Häusern brannten Lichter und aus einem der Innenhöfe drang Musik. Jemand lachte. Der Geruch eines Grillfeuers vermischte sich mit der warmen Sommerluft.

Olga wandte sich ab und betrat den kühlen Eingangsbereich. Erleichtert knallte sie die Tür hinter sich zu, bevor sie die Posttasche und ihre Mütze in die Ecke warf und ihre Weste gleich hinterher.

»Ich bin es!«, brüllte sie in die Tiefe des Hauses.

Niemand antwortete, aber um eine Reaktion ging es auch gar nicht. Sie schüttelte die Stiefel und Socken von den Füßen, behielt ihr Knöchelholster an, und warf einen prüfenden Blick hoch zur Balustrade.

Der erste Stock lag im Dunkeln. Hinter den Streben des Treppengeländers konnte sie gerade noch die Tür zum Zimmer ihrer Mutter erkennen, fest verschlossen, und als sie den Eingangsbereich durchquerte, kühles Holz unter den bloßen Füßen, wehte ihr der beißende Geruch nach Veteranenkraut entgegen. Der Konzentration nach zu schließen hatte sich ihre Mutter dermaßen in den Schlaf gedröhnt, dass fürs Erste nicht mehr mit ihr zu rechnen war.

Enttäuscht ging Olga in die stickige Küche und zuckte zusammen, als ein Knoblauchzopf gegen ihre Beule stieß. Auf dem Herd stand ein Topf. Sie berührte ihn mit dem Handrücken – kalt –, hob den Deckel und betrachtete die Mahlzeit.

Bäh. Besser als nichts.

Mit ein paar Handgriffen entlockte sie der Restglut im Herd eine Flamme, stopfte noch einen Holzscheit hinterher und trat die Klappe zu. Während sie wartete, schloss sie die Schublade auf, in der die scharfen Utensilien lagen, kramte eine Schere heraus und schnitt ein paar Kräuter von den niedrigen Balken. Geübt warf sie die Stängel in den Mörser auf dem Küchentisch und begann, sie zu zerstampfen.

Als sie einen Schuss Wasser hinzugab, verwandelte sich das Pulver in eine ölige Paste. Der Geruch nach Sauertau und Kühlfadenkraut, salzig, scharf, brachte ihre Augen zum jucken und beschwor Erinnerungen herauf, Erinnerungen an Alchemie. An das Labor im Keller. Der essigartige Gestank nach Sonnensäure, der ihre Tage füllte und ihr in Nase und Rachen biss. Der sie ins Bett und sogar in den Schlaf verfolgte.

Olga rammte den Stößel ein wenig heftiger in die Schale als nötig. Selbst jetzt noch, Jahre später, spürte sie, wie sehr sie jede Sekunde im Labor gehasst hatte.

Nein, nicht ganz. Die Heilkunde hatte sie genossen. Alchemie und Medizin waren Wissenschaften, die sich den gleichen Kern teilten. Beide basierten darauf, dass sie Dingen ihre Eigenschaften entrissen und sie, in verwandelter Form, für ihre eigenen Zwecke verwendeten.

Olga schmiss den Stößel auf die Tischplatte und trug die Paste auf ihre Stirn auf. Es war wie frisch gefallener Schnee. Erleichtert schloss sie die Augen und ignorierte den grünen Saft, der ihr vom Handgelenk tropfte, ein grimmiges Lächeln auf den Lippen.

Es brachte eine gewisse Genugtuung mit sich, all das Wissen über Alchemie, das ihr Mora aufgezwungen hatte, für medizinische Zwecke zu verwenden. So hatte die verlogene Zecke sich das bestimmt nicht vorgestellt.

Das Zischen des Kochtopfes riss Olga aus ihren Gedanken. Schnell nahm sie ihn vom Herd. Die Füße auf der Tischplatte, aß sie direkt aus dem Topf und beobachtete die Flammen, während die Kräuterpaste ihr die Schwellung aus der Stirn saugte wie das reinste Wundermittel. Ihre Gedanken wanderten zurück zu Milan. Zum ersten Mal seit Jahren freute sie sich ehrlich auf das Maskenfest. Aber sie durfte sich nicht allzu große Hoffnungen machen, nicht schon wieder. Leichter gedacht als getan. Als Olga auf den runden Holzkalender an der Wand schaute, ärgerte sie sich bereits, dass es noch ganze vier Wochen bis zu den Feiertagen waren.

Ein Stein prallte gegen das Küchenfenster.

Olga hielt inne, den Löffel auf halbem Weg zum Mund, und starrte die Scheibe an. Kurz passierte nichts. Dann folgte der zweite Kiesel. Der dritte verfehlte das Glas und knallte dumpf gegen den Fensterrahmen.

Olga riss die Füße vom Tisch und stellte den Topf mit einem Knall ab. *Ist doch jetzt nicht ihr Ernst.* Stinksauer schmiss sie die

Tür zum Innenhof auf – nur um zurückzuzucken, als der vierte Stein ihr fast gegen die Brust prallte.

»Alter!«

»Sorry«, rief Kat von ihrem Balkon und stützte sich mit dem Ellenbogen auf der Brüstung ab. Ihr zahnlückiges Grinsen im quadratischen Gesicht, umrahmt von grauen, fransigen Locken, sah alles andere als reumütig aus. Obwohl die Veteranin nur doppelt so alt wie Olga war, wirkte sie dreimal so alt. Die Jugend auf See hatte sie von außen gepökelt und das Kettenrauchen von innen geräuchert.

»Du guckst so überrascht.« Kat warf einen Stein in die Luft, nur, um ihn wieder aufzufangen. »Wen haste denn sonst erwartet?«

»Niemanden«, murrte Olga, schob Milans Bild aus dem Kopf und lehnte sich an den Türrahmen, die Arme vor der Brust verschränkt. »Du hast dir nicht ernsthaft Kiesel mit hoch genommen, nur, um mich zu tyrannisieren?«

Demonstrativ hob die Alte ihr Geschoss. »Kommt drauf an. Hast du mir mein Gehalt schon rausgelegt?«

»Morgen. Nach dem Einkauf.«

»Ich nehme auch größere Scheine, weißt du?«

»Morgen!«, schnappte Olga.

Die Veteranin tat einen Schritt zurück und hob abwehrend die Hand. »Schon gut, schon gut. Weißte, wenn's dir nicht passt, dass du mich bezahlen musst, kannst du dir auch jemand anderen suchen.«

»Als ob du den Job nicht lieben würdest. Was für tragische Märchen könntest du denn ohne uns auf dem Marktplatz herumerzählen?«

Kat spitzte die schrumpeligen Lippen. »Als ob ich euch für tragische Märchen bräuchte. Für ein Mädchen, dass die Mondjagden nicht mehr erleben musste, machst du ganz schön eine auf –«

»Ja, ja, ja, ja«, unterbrach Olga sie, bevor sie sich in Fahrt reden konnte. Sie wollte nichts lieber, als die Tür zuzuknallen und sich nach oben in ihr Zimmer zu verkriechen. Stattdessen zwang sie sich, den Gartenstuhl heranzuziehen, der unter dem Küchenfenster geparkt war, und fiel müde drauf.

»Wie war Mama heute?«, fragte sie.

Kat zog ihrerseits einen Hocker ans Geländer und machte es sich bequem. Der Hall trug ihr Kats Stimme zu, als säßen sie direkt nebeneinander, Fluch und Segen der geteilten Innenhöfe.

»Ganz in Ordnung.« Konzentriert zog ihre Nachbarin Tabak und Papierchen aus der Tasche ihrer Latzhose und drehte sich mit der rechten Hand eine Zigarette. Ihr linker Arm war kurz unter dem Ellenbogen amputiert. »Keine Ausraster. Wir hatten ein paar witzige Momente, als wir gekocht haben. Sie wollte wissen, wo du bist. Als ich sagte, du bist arbeiten, war sie beruhigt.«

»Sonst noch was?«, fragte Olga. Ihre Stimme brach ein wenig. Sie hoffte, Kat bemerkte es nicht.

»Mmh. Oh! Wir haben ein Käfernest im Bad gefunden. Diese Mistviecher sind die neuen Tauben, ich sag's dir. Muss an der Fabrik liegen. Seit die auf Käferstahl umgestellt haben, gibt es in der Stadt mehr von denen als Obdachlose. Hey, hey, keine Sorge!«, fügte sie hinzu, als sie Olgas Blick auffing. »Ich hab sie in einen Schuhkarton gestopft und beim Taillenviertel ausgesetzt. Kenn doch deine Regel.« Sie klemmte sich die Zigarette in den Mund und zündete sie an. »Wenn ich Käfer zerquetsche, flennt Klein Frost.«

Die Alte zwinkerte ihr zu, aber sie wussten beide, dass es nur halb ein Scherz war. Olga bemühte sich, ihre Erleichterung zu verbergen.

»Und sonst?«

»Eh … wir haben gewürfelt und ich habe brutal verloren, und ich gehe stark davon aus, dass deine Mutter geschummelt hat. Drei Silber hat sie abgegriffen, die Schurkin, aber kein Stress, du kannst es einfach obendrauf rechnen, wenn du mir meine Bezahlung für *den ganzen letzten Monat* gibst …«

Olga stand auf, schob den Stuhl zurück unters Fenster und stapfte in die Küche.

»Gutes Gespräch!«, hörte sie Kat noch vergnügt rufen, bevor sie die Hintertür lautstark ins Schloss knallte.

Wie aufs Stichwort ertönte ein dumpfer Laut über ihr. Olga schaute zur Decke, lauschte, wischte sich mit einem Küchentuch die Kräuterpaste von der Stirn und zwängte sich um den Tisch herum zurück in den dunklen Eingangsbereich. Die Stufen nach oben waren gefleckt vom wenigen Licht der

Straßenlaternen, das seinen Weg durch die Fensterläden nach drinnen schaffte, und im Flur malten die Schatten der Balustrade dunkle Streifen auf ihre Füße.

Das Zimmer ihrer Mutter lag direkt über der Küche. Vor der geschlossenen Tür hielt sie inne.

»Mama?«

Das Geräusch eines Körpers, der auf dem Bett das Gewicht verlagerte. Dann war es wieder still. Aufmerksam horchte Olga. Hier im Flur war der Geruch nach Veteranenkraut so dick wie Dampf in einem Waschhaus.

»Alles in Ordnung?«, murmelte sie. »Wie war dein Tag?«

Ein Schlurfen. Dann fiel etwas schwer gegen die Tür, gefolgt von einem Rutschen. Ein schwaches Lächeln flackerte auf Olgas Lippen. Sie drehte sich um, lehnte sich ihrerseits ans Holz, ließ sich zu Boden sinken und zog die Beine an.

»Ich hab mich heute geprügelt, Mama.« Sie legte den Kopf in den Nacken, betrachtete die Schattenspiele an der Decke. »Du wärst sehr enttäuscht gewesen. Ich war ziemlich mies.«

Eine kleine Regung. Olga tauschte einen Blick mit der Tür.

»Ja, ja, ich weiß. Du bist nie enttäuscht von mir.« Mit einem Brummen wandte sie sich wieder nach vorne und starrte den Flur hinab. »Die Leute sind noch immer scheißbeeindruckt, wenn dein Name fällt.« Stille. »Es ist komisch. Die wissen alle, wer du bist … wer du warst.«

Ein Knarzen. Dann die schlurfenden Schritte, wie sie sich von der Tür entfernten. Die Bettfedern quietschten schwer, Decken raschelten. Olga wartete noch ein paar Herzschläge und erhob sich, die Glieder steif und müde.

Vorsichtig legte sie die Hand auf die Tür.

»Gute Nacht.«

Als keine Antwort kam, wandte sie sich ab und ging bis ans andere Ende des Flures. Links ging es in das Zimmer ihres Vaters, rechts in ihr eigenes. Sie trat ein und das Klicken des Türschlosses schickte einen Schauer der Erleichterung ihren Rücken hinab.

Einen Moment stand sie einfach nur im Raum und glotzte in den angebrochenen Abend hinein. Was jetzt? Zum Schlafen war sie noch zu wach.

Ihre Gedanken wanderten zurück zu der Magierin im Postamt. Die teuren Klamotten, die gepflegte Haut, Zeugnis einer guten Ernährung. Und dann dieses arrogante Selbstbewusstsein, das Selbstbewusstsein einer Frau, die ganz Herrin ihrer Kräfte war, die selbst in einer Situation, in der sie von einem keifenden Nichtmagischen gewürgt wurde, darauf *verzichtete*, ihre Magie einzusetzen. Weil sie wusste, dass sie es jederzeit konnte, wenn es drauf ankam.

Olga schaute in den Spiegel auf ihrer Kommode und eine jüngere Variante ihrer Mutter starrte neidisch zurück, mit der gleichen braunen Haut, finsteren Rehaugen und leicht schiefer runder Nase. Nur die vollen Lippen sahen bei ihr mehr aus wie ein Schmollmund.

Wahrscheinlich, weil sie schmollte.

Sie selbst war, was ihre eigenen magischen Kräfte betraf, eine Analphabetin in einer Bibliothek. Es war unmöglich, an Informationen zu gelangen, die ihr helfen könnten, etwas über die Anwendung ihre eigenen Magie zu lernen. Alle Lehrtexte, die sich auch nur ansatzweise über das Grundschulniveau hinaus mit magischen Kräften beschäftigten, schlummerten sicher und behütet in den Universitäten des Magischen Bezirks.

Und dort um Hilfe bitten … da könnte sie sich genauso gut ein Schild um den Hals hängen mit der Aufschrift »Hallo, ich bin eine illegal versteckte Magierin« und Tordor Salzknochen auf den Schreibtisch kacken.

Olga ging durch den Raum und öffnete das Fenster, ließ warme Abendluft herein. Ein Klirren auf der Straße zog ihren Blick nach unten. Es war nur der Nachbarsjunge von gegenüber, vielleicht vierzehn oder fünfzehn Jahre alt, klein und in Bauarbeiterkleidung. Sie kannte seinen Namen nicht, sah ihn aber fast jeden Tag mit einer braunen Flasche in seiner Hand. Beim Öffnen der Tür verfehlte er mehrmals das Schloss mit dem Schlüssel.

Das Bedürfnis nach einer Flasche Wein überkam Olga, nach der Wärme von Alkohol in ihrem Bauch. Sie schüttelte es ab, warf sich stattdessen ein frisches Unterhemd über und schmiss ihre Waffen aufs Bett, bevor sie das Fenster komplett öffnete und sich nach draußen zog. Die Dachziegel unter ihren nackten Zehen waren noch warm vom Tag. Sie balancierte hoch zum Giebel, setzte sich und lehnte sich an den Schornstein.

Die Tausenden Lichter der Stadt spiegelten den Sternenhimmel über ihr, wobei die ferne Glaskuppel des Postamts aussah wie ein zwischen die Häuser gefallener Planet. Olga betrachtete die Kuppel. Eine warme Vorfreude stieg in ihr auf. Das würde ein schönes Maskenfest werden.

Bei dem Gedanken drehte sie sich um, schaute am Schornstein vorbei hinab ins Tal. Die Rippen der Riesin ragten als dunkle, mächtige Bögen aus dem Berg: Jahrtausendealte Knochen, die sich schützend über Erzweidens Dächer rollten. Nicht mehr lange und die Festlaternen würden sie schmücken und den Brustkorb der Riesin füllen wie eine Lunge aus Licht.

Wenigstens einen Vorteil hatte es, wortwörtlich am Arsch der Stadt zu wohnen: Die Aussicht war fantastisch.

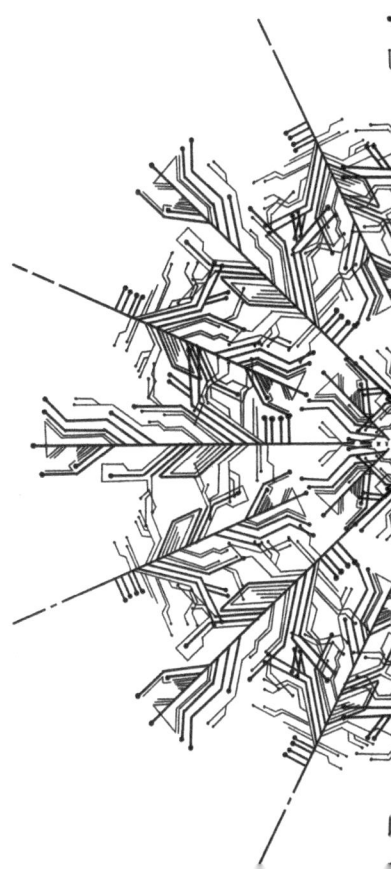

Eintrag aus dem Kompendium der Mondjägerinnen (3013 na. So.)

Kreatur: Irrlichter

Status: Anhängerinnen der Mutter der Masken

Klassifizierung: urmagische Kreaturen (= Ureinwohnerinnen)

Gefahrenstufe: 12/14

Kräfte: ANZIEHENDE AURA, ILLUSIONEN UND MANIPULATION DER WAHRNEHMUNG, greifen dabei oft auf traumatische Erinnerungen und Ängste ihrer Opfer zurück, KÖNNEN INNERHALB DER SILBERMOORE TELEPORTIEREN, (Schwarmbewustein?)

Schwächen: können nur ein Opfer zur gleichen Zeit manipulieren, unfähig, Riesinnenterrain zu betreten / die Moore zu verlassen, im Nahkampf sehr schwach, SONNENLICHT UND RIESENERZ LÖSEN GROßE SCHMERZEN AUS

Empfohlene Waffen: Pistolenkugeln oder Schwerter aus Riesenerz

Empfohlene Angriffstaktik: schnellstmöglicher, direkter Angriff, bevor das Irrlicht Gelegenheit hat, die Wahrnehmung zu manipulieren, wenn bereits unter dem Einfluss des Irrlichts: RUHE BEWAHREN, DER ANZIEHUNG MIT ALLER KRAFT WIDERSTEHEN, NICHT SCHIEßEN (Gefahr, Kameradinnen zu töten)

Nachtrag: Frostgeierkontaktlinsen helfen, Illusionen zu durchschauen: hat etwas keine Wärmesignatur, ist es nicht real

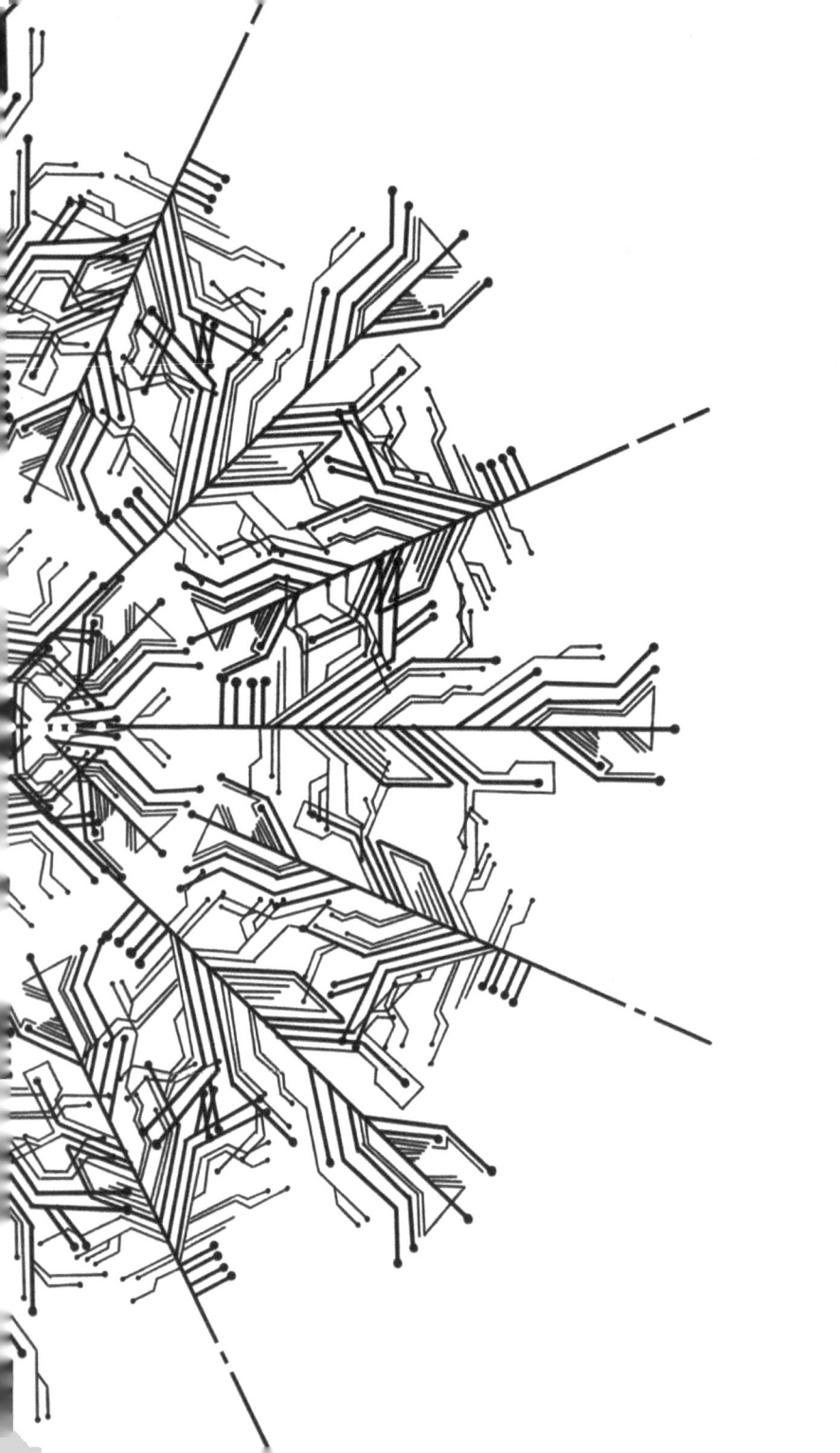

3025 nach Sonnenschlüpfen
(vor 12 Jahren)

Milans Haare schimmerten auf dem Kopfkissen wie feuchte Rabenfedern. Zu dritt hatten die Krankenhelfer sie an die Kante des Bettes gehoben und es ihr mit Wasser aus einem Krug gewaschen, der Geruch nach Pfefferminzöl und Kernseife so intensiv, dass Olga ihn vom Flur aus riechen konnte.

Vorsichtig drückte sie sich an den Türrahmen und lugte ins Zimmer, hoffte, dass die Krankenhelfer ihren Kittel nicht rascheln hörten. Er war aus rotem, schweren Stoff und ihr so sehr zu groß, dass die Kommandantin eine dürre, schlecht gelaunte Schneiderin auf ihr Zimmer geschickt hatte. Noch immer spürte Olga die Stecknadeln piksen. Erst hatte sie protestieren wollen, doch letzte Woche hatte ein Krankenhelfer ihr genau dafür mit einem Löffel auf die Schulter geschlagen – der gleiche Krankenhelfer, der nun Milans Kopf hielt.

Olga zuckte zurück in den Flur und in die Hocke, als er sich umdrehte, um nach einem frischen Handtuch zu greifen.

Die Finger im flauschigen Teppich beobachtete sie, wie er Milans Nacken stützte wie bei einem Säugling.

Milan hielt die Augen geschlossen. Sie wirkte, als habe sie ein ganzes Gesicht weniger, so sehr hatte sie abgenommen. Olga wusste nicht, dass sich ein Mensch innerhalb von ein paar Wochen nahezu halbieren konnte. Es gefiel ihr nicht.

Sie wartete, bis die Krankenhelfer ihre Schalen und Tücher einsammelten und durch die andere Tür verschwanden, dann erst trat sie ein. Zu Hause im Veteranenviertel gab es ganze Wohnungen, die kleiner waren als dieses Zimmer. Mitten im Raum stand das Bett, von allen Seiten gut erreichbar, wie der Scheiterhaufen, auf dem die Priester ihren Papa aufgebahrt hatten. Fast rechnete sie mit Flammen, die unter dem Bettgestell hervorkrabbelten und hochwanderten, um Milans Haut und Haare zu fressen.

Auf bloßen Füßen tapste Olga durch den Raum bis zur Bettkante. Kleine braune Arzneifläschchen standen auf dem Nachttisch wie Soldatinnen. Olga betrachtete sie lange, bevor ihr Blick zur schlafenden Milan rutschte. Unter der Wölbung der Bettdecke konnte sie das Gestell aus Holz und Eisen ausmachen, welches die Beine ihrer Freundin von der Hüfte ab stützte.

Olga schaute über die Schulter zur geschlossenen Tür, dann legte sie die Hand auf Milans Hüfte. Die Stelle war kalt, vor ihrem inneren Auge sah Olga einen festen, schmerzhaften Knoten. Er wand sich, wurde enger, zog sich in die Länge und egal, wie sehr sie sich konzentrierte, er entschlüpfte ihrem Griff.

Milan zuckte unter ihrer Hand. Ertappt öffnete Olga die Augen und schaute zu ihr hoch.

Milan starrte zurück.

Olga blinzelte.

Milan schnellte vor und packte sie am Kragen. »BUH!«

»IIIIIIH!« Olga riss sich los und landete mit einem dumpfen Knall am Boden, während ihre Freundin über ihr in heiseres Gelächter ausbrach.

»Ahahahaaaaa … dein Gesicht.«

»Fick dich!«, schrie Olga.

Milans Lachen stoppte. Vom Kopfkissen aus schielte sie zu ihr runter. »Wo hast du das denn her?«

»Nirgendwoher!«

»Hast du wieder die Wachen belauscht?«

»Ich lausche nicht!«

»Ja, und du tatscht auch keine schlafenden Leute an.«

Wärme kroch ihr in die Wangen.. »Ich … habe dich nicht angetatscht.«

»Okay? Dann ist das hier jetzt auch kein antatschen.« Milans Hand schoss über die Bettkante, griff nach Olgas Gesicht, doch Olga robbte schnell außer Reichweite. Nach ein wenig Herumtasten ins Nichts gab Milan auf und ließ ihren Arm dumpf gegen die Seite des Bettes fallen. »Grins nicht so.«

»Ich grinse nicht«, grinste Olga.

»Komm zurück«, seufzte ihre Freundin. »Hier oben ist es so langweilig. Selbst die Bücher helfen nicht mehr.«

Olga betrachtete die zerlesenen und zerknickten Bücher, die sich um sie herum über den Boden ergossen. Nur einen der Bände erkannte sie, *Erzweiden – Chronologie und Stadtgeschichte*. Er war Grundschullektüre gewesen und in der Tat sehr langweilig.

»Mmh«, machte Olga unschlüssig.

»Bitte?«

»Mmh«, machte Olga wieder, schwang sich jedoch auf die Knie und kletterte zu ihr auf die Matratze, wo sie mit vorgeschobener Unterlippe die Beine anzog und das Kinn auf die Knie drückte. Milan unternahm einen Versuch, sich aufzurichten, ließ es jedoch schnell bleiben und stopfte sich stattdessen ein zweites Kissen in den Nacken. Forschend suchte sie Olgas Blick. Doch Olga wollte sie nicht anschauen, betrachtete lieber den Regen, der gegen das große Fenster prasselte.

Mit dem Weiterziehen der Frostgeier war auch der Winter verschwunden. In den Straßen der Stadt quollen die Regenrinnen über von all dem Schmelzwasser und die schmalen Stufen der Abkürzungen und Gassen überzogen sich bei Nacht mit einer tödlichen Eisschicht.

Nahm Olga jedenfalls an.

Eine ernste Falte auf der Stirn, griff sie nach einem von Milans Kissen und begann, an den goldenen Zierbändern zu zupfen. Bei ihr zu Hause lief zu dieser Zeit immer das Badezimmer voll, aber hier, im Haus der Kommandantin, war alles trocken und der Kamin immer warm, und als Olga sich das Kissen an die Nase drückte, konnte sie noch den Waschtee riechen.

Milan ließ sie noch einen Moment in Ruhe, dann griff sie in das Kissen und zog es weg. »Möchtest du dich mit mir unterhalten oder hast du vor, einfach nur melancholisch auf meinem Bett zu sitzen? Ich meine, beides ist in Ordnung für mich, aber wenn es Letzteres ist, mache ich noch einen kleinen Moment die Augen zu und ...«

Demonstrativ gähnte sie und kuschelte sich in ihre Decken. Olga wusste nicht, was melancholisch bedeutete, aber sicherheitshalber knallte sie Milan trotzdem das Kissen ins Gesicht.

»Autsch!«

Böse robbte sie zu Milan und schmiegte sich an ihre Seite. Milan grummelte, schob ihr jedoch nur das Kissen zu und legte den Arm um sie. Zusammen starrten sie an die Decke, schwiegen und atmeten eng aneinandergedrückt die Gerüche ihrer kleinen Insel ein. Nach einer Weile drehte Olga den Kopf, um ihr Profil zu mustern.

»Mama wollte mich besuchen«, sagte sie kleinlaut.

»Wie kommst du darauf?«, murmelte Milan müde, die freie Hand über die Stirn gelegt. Ihre Augenlider waren geschwollen, die Winkel gerötet – laut Milan eine Nebenwirkung der Medikamente, aber Olga glaubte eher, dass sie viel weinte. Auch wenn sie vor ihr keine einzige Träne verdrückte.

»Ich habe Mama Brüllen gehört«, antwortete sie kleinlaut. »Letzte Nacht auf der Straße. Ich wollte zum Fenster gehen, aber der Wurmkopf hat mich nicht gelassen.«

Milan gluckste. »Der Wurmkopf?«

»Der Wachmann mit der Glatze.«

»Ah, du meinst Korrel.«

»Ist doch egal, wie er heißt.« An Milans Schulter gedrückt zog Olga eine Schnute. »Die Kommandantin hat gesagt, Mama will sich nicht mehr um mich kümmern, aber wenn sie sich nicht um mich kümmern will, wieso kommt sie dann hierher? Und ... Mama verlässt nie das Haus ... warum jetzt ...?«

Sie spürte, wie sich Milans ganzer Brustkorb unter ihrem langen Seufzer hob und wieder senkte. »Das weiß ich nicht, Olga.«

Deine Mutter scheint ein komplizierter Mensch zu sein, wer weiß, was in ihrem schiefen Kopf vor sich geht … Und ich weiß, meine Schwester kann ein wenig streng rüberkommen, aber du kannst ihr vertrauen. Zu wissen, welche Entscheidungen in schwierigen Situationen am besten sind, ist im Grunde ihr ganzer Job.«

Als Olga daraufhin schwieg, zog Milan die Hand von den Augen und musterte sie, wobei ihr eine Strähne ihres nassen Haares aus dem Handtuch sprang und von ihrem Kopf abstand wie eine kleine Antenne.

»Wieso trägst du eigentlich dein Taurenauge nicht?«

Olga presste die Lippen zusammen und starrte finster ins Nichts. Milan zuckte mit der Schulter, um ihre Aufmerksamkeit zu bekommen.

»Hast du es verloren?«

»Ich habe es nicht verloren! Ich verliere nie etwas!«, brauste Olga auf, stieß Milans Arm weg und setzte sich wieder auf. In ihren Augenwinkeln brannte es. Sie wischte sich übers Gesicht und richtete den Blick stur auf einen leeren Punkt in den Bettdecken.

Milan streckte die Hand nach ihr aus, überlegte es sich jedoch anders. »Wo ist dein Taurenauge dann?«

Olga schniefte. »Ist egal.«

»Hat es ein Vogel gestohlen?«

»Nein!«

»Hat eine der Wachen es verschluckt?«

»Nein! Spinnst du?«

Milan seufzte. »Okay, hast du es versteckt?«

Olga öffnete den Mund, schloss ihn und griff wieder nach dem Kissen. Mit einem Ruck riss sie eines der Zierbänder aus den Nähten. Milan musterte sie lange. Dann stützte sie sich auf die Ellenbogen und zog sich in einen flachen Sitz. Sofort hörte Olga auf, zu zupfen und sah erschrocken auf.

Ihre Freundin schmunzelte. »Du guckst schon wie die Krankenhelfer.« Die Anstrengung wich deutlich aus ihrer Stimme, als sie sich anlehnte und das Kopfende ihr das eigene Körpergewicht abnahm. »Also. Wieso hast du dein Taurenauge versteckt?«

In der Mitte des Kissens saß ein mit Stoff bezogener Knopf. Ernst griff Olga ihn und begann, daran zu ziehen.

»Weil es Unglück bringt«, sagte sie.

»Wie kommst du denn darauf?« Milan runzelte die Stirn. »Ich dachte, es ist ein Glücksbringer von deiner Urururgroßmutter.«

»Ururur*ur*großmutter«, korrigierte Olga. Milans Mundwinkel zuckte, doch sie verkniff sich einen Kommentar und wartete, bis Olga wieder das Wort aufnahm: »Wenn es ein Glücksbringer wäre, wäre die Mauer nicht eingestürzt und die Frostgeier hätten uns nicht getroffen und Papa wäre nicht tot und all die Soldatinnen und Soldaten wären nicht gestorben, und du … du könntest jetzt noch laufen. Und wenn ich das Taurenauge gehabt hätte und nicht du, dann …«

»Was?«, unterbrach Milan sie. »Dann hätte es *dich* erwischt? Weil das so viel besser gewesen wäre? Blödsinn.« Bestimmt nahm sie Olgas Hand. »Hey. Hey, Olga … sieh mich an. Olga.«

Olga blinzelte und hob den Blick. Noch immer war Milans Gesicht schrecklich farblos, ihre Lippen waren dünn und rissig. Aber der Zug um ihren Mund war entschlossen und in ihren Augen lag eine sture Wärme.

»Ohne das Taurenauge hätten sie mich nicht unter den Trümmern gefunden. Moras Soldatinnen haben mich nur entdeckt, weil sie das Licht gesehen haben. Schon einmal darüber nachgedacht?« Milans Daumen strich ihr über das Handgelenk. »Was mich angeht, finde ich, das Ding ist ein ziemlicher Glücksbringer«, sagte sie knapp.

Olga schaute auf ihre verschränkten Hände. Es war lange her, dass jemand so ihre Hand gehalten hatte. Ihr Vater hatte nie die Geduld und ihre Mama umarmte und küsste sie entweder so fest, dass es ihr nach kurzer Zeit unangenehm wurde, oder sie verbrachte Stunden, nein, Tage am Stück in ihrem Zimmer und warf Gegenstände nach Olga, wenn sie die Tür öffnete.

Milans Gegenwart hingehen fühlte sich … stabil an. Weder musste Olga Angst haben, dass sie Dinge nach ihr warf, noch fühlte sie sich, als müsse sie nun hier bei ihr bleiben, eng an ihrer Seite, und still abwarten, bis Milan etwas anderes in den Sinn kam und sie in Ruhe ließ.

Sie war zuverlässig. Wie alles in diesem Haus. Die Schichtwechsel der Angestellten waren regelmäßig, die Wachen an Türen und

Fenstern erkannte Olga inzwischen wieder, aufgestanden wurde immer zur gleichen Uhrzeit und obwohl es Olga Kopfschmerzen bereitete, so früh aus dem Bett zu müssen, waren es doch eingeplante Kopfschmerzen. Und selbst die Leute, die Olga nicht mochte – Wurmkopf, die Schneiderin, der Krankenhelfer mit dem Löffel und der junge Lehrer mit den großen Ohren, der sie anbrüllte, wenn sie ihn unterbrach – selbst diese Leute wurden immer vorhersehbarer, je länger sie hier war.

Es gab niemals böse Überraschungen, denn es gab keine Überraschungen.

»Dann nimm du es doch«, platzte Olga heraus.

Milan blinzelte. »Was, dein Taurenauge?«

Olga nickte.

»Als Glücksbringer?«

Wieder nickte Olga.

Milan musterte sie und lächelte. »Klar, gerne.«

Ein leises Klirren bei der Tür ertönte, gefolgt von einer kalten Stimme. »Du sollst nicht hier drinnen sein.«

Ertappt zog Olga die Hand aus Milans Griff und drehte sich zur Kommandantin um.

Die Rüstung der Frau glänzte, ihre Schienbeine waren bis zum Knieschutz hoch mit Schlamm bespritzt und der Saum ihres Mantels sah aus, als wäre sie durch einen Teich gewatet. Das weiße Gesicht jedoch war sauber und die schwarzen Augen waren hart wie immer.

Das schlechte Gewissen überkam Olga in einer heißen Welle. Schnell kletterte sie vom Bett, stellte sich am Kopfende auf und verschränkte die Hände hinter dem Rücken.

»Mora!«, rief Milan und beim Anblick ihrer großen Schwester schwang ehrliche Freude in ihrer Stimme mit. »Rondor sagte, du bist mindestens noch bis nächste Woche unterwegs!«

Statt zu antworten, begann die Kommandantin, sich die Reithandschuhe von den Händen zu ziehen. Selbst wenn sie in eine ganz andere Richtung schaute, war sich Olga sicher, dass sie selbst ihre kleinste Bewegung mitbekam. Wie um ihr Gefühl zu bestätigen, streckte die Kommandantin die nackte Hand auffordernd in Olgas Richtung.

»Was hast du da hinter deinem Rücken?«

Olga schluckte. »Nichts?«, sagte sie verwirrt und obwohl es stimmte, fühlte sie sich, als würde sie lügen.

»Mora, wie geht es dir? Wie war deine Reise?« Vorsichtig setzte sich Milan noch ein Stück weiter auf, verlor jedoch schlagartig jeden Rest Farbe in den Wangen. Olga schaute besorgt zu ihr. Auch die Kommandantin musterte sie scharf. Milan, eindeutig bemüht, sich nichts anmerken zu lassen, ließ sich langsam wieder in die Kissen sinken.

Die Augen der Kommandantin wurden schmaler. »Hast du wieder Schmerzen?« Ohne auf eine Antwort zu warten, schritt sie zum Bett, wobei ihre Stiefel schlammige Abdrücke im Teppich hinterließen, und berührte Milan an der Stirn. »Ich werde Simo sagen, er soll deine Dosierung erhöhen.«

»Bitte nicht«, stieß Milan zwischen zusammengebissenen Zähnen aus. »Ich mag es, mich wieder selbst denken zu hören.« Erneut lächelte sie. »Es ist in Ordnung, wirklich, Mora.«

Die Kommandantin ließ sich nicht anmerken, was sie davon hielt. Wortlos wandte sie sich zu Olga und nickte mit dem Kinn nach draußen.

»Mora?«, setzte Milan an, das Lächeln nun von Verwirrung unterlegt. »Was ist? Bist du sauer?«

»Sie ist nicht gut für dich«, erklärte die Kommandantin so scharf, dass es wie ein Befehl klang. Olga, die Arme immer noch hinter dem Rücken, wäre gerne einen Schritt nach hinten gewichen, doch sie verharrte still wie ein Tier, aus Angst, Aufmerksamkeit auf sich zu ziehen.

»Aber …«, begann Milan, nur um sofort von ihrer Schwester unterbrochen zu werden.

»Milan, bitte. Sei vernünftig. Du bist nur eine falsche Bewegung davon entfernt, deine Zehen nicht mehr zu spüren. Dementsprechend dulde ich nicht die kleinste Störung deines Heilungsprozesses.« Bei dem Wort »Störung« legte sich ihr Blick auf Olga. Trocken ergänzte sie: »Selbst wenn sie große braune Augen hat und sehr gut darin ist, sich unerlaubt aus ihrem Zimmer zu schleichen.«

»Rondor hat mir beigebracht, wie ich Schlösser aufkriege«,

platzte es aus Olga. Der Blick der Kommandantin bohrte sich in ihren und wieder spürte Olga Hitze in ihr Gesicht steigen. »Er sagte … es ist eine gute Fähigkeit.«

Mora deutete zur Tür.

Olga senkte den Kopf, nuschelte ein hastiges »Tschüss, Milan« und lief dann über den flauschigen Teppich nach draußen, die Kommandantin dicht auf den Fersen.

»Bis bald —«

Die Kommandantin schlug die Tür hinter sich zu und schnitt Milan ab, bevor sie ihren Satz beenden konnte. Zu zweit standen sie im menschenleeren Flur, als einzige Lichtquellen zwei gedimmte Lampen, die in perfekter Symmetrie eine der Zierkommoden rahmten. Irgendwo hatte eine der Angestellten Süßölrosen von der Küste aufgestellt. Als Olga das erste Mal das Haus betreten hatte, hatte sie den Geruch nicht gekannt.

Die Kommandantin schaute konzentriert zurück zu Milans Tür, als müsste sie ein Rätsel lösen. Olga ergriff die Gelegenheit, neigte den Kopf und tat vorsichtig einen Schritt nach hinten, den Körper schon halb zum Gehen abgewandt.

»Halt.«

Ein flaues Gefühl im Bauch, drehte sie sich wieder um. Mora schaute immer noch Milans Tür an, doch sie sprach eindeutig mit Olga.

»Komm mit.«

Ihr schlammiger Umhang schlug aus, als sie sich umdrehte, und nach ein paar Schritten schnipste sie scharf mit den Fingern. Das flaue Gefühl in Olgas Bauch machte einen kleinen Satz. Sie holte auf und folgte der Kommandantin um die Ecke und die Treppe hinab, vorbei an einem roten Banner, auf dem das Wappen der Stadtwacht prangte: Eine Sonne, von einem schützenden Ring umschlossen. Auf dem Weg durch die Eingangshalle begleitete sie eine Herde Katzenhirsche auf den großen Wandteppichen. In leuchtenden Farben gestickt sprangen sie zwischen Gräsern hin und her und galoppierten über einen See, das Wasser wie wilde Pinselstriche unter ihren Hufen.

Olga hob den Kopf weiter und sah die Jagdtrophäen an der Wand. Die Geweihe der Katzenhirsche waren poliert und stolz erhoben, in den ausgestopften Gesichtern saßen goldene Glasaugen. Als sie eine offene Tür passierten, entdeckte Olga Rondor, tief über den Tisch gebeugt und ein Glas mit bernsteinfarbener Flüssigkeit in der Hand. Ihre Blicke trafen sich und der Anflug eines Lächelns huschte über sein bärtiges Gesicht. Dann bemerkte er die Kommandantin.

»Mora.«

»Rondor«, sagte sie. »Komm später in mein Büro.«

Olga sah, wie Rondor sich anspannte, bevor er außer Sicht war und sie einen langen Flur betraten. Ein Anflug von Neugierde mischte sich unter Olgas Nervosität. Im Ostflügel war sie bisher noch nicht gewesen. Er wurde immer streng bewacht – immer, außer jetzt. Nicht zum ersten Mal fragte Olga sich, woher die Wachen wussten, wo genau im Gebäude sich die Kommandantin gerade befand, denn jedes Mal, wenn sie mit ihr unterwegs war, war weit und breit kein Mensch zu sehen. Als verschmolzen alle Anwohner mit den Wänden und hielten den Atem an, bis sich der Rauch verzog.

Je länger sie liefen, desto farbloser wurden die Wände. Die Ziertische, die edlen Vasen und Wandstickereien wichen schlichten Laternen und nackten Böden.

Als sie vor einem grauen Wandvorhang stehen blieben, straffte Olga aufgeregt die Schultern. Hinter dem Stoff führte eine schmale Treppe nach unten, nur beleuchtet von einer kleinen Öllampe.

Unsicher blickte Olga die Stufen hinab. Erst jetzt, ohne die weichen Teppiche, wurde ihr deutlich bewusst, dass sie keine Schuhe trug. Ihre Zehen wurden langsam kalt. Fragend schaute sie zur Kommandantin und bekam nur einen ausdruckslosen Blick zurück.

»Du hast dich zu Milan geschlichen. Da kannst du auch diese Treppe runter.«

Aber ich will nicht. Sie überlegte, zu fragen, ob sie nicht wieder auf ihr Zimmer könnte. Doch der Mut ging ihr irgendwo auf dem Weg zur Zunge verloren. Artig tapste sie an Mora vorbei und die ersten Stufen hinab.

Den restlichen Weg nach unten gingen sie in nahezu vollkommener Dunkelheit. Bei jedem Schritt klackte die Rüstung der Kommandantin so dicht hinter Olga, dass sie die Vorstellung nicht losbekam, ein Insekt im Ohr zu haben. Als sie den Fuß der Treppe erreichten, war ihr Nacken nass vor Schweiß.

»Links«, sagte Mora und ihre Stimme verfing sich in den Ecken des Raumes. Staunend blickte Olga erst umher, dann hoch. »Du hast einen Keller?«

»Einen der letzten.« Sie griff eine Laterne von der Wand, schnipste mit den Fingern und deutete wieder nach links.

Mit klopfender Aufregung in der Brust ging Olga weiter. »Papa sagt, es gibt keine Keller mehr. Weil es keine Höhlen mehr gibt.«

»Dein Vater war schlicht. Und nicht aus Erzweiden.«

»Aber …« Wieder schaute Olga sich um. »Wo ist das Riesenblut? Das Eisen?«

Mit den Fingerspitzen strich die Kommandantin über die grauen Wände. »Wir sind zu hoch im Berg. Hier wurde längst alles abgebaut.«

Mit jedem Schritt wurden Olgas Füße kälter. Eine runde Holztür erweckte ihre Aufmerksamkeit: Das Holz war tiefbraun, fast schwarz, und es gab keinen Türgriff, keine Scharniere oder sonstige Anzeichen eines Schließmechanismus. Als sie vorbeigingen, summte es wie aus einem Wespennest – die Maserung des Holzes kräuselte sich, schlug kleine Wellen. Mit großen Augen wurde Olga langsamer. Erst als Mora an ihr vorbeigeschritten war, glättete die Tür sich wieder und das Summen verstummte.

»War das Magie?«, platzte es aus Olga heraus.

Die Kommandantin fuhr herum. »Unterstellst du mir, Magierin zu sein?«

Eiskaltes Wasser ergoss sich in Olgas Magen. Sie trat einen Schritt zurück und schüttelte den Kopf, sodass sich ein paar Strähnen aus ihrem dünnen Zopf lösten. Mora presste die Lippen zu einem schmalen Strich, ein kurzes Zucken ging durch ihre Fingerspitzen. Dann stieß sie einen abfälligen Laut aus und ging weiter, ihre stahlbeschlagenen Stiefel knallten laut und hart auf den Boden.

»Die Tür besteht aus Prägholz«, erklärte sie streng. »Eine Baumart aus den tiefsten Winkeln des Moores. Da die Tür auf mich geprägt ist, *öffnet* sie sich auch nur für mich. Keine Magie, sondern geschicktes, alchemistisches Handwerk.«

Olga verstand nicht ganz, was der Unterschied sein sollte, doch sie war viel zu erleichtert, nicht mehr den Blick der Kommandantin auf sich zu spüren, als es zuzugeben.

»Wie ... wie prägt man Holz auf sich?«

Die Kommandantin deutete auf die vernarbte Stelle, an der mal ihr Ohr gewesen war. »Durch Körperteile.« Mit einem Handwink dirigierte sie Olga durch eine Metalltür in ein kuppelförmiges Labor.

Jedenfalls nahm Olga an, dass es sich um ein Labor handelte. Filigrane Geräte klemmten an den Tischkanten, Stäbe aus Metall ragten in den Raum, verbanden gläserne Kolben, kristallene Röhrchen, feinzahnige Schrauben und Rädchen miteinander, die sich wie in Trance um sich selbst drehten.

Ein Summen lag in der Luft, mehr spürbar als hörbar. Als Olga den Kopf in den Nacken legte und zur Decke blickte, stellte sie fest, dass die gesamte Wand lückenlos mit Eisen verkleidet war, überzogen mit einem fein verästelten Netz aus Gravuren, die sich, komplizierten Sternbildern gleich, über den gesamten Raum erstreckten. Und in ihrem Zentrum, genau in der Mitte des Raumes, hing an silbernen Ketten ein großer Trichter.

Eine goldene Flüssigkeit tropfte von ihm herab, das Geräusch der Tropfen gleichmäßig wie ein Herzschlag oder das Ticken einer Uhr. Ein seltsamer Geruch strömte von der Flüssigkeit aus, wie ein süßer, blumiger Essig. Olga drückte sich den Ärmel an die Nase und blinzelte ein Jucken aus den Augenwinkeln.

Vollkommen ungerührt vom Geruch stellte die Kommandantin die Laterne auf die Kante der zwei Metallbecken, die unter dem Trichter standen. Ohne sich umzudrehen, winkte sie Olga heran, und Olga, den Ärmel immer noch an der Nase, trat langsam ans Becken und spähte hinein.

Beide Becken waren bis zur Kante mit Flüssigkeit gefüllt. Während auf der öligen, gelben Oberfläche der rechten Schale nur träge, vereinzelte Luftblasen saßen, trieb am Boden des linken Beckens etwas, das aussah wie ein handgroßes Blatt aus Gold.

Ein sanftes Leuchten ging von dem seltsamen Etwas aus, das Olga sehr vertraut vorkam.

»Weißt du, was das ist?«

Eine Hand legte sie auf ihren Kopf. Olga zuckte zusammen. Mora ignorierte es und dirigierte ihren Blick vorsichtig, fast schon sanft, zurück auf das leuchtende Etwas.

Die Fingerspitze auf die Beckenkante gelegt, kräuselte Olga die Nase. »Ist das ein Taurenauge?«

»Nein. Gib dir Mühe.«

Das Bild der Kommandantin fiel ihr ein, wie sie das Auge aus dem porzellanweißen Körper des Riesenvogels löste. »Das ... das Auge des Frostgeiers?«

Die Hand der Kommandantin rutschte von ihrem Kopf auf ihre Schulter. Sanft drückte sie sie. »Richtig«, sprach sie in ihr Ohr, richtete sich auf, griff in ein Fach unter dem Becken und schlüpfte in einen schwarzglänzenden Handschuh. Es knarzte laut, als sie einmal prüfend die Hand schloss und wieder öffnete.

»Mach Platz.«

Artig trat Olga beiseite, aber nur so weit wie nötig. In ihrem Kopf schoben sich die verschiedensten Fragen hin und her. Eine von ihnen, von Neugierde angetrieben, schlüpfte auf ihre Zunge. »Was machst du damit?«

Sie meinte, ein zufriedenes Lächeln auf dem Gesicht der Kommandantin zu sehen, doch schon waren ihre Mundwinkel nur wieder ein ernster Strich, die Augen in eiserner Konzentration auf das Becken gerichtet.

»Sieh zu.«

Straff schlug sie den Umhang zurück, warf noch einmal einen prüfenden Blick auf den Handschuh und griff dann ins Becken. Beim Durchbrechen der Oberfläche wurde der Geruch nach Essig stärker und ein kurzes Flimmern rollte um die Eisenschale.

Olga lehnte sich erst zurück, nur um sich noch weiter nach vorne zu beugen. Für einen Moment war ihre Angst vor der Kommandantin vollkommen vergessen.

»Ich stelle Kontaktlinsen her«, sagte die Frau ruhig. Mit einem Ruck riss sie das Etwas aus der Flüssigkeit und drehte das, was einmal das Auge eines Frostgeiers gewesen war, prüfend hin und her, bevor sie es mit einer präzisen Handbewegung in das zweite Becken neben dem ersten gleiten ließ.

Olga erwartete einen weiteren Effekt, wurde jedoch enttäuscht. Das goldene Blatt sank in der Flüssigkeit ab wie in ordinärem Speiseöl.

Während die Kommandantin zu einer der Werkbänke ging und die Hand mitsamt Handschuh durch eine Wanne voller Wasser zog, stützte Olga sich auf den Beckenrand und beugte sich so weit hinab, wie es nur irgendwie ging, ohne dass der Geruch nach Essig ihr vollkommen den Atem raubte.

»Aber werden Kontaktlinsen nicht aus Glas hergestellt?«, fragte sie beeindruckt.

»Nicht die besonderen.« Anstatt den Handschuh abzustreifen, griff die Kommandantin nach einer Schere und begann, ihn sich von den Fingern zu schneiden. Ihre Stimme klang, als würde sie mehr mit sich selbst als Olga reden. »Frostgeieraugen haben fantastische Fähigkeiten, die wir Menschen uns zunutze machen können.« Die Kommandantin hielt inne und schaute über die Schulter zu Olga. »Fähigkeiten, mit denen man uns jagt, wenn wir sie uns *nicht* zunutze machen«, fuhr sie fort. »Frostgeier können Wärme sehen. So finden sie uns im Schnee. Und so haben ich und deine Mutter damals Irrlichter im Moor gejagt.«

Sie sagte es mit vollkommener Gleichgültigkeit, doch Olga zog die Finger vom Becken und trat einen Schritt zurück, starrte ihren Rücken an.

»Du kennst Mama?« Ihre Stimme klang schmal und klein im großen Raum.

Gelassen platzierte die Kommandantin ihre Schere auf dem Tisch und musterte ihre verkrampften Finger, die Spitzen blau angelaufen. Ihre Stimme jedoch war frei von Schmerzen.

»Natürlich kenne ich deine Mutter. Ich habe sie von den Straßen und in meinen Dienst geholt. Sie war meine beste Jägerin. Hat jahrelang unter mir gekämpft. Dann an meiner Seite.« Vorsichtig massierte sie in Richtung ihrer Fingerspitzen und langsam kehrte die Farbe unter ihre Nägel zurück. Einen Hauch kühler sagte sie: »Olathe war bei mir, als ich in das Nest der Irrlichter vorgestoßen bin … Das wusstest du, oder?«

Olga hatte es die Sprache genommen, aber das schien die Kommandantin nicht zu stören. Sie wandte sich zu ihr um, die verfärbte Hand in der unversehrten, und lehnte sich mit kerzengeradem Rücken an der Tischplatte an.

»Du … du hast Mama geholfen, die Mutter der Masken zu töten?« flüsterte Olga.

Die Kommandantin starrte sie aus schwarzen Augen an, stille Härte im Gesicht. »Nein. Deine Mutter hat *mir* geholfen, sie zu töten. Und ohne mich wäre sie dabei gestorben.« Ein Kräuseln fuhr durch ihre Lippen. »Weißt du, was Olathe falsch gemacht hat?«

Olga schüttelte den Kopf.

»Sie hat sich ablenken lassen und ihre Befehle nicht befolgt. Sie hat beschlossen, ihren eigenen Hirngespinsten mehr zu vertrauen als ihren Anweisungen.«

Die Kommandantin ließ ihre Hand sinken, trat an Olga heran und starrte unter halb geschlossenen Lidern auf sie hinab.

»An wen erinnert dich das?«

Der Drang, wegzulaufen, kam so plötzlich, dass er Olga geradezu in den Beinen schmerzte. Nur folgen konnte sie ihm nicht, ihr eigener Körper legte sie lahm. Es war genau wie vor ein paar Wochen im Schnee: Die Kommandantin sagte etwas zu ihr und plötzlich schwoll ihr der Hals zu.

Die Kommandantin war nicht einmal fertig. Mit einem Knarzen ihrer Rüstung ging sie leicht in die Hocke, sodass ihr Gesicht direkt vor Olgas verharrte.

»Das, was deine Mutter damals getan hat, ist der Grund, warum alle, die im Nest der Irrlichter waren, gestorben sind. Alle bis auf sie und mich. Die Mutter der Masken hat ihr den Verstand genommen – ich wollte ihr helfen, aber es war zu spät. Hätte sie sich an meine Befehle gehalten, wäre das nie passiert.«

Olga wich ihrem Blick aus, doch dadurch verschwand er nicht. Während sie versuchte, zu entschlüsseln, was Mora ihr damit sagen wollte, griff diese nach hinten in ihre Gürteltasche. Als sie die Hand nach vorne schob, drang ein altbekanntes Leuchten durch ihre Hände. Olga wurde übel.

»Hand auf.«

Olga gehorchte. Kurz darauf hielt sie ihr Taurenauge, jenes Taurenauge, das sie gestern erst so sorgfältig versteckt hatte.

Die Nachricht war eindeutig: »*Versuch gar nicht erst, etwas vor mir zu verbergen. Ich weiß alles.*«

Beinahe schon gelassen lehnte sich die Kommandantin noch näher zu ihr. »Wirst du dich weiter aus deinem Zimmer schleichen?«

Olga schluckte und schüttelte den Kopf.

»Wirst du weiter meine Schwester aufsuchen, ohne dass ich dir meine *explizite* Erlaubnis gegeben habe?«

Olga schüttelte den Kopf.

»Deinetwegen kann meine Schwester nicht mehr laufen. Das verstehst du, oder?«

Olga nickte, Tränen in den Augen.

Die Kommandantin beobachtete sie noch einen Moment, dann griff sie vor und strich Olga eine Strähne hinters Ohr, bevor sie sich erhob und den Umhang glatt strich. Ohne Olga anzusehen, hielt sie ihr die Hand hin und deutete auf das Becken.

»Komm. Ich bringe dir bei, wie man Kontaktlinsen herstellt.«

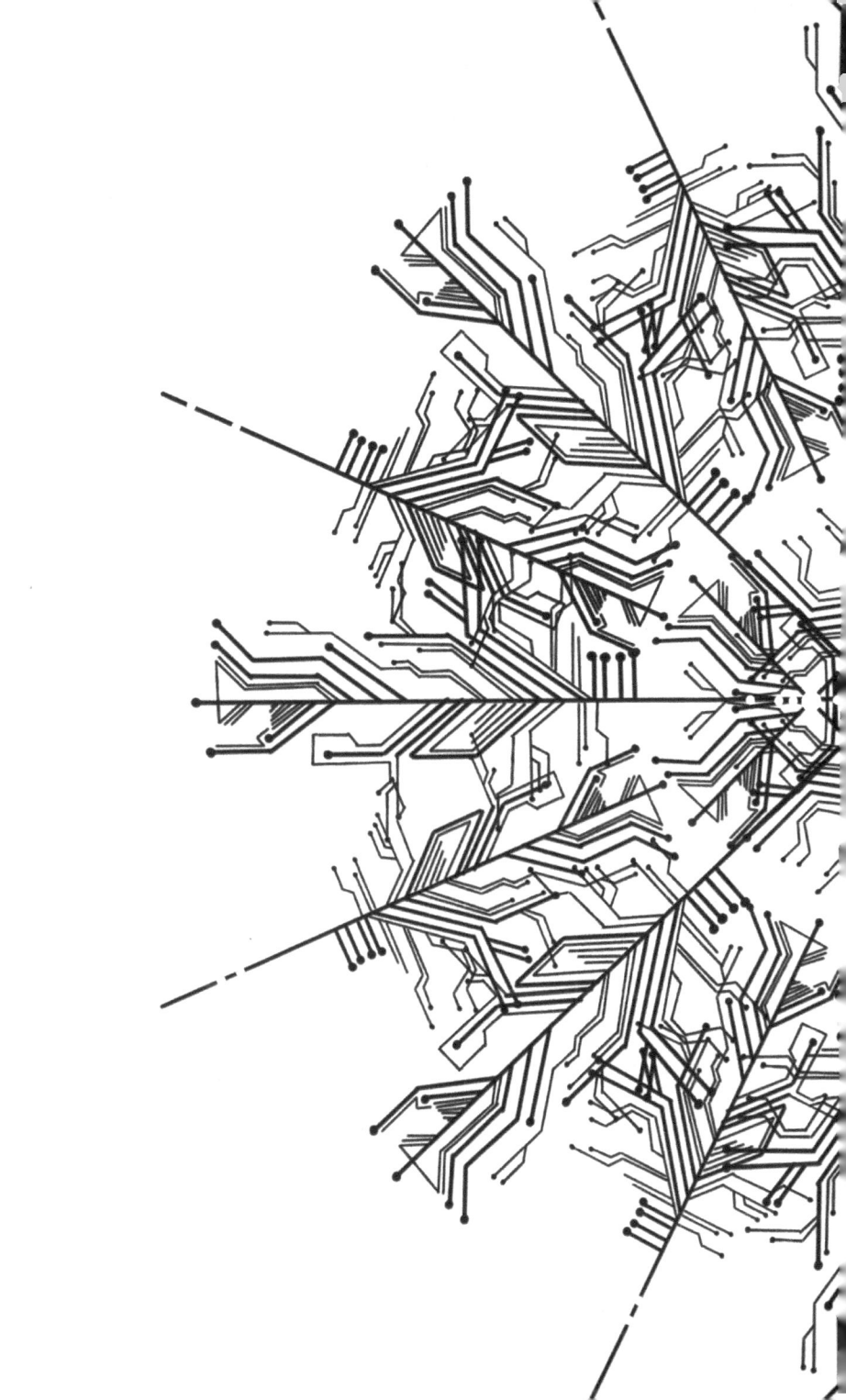

SCHWARZES BRETT DES NEUEN RATES

ÖFFENTLICHER AUSHANG
(3016 na. So.)

Zeigt dein Kind Anzeichen von magischen Kräften? Toben in deinem Wohnzimmer auf einmal Eisstürme, Blitze oder Flammen? Liegst du nachts wach vor Schuldgefühlen, da du - eine nichtmagische Person - deiner Rolle als fürsorgliches Elternteil plötzlich nicht mehr gerecht werden kannst?

Dann informiere umgehend die Außenstelle des Neuen Rates! Wir vermitteln dein magisches Kind schnell, zuverlässig und mit einem Lächeln auf den Lippen an einen gebildeten magischen Haushalt weiter, wo es seine wunderbaren Fähigkeiten frei und geschützt entfalten kann.

ÖFFENTLICHER AUSHANG
(AKTUALISIERT, 3018 na. So.)

Hast du den ernsthaften Verdacht, dass jemand in deinem näheren Umfeld gegen die Pflicht zur Übergabe von magischen Kindern verstößt (und sich damit der Gefährdung des Kindeswohls strafbar macht)?

Dann informiere umgehend die Außenstelle des Neuen Rates. Für jedes magische Kind, das Dank deines Tipps aus einem nichtmagischen Haushalt eskortiert werden kann, erhältst du eine Belohnung von 1000 Silber.

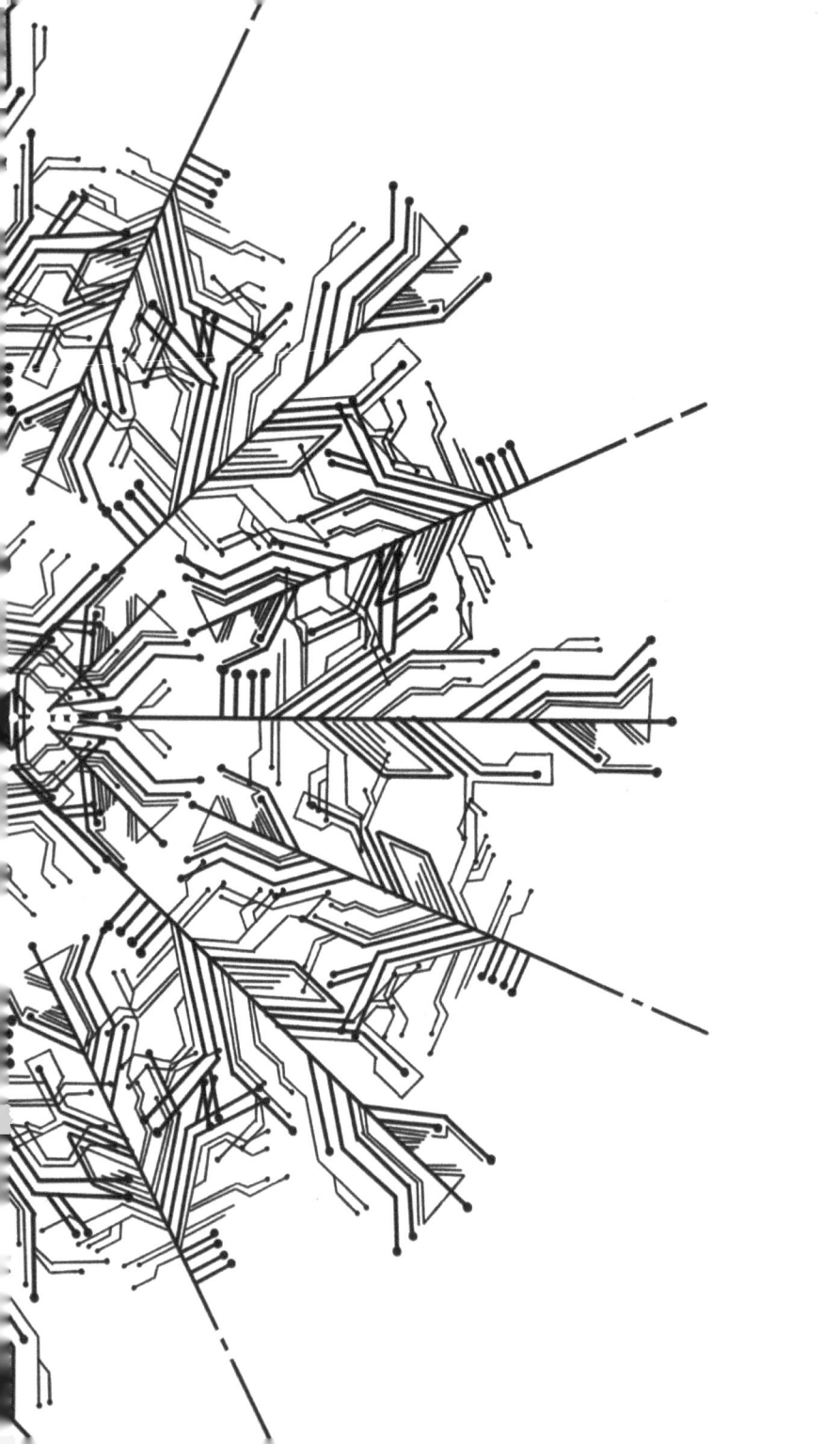

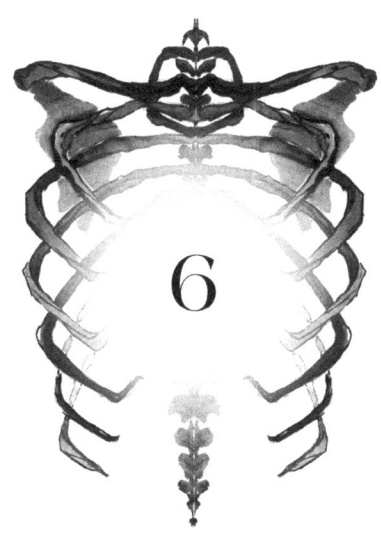

6

3037 nach Sonnenschlüpfen
(Gegenwart)

Olga fuhr hoch und blinzelte. Warme Nachtluft wehte durch das angelehnte Fenster in ihr Schlafzimmer, während der Mond blaue Lichtflecken an ihre Wände und auf ihre nackten Beine warf. Ihre Bettdecke lag zerwühlt zu ihren Füßen. Mit einem verpennten Griff nach ihrer Taschenuhr auf dem Stuhl stellte sie fest, dass die Zeiger erst zwei Uhr morgens streiften.

Aber warum bin ich dann …

Verwirrt richtete sie sich ganz auf, strich sich das zerzauste Haar aus dem Gesicht und reckte den Hals, schaute nach draußen. Die Dachgiebel lagen dunkel und ruhig da, das Moor in der Ferne, das sie durch eine Häuserlücke erspähen konnte, ebenso.

Sie lauschte. Die Stadt war still, die Straßen waren leise, das Haus war ruhig. Also gähnte sie, knallte den Kopf wieder in das Kissen und wollte sich auf die Seite drehen, als ein kleines Flackern den Rand ihres Sichtfelds streifte.

Draußen im Moor saß ein kleines Leuchten – ein blauer Funke im Schwarz der Landschaft.

Was zum …

Olga sprang auf, verheddertе sich fluchend in ihrer Decke, stolperte zum Fenster und riss es in genau dem Moment auf, in dem die Glocken Alarm schlugen.

Es waren andere Glocken als damals im Winter.

Glocken, die sie noch nie gehört hatte.

Eine Hand am Rahmen zog sie sich auf die Fensterbank. Das Licht im Moor war immer noch da, leuchtete, pulsierte. Verharrte. Alarmiert lehnte Olga sich so weit nach draußen, wie sie es wagte, ohne abzurutschen, und erhaschte einen Blick auf den nächstliegenden Wachturm.

Die meiste Zeit über stand der Turm nur im Dunkeln vor sich hin. Nicht jetzt. Das Leuchtfeuer brannte hell und ließ die Schatten laufender Soldatinnen auf die umherliegenden Dächer niederregnen. In den Häusern gegenüber gingen Lichter an, ein Fenster wurde aufgerissen, und als sie noch weiter nach unten schaute, sah sie, wie eine Haustür aufflog und zwei ihrer Nachbarn auf die Straße stolperten, Laternen in der Hand.

Jemand im Wachturm stieß einen Ruf aus. Aus dem einen Licht im Moor waren ein gutes Dutzend geworden.

Olga prallte zurück. Der Schock ließ sie einen Herzschlag, zwei Herzschläge, drei Herzschläge lang an Ort und Stelle verharren, die Fingernägel in den Rahmen gekrallt. In ihr vermischte sich alte Angst mit den Echos gewaltsamer Schreckgeschichten aus den Straßen des Veteranenviertels zu einem sauren Schaum, der drohte, ihr durch die Speiseröhre hoch in die Kehle zu schießen.

In ihren Ohren dröhnten die Schläge der Glocken. Sie schloss die Augen, konzentrierte sich auf das Geräusch ihres Atems – und hob gerade rechtzeitig wieder die Lider, um zu sehen, wie eine Frau auf die Straße stürmte. Ihr kahler Kopf schimmerte schweißnass im Mondlicht. Um ihren Oberkörper hing ein Schwertgurt, der offensichtlich leer war, doch als sie sich in Richtung Moor drehte und die Faust in die Luft rammte, erkannte Olga in ihrem Griff ihre eigene Küchenschere.

»ICH SEHE EUCH! ICH KRIEGE EUCH, ich komme zurück – WEHE, IHR VERPISST EUCH OHNE MICH …«, donnerte die tiefe Stimme durch die Straßen.

»Mama!«, schrie Olga, die Hände auf dem Fensterbrett. Ihre Stimme überschlug sich vor Entsetzen. Und vor Wut. »Ist das dein verfickter Ernst? *Komm wieder rein!*«

Olathe wandte sich um, wobei der Schwung ihres Armes sie ins Wanken brachte. »Olgaspatz!« Den Kopf in den Nacken gelegt, grinste sie zu ihr hoch und selbst von hier oben konnte Olga die Lachfalten erkennen. »Keine Sorge! Ich bin nur kurz unterwegs. Es ist wie früher, verstehst du? *Mein* früher. Also warte nicht mit dem Frühstück auf mich!«

Damit schoss sie herum, rannte die Straße hinab und verschwand mit fröhlich leuchtender Unterwäsche in der Dunkelheit.

»Scheiße!« Sie warf das Fenster mit solcher Wucht zu, dass die Scheiben zitterten, nahm sich gerade noch die Zeit, in eine Hose zu steigen und ihre Pistolen zu krallen, da polterte sie schon die Treppe hinab.

Die Haustür stand sperrangelweit offen. Olga kam schlitternd zum Stehen, sprang barfuß in ihre Stiefel, zerrte eine hastige Schleife und stürmte nach draußen auf die Treppe – nur um zur Seite zu springen, als ihr ein Schwert fast die Nase spaltete.

»ALTER, Kat!«, schrie sie.

»Sorry, sorry! Ich dachte, du bist …«

»Was, ein Irrlicht?« fauchte Olga und bereute es sofort, als sie das panische Zucken in den Augen der Veteranin sah. Vorsichtig hob sie die Hände und schob die Klinge aus ihrem Gesicht. Sie war zerbeult und ungepflegt und vom Schwertgriff blätterte die rote Bemalung ab. Wenn es nach ihr ginge, hätte die Waffe gerne auf Kats Dachboden liegen bleiben können.

Wenigstens war Kat in etwas mehr als nur Unterwäsche rausgerannt. Neben ihrem Schwert hatte sie auch noch eine schicke kleine Pistole dabei und obwohl ihre grauen Locken vom Schlaf in die unmöglichsten Richtungen abstanden, waren ihre Augen hellwach.

Ein alter Mann rannte an ihnen vorbei und die Bewegung riss Kat aus ihrer Starre. Schnell schob sie die Klinge zurück in ihre Scheide und deutete mit ihrem Armstumpf in das Dunkel des Hauses.

»Ist sie …«

»Ja«, erwiderte Olga knapp und drängelte sich an Kat vorbei die Stufen hinab. »Komm! Wenn wir uns beeilen, dann holen wir sie noch ein, bevor sie irgendeine unschuldige Sau absticht.«

»Hast du mein Geld dabei?«

Olga, bereits zwei Schritte von der Treppe entfernt, drehte sich um und sah Kats hohle Hand ausgestreckt in der Luft.

Langsam hob sie ihren Blick zu Kats Gesicht. »Das kann nicht dein Ernst sein.«

Die Alte zuckte mit der Schulter und winkte fordernd mit der Hand. »Du meintest morgen. Heute is morgen. Und glaub mir – gegen Magierinnen und Irrlichter habe ich auch nicht ohne Bezahlung gekämpft.«

»*Du musst gegen niemanden* – okay, hier. Hier!« Grob zog Olga einen Schein aus der Hosentasche und schleuderte ihn Kat entgegen, bevor sie herumfuhr und im Schnellschritt die Straße überquerte.

Kat holte zu ihr auf, schüttelte Dreck vom Schein, hob ihn sich vor die Augen und pfiff anerkennend durch die Zähne. »Bei der Post geben sie solche Kaliber heraus?«

»Sieh es als Vorschuss.«

»Eher 'ne Nachzahlung.«

»Beim Salz meiner Ahnen, Katharina! Hilf mir einfach, Mama zu finden!«

Die Veteranin steckte das Geld ein und zusammen eilten sie zwischen den Häusern hindurch in die Richtung, in die ihre Mutter verschwunden war. Den ganzen steilen Weg runter zur Kreuzung schwebte Olgas Hand über dem schmiedeeisernen Geländer. Ein Summen wie von einem Bienenschwarm breitete sich in den Gassen aus. Aufgeregte Stimmen, verwirrte Rufe, stolpernde Schritte. Olga musste sich zwingen, die Glockenschläge auszublenden, und merkte, dass es Kat ähnlich ging. Als ihnen ein Mann und eine Frau in Bademänteln entgegenrannten, drückte Kat sich gegen das Geländer. Olga jedoch breitete den Arm aus und versperrte ihnen den Weg.

»Habt ihr vielleicht eine Frau …«

»Keine Zeit!« Panisch stieß der Mann ihre Hand weg und schlüpfte an ihnen vorbei, doch die Frau drehte sich im Laufen noch einmal um.

»Es sind inzwischen gute zwanzig!«, schrie sie.

»Eine bewaffnete Frau in Unterwäsche?«, brüllte Olga ihnen nach. »Nein?«

Doch die beiden wischten um die Ecke und verschwanden. Verbissen drehte sich Olga um, winkte Kat hinter sich her. Gemeinsam rannten sie weiter. Während Olga prüfend die Gesichter der Leute absuchte, die ihnen entgegenkamen, huschte Kats Blick immer wieder Richtung Moor, doch die Bauten versperrten ihnen die Sicht.

Mehr und mehr Leute stürzten aus ihren Häusern. Das Stimmengewirr schwoll an. Olga und Kat trennten sich, rannten von Person zu Person. Alle ignorierten sie.

»Hey! Habt ihr etwas gesehen?«, rief ein Typ einem anderen zu. »Wie viele sind es jetzt?«

Olga drängelte sich in das Gespräch. »Eine Frau, stämmig, glatzköpfig, Brandnarben. Irgendwer?«

Die Männer ignorierten sie. »Sind die Magier informiert? Was sagt Oberkommandantin Grau?«

Sie fuchtelte vor ihren Nasen herum. »Irrer Blick. Unterwäsche. Mit Schere bewaffnet. Nein?«

Irgendwo schrie jemand, das Stimmenchaos übertönte jeden von Olgas Versuchen.

»Aber das kann doch nicht sein! Die Mutter der Masken ist tot! *Tot!*«

»Nein … *nein, nein, nein …*«

»Keine Panik!«

»Ruhig. Ruhig!«

»*Sie wollen ausrücken!*«, schnitt ein Ruf durch die Luft.

»Wer sagt das?«

Mit pochendem Kopf wich Olga an den Rand zurück, sah sich nach Kat um wie nach einem Leuchtturm im Sturm. Die Veteranin hatte eine kleine Oma in die Ecke getrieben und gestikulierte auf sie ein. »Sie ist ein wenig kleiner als ich, braune Augen … hübsches Gesicht, wirklich, auf ihre ganz eigene Art … Ja! Genau! Obwohl ich ein anderes Wort gewählt hätte, das war nicht sehr nett.«

Die Hände auf den Ohren kämpfte Olga sich in Kats Richtung durch.

»Wieso sind die nicht schon längst im Moor?«

»Die Mauergarnison …«

»*Jetzt sind es gute fünfzig!*«

»MACHT PLATZ! PLATZ MACHEN!«

»Richtung Ostgarnison? Danke.« Kat fuhr herum und formte einen Trichter um ihren Mund. »*Olga! Hier lang!*«

Halb genervt, halb erleichtert zwängte sie sich an einem mit einem Hammer bewaffneten Schuster vorbei und rannte mit klingelnder Trauermünze zu Kat, die sie gerade noch rechtzeitig in eine Seitengasse zog, bevor ein Reitertrupp der Stadtwacht die Straße entlangfegte und alle zwang, sich unter den Hauseingängen in Sicherheit zu bringen. Das Klappern der Rüstungen und Geschrei der Soldaten hallte ihnen noch nach, als sie schon zwei Straßen weiter und auf dem Weg zum Steiß waren.

»Was könnte Mama bei der Ostgarnison wollen?«, fragte Olga und wischte sich im Rennen über die nasse Stirn.

Kats Antwort wurde durch ihre Atempausen zerstückelt. »Von dort aus … sind die Mondjägerinnen … früher zur Jagd ausgerückt.«

Olga schnaubte. »Mal schauen, was sie zu einer alten Heldin in Unterwäsche sagen.«

»Wahrscheinlich etwas wie ‚ein Glück, endlich jemand mit Verstand!‘«

Sie musste lachen, nur um dann sofort zu schlucken. Hinter ihren Augen baute sich Druck auf. Ein Blick direkt in ein Straßenlicht half ihr, nicht loszuheulen. Milan schoss ihr in den Kopf. Wäre nicht ihre Mutter, wäre sie jetzt unterwegs in Richtung der Postunterkünfte, um nach ihr zu sehen.

Wenn dir etwas passiert, schlage ich dich zu Brei, dachte sie und wusste nicht einmal genau, wen der beiden sie damit meinte.

Zu ihrer Linken riss die Fassade auf und offenbarte die östliche Aussichtsplattform. Mondlicht ergoss sich über die Köpfe dutzender Schaulustiger, Schulter an Schulter Richtung Mauern gedrängt. Kat bremste scharf ab, Olga, ein Stechen in den Seiten, tat es ihr gleich. Von der erhöhten Straße konnten sie über die Köpfe hinweg bis zum Horizont schauen.

Das Moor brannte blau.

Blaues Licht, so weit das Auge reichte. Blau an Blau, bis in die Wolken hinein. Es entrückte die gesamte Welt, ließ die Lichter der Stadt im Vergleich dazu erbärmlich aussehen.

Olga versuchte, das Meer aus Licht in ihrem Kopf mit Kreaturen, mit körperlichen Wesen zu verbinden. Es gelang ihr nicht. Es war, als würde ihr Hirn von der Vorstellung einfach abgleiten wie von einem vereisten Ast.

Ein Blick nach links und rechts sagte ihr, dass es den anderen genauso ging. Während die jungen Gesichter von vollkommenem Staunen weichgezeichnet waren, lag in den Gesichtern der Älteren absolutes Urgrauen.

Widerwillig schaute Olga wieder nach vorne. Das Leuchten der Irrlichter verlangte ihre Aufmerksamkeit mit einer Macht, sodass sie kurz das Gefühl hatte, ihr ganzer Körper würde gleich folgen: Ein Ziehen in ihrer Brust … nein, ein Schmerz wie ein kalter Muskelkater, der sich an jedem Knochen ihres Körpers festsetzte, sie zugleich zusammendrückte und auseinanderzog, fliegen, weggleiten ließ. Nach vorne, über die Dächer. Über die Mauer …

»Olga!«

Ein Griff in ihr Oberteil. Olga blinzelte. Hinter ihr lag die Aussichtsplattform. Die Menschen, die ihr am nächsten waren, blickten zu ihr hoch. Finger deuteten auf sie. Irritiert schaute Olga an sich hinab.

Ihr Fuß schwebte über der Mauer, einen Schritt davon entfernt, ins Nichts zu treten.

Olga starrte auf ihre Stiefelspitze. Dann sah sie wieder ins Moor. Genau in der Sekunde, in der die Irrlichter mit einem Blitz verschwanden.

Ein Raunen ging durch die Menge. Irgendwo schrie jemand auf und die plötzliche Dunkelheit brachte Olga ins Taumeln. Als habe man ihr ins Gesicht getreten. Langsam ging sie in die Knie, von Kats Griff gestützt, bis sie auf der Mauer hockte, fassungslos in die Nacht starrend.

»Was war das?«, flüsterte Olga.

»Ich glaube …« krächzte Kat, Olga immer noch fest gepackt. »Ich glaube, das war eine Ansage.«

Ihre Mutter war unauffindbar.

Nach dem Verschwinden der Irrlichter durchkämmte Olga mehrere Stunden die Straßen, aber vergeblich. Sie war nirgendwo zu entdecken und die Nachtschwärmer, denen Olga auf der Suche begegnete, waren entweder zu besoffen, zu aufgelöst oder eine Kombination aus beidem, um irgendetwas gesehen haben zu wollen. Als sie es schließlich bis zur Ostgarnison schaffte, nur um von einer Gruppe angespannter Soldatinnen abgewiesen zu werden, gab sie es auf und machte sich, die Beine taub vor Müdigkeit, auf den Weg zurück nach Hause.

Sie konnte nur hoffen, dass Kat mehr Erfolg hatte als sie.

Die Haustür war angelehnt, im Eingangsbereich war es dunkel. Olga kontrollierte jeden Raum, selbst den Holzschober im Innenhof. Sogar in das Zimmer ihres Vaters lugte sie, doch Olathe war nicht da.

Also nahm Olga sich alle Decken, die sie finden konnte, entzündete ein paar Lichter und richtete sich im Eingangsbereich ein Lager her. Schließlich kroch sie in ihr Nest am Boden und rollte sich zu einem erschöpften Bündel zusammen, den Blick fest auf die Tür gerichtet.

Das Geräusch der Türklinke weckte sie. Sie schreckte hoch, blinzelte, brauchte einen Moment, um zu realisieren, wo sie war. Draußen war es immer noch dunkel, aber es war eine andere Dunkelheit als vorhin noch. Brummend hielt sie sich die Stirn. Schemen von verschneiten Straßen und blauen Lichtern verklebten ihr inneres Auge, doch sie blinzelte die Traumreste weg, als die Haustür sich langsam öffnete und ihre Mutter hereingeschlichen kam.

Olga erhob sich und sah mit zusammengepressten Lippen zu, wie Olathe mit übertriebener Behutsamkeit die Hand auf die Tür legte und sie ins Schloss drückte. Ihre Fingerknöchel waren blutig, am Unterarm hatte sie eine breite Schramme. Auf ihrem Rücken saß noch der leere Schwertgurt. Olathes und Olgas Blicke wanderten genau gleichzeitig zu der silbernen Schere in ihrer Hand und Olga sah, wie ihre Mutter versuchte, sich einen Reim darauf zu machen.

Jedes Mal, wenn Olga das Gesicht ihrer Mutter sah, sah sie sich selbst, doch ihre Ähnlichkeit wurde gedämpft durch die Brandnarben, die Olathes kahlen Kopf schmückten und ihr Gesicht dort verzerrten, wo die Flammen nach ihren Augenbrauen gegriffen hatten. Auch sonst waren die Narben allgegenwärtig. Wie dicke Seile schossen sie ihr über Schultern und Rücken, verzogen die braune Haut und die beeindruckenden Muskeln.

Noch immer betrachtete ihre Mutter die Klinge in ihrer Hand, trug diesen vernebelten Blick, den sie immer hatte, wenn sie sich aus einem vollkommen zugedröhnten Zustand zurück in die Echtwelt tastete. Dann, ganz langsam, legte sie die Schere auf den Boden und wandte sich gänzlich zu Olga.

»Du bist wach«, raunte sie. Mit milder Verwunderung schaute sie sich im Raum um, die Bewegungen schlaff und träge, als wäre sie unter Wasser. »Wie spät ist es?«

Als Olga nicht antwortete, schickte sie den Blick an sich selbst hinab und bewegte vorsichtig die bloßen Beine. Sie waren bis zu den Knien verdreckt.

»Mir ist kalt«, murmelte Olathe. »Wo verdammt war ich?«

Olga ballte die Hände zu Fäusten, öffnete den Mund und für einen Moment war sie so unfassbar, unbegreiflich wütend, sodass sie spürte, wie etwas Giftiges in ihr größer wurde bis zu dem Punkt, an dem sie es einfach herausschreien wollte … alles herausschreien, was ihr von innen heraus den Hals zuschnürte, ihr jede verdammte Pore verstopfte … doch dann sah ihre Mutter sie mit diesem verwirrten Blick an und die Wut verpuffte in einem einzigen, lautlosen Zug.

Das Vakuum, das zurückblieb, war ohrenbetäubend.

Olgas Hände wurden schlaff. Einen Moment blinzelte sie den Boden an. Dann holte sie tief Luft. »Alles gut, Mama. Geh schon mal ins Bad. Ich mache dir Wasser warm, ja?«

Eine halbe Stunde später half Olga ihrer Mutter in die dampfende Wanne, was gar nicht so einfach war, weil ihre Mama wie eine verdammte Bärin gebaut und dementsprechend schwer war. Sie zuckte heftig zusammen, als das heiße Wasser ihre aufgeschürfte Haut streifte, setzte sich jedoch hin und legte den Kopf auf den Beckenrand, schloss die Augen.

An ihrem Ohr schimmerten die silbernen Trauermünzen – drei Stück, je eine für Olathes Mütter und eine weitere für einen alten Freund aus Kriegszeiten, über den Olga nichts wusste, außer, dass er zusammen mit Olathe bei den Mondjägerinnen gekämpft hatte.

Keine Münze für Olgas Vater.

Kurz ließ sie ihre Mutter entspannen, dann griff sie nach dem Schwamm und begann, ihr den Schmutz vom Körper zu wischen. Ihr Blick fiel auf die Schürfwunden. Zögernd drückte sie den Schwamm aus und griff nach den wunden Knöcheln, strich vorsichtig über die verletzte Haut.

Olga hatte nicht mehr versucht, ihre magischen Kräfte an etwas anderem als Heiltränken zu benutzen, seit … nun, seitdem es einmal extrem nach hinten losgegangen ist. Nicht nur hatte Mora sie fast dabei erwischt, die Magie selbst hatte ihr eine Scheißangst eingejagt.

Aber das lag über acht Jahre zurück. Vielleicht war es jetzt anders. Klar, sie hatte keine Ahnung, wie ihre Kräfte genau funktionierten, aber … wie sollte sie es auch herausfinden, wenn sie nie üben konnte?

Sie schluckte. Ihre Mutter war verletzt, ihre Mutter hatte Schmerzen. Wenn es auch nur die kleinste Chance gab, dass Olga helfen, irgendwie ein wenig ihr Leid lindern konnte, wollte sie es versuchen.

»Mama?«, setzte sie behutsam an. »Darf ich versuchen, deine Wunden …«

»Nein.« Sofort schüttelte Olathe ihre Hand ab und warf einen kurzen, wachen Blick zum Fenster. »Zu riskant. Was, wenn jemand das Licht bemerkt?«

Belustigt schnaubte Olga. »Ich bin mir sicher, die drei Leute, die um diese Uhrzeit noch wach sind, interessieren sich gerade weniger für unser Klofenster und eher für, keine Ahnung? Die Irrlichter im Moor?« Sie grinste schief, dann griff sie erneut nach ihrer aufgeschürften Hand. »Ich *weiß*, ich könnte es hinbekommen. Wenn du es mich nur versuchen …«

Ruckartig setzte sich Olathe aufrecht, sodass Wellen über ihre verschränkten Hände schwappten und zu Boden klatschten. Sie packte Olgas Oberarm und stierte sie an. Fast schon wütend.

»Zu riskant«, wiederholte sie eindringlich. Und dann, als Olga den Mund öffnete: »*Willst* du, dass sie dich mitnehmen?«

Olga stockte, kniff die Augen zusammen. »Fick dich. Du weißt genau, dass ich das nicht will.« Sie pfefferte den Schwamm ins Wasser, lehnte sich mit dem Rücken an die Wanne und verschränkte die Arme vor der Brust, den Blick finster an die gegenüberliegende Wand genagelt, die Feuchtigkeit ignorierend, die in ihre Kleidung sickerte.

Eine Weile war nichts zu hören bis auf das Plätschern des Wassers und ein dumpfes Rauschen in ihren Ohren. Als ein Lichtstrahl ihre Hand traf, blinzelte sie und schaute zum Fenster. Die verdampften Scheiben glommen in einem sanften Gelb: Die Sonne ging auf und das morgendliche Licht durchfloss ihre Wahrnehmung wie ein träger, warmer Strom. Olga schätzte, das sie noch zwei Stunden hatte, bevor sie wieder zum Postamt aufbrechen musste.

»Olga.«

Sie schaute zurück zu ihrer Mutter. Olathe war immer noch tief in sich selbst versunken, aber sie hatte ein wenig vom Nebel abgestreift. Die braunen Augen tasteten nach Olgas eigenen, auch wenn ihr Blick immer wieder abrutschte wie an einer nassen Scheibe.

»Was ist, Mama?«

Die Frau brummte, stemmte sich mit den Füßen ein Stück aufrechter. Olga streckte die Hand aus für den Fall, dass sie ihre Mutter abfangen musste – auch wenn sie dabei wahrscheinlich einfach hilflos platt gedrückt werden würde wie unter einem gefällten Baum –, aber Olathe blieb sitzen und brummte wieder, die Lider dick und schläfrig.

»Es tut mir leid.«

Olga verdrehte die Augen, allerdings nicht ohne zu schmunzeln. »Ich weiß, du Idiotin. Das tut es immer.«

»Nein ... nein«, sagte Olathe und suchte wieder ihren Blick. Kurz waren ihre Augen glasklar. »Wirklich. Es tut *mir* leid.«

»Ich sagte doch, ich weiß. Mir auch.«

Olga starrte auf das Wasser und presste die Zähne zusammen, spürte, wie ihre Fingerspitzen langsam einweichten. Ein paar Herzschläge lang verharrten sie schweigend, immer noch Hände haltend. Dann seufzte ihre Mutter und lehnte sich zurück, sodass es in der Wanne nur so schwappte.

»Ich werde wieder jagen«, sagte sie, ein zufriedenes Lächeln auf dem Gesicht. »Wieder Geld verdienen. Damit du das nicht mehr machen musst.«

»Ha! Sicher«, sagte Olga.

Olathe sah sie unter hellbraunen Wimpern an. »Nicht so skeptisch, mein Spatz.«

Olga beschloss, nicht darauf zu antworten, aber es schien eh nicht so wichtig zu sein, denn kurz darauf räkelte sich ihre Mutter wieder im Badewasser. *Wann sie wohl wieder nach ihrer Pfeife fragt?*

Olathe, immer noch das leichte Lächeln auf den Lippen, seufzte. »Ein verdammtes Glück, dass du beim Postamt so gut verdienst.«

»Ja«, antwortete Olga und rieb sich erschöpft die Augen. »Ein Glück.«

Erzweiden - Chronologie und Stadtgeschichte

(Schulexemplar) Von Prof. A. A. S. Schindel

Kapitel 19.1

Die Salzaufstände von 3014

Die bereits seit Jahrzehnten köchelnde Unzufriedenheit der Magierinnen der Stadtwacht erreichte im Jahr 3014 (nur ein Jahr vor der Letzten Mondjagd) ihren Höhepunkt, als der junge Magier Sana Salzknochen, Kadett der Mondjägerinnen, bei einem Einsatz im Moor desertierte und auf der Flucht von nicht-magischen Soldatinnen erschossen wurde. Daraufhin rief Tordor Salzknochen, Sanas ältester Bruder und bereits seit früher Jugend Aktivist für die Rechte der Magischen, zum Aufstand gegen die Stadtwacht auf.

»Seit Jahrhunderten schickt Erzweiden uns Magische im Kampf gegen die Irrlichter an die vorderste Front. Seit Jahrhunderten erlöschen und verrecken wir für die Nichtmagischen im Moor, während sie uns erniedrigen, unterdrücken, uns unsere Kinder nehmen, sie als Geiseln gegen uns verwenden oder sie raus aus der Stadt schicken, wo die Irrlichter sie in Stücke reißen. Mein Bruder Sana war elf. *Elf.* Er hatte Angst. Er wollte doch nur nach Hause. Er war ein Kind und wollte nur nach Hause.«

(Rede von Tordor Salzknochen, 04.09.3014)

Es folgte eine Reihe blutiger Aufstände - heute unter dem Namen »Die Salzaufstände« bekannt -, an denen sich schätzungsweise zweitausend Magierinnen und Erloschene der Stadtwacht beteiligten.

Von den pausenlosen Angriffen der Irrlichter bereits stark geschwächt, hatten die nichtmagischen Truppen der Stadtwacht kaum eine Chance gegen die Magierinnen: Nur zwei Monate nach Beginn der Aufstände übernahmen die Magischen das Kommando über die Stadtwacht.

Tordor Salzknochen erklärte sich, als erster Magier in der Geschichtsschreibung Erzweidens, zum Oberkommandanten der Stadtwacht. Kurz darauf gründete er den Neuen Rat: Ein Zusammenschluss aus Magierinnen und Erloschenen, der bis heute die oberste Exekutive Erzweidens bildet.

Kommentar des Lektors: Es ist anzunehmen, dass sich Tordor Salzknochens neue Regierungsform ausschließlich deswegen auf längere Sicht in Erzweiden durchsetzen konnte, da nur wenige Monate später die Mondjägerinnen - unter der Schirmherrschaft des Neuen Rates - die Mutter der Masken erlegen und somit den Krieg gegen die Irrlichter erfolgreich beenden konnten.

Trotzdem hegen viele nichtmagische Veteraninnen der Stadtwacht bis heute noch einen Groll gegen die Magierinnen der Salzaufstände. Nicht nur wurden bei den Salzaufständen unzählige nichtmagische Soldatinnen der Stadtwacht von Magierinnen getötet: Die Magischen fielen ihnen mitten im Kampf gegen die Irrlichter in den Rücken.

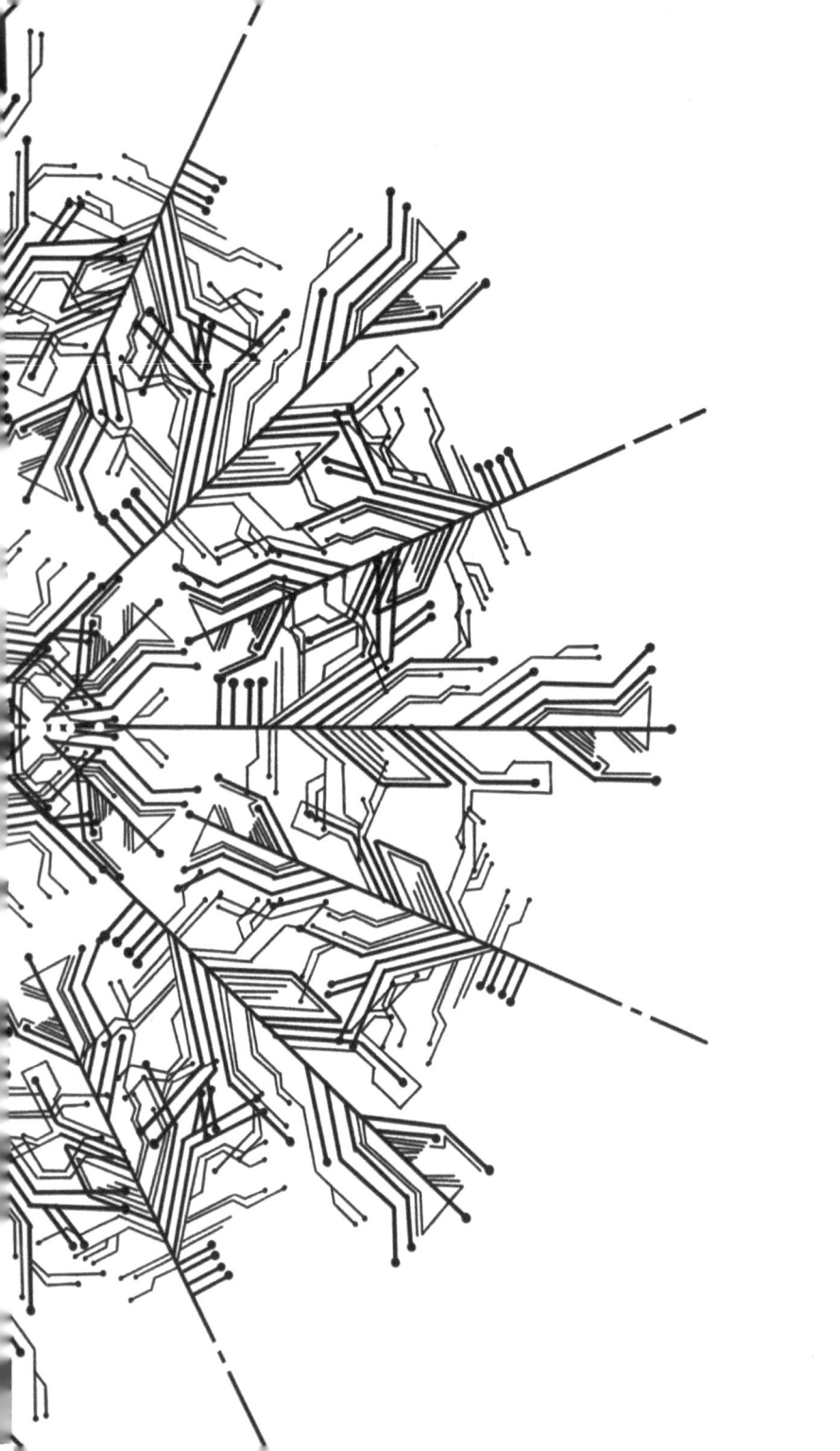

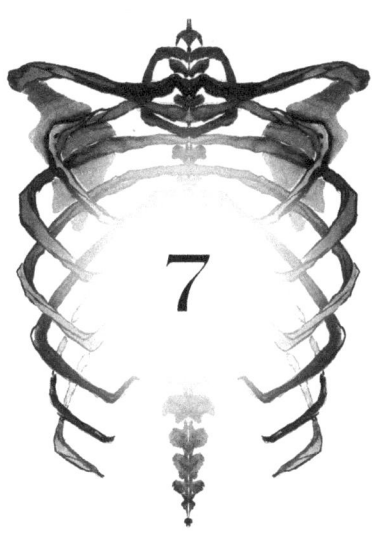

7

*3037 nach Sonnenschlüpfen
(Gegenwart)*

Als Olga am nächsten Morgen das Postamt betrat, fragte sie sich kurz, ob sie sich auf ein Schlachtfeld verirrt hatte.

Schreiberinnen trieben Gruppen kläffender Händler und aufgelöster Handwerkerinnen durch die Eingangshalle, heillos überfordert, wie Schafe, die plötzlich Autorität über die Schäferhunde erhalten haben. Arbeiterinnen und Veteranen drängelten sich mit Stößen und Tritten durch die Menge Richtung Postschalter, alle mit gezückten Stiften, Briefen und Geldbeuteln, die Augenringe tief von der schlaflosen Nacht, die Nerven zermürbt vom Auftauchen der Irrlichter.

Halb beeindruckt, halb resigniert betrachtete Olga einen Moment das Chaos, seufzte, holte tief Luft und tauchte in die Menge ein. Die letzten Stunden waren absolut beschissen gewesen und es gab nur eine Person auf der Welt, die sie jetzt sehen wollte. Als sie sich schließlich gereizt durch die letzte Barriere quetschte und auf die andere Seite des Postschalters floh, waren ihre Wangen rot und ihr Kopfschmerztier zuckte unter jedem lauten Geräusch mit den Krallen. Irgendein Typ rief im Vorbeigehen ihren Namen, doch Olga ignorierte ihn, stapfte den Flur hinab und stieß die Tür zum Pausenraum etwas wuchtiger auf als vielleicht nötig.

»Milan?«, rief sie, noch bevor die Tür gegen die Wand geknallt war. »Ist Milan hier?«

Die Postboten, um den Pausentisch gequetscht wie Küken um den Futtertrog, hoben synchron den Kopf und glotzten sie über ihre Pausenbrote hinweg ehrfürchtig an. Hinter ihnen machten sich die älteren Schreiberinnen am Herd nicht einmal die Mühe, aufzusehen, und fuhren fort, mit aggressiver Ungeduld das Kaffeewasser im Topf anzustarren.

»Hey, ihr Pfeifen«, bellte Olga. »Milan?«

»Milan ist draußen«, antwortete ein Kerl aus der Sortierung, der sich durch die schmale Balkontür nach drinnen quetschte. Bei Olgas Anblick klappte ihm leicht der Mund auf, der Zigarettenstummel noch auf seiner Unterlippe klebend. »Hey ... du bist doch ... hat *deine* Mutter nicht die Mutter der Masken getötet?«

»Kann sein«, murrte sie. »Und jetzt mach den Mund zu. Es zieht.« Grob schob sie ihn aus dem Weg, trat nach draußen und schloss die Balkontür hinter sich.

»Olga.«

Noch bevor sie sich umgedreht hatte, war Milan herangehumpelt und zog sie in eine Umarmung, wobei Kaffee aus ihrer Tasse auf Olgas Rücken schwappte. Sie ignorierte es, erwiderte fest die Umarmung und stieß einen erleichterten Laut aus.

»Bist du okay?«, fragte sie heiser. »Letzte Nacht war ...«

»Ja, oder? Ich meine, Irrlichter. Himmel.« Milan richtete sich auf und schob ihre Sonnenbrille auf die Stirn. »Ich war im *Club Meerschaum*, als die Glocken angeschlagen sind. Die Musiker haben sich glatt an ihren Trompeten verschluckt.« Zwar war ihr Haar ordentlich wie immer, ihre Kleidung frisch und ihr Lidstrich scharf gezogen wie ein Dorn, doch ihr Schmunzeln wirkte aufgesetzt und die Schminke konnte den Ausbruch von Stressakne nicht ganz verdecken, der sich auf ihren Wangen anbahnte.

Besorgt hakte Olga sich bei ihr unter und ging mit ihr an das andere Ende des Balkons, wo sie sich gegen das Geländer fallen ließen. »Aber bist du *okay?*«, wiederholte sie ihre Frage.

»Ja. Also …« Ihre Freundin machte eine wage Handbewegung. »Ein wenig aufgescheucht, klar. Aber ich bin okay.«

»Sicher? Du gehst nur in den *Club Meerschaum*, wenn du einen beschissenen Tag hattest.«

Milan stutzte. »Tue ich das?«

»Ja, du Hirni. Also raus damit.«

»Das … egal, das war vor den Irrlichtern.« Die Archivarin winkte ab. »Ist nicht so wichtig.«

Olga rümpfte die Nase. »Doch. Mir schon.«

Die Antwort schien Milan kurz aus dem Konzept zu werfen. Schweigend drehte sie die Tasse in ihren Händen, eine nachdenkliche Falte zwischen den Augenbrauen. Dann stellte sie den Kaffee auf der Brüstung ab und erwiderte Olgas Blick. »Ich hab mich an der Universität Nordport beworben, für Astroarchäologie und Programmieren. Die Uni hat meine Bewerbung abgelehnt.«

»Schon wieder?«

»Reib's noch weiter rein.«

»Sorry.« Im Versuch, tröstend zu sein, stieß Olga ihr mit dem Ellenbogen in die Seite. »Ich dachte nur, die Unipisser haben inzwischen bemerkt, dass sie kleingeistige Schnecken sind, weil sie dich nicht mit Handkuss nehmen.«

»Mmh«, machte Milan nur. »Ich frag mich, was eher ausschlaggebend ist: Dass ich Moras Schwester bin oder dass ich Nichtmagische bin.« Erschöpft drehte sie den grünen Ring an ihrem Finger, den Blick in die Ferne gerichtet.

Olga grübelte. »Du könntest dich einfach unter dem Namen Rolf Supermagisch bewerben und für das Vorstellungsgespräch einen Schleier tragen.«

Empört verzog Milan das Gesicht. »Das ist gegen die Regeln.«

»Nun, die Regeln sind Scheiße! Sonst würden sie dich nicht aus dem Verfahren kicken, nur weil du mit einer radikalen Alchemistin verwandt bist.«

»Egal. Ich hätte mir das Studium ohnehin nicht leisten können.« Sie hielt inne, zwang sich zu einem Lächeln.

»Magierin müsste man sein. Dann wäre das Leben so viel einfacher.«

Ha, ha, ha. Statt etwas zu sagen, stahl Olga Milans Kaffeetasse und nahm einen großen Schluck.

»Du bist unmöglich«, grinste ihre Freundin.

Olga rülpste. »Danke.«

Plötzlich zuckte Milans Kopf hoch. »Wie ist es bei dir? Wie … oh, Mist, wie hat deine Mutter auf die Irrlichter reagiert?«

Trocken lachte Olga und leerte den Kaffee mit einem Zug. »Na ja, wie soll sie da schon reagieren? Sie hat sich bewaffnet und aufgedreht in die Nacht verpisst und Kat und ich mussten hinterher, sie suchen.«

»Ernsthaft?«

»Jop.«

»Das ist …« Auf der Suche nach dem richtigen Wort runzelte Milan die Stirn. »Stressig.«

»Kann man so sagen.«

»Aber ist jemandem etwas passiert?«

Olga zögerte. *Mama ist auf irgendeine arme Sau von der Stadtwacht losgegangen und ich habe keine Ahnung, was das für Konsequenzen haben wird. Ich habe mich von einer verdammt gruseligen Anziehungskraft fast über eine Mauer locken lassen, was auch immer das bedeutet. Und, ach ja, Mama und ich haben uns fast gezankt, weil ich ihr mit meinen magischen Heilkräften helfen wollte – du weißt schon, die magischen Heilkräfte, die ich vor allen Leuten geheim halte. Selbst vor dir.*

»Nein.« Olga reichte die Tasse zurück an Milan und rutschte näher an sie heran, bis ihre Oberarme sich berührten. »Ein Glück ist nichts Ernstes passiert, aber … was bedeutet das jetzt, wenn die Irrlichter zurück sind?« Hilflosigkeit rutschte in ihre Stimme. »Ich habe verdammt viel Schiss. Was, wenn es wie früher wird? Also, Mamas früher?«

»Hey.« Sanft schubste Milan sie mit ihrer Schulter an, die ruhigen Augen halb geschlossen. »Nichts überstürzen. Dass die Irrlichter zurück sind, muss erst einmal gar nichts heißen. Das ist wie mit den Sirenen bei der Küste. Klar, immer noch ab und zu eine Gefahr für die Schifffahrt, aber es ist längst nicht mehr so ein großes Problem wie früher. Wir haben uns jetzt alle einmal ordentlich erschrocken und für ein paar Tage werden die Nerven etwas angespannt sein, aber in einer Woche sieht's schon wieder anders aus.«

Nicht wirklich überzeugt, atmete Olga aus. »Ja. Du hast bestimmt recht.«

»Natürlich habe ich das.« Süffisant rückte die Archivarin sich die Brille zurecht. »Ich habe immer recht.«

»Klar. Pass bloß auf, dass sich das nicht rumspricht, sonst wirst du zur obersten Beraterin benannt und die gesamten Silberlande pilgern zu deiner winzigen Omawohnung, um deinen miesen Weisheiten zu lauschen.«

»Wenn du das so sagst, ist es eigentlich schon fast frech, dass nicht längst eine Schlange vor meinem Büro ist.«

In genau dem Moment öffnete sich die Balkontür und ein Schreiber steckte den Kopf nach draußen. »Hey, Milan?«, sagte er mit wippender Kippe im Mund. »Du wirst gebraucht.«

Milan hob die Augenbraue. »Von wem?«

»Von so ziemlich allen. Der Vorstand macht Krisenrat.«

Olga lachte dreckig auf und pikste Milan in die Wange. »HA! Das hast du davon.«

»Danke, Matteo.« Würdevoll strich Milan ihre Hand beiseite, nickte dem Typen zu und hob demonstrativ die Kaffeetasse. »Gebt mir noch eine Minute.«

»Klar. Und du auch, Frost.« Der Schreiber, Matteo, warf ihr einen tadelnden Blick zu. »Du hast einen Job, falls du es vergessen hast.«

Olga verkniff es sich, ihm die Zunge rauszustrecken.

»Wir reden nur noch kurz zu Ende, keine Sorge«, sagte Milan und setzte ihr bestes Beamtinnenlächeln auf. Der Schreiber zögerte noch kurz, dann nickte er und verschwand wieder im Pausenraum.

Milan seufzte, lehnte sich zurück an die Brüstung und rieb sich das Nasenbein. »Das wird ein langer Tag.«

»Und wie«, meinte Olga. »Ich hoffe nur, die Leute kommen uns nicht dumm, jetzt, da die Irrlichter wieder ein Thema sind.«

Milan legte den Kopf schräg. »Wie meinst du das? Oh.« Ein Schatten huschte über ihr Gesicht. »Wegen deiner Mutter.«

»Ja. Und deiner Schwester.« Prüfend suchte Olga ihren Blick. »Olathe und Mora, die letzten Jägerinnen. Retterinnen Erzweidens, das Wundermittel gegen die Irrlichter, bla bla.«

Sofort setzte Milan ebenfalls eine dramatische Stimme auf. »Kommandantin Mora und Gruppenführerin Olathe, Heldinnen des Volkes. Warum seid ihr, Milan und Olga, nicht mehr wie eure Familie? Warum geht ihr nicht da raus ins Moor und gebt euch erst zufrieden, wenn das letzte Irrlicht tot ist? Bla bla.«

»Bla bla«, antwortete Olga zustimmend. »Oder, meine persönliche Lieblingsvariante: Olga, ich dachte, deine Mutter hat die Mutter der Masken damals getötet, warum hat das nicht all unsere Probleme gelöst? Hat sie sich etwa nicht richtig Mühe gegeben?«

Auf einmal wurde Milan leiser. »Warum musstest du, Milan, alles ruinieren und deine Schwester ins Gefängnis stecken lassen? Kommandantin Mora war das Beste, was Erzweiden je passiert ist.«

Betretenes Schweigen breitete sich auf dem Balkon aus, während das Gewicht der Erinnerungen auf sie beide eindrückte. Olga sah Milan vor sich, als wäre es gestern gewesen: Die Wangen straff vor Anspannung, eine Pistole in der verkrampften Hand, den Blick fest auf einen Punkt hinter Olga gerichtet.

»Mora. Ich schwöre, wenn du sie nicht sofort loslässt ...«

Das Zerschellen eines Tellers im Pausenraum riss sie beide aus ihren Gedanken. Olga bemerkte, dass sie schützend ihre Hand über den Ellenbogen gelegt hatte und löste den Griff. Milan räusperte sich, schnappte ihren Gehstock und nahm ihre Tasse.

»Also dann«, sagte sie. »Bevor noch mehr zu Bruch geht.«

»Milan, warte.«

Die Hand schon an der Klinke, blieb Milan stehen und drehte sich zu ihr um. Olga zögerte, trat an sie heran und tastete nach ihrem Handgelenk. Verwundert hob Milan die Augenbrauen, zog jedoch nicht ihre Hand zurück. Fest drückte Olga sie und starrte auf einen Punkt zwischen ihren Füßen. Eine Wärme kroch ihren Hals hoch: Eine grimmige Wut, dicht verflochten mit ihrer Zuneigung für Milan.

»Die Arschlöcher wissen nicht, wovon sie reden.« Trotzig sah sie ihrer Freundin in die Augen. »*Du* bist das Scheißbeste, was den Leuten je passiert ist.«

Milans Gesicht wurde glatt und schon rechnete Olga damit, dass sie sich der Berührung entzog. Das Unbehagen vibrierte geradezu unter ihrer blassen Haut, drohte, auf Olga überzuspringen. Aber dann schloss sie nur die Augen, atmete kurz durch und als sie Olgas Blick erwiderte, war ein wenig Anspannung von ihren Schultern gerutscht.

»Danke«, sagte sie ernst.

»Gerne«, erwiderte Olga genauso ernst, bevor sie schnaubte und die Arme vor der Brust verschränkte. »Und wenn jemand auch nur einen verdammten Kommentar macht … Ich hab da eine gewaltbereite Mutter zu Hause, die ich dir leihen kann … ich sag ja nur.«

»Danke.« Belustigt griff Milan nach der Balkontür. »Das weiß ich zu schätzen.«

»Das ist mein Ernst. Sag mir den Namen und die Adresse und ich hetze Mama auf sie. Sie beißt sogar auf Abruf.«

»Ooookay.« Schmunzelnd ging Milan in den Pausenraum und Olga folgte ihr zufrieden. Kaum waren sie drinnen, räusperte sich eine Postbotin vom Pausentisch und deutete mit dem Rest ihrer Frühstücksstulle auf Olga.

»Hey«, quakte sie. »Du bist doch die Tochter von dieser Olathe, oder? Und du«, die Brotkante wanderte zu Milan weiter, »du bist diese Milan, oder? Die Schwester von Mora Moorfund? Wisst ihr irgendetwas über die Irrlichter?«

Demonstrativ schaute Olga Milan an. Diese grinste, hob die leere Tasse zum Abschied und machte sich elegant aus dem Staub, das Klacken ihres Gehstocks laut auf dem Parkett. Die Postbotin schaute ihr verwirrt nach. Olga nutzte die Gelegenheit zum Abgang, flitzte ihrerseits zur Tür und knallte sie zu, schnitt die neugierigen Fragen ab.

Der Marktplatz am Knie war immer gut besucht, heute platzte er jedoch als allen Nähten. Das Geschnatter und Geschrei der Menschen verrührte sich zu einer wilden, undurchsichtigen

Pampe aus Lärm, mitten dabei der Streit eines zotteligen Lebensmittelverkäufers und seinem Sohn, die beide ihre Kundschaft ignorierten. Was Olga eigentlich sehr egal gewesen wäre, nur *war* sie die Kundschaft.

»Ey«, versuchte sie es zum dritten Mal. »Ich will Scheiß von euch kaufen. Hallo?«

»Vergiss es«, sagte der Verkäufer, allerdings zu seinem Sohn und nicht zu Olga. Er guckte drein, als überlegte er, ob es zu spät war, sein Kind zur Adoption freizugeben.

»Ich bin volljährig!«, schrie der Junge noch halb im Stimmbruch. »Du kannst mir gar nichts!«

»Den Arsch versohlen kann ich dir.« Demonstrativ hob der Mann eine Pastinake und fuchtelte in seine Richtung. »Die Stadtwacht kommt gut ohne Kinder aus.«

»Großvater ist eingetreten, da war er dreizehn!«

»Und mit fünfzehn hat er sich ein Messer in die Hand gehauen und ist ins nächstbeste Moorloch gehüpft! Kein Sohn von mir bringt sich freiwillig in eine Situation, in der man ihn an den Sattel binden muss, damit er nicht in die Wildnis watschelt.«

»HALLO!«, rief Olga. »Muss ich dir dein Gemüse erst sonst wo hinschieben, damit du mich bemerkst?«

Irritiert hielt der Mann inne, wandte sich zu Olga um und schaltete ein freundliches Verkäuferlächeln an. Die Pastinake steckte er in seine hintere Hosentasche. »Wie kann ich dir helfen?«

Olga deutete auf das unsortierte Gemisch aus Lebensmitteln und Haushaltskram. »Ich sehe kein Salz. Hast du noch Salz?«

»Du bist so verdammt egoistisch, Papa!«, rief der Junge dazwischen und wuchtete eine Kiste in die Ecke des Markstandes, sodass die ganze Markise zitterte. Als er sich umdrehte, um anklagend auf den Rücken seines Vaters zu deuten, konnte Olga noch das Babyfett in seinen Wangen sehen. Der Sonnenbrand auf seinem Gesicht ließ es aussehen, als würde er rot anlaufen vor Wut. »Wenigstens stand *Großvater* nicht dumm und nutzlos auf dem Feld, hat seine Kartoffeln hin und her geschoben und zugesehen, wie die Stadt abfackelt …«

»Dein Großvater«, unterbrach der Verkäufer ihn, mit jedem Wort ein wenig mehr am Brüllen, »stand nicht dumm auf dem

Feld herum, weil es durch die Brände *keine Felder mehr gab,* auf denen man dumm rumstehen konnte ... Wir haben noch Salz, ja. Reicht eine Tüte oder willst du einen Sack?«

»Tüte reicht.« Olga ließ den Blick erneut über den Stand wandern. Das Gerede über Kartoffeln brachte sie auf Ideen.

»Was kosten die Kartoffeln?«

»Kommt drauf an.« Der Händler strich sich durch den Bart.

»Wie viel willst du?«

»Meinen Beutel voll?«

»Zwei Kröten.«

»Eine.«

»Eineinhalb, und ich lege eine besonders schöne Kartoffel obendrauf?«

Olga überlegte. »Mach zwei schöne Kartoffeln und wir sind im Geschäft.«

»Du hast die junge Frost gehört, Nobi«, schrie der Verkäufer. »Pack ihr die Kartoffeln ein.«

Hinter ihm holte sein Sohn tief Luft.

»Frost?«, stieß er ehrfürchtig hervor, die blauen Augen geweitet. Olga verzog das Gesicht, als er herantrat und sich über den Marktstand zu ihr beugte. Fehlte nur noch, dass er versuchte, ihre Hand zu küssen. »Sag du es Papa! Du verstehst es! Du verstehst, wie wichtig gute Soldaten sind!«

»Ganz ehrlich, Nobi?«, murmelte sie. »Hör auf deinen Vater.«

Der Junge stutzte. Dann fuhr er herum und randalierte weiter, als habe Olga keinen Ton gesagt. »Anna sagt, lieber jetzt eintreten als später, damit wir ausgebildet sind, wenn die Irrlichter wieder angreifen und uns alle –«

»NOBI«, donnerte der Verkäufer. »Schöne Kartoffeln. SOFORT!«

Olga zuckte zusammen. Bei jedem Geräusch pulsierte ihr Kopfschmerz bis tief in ihre Schläfen. Die Finger in die Stirn gegraben, beobachtete sie Nobi, wie er erst auf der Suche nach einem Konter den Mund öffnete, wieder schloss, öffnete ... bevor er schließlich wütend Olgas Beutel vom Tisch riss und anfing, brutal Knollen hineinzuschaufeln.

Der Verkäufer tauschte einen resignierten Blick mit Olga, bevor er ihr schwerfällig eine Tüte Meersalz abfüllte.

Unter seinen Augen saßen die gleichen Augenringe, die sie selbst schon den ganzen Tag spazieren führte. Sie hörte ihn leise in seinen Bart brummeln: »So weit kommt's noch … Idiot … sich freiwillig melden … sie werden dich schon noch früh genug einziehen, Torfkopf …«

Olga stutzte. »Was sagst du da?«

»Hmmh?« Der Händler richtete sich auf, stellte die Tüte auf den Tisch und klopfte sich das Salz von den Händen.

Hart legte Olga das Geld auf den Stand und schob es ihm zu. »Die Stadtwacht zieht Leute ein?«

»Keine Sorge, du gehörst zur Post. Dich werden sie schon in Ruhe lassen.« Er nahm das Geld und warf es in die Kasse. »Wette, es trifft zuerst das Fabrikviertel? All die jungen Arbeiterinnen.« Schwer seufzte er. »Magierin müsste man sein. Die stehen inzwischen ja quasi unter Naturschutz.«

Mit einem amüsierten Schnauben zählte er ihr Wechselgeld raus. Dann bemerkte er ihr Starren. »Also … natürlich, noch gibt die Wache Ruhe. Aber ich sag dir, das letzte Mal, als das Moor so blau geleuchtet hatte, haben sie die Kinder direkt auf dem Weg zur Schule abgefangen und in Rüstungen gesteckt. Frag deine Mutter.«

»Wild von dir, anzunehmen, dass meine Mutter eine Schule besucht hat«, murmelte Olga und schaute auf das Wechselgeld in ihrer Hand. »Du anscheinend auch nicht.«

Der Verkäufer starrte auf die Münzen. Hinter ihm pfefferte sein Sohn die kleine Schaufel in die Kisten und schnürte den Beutel mit Kartoffeln zu, als wäre er höchstpersönlich schuld an seinem Elend. Während die Kasse erneut aufsprang und der Händler das richtige Geld rauskramte, wischte sich Olga einen Tropfen Schweiß vom Hals und warf einen Blick über den Platz.

Sie konnte nahezu den Dampf sehen, der von den Schultern der Menschen aufstieg. Ein paar obligatorische Soldatinnen schmorten hier und da in der Hitze wie in Alufolie gewickelte Rüben – daran konnte auch die modernste Rüstung aus Käferstahl nichts ändern. Kaufende und Verkaufende kämpften gleichermaßen um einen Platz unter den schattigen Markisen, andere suchten Schutz unter den provisorischen Sonnensegeln aus Flickendecken und zerschlissenen Bettlaken.

Im großen Brunnen im Zentrum des Platzes lieferte sich eine Gruppe Kinder, kaum älter als zwölf, dreizehn, eine Wasserschlacht. Olga musste sie sich in Rüstungen vorstellen, die Visiere verbeult, die Schultern zerkratzt und eingeschneit.

Auf dem Sockel des Brunnens ragte die Statue der Ersten Jägerin empor, eine traditionelle Armbrust in der Hand und um den Hals mehrere erbeutete Masken. Mit ausgewaschenen Steinaugen schaute sie auf die Kinder hinab, wie sie sich gegenseitig unter Wasser drückten.

Kurz hatte Olga Mitleid mit der Jägerin. Wenn sie sich den ganzen Tag dieses Gekreische anhören müsste, würde sie auch so säuerlich gucken.

»Jetzt aber.«

Sie drehte sich zu dem Verkäufer um, nahm das Wechselgeld entgegen, verstaute es und wuchtete gleichzeitig ihre Einkäufe vom Tisch.

»Danke dir für deine Rückendeckung eben«, brummte der Verkäufer. »Du glaubst nicht, wie schwer es ist, in dieser Stadt die eigenen Kinder gegen Gewalt zu erziehen.«

Olga zuckte gönnerhaft mit den Schultern. »Man tut, was man kann.«

»Hey«, sagte Nobi. »Bist du nicht die, die gestern im Postamt den Veteranen verprügelt hat?«

Sie schaute zum Verkäufer. Er starrte sie an. Auf ihren Lippen breitete sich ein dummes Grinsen aus. »Ähm. Teil meines Berufs ist Deeskalation?«

»Du hast eine Pistole gezogen«, quakte Nobi.

»Ich muss dann mal. Hör auf deinen Vater, Nobi.« Damit stopfte sie das Salz mit in die Tasche und schwankte davon. Die Kartoffeln ans Ohr gedrückt suchte sie sich ihren Weg vorbei an Grillbuden und in der Sonne kochenden Obstständen. Zwei Stoffhändler vor ihr brachen in eine heftige Diskussion aus und Olga brauchte nur zwei Sätze zu hören, um zu wissen, dass es um letzte Nacht ging.

Letzte Nacht.

Sie musste bloß die Augen schließen und schon erschien das blaue Nachleuchten auf der Innenseite ihrer Lider.

Klar, sie hatte schon vereinzelte Irrlichter im Moor gesehen. Aber seit die Mutter der Masken tot war, konnten die Viecher sich nicht mehr vermehren und hielten sich bedeckt – das halbe Dutzend Sichtungen pro Monat beschränkte sich immer auf Orte fern der Straßen und Felder und der letzte Überfall auf einen Bauernhof lag Jahre zurück.

Aber das gestern Abend ... das war anders.

Olga dachte an das Ziehen in ihrer Brust, ihren Fuß, wie er über dem Abgrund schwebte. Es war scheißverstörend gewesen. Als sie die Augen wieder öffnete, der Lärm des Marktes zurückkam und die Sonne ihr mit heißen Händen auf die Schultern schlug, wanderte ihr Blick automatisch in Richtung der Moore. Die Häuser versperrten ihr die Sicht.

Am Marktrand angekommen, stolperte Olga, als eine kahlköpfige Veteranin ihr fast mit dem Handrücken vor die Stirn schlug, so sehr in ihre Diskussion vertieft, dass sie es gar nicht bemerkte.

»Dann pack doch gleich deine Sachen und zieh bei den Irrlichtern ein, wenn du der Stadtwacht so wenig vertraust, Agnes!«, bellte sie.

Die Frau vor ihr hob beschwichtigend die Hände. »Ich sage nur, wir sollten uns auf nichts verlassen.«

»Klar, denn *genau so* haben wir es damals durchgestanden ...«

»Aber das ist doch der ganze Punkt, oder?«, schaltete sich eine dritte Kriegerin dazwischen. Eines ihrer Beine hatte sie durch eine maschinell aussehende Prothese ersetzt. »Es ist nicht mehr wie damals. Moras Mondjägerinnen sind Geschichte, sie selbst ist im Knast und abgesehen davon, was bringt uns die beste Jägerin des Jahrhunderts, wenn unsere Oberkommandantin ...«

»Edna Grau.«

»Ich weiß, wie sie heißt, du brauchst mir nicht −«

»Nein, nein, da drüben! Edna Grau.«

Die Frauen drehten sich um. Olga tat es ihnen gleich, doch mehrere Rücken versperrten ihr die Sicht. Sie hörte, wie das Summen des Marktes einen anderen, angespannten Ton annahm. Verärgert drehte sie sich einmal um sich selbst, entdeckte einen Karren und quetschte sich, angefeuert vom Tuscheln der Menge, zu ihm durch. Angekommen ließ sie den Beutel zu Boden fallen, schwang sich auf den Karren und machte es sich gerade rechtzeitig auf der Kante bequem, um zu sehen, wie Oberkommandantin Grau auf den Platz ritt.

Edna Grau thronte in voller Prunkrüstung so stolz in ihrem Sattel, als hätte sie höchstpersönlich die Pferde domestiziert. Ihr schwarzes Tier glänzte in der Hitze wie nach einem Regenguss, die goldenen Augen gebrochen und glanzlos und nur noch ein nutzloser Höcker auf seiner Stirn erinnerte daran, dass Pferde vor langer Zeit gehörnt gewesen waren.

Zwei Soldaten flankierten die Oberkommandantin, ebenfalls zu Pferd, und die Menge teilte sich schnell und sauber vor ihnen – was allerdings mehr an ihrer Begleitung lag: Eine *riesige* Hundsziege, deren Schulterhöhe der der Pferde um nichts nachstand.

Als sie den Kopf hob und in die Menschenmenge witterte, prallte das Sonnenlicht von ihren oberschenkeldicken Hörnern ab. Olga blinzelte. Jemand hatte die Hörner … versilbert.

Dekadent.

Wie aufs Stichwort drehte sich die Hundsziege zur Seite und offenbarte die Magierin auf ihrem Rücken. Stocksteif thronte sie hinter den mächtigen Schulterblättern im Sattel, ihr Sonnenschirm farblich auf ihre blaue Sommerrobe abgestimmt. Auf ihrer Nase leuchtete ein blütenweißes Pflaster.

Olga starrte sie an, beugte sich dann nach unten und tippte einem alten Mann auf die Schulter, der mit verschränkten Armen im Schatten des Karrens stand.

»Psst.«

Der Alte schaute hoch und der abweisende Ausdruck auf seinem Gesicht wandelte sich in Irritation, als er das Postabzeichen auf Olgas Mütze sah. Sie beugte sich weiter nach unten.

»Wer ist die blonde Magierin?«

»Keine Ahnung. Aber die Hundsziege gehört Tordor Salzknochen, insofern …«

Schulterzuckend wandte er sich wieder nach vorne. Olga richtete sich auf und schaute zur Magierin, die nun ihrerseits den Blick über den Platz wandern ließ, langsam, als würde sie sich das Bild einprägen wollen.

Die arrogante Kuh hing also irgendwie mit dem Neuen Rat zusammen. Na geil. Und für die hatte Olga einen Schlag kassiert.

Holperig kam die kleine Parade bei der Statue der Ersten Jägerin zum Halten, mit nervös tänzelnden Pferden, die nur zu gerne so viel Abstand wie möglich zwischen sich und die Hundsziege legen wollten.

Die Oberkommandantin nahm ihren Helm ab. Olga erkannte das Gesicht: Gepflegt, alt, rund, ein Kopf wie eine weiße Kanonenkugel. Niemandem entging, wie sie hoch zur Magierin schaute, als bat sie um Erlaubnis, und als sie sich anschließend an die Menge wandte, war sie bereits von verschlossenen Gesichtern umgeben.

»Kinder von Erzweiden!«, rief sie mit wichtiger Mine. »Im Angesicht der Ereignisse der letzten Nacht trete ich vor euch, um eure Fragen zu beantworten und eure Sorgen zu mindern.«

Skeptische Seitenblicke rundherum, doch die Leute schwiegen und lauschten weiter. Vorerst.

»Zuerst: Ich kann bestätigen, dass es in den frühen Morgenstunden zu vereinzelten Irrlichtsichtungen gekommen ist.«

Olga hob die Augenbrauen. *Vereinzelt? Der war gut, Ednalein.*

Die Oberkommandantin laberte weiter. »Die schwerwiegenden Implikationen, die dies mit sich bringt, möchte ich natürlich nicht leugnen. Allerdings besteht kein Grund zur Sorge, denn unsere Mauerwacht ist bestens vorbereitet und hat bereits erste Maßnahmen eingeleitet, um diesen Einzelerscheinungen auf den Grund zu gehen. An dieser Stelle möchte ich besonders die absurde – und ich betone, *absurde* – Behauptung ansprechen, dass es letzte Nacht Sichtungen der Naturgewalt gegeben haben soll, die wir als die Mutter der Masken kennen. Welche, wie wir alle wissen, seit über zwanzig Jahren tot ist.«

»Aber warum dann die Irrlichter?«, fragte ein junges Mädchen in der ersten Reihe, das unruhig von einem Fuß auf den anderen trat.

Beschwichtigend lächelte Grau. »Wir wissen von unseren Freundinnen und Freunden von den Münzinseln, dass solche Einzelerscheinungen nicht ungewöhnlich sind. Sie sind wie ein Wetterphänomen, ein Überrest aus einer alten Zeit. Die Münzinseln berichten seit Jahrzehnten von einzelnen Sirenensichtungen, jedoch beweisen alle Aufzeichnungen, dass die bloße Anwesenheit von Sirenen noch lange kein Zeichen ist, dass der Schuppenfürstin eine wundersame Wiedergeburt bevorsteht.«

Grau unterstrich die Absurdität dieses Gedankens mit einem gekünstelten Lachen, bevor sie fortfuhr.

»Die Gläsernen Städte berichten es ähnlich. Zweihundert Jahre ist es schon her, dass der Glasgraf erlegt wurde und noch immer kommt es vereinzelt zu Zusammenstößen mit Fata Morganas. Diese Ereignisse sind *absolut* im Rahmen der Normalität. Es gibt *keinen* Grund, dass wir uns nicht wie gewohnt auf unser Tagwerk konzentrieren sollten. Der Bau unserer Eisenbahn, die Festvorbereitungen …«

Aufgeregtes Brodeln baute sich im Kessel des Marktplatzes auf. Eine Stimme aus den hinteren Reihen durchschnitt das Raunen: »Das Moor hat so Blau geleuchtet wie ein Türsteher nach Dienstschluss! Da sollen wir nicht besorgt sein?«

Grau hob sanft eine Hand. »Natürlich ist es verständlich, dass die Bevölkerung besorgt ist. Gerüchte sind schnell im Umlauf, doch ich versichere, die Moorwacht hat die Situation bestens im Griff, nicht zuletzt dank der kompetenten Leitung von Kommandantin Avrett Abendgrat. Ich wiederhole: Unsere Partnerstädte aus dem Süden versichern uns …«

»Stimmt es, dass auf dem Weg nach Erzweiden zwei Reisende überfallen wurden?«, schrie eine Frau unter den Markisen hervor.

Sofort stieg ein Mann mit ein. »Und ein Postwagen?«

Olga setzte sich auf, ihre Gedanken schossen zu Milan. Milan, die heute Morgen zu einer Krisensitzung gerufen wurde. Der intensive Drang, noch mal nach ihr zu sehen, schwappte in ihr hoch.

»Meine Tante schreibt, Irrlichter sind auf den Straßen erschienen«, brüllte jemand. »Direkt vor einer Karawane! Nur, um sofort wieder zu verschwinden. Es ist fast so, als … als würden sie etwas suchen?«

»Oder jemanden«, ergänzte ein alter Mann.

Eine Welle der Unruhe ging durch die Menge, aber noch immer ließ sich Grau nicht aus der Fassung bringen, das geduldige Lächeln unverrückbar auf ihren Lippen.

»Ich kann nur *erneut* betonen: Es sind Gerüchte. Der Brief-verkehr läuft tadellos wie bisher und wie jede Person, die gerade hier ist, bestätigen kann …« Bei diesen Worten deutete sie über die vollkommen überlaufenen Marktstände. »… die Waren aller Welt haben es problemlos in unsere Stadt geschafft und unsere Höfe und Felder werden weiterhin bestellt.«

»Wenn alles so wunderbar läuft«, schrie die Frau unter den Markisen frustriert, »warum müssen die Mondjägerinnen dann wieder rekrutieren?«

Bei den Worten verhakte sich das sanfte Lächeln auf Edna Graus Gesicht. Hinter ihr richtete sich die Magierin in ihrem Sattel auf und versuchte, das Gesicht der Sprecherin auszuma-chen, doch die Menschen rückten zusammen und erschwerten ihr die Sicht.

Grau fing sich wieder. Ihr Schmunzeln erinnerte Olga an das einer Großmutter, die gerade ihre Enkelkinder im Schlamm er-wischte. »Ich bin gelinde gesagt verblüfft«, flötete sie. »Wie kommt Ihr auf die Idee, dass die Mondjägerinnen wieder rekrutieren?«

»Weil Kommandantin Mora es ausgehängt hat.«

Auf dem Platz wurde es totenstill. Der Mann vor dem Karren stieß einen fast vorfreudigen Laut aus, bevor er sich hastig auf den Mund schlug, und nach einem kurzen Schock spürte auch Olga einen Anflug von Schadenfreude. So sehr sie der Komman-dantin auch Pest und Cholera an den Hals wünschte … ihre Dreistigkeit war bewundernswert.

Oberkommandantin Grau brauchte einen weiteren Blick hoch zur Magierin, um sich wieder zu fangen. »Es liegt ein Missver-ständnis vor. Die Mondjägerinnen wurden vor zwei Jahrzehnten aufgelöst.« Mit freundlicher Stimme betonte sie: »Und an dieser Stelle will ich sowohl die Öffentlichkeit, als auch die *ehemalige* Kommandantin Mora Moorfund daran erinnern, dass wir gute Gründe dafür hatten. Gründe, die dafür gesorgt haben, dass die liebe Mora sich derzeit in Haft befindet.« Kurz bildete Olga sich ein, dass Edna Grau genau in ihre Richtung schaute.

»Dann lasst Mora frei«, meldete sich eine leise Stimme aus dem Publikum. »Lasst es sie klären. Sie hat es schon einmal hinbekommen.«

Alleine bei der Vorstellung, die Kommandantin könnte aus der Haft entlassen werden, schäumte kalte Wut in Olga hoch und sie biss sich auf die Zunge, damit kein Kommentar aus ihr herausschlüpfte und die Aufmerksamkeit auf sie zog.

Edna Grau räusperte sich und überging die Bemerkung geflissentlich. »Spätestens nach unserem Sieg über die Mutter der Masken gab es nicht einmal mehr das kleinste Argument für die Existenz der Mondjägerinnen.«

»Ja«, rief wieder die Frau unter den Markisen. »Bis letzte Nacht.«

Olga spürte die Stimmung auf dem Marktplatz kippen, noch bevor die Magierin auf der Hundsziege ihren Sonnenschirm mit einem Klacken schloss und ihn, einer blauen Klinge gleich, über ihre Oberschenkel legte. Ihr Gesichtsausdruck war genau so gelangweilt wie gestern Morgen im Postamt, doch ihr Hals unter dem Seidenschal musste grün und blau sein.

»Du hast eine ganze Menge interessanter Meinungen«, sprach sie mit hörbarer Anstrengung. Ruhig legte sie die Hand ins Fell der Hundsziege, die ganz leise zu Knurren begann. »Wenn du bitte hervortreten und mir deinen Namen nennen würdest?«

Das Summen der Menge wurde lauter, aggressiver, wie ein Bienenschwarm. *Zeit, zu gehen.* Ein Pärchen in Olgas Nähe dachte ähnlich, löste sich vorsichtig aus der Menge und verschwand Richtung Gassen. Schnell folgte sie ihrem Beispiel, schwang sich mit flatternder Kleidung vom Karren, tastete nach dem Beutel mit ihren Einkäufen und griff ins Nichts.

Natürlich. Natürlich hatte sie jemand beklaut. Was für ein idiotischer Anfängerfehler. »Verfickte …« Sie schluckte den Rest des Satzes hinab und schlich los, zwängte sich durch die aufgebrachten Menschen, während hinter ihr die Magierin laut ihren Aufruf wiederholte.

»Ich würde mich *freuen*, wenn die Rednerin von eben vortritt, damit wir uns Mensch zu Mensch unterhalten können.«

»Mensch zu Mensch am Arsch, *Mondgeburt!*«

Der Tumult begann, links und rechts an ihre Schultern zu branden. Sie verfiel in einen Laufschritt, wich aus, als eine Frau fast in sie hineinstolperte, und spürte ein Kribbeln im ihrem Kreuz. Gehetzt warf sie einen Blick zurück.

Die riesige Hundsziege starrte genau in ihre Richtung.

Scheiße.

Mit heißem Nacken ließ Olga den Marktplatz hinter sich und wurde erst langsamer, als die Rufe der Menge mit dem unruhigen Hintergrundgemurmel Erzweidens verschmolzen. Sie wischte sich eine wütende Falte von der Stirn, richtete ihre Kleidung und orientierte sich.

Über ihr ragten zwei große Wohnblöcke auf, warfen ihre Schatten auf die zugewucherten Innenhöfe. Mauersegler saßen in den Nestern unter dem Dach und schrien nach Futter und ein Kegelfruchtbaum kämpfte sich mit knorrigen Wurzeln über eine Mauer zu ihrer Linken. Die Sommerhitze kochte die Früchte regelrecht von den Stielen, sie lagen zermatscht von Wespen und Käfern belagert am Boden und der süße Geruch versetzte Olga zurück in den Garten der Kommandantin. Zügig ging sie weiter, wobei sie skeptisch die Häuser musterte.

Sie war im Taillenviertel, eine größtenteils verlassene Ansammlung von Straßen ohne Zugehörigkeit. Erst waren vor dreißig Jahren ganze Straßenzüge in die stillgelegten Bergstollen gesackt, dann hatten die Feuer des Krieges dem Viertel den Rest gegeben und heute sah der Neue Rat keinen Sinn darin, Geld in eine Aufschüttung zu investieren. Zu instabil war der Grund.

Olga ging ganze fünf Minuten, bis sie die ersten aufgespannten Bettlaken entdeckte und Kinder spielen hörte. Zu sehen war niemand. Aber zu spüren.

Sie blieb stehen, warf einen Blick zurück. Die Hauseingänge waren leer bis auf ein paar Spatzen, die auf dem Kopfsteinpflaster pickten. In der Ferne rauchten still die Schornsteine des Veteranenviertels.

Langsam drehte sie sich wieder zurück zur Treppe, begann, die Stufen hochzugehen. Der Schatten der Häuser schützte sie vor der Sonne, eine halb verfallene Überdachung vor Blicken. Sie blieb stehen, kniete sich hin. Mit der Linken umfasste sie ihren Schnürsenkel, mit der Rechten griff sie ihre Pistole.

»Als ob ich das nicht sehen würde«, grollte eine tiefe Stimme.

Sie sprang auf die Beine und fuhr herum, die Waffe im Anschlag.

Rondor musterte sie kurz, bevor er mit dem Kinn drauf deutete. »Bist du nicht zu alt für Schießübungen?«

»Sehr witzig.« Sie tat einen Schritt die Stufen runter, die Pistole weiter erhoben. Der ehemalige Soldat stand unter ihr auf der Treppe. Sie könnte ihm ganz einfach mit ihren Stahlkappenstiefeln in die Fresse treten und er würde fallen. Das musste er doch auch bemerkt haben. Warum störte es ihn nicht?

Als er ihren Gesichtsausdruck sah, schnaubte Rondor kalt und hob beide Hände, schwielig und leer. »Wenn ich dich überfallen wollte, würde ich mich wirklich so dumm anstellen?«

»Vielleicht.« Misstrauisch musterte sie ihn von Kopf bis Fuß. Wenn Leute, die mit dem Alter attraktiver wurden, wie der Wein im Fass waren, dann war Rondor Raureif das Fass selber … ausgeleert und zur Regentonne umfunktioniert. Sein Gesicht und Bart waren noch genau wie damals in Moras Anwesen, allerdings hatte sie ihn nicht so dünn und krumm in Erinnerung. Als hätte er sich an der Welt schmal gerieben.

Was seinem Aussehen auch nicht gerade half, war, dass er zum Glauben der Doppelsonne konvertiert war und sich weigerte, seinen Kopf gegen die beißende Sonne zu schützen. *Kann nicht gut fürs Hirn sein.* In seinem dunkelgelben Anzug, dem schwarzen Hemd und den Manschettenknöpfen aus Obsidian sah er aus wie eine rekonstruierte Hornisse.

»Darfst du das überhaupt noch?«, fragte sie höhnisch, als er einen Flachmann aus der Tasche zog.

Er schaute sie kühl an und verzog das Gesicht, wobei die Brandmale auf seinen Wangenknochen – zwei münzgroße, vernarbte Sonnen – sich kräuselten, bevor er den Deckel aufschraubte und einen Schluck nahm. »Wenigstens kann *ich* meinen Alkohol händeln.«

Sie hob wieder die Pistole. »Willst du was von mir oder hast du nur Spaß daran, alten Schülerinnen nachzuspannen?«

»Du bist immer noch eine respektlose Rotznase. Kein Wunder, dass Mora dich aus dem Haus geworfen hat.« Ruhig lehnte er sich an die Wand und nahm einen Schluck. »Der Hohepriester schickt mich.«

»Ja klar«, zischte Olga. Rondor trank weiter und schwieg. Sie musterte ihn und ihr Schmunzeln verschwand. »Ernsthaft?«

»Sehe ich aus, als würde ich Witze machen?«, knurrte er in die Flasche.

»Jedenfalls siehst du ordentlich lachhaft aus. Kaum zu glauben, aber die Rüstung der Stadtwacht stand dir besser.«

»Ja, ja, ja.« Gereizt schraubte er die Flasche zu und stopfte sie in seine Tasche. »Sag das einem anderen Idioten. Milan zum Beispiel.« Kurz geriet sein Blick ins Schwimmen. Als er wieder sprach, lag etwas Verwundetes in seiner Stimme. »Wie … geht es ihr? Milan?«

Olga spürte den Ärger wie heißes Salzwasser in ihrem Hals. Rondor war Milans Vater – wenigstens auf Papier, denn er war es, der sie auf Moras Anweisungen hin als Kleinkind adoptiert, aus dem Waisenhaus geholt und zurück in Moras Obhut übergeben hatte.

Zwar hatte Milan es nie angesprochen, weil Milan nie *irgendetwas* ansprach, aber Olga wusste, dass sie es Rondor zum Vorwurf machte. Wäre sie im Waisenhaus geblieben, wäre sie heute vielleicht nur von ihrer Schwester entfremdet. Stattdessen waren sie verfeindet.

Olga entsicherte ihre Pistole. »Sag mir, was der Hohepriester will und dann verpiss dich.«

Der Gläubige betrachtete ihre Waffe, als müsste er sich einen Kommentar verkneifen, seufzte und zog einen edlen Umschlag aus seinem Anzug. In seiner dreckigen Hand wirkte er völlig fehl am Platz.

»Übrigens hat Mora mich nicht rausgeschmissen«, sagte Olga, rupfte den Umschlag aus seinen Fingern und riss ihn mit den Zähnen auf, um nicht die Pistole senken zu müssen. »Wir haben Mora rausgeschmissen.«

Ein Geräusch wie ein nasser Blasebalg ertönte. Olga schaute auf und begriff, dass Rondor lachte – seine Schultern bebten, sein Kopf klappte nach hinten und als er wieder nach vorne kippte, erwiderte er zum ersten Mal, seit sie sich unterhielten, direkt ihren Blick.

»Klar«, lachte er. »Und Sonja ist eine Scharfschützin. Aber hey, was auch immer du brauchst, um durch den Tag zu kommen.«

»Ach, fick dich.« Mit gerümpfter Nase zog sie einen Streifen loses Papier aus dem Umschlag und las.

Morgen früh. Archive. Eisenplatten, Gründungs-
zeit. Jahre 0 bis 150. Vierfache Bezahlung.

Olgas Blick hängte sich an den letzten beiden Worten auf und ihr Atem stockte. Kurz. Dann schaute sie über die Zettelkante in Rondors Gesicht.

»Nein«, sagte sie.

Er hob schockiert die Augenbrauen, doch es war offensichtlich, dass es gespielt war. »Nein?«

»Nein«, wiederholte sie, steckte mit Nachdruck den Zettel zurück in den Umschlag und streckte ihn in seine Richtung. Das Archiv war Milans Verantwortungsbereich. Alleine die Vorstellung. Sie schüttelte den Kopf. »Da kann ich mir gleich ein Fadenkreuz auf die Brust malen. Und morgen? Seid ihr bescheuert? Ich habe gesagt, die Leute beim Amt werden misstrauisch. Vergiss es und verpiss dich.«

Rondor rührte sich kein Stück. Als er antwortete, war seine Stimme drohend. »Wir können nicht warten.«

»Du meinst, dein dummer Hohepriester kann nicht warten.« Sie zog sich den Gurt ihrer Tasche zurecht und tat einen Schritt nach hinten, die Stufen hoch. »Wenn er so dringlich Zugriff auf die Archive haben will, soll er Milans Vorgesetzten auf einen vergifteten Tee oder so einladen, aber ich springe nicht für irgendwelche alten Eisenplatten ins Schussfeld.«

Ein letztes Mal hob sie demonstrativ die Waffe. Dann drehte sie sich um und ging die Stufen hinauf, die Wut ein heißer Puls in ihren Wangen.

Rondor wartete, bis sie ein paar Schritte gegangen war. »Ich habe gehört, deine Mutter wurde auf Kaution gesetzt?«

Ihr Fuß hielt mitten in der Luft inne. Langsam schaute sie zurück zu Rondor, der immer noch an genau der gleichen Stelle stand, das trockene Grinsen um die Flaschenöffnung geschlossen.

Sobald er sich Olgas Aufmerksamkeit sicher war, fuhr er fort. »Ein paar Vögelchen haben gezwitschert, dass sich gestern Nacht eine gewisse Veteranin von der Mauerwacht rekrutieren lassen wollte. Allerdings, wie soll ich sagen ... hat sie den Drogentest nicht bestanden.«

Er nahm einen tiefen Schluck, stieß ein zufriedenes Schmatzen aus, bevor er finster die umliegenden Wände betrachtete.

»Diese Kautionen sind schon übel«, seufzte er. »Vor allem für Leute, die Soldatinnen zusammenschlagen. Da versteht die Stadtwacht echt keinen Spaß.« Er betrachtete seine Fingernägel.

»Keinen Scheißdunst, wovon du redest«, sagte Olga, aber die Lüge war so dünn wie ihre Stimme. Der Schreck stand ihr ins Gesicht geschrieben, das erkannte sie an Rondors Blick.

Schmunzelnd ging er einen Schritt vor und deutete auf den Umschlag in ihrer Hand. »Hey, das Angebot steht. Wenigstens bis morgen. Sonja erwartet dich mittags am Brunnen.«

Ruhig trat er vor sie, der Geruch nach Alkohol klebte an ihm wie Schorf an einer Wunde. Er bemerkte, dass ihre Pistole zuckte und ein spöttischer Laut entschlüpfte ihm. Mit dem Finger stieß er Olga ans Schlüsselbein.

»Mach's einfach. Es ist ein guter Deal, einfaches Geld. Und es sollte kein Problem für dich sein, die Schlösser zu knacken.« Sein Blick wurde noch finsterer. »Wurde schließlich dafür gefeuert, dass ich es dir beigebracht habe.«

»Oh, und du hast meinen Vater damals zum Sterben aufs Dach geschickt. Aber klar. Damit sind wir natürlich total quitt.« Mit dem Pistolenlauf schlug sie seine Finger weg.

Ein Zusammenzucken, kaum merklich. Dann legte Rondor ihr die Hand auf die Schulter. Sofort fuhr ihr die Anspannung durch den Kiefer und in den Rücken, als hätte sie auf Sandkorn gebissen.

»Ja, ich habe ihn aufs Dach geschickt«, flüsterte er, seine grünen Augen in ein Netz roter Äderchen gebettet. »Und ich würde es wieder tun. Das war mein Job.«

Die Waffe vibrierte in Olgas Hand. Er schaute einmal hinab, seufzte wieder, klopfte ihr auf die Schulter und ging an ihr vorbei, wobei er den Gestank nach Suff und Sonne hinter sich die Stufen hochzog.

»Morgen Mittag, am Brunnen«, rief er. »Und pass auf. Es nervt Sonja wirklich, dass du dauernd zu spät kommst.«

Langsam senkte Olga die Pistole. »Ich werde nicht da sein.«

»Ich wiederhole … was auch immer du dir einreden musst, um durch den Tag zu kommen.«

Als sie sich umdrehte, war er verschwunden.

Sie blieb noch einen Moment stehen und schaute auf die Nachricht in ihrer Hand. Dann faltete sie das Papier, stopfte es in die Tiefen ihrer Hosentasche und rannte los.

»Hey! Trifon!«

Der Schreiber hob den Kopf, warf einen abweisenden Blick auf Olgas verschwitztes Gesicht und ihre Schultern, die sich noch vom Sprint hoben und senkten.

»Nein, Milan ist immer noch nicht wieder da.« Gelangweilt guckte er wieder in sein Buch.

Olga knallte die Hand flach auf den Tresen, sodass Trifon zusammenzuckte. »Ist Post für mich gekommen? Heute?«

»Woher soll ich das wissen? Ich habe Besseres zu —«

Sie riss ihm das Buch aus der Hand.

»Hey!«

»Ich weiß, wir können uns nicht ausstehen.« Die Hand an der stechenden Seite erzwang Olga den Blickkontakt. »Und meistens ist das echt unterhaltsam, aber jetzt, Trifon, jetzt muss ich *wirklich* wissen, ob Post für mich gekommen ist.«

Er warf einen unruhigen Seitenblick zu seiner Kollegin, die das Geschehen auffällig unauffällig im Auge behielt, dann seufzte er und breitete die Hände aus.

»Für dich ist kein Brief gekommen.«

Ihre Schultern entspannten sich.

»Aber für deine Mutter.«

Das Buch knirschte in Olgas Hand. *Mist.* Sie zwang ihre Stimme zur Ruhe. »Okay. Okay, rück ihn raus.«

»Ich darf ihn eigentlich nur an die Empfängerin höchstpersönlich aushändigen …«

»Oh, erstick an einer Qualle, Trifon!« Fast wäre sie ihm über den Tresen an die Kehle gesprungen. »Soll ich nach Hause hetzen und dir extra die verdammte Vollmacht holen?«

Mit blassen Wangen drehte er sich um, eilte davon und

verschwand zwischen den Regalen. Olga presste sich die Finger an die Stirn und versuchte, das Kopfschmerztier in den Hintergrund zu drücken, während sie die schiefen Seitenblicke der Schreiberinnen und die neugierigen Fingerzeige der Kundschaft ausblendete. Als Trifon schließlich mit einem dicken, roten Umschlag zurückkehrte, hatte sie sich mit den Fingernägeln Halbmonde in die Schläfen gedrückt.

»Er ist vorhin angekommen«, sagte Trifon. »Was bei den Masken ist eigentlich dein Problem?«

»Du.« Sie entriss Trifon den Umschlag, schlitterte ihm sein Buch zurück über die glänzende Platte des Tresens und eilte in eine sichere Ecke der Eingangshalle. Den Rücken zum Raum riss sie den Brief auf und ihr Herz sank in ihre Kniekehlen, als sie das Siegel der Mauerwacht sah. Schnell überflog sie die Nachricht:

Abs. Olivér Karbon
Büro a. d. Ostgarnison
45-13 Erzweiden

Empf. Olathe Hannah Frost
Am Becken 111
27-13 Erzweiden

Kautionsverhängung

Für ihren Angriff auf Soldatin Marcella Südwasser v. d. Mauerwacht am Abend des 04.09.3037 na. So. wird hiermit Olathe Hannah Frost (v. d. Mondjägerinnen) angeklagt. Die Anklage umfasst schwere Körperverletzungen (Prellungen, Schnitte an Schlüsselbein und Händen, gebrochener Kiefer) sowie vermutlichen Besitz und Konsum von Veteranenkraut und eventuellem Konsum illegaler stimulierender Substanzen.

Olathe Hannah Frost wird zu einer Kaution von vierhundert (400) Silber aufgefordert, einzahlbar beim Büro der Ostgarnison innerhalb der nächsten vierzehn Tage nach Ausstellung dieses Schreibens. Bei einer Überschreitung der Frist wird eine unverzügliche Haftstrafe verhängt.

Unterzeichnet:

Kommandant Olivér Karbon, 05.09.3037 na. So.

Olga ließ den Brief sinken und stützte sich mit der Faust an der Wand ab. Die Geräusche des Postamtes brandeten in unerträglicher Lautstärke an ihre Ohren, machten es ihr fast unmöglich, ihre Gedanken zu hören.

Vierhundert Silber.

Ihr Monatslohn lag gerade einmal bei hundertzwanzig, und das auch nur, weil sie ihn durch ihre Klauerei für den Hohepriester aufpolsterte.

Scheiße. Scheiße, scheiße, scheiße, scheiße.

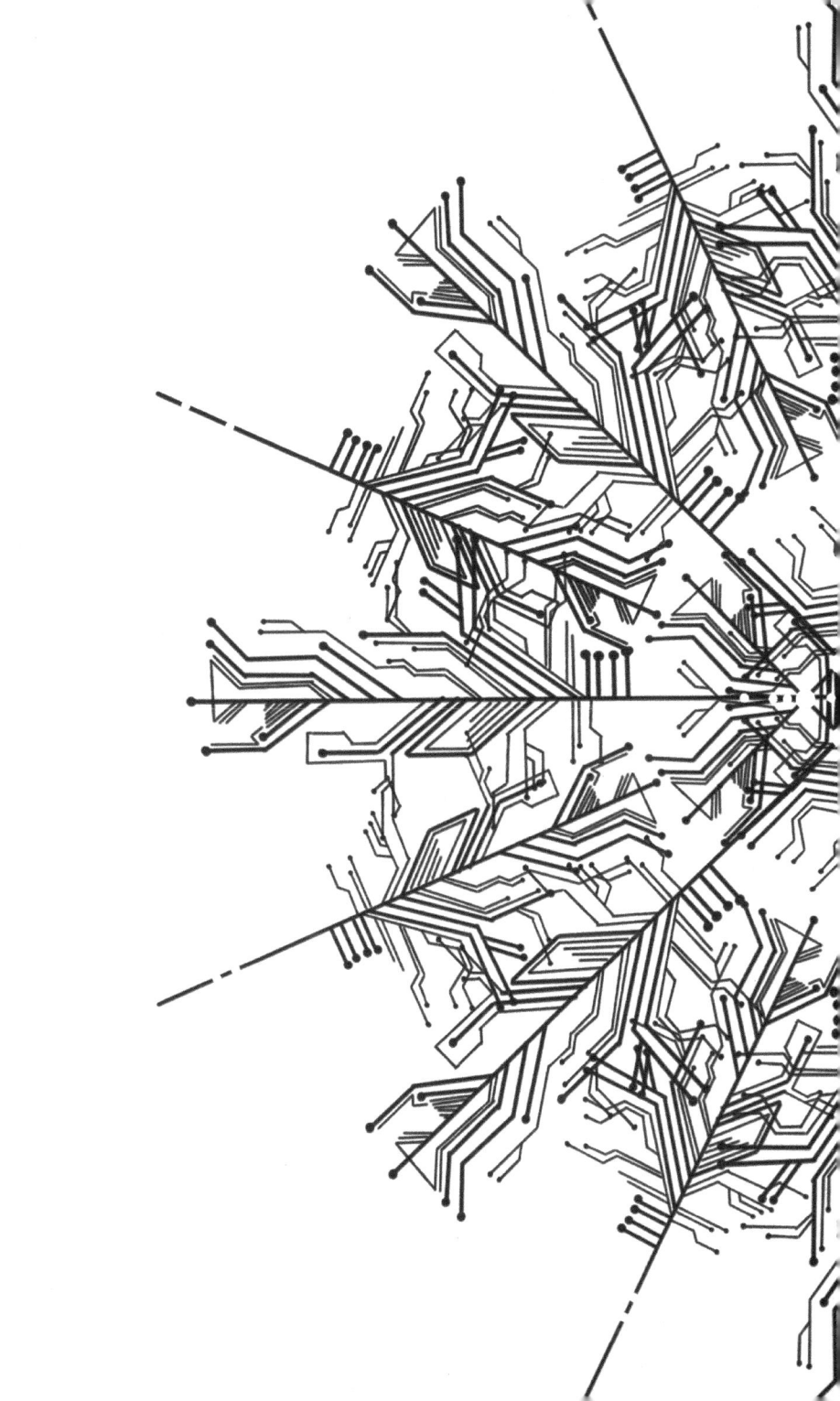

Auszug aus dem Handbuch des Astroarchäologie e. V. Erzweiden

Das Sonnenschlüpfen

Das Sonnenschlüpfen war ein astrologisches Ereignis, bei dem einer der beiden Monde des Planeten Trave zerbrach und die Sonne offenbarte.

Details und Ursache des Sonnenschlüpfens sind höchst umstritten, bestätigt ist jedoch, dass das Erscheinen der Sonne für das endgültige Aussterben der Riesinnen sorgte. Viele interpretierten deswegen die plötzlich aufgetauchte Sonne als eine höhere Macht, die gekommen sei, um die Menschen vom Joch der urmagischen Kreaturen zu befreien. Eine Mystifizierung, die unter anderem zur Gründung der Kirche der Doppelsonne führte.

Anhänger der Kirche der Doppelsonne glauben, dass in naher Zukunft eine zweite Sonne aus dem verbliebenen Mond Traves schlüpfen wird, deren Erscheinen »beenden wird, was die erste Sonne begonnen hat«. Eine zweite Sonne würde »endlich alles restliche urmagische Leben auf Trave auslöschen und damit das goldene Zeitalter der Menschen einläuten«.

Die Epoche vor dem Sonnenschlüpfen wird umgangssprachlich als die »sonnenlosen Jahre« bezeichnet und kurz nach dem Ereignis adaptierte Erzweiden die Zeitrechnung »vor Sonnenschlüpfen« und »nach Sonnenschlüpfen« (Abgekürzt: v. So. und na. So.).

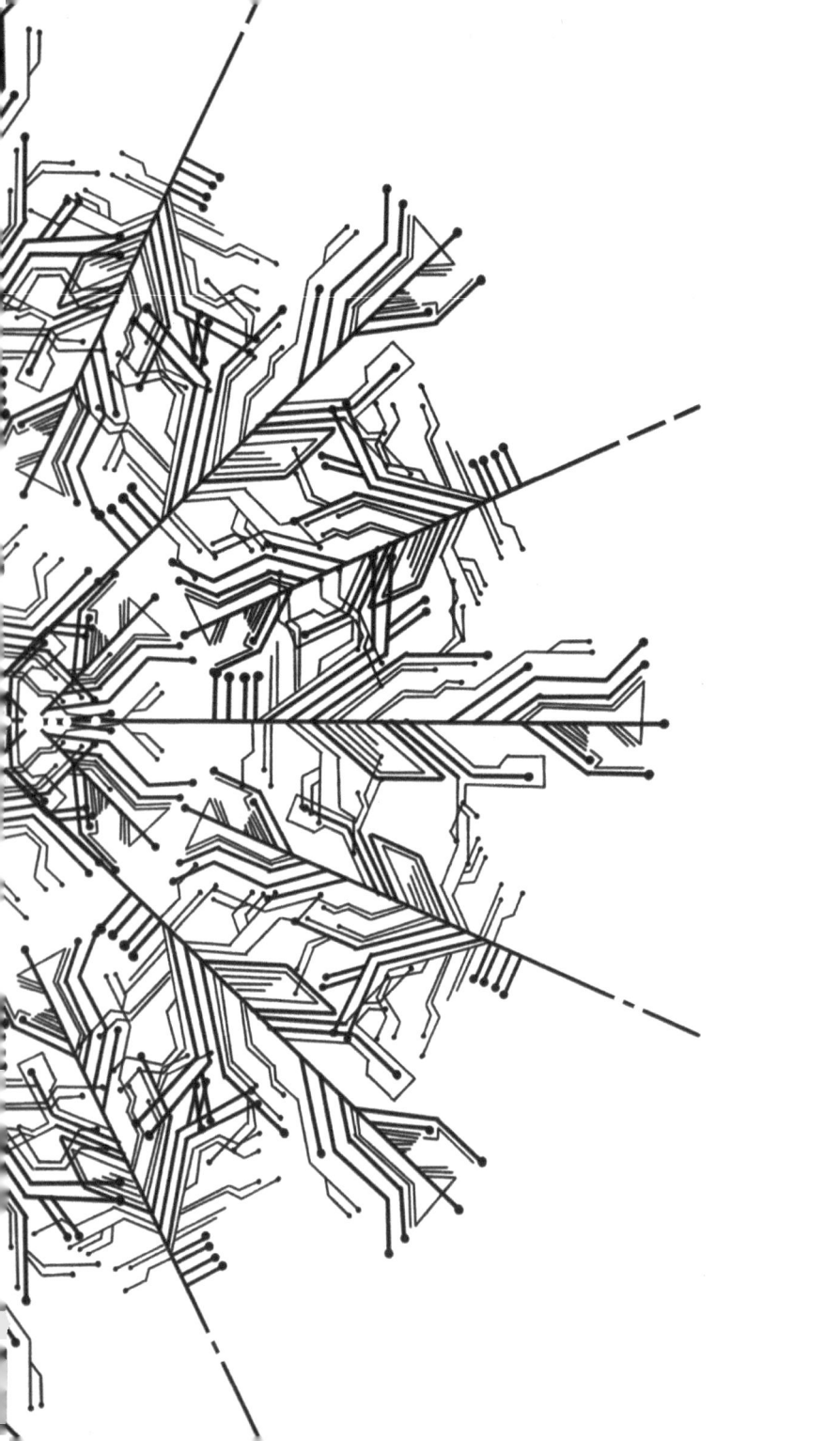

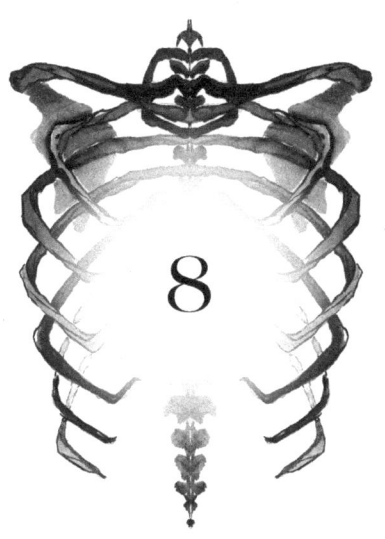

8

3037 nach Sonnenschlüpfen
(Gegenwart)

Und, was sagst du? Da ist gutes Geld drin.«
»Kat, das Letzte, wobei ich dir gerade helfen kann,
ist es, eine kleine zwielichtige Hinterhofapotheke
aufzubauen.« Und das Letzte, worauf Olga gerade Lust hatte,
war, so spät am Abend dieses Gespräch mit Kat zum zehnten
Mal zu führen.

Gereizt schlug sie sich das Geschirrtuch um die Hand und hob
den Topfdeckel. Der Dampf waberte ihr um den Hals, rann ihr
in den Kragen und ließ die Fenster ihrer Küche milchig werden.
Nach einem flüchtigen Blick in den Trank winkte sie Kat heran, die artig nähertrat und die geschnippelte Nachtbirkenrinde
von ihrem Brett ins Wasser fegte. Die darauffolgende Duftwelle
sorgte dafür, dass sie sich beide mit tränenden Augen abwandten.
Als habe jemand ein Glas faulige Kirschen geöffnet.

»Mein Plan ist gar nicht zwielichtig«, fuhr die Veteranin völlig
ungerührt fort. »Banero meint, wir können seinen Wintergarten
für die Produktion nutzen und seinen Wagen zum Verkauf.«

Mit einem Schnauben beugte sich Olga über den Topf. Zugegeben, vor dem Hintergrund der Kautionsaufforderung für ihre Mutter klang Kats Geschäftsidee nur halb so schlecht wie sonst. Doch Olga bezweifelte, dass sie mit ihren Tränken selbst dann rechtzeitig vierhundert Silber zusammen bekommen würde, wenn sie verdammte Einhornpisse benutzte. Außerdem …

Olga knallte den Deckel zurück auf den Topf. »Zum letzten Mal, Kat. Das hier ist privat. Ich habe keinen Bock, dass mir das ganze Viertel am Hals hängt.«

»Aber für Kain machst du auch Medizin.«

»Ja. Größter Fehler meines Lebens.« Sie warf einen finsteren Blick über die Schulter.

Kain kauerte an ihrem Küchentisch wie ein Frostgeier über einem Stück Fleisch. Olga kannte ihn bereits so lange sie denken konnte, denn leider waren sie Nachbarn: Sein Balkon lag direkt gegenüber von Olgas Küchenfenster. Außerdem war er seit zwei Jahren ihr Dealer für Veteranenkraut und auch wenn es circa hundert Leute gab, von denen Olga das Kraut lieber beziehen würde als von diesem alten Sack, war er der Einzige, der Rheumamedizin als Bezahlung akzeptierte.

Aus wässrigen grauen Augen starrte er Olga an. »Hast du auch was Richtiges zu trinken?«, blökte er und stupste gegen seinen Becher, in dem Wasser schwappte.

Olga funkelte ihn an, dann drehte sie sich wieder zum Herd und zwang sich, zu ignorieren, wie hinter ihr Kain über den Tisch griff und sich einen Laib Brot aus der Brotschale krallte.

»Ich versteh's nicht«, hakte Kat nach, als hätte es die Unterbrechung durch Kain einfach nicht gegeben. »Dein Stoff ist gruselig gut. Und du weißt doch, ich mach keine halben Sachen. Medizin hab ich schon vor den Salzaufständen unter die Leute gebracht, und zugegeben, mein Netzwerk von damals ist etwas eingerostet, aber nichts, was man nicht wieder abstauben und aufpolieren könnte.«

»Nimm's mir nicht übel«, antwortete Olga. »Aber deine Netzwerke bestehen primär aus verkrusteten Anti-Magier-Spinnern. Nein, danke.«

»Hey«, knurrte Kain von seinem Platz aus. »*Ich* bin einer dieser verkrusteten Anti–Magier–Spinner. Zeig ein wenig Respekt für unsere Dienste.«

Olga verdrehte die Augen und konzentrierte sich wieder auf den Trank, aber ihre Handgriffe wurden langsamer.

Bis zu einem gewissen Grad konnte sie die Frustration der Älteren nachvollziehen. Quasi seit Beginn der Zeitrechnung standen Magische unter der strikten Befehlsgewalt der Stadtwacht – bis vor dreiundzwanzig Jahren, als sie endgültig die Schnauze voll hatten. Aber selbst jene Veteranen, die einräumen mussten, dass die Magierinnen und Magier mit ihrer Auflehnung gegen die Stadtwacht während der Salzaufstände *vielleicht* eine gewisse Berechtigung hatten, waren extrem pissig, dass die Magier sich, so sagten sie, »keinen besseren Zeitpunkt« ausgewählt hatten. Draußen vor der Mauer tobte der Kampf gegen die Irrlichter, drinnen griffen die Magierinnen an.

Olga konnte die Frustration der Alten *nachvollziehen*. Aber …

Sie presste die Lippen zusammen, schaute auf ihre Hände. Wenn sie eine dieser Magischen gewesen wäre, unter dem Joch der Stadtwacht – unter dem Joch von Leuten wie Mora …

Ein Blubbern. Eilig schaute sie in den Kochtopf. Das Öl löste sich bereits vom Holz und sammelte sich auf der siedenden Wasseroberfläche, allerdings stimmte die Farbe nicht. Sie zog die Rezeptkarte heran. Das Kopfschmerztier schärfte sich die Krallen an der Innenseite ihrer Stirn, machte es unmöglich, sich auf die Worte zu konzentrieren.

Mit einem Räuspern verlangte Kat Olgas Aufmerksamkeit zurück. »Wie ich jetzt zum vierten Mal versuche, dir zu vermitteln …«, sagte sie und klopfte mit dem Knöchel ungeduldig auf das Schneidebrett. »… Banero hat eine alte Brauerei, die leer steht, Greta könnte uns mit Töpfen versorgen und ihr Mann hat eine Glasbläserei.« Sie ignorierte Olgas genervte Schnute und grinste. »Es steht also alles bereit. Aber wenn wir loslegen, dann möglichst bald, klar? Bevor es zu eng wird.«

»Zu eng?«, wiederholte Olga, legte die Rezeptkarte ab und schaute unschlüssig in das, was sich inzwischen zu einer blubbernden türkisen Masse verdickt hatte.

»Na ja. Zu eng halt.« Die Veteranin machte eine vage Handbewegung. »Du weißt schon. *Die Irrlichter kommen zurück?* Mir egal, was die Grau sagt, das wird eklig. Stadttore zu und alles, ich sag's dir.«

»Reg dich ab, Kat. So mies wird es schon nicht sein.«

»Sagt die, die letzte Nacht fast über die Mauer gehüpft ist, weil ihr ein Irrlicht in vier Kilometern Ferne nett zugezwinkert hat.« Verschwörerisch beugte Kat sich zu ihr vor und senkte die Stimme. »Jetzt mal ehrlich, Klein Frost. Wirkt die liebe Oberkommandantin Grau auf dich wie eine Person, die sagt, was Sache ist?«

Olga unterbrach ihr ratloses Starren in den Topf und erwiderte Kats Blick.

»Was wird aus dem Handel, wenn die Irrlichter zurückkommen?«, fragte sie skeptisch. »Aus den Verbindungen zur brennenden Küste? Zu den Tauren?«

Kat zog die Schultern an. »Was wohl? Das Gleiche wie beim letzten Mal. Alles wird zusammenbrechen.«

Eine tiefe Unruhe durchfuhr Olga und ihr entging nicht, dass Kat kurz ihren Armstumpf streifte, bevor sie sich in die Locken griff und die Kopfhaut kratzte. »Und deswegen«, sprach sie weiter, jetzt wieder munter. »Deswegen müssen wir uns beeilen und alles aufkaufen, was wir nur irgendwie lagern können, bevor die Apotheken es tun. Hast du eine Ahnung, was wir dann für deine Tränke verlangen können? Du bist ohne Lizenz, aber das ist Leuten in Not auch egal. Vor allem bei so guter Medizin.«

Im Topf zerplatzte eine grau–lila Blase und stöhnte den Geruch nach Moder Richtung Decke. Olga packte das Messer vom Schneidebrett und fuhr herum, als Kain sich vor Lachen fast an seinem – nein, an *ihrem* Brot verschluckte.

Mit einem schnellen Schritt war sie am Tisch. »Hast du nichts Besseres zu tun, als in meiner Küche rumzuhängen?«

»Hey, ich pass nur auf, dass du meine Medizin nicht verhunzt.«

»Ich verhunze die Medizin, *weil* du hier herumhängst. Deine Präsenz ruiniert meine Zutaten.«

Hustend klopfte sich der alte Sack auf die Brust. Ein nasser Klecks Brot schoss aus seinem Mund und auf die Tischplatte. Kurz betrachtete er es. Dann wischte er es mit einem langen Fingernagel auf und steckte es sich wieder in den Mund.

Meine Ahnen, gebt mir Kraft. Oder eine Granate.

Mit dem Messer in der Hand beugte sie sich tiefer zu ihm runter. »Ich will deine Fresse hier nicht sehen, außer, du bringst uns neues Veteranenkraut. Aber selbst dazu bist du anscheinend zu verkalkt.«

»Entspann dich, Klein Frost«, erwiderte er, bevor er sich schmatzend das nächste Stück Brot in die Backen stopfte.

»Er liegt nicht falsch, weißt du.« Süffisant stützte Kat die Hand in die Hüfte. »Würde dich nicht umbringen, dich mal ein wenig zu entspannen.«

»Und zu alten Menschen ist man nett«, blökte Kain.

»Nicht zu alten Arschlöchern.« Sie stach mit dem Messer in den Tisch, als seine Klaue wieder Richtung Brotkorb krabbelte. Zitternd blieb die Klinge stecken. »Finger weg.«

»Ich habe Hunger, Hamsterbacke.«

»Selber Hamster, du verfickter, alter …« Anklagend wandte sie sich zu Kat. »Ist es das, was du willst? Mehr Kundschaft wie diesen unerträglichen Kotzflecken?«

Die Veteranin schürzte die Lippen im Versuch, ihre Zufriedenheit zu vertuschen. »Hey, hab doch gesagt, es gibt Bedarf. Und wenn du mir aufschreibst, was du brauchst, kann ich dir auch das Nötige für ein Labor zusammensuchen. Ich kenne da jemanden beim Zoll, vielleicht ist sogar ein wenig Sonnensäure für Alchemistenhonig drin –«

»*Nein!*«

Olgas Antwort war so laut, dass Kat zurückzuckte und Kain innehielt, die Fingernägel in das Brot gekrallt. Hinter Olgas Stirn schlug der Schmerz ein Rad. Sie holte einmal tief Luft, die Finger an die Schläfen gepresst.

»Alchemie mach ich nicht mehr«, sagte sie knapp.

»Aber warum nicht?«, fragte Kat betont unschuldig. »Zumindest die Grundausstattung kaufen sollte für dich doch kein Problem sein.«

Scheiße. Der Geldschein von letzter Nacht war ein Fehler gewesen. Kats Reaktion hing ihr in den Ohren: *Bei der Post geben sie solche Kaliber raus?* Olgas Hände wurden klamm. Sie öffnete den Mund zu einer Antwort, da hämmerte es lautstark an der Haustür.

Alle Blicke richteten sich auf den Eingangsbereich und an der Decke ertönte ein dumpfer Knall, als Olathe sich aus dem Bett schwang. Alarmiert blickte Olga erst hoch, dann zu Kat. Die Veteranin streckte den Daumen hoch.

»Schon dabei.«

Olga nickte und rannte zur Haustür, während Kat mit federnden Schritten die Stufen nach oben nahm. Erst als Kat das Zimmer ihrer Mutter erreicht hatte, öffnete Olga die Tür und stand zwei Jüngern gegenüber.

Die beiden sahen aus wie frisch auf den Flyer gedruckt, mit ihren gebügelten Anzügen und den gelben Krawatten. Olga starrte sie an. Die Ironie, dass ihr ausgerechnet zwei Sonnenfanatiker zur Hilfe kamen, war fast schon zu gut.

Der kleinere von beiden ließ ihr keine Zeit, Luft zu holen, zog mit einem strahlenden Lächeln seinen Stift hinter dem Ohr hervor und setzte ihn auf sein Klemmbrett.

»Guten Abend! Hast du einen Moment Zeit, erleuchtet zu werden?«

Olga guckte nach hinten und hoch zur Balustrade. Durch die geschlossene Tür ertönten Kats Stimme und das leise Lachen ihrer Mutter. Ein wenig Spannung wich aus ihrem Kiefer. Sie wandte sich wieder zu den Jüngern, musterte nun den größeren. Auch er strahlte sie an, doch er hatte den Sonnenbrand des Jahrhunderts, dementsprechend wirkte es ein wenig gequält. Er tat Olga kein bisschen leid.

»Ich hab schon fürs Maskenfest gespendet«, log sie.

»Ah, wie äußerst großzügig! Vielen Dank!«, rief der kleinere. »Aber wir sind nicht wegen Spenden hier, sondern wegen der Nachbarschaftshilfe.«

»Nachbarschaftshilfe?«, echote Olga lustlos, schaute wieder nach drinnen. Aus der Küche hörte sie Kain, wie er sich schmatzend Stück um Stück den gesamten Brotlaib einverleibte.

Der Jünger trat vom einen Fuß auf den anderen. »In der Tat! Die Kirche der Doppelsonne findet, es ist an der Zeit, die alte Tradition der Nachbarschaftshilfe zu ehren und wieder aufleben zu lassen. Möchten du oder jemand anderes aus deinem Haushalt sich registrieren?«

Sein Lächeln war jetzt so breit, dass sie seine Zähne zählen konnte. Er war jung, vielleicht sogar jünger als sie, und lange konnte er dem Kult noch nicht angehören: Die Sonnen auf seinen weißen Wangenknochen waren frisch mit dem Eisen eingebrannt. Alleine bei der Vorstellung begann Olgas Gesicht zu jucken.

»Warum denn eine verdammte Nachbarschaftshilfe?«, fragte sie.

Der andere Jünger kam seinem Kollegen zu Hilfe, seine Narben waren schon vor Jahren verheilt. Trocken räusperte er sich.

»Mit Schrecken musste die Kirche der Doppelsonne gestern zusehen, wie die Kreaturen des Mondes in die Moore zurückgekehrt sind«, sagte er lethargisch. Wahrscheinlich spulte er die Rede bereits den ganzen Tag runter. »Mit noch größerem Schrecken wurde die Kirche dann Zeuge der kompletten Gelassenheit, mit der der Neue Rat die Situation hinnimmt. Mit einer Oberkommandantin, die dem Neuen Rat ... und damit den Magischen ... treu ergeben ist, hält die Kirche der Doppelsonne es für angemessen, eigene Hilfs– und Versorgungsstrukturen aufzubauen, die losgelöst von der Inkompetenz des Neuen Rates und der Handlungsunfähigkeit der Stadtwacht fungieren. Dazu braucht es natürlich die Zusammenarbeit der ehrlichen Bewohnenden Erzweidens. In Form unserer Nachbarschaftshilfe.«

»Hast du Interesse daran, dich für einen Hilfsdienst eintragen zu lassen?«, sprang der kleinere wieder an und kaute eifrig an seinem Stift.

Olga kam sich mit jeder Sekunde dümmer vor. »Was denn für Hilfsdienste?«

Die beiden warfen sich einen besorgten Blick zu, bevor der jüngere wieder mit seinem Klemmbrett wackelte. »Für den Krieg gegen die Irrlichter und den Aufstand gegen den Neuen Rat, natürlich.«

Ihren perplexen Blick erwiderte der Kerl nur noch strahlender. *Die meinen das tatsächlich ernst?* Sie war subtilere Andeutungen vonseiten des Kultes gewohnt. Erschöpft rieb sie sich die Stirn. Vielleicht wurde sie die beiden schneller los, wenn sie mitspielte.

»Wonach teilt ihr die blöden Dienste ein?«

»Nach Ressourcen und Fähigkeiten«, erwiderte der größere.

»Welche Fähigkeiten hast du?« Aufgeregt zappelte der jüngere.

»Äh«, machte Olga.

»Sie macht Heiltränke!«, ertönte Kats Stimme.

Die Augen des kleineren weiteten sich zur Größe von Pflaumen und selbst der größere hob die Augenbrauen – was er anscheinend sofort bereute, dem elenden Ausdruck auf seinem verbrannten Gesicht nach zu urteilen. Finster drehte sich Olga um. Kat fläzte sich im ersten Stock an die Balustrade und wirkte äußerst gut gelaunt.

»Eine Heilerin!«, quietschte der kleinere, schlug sein Klemmbrett um und begann, heftig drauflos zu kritzeln. Anscheinend notierte er sich die Hausnummer. »Wie wunderbar! Eine Heilerin können wir immer gut gebrauchen, was für fabelhafte Neuigkeiten.«

»Sie kann sogar ziemlich gut lesen.« Kat grinste. »Und sie hat Alchemie gelernt.«

Lautstark schnappten die beiden Männer nach Luft. Olga stand der Mund offen. Schnell umschloss sie die Tür mit beiden Händen und zwang sich zu einem knappen Lächeln.

»Danke, kein Interesse.«

»Aber …«

Lautstark knallte sie die Tür zu und würgte den Protest des Klemmbrettfanatikers ab, bevor sie zu der Veteranin hochsah und wütend einen Finger in ihre Richtung stieß. »Geht's noch?«

»Ich sag nur, wie's ist«, feixte Kat, doch Olga stapfte schon von der Tür weg und zurück in die Küche.

Kain schaute von den Krümeln auf der Tischplatte auf. »Worum ging es?«

»NICHT UM DICH«, blaffte Olga und schaute in den Topf auf dem Herd. Die blaugraue Masse verkrustete bereits zu einer harten Platte. Fluchend umfasste sie die Griffe – und jaulte auf, als das heiße Metall ihr in die Hände biss. Sie ließ los und der Topf schepperte aufs Parkett, spritzte heiße Flecken auf ihre Füße und Beine.

Kain, der bei ihrem Schrei aufgesprungen war, beugte sich über den Tisch und starrte zusammen mit Olga auf die Katastrophe am Boden.

»Ups«, bemerkte Kat vom Türrahmen aus.

Der Alte hob den Becher vom Tisch und hielt ihn Olga hin.
»Wasser?«

Olga starrte auf den Topf. Ihre Hände pulsierten. In den Qualm des Trankes mischte sich der Gestank von Essig.

Der erdige Angstschweiß eines Tieres.

Vibrierende Rippen.

Hecheln an ihrer Wange.

Das Splittern eines Knochens unter ihren Händen.

»Olga?«, rief Kat wie aus der Ferne.

»Nichts«, krächzte sie, drehte sich um, schritt am Tisch vorbei und in Richtung Innenhof.

»Hey … hey, lass mich wenigstens deine Hände …«

Sie schob Kat beiseite und schlug die Tür zu. Ging weiter. Ein paar Meter im Innenhof blieb sie stehen, die pochenden Finger schützend im Nacken verschränkt, und zwang sich zu ruhigen Atemzügen, die Luft dick vom Nachklang der Tageshitze.

Die Geräusche des Viertels klangen fern und ausgedünnt. Wahrscheinlich spazierten die meisten Leute grad in Richtung der Aussichtsplattformen, um sich die Ferngläser ins Gesicht zu pressen und das Moor nach blauen Lichtern abzusuchen und wäre ihr Tag anders verlaufen, hätte sie sich ihnen wahrscheinlich angeschlossen. So jedoch verließ Olga nur den Lichtkegel der Küchenfenster und ging zum Holzschober, der sich in die Ecke zwischen Haus und Innenhofmauer drückte wie ein Tier, das unentdeckt bleiben will.

Die ersten zwei Fächer waren mit Holz gefüllt, das dritte war nahezu leer. Olga schob mit dem Fuß einen einsamen Scheit beiseite, duckte sich und kletterte in das Fach, verdrängte den Geruch nach Sägemehl und Mäusekötel, der ihr in der Nase kitzelte. Sie setzte sich hin, wischte die schmerzenden Hände an der Hose ab und umschlang ihre Knie.

Presste die Augen zusammen und atmete gegen den stetig wummernden Druck hinter ihrer Stirn an.

Diese Kaution …

Wütend griff sie in die Tasche und zog den zerknitterten Brief der Stadtwacht heraus, fuhr mit den Fingerspitzen über die Zeilen, als könnte sie sie dadurch aus der Welt wischen. Doch die Worte blieben. Dumpf schlug sie den Hinterkopf gegen die Wand.

In der Ferne schwollen Stimmen an, eine kleine Welle der Aufregung, die schnell wieder verebbte.

»Das letzte Mal, als du dich hier versteckt hast, warst du noch ein kleines Kind«, sagte eine rauchige Stimme.

Olga zuckte zusammen und stopfte schnell den Brief unter ihren Hintern. Zwei vernarbte Knie erschienen auf Augenhöhe, bevor ihre Mutter in die Hocke ging und den Kopf in den Holzschober steckte, vorsichtig, um die Becher in ihren Händen nicht auszuschütten. Das Mondlicht ließ die Verbände um ihre Knöchel weiß leuchten.

»Darf ich?«, fragte Olathe und deutete mit dem Kinn neben Olga.

Olga zögerte. Dann nickte sie und nahm einen der warmen Becher entgegen. Unter Ächzen und Schnaufen quetschte sich ihre Mutter neben sie und sofort erfüllte der Geruch nach Veteranenkraut und Rasierschaum den kleinen Schober. Schulter an Schulter gepresst saßen sie da, schauten auf den dunkelblauen Ausschnitt Sternenhimmel, der durch die gegenüberliegenden Dachgiebel lugte.

Olga schnupperte an ihrer Tasse. Es war der gute Grüntee aus den Gläsernen Städten, der, den ihr Vater immer so gemocht hatte. Den Blick stur geradeaus gerichtet, nahm sie einen Schluck, bevor sie den Becher auf ihrem Knie abstellte.

»Bist du klar?«, fragte sie ihre Mutter.

Olathe lachte. Es war ein heiseres, herzliches Lachen, aus den ehrlichen Tiefen ihrer Raucherlunge, und die Vibration sprang auf Olga über – warme Flüssigkeit schwappte über ihre Finger. Ihre Mutter drehte den Kopf, hob den Becher und wackelte ihn hin und her, sodass der dunkle Geruch von Kakao gemischt mit Alkohol zu Olga herüberwallte.

»Gleich nicht mehr.«

»Mama.«

Ihre Mama hörte auf zu lachen, erwiderte Olgas Blick und ihr Grinsen schmolz zu einem kleinen Lächeln. »Klar wie am Tag meiner Geburt, mein Spatz.«

»Als ob du bei deiner Geburt nüchtern warst«, stichelte Olga, rückte allerdings ein wenig näher an sie heran.

»Guter Punkt.« Olathe nahm einen Schluck heiße Schokolade. »Ich kam aus meiner Mutter gekrochen und habe erstmal die Hebamme gefragt, wo sie den starken Stoff versteckt.«

Grinsend nippte Olga an ihrem Becher und ihre Mama gluckste amüsiert, bevor sie beide wieder in Schweigen verfielen. Ein Wind kam auf und stupste ein wenig Dreck im Innenhof hin und her, wie ein Kind, das lustlos in seinem Essen stocherte.

»Zweiundzwanzig«, murmelte Olga.

Olathe hob die Augenbraue, die, die sie noch übrighatte. Nach kurzem Zögern verlagerte Olga das Gewicht und legte vorsichtig den Kopf auf die Schulter ihrer Mutter.

»Ich war zweiundzwanzig«, wiederholte sie. »Das letzte Mal, als ich mich hier versteckt habe.«

»Wie alt bist du jetzt?«

Olga nippte an ihrem Tee. »Zweiundzwanzig.«

»… bist du sicher?«

»Ja.«

»Oh.«

Sie spürte, wie sich ihre Mama anspannte und stupste ihr schnell in die Seite, legte sich erst einen Finger auf die Lippen und deutete in Richtung Haus. Kats Stimme wehte leise zu ihnen. Auch wenn sie die genauen Worte nicht ausmachen konnte, war eindeutig, dass die Veteranin genervt war.

»Klingt so, als würde sie es bereuen, Kain eingeladen zu haben.«

»Tja«, grinste Olathe und legte ihrerseits die Schläfe auf Olgas Kopf ab. »Wusstest du, dass Kain nicht sein richtiger Name ist?«

Mit geschlossenen Augen deutete Olga ein Kopfschütteln an, also fuhr ihre Mutter fort, ein leises Lächeln in der Stimme.

»Ich weiß seinen echten Namen nicht, aber Katharina glaubt, dass er irgendwann aus Schwarzfarn hierher geflohen ist, und sie muss es ja wissen. Jedenfalls klebt der Akzent an ihm wie Scheiße unterm Schuh, da kann er sich noch so viel Mühe geben, deutlich Silber zu sprechen.«

Leise schnaubte Olga. »Sagt die, die so klingt, als sei sie auf den Inseln aufgewachsen.«

»Was soll ich sagen?«, lachte Olathe. »Meine Mütter haben sich große Mühe gegeben, mich nicht zu einem *süßwasserverwöhnten Torfkopf* zu erziehen.«

Olga musste breit grinsen.

Zufrieden hob Olathe den Kopf und fügte, ein wenig ernster, hinzu: »Außerdem ist der Akzent mein einziges Erbstück.«

Immer noch die Augen geschlossen, lauschte Olga, wie sich Kat und Kain in der Küche den Auftakt zu einem ausgewachsenen Schreiduell lieferten. »Was meinst du, warum musste er fliehen?«

Olathe zuckte mit den kräftigen Schultern. »Mord? Jetzt guck nicht so, wir sind im Veteranenviertel. Jede Person hier hat mindestens einmal getötet. Abgesehen von dir, natürlich.«

»Ich habe schon gemordet.«

»Du meinst ... die Tiere?« Sanft lächelte Olathe, sodass Lachfalten in ihren Augenwinkeln sprossen. »Mein Spatz, diese paar Tiere machen dich doch noch lange nicht zur Mörderin.«

»Die Tiere sehen das bestimmt anders.«

Ihre Mutter zögerte. »Gut, aber du musstest noch nie einen Menschen töten.« Auf einmal bekam ihre Stimme eine müde Note. »Hoffen wir, dass es dabei bleibt. Zu irgendetwas muss dieser beschissene Krieg ja gut gewesen sein.«

Sie tranken. Olga stellte fest, dass sie insgeheim auf das Dröhnen der Wachturmglocken lauschte und war sich ziemlich sicher, dass es ihrer Mutter ähnlich ging.

»Mama?«, flüsterte sie, nachdem sie eine Weile in die glockenlose Nacht gelauscht hatten. Der Becher in ihrer Hand war leer, ihre Lunge dafür warm und schwer wie nach einem heißen Bad.

Ihre Mutter schielte auf sie herab. Olga zögerte, stellte den Becher zu Boden und tastete nach der Kante des Briefes. In letzter Sekunde überlegte sie es sich anders.

»Was würdest du tun, um deine Familie zusammenzuhalten?«, fragte sie.

Olathe legte den Kopf schief und das Grinsen furchte ihr Grübchen in die Wangen, die gleichen Grübchen, die Olga auch hatte. »Ist das deine Art, mir beizubringen, dass du doch jemanden abgestochen hast?«

Olga schüttelte den Kopf und legte sich ihre Worte gut zurecht. »Nein, ich meine … wie weit würdest du gehen? Um mich zu beschützen?«

Ihre Mutter schwieg lange. Als Olga sich schließlich traute, in ihr Gesicht zu sehen, rumorte es finster hinter ihren Augen.

»Mmh«, machte Olathe schließlich, trank in einem Zug ihren Kakao aus, stellte den Becher neben Olgas und massierte sich den Nacken. »Du … du weißt, ich würde alles tun, um dich zu beschützen. Ich meine … das wollte ich jedenfalls, damals, wenn ich nicht …«

Sie brach ab. Auf einmal sah sie so furchtbar alt aus.

»Nachdem dein Vater gestorben ist … als diese miese, *verfickte* Mora dich mitgenommen hat, ich, ich konnte einfach nicht … ich war mental nicht in der Lage –«

»Ich weiß! Ich weiß.« Das schlechte Gewissen fuhr Olga heiß in die Wangen. »Darauf wollte ich nicht hinaus.«

»Worüber reden wir dann?« Olathe schaute sich kurz um und senkte eindringlich die Stimme. »Geht es um deine … Kräfte? Hat irgendein Pisser etwas bemerkt?«

»Nein. Alles gut, Mama.«

»Verarschen kann ich mich allein, junges Fräulein.« Ihre Mutter schnaubte. »Du willst wissen, wie weit ich gehen würde, um dich zu beschützen? So weit wie ich bisher schon gegangen bin. Und weiter.«

Eine tiefe Wärme breitete sich in Olgas Brust aus. Obwohl sie es grad nicht brauchte – es war gut, die Worte zu hören.

»Und wenn eine Magierin hier auftaucht und versucht, dich mitzunehmen, reiße ich ihr die Leber raus«, fuhr Olathe fort.

»Okay.«

»Und schlage ihr so hart in die Fresse, dass sie ihren Kopf von innen betrachten kann.«

»Okay.«

»Ich erwürge sie mit ihrer eigenen Wirbelsäule.«

»Okay, Mama, okay! Ich hab's verstanden.« Halb belustigt, halb besorgt tätschelte sie ihrer Mutter den Arm. »Wer einen Finger an mich legt, stirbt einen langsamen, qualvollen Tod. Ich bin gerührt.«

Schelmisch zwinkerte ihre Mutter ihr zu. »Gut.«

Einen Moment lang saßen sie stumm nebeneinander und lauschten dem leichten Wind, der den Berg umstrich, bevor sich ihre Mutter leise räusperte.

»Es tut mir leid, was ich letzte Nacht gesagt habe. Oder eher, wie ich es gesagt habe. Ich weiß, du bist frustriert, weil du deine Kräfte nicht benutzen darfst, aber es ist einfach zu riskant.«

»Nein, schon gut. Vergiss es.«

»Manchmal frage ich mich, ob dein Vater nicht doch recht hatte. Ob du bei Magischen besser aufgehoben gewesen wärst.«

Bei der Erwähnung ihres Vaters wurde Olgas Mund trocken, als habe sie Sand getrunken und keinen Tee, und eine ihrer ältesten Erinnerungen spülte an die Oberfläche.

»Sie gehört hier nicht hin! Wir machen uns strafbar, und wofür? Für so etwas?«

»Nenn deine Tochter noch einmal ein Etwas und ich schwöre, Bojan ...«

Dann das Knallen der Haustür, so wuchtig, dass Olga die Fensterscheibe an ihrer Wange vibrieren spürte. Der Rücken ihres Vaters, wie er die Straße hinabstapfte, nur um Stunden später wiederzukommen, das Gesicht schwammig getrunken.

Grob riss sie sich aus der Erinnerung, packte die Hand ihrer Mutter und drückte sie fest. »Schwachsinn«, sagte sie nur. »Ich bin genau da, wo ich hingehöre. Ich bei dir und du bei mir.«

Die andere Hand an den Brief an ihrer Seite gelegt, das Kinn stur vorgeschoben, fügte sie in Gedanken hinzu: *Und ich werde meinen verdammten Teil dafür tun, dass es dabei bleibt.*

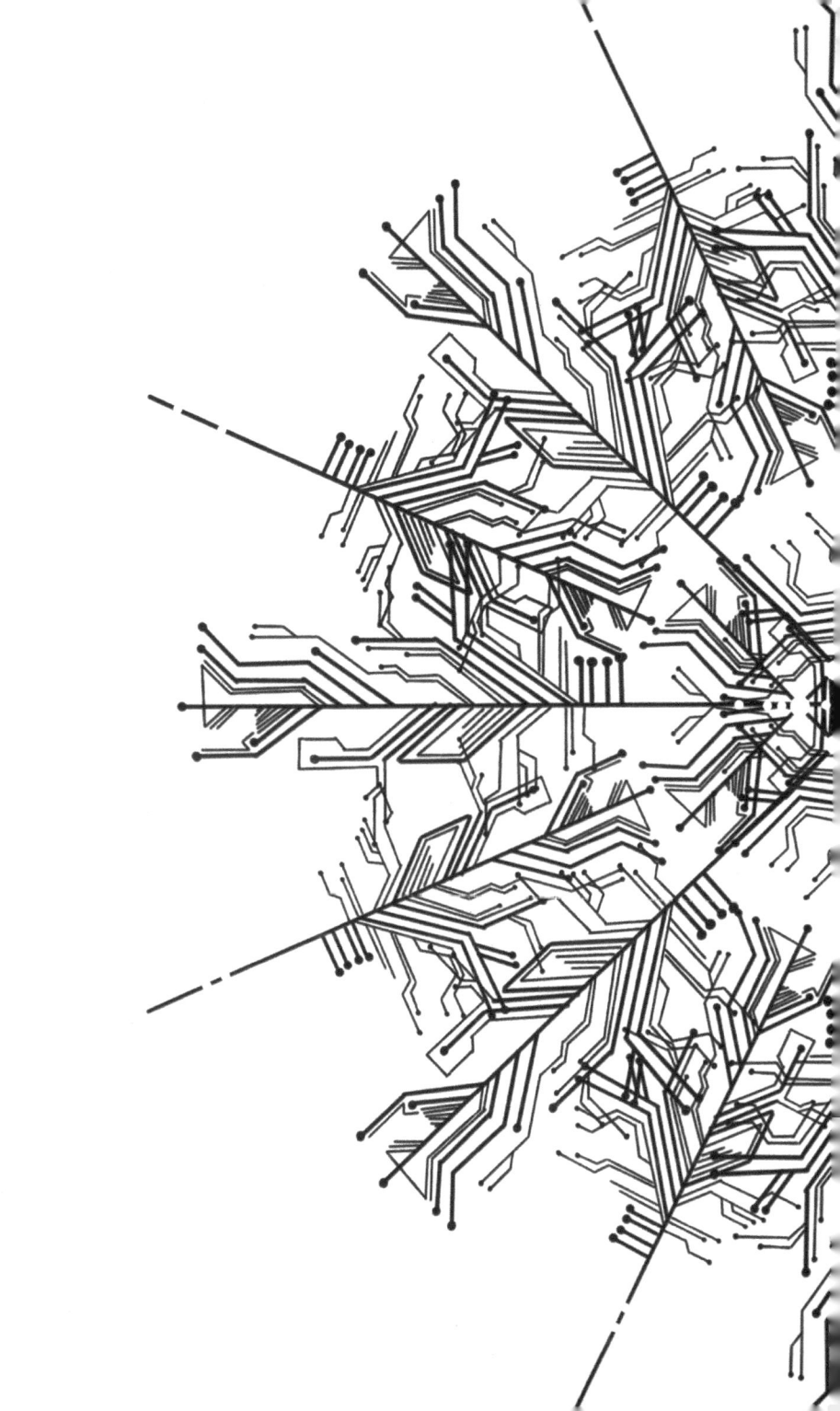

Auszug aus dem Handbuch des Erzweiden Astroarchäologie e. V.

Der Planet Edera
(»Die Alte Heimat«)

Der grüne Edera ist der größte Planet unseres Sonnensystems und der ehemalige Heimatplanet der Menschheit, bevor sie circa 500 v. So. auf den Planeten Trave migrierte.

Warum die Menschen den Edera verlassen mussten, ist unbekannt. Eine populäre Theorie ist, dass sie aufgrund von Rohstoffmangel ihren Heimatplaneten hinter sich ließen, andere Archäolog*innen spekulieren, dass die Menschen nicht vorhatten, für längere Zeit auf Trave zu bleiben, jedoch aus unbekannten Gründen den Planeten nicht wieder verlassen konnten.

Nahezu alle der sogenannten »Nanotechniken«, die die Menschen vom Edera mitbrachten, sind im Laufe der Zeit verloren gegangen. Ebenso die meisten Informationen über die Handwerke, die sie im ersten Jahrtausend nach ihrer Ankunft auf Trave entwickelten (wie z. B. die Alchemie).

2911 na. So. beantragte der Erzweiden Astroarchäologie e.V. eine Erlaubnis zur Bergung und Untersuchung des Raumschiffes *Minerva*, das 2780 na. So. bei Berggrabungen unter der Stadt entdeckt wurde. Der Antrag wurde jedoch mit der Begründung abgelehnt, dass sich das Raumschiff unter dem Tempel der Doppelsonne befindet und eine Ausgrabung die religiöse Stätte entweihen würde. Das Raumschiff *Minerva* liegt also bis heute noch unerforscht unter der Erde.

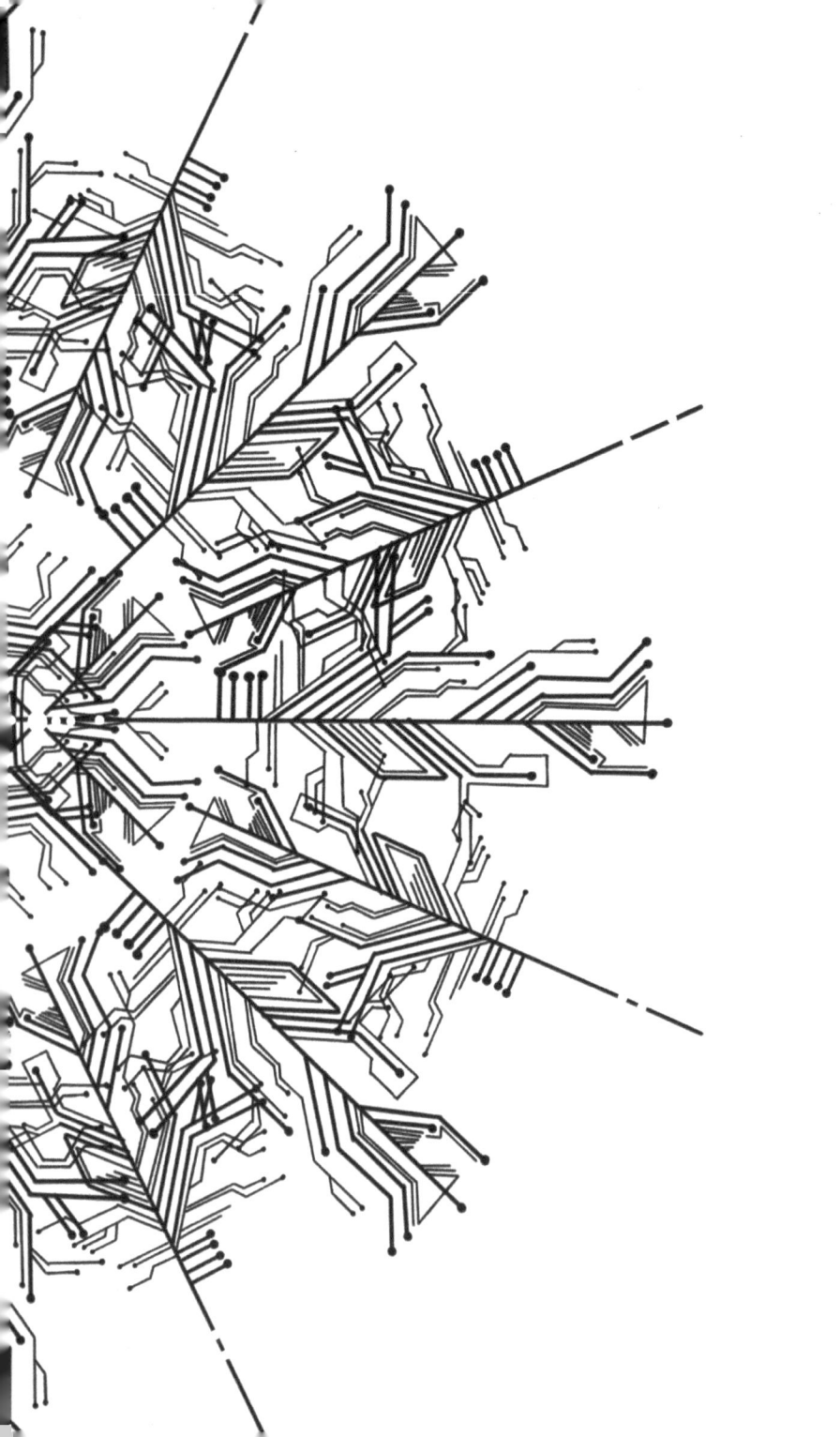

9

*3027 nach Sonnenschlüpfen
(vor 10 Jahren)*

Olga hockte zwischen den Katzenhirschen auf der Galerie hoch über den Fliesen der Empfangshalle. Die Katzenhirsche hatten nur noch Glasaugen, doch das machte ihr nichts aus, sie mochte die Gesellschaft trotzdem.

Einen Ellenbogen auf einem Bücherstapel abgestützt und mit dem Rücken an die ausgestopfte Brust eines der Tiere gelehnt, blätterte sie durch ihre Hausaufgabe: Eine Essaysammlung von berühmten Alchemistinnen.

Letzte Woche hatte Milan Olga erklärt, was das Wort »polemisch« bedeutete und sie fand, dass es auf die Lektüre ganz gut zutraf. Das Kapitel, an dem sie sich abquälte, trug die Überschrift *Warum Alchemie die bessere Magie ist.* Jemand hatte mehrere Absätze mit Füller unterstrichen. Olga blätterte um, ließ den Blick an den Seitenrändern hinabwandern und erkannte in den spitzen Randnotizen die Handschrift der Kommandantin. Die hatte anscheinend genau verstanden, worum es in den Essays ging, Olgas Kopf hingegen war zum Bersten voll mit verdammten Fragezeichen.

Sie murrte leise, beugte sich tiefer über das Papier und kämpfte sich zum vierten Mal durch den Mittelteil des Textes.

»Natürlich, auf den ersten Blick vermag die Macht der Magierinnen beeindruckend sein. Jedoch werden jeder Person, die auch nur einen zweiten Blick auf den Charakter ihrer Kräfte wirft, sofort die gravierenden Schwachstellen ins Auge stechen: Schwachstellen, die die Alchemie ohne großen Aufwand zu überwinden mag.

Während Alchemie auf eine lange Tradition gut dokumentierter und famoser Forschung zurückgreifen kann, ist das Handwerk der Magie - wenn man es überhaupt als solches bezeichnen kann - auf einem sandigen Fundament unfertigen Halbwissens aufgebaut.

(Ich übertreibe nicht, liebe Leserinnen, wenn ich schreibe, dass mir in meinem langen Leben nicht nur ein, sondern gleich mehrere Tätowierer / Programmierer begegnet sind, die offen und ohne Scham zugaben, ihr Handwerk selbst nicht zu verstehen. Sie ,halten sich einfach nur an die überlebenden Anleitungen aus den sonnenlosen Jahren').

Während das Grundprinzip der Alchemie jede magische Kreatur zu ihrer Ressource - und damit zur Ressource der Menschheit - machen kann, sind im Vergleich dazu die Möglichkeiten der Magie beinahe bemitleidenswert beschränkt.

Solange die Sonne scheint und die Sonnensäure fließt, wird es der Alchemie nie an ihrem wichtigsten Rohstoff fehlen. Magierinnen hingegen können anscheinend nicht einmal ein einziges mehr oder minder strapazierendes Jahrzehnt durchleben, ohne dass ihnen der Zugriff auf ihre Kräfte entschlüpft und sie erlöschen - oft, ohne auch nur einmal in ihrem Leben die

Ressource Magie zur vollen Gänze ausgeschöpft zu haben, sei es aufgrund des Unwissens und der Inkompetenz ihrer Programmierer, sei es aufgrund fehlender Charakterstärke. Dies ist nicht nur ein Verlust für die Magierinnen selbst, es ist vor allem ein Verlust für die ganze Menschheit. Man denke an all die verschwendeten Möglichkeiten!

Insofern ist es mehr als nur bedauernswert, dass die Magierinnen sich in ihrer Funktion als bloße Avatare - als leere Gefäße für die vielleicht mächtigste Kraft dieses Planeten - dem Griff der Alchemie entziehen.

Wären die Magierinnen nicht nur Gefäße, sondern eigenständige magische Kreaturen - in vollem, lebenslangem Besitz ihrer Talente -, ließen sich diese Kräfte mit dem Einsatz von Alchemie auf Individuen übertragen, die sie besser für ihre Gesellschaft nutzbar machen zu wissen.

So jedoch bleibt es bei dieser bedauernswerten Verschwendung wertvoller Ressourcen.«

Hinter den letzten Satz hatte die Kommandantin ein scharfes Ausrufezeichen gesetzt. Mit einem mulmigen Gefühl im Bauch schlug Olga das Buch zu und schob es zu den anderen. Dort, wo Olga die Bücher und Kritzeleien versteckte, die sie für sich behalten wollte, hatten ihre Knie leere Flecken in den dicken Staub gestanzt.

Der Essay löste ein Unbehagen in ihr aus, das sie nicht so ganz zuordnen konnte. Wenn die Kommandantin von ihren magischen Kräften wüsste, würde sie sie dann auch als eine *bedauernswerte Verschwendung wertvoller Ressourcen* sehen? Aber sie wollte keine Verschwendung sein. Sie wollte sich nützlich machen.

Olga griff unter den Beinen eines Katzenhirsches hindurch und zog ein anderes Buch raus, wobei sie zum Tier hinaufschaute. Ihr gefiel die Vorstellung, dass die Katzenhirsche ihre Schätze bewachten.

Nach einer halben Stunde lesen wanderte ihr Blick durch die gegenüberliegenden Fenster nach draußen.

Die Galerie war der einzige Platz im Haus, von dem aus sie einen Blick in den Innenhof der Kommandantin werfen konnte – und auf das Sonnenglas, das den Garten dominierte wie ein Denkmal. Und das Sonnenglas war *alt*, so viel wusste Olga inzwischen. Es erinnerte sie an einen gigantischen Traumfänger, nur dass er nicht aus Faden und Holz bestand, sondern aus Glas und Eisen und keine Träume einfing, sondern Sonnenlicht.

Zwar ließ Mora Olga keinen Schritt an das Sonnenglas heran, doch sie hatte einmal eine Ernte beobachten können. Das destillierte Sonnenlicht wurde in kleine Fässer aus Eisen gefüllt, welche dann, unter den scharfen Augen der Kommandantin, im Keller lagerten, bis sich schließlich die Sonnensäure bildete, ohne die Alchemie unmöglich war.

Eine Wache patrouillierte am Fenster vorbei, das Gewehr im Anschlag, den Blick auf das Dach gerichtet. Die Kommandantin ließ das Sonnenglas rund um die Uhr bewachen und inzwischen wusste Olga auch, warum: Weil es in den ganzen Silberlanden nur noch vier dieser Gläser gab. Und drei davon waren im Besitz des Neuen Rates.

»Damit sie den Markt kontrollieren können«, hatte Mora gesagt, bevor sie vor Olga in die Hocke gegangen war und sie mit ihrem Blick festgehalten hatte wie mit einem Schraubstock. *»Das Sonnenglas im Garten ist unser Geheimnis. Verstanden?«*

Nein, sie hatte nicht wirklich verstanden, aber es war besser, die Kommandantin nicht zu hinterfragen.

»Komm runter, Mädchen«, schnitt Moras Stimme durch die Eingangshalle. Wie heraufbeschworen.

Olga erstarrte mitten im Umblättern und versuchte, sich so still zu machen wie die samtigen Jagdtrophäen in ihrem Rücken.

Ein Zungenschnalzen. »Ich weiß, dass du da oben bist. Ich kann deine Zehen sehen.«

Schnell zog sie die Füße ein und schob ihr Buch wieder zwischen die Hufe des Tieres, dieses Mal jedoch niedergeschlagen. Die Kommandantin hatte ihr Versteck gefunden. Schon wieder. Vorsichtig schwang sich Olga auf die Knie und steckte den Kopf über die Kante.

Von hier oben sah der Scheitel der Kommandantin aus wie eine schnurgerade, weiße Narbe. Sie deutete neben sich auf die schwarz–weißen Fliesen. »Ich brauche dich im Labor.«

Ihr Blick war hart, aber nicht wütend. Also krabbelte Olga zur Ecke der Galerie, griff in den dicken, roten Stoff der Gardinen, kletterte hinab und spürte den Blick der Kommandantin immer noch auf sich, als ihre Füße den Teppich berührten. Mora trat heran und schaute kühl auf sie herunter.

»Du bist unmöglich«, sagte sie und zupfte eine Staubfluse aus Olgas Haar, dann drehte sie sich um und schritt einfach los, wie immer. Olga hängte sich an ihre Fersen. Wie immer.

»Was hast du gelesen?«, fragte die Kommandantin abwesend.

Hinter ihrem Rücken knetete Olga ihre Hände, als könnte das irgendetwas helfen. »Meine Hausaufgaben«, murmelte sie.

Die Kommandantin stieß wuchtig die Tür auf, die die Treppe hinab und in den Eingangsbereich führte. Von ihren Fingern wehte der Geruch von Süßölrosen.

»Und was noch?«, fragte sie knapp.

»Heilkunde«, gestand Olga kleinlaut.

»Welches Buch?«

»Tharanos *Abhandlung über Salzwassergewächse.*«

»Mmh«, machte die Kommandantin. Ohne sich umzudrehen, winkte sie sie neben sich. Olga schloss mit drei hastigen Schritten auf, vermied den Blick nach oben – und zuckte zusammen, als sie eine sanfte Hand auf dem Rücken spürte.

»Die meisten Alchemistinnen bilden sich in Heilkunde. Ich werde Erlon sagen, dass er dir die neuesten Schriften besorgen soll.«

Damit nahm sie die Hand von ihrem Rücken und ging weiter, aber nicht, ohne einen kleinen Flecken Stolz zwischen Olgas Schulterblättern zurückzulassen.

»Du musst die Pinzette unter das Gelenk kriegen … Ja. Genau so.«

«Und jetzt?", fragte Olga, Schwindel hinter der Stirn. Essigdämpfe rollten aus dem Eisenbecken und erfüllten die Luft, raubten ihr den Atem. Rat suchend schaute sie über die Schulter und beneidete Mora um die Atemmaske, die sie über Mund und Nase trug. Ein breiter Schlauch verband die Maske mit einem schlanken Tank, den sie sich auf den Rücken geschnallt hatte. Olga traute sich nicht, nach einem eigenen zu fragen, sie hatte gerade erst gute Handschuhe bekommen.

Das Knarzen der schweren Lederschürze. Die Kommandantin beugte sich herab, griff um Olga herum und umschloss mit vorsichtiger Strenge ihre Handgelenke. Mit ihrer Maske musste sie laut sprechen, damit ihre Stimme nicht vom Rauschen der Esse und dem Zischen der Rohre verschluckt wurde.

So muss es im Bauch einer Riesin klingen, dachte Olga.

»Jetzt hebst du den Panzer aus … Langsam. Wenn der Käfer stirbt, müssen wir von vorne anfangen.«

Olga nickte nur angestrengt und beschloss, durch den Mund zu atmen. Alles besser als der Gestank. Der Käfer wehrte sich heftig, obwohl er kaum größer als eine Mandel war und dort, wo die dunklen Beinchen gegen ihre Finger ankämpften, zogen sie Fäden aus ihrem Handschuh.

Sein Zappeln verstärkte sich, bis Olga spürte, wie sein Gelenk nachgab. Das dünne *Klirren*, das dabei entstand, erinnerte sie an das Geräusch, das die Gläser machten, wenn die Erwachsenen beim Maskenfest miteinander anstießen.

Fasziniert hob sie die Pinzette und betrachtete die harte, gebogene Panzerung. Sie sah aus wie ein kostbarer Fingernagel aus grünlichem Silber.

»Trödel nicht. In die Esse damit.«

»Die mit Sonnensäure oder die mit Glasharz?«, fragte Olga.

Ein ungeduldiger Laut. »Was ist die Aufgabe der Säure?«

»Die Seelen aus dem Körper zu ziehen.«

»Und Harz?«

»Die Materialien konservieren.«

»Also?«

Olga zögerte. »Die Flügel in das Harz?«

»*Offensichtlich*, ja. Los.«

Wenn der Keller der Bauch einer Riesin ist, dann muss die Esse ihr Magen sein, dachte Olga, und die zwei Eisenbecken schrien nach Futter, also warf sie das Stück Käferpanzer in das erhitzte Glasharz. Kaum berührte es die Oberfläche, schoss ein grünlicher Lichtstich durch die Flüssigkeit und der Gestank nach brennendem Haar krallte sich in ihre Schleimhäute. Olga lehnte sich zurück, hustete und beugte sich gerade rechtzeitig wieder vor, um zu sehen, wie die Panzerung sich in eine silbergrüne, dickflüssige Schliere zersetzte.

Der Käfer hackte in ihren Daumen. »Autsch!« Sie zuckte zusammen und sah mit wütender Betroffenheit zu, wie der Osmiumkäfer mit Zangen und Klauen versuchte, sich aus ihrem Griff zu befreien.

»Jetzt der andere Flügel«, befahl die Kommandantin und lehnte ihr ganzes Gewicht auf Olgas Schultern. *Vielleicht wachse ich deshalb nur so langsam*, dachte sie, nicht zum ersten Mal. »Lass kein Blut drauf kommen."

Olga schaute auf den kleinen, dunkelroten Fleck, der auf ihrem Handschuh aufblühte, bevor sie grimmig die Pinzette hob. Kurz darauf landete der zweite Teil der Panzerung mit einem grünen Blitz im Becken und zurück blieb der nackte Käfer in Olgas Hand.

Er kratzte immer noch an ihren Fingern, allerdings deutlich schwächer. Aus seinem Rücken sickerte Wundflüssigkeit. Ein schlechtes Gewissen klopfte bei ihr an, jedoch übertönt von Mora, die einen großen Glaskolben auf die Werkbank knallte. Mit ihrem schlanken Finger tippte sie dagegen und fixierte Olga. Ihre Pupillen waren so groß, dass sie die Iris verschluckten.

Artig ließ Olga den Käfer in den Kolben fallen und sah zu, wie er zum Grund des Gefäßes rutschte, wo er schwach mit den Beinchen tastend liegen blieb. »Aber …«

»Was?«, fragte die Kommandantin.

»Muss der Rest vom Käfer nicht in die Säure?«

»Ja. Sobald du alle anderen Flügel geerntet hast.«

Olga schluckte. *Die anderen?*

Resolut ersetzte die Kommandantin den Kolben durch eine eiserne Schachtel. Die Verzierungen an der Außenseite erkannte Olga inzwischen als Blindenschrift aus den sonnenlosen Jahren, unlesbar für sie, unlesbar für alle. Unsicher hob sie den Deckel.

Die Käfer fingen augenblicklich an, zu krabbeln, als das Licht sie traf und was auch immer sie versuchten, sie schienen nicht in der Lage sein, die Wände der Schachtel hinaufzuklettern. Oder wegzufliegen.

Olga musterte sie kurz, dann starrte sie wieder hoch. Die Kommandantin, das Gesicht reglos über der Atemmaske, hielt ihr ein neues Paar Handschuhe hin und auf dem Tisch hinter ihr entdeckte Olga einen ganzen Berg davon. Sie schielte zur Truhe.

»Alle?«, flüsterte sie.

»Beeil dich. Solange die Panzerungen sieden, müssen alle am Leben bleiben. Stirbt der erste Käfer, wird der gesamte Guss unbrauchbar. Und die Toxine, die dabei ausgestoßen werden, möchtest du nicht einatmen.«

Damit machte sie auf dem Absatz kehrt und schritt zurück zur Esse, in deren Becken ölige Substanzen langsam Blasen warfen. Olga wandte sich wieder dem Glaskolben zu, auf dessen Grund der verletzte Käfer langsam Kreise zog, beugte sich über die Truhe und hob die Pinzette.

»Tox…i…ne«, flüsterte sie leise. Ein neues Wort. Sie musste es sich merken.

Oben im Haus gab es, im Gegensatz zum Keller, Jahreszeiten.

Die Bediensteten hatten die Türen zum Garten weit aufgeschoben und mildes Frühjahrslicht durchflutete den Schießstand. Der Regen der letzten Wochen hatte die Bäume förmlich aufgeschäumt, es roch nach Gras und frischen Blättern und wäre nicht das ferne Murmeln der Menschen gewesen, hätte Olga vergessen, dass sie sich immer noch in der Stadt befand.

Die Stadt allerdings hatte vergessen, dass *sie* sich in der Stadt befand, da war sie sich sicher.

Es war seltsam, die Kommandantin nicht in Rüstung oder Laborkleidung zu sehen. Den Ellenbogen auf der Sitzbank abgestützt, machte sie es sich am Rand der Schießbahn bequem und überschlug steif die Beine, ihr langes Haar offen und in der

Hand ein Glas Wasser. Als sie in die Tasche ihrer roten Robe griff und eine Pillendose herauszog, blitzte an ihrem Hals ein Anhänger auf – ein kleines Scherenblatt?

Sie ließ die Dose aufschnappen und nahm einen winzigen Zahn heraus. Mit spitzen Fingern legte sie ihn auf die Zunge und spülte mit einem Schluck Wasser nach, bevor sie das Glas auf der Bank abstellte und endlich Olgas Blick erwiderte.

»Na los.« Eine harte Handbewegung. »Wie ich es gezeigt habe.«

Olga zögerte, dann nickte sie und wandte sich nach vorne. Am Ende der Schussbahn stand eine Trainingspuppe für Kadetten, kaum mehr als ein auf einen Stock geschnallter Strohsack, dieser hier trug jedoch eine Rüstung aus Käferstahl.

Das Metall glänzte wie frisch aus der Esse – denn es *war* frisch aus der Esse, Olga hatte die letzten Platten heute morgen erst veredelt und liebte, wie der silbergrüne Käferschimmer bis zum Schluss erhalten geblieben war. So edel.

Mora schnippte mit den Fingern. Olga kniff die Augen zusammen, wuchtete das Gewehr hoch und legte an. Nach den ersten Schussübungen hatten ihre Arme gezittert vom Gewicht der Waffe, inzwischen konnte sie zielen, ohne dass das Fadenkreuz wackelte. Zufrieden legte sie den Finger auf den Auslöser und schoss.

Der Rückstoß schlug gegen ihre Schulter, der Knall klingelte in ihren Ohren. Mit einem Klirren prallte die Kugel von der Rüstung ab und krachte in die Wandtäfelung. Splitter flogen, dann war es wieder still.

Taumelnd setzte Olga das Gewehr ab, die Hand auf der Sicherung und den Geruch von Schießpulver in der Nase, wedelte die kleine Rauchfahne weg und schaute zu Mora.

»Hat es funktioniert?«, rief sie, ihre Wangen glühend vor Aufregung.

»Überzeug dich selbst.«

Sie zwang sich gerade noch, die Waffe vorsichtig auf den Boden zu legen, dann sprang sie über die niedrige Begrenzung und flitzte die Bahn hinab, wobei ihre bloßen Füße laut auf dem abgenutzten Holzboden klatschten.

Von Nahem schillerte die Rüstung nur noch mehr, stahlgrau und grün und blau, genau wie die Käfer. Olga konnte nicht die kleinste Schramme erkennen, der Stahl war absolut intakt, als hätte sie mit einer Feder geschossen und nicht mit einer Eisenkugel. Ein breites Grinsen brach über ihre Lippen. Sie streckte die Hand aus, strich über das Metall. Es fühlte sich makellos an, glatt und warm, fast schon …

Hastig zog sie die Hand zurück, das Grinsen zu einem verunsicherten Lächeln gestaucht. Die leichte Vibration hallte in ihren Fingern nach, als hätte sie gerade applaudiert – sie spürte das Krabbeln der Käfer förmlich auf der Haut.

Die Rüstung … lebt?

»Fantastisch«, hörte sie die Kommandantin direkt hinter sich.

Schnell sprang Olga beiseite und sah zu, wie Mora ihrerseits die Hand ausstreckte und über die Rüstung strich, bevor sie sich näher an das Metall beugte. Das Krabbeln schien ihr nichts auszumachen.

»Ja«, sagte sie, eher zu sich als zu Olga. »Das wird alles revolutionieren.«

»Revolutionieren?«, fragte Olga ohne zu zögern. Fragen nach ihrer Arbeit waren die einzige Form von Neugierde, die die Kommandantin aktiv ermutigte, vor allem, wenn sie einen guten Tag hatte. Und heute war ein guter Tag, das konnte Olga sehen.

Noch immer das Gesicht der Rüstung zugewandt, deutete die Kommandantin auf das Gewehr hinter ihnen. »Du weißt, warum die Erfindung der Schusswaffe ein entscheidender Wendepunkt in unserem Kampf gegen die Irrlichter war?«

Ein Test. »Weil sie tödlich ist?«

»Tödlich sind viele Dinge, Mädchen, das macht sie nicht zu etwas Besonderem. Nein, die Schusswaffe ist *ressourcensparend.*« Der prüfende Blick legte sich auf Olga. »Erzähl mir, warum wir Eisen für die Jagd von Irrlichtern benutzen.«

Erleichtert atmete Olga aus, die Antwort auf diese Frage wusste sie noch aus der Schulzeit. »Weil Riesinnen, als sie gestorben sind, zu Bergen wurden, und ihr Blut zu Eisen, und … und da die Riesinnen die ältesten Feinde der Mutter der Masken waren, fügt Eisen aus ihrem Blut den Irrlichtern den meisten Schaden zu.« Sie zögerte. »Wie ein … wie ein speziell auf sie abgestimmtes Gift.«

Bedächtig nickte die Kommandantin und Olga unterdrückte ein Grinsen. Ihr Vergleich war gut angekommen.

»Also«, sagte Mora. »Was benötigt weniger Eisen, um ein Irrlicht zu töten: Eine armlange Schwertklinge aus Stahl, oder …« Sie griff in die Tasche und fächerte ihre Hand auf, offenbarte eine Gewehrkugel, die im Sonnenlicht blitzte.

Olga nahm sie entgegen und drehte sie nachdenklich zwischen ihren Fingern.

»Der Neue Rat plant eine neue Maschine«, fuhr Mora ernst fort. »Eine Eisenbahn, die den Handel zwischen Erzweiden und den Häfen revolutionieren soll, gebaut aus dem Erz unserer Riesin und damit unantastbar für die Kreaturen der Moore.« Sie verengte die Augen. »Doch unsere Minen sind seit über einem Jahrhundert erschöpft. Alles Eisen, was wir von unserer Riesin noch haben, wird *hier* gebraucht, in der Stadt, für unsere Waffen und Werkzeuge, unsere Rohrsysteme und Rüstungen, unsere Häuser, Werkstätten, selbst für unsere Straßen und Brücken. Kannst du dir eine Stadt ohne Werkzeuge und Waffen vorstellen, Mädchen?«

Obwohl sie wusste, dass ihre Antwort keinen Einfluss auf den Monolog der Kommandantin haben würde, schüttelte Olga gehorsam den Kopf.

Die Kommandantin nickte. »Nun. Ab jetzt gibt es eine Alternative zum Riesenerz, die wir in der Stadt benutzen können.« Wieder legte sie die Hand auf die schimmernde Rüstung – durch Alchemie in Form gegossene Käfer. »Diese Stadt liegt an der Kippgrenze zu einem Fortschritt, wie ihn unsere Welt noch nie gesehen hat. Ich rede hier von *Expansion*, Kind.«

Keine Ahnung, was Expansion bedeutet. Zur Sicherheit bemühte Olga sich um ein angemessen ehrfürchtiges Gesicht – Ehrfurcht, die sich in ehrliche Überraschung wandelte, als die Kommandantin hinzufügte:

»Gute Arbeit, Mädchen.«

Olga starrte Mora nur an, aber als sie wieder sprach, hörte sie zum ersten Mal Zufriedenheit in ihrer Stimme.

»Im Nahkampf bist du hoffnungslos und Manieren hast du auch nicht.«

Ihr Blick stach einmal in Olgas bloße Füße und sofort wünschte Olga sich, keine zu haben.

»Aber Alchemie liegt dir.« Auffordernd streckte sie die Hand aus und als Olga herangekommen war, legte sie ihr die kühlen Finger auf die Wange und strich ihr eine Haarsträhne aus der Stirn.

»Ich gestatte dir einen Wunsch. Du hast mich gehört«, sagte sie, als sie ihren Blick sah und drehte den Kopf, schaute erst wieder zur Rüstung, dann an das andere Ende der Schussbahn.

Nervös dachte Olga nach. Ein Wunsch. Ein ganzer Wunsch? Für sie?

Mora redete währenddessen weiter, ohne sie zu beachten. »Eine eigene Rüstung. Nein, du wächst noch, da lohnt es sich nicht … Mehr Bücher. Und Zugang zu meiner Bibliothek. Du wirst nichts verstehen, aber das schadet dir nicht. Ein Kind wie du braucht alle Anreize, die es kriegen –«

»Darf ich Mama besuchen?«, sprudelte Olga los, bevor sie unterbrochen werden konnte, wobei sie heftig auf den Füßen auf und ab wippte. »Ich … ich weiß, dass Mama manchmal hierherkommt und das, obwohl … also, ich habe nachgelesen. Und da ist dieses Kraut, Veteranenkraut, und ich glaube, ich möchte Mama davon erzählen, weil es ihr helfen könnte, gegen die Albträume. Ich will sie nur mal wieder …«

Sie verstummte, als sie den Blick der Kommandantin sah. Die kontrollierte Schicht war verschwunden – ihr Gesicht lag wund und offen da und Zorn schwappte heraus, kalter Zorn, der ihren Hals hinablief und zu Boden tropfte.

Olga wich auf Abstand und umklammerte ihren Kittel. Ihre Bewegung tat etwas mit der Kommandantin. Die harte Schicht kehrte wieder, doch das Toben in den Augen blieb.

»Wir sind fertig hier. Räum das Gewehr weg. Wehe, ich finde es wieder am falschen Platz.« Sie drehte sich um und schritt los in Richtung Tür, ließ ihren Zorn zurück, der Olga umklammerte und drohte, sie zu ersticken.

Sie hatte etwas kaputtgemacht – was genau, wusste sie nicht, aber sie musste es reparieren, schnell. Ihre Füße klatschten auf den Boden, als sie Mora folgte.

»Ist es das Kraut?«, stammelte sie. »Ich weiß, Veteranenkraut ist teuer, ich … ich besorge irgendwie Geld, ich will nur … was habe ich falsch gemacht?«

»Das weißt du ganz genau, Mädchen.«

Ohne sich umzudrehen, durchschritt sie wie eine Maschine den Raum, präzise und unaufhaltsam. Die Hände im Oberteil verknotet, blieb Olga stehen und in einem letzten Versuch, die Scherben wieder zusammenzuschieben, hob sie die Stimme.

»Milan sagt, ich soll es versuchen!«

Mora blieb stehen. Verunsichert hielt Olga inne, wartete, dass sie sich umdrehte, doch die Kommandantin blieb reglos, still. Dann setzte sie sich wieder in Bewegung, schritt aus dem Raum und schloss lautlos die Tür hinter sich. Olga konnte noch das Klappern der Pillendose hören, bevor auch das verstummte.

Alleine stand sie auf der Schussbahn, sah sich im Raum um und spürte, wie heiße Tränen ihr aus den Augenwinkeln quollen, ihre Verwirrung nur noch übertrumpft von ihrer Hilflosigkeit.

Was hatte sie falsch gemacht? Sie hatte sich solche Mühe gegeben, warum reichte das nicht? Was sollte sie denn noch tun?

Das Heimweh nach ihrer Mama traf sie so heftig, sie hörte sich schluchzen. Schnell schlug sie die Hand auf den Mund und zwang den Laut wieder nach drinnen, stopfte ihn an einen geheimen Ort tief in ihr, zusammen mit der Hoffnung, die sie sich vor ein paar Sekunden noch gemacht hatte … bevor die Kommandantin ihr auch noch den letzten Rest nehmen konnte.

Drei Tage lang ließ die Kommandantin sie in ihrem Zimmer einsperren, damit sie »darüber nachdenken konnte, was sie falsch gemacht hatte«. Drei Tage, in denen sie auf dem Bett saß und einen Apfel an die Wand warf, bis er nur noch Brei war, auf und ab sprang, sich auf den Boden legte oder in der Ecke zusammenkauerte und an die Decke starrte, aber auch danach war sie nicht weiter als vorher. Sprich, entweder war sie nicht gut im Nachdenken oder sie hatte nichts falsch gemacht.

Doch dann wäre Mora nicht so wütend.

Ein Schlüssel drehte sich in der Zimmertür. Olga fuhr von der flachen Matratze hoch und auf die Beine. Ihre Erleichterung, endlich wieder das Zimmer verlassen zu können, wurde direkt von der Erkenntnis gedämpft, dass das nur bedeuten konnte, dass die Kommandantin sie wieder im Labor brauchte.

Nicht Mora, sondern ein Soldat öffnete die Tür. Obwohl Olga inzwischen wusste, dass sein Name Korrel war, nannte sie ihn insgeheim immer noch den Wurmkopf. Er hatte ein blasses, rundes Gesicht und kein einziges Haar, nicht einmal Wimpern.

Behäbig lehnte er sich an den Türrahmen und spielte mit dem Schlüsselbund in seiner Hand. »Du kannst raus.«

Vorsichtig schaute Olga an ihm vorbei. »Wo ist Rondor?«

Sein langer Blick gefiel ihr nicht, er hatte etwas Lauerndes. Sie sah die verblassten Narben auf seinen Wangen und erinnerte sich daran, wie ihr Vater mal sagte, dass die Kirche der Doppelsonne niemanden verstößt, nicht einmal Mörder.

Doch Wurmkopf hatten sie verstoßen. Was hieß, er hatte etwas Schlimmeres getan als Mord.

»Rondor ist nicht mehr hier«, sagte Wurmkopf und lächelte. Olga hatte noch nie so weiße Zähne gesehen. Wie Perlen.

Ruckartig trat er gegen die Tür, sodass sie mit der Klinke eine Delle in die Wand schlug. Olga fuhr zusammen. Korrels Lächeln wuchs zu einem Grinsen, dann drehte er sich um und ging davon. Sie hörte seinen Schlüsselbund klimpern, bis er das Ende des Flurs erreichte und verschwand.

Langsam, die Hände zu Fäusten geballt, trat Olga aus ihrem Zimmer und schaute sich um. Niemand zu sehen. Die Lippen zu einem schmalen Strich zusammengepresst, ging sie los, bis sie es auf den Treppenstufen nicht mehr aushielt und zu rennen begann.

Dieses Anwesen trieb sie in die Ecke und erstickte sie. Als wäre ihr jederzeit ein heißer, greller Scheinwerfer in den Nacken gerichtet, der jedem Raubtier in hundert Schritten Umkreis ihren Standort verriet.

Seht her, hier ist Olga.

Sie kann nicht weg.

Holt sie euch.

Erleichterung durchflutete sie, als sie Milans Zimmer erreichte und die Hände um die Türklinke schloss. Ohne anzuklopfen, stürmte sie hinein. Wenn sie irgendjemanden kannte, der Nachdenken konnte, war das Milan – sie konnte ihr helfen, bestimmt. »Milan … Milan?«

Verstört wurde Olga langsamer, blieb stehen und schaute sich um.

Die Kissen auf dem großen Bett waren aufgeschüttelt, die Decken glatt gestrichen und festgestopft. Draußen trieben helle Wolken zarte Schatten durch den Garten, aber die Tür zur Terrasse war fest verschlossen und der Spiegel mit einem Tuch verhängt. Auf dem Nachttisch fehlte Milans Zeichenblock. Selbst das Tintenfass hatte irgendjemand ausgespült und die Bleistifte weggeräumt.

»Milan?«, wisperte sie und spürte eine Bewegung an der Tür. Langsam drehte sie sich um.

Mora trat in den Raum, wobei sie den Blick nicht auf Olga richtete, sondern ihrerseits über die kalten Möbel wandern ließ. Als sie die Tür sanft ins Schloss drückte, zuckte es kurz in Olgas Beinen.

»Wo ist Milan?«, krächzte Olga.

Schweigend schaute die Kommandantin sie über die Schulter hinweg an, ihre Augen schwarz und riesig. Nur noch Pupille. Was auch immer in den Zähnen war, die sie schluckte, es wütete in voller Dosis durch ihre Adern.

»Wo ist Milan?«, wiederholte Olga.

»Ich habe sie nach Nordport geschickt. Sie braucht Seeluft und Erholung.« Sie drehte sich und Olga sah, dass ihre Lippen farblos waren und ihre Schlüsselbeine unter ihrem roten Samthemd hervorstachen. *Hatte sie schon immer so dunkle Augenringe?* Sorge keimte in Olga auf, wurde allerdings sofort von ihrer Angst um Milan erstickt.

»Erholung?«, echote sie, die Hände in ihre Ärmel gekrallt. Aufgebracht stammelte sie drauflos. »Sie … sie liegt den ganzen Tag im Bett. Sie *will* nicht den ganzen Tag im Bett liegen. Wovon braucht sie Erholung?«

»Willst du etwa sagen, du weißt, was Milan braucht?«

»Ja!«, schrie sie. Olgas Finger fuhren zu ihren Lippen, doch es war zu spät.

Steif zog die Kommandantin ihre Hand von der Türklinke, richtete sich auf und ging auf Olga zu. Der Geruch nach Süßölrose erreichte sie noch vor der Kommandantin – sie zuckte zurück in Erwartung einer Hand, aber die Frau starrte sie nur an. Riesig. Kalt.

»Was fällt dir ein«, raunte sie. »Was fällt dir ein, zu denken, du wüsstest besser als ich, was für meine Schwester gut ist?«

Olga nagelte den Blick in den Teppich. Ihre Wangen brannten, ihre Kehle brannte, alles brannte, aber nicht vor Scham. Die Kommandantin spürte ihre Wut, das wusste Olga – nur wusste sie sonst nichts weiter und mit einem Stich wurde ihr klar, dass es genau wie immer war: unsicher und unzuverlässig.

Noch immer schwieg Mora. Wenn sie wenigstens schreien würde, schreien verstand sie, schreien war simpel, aber das hier war nicht simpel. Es war so komplex, dass es alle Muster überstieg, die Olga kannte.

»Ich habe nichts falsch gemacht«, flüsterte sie. »Du hast gesagt, ich darf mir etwas wünschen, egal was.«

Die Stimme der Kommandantin, kalt und gleichzeitig sanft über ihrem Kopf. »Wünschst du dir, dass ich Milan zurückhole?«

Olga zitterte. »Ja.«

»Das ist dein Wunsch?«

Olga spürte die Tränen zurückkommen und verstärkte mit aller Macht den Damm, der sie drinnen hielt, bevor sie nickte.

»Ich kann dich nicht hören.«

»Ja«, wiederholte sie, dieses Mal lauter.

»Nun gut. Ich erlaube es.«

Olga stockte und hob den Kopf.

Da war sie wieder – die Zufriedenheit in ihren schwarzen Augen. »Ich schreibe nach Nordport und werde alles arrangieren.«

»Und ... und was ist mit Mama?«

»Ich sagte, *ein* Wunsch. Weitere musst du dir erst verdienen.« Die Kommandantin nutzte Olgas Sprachlosigkeit, um sich wieder zu ihr hinabzubeugen. »Ich muss zugeben, ich bin überrascht. Ich dachte, du wählst Olathe über Milan.«

Olga konnte sich nicht regen, erstarrt unter dem liebevollen Blick, während die schmalen Lippen der Kommandantin sich zu einem Lächeln teilten.

»Deine Mutter und du, ihr seid euch wirklich ähnlich.«

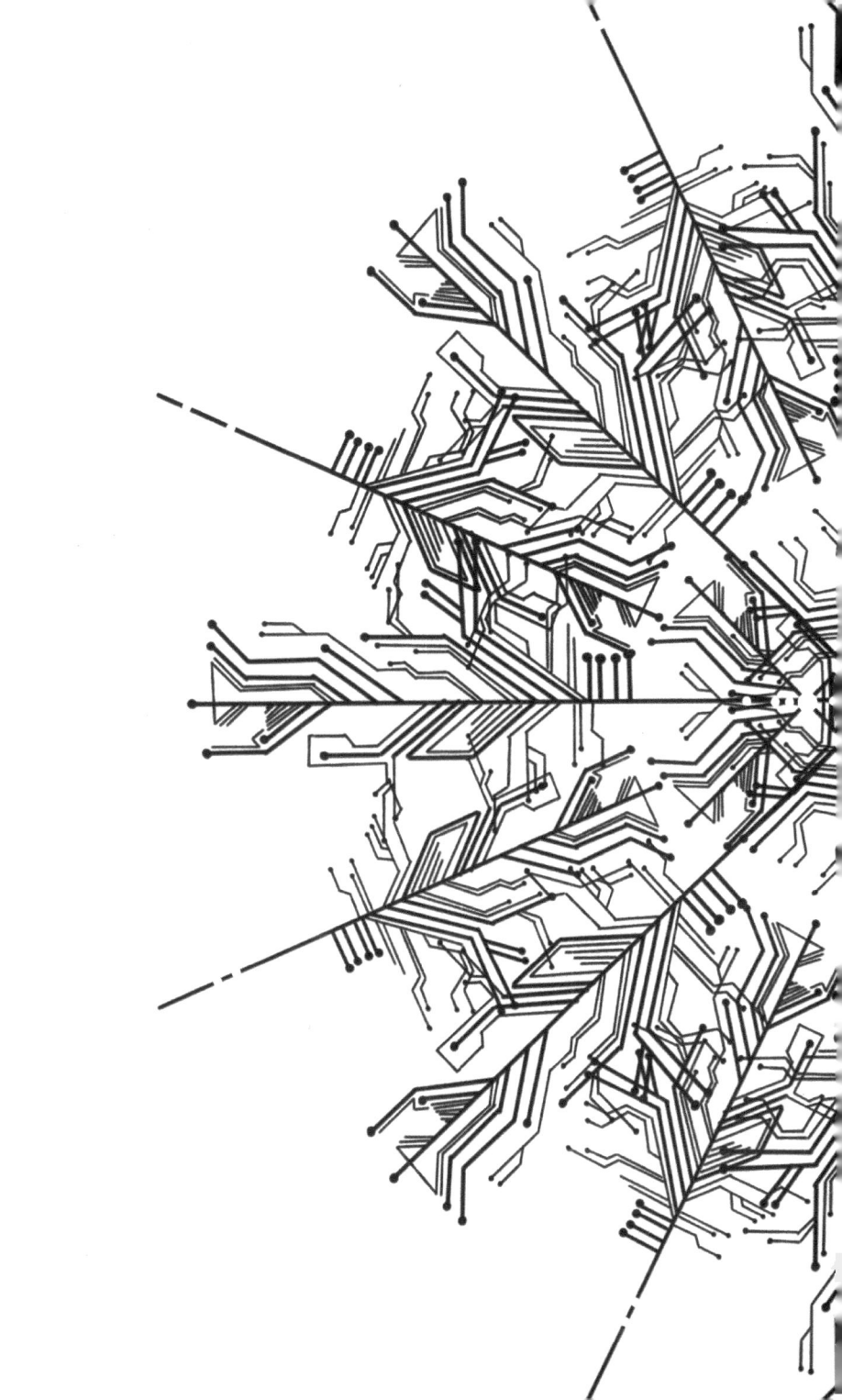

Interview mit Erik Kupferwein, Professor für astroarchäologische Paläografie (01.03.3031)

Interviewer: Professor Kupferwein, würdet Ihr Euch bitte kurz vorstellen?

Prof. Kupferwein: Natürlich. Mein Name ist Erik Kupferwein, ich bin leitender Forscher des Instituts für Linguistik in Nordport. Mein Spezialgebiet liegt in der astroarchäologischen Paläografie.

Interviewer: Astroarchlogische Palöe...?

Prof. Kupferwein: Ich entschlüssele alte Schriften.

Interviewer: Ah. Okay. Was könnt Ihr als astroarchäologischer Paläo... als Experte für alte Schriften denn über die Blindenschrift aus den sonnenlosen Jahren erzählen?

Prof. Kupferwein: Nun. Die Blindenschrift aus den sonnenlosen Jahren ist, sozusagen, ein kulturelles Importgut vom Planeten Edera, welches mit den ersten Menschen nach Trave gekommen ist. Sehende Menschen waren damals nämlich eine Ausnahme, muss man verstehen. Und die Tradition, wichtige Informationen auf Eisenplatten festzuhalten, stammt höchstwahrscheinlich auch von Edera.

Interviewer: Professor, Ihr seid ja schon sehr alt. Warum habt Ihr es bis jetzt noch nicht hinbekommen, die Eisenplatten zu entschlüsseln?

Prof. Kupferwein: … nun … Seit der Erstlandung der Menschheit auf Trave haben sich unsere Sprache und unser Schriftbild drastisch gewandelt. Und nach der Großen Schmelze von 2888, in der unzählige alte Eisenplatten zerstört wurden, ist es kein Wunder, dass ein Entschlüsseln der alten Schriften an ein Ding der Unmöglichkeit grenzt … Hast du alles, was du für dein Referat brauchst?

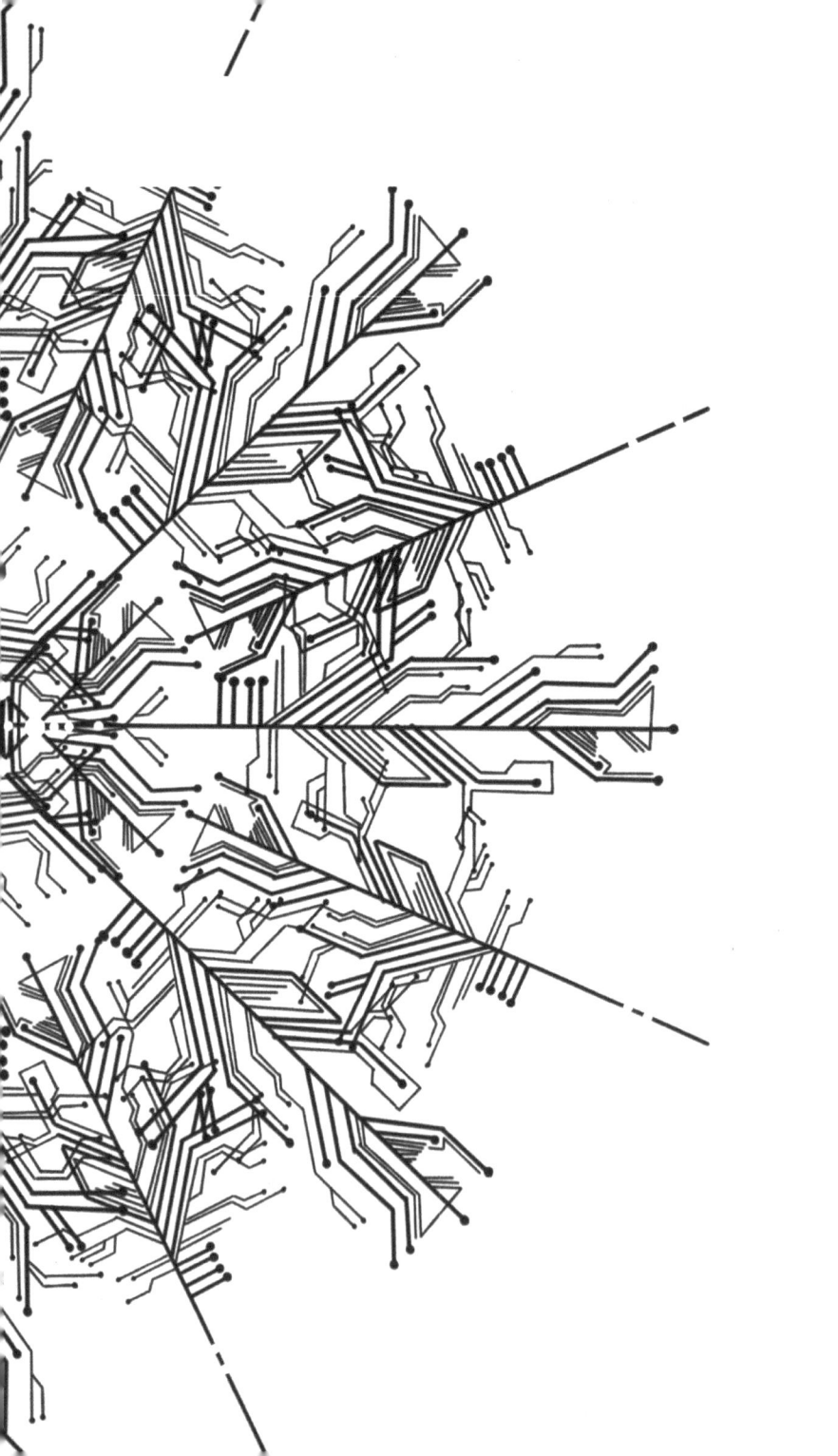

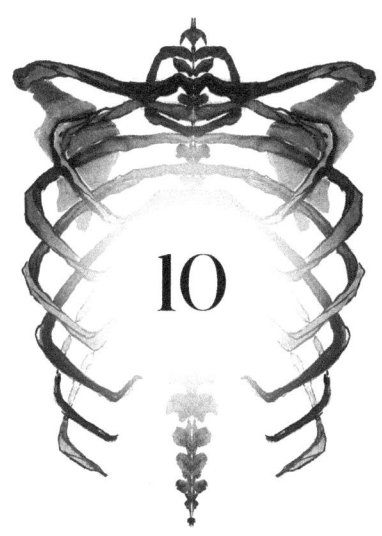

10

3037 nach Sonnenschlüpfen
(Gegenwart)

Olgas letzter Versuch war das Pfandbüro. Zugegeben, ein eher halbherziger Versuch, doch das bewahrte sie trotzdem nicht vor der Enttäuschung, als der sommersprossige Mitarbeiter hinter dem vergitterten Fenster die Pistolen mit seinem kleinen Hammer abklopfte, das Gesicht verzog und sie wieder zu ihr zurückschob.

»Hundert Silber«, seufzte er. Der Sonnenaufgang kratzte gerade einmal am Horizont, die Öllampe neben ihm auf dem Tisch legte einen gelblichen Schimmer in seine blinden Augen.

»Pro Stück?«

Seine buschige Augenbraue wanderte nach oben.

Sie schnaubte. »Ich brauche mindestens zweihundert. Die Waffen sind Unikate, okay? So was wird heute nicht einmal mehr hergestellt.«

»Ja. Aus gutem Grund. Mit dem Modell hätte nicht mal mehr meine Großmutter geschossen.« Müde betastete er die Seriennummer. »Und bitte nimm es nicht persönlich, aber wenn ich jeder glauben würde, die hier mit ‚Unikaten' auftaucht, hätte ich kein Geschäft mehr.«

Grimmig betrachtete Olga erst sein freundliches Gesicht, dann ihre Waffen. Allein, sie auf dem Tisch des Pfandbüros liegen zu sehen, fühlte sich falsch an. Kat hatte sie vor Jahren auf ihre Bitte hin aufgetrieben: Ein altes Modell vollkommen frei von Käferstahl, denn die Vorstellung, eine Waffe aus alchemistischer Herstellung zu haben – bei jeder Berührung das wuselige Restleben getöteter Käfer zu spüren – brachte sie zum Würgen. Keine Ahnung, wie andere es aushielten, ganze *Rüstungen* aus dem Scheiß zu tragen.

Sie liebte ihre altmodischen Pistolen. Aber nicht so sehr, wie sie ihre Mutter liebte.

Knapp.

Grob schob sie die Waffen zurück zum Pfandbürotypen. »Zweihundert Silber, darunter mach ich nichts. Die Läufe sind aus solidem Riesenerz. Und braucht der Neue Rat grad nicht für seine dumme Eisenbahn alles Scheißriesenerz, was er kriegen kann?«

Ehrliches Mitleid wanderte in die Stimme des Mannes. »Ich bezweifle leider, dass diese paar Gramm beim Bau einer *sehr großen, sehr schweren* Eisenbahn den entscheidenden Unterschied machen.« Seufzend rieb er sich die Augen. »Hundert Silber, mehr kann ich leider nicht für dich tun, ehrlich.«

Entweder war sein Bedauern sehr gut gespielt oder er meinte es aufrichtig, was es fast noch schlimmer machte, so konnte sie ihm nicht einmal guten Gewissens einen Mittelfinger ins Gesicht drücken. Leise fluchend nahm sie ihre Pistolen und stopfte sie zurück an ihre Plätze.

»Viel Glück dir«, rief er ihr nach, als sie davonstapfte, was ein zynisches Lachen aus ihr herauslockte. Klar, Glück, das Zeug, von dem sie so viel hatte. Sie badete in Glück, sie putzte sich sogar die Zähne damit. Haha. Was kam als Nächstes, Feenstaub scheißen?

Noch schliefen die Geräusche der Stadt zusammengerollt in den Winkeln und Ecken und bis auf Olga war kaum ein Mensch unterwegs. Sie stapfte an einer Bäckerei vorbei, in der sich gerade einmal die ersten Gerüche regten, und sortierte in Gedanken ihre Alternativen.

Da sie keine mehr hatte, war sie schnell damit fertig.

Eine halbe Stunde später drehte Olga den Dietrich im Schloss und betrat Milans Büro.

Irgendwie passte diese Stille nicht zum Postamt. So, die Nacht noch in den Wänden und ohne das Klacken der Schreibmaschinen oder das Geschnatter der Postangestellten, hatten die Räume etwas Befremdliches. Als würde sie die Stadtmauer betreten, nur um festzustellen, dass weit und breit keine einzige Wache zu sehen war.

Sofort drehte sich Olga um und schaute zurück. Der Flur lag dunkel und ruhig da, trotzdem fühlte sie sich beobachtet. Mit dem Fußofen als einzige Lichtquelle tastete sie sich zum Schreibtisch vor, wo sie innehielt, die Finger an der Schublade.

Obwohl sie kaum geschlafen hatte, war ihr Kopf klar, so klar wie lange nicht mehr. Es fühlte sich falsch an, verdächtig – da hätte mehr Panik sein müssen, Übelkeit vielleicht. Stattdessen hallte das Gespräch mit ihrer Mutter in ihrem Brustkorb nach, bildete ein festes, unnachgiebiges Netz, das sich um sie legte und die Nervosität von ihr fernhielt wie Frost von einer Pflanze.

Diese eine Sache für Rondor – für den Hohepriester –, dann hätte sie die Kohle für die Kaution und ihre Mutter konnte bei ihr bleiben. Milan würde ihre Entscheidung nicht verstehen, aber sie *musste* es nicht einmal verstehen, denn sie würde nie davon Wind bekommen. Und es war nicht so, dass sie Schaden anrichtete. Im Gegenteil, sie verhinderte ihn.

Ein Knallen in der Ferne: Irgendwo schlug eine Tür zu. Olga riss die Schublade auf und schob Zettel, Stempel und Stifte beiseite. Das einzige Geräusch im Raum war ihre leise Atmung, schnell, gepresst. Da sie nicht wusste, welche Schlüssel sie genau brauchte, nahm sie den ganzen Bund.

Das klimpernde Bündel in der einen, ihre Tasche in der anderen Hand, drückte sie die Schublade wieder zu, bevor sie aus dem Büro schlich und lauschte.

Von hier aus war vom Hauptbereich des Postamtes nicht mehr zu sehen als der Durchgang am Ende des Flures. Im hellgrauen Licht der Morgendämmerung schimmerten ein paar Schreibmaschinen. Das ferne Klappern eines Wagens: Tintengläser, die von Tisch zu Tisch gefahren wurden.

Rückwärts entfernte sich Olga, die Füße in lautloser Vorsicht auf den Dielen aufsetzend, dann drehte sie sich um und huschte weg von der Haupthalle in die Tiefen des Gebäudes.

Die Archive bestanden aus einem eigenen Flügel, eingekreist und abgeschirmt durch den verschachtelten Ring aus Büros, Stallungen und Schlafstätten für Eilboten. Während sich Olga durch das knarzende Labyrinth aus dunklem Holz arbeitete, wurden in der Sortierung die ersten Laternen angezündet. Vorsichtig blieb sie am Fenster stehen, lugte nach draußen.

Zwei müde Schatten schlurften von einer Tür zur anderen, verschwanden und ließen nur zwei Zigarettenstummel im Innenhof zurück. Olga, das Herz im Hals, wartete, doch als es still blieb, öffnete sie die Tür und eilte die Stufen der Außentreppe hinab. Der Geruch von Rauch hing in der Luft: Der erste Qualm der Fabrik trieb den Berg hoch.

Zu früh.

Zu wenig Zeit.

Vier Sicherheitsschlösser. So gut hatte nicht einmal Rondor ihr das Knacken beibringen können. Leise fluchend fand sie das richtige Set und floh ins Archiv, bevor zufällige Blicke sie entdecken konnten. Es half nicht gerade, dass der Bund in ihrer Hand schepperte wie eine verfickte Schafglocke im Moor.

Mit einem Seufzen drehte sie sich um … und sah so gut wie nichts. Der Raum vor ihr war ein eckiges Wirrwarr von Schwarz auf Grau, es gab kein einziges Fenster.

»Nicht euer Scheißernst«, flüsterte sie. Staubige Luft kitzelte ihre Lippen, der Geschmack von altem Papier belegte ihre Zunge. Und noch etwas. Fisch. Wachs.

Stimmte ja. Nach den Großen Feuern von 2998 durften die Angestellten im Archiv nur noch Wasserfeuer benutzen. Sie ertastete die Kerze im gleichen Moment, in dem jemand vor der Tür vorbeiging. Als sie endlich das Schälchen mit Wasser fand, zitterten ihre Hände so sehr, dass es beim Eintauchen des Dochtes überschwappte.

Knistern, Zischen: Die Kerze entzündete sich in blaugrüner Flamme. Sofort wurde ihre Erleichterung von dem ekligen Gefühl überschattet, einen kalten, unruhigen Fisch in der Hand zu halten – sie war mehr als froh, als ihr Blick auf eine Laternenhalterung fiel.

Die Kerze ins Glas gestopft und die Nase gekräuselt vom ansteigenden Fischgeruch trat Olga vorsichtig zwischen die Regale.

Tonnenweise Schriften türmten sich über ihr auf, als wollten sie sich jeden Moment mit all ihren Geheimnissen auf sie stürzen. Unter anderen Umständen wäre sie stehen geblieben und hätte sich die Zeit genommen, ihnen zuzuhören – sie entdeckte nicht nur einen, sondern gleich zwei Bände über Heilkunde, die so aussahen, als wären sie noch in Sirenenleder gebunden –, doch so stellte sie nur mit wachsender Frustration fest, dass alles auf diesem Stockwerk Papier zu sein schien.

Wo würde sie selbst Platten aus Eisen aufbewahren? Garantiert nicht in einer der oberen Etagen. Allein die Schlepperei schon. Doch hier im Erdgeschoss waren sie eindeutig nicht und das konnte nur eins bedeuten.

Langsam, die Laterne fest umkrallt, drehte sie sich nach links, wo die Regalreihen von einer Front aus Glasvitrinen unterbrochen wurden. Die meisten waren mit dicken Tüchern abgedeckt, doch die zwei, die es nicht waren, fingen das blaugrüne Licht der Kerze auf und verzogen es in verspielte Schlieren. Zwischen ihnen war eine Lücke.

Mit einer Treppe.

Nach *unten*.

Olga wusste, dass sie zu lange stehen blieb. Sie wusste, dass sie sich beeilen musste, dass mit jeder Minute, die sie hier verbrachte, die Wahrscheinlichkeit wuchs, entdeckt zu werden. Dass Milan ihr Büro betrat und die Schublade öffnete. Trotzdem schaffte sie es nicht, sich zu regen.

Wie hoch war die Wahrscheinlichkeit? Wie hoch war die Wahrscheinlichkeit, dass es einen verdammten Keller gab?

»Niedrig«, flüsterte sie und kniff sich ins Nasenbein.

»Scheißniedrig.« Sie schloss die Augen, trieb den Essiggeruch zurück.

Konzentrieren.

Sie musste sich konzentrieren.

Sie war nicht im Labor. Das war kein Essiggeruch, der ihr den Atem nahm, es war Wachs, Wachs und Fisch von einer Scheißkerze, aus einer Fabrik, die sie nicht leiden konnte. Genau.

»Ich hoffe, es hat sich gut angefühlt, die Soldatin zu schlagen«, murmelte sie, und mit einem letzten Fluch auf ihre Mutter und den Hohepriester riss sie die Füße vom Boden und stapfte zu den Stufen.

Der Weg nach unten war kurz und gleichzeitig zu lang, mit Wänden, die die Welt zugleich verschluckten und vereinnahmten. Mit nass geschwitztem Rücken erreichte sie die unterste Stufe.

Der Raum, den sie vorfand, erinnerte sie an eine edle, niedrige und lange Blechdose, ausgestattet mit massigen Aktenschränken. Olga zählte acht Schränke, jeder mit zwei großen Schubladen.

Schnell zog sie den Zettel aus ihrer Tasche, den Rondor ihr gegeben hatte, rannte zum vierten Schrank und ging in die Hocke. Das Schloss öffnete sich mit einem freundlichen Klick.

Sie hatte gewusst, dass es nicht viele sein konnten, dennoch war sie überrascht: Nur elf schmale und verbeulte Platten, die es geschafft hatten, über knapp drei Jahrtausende ihrem Schicksal als Schwert, Rüstung, Speerspitze oder Gewehrkugel zu entkommen.

Wahllos zog Olga eine heraus und strich über das Metall. Die Prägungen, obwohl älter als Erzweiden selbst, waren so klar wie frisch aus der Esse, bildeten filigrane Netze aus Hebungen, Rillen und Bögen, unterbrochen von scharfen Zacken. Übersichtlich genug, dass Olga Muster, Absicht und Strukturen erkennen konnte – zu komplex, um ihnen auch nur den Hauch eines Sinns abringen zu können.

Was auch immer hier geschrieben stand, es hatte nichts mit den Schriften der Gegenwart zu tun. Diese Platten waren wortwörtlich von einem anderen Planeten, genauso gut könnte sie versuchen, aus einer zerbrochenen Glasscheibe zu lesen.

Keine Ahnung, was Milan daran findet.

Ein kleines Lächeln sprang ihr auf die Lippen, begleitet von einer zufriedenen Verbitterung. Der bescheuerte Hohepriester verschwendete sein Geld und würde sich an diesen Schriften die Zähne ausbeißen.

Von diesem Gedanken motiviert, zog Olga einen Beutel heraus, den sie wiederum in die offene Posttasche stellte, und legte eine Platte nach der anderen hinein. Die Dinger waren überraschend leicht, da sie jedoch keinen Lärm machen wollte, dauerte es lange. Zu lange. Schließlich stopfte sie ein altes Hemd über die Platten, sprang auf, knackte einen zweiten Aktenschrank, einen dritten und begann, wahllos alles durcheinander zu sortieren.

Irgendwann, in hoffentlich ferner Zukunft, würde irgendeine arme Praktikantin nach einer Platte aus einem bestimmten Jahrhundert suchen und an der Unordnung verzweifeln.

Übel vor Erleichterung zog Olga den Dietrich aus dem letzten Schloss, wirbelte herum und hetzte wieder die Treppe hoch, eine Spur aus blauem Licht hinter sich herziehend. Fast geschafft. Jetzt nur noch schnell zurück in Milans Büro, die Schlüssel wegbringen, und danach …

Ihr Blick fiel auf eine wuchtige und vergitterte Vitrine voller Einbände. Wäre nicht die kleine, beschriftete Plakette, hätten die Bücher nie ihre Aufmerksamkeit erweckt:

(Unvollständige Schriften) - MAGISCHE/
NANOBOTS/MAGIE

Sie wurde langsamer, blieb stehen und schaute kurz zur Tür, dann auf die Buchrücken. Mit jeder Minute riskierte sie, entdeckt zu werden. Andererseits … wann würde sich je wieder eine solche Gelegenheit ergeben?

Die Stimme ihres Vaters meldete sich in ihrem Kopf: *»In dieser Familie machen wir keine halben Sachen.«*

Wenn schon zur Diebin werden, dann richtig.

Sie brauchte keine zehn Sekunden, da war das Vorhängeschloss geknackt und baumelte nutzlos am Gitter. Das Kreischen der Scharniere schnitt beim Öffnen durch die Stille wie durch Butter. Angespannt setzte sie einen Fuß auf das unterste Regalbrett und überflog die Titel der Bücher. »Heilkräfte ... Ausnahmen ... seltsames magisches Zeug ...«, murmelte sie. »Kommt schon! Irgendetwas?«

Ein lauter Glockenschlag dröhnte durch die Archive. Sie zuckte zusammen und schaute hoch zu der riesigen, planetenverzierten Uhr über der Balustrade des oberen Stockwerkes. Die Zeiger, so groß wie Paddel, spießten die Uhrzeit auf.

»Scheiße!« Sie fuhr zurück zu den Büchern, sah eins, das halbwegs brauchbar klang – *Mutationen der Magie? Von Prof. Avari Fuchszahn* –, stopfte es zu den Eisenplatten in ihre Tasche und klapperte los in Richtung Ausgang, nachdem sie die Vitrine grob wieder verschlossen hatte.

»Scheiße, Scheiße, Scheiße, Scheiße ...«

An der Tür angekommen, knallte sie die Lampe auf den Tisch und rupfte die Kerze heraus. Die Flamme erstarb unter ihrem Griff. Sie schüttelte Wachs ab, warf den Stummel in eine Tonne, dann presste sie sich an die Wand und zog die Tür vorsichtig einen Spalt auf.

Rosa Morgenlicht tropfte auf ihr Gesicht. Der Innenhof lag leer da, nur das Knallen und Rattern aus der Sortierung sprang zwischen den Wänden hin und her.

»Okay«, flüsterte sie. »Verfickt noch mal. Scheiße. Scheiße. Okay!«

Einen Atemzug später war die Tür zum Archiv verriegelt. Auf halbem Weg durch den Innenhof flog über ihr ein Fenster auf – sie sprintete an die Wand, ihre Schritte verschluckt vom Flügelschlagen der Tauben, die vom Dach stoben.

Schlüsselbund und Tasche an die Brust gekrallt, starrte sie hoch, doch ein Gesicht blieb weg. Stattdessen kräuselte die leichte Fahne einer Morgenpfeife Richtung Himmel. Olga zwängte sich genau in dem Moment nach drinnen in den Flur, in dem das Fenster wieder zugezogen wurde. Den Rest des Weges legte sie mit angehaltenem Atem zurück.

Vor Milans Büro stand eine Tür offen, heraus hallte das Klappern einer Schreibmaschine. Olga zog sich die Mütze zurecht, zwang sich in einen gelassenen Gang und schritt, ihre Posttasche wie ein Schild an die Seite gedrückt, an der Tür vorbei.

»Morgen«, sagte sie.

»Morgen«, murmelte die Schreiberin und schaute nicht einmal von den Tasten auf. Olga blickte nach hinten, nach vorne. Viele Menschen zu hören, niemand zu sehen. Schnell zog sie den Dietrich heraus.

Milans Büro war noch genauso warm wie vor einer Stunde, der Fußofen ein rotes Glimmen unter dem Schreibtisch. Niemand da. Sie stürzte zur Schublade, riss sie auf und warf den Schlüsselbund hinein. Erleichtert atmete sie aus und lächelte.

Ein Klacken an der Bürotür.

Ein Flüstern.

Ein Schlüssel im Schloss.

Panik. Wie ein Stück Eis auf ihrer Zunge, in ihrem Hals, in ihrer Brust.

Die Hand auf der Schublade, warf sie sich in die Hocke und zog die Finger zurück, gerade rechtzeitig, bevor der Streifen Licht sie treffen konnte, der das Türöffnen begleitete, gefolgt von einem Mann, der – rückwärts? – den Raum betrat. Ein Flüstern, unterdrücktes Lachen. Olga schlüpfte unter den Schreibtisch, Holz am Rücken, Blick auf die Wand und den Herzschlag in den Ohren.

»Moment …«

Ein unterdrücktes Kichern und dann – Klack – die Tür, die wieder ins Schloss fiel. Dunkelheit. Olga blinzelte gegen das Nachbild an. Rascheln. Schritte, schnell, hinter ihr, auf sie zu …

Die Männer krachten gegen den Schreibtisch.

Sie fuhr zusammen und ihr Arm schlug gegen den kochend heißen Fußofen.

Funken vor ihrem Sichtfeld. Sie presste sich die Faust zwischen die Zähne und zerbiss den Schmerzensschrei zu einem Japsen.

Zu spät. Das Rascheln über ihr stoppte.

»Trifon?«, murmelte jemand.

»Da war was.«

Olga, Wasser im Blick, zog ihren Arm zu sich. Feuerwellen schwappten zwischen Handgelenk und Ellenbogen hin und her. Innerlich bombardierte sie Milans Fußofen mit Schimpfwörtern, presste die Augen zusammen und drückte den Kopf ans Holz. Still. Sie musste still sein.

Ein kleines Ruckeln, als einer der Männer das Gewicht verlagerte. Das Geräusch von Haut, die geküsst wurde.

»So früh schon so pflichtbewusst«, sagte die fremde Stimme.

Erneutes Rascheln, hastiger. Düster schielte sie nach oben, die Zähne in die Faust geschlagen, und verdrehte die Augen. Sie wusste, dass Trifon und sein Verlobter offiziell monogam waren. Und zwar hatte sie den Verlobten noch nie getroffen, aber würde ihre Niere darauf verwetten, dass das da auf dem Schreibtisch nicht er war.

Mama, ich bringe dich um.

»Warte! Warte.«

Leise schnurrte Trifon. »Wer ist jetzt pflichtbewusst?«

»Scht!«

Erst hörte sie nichts. Dann unruhige Stimmen. Zwei Türen knallten, gefolgt von hastigen Schritten auf dem Flur. Sie konnte den Fremden zögern spüren. Schließlich knarzte das Holz über ihr und Stiefel schlugen auf dem Boden auf.

»Tut mir leid, ich muss …«

»Musst du nicht. Komm schon, Lero. Ich befreie dich von deiner Pflicht.«

Das Klimpern eines Gürtels, gefolgt von einem Kuss.

»Nächstes Mal, ja?« Licht wischte durch den Raum und warf den Schatten eines Kopfes über Olga an die Wand. »Gib mir einen kleinen Vorsprung, sonst …«

»Hältst du mich für dumm?«, murmelte Trifon, doch die Tür war bereits wieder zugeschlagen. Zusammengekauert lauschte Olga, atmete flach an ihre Hand. Endlich seufzte Trifon frustriert. Ein Kleiderrascheln und der Schreiber schlüpfte nach draußen.

Mit schmerzendem Rücken und wackelnden Knien krabbelte sie unter dem Tisch hervor und zog sich auf die Beine, aber sie gab sich keine Zeit. Im Laufen zerrte sie den Hemdsärmel bis zum Handgelenk und presste ein Zischen durch die Zähne, als der Stoff die Verbrennung streifte.

Die Leute im Eingangsbereich rumorten aufgeregt und richteten die Blicke auf einen der Schalter am Tresen. *Nicht schon wieder.* Ein Tumult im Postamt musste doch für die verdammte Woche reichen! Die Tasche schwer in den Armen, schlüpfte Olga durch den Tresen und drängelte sich halbherzige Entschuldigungen murmelnd durch die Traube Schaulustiger Richtung Ausgang.

Und rannte prompt in Milan.

»Olga!«, rief sie mit ehrlicher Freude in der Stimme, fing sich wieder und richtete ihre rote Brille. »Wartest du auf mich? Ich muss nur kurz … Moment.« Mit gerunzelter Stirn schritt sie durch die Leute bis zum Schalter und direkt in das Zentrum der neugierigen Blicke.

Olga zögerte und schaute zum Ausgang. *Ist das ihr verdammter Ernst?* Aber als ob sie Milan aus den Augen lassen würde, wenn Ärger in der Luft lag. Stöhnend setzte sie sich an ihre Fersen.

Der Ärger kam, wie sie feststellte, in der Form eines Erloschenen und seiner Hundsziege.

Die Hundsziege war verhältnismäßig klein und ging ihrem Besitzer gerade einmal bis zur Brust, aber auch die Fänge einer kleinen Hundsziege waren verdammt noch mal zu nahe an Milans Kehle. Eines ihrer Hörner abgebrochen und das andere gelb vom Alter, starrte das Vieh aus verdreckten Augen an Milan vorbei und direkt in Olgas Gesicht.

Olga schluckte und tastete nach ihrer Pistole hinten im Hosenbund.

Auf der anderen Seite des Schalters schmolz Trifon zu einem nervösen Haufen zusammen, während der Erloschene – mindestens zwei Meter groß – auf Milan einredete. Olgas Blick sprang hinter Trifon. Ein braunhaariger Mann mit breiten Schultern und fünf Trauermünzen am Ohr richtete sich mit betont unschuldiger Miene seine Türsteheruniform. Sie erkannte ihn sofort als den Fabrikarbeiter, der ihr vorgestern zu Hilfe gekommen war.

Fast hätte sie laut geschnaubt. Ach, *jetzt* hatte Trifon es eingesehen, einen Türsteher einzustellen?

»Ihr müsst verstehen«, sagte der Erloschene gerade munter zu Milan und strich sich das lange blonde Haar zurück, wobei die Ausläufer seiner Tätowierungen auf seinen Schläfen sichtbar wurden.

»Ich brauche doch nur ein wenig Auskunft. Ehrlich gesagt, versuche ich es nur bei euch, da es mir unhöflich erscheint, zu so früher Stunde schon beim Einwohnermeldeamt einzubrechen.«

»Verzeihung …«, setzte Milan an.

»Versteht also bitte meine Enttäuschung, als der werte Herr Tresenmensch hier sagte, er darf mir solche Informationen nicht herausgeben. Das ist mir neu.«

»Entschuldigung –«

»Dabei habe ich es nicht einmal mit Einbrechen versucht. Versteht ihr? *Ich* war *höflich*.«

»Verzeihung«, unterbrach Milan ihn lächelnd, trotz erhobener Stimme. »Aber Hundsziegen sind hier nicht gestattet.«

Verdutzt ließ der Mann die Hände sinken und schaute durch die verdunkelten Gläser seiner Brille auf Milan herab – ein verdammt absurder Anblick, größer als Milan sein musste man erstmal hinbekommen. Dann sprang ein Grinsen auf sein Gesicht und sein Lachen hallte durch die Eingangshalle.

»Aaaah, ich sehe. Sie stellen inzwischen sogar Leute mit Humor ein.«

Olga tauschte einen verwirrten Blick mit Milan, die schmunzelte und mit diplomatischem Nachdruck zur Tür deutete.

Das Grinsen des Erloschenen bekam einen Knick. »Oh.«

»Ich befürchte, ja.«

Behutsam legte er eine Hand auf den Kopf der Hundsziege, wie bei einem Kind, das die Worte der Erwachsenen nicht persönlich nehmen soll, und räusperte sich. »Darf ich fragen, seit wann diese Regelung in Kraft ist?«

Leises Tuscheln von den Leuten in Olgas Rücken und ein ungläubiger Laut hallte von der anderen Seite des Schalters. Milan warf Trifon einen strengen Blick zu, bevor sie sich zu ihrer vollen Größe aufrichtete, die Hand entspannt auf den Gehstock gelegt.

»Seit ungefähr zwanzig Jahren müssen Waffen aller Art draußen gelassen werden.«

Verwirrt betrachtete der Spinner seine Hundsziege, die ihn ignorierte und stattdessen an Milans Schuhspitze witterte. Olga spürte den rasenden Drang, nach vorne zu springen und Milan von der Kreatur wegzureißen.

»Nun«, seufzte der Mann. »Dann komme ich wohl nicht drum herum, anderweitig Auskunft zu beziehen. Trotzdem meinen besten Dank.« Zum Abschied schüttelte er Milans Hand, warf Trifon einen belustigten Blick zu, dann drehte er sich um und wuchtete ein Monstrum von Reiserucksack auf seinen Rücken, an dem Töpfe und Pfannen aneinanderklapperten. Dicht gefolgt von seiner Hundsziege stakste er direkt an Olga vorbei. Der strenge Gestank nach Stall und nassem Hund lag ihr noch in der Nase, als die Zuschauertraube verschwand und Milan sich mit einem Klicken ihres Stockes an ihre Seite stellte.

»Zum Neuen Rat gehörte der aber nicht«, murmelte Olga und nahm langsam die Hand von der Pistole.

»Nein, ich glaube auch nicht.«

Olga schaute zu Milan. Auf ihrer Nase saß eine kleine Falte. Nachdenklich blickte sie dem Fremden nach und massierte sich den Nacken, sodass ihre Haare aufrecht abstanden wie Vogelfedern im Gegenwind.

»Sein Gesicht kommt mir bekannt vor. Aber ich komm nicht drauf.«

»Hat er seinen Namen gesagt?«

»Nein«, erwiderte Milan und ließ den Blick von der Eingangstür ab. »Aber er … alles in Ordnung?« Sie riss die Augen auf. »Olga, du siehst furchtbar aus!«

»Was?«

Mist. Sie hörte auf, sich die Augen zu reiben, und hob abwehrend die Hand. »Mir geht's gut. Alles gut.« Der Gurt der Tasche schnitt ihr unter dem Gewicht der Eisenplatten ins Schlüsselbein.

Ihre Freundin trat heran und griff erst nach ihrer Wange, dann nach ihrer Stirn. »Du … du bist komplett nass.«

»Nun, normale Menschen schwitzen im Sommer halt.« Verärgert streifte sie ihre Finger ab, doch Milan hakte sich ihrerseits in Olgas Griff, scharfe Besorgnis in den dunklen Augen.

»Bist du … krank?«

Olga zwang sich, ruhig auszuatmen. »Ich bin *nüchtern*, falls du das fragst.«

Milan zögerte, nickte und drückte kurz ihre Hand. »Ja. Ja, ich weiß.«

»Ich hab beschissen geschlafen, das ist alles«, sagte sie mit Nachdruck und zwang sich zu einem Lächeln. »Bist *du* okay? Wie war diese Krisensitzung, zu der dich alle so dringend gebraucht haben? Hab mir Sorgen um dich gemacht.«

Nicht einmal gelogen.

»Ich bin okay«, wehrte Milan die Frage ab und lächelte ebenfalls. »Gerade ist einfach nur viel zu tun.«

Olga musterte sie skeptisch. Der schwarze Ledermantel war gereinigt, ihr Schal zu einem ordentlichen Knoten gebunden, aber ihr Haar sah aus, als habe es seit zwei Tagen keine Bürste mehr gesehen.

»Gestern auf dem Markt meinte eine Frau, dass ein Postwagen im Moor verschwunden ist …«, begann Olga vorsichtig.

Milan betrachtete die Kundschaft, die sich draußen vor dem Eingang zu einer kleinen Traube rottete. »Solche Sachen, ja«, murmelte sie.

Olga stutzte. Solche Sachen? *Mehrere* Sachen? Da hob Milan plötzlich die Hand, winkte knapp und Olga folgte ihrem Blick zu einem kleinen Mann in Grün. An seiner Seite stand eine erloschene Magierin in grauer Robe mit streng zurückgekämmten Haaren, die eine schmale Aktentasche um die Schultern trug.

Der Mann erwiderte Milans Gruß. Die Frau schaute ausdruckslos in ihre Richtung.

Unruhig verlagerte Olga das Gewicht. »*Die* gehört aber zum Neuen Rat, oder?«

»Gut möglich«, antwortete Milan abgelenkt. »Sorry, ich muss wieder los. *Einen Moment noch, danke*«, rief sie, als die Erloschene demonstrativ eine Taschenuhr hochhielt.

Milans aufgesetztes Lächeln schmolz, als sie sich wieder Olga zuwandte. »Warte auf mich, wenn du heute Feierabend machst, ja? Ich verspreche, ich komme so schnell wie möglich.« Zum Abschied griff sie nach ihrem Arm.

Die Verbrennung schlug Wellen, sandte heiße Strahlen über ihre Haut. Heftig zuckte Olga zurück und Milan, die Hand in der Luft, schaute erst auf Olgas Arm, dann in ihr Gesicht.

Wie konnte ein Mensch gleichzeitig ruhig und scheißalarmiert gucken?

»Ich … ich muss los«, stammelte Olga. »Und du auch.«

Ausdruckslos schwieg Milan. Olga zog sie in eine hastige Umarmung, bevor sie an ihr vorbei und in Richtung Tresen lief, um ihre Briefe für heute abzuholen.

»Wer war das?«, hörte sie eine samtige Stimme fragen.

»Nur eine Bekannte«, erwiderte Milan, bevor am anderen Ende der Halle die Türflügel aufgingen und der Lärm der einströmenden Kundschaft ihr Gespräch verschluckte. Aber der Stich, den diese Worte Olga versetzten, blieb.

Die Sonne kroch über die Dächer und machte sich daran, mit voller Wucht auf den Marktplatz niederzubraten. Ein paar Tauben suchten Schutz unter dem breiten Hut der Ersten Jägerin und die Statue blickte so säuerlich auf Olga herab, als wäre sie höchstpersönlich daran schuld, dass die Vögel ihr auf die Schultern kackten.

Olga streckte der Statue einen Mittelfinger hin, beugte sich hinab zum Brunnen und seufzte auf, als das Wasser ihren Arm umspülte.

Kühle Wohltat.

Sie schloss die Augen und spürte, wie die Flüssigkeit ihr die Hitze aus der Haut zog, das Brennen und Jucken einhüllte und den Schmerz linderte. Sobald sie wieder klarer denken konnte, hob sie die Lider und ihr Blick fiel auf den Sockel der Statue, dessen dunkles Gestein von haarfeinen Rissen durchzogen wurde.

Die Erinnerung an splitternde Wände und brechende Stützbalken. Krachendes Geröll und eisweißer Himmel, der durch die Ritzen blühte.

Rabiat klopfte Olga sich den Schnee aus dem Kopf, ließ sich mit dem Hintern auf die Brunnenkante fallen und zog den Arm aus dem Wasser. Tropfen glitzerten im Sonnenlicht, ihre Haut spannte unter dem Druck der Brandblase. Sie verdrehte die Schulter und musterte die Rückseite.

Nicht schön. Aber längst nicht so schlimm, wie es sich anfühlte.

Ein Stock stupste gegen ihren Fuß. »Du bist ja tatsächlich pünktlich. Das heißt, entweder hat alles geklappt oder es ist komplett schiefgegangen.«

Olga hob den Blick und sah sich Sonja gegenüber, die Schleifen in ihren beiden Zöpfen farblich passend zu ihrem hellen Schürzenkleid, und als sie sich setzte, wehte ein Hauch Parfum an Olga heran. Fehlten nur noch ein Weidenkorb und das Wildblümchen im Haar.

Olga verpasste ihrem weichen Profil einen Todesblick. »Ja, lief alles richtig fluffig«, murrte sie, nahm den Saum ihres Hemdes und begann, behutsam ihren Arm trocken zu tupfen.

Sonja drehte kaum merklich den Kopf in ihre Richtung und senkte die Stimme. »Was ist passiert?«

»Ich habe mich verbrannt.«

Laute Stimmen unterbrachen sie. Prüfend schaute Olga zu der Gruppe chaotisch gekleideter Händler, die es sich nicht unweit von ihnen auf dem Fußboden bequem gemacht hatten, doch ihre Aufmerksamkeit galt ganz den Münzen in ihren Händen und auch alle anderen waren damit beschäftigt, ihre Stände aufzubauen und sich mit den Nachbarn um jeden Zentimeter zu zanken.

Elegant strich Sonja sich einen Zopf in den Nacken, den Blindenstock quer auf ihren Oberschenkeln abgelegt. »Verbrannt im metaphorischen Sinne oder …?«

»Milans dummer kleiner Fußofen«, schnaubte Olga.

»Was hast du an Milans Fußofen gesucht?«, fragte Sonja belustigt. »Ist dir Milans Füße küssen nicht mehr genug?«

»Du solltest es mit einer Karriere als Komikerin versuchen, dann wirst du wenigstens dafür bezahlt, dass niemand über deine Witze lacht.« Das zerzauste Hemd des Türstehers kam Olga in den Sinn und der Blick, den er Trifon zugeworfen hatte – besorgt und verliebt. Vorsichtig zog sie den Ärmel wieder bis zum Handgelenk. »Hab den Dietrich fallen lassen.«

»Nervöse Hände?«

»Wenigstens kann *ich* sehen, wo ich hinlange.«

»Oh, jetzt hast du es mir aber gegeben. Ganz originell.« Sie erhob sich, wobei ihr Kleid aufbauschte wie eine Qualle, stellte sich vor Olga und griff in die Tasche ihrer Schürze.

Irritiert blickte Olga auf das gefaltete Taschentuch.

Sonja zuckte mit den Schultern. »Für deine Verbrennung. Ich würde dir ja beim Verbinden helfen, aber wie du schon so nett gesagt hast …« Sie tippte sich unter ein milchiges Auge und für einen kurzen Moment brannte ihr Gesichtsausdruck vor Niedlichkeit.

Aus dem Konzept geworfen, zog Olga das Tuch aus ihrer Hand. »Danke?« Sie legte es in ihren Schoß, schaute sich um – nur die beschäftigen Händlerinnen und ein paar Kinder, die sich gegenseitig im Brunnen ertränkten –, schlug die Posttasche auf, nahm den Beutel mit den Eisenplatten heraus und reichte ihn Sonja.

»Besten Dank«, flötete Sonja und warf sich den Riemen über die Schulter. »Ab hier übernehme ich. Freu dich schon mal auf eine kleine Entlohnung.«

»Was?«, blaffte Olga. »Du hast die Kohle nicht dabei?« Das Schreiben der Stadtwacht lag ihr noch klar vor Augen: Zehn Tage. Sie presste die Zähne zusammen. »Euch Ärschen ist schon klar, dass ich etwas unter Zeitdruck stehe?«

»Du kriegst es, sobald wir wissen, dass alles seine Richtigkeit hat.« Lächelnd tätschelte sie den Beutel, sodass die Eisenplatten erstickt klirrten.

»Du denkst, ich würde euch verarschen?«

»*Ich* denke, du hast zu viel Grips dafür. Aber ein paar waren da anderer Meinung.«

»Rondor soll sich ins Knie ficken«, fauchte Olga.

»Ich wiederhole: Ich werde nicht gut genug bezahlt, um deine Beleidigungen auszurichten. Also dann!«

Und mit einem Luftkuss drehte sich Sonja um und verschwand zwischen den Händlern, wobei sie mit ihrem Blindenstock die Menge teilte wie ein Schiff das Meer.

Olga warf ihr einen langen, finsteren Blick hinterher, dann erhob sie sich. Sie fühlte sich leichter, wortwörtlich – befreit von Beweisen, bis auf ihren Arm, aber das würde schnell verheilen. Tat es immer.

Wenn sie sich beeilte und ihre Runde schnell zu einem Ende brachte, schaffte sie es vielleicht noch zum Kräuterladen, ein wenig frisches Eisblatt für ihre Verbrennung kaufen …

Die Kappe in die Stirn gezogen, lief sie los. Verglichen mit gestern waren deutlich weniger Leute unterwegs und die Händlerinnen und Händler wirkten äußerst kurz angebunden. Oberkommandantin Graus Auftritt gestern hatte einen Eindruck hinterlassen.

Beziehungsweise, die eisige Magierin auf ihrem verfickten Monster von Hundsziege.

»Bei meiner Tante haben sie auch schon angeklopft, um das Vieh zu zählen«, überhörte Olga noch eine junge Frau, bevor sie den nächsten Brief aus der Tasche zog und die Tür eines verbeulten Eckhauses ansteuerte.

Die Dächer der Häuser leuchteten goldrot in der Abenddämmerung und der Schatten des Postamts breitete sich auf dem gesamten Platz aus wie ein Reptil auf einem warmen Stein.

Olga trat aus der Tür heraus auf die Stufen und sah Milan mit dem Rücken zu ihr sitzen. Mit schief gelegtem Kopf lauschte ihre Freundin den schnatternden Ärztinnen, die nach Schichtwechsel das gegenüberliegende Hospiz verließen, doch als sie Olgas Schritte hörte, schaute sie auf.

Die Archivarin hatte einen dunklen Lippenstift aufgetragen und ihre Haare schwungvoll zurückgegelt. Eine silberne Klemme schmückte ihr Ohr und sie roch … *teuer*. Olgas Überraschung wich einem Zögern und verwandelte sich in Schreck, als sich Milan aufrichtete und mit einem schnellen Griff Olgas Ärmel hochriss.

Gemeinsam starrten sie auf den provisorischen Verband, noch nass vom Saft der Eisblätter.

»Wie ist das passiert?«, fragte Milan mit einem bohrenden Blick. Und dann, als Olga den Mund öffnete: »Bitte lüg mich nicht an.«

Sie wollte sich vergraben. Sie wollte sich ein Moorloch suchen und so tief einbuddeln, dass selbst die Irrlichter sie nicht finden konnten, aber Milan schob sich in ihr Sichtfeld und zwang sie, ihren Blick zu erwidern.

»Okay, es ist ein wenig dumm.« Schwach lächelte Olga. »Ich hab mich am Herd verbrannt.«

»Wann?«

»Heute Morgen. Ich wollte noch den Trank fertig machen –«

»Du hast heute Morgen vor der Arbeit einen Trank gebraut?«

»Hab doch gesagt, ich konnte nicht schlafen!«

Sie wusste, dass sie kein Recht dazu hatte. Sie hatte kein Recht darauf, gereizt zu klingen, sie hatte kein Recht darauf, so viel Wut im Blick zu haben. Und sie wusste, dass sie kein Recht darauf hatte, bockig zu sein. Aber …

»*Wer ist das?*«

»*Nur eine Bekannte.*«

Milan ließ ihren Ärmel los und trat einen Schritt zurück. Es war unmöglich, aus ihrem Blick schlau zu werden. Olga konzentrierte sich voll und ganz darauf, ihren Ärmel wieder über den Verband zu ziehen.

Nur noch dieses Gespräch. Nur noch dieses eine Gespräch überstehen und dieser beschissene Tag war endlich vorbei.

Ein nachdenklicher Laut. Dann Milans Gehstock, wie er bei jedem Schritt die Treppen hinunter laut klackte. Olga schaute auf. Milan stand am Fuß der Treppe, rieb sich kurz unzufrieden die Hüfte und winkte sie mit dem Kinn heran.

»Kommst du? Ich weiß nicht, wie es dir geht, aber ich brauche meinen Feierabend.«

Zögerlich folgte Olga ihr die Stufen hinab. Ein paar Minuten gingen sie schweigend, hielten nur einmal an, um einer kleinen Gruppe Soldatinnen Platz zu machen. Olga wagte einen Seitenblick zu Milan, doch diese betrachtete die Pferde, wie sie sich schnaufend an ihnen vorbeischleppten und den Geruch nach Hitze und Schweiß durch die Straßen trugen.

Vorsichtig stupste sie sie mit dem Ellenbogen an. »Die Erloschene vom Neuen Rat heute Morgen und dieser offizielle Kerl …«

»Schweigepflicht«, sagte die Archivarin nur, aber zum ersten Mal, seit Olga sie kannte, klang sie dabei frustriert.

Sie hatte Milan nie als einsame Person gesehen. Zumindest nicht, seitdem sie beim Postamt arbeitete, denn die Leute mochten sie. Die Schreiberinnen und Schreiber arbeiteten gerne mit ihr und in den feinen – und eher weniger feinen – Clubs und Lokalen nahe der Post grüßte man sie mit Namen, einem Kuss auf die Wange und einem Glas Weißwein aufs Haus.

Doch jetzt gerade hatte Milan etwas furchtbar Isoliertes an sich. Eine Isolation, die aus ihr herausklang wie ein schwerer, lauter Ton und tief in Olgas Brust eine Antwort fand.

Sie wollte Milans Hand nehmen, sie drücken, sie umarmen. Trotz dem, was sie heute getan hatte. Nein. *Erst recht* nach heute.

Plötzlich schüttelte Milan den Kopf und riss sich aus den Gedanken. »Weißt du noch, was du mir damals versprochen hast?«

Olga blinzelte. »Welches Damals meinst du genau?«

Milan griff sich an die Schläfe, klemmte sich eine gegelte Haarsträhne wieder hinter das Ohr. »Wenn deine Mutter dich auch nur einmal angreift, auch nur einmal verletzt, gehst du. Das hast du mir versprochen.«

Ratlos schaute Olga nach vorne. Dann begriff sie und ein ungläubiges Lachen platzte über ihre Lippen.

»Milan.« Für eine bittere Sekunde war sie froh, wenigstens über eine Sache an diesem Tag nicht lügen zu müssen. »Mama hat absolut nichts mit dieser Verbrennung zu tun.«

»Wirklich?«

»Scheiße, wirklich«, betonte Olga, halb erleichtert, halb verärgert. »Ich schwöre es auf den Namen *deiner* Mutter.«

»Du kennst den Namen meiner Mutter nicht einmal«, ging Milan misstrauisch darauf ein.

»Du auch nicht.«

»Ha«, machte Milan und ein Schmunzeln schlich sich in ihre Stimme. Sie wandte den Blick wieder nach vorne und machte eine ausladende Geste. »Ich stelle mir gerne vor, dass sie irgendeinen großen Namen hatte.«

»Zum Beispiel?«

»Edera.«

»Ernsthaft? Edera.«

»Hey, beleidige nicht meine Mutter.«

»Ich beleidige nicht deine Mutter. Ich beleidige dein eingeschränktes Vorstellungsvermögen.«

Ein scheeler Seitenblick aus dunklen Augen. »Nennst du deine Chefin gerade unkreativ?«

»Chefin in den *Archiven*. Unkreativ sein ist Voraussetzung für deinen Posten.«

Milan lachte auf, bevor sie sich die Stirn rieb. »Wenn du wüsstest«, grinste sie. Doch ihr Blick war wieder ernst und die nächsten Straßen gingen sie schweigend.

Inzwischen war der Himmel nur noch eine Farbstufe von der Nacht entfernt. In den Gassen brannten Laternen – die Guten, die mit den Dochten, die nicht flackerten. Wohnbauten aus rotem Backstein reihten sich Schulter an Schulter, eine bessere Variante der Unterkünfte, die es im Fabrikviertel gab.

Olga drehte sich einmal im Kreis und betrachtete die Wäscheleinen über ihren Köpfen. Es war so viel stiller als das Veteranenviertel.

»Nur für den Fall …«, setzte Milan an und hob abwehrend eine Hand, als Olga die Augen verdrehte. »Ich weiß, ich weiß. Ich glaube dir.« Mit Nachdruck erwiderte sie ihren Blick, bevor sie sich zurück nach vorne wandte. »Aber ich habe dir damals auch etwas versprochen. Dass du immer bei mir einziehen kannst, sollte es schlimm werden.«

»Wird es nicht«, antwortete Olga knapp. »Und überhaupt, deine Wohnung ist ein scheiß Schuhkarton.«

Sie deutete nach oben und Milan schaute gemeinsam mit ihr auf das kleine Fenster, identisch mit den zehn umliegenden. Selbst von hier unten konnten sie die Bücher sehen, die die Fensterbank vollstopften.

Schwach zuckte ihre Freundin mit den Schultern. »Wir könnten zusammenrücken.«

Olga starrte sie an.

Milan realisierte, was sie gesagt hatte. Entschuldigend hob sie die Hand, hielt sie über Olgas Schulter – ließ sie dann doch sinken und umschloss stattdessen ihren Gehstock.

»Ich will nur nicht, dass du denkst, du musst bei ihr bleiben, weil du sonst nirgendwo hin kannst«, flüsterte sie.

Stur richtete Olga den Blick beiseite und starrte die Straße hinab. »Ich hab doch gesagt, sie war es nicht.«

»Ich weiß.« Milan zögerte. »Dieses Mal nicht.«

Olga schwieg. Sie wusste, dass es nicht Milan war, auf die sie wütend war, doch das war der Wut egal. Wie eine harte Kugel drückte sie sich ihren Hals hoch.

Sie hatte das nicht verdient. Olga hatte *Milan* nicht verdient.

»Ich mache mich besser mal auf den Weg.« Sie vergrub die Hände in den Taschen, musterte Milan und zwang sich zu einem schiefen Lächeln. »Du siehst schick aus. Wer ist das Date?«

Ertappt fuhr sich Milan über die Haare. »Hhm. Niemand, den du kennst.« Sie spiegelte ihr schiefes Lächeln. »So offensichtlich, ja?«

»Ein bisschen. Aber offensichtlich steht dir.«

Milan legte den Kopf schräg, eine ernste Wärme in den Augen. »Danke?«

Okay. Wenn sie sich nicht sofort verpisste, würde Olga anfangen zu schreien und so schnell nicht wieder aufhören. Sie zog Milan in eine letzte Umarmung, wobei der teure Duft ihr in der Nase kitzelte.

»Bis Morgen?«

Milan drückte sie. »Bis Morgen.«

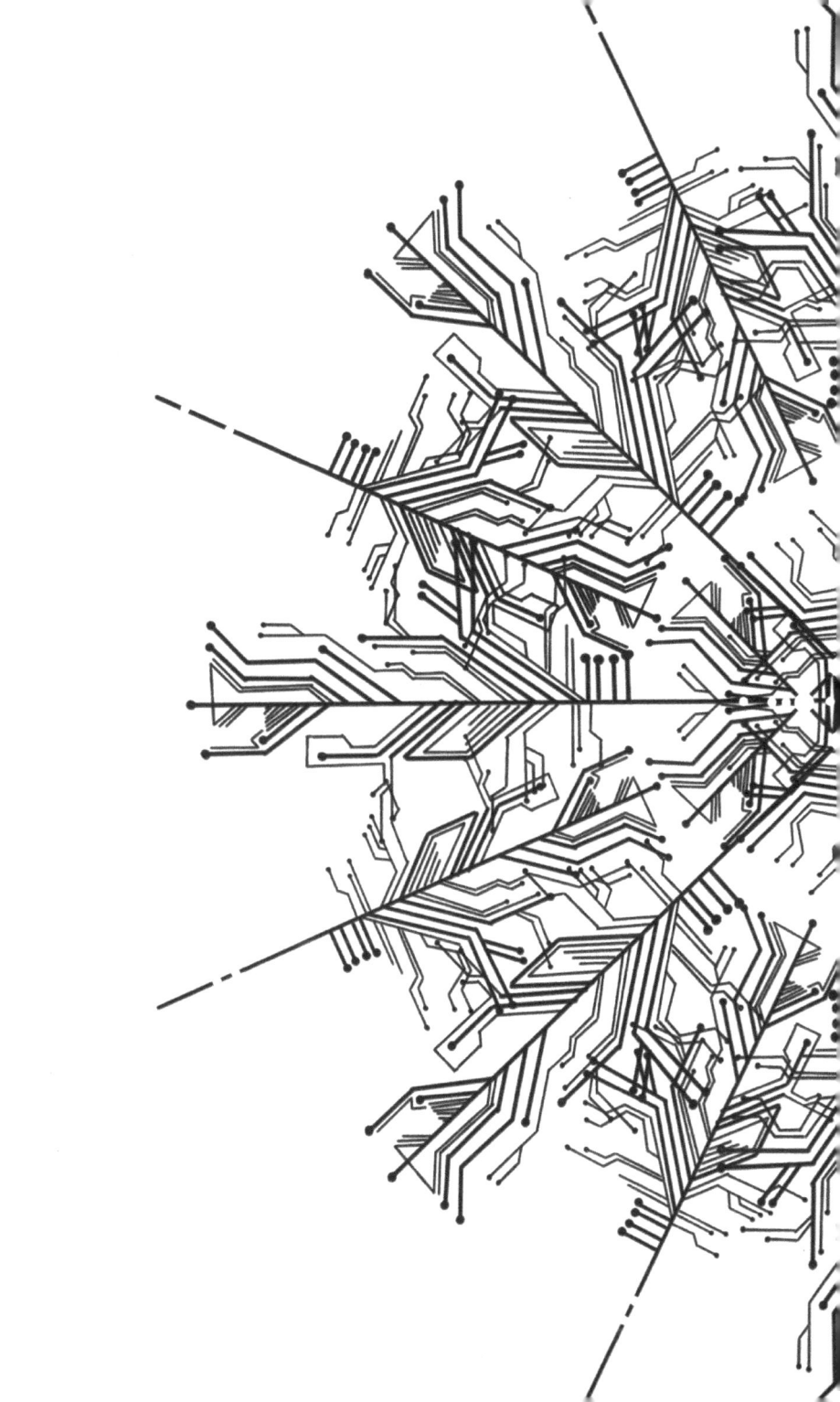

Auszug aus
Was wir über Magierinnen wissen

von Prof. Avari Fuchszahn
(3028 na. So.)

Wie genau die Kräfte von Magierinnen funktionieren, war bereits vor dem Informationsverlust der Großen Schmelze 2888 eine Frage purer Spekulation. In dieser Abhandlung fasse ich alles Wissen zusammen, das uns erhalten geblieben ist.

<u>Der Ursprung magischer Kräfte unter Menschen:</u>

Wir wissen, dass die Kräfte von Magierinnen auf alte Techniken aus der Zeit zurückzuführen sind, als die Menschheit noch auf dem Planeten Edera residierte. Die wenigen uns verbliebenen Schriften reden von sogenannten »selbstreplikativen Nanobots« im Körper der Magierinnen, die »programmiert« werden müssen.

Wir können heute nicht mehr sagen, was genau diese »Nanobots« sind, aber Tatsache ist, sie sind vererbbar (auch wenn es nicht unüblich ist, dass sie einige Generationen überspringen).

Auch wissen wir, dass diese »Nanobots«, sobald sie sich im jungen Alter in den Körpern von Magierinnen »aktivieren«, zu unkontrollierbaren magischen Ausbrüchen führen können, nicht selten mit Kollateralschäden. Diesen willkürlichen magischen Ausbrüchen kann - und sollte - durch das Handwerk eines Programmierers Einhalt geboten werden.

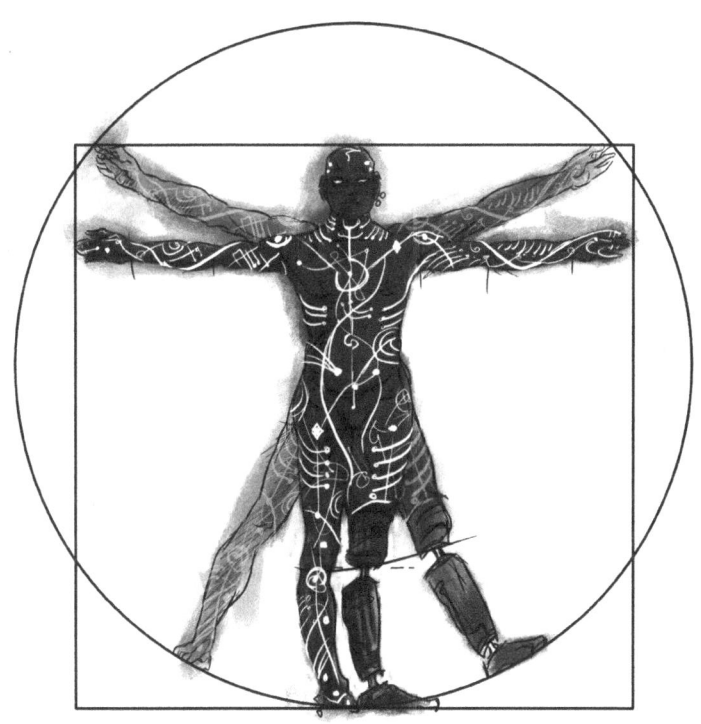

Das Handwerk des Programmierers:

Beim Programmieren wird der Magierin ein Netz aus Tätowierungen auf den gesamten Körper gestochen, wobei die Wahl des Musters die genaue Wirkung der Magie bestimmt. Einmal tätowiert, hat die Magierin eine präzise Kontrolle über ihre Kräfte. Programmierungen können nicht rückgängig gemacht werden.

Die magischen Kräfte selbst:

Von zwei Ausnahmen abgesehen, sind den durch »Nanobots« entstandenen Kräften von Magierinnen *theoretisch* keine Grenzen gesetzt. Diese beiden Ausnahmen: Weder Zeit noch organisches Material (z. B. Körper oder Pflanzenmaterie) können durch Magierinnen beeinflusst werden.

In der Praxis müssen sich die Programmierer jedoch auf die wenigen Muster verlassen, die sie noch erfolgreich tätowieren können, schließlich sind nahezu alle Anleitungen zum Programmieren über die Jahrtausende zerstört worden.

Es liegt nahe, dass die vier Muster, die Programmierer heute mit Erfolgsgarantie tätowieren können, vor allem aufgrund ihres militärischen Nutzens erhalten geblieben sind. Sie resultieren in folgenden Kräften:

- *Erschaffen und Kontrollieren von Eis*
- *Erschaffen und Kontrollieren von Feuer*
- *Erschaffen und Kontrollieren von Wind*
- *Erschaffen und Kontrollieren von Blitzen*

Wie verlieren Magierinnen ihre Kräfte?

Egal, ob programmiert oder unprogrammiert - irgendwann verliert eine Magierin unausweichlich ihre Kräfte. Es scheint, als würden die

»Nanobots« einfach aufhören, zu funktionieren, sie sind sozusagen ausgebrannt.

Der genaue Zeitpunkt des Ausbrennens ist hierbei komplett willkürlich und von Magierin zu Magierin unterschiedlich. Je mehr jedoch eine Magierin ihre Kräfte verausgabt, desto früher »erlischt« sie. Daher auch die Bezeichnung für ausgebrannte Magische: Erloschene.

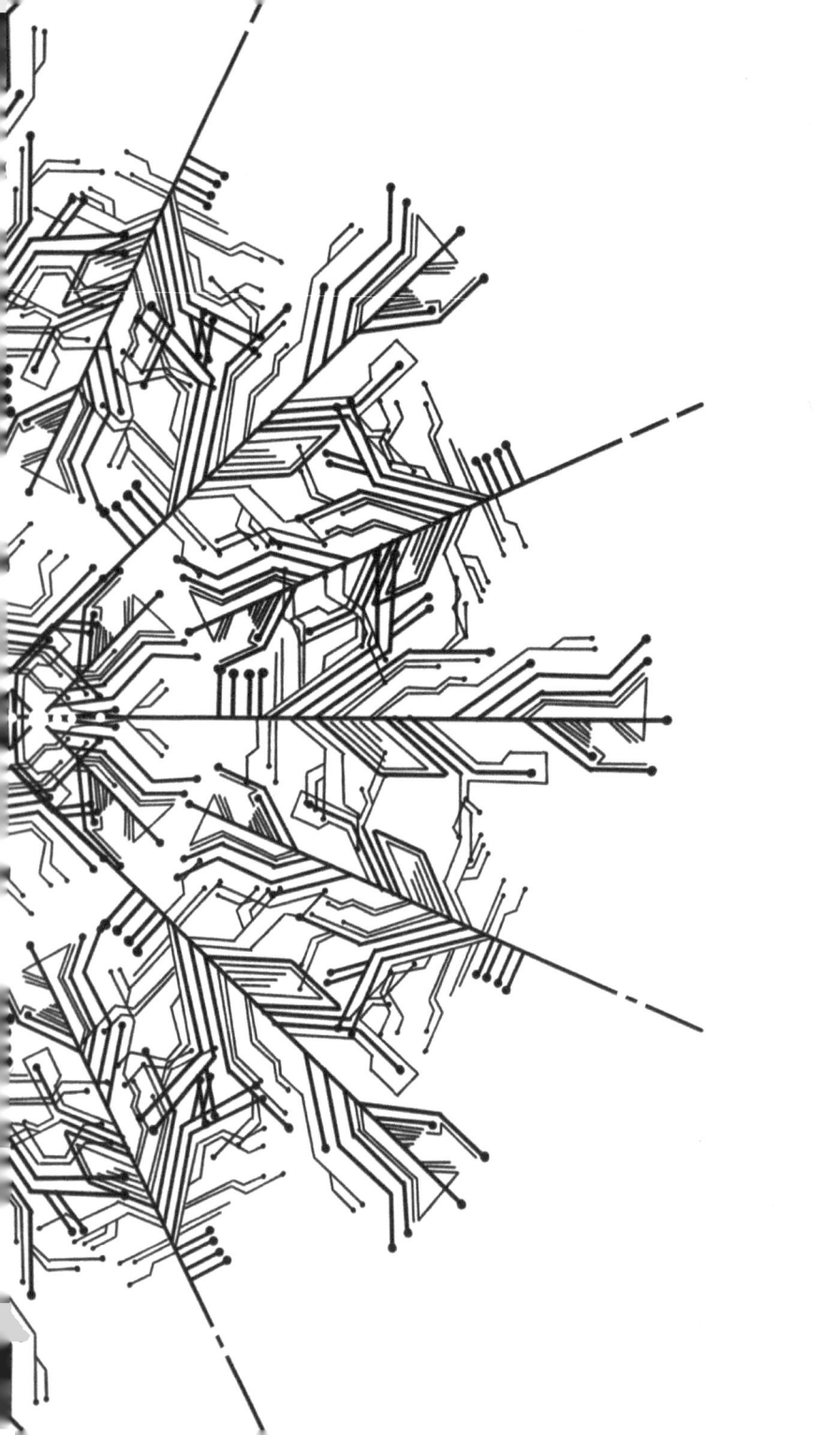

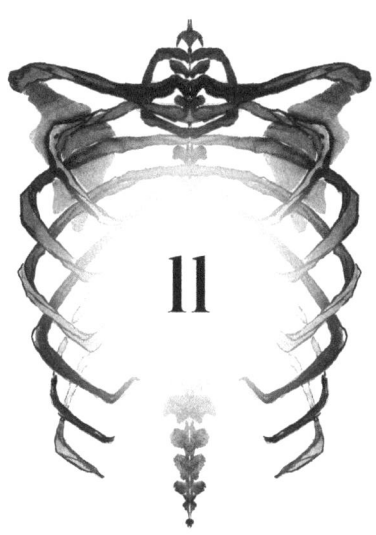

11

3037 nach Sonnenschlüpfen
(Gegenwart)

D as Lachen ihrer Mutter schallte durch den ganzen Innenhof. Behutsam drückte Olga die Tür ins Schloss, warf die Mütze in die Ecke und schnürte ihre Stiefel auf. Sie hörte Kat etwas murmeln und ihre Mutter kicherte, untermalt vom Quaken eines Akkordeons.

Vorsichtig, um nicht bemerkt zu werden, löste Olga ihr Knöchelholster und legte es zusammen mit den Stiefeln neben die Tür, bevor sie durch den Eingangsbereich zur Treppe schlich. Eine Hand schon auf dem Geländer, hielt sie inne und schaute runter auf ihre Tasche.

Sie konnte quasi hören, wie das Buch über Magie ihr zuflüsterte, wie es darum bat, gelesen und erforscht zu werden. Noch nie in ihrem Leben war sie Informationen über ihre Kräfte so nahe, doch jetzt erschienen sie ihr seltsam unbedeutend.

Unschlüssig schaute sie Richtung Küche, noch einmal die Treppe hoch, bevor sie kehrtmachte und die Tasche über das Geländer hängte. Die Tür zum Innenhof stand weit offen und lauwarme Abendluft wehte Olga gegen die Schlüsselbeine. In der alten Feuerstelle flackerte ein Feuer, über dem auf einem Rost Fladenbrote und Äpfel schmorten. Der Geruch stach Olga in den Magen.

Kain entdeckte sie zuerst. Betrunken schaute er von seiner ramponierten Quetschkommode auf und starrte sie an, bis ihre Mutter seinem Blick folgte.

»Olgaspatz!«, schrie sie, sodass Kat zusammenfuhr und Wein über ihre Hand verschüttete. »Komm zu uns! Komm! Komm!«

Olga seufzte. »Ich will mich lieber hinlegen«, rief sie.

Doch Olathe sprang auf und strahlte sie an, bevor sie losrannte, um eine weitere Sitzgelegenheit zu organisieren. Angespannt suchte Olga Kats Blick. Die Veteranin zuckte nur mit den Schultern.

»Guck nicht so verkniffen. Hier.« Sie fischte ein Fladenbrot vom Feuer und wedelte es in ihre Richtung. »Ist sogar gefüllt – autsch!«

Das Brot plumpste in ihren Schoß. Kain grinste gehässig, kauerte sich wieder über sein Akkordeon und fuhr fort, Töne aus den Tasten zu zwingen, während Olathe triumphierend einen Hocker aus dem Holzschober zog und ihn schüttelte. Als alle Beine dranblieben, trug sie ihn heran und knallte ihn zwischen Kat und Kain auf den Boden, bevor sie mit einem einladenden Grinsen beiseite trat.

»Sehr schön, dich zu sehen, Spatz.«

Olga murrte, setzte sich dann aber doch auf den Hocker, wobei sie ihre Pistole hinten aus dem Hosenbund zog und neben sich auf den Boden legte. Die beiden anderen Frauen schauten wieder verträumt in die Flammen und lauschten Kains Akkordeonspiel und dem Knacken des Holzes, betrachteten die Funken, die hochstoben. Prüfend blickte Olga zu ihrer Mutter.

Olathes Brandnarben warfen im Schein des Feuers Schatten, wie Stoff, den jemand über ihre Haut gerafft hatte, und der Mond spiegelte sich auf ihrer Glatze, als würde sie eine Mütze aus Licht tragen.

Ihre Mama bemerkte ihren Blick und hielt beim Stopfen der Pfeife inne, die braunen Augen – so sehr wie Olgas eigene – waren klar und dem Gemisch im Pfeifenkopf fehlte jegliche Blüte von Veteranenkraut. Sie lächelte. Olga lächelte zurück.

»Und, schlachten sie sich schon in den Straßen ab?«,

grätschte Kat dazwischen und stupste Olga in die Rippen. Mit schiefen Zähnen kaute sie auf einem Stück Rinde und hielt Olga einen Becher hin, aus dem der süßliche Geruch nach Bärenfang aufstieg.

»Was?«, machte Olga, abgelenkt vom Anblick des Alkohols.

»Ah. Wegen der Irrlichter, meinst du? Nein. Kein Abschlachten. Also. Jedenfalls nicht groß.«

»Pass mal auf, wenn wir jetzt noch einen Winter kriegen, reißen sie sich gegenseitig die Köpfe ab. Dann sind wir doppelt am Arsch.« Kat schüttelte die Locken aus. »Nein … dreifach.«

»Milan sagt, es gibt keinen Winter«, murmelte Olga halbherzig und schaute immer noch auf den Becher in Kats ausgestreckter Hand.

Milan.

Ihre Anspannung, ihr gestresster Blick. Ihre Aufmachung. Ihr Geruch.

»Nur eine Bekannte.«

Olga nahm den Becher und trank einen Schluck. Und dann noch einen. Der Bärenfang brannte süß in ihrer Kehle, rutschte als scharfe Wärme weiter in ihren Bauch. Die Veteranin schmunzelte, drückte Olga noch ein warmes Fladenbrot in die Hand, dann streckte sie sich auf der Sitzbank aus, den Arm hinter dem Kopf verschränkt. Zu Olgas Rechten summte ihre Mutter in ihre Pfeife, die Augen genüsslich geschlossen. Kain unterbrach nur kurz sein Spiel, um Holz nachzulegen.

Kat räusperte sich, deutete mit dem Kinn auf den Verband um Olgas Arm. »Was ist passiert?«

Sie trank. »Nichts Ernstes.«

Zusammen mit Kat schaute sie schweigend zum Himmel, wo sich die ersten Sterne neben den blassen Ringen des Ambra materialisierten.

»Und dann!«, posaunte Kat in den Innenhof. »Ey, nicht lachen, wir hatten Todesangst, okay … Und dann nimmt Sorin tatsächlich seinen Schlittschuh und fängt an, wie besessen auf die Sirene einzudreschen.«

Bärenfang spritzte über Olgas Wangen, als sie in den Becher prustete. Neben ihr stopfte ihre Mutter Pfeife Nummer vier, doch ihr Körper schüttelte sich so sehr vor Lachen, dass die Hälfte des Tabaks danebenging.

»Erzähl keinen Scheiß«, japste Olga und versuchte verzweifelt, ihre Lippen an den Becher zu bekommen, ohne auch den Rest in ihren Ausschnitt zu schütten.

»*Scheiß?* Nennst du mich 'ne *Lügnerin*, Klein Frost?« Die Bank unter Kats Füßen wackelte gefährlich, als sie die Arme ausbreitete, die eckigen Wangen fleckig vor Empörung. »Wir alle stolpern über das Eis … PURE PANIK. Schlitten brechen links und rechts ins Wasser. Und NEIN, anstatt seinen Arsch in die Hände zu nehmen und sich ans Ufer zu verpissen, reißt sich Sorin, dieser VOLLIDI-OT, den Schlittschuh vom Fuß, dreht sich um und SCHREIT, während Pisse ihm die Beine hinabläuft: NICHT HEUTE, FISCH … bevor er ihr mit der Kufe den Schädel spaltet.«

Alkohol schoss durch Olgas Nase. Sie jaulte auf, warf den Becher in die Luft und ihre Mutter neben ihr verlor jegliche Fassung. Wie Hammerschläge donnerte ihr Lachen durch den Innenhof.

Ein lauter Knall über ihnen. Kain stand in der offenen Balkontür, die dürre Hand ins weiße Nachthemd gekrallt.

»Verpisst euch endlich nach drinnen!«, schrie er. »Ich bin vor *vier Stunden* gegangen, wie lange wollt ihr denn noch machen?«

»Kain!« Olathe stand auf und machte einen Ausfallschritt. Ihre Schultern vibrierten vor Energie, ein Meer aus Lachfalten umspülte ihre Augen. »Willst du *Brot*?«

»Ich will kein *Brot*, ich will, dass ihr die Fresse haltet!« Er rammte einen Finger gen Himmel. »Geht rein!«

Olathe drehte sich um. Kurz darauf flappte der letzte Fladen in ihrer Hand hin und her.

»Kaaaaainiiiiii«, sang sie und torkelte über den Hof. Kat ließ sich mit einem Rums auf den Stuhl fallen und kescherte nach der Flasche mit Alkohol, während Olga durch Schmerz– und Lachtränen hindurch ihrer Mutter beim Angriff zusah.

»Kaaaainiiiiii …«

»BLEIB VON MEINEM FENSTER WEG, DU IRRE!«

Olathe blieb stehen. Ihr rechter Fuß glitt zurück, ihr linker tanzte nach vorne und Olga fing ihren Blick auf: Purer Schelm in braunen Augen, bevor sie sich drehte, ausholte – und den Fladen mit der Wucht einer Kugelstoßerin an die Scheibe donnerte.

Marmelade explodierte bis zum Fensterrahmen. Olathe rammte die Fäuste in den Himmel und ihr Siegesbrüllen übertönte die Kaskade an Flüchen, mit denen Kain sie überschüttete.

Olga schüttelte sich vor Kichern mit brennenden Rippen und ihre Stimme an den Lachern heiser geschürft.

»Aua«, japste sie. »Aua.«

»Ich glaube, dein Körper is nicht daran gewöhnt, zu lachen?« grinste Kat. Und dann, weil Olga immer noch gackerte: »Nee, ernsthaft. Du hast Nasenbluten.«

Ihre Schnappatmung ging in ein Prusten über, als sie auf ihre Hose schaute. Rote Flecken blühten auf dem Stoff auf wie hübsche Rosen. Ihre Hand fuhr zu ihrer Nase.

»Scheiße.«

»Brauchst du ein …«

»Ja, das wäre …«

Kurz darauf kicherte sie in Kats Taschentuch, während ihre Mama und Kain sich weiterhin ein Schreiduell lieferten, für das sie die gesamte Nachbarschaft wahrscheinlich gerade hasste. Glücklich riss Kat den Stöpsel aus der Flasche und stürzte den letzten Rest Bärenfang hinunter.

»Mein Taschentuch!«, platzte es aus Olga heraus.

Fragend kniff die Veteranin die Augen zusammen und waberte leicht auf dem Stuhl hin und her. »Hä? Was ist damit?«

»Die Scheißziege von Magierin hat immer noch mein Taschentuch.« Sie knüllte Kats Tuch in der Faust zusammen und zog wütend die Nase hoch.

Kat lachte, ihr Kopf zwischen ihren Schultern versackt. »Jetzt nehmen sie uns sogar schon die Taschentücher …«

Olga grinste, betastete vorsichtig ihre Nase, dann betrachtete sie die Veteranin. »Was ist danach passiert?«

»Was? Wonach?«

Olga wedelte mit der Hand. »Nach der Sirene? Nachdem ihr es vom Eis geschafft habt?«

»Danach? HA!«, platzte es aus der Alten heraus. »Danach habe ich den Scheißjob an den Nagel gehängt! Schlepper werden gut bezahlt, aber selbst ich mach nicht alles für Geld. Jajaja«, seufzte sie, als sie Olgas skeptische Augenbraue sah. »Klingt auch in meinen Ohren seltsam. Jedenfalls! Meine letzte Überquerung war bescheuerterweise auch die einzige, bei der wirklich alle überlebt haben.«

»Vielleicht war das von Anfang an das Geheimnis«, gähnte Olga. »Angstpisse und Schlittschuhkufen.«

»Oh, glaub mir, Mangel an Angstpisse gab es nie. Nein, ich sag dir, Sirenen … urmagische Kreaturen … das ist einfach nichts für den menschlichen Verstand. Ich war froh, endlich von den Viechern weg zu sein.« Sie riss die hellen Augen auf, lachte und schlug mit der Hand auf ihren Armstumpf. »Nicht, dass ich es besonders weit geschafft hab, was?«

Olga zögerte. Ihr Blick wanderte zum anderen Ende des Innenhofs. Inzwischen war Kains Balkon leer, die Fenster seiner Wohnung waren dunkel – wahrscheinlich ölte er gerade seine Folterinstrumente oder was auch immer der alte Sack hinter geschlossener Tür machte, wenn er sich abreagierte.

Und unter dem Balkon hatte ihre Mutter sich gemütlich auf dem Boden ausgebreitet wie auf einer Sommerwiese. Schwer zu sagen, ob sie die Planeten betrachtete oder eingepennt war, aber ihre Brust hob und senkte sich in langen Zügen.

Olga kämpfte sich durch die Schlieren der Schwerkraft und setzte sich vor Kat auf den Boden. Die Neugierde durchbrach ihre Hemmungen.

»Wie fühlt es sich an?«, flüsterte sie eindringlich. »Wenn ein Irrlicht von einem Besitz ergreift?«

Die Veteranin hörte auf, in der Glut zu stochern und schaute unschlüssig zu Olga. Ihre grauen Locken lagen nass an ihrer Stirn, dort, wo sie Sommerschweiß gesogen hatten. Schmunzelnd beugte sie sich vor.

»Weißt du, wie du vor drei Tagen fast über die Mauer gestiegen bist?«

Noch eine Sache, die sie gerne ihrer Bibliothek verdrängter Erinnerungen hinzufügen wollte. Sie nickte langsam und Kat spiegelte die Bewegung.

»Siehste? Genau so. Man merkt es nicht. Nichts *ergreift* von dir Besitz, nichts schleicht sich ein, nichts … ist anders, verstehst du? Du bist immer noch du, denkst du. Du machst genau das, was du auch so tun würdest. Alles macht Sinn. Selbst dann noch, wenn du dir den eigenen Arm abhackst.«

Beim letzten Satz bekam ihre Stimme einen kleinen Sprung. Schnell hakte Olga nach, bevor das Trauma sie zu sehr einnehmen konnte.

»Wie kommt man da wieder raus?«, fragte sie.

»Oh, gar nicht«, lachte Kat. »Du kannst da nicht raus. Du musst wie ich einfach das Glück haben, dass gerade eine Soldatin vorbeikommt, die weiß, was sie tut.«

Automatisch drehten sie sich beide zu Olathe um, die sich, eindeutig weggepennt, unter Kains Balkon im Dreck rekelte.

»Weißt du was?« Müde grinsend rieb sich Olga die Wange. »Ich kann mir keine Variante meiner Mutter vorstellen, die weiß, was sie tut.«

Kat schmunzelte, doch an ihrem Gesichtsausdruck sah Olga, dass sie es nicht geschafft hatte, den Schmerz ganz aus ihrer Stimme zu halten. Scheiß drauf.

»Wie war sie so?«, fragte sie, den Blick immer noch auf ihre Mama gerichtet.

»Mmh.« Kat rieb sich den Nacken. »Keine Ahnung. Während des Krieges habe ich sie nur einmal getroffen. Als sie mir den Arsch gerettet hat. Näher kennengelernt hab ich sie erst, nachdem es ihr bereits das Hirn zerpfiffen hatte. Also«, fügte sie hinzu. »Als es *richtig* schlimm war. Jetzt ist sie ja schon wieder besser. Aber … wir waren ja nicht mal in der gleichen Truppe, dazu war ich zu schlecht. *Zum Glück.*«

Sie griff unter die Bank und zerrte eine weitere Flasche hervor, dieses Mal Kräuterwein.

»So!«, rief sie so plötzlich, dass Olga aufschreckte. »Du bist dran, du erzählst nie. Erzähl mir von den Frostgeiern. Und von der Alchemie. Stimmt es, dass man die Biester lebendig häutet? Was hat Kommandantin Mora dir beigebracht? Wie war sie so?«

Olga schaute auf ihre Hände. Die schiefen Finger um ihre Knie geschlossen, der kleine Finger, der abstand.

»Sie …«

Durch das geöffnete Küchenfenster hallte das Hämmern des Türklopfers. Ihre Mutter fuhr aus dem Staub hoch, doch Olga war schon halb in der Küche, bevor sie überhaupt Zeit hatte, sich gut umzusehen.

»Hey!«, rief Kat ihr nach. Und dann, etwas belustigter: »Wenn du dich schon vor der Antwort drückst, bring wenigstens 'nen Korkenzieher mit.«

»Okay.« Grinsend torkelte Olga durch die Küche. Hing der Knoblauchzopf hier immer schon? Genervt schlug sie ihn beiseite, während es erneut an der Tür hämmerte.

»Wer ist da?«, rief Olga und polterte durch den Eingangsbereich.

»Bestimmt die Magierin mit deinem Taschentuch«, schallte Kats Stimme aus dem Innenhof.

Grinsend riss Olga die Tür auf. Drei Männer in gelben Anzügen glupschten sie an, die Hände noch zum Klopfen erhoben, unter ihnen der Typ mit dem üblen Sonnenbrand.

Olga kniff die Augen zusammen. »Ihr seid mehr geworden«, lallte sie.

»Wer is es?«, fragte Kat.

»Nur Gelbroben«, schrie sie zurück, dann wandte sie sich wieder nach vorne. Der älteste der Männer hüstelte leise. Sein Bartwuchs war fleckig, erinnerte Olga an Moos auf einer Steinmauer und sie ertappte sich dabei, dass sie nach Eidechsen Ausschau hielt.

»Ja?«, quakte sie.

»Verzeiht uns, dass wir eure abendlichen Aktivitäten unterbrechen.« Er betrachtete ihre blutige Nase und eine nachdenkliche Falte spross auf seiner Stirn, bevor er sich wieder fing. »Aber gestern berichtete mein Unterling hier von einer Alchemistin und Heilerin, die ihn zu seinem großen Bedauern abgewiesen hat.« Sein Lächeln war ehrlich. »Wir kamen nicht umhin, uns auszumalen, welch großer Gewinn für unsere Gemeinschaft es wäre ...«

Olga schnaubte und bereute es sofort, als ihre Nase kribbelte. Mit einem Augenrollen lehnte sie sich wieder nach hinten.

»Kaaaaat!«, schrie sie. »Das ist alles deine Schuld!«

»Wieso?«, schallte es zurück. »Ich hab die Flasche nicht so fest zugestöpselt. Olathe, versuch du mal.«

Belustigt wandte sich Olga wieder an die Jünger der Doppelsonne. »Euch ist bewusst, dass ich zur Post gehöre? Neutraler Boden und so.«

»Ach, das.« Der Alte lächelte und seine beiden Begleiter falteten salbungsvoll die Hände hinter ihren Rücken. »An solch bürokratischen Kleinigkeiten soll es doch nicht scheitern? Du wärst nicht die erste Person vom Postamt, die ihr Herz dem Ruf der Doppelsonne öffnet.«

»Also, den einzigen Ruf, den ich gerade höre, ist der einer Flasche.« Mit dem Daumen deutete Olga hinter sich. »Sonst noch was? Ich habe einen Korkenzieher zu finden.«

»Aber … wenn wir doch bitte nur einen Moment reinkommen –«

Olga drückte ihnen die Tür vor der Nase ins Schloss, hielt kurz inne und lauschte, doch als die Proteste ausblieben, machte sie auf der Achse kehrt und marschierte in die Küche. Halb amüsiert, halb genervt begann sie, die Schubladen zu durchwühlen.

»Ich verstehe nicht, was die von mir wollen«, dachte sie laut. »Ist nicht so, als könnte ich ihnen mit Alchemie ihre zweite Sonne beschaffen.«

Kats Seufzen wehte durch die offene Hintertür. »Ich glaub, es geht nicht darum, was du ihnen mit Alchemie beschaffen, sondern eher darum, was du mit Alchemie *loswerden* kannst.«

»Und ich kann nicht sagen, ob du weise Sachen sagst, wenn du besoffen bist, oder ob ich nur denke, sie sind weise, weil *ich* hacke bin.«

Ein lautes Ploppen signalisierte Olga das Öffnen der Flasche und als sie aus dem Fenster blinzelte, sah sie ihre Mutter, wie sie zufrieden den Korken ins Feuer schnipste.

»Ach, aber mich ewig suchen lassen!«

»Du bist halt zu langsam«, antwortete Kat.

Olga öffnete den Mund, doch erneut unterbrach sie das Pochen des Türklopfers. Olathe und Kat brachen in belustigtes Gackern aus. Frustriert stapfte sie zurück zur Haustür und riss sie auf.

»Okay, ich dachte, ich war deutlich genug, aber na gut: *Lasst mich in Ruhe* oder ich gehe direkt zu eurem Hohepriester und sage ihm, dass er sich mal gründlich am Arsch …«

Sie erstarrte, die Klinke noch in der Hand.

Es war der Erloschene von heute Morgen. Der Erloschene aus dem Postamt. Er nahm die Brille mit den dunklen Gläsern ab und lächelte, seine helle Haut nahezu faltenlos. Seine Iris leuchtete so golden wie die der Hundsziege, die hinter ihm am Fuß der Treppe lungerte.

Olgas erster Gedanke war: *Pistolen.* Ihr zweiter: *Scheiße. Wo sind meine Pistolen?*

»Verzeihung, einen wunderschönen guten Abend«, sagte der Erloschene sanft, schob sich die Sonnenbrille auf die Stirn und legte den Kopf schräg. Sandblondes Haar rutschte ihm über die Schulter. »Ich störe wirklich nur sehr ungerne, aber wohnt hier zufällig eine Olathe Hannah Frost?«

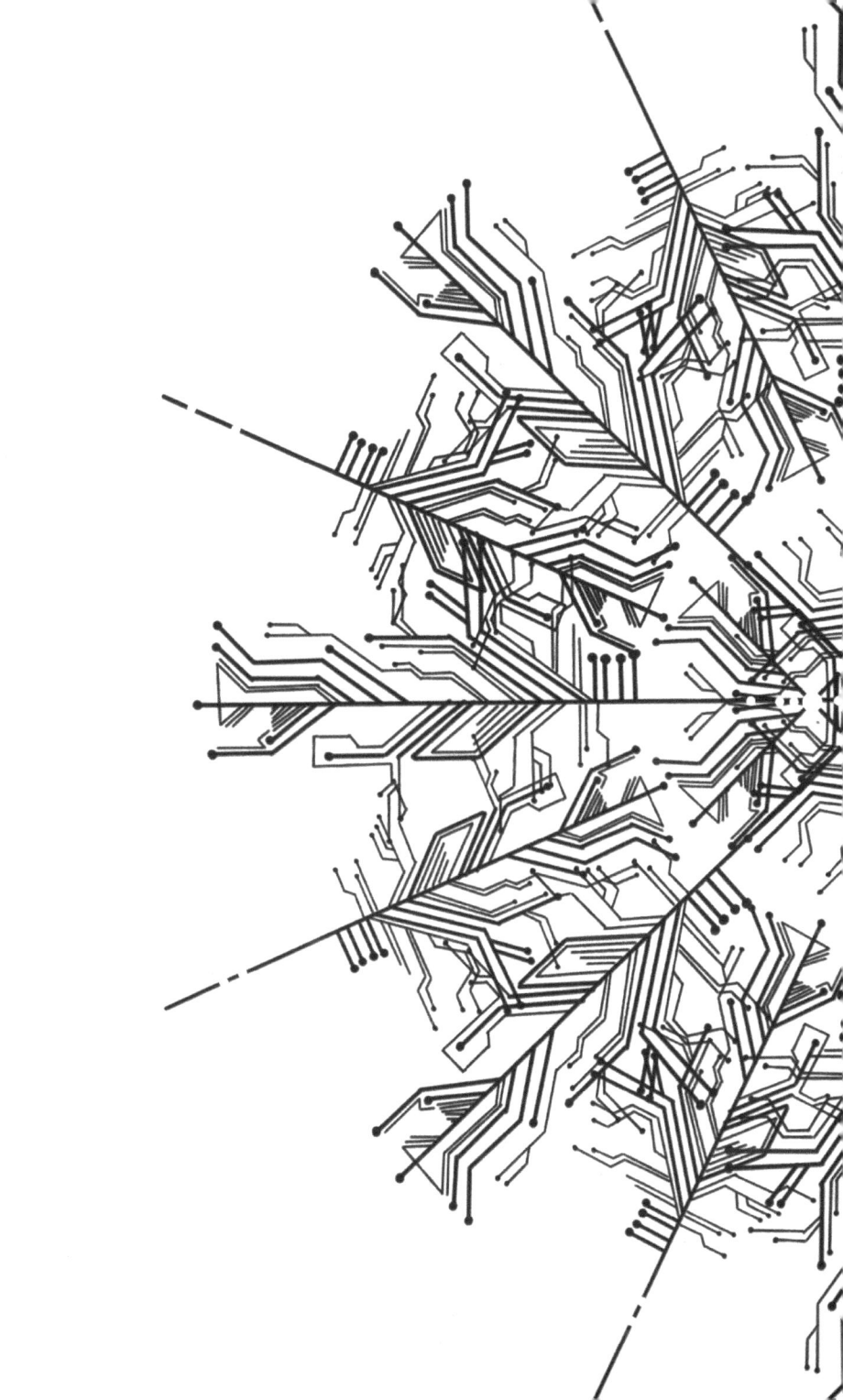

ZU BESUCH IN ERZWEIDEN? VERMEIDE DIESE DREI KULTURELLEN AFFRONTS!

(Flyer vom Erzweiden Tourismus e. V.)

1 - Frage NIEMALS, unter KEINEN Umständen, eine magische Person, ob du ihre Tattoos sehen kannst!

Magier*innen sind sehr privat, was ihre magischen Kräfte angeht. Dies stammt aus den Zeiten, in denen magische Personen in den Silberlanden aktiver Verfolgung ausgesetzt waren. Wenn du also nach den Tattoos einer magischen Person fragst, könnte dies als Versuch gelesen werden, an Informationen über ihre magischen Kräfte gelangen zu wollen, um sie erfolgreicher jagen/töten zu können!

2 - Starre Trauermünzen nicht an! Das ist unhöflich!

Bei deinem Besuch der Silberlanden werden dir wahrscheinlich sofort die silbernen Münzen aufgefallen sein, die viele Einheimische an den Ohren tragen. Dies sind sogenannte Trauer-münzen. Leute tragen sie, um zu signalisieren, dass sie aktiv um jemand Verlorenes oder Verstorbenes trauern und legen sie erst ab, wenn sie mit dessen Tod bzw. Verlust Frieden geschlossen haben - oft erst Jahrzehnte später oder nie.

3 - Wirst du in ein Privathaus eingeladen, ziehe UNBEDINGT die Stiefel an der Tür aus - VOR ALLEM, wenn du in den Mooren unterwegs warst!

Es gilt als extrem unhöflich, Erde aus dem Moor an den Stiefeln mit ins Haus zu bringen. Das Moor ist das Revier der Irrlichter und der Mutter der Masken. Bringst du also Moorerde in eine Wohnung, ebnest du symbolisch gesehen Irrlichtern den Weg in das Haus deiner Gastgeber*innen. Und das willst du nicht, oder? Davon abgesehen macht es Dreck. Zieh einfach die Schuhe aus.

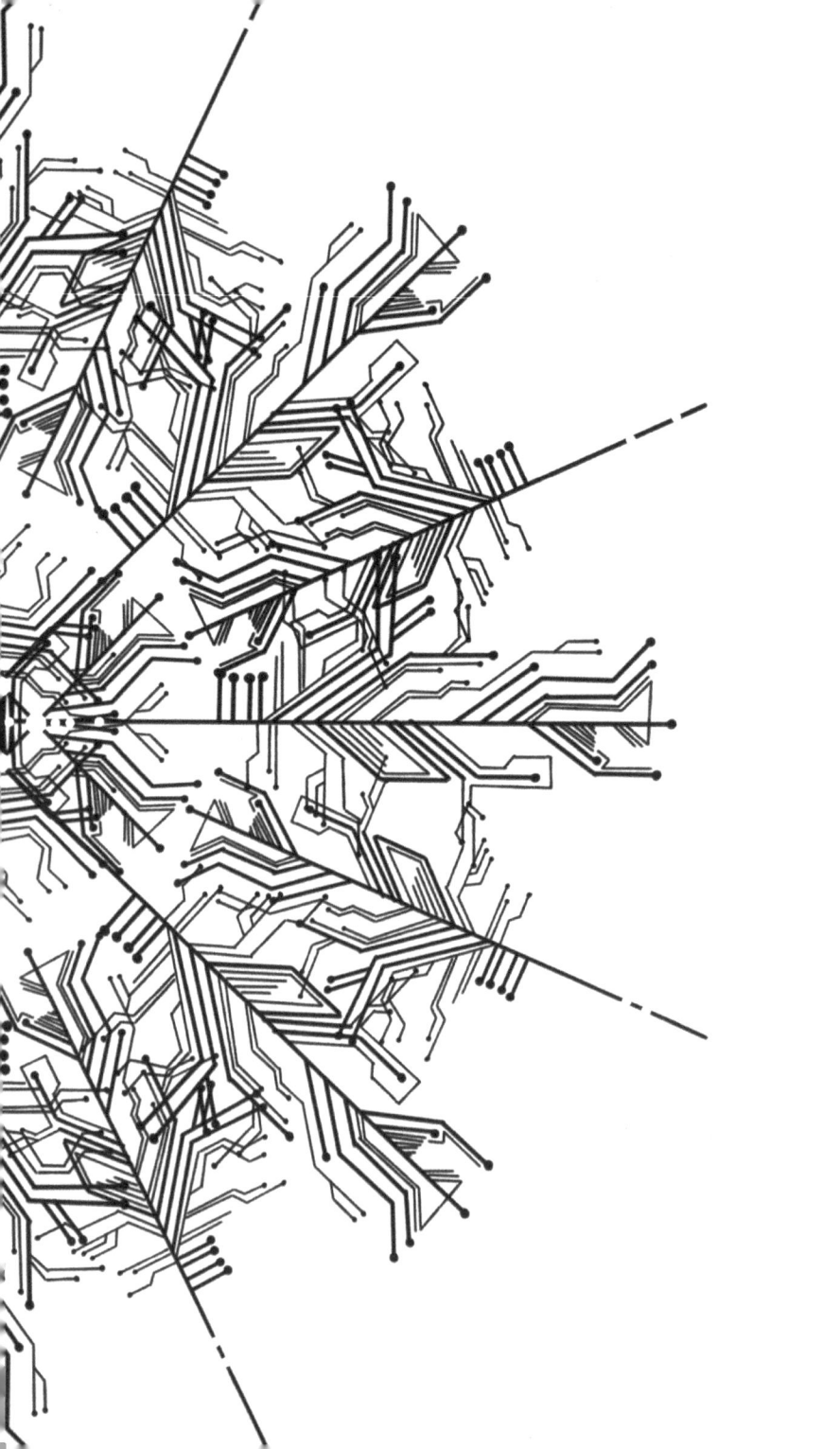

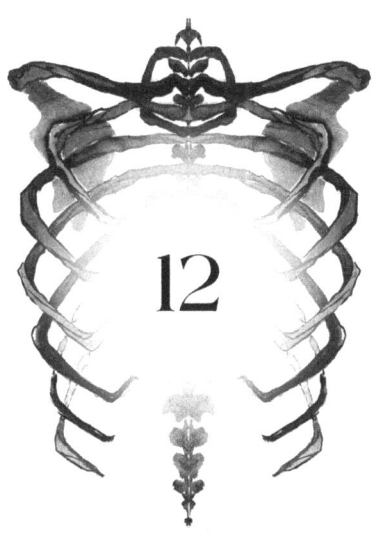

12

Olga brauchte einen Moment, um sich zu fangen.

»Ob Olathe … Was?«

Ihr Blick wanderte vom Erloschenen zur Hundszie-
ge, die Straße hinab und wieder zum Erloschenen. Es half nicht,
dass sie betrunken war. Es half ganz und gar nicht.

»Ah, verzeih mir.« Er lachte sanft. »Wie rücksichtslos. Ich habe
mich nicht einmal vorgestellt.«

Der Erloschene trat heran – erst jetzt begriff Olga, dass er
auf einer der unteren Stufen gestanden hatte. Wer auch immer
die Umhänge für erloschene Magier schneiderte, musste an
seiner Größe verzweifelt sein. Sein Saum reichte nicht bis zu
seinen Knöcheln.

»Mein Name ist Feres Bordstein und dies ist meine Begleiterin,
Adva.« Er deutete auf die Hundsziege, die hinter ihm drohend
den Schweif über den Boden wischte. »Wahrscheinlich kennst
du mich aus den Geschichten deiner Mutter?«

Olga starrte ihn an. »Was?«, fragte sie lahm.

»Oh, entschuldige bitte die Annahme.« Ein amüsierter Laut, gefolgt von einem Zwinkern. »Du bist Lathe wirklich wie aus dem Gesicht geschnitten.«

Sie starrte nur weiter. Ihre Mutter? Olathe? Lathe? Ein *Spitzname?*

»Wirklich, deine Augen, deine Nase. Genau wie ihre. Du müsstest etwa das gleiche Alter haben wie sie damals im Krieg? Fast schon unheimlich. Wie ist dein Name? Hannah? Sie wollte ihre Tochter auch immer Hannah nennen. Aber – das weißt du natürlich, verzeih.«

Er zupfte den grauen Handschuh von seiner Hand und streckte sie ihr hin. An seinem linken Mittelfinger fehlte ein Glied, aber das ließ seine Hände nicht weniger edel als die eines Pianisten aussehen. Die Tätowierungen schon: Kreise wie mit dem Zirkel auf seinen Handrücken gemalt, scharfe Linien, die sie miteinander verbanden, die Tinte verblasst vom Alter.

Olga gaffte.

Magier offenbarten nie ihre Tätowierungen. Niemals, egal, ob sie erloschen waren oder nicht. Es war zu persönlich, zu privat – und gefährlich. Als Magier mit kurzen Ärmeln herumzurennen war, als würde ein Assassine sich wild winkend auf ein Dach stellen und in die Straßen hinabschreien, welche Gifte er bei sich trug.

Eine Bewegung riss Olgas Blick von der Hand des Fremden. Sie schaute an ihm vorbei und sah die ersten Schaulustigen, wie sie sich auf der anderen Straßenseite versammelten – ein paar Nachtschwärmer auf dem Rückweg von ihrer eigenen Sauftour. Im Gebäude gegenüber wurde ein Vorhang zurückgezogen und Olgas eigene Fassungslosigkeit spiegelte sich im Gesicht ihrer Nachbarin.

Ein Erloschener. Im Veteranenviertel.

Olga starrte zu dem Mann hoch. War er *lebensmüde?*

»Klein Frost?«, schnitt Kats leiser Ruf in ihre Gedanken. »Alles in Ordnung?«

Eine Übelkeit rollte in Olga hoch, die nichts mit dem Alkohol zu tun hatte. Ihre Mutter. Wenn sie den Erloschenen sah …

»Nur ein Bettler!«, schrie sie und hoffte, dass ihre Stimme ruhiger klang, als sie sich fühlte. Der Erloschene blinzelte, schnupperte an seiner Achsel und warf ihr dann einen entschuldigenden Blick zu, den sie ignorierte. Er durfte nicht hier sein. Sie streckte den Arm aus und versperrte den Weg durch den Türrahmen.

»Geh«, presste sie heraus. »Hier ist es gefährlich für dich.«

Für uns, fügte sie in Gedanken hinzu und sah, wie die kräftige Nachbarin von gegenüber die Tür hinter sich schloss und zu den Nachtschwärmern herantrat, einen Holzschläger in der Hand. Ihre Gesichter waren wie die der Denkmäler auf dem Platz der Mondjägerinnen. Bedrohlich und ruhig.

»Oh, wir haben weit Gefährlicheres hinter uns als ein bisschen wütendes Starren«, plapperte der Erloschene munter. »Aber es ist sehr lieb, dass du dich um uns sorgst.«

»Ich meine das ernst. Hau einfach ab.«

»Aber ist Olathe denn nicht da? Ich …«

Olgas Blick huschte zu ihren Stiefeln in der Ecke, doch sie kam nicht zu ihrer Pistole, ohne den Weg freizugeben. »Wir können dir nicht helfen, okay?«, fuhr sie den Erloschenen an. »Mama hatte gerade erst einen Ausraster wegen der Irrlichter …«

»Einen Ausraster?«

»… da habe ich keinen Bock, herauszufinden, wie sie reagiert, wenn sie einen – wenn sie dich auf der Türschwelle sieht, okay?«

»Mit … mit Freudentränen, hoffe ich doch?« Der Erloschene lächelte, doch jetzt wirkte er verwirrt.

Was bei den Masken ist hier los?

»Hey, Frost.« Der Ruf kam von ihrer Nachbarin, eine Veteranin mit schiefer Nase und stechendem Blick. Sie fixierte Olga, den Schläger locker in ihrem Griff. »Brauchst du Hilfe?«

Auf der untersten Stufe begann die Hundsziege, leise zu grollen.

»Alles in Ordnung, danke«, presste Olga bestimmt hervor.

»Bist du sicher, Süße?« Die Frau beäugte den Erloschenen.

»Ganz sicher.« In zorniger Hilflosigkeit sah sie den Fremden an. »Verpisst euch!«

»Olga?«, rief ihre Mama von hinten.

Die Gesichtszüge des Erloschenen hellten sich beim Klang der tiefen Stimme auf, gleichzeitig wurde aus dem Grollen seiner Hundsziege ein Knurren – die Veteranin setzte sich in Bewegung, die betrunkenen Nachtschwärmer im Schlepptau. Olga zählte sechs.

»Ich sagte, ich komme klar!«, rief sie.

Zwei Möglichkeiten.

Drinnen war eine Schlägerei wahrscheinlich.

Draußen war sie garantiert.

»Bei den verfickten Masken«, murmelte sie und trat zur Seite. »Los, rein.«

»Wirklich? Oh, wie nett von –«

»REIN!«

Er bückte sich, schlüpfte nach drinnen und fluchend prallte Olga zurück, als die Hundsziege ihrem Herrchen hinterhersetzte und sich an ihr vorbei nach drinnen drängte. Sie war fast groß genug, um ihr in die Augen zu starren.

Verblüfft blieb ihre Nachbarin auf der Straße stehen. Entschuldigend zuckte Olga mit den Schultern, knallte die Tür zu und rannte sofort zum Fenster, um nach draußen zu spähen. Die Gruppe steckte die Köpfe zusammen und beriet sich mit schwingendem Schläger. Olga riss den Vorhang zu, fuhr herum und fixierte den Erloschenen.

»Hey! Arschloch!«

Der Kerl hörte auf, sich neugierig im Eingangsbereich umzusehen und trat vom Kaminsims zurück. In ihrem kleinen Haus kam seine absurde Größe nur noch mehr zur Geltung: Er musste eindeutig von Tauren abstammen, würde auch seine leuchtenden Augen erklären.

Unschuldig deutete er auf sich. »Meinst du mich?«

»Wen sonst, Arschloch?« Panisch deutete sie die Treppe hoch. »Schnell. Geht nach oben, bevor Mama ...«

Ein leises Rascheln. Der Erloschene folgte Olgas entsetztem Blick und drehte sich um. Im gleichen Moment begann die Hundsziege an seiner Seite zu knurren. Ihre Lefzen rollten sich hoch, ihr Kopf sank Richtung Boden und ihr Nackenfell sträubte sich so sehr, dass es den Stumpf ihres Hornes verschluckte.

Olgas Mutter stand in der Tür zum Hinterhof, ihr Oberkörper war an den Rahmen gesackt, ihre Arme betrunken herabbaumelnd, doch beim Anblick des Fremden richtete sie sich auf.

»Mama ...«, mahnte Olga. »Mama, mach nichts Unüberlegtes.«

Falls Olathe sie hörte, ignorierte sie sie. Fassungslosigkeit sprang auf ihr Gesicht, dicht verwoben mit … sie konnte nicht sagen, was es war. Die Weinflasche im Griff ihrer Mutter begann zu zittern.

»Du«, krächzte sie und drückte die freie Hand auf ihren Mund. Ihr Blick klebte an dem Erloschenen. »Du bist spät dran.«

»Ich weiß. Ich weiß, Lathe. Das war nicht meine Absicht.«

In ihrer Trunkenheit wusste Olga nicht, was sie verstörender fand: Sein aufgelöstes Stammeln oder die Tatsache, dass der Erloschene einen Spitznamen für ihre Mutter hatte.

Er trat vor und berührte im Vorbeigehen behutsam die Schnauze der Hundsziege. Das Knurren erstarb, doch Olga konnte die Anspannung unter ihrem Fell sehen, die goldenen Augen, die scharf das Gesicht ihrer Mutter fixierten.

Der Knoten in Olgas Bauch wurde fester – die Hundsziege versperrte den Weg zu ihrer Pistole. In einem halbherzigen Versuch, den Fremden daran zu hindern, näher an ihre Mama heranzugehen, tat sie einen Schritt vor.

»Hey. Hey, ich glaube, das ist keine …«

»Lathe, du …« Er kniff sich ins Nasenbein und atmete zitternd aus. »Du siehst *furchtbar* aus!«

Vor ihr blieb er stehen. Ihre Mutter lachte. Es klang verzweifelt und der Fremde streckte die Arme aus, als wolle er sie berühren – zog dann jedoch die Hände zurück und griff sich an den Kopf.

»Nein, ehrlich … ich meine, deine Falten, ich bin sprachlos, nein, wirklich sprachlos. Und bitte verzeih mir, aber wie kamst du auf die Idee, dass dir eine Glatze steht?«

Ohne mit dem Lachen aufzuhören, begann ihre Mutter zu weinen. Es war befremdlich, so befremdlich, wie sich ihr Gesicht dabei verzog. Entrückt beobachtete Olga das Geschehen, als hätte man sie aus der Situation gepflückt und auf eine Zuschauertribüne versetzt.

»Du Arsch«, schluchzte ihre Mutter. »Du verdammter Arsch.«

»Ich weiß.« Der Mann lachte. Tränen flossen auch über sein Gesicht und tropften von seinem Kinn. Sanft streckte er die Hände nach ihr aus. »Ich weiß.«

»Du …« Ihr Kopf sank herab. Ihre Schultern zogen sich hoch, höher, bis sie an ihren Ohren klemmten.

Olga sah, wie sie die Muskeln anspannte.

Zu spät.

»Du hast mich umgebracht«, sagte sie.

Dann holte sie aus und schlug dem Fremden die Flasche vor die Brust.

Olga stürzte los, zu ihrer Pistole, aber die Hundsziege war schneller, ein Katapult aus weißem Fell. Bodendielen splitterten unter ihren Krallen, als sie vorsprang und dabei den Erloschenen zur Seite rammte – direkt in Olga hinein.

Der Aufprall schickte sie beide zu Boden. Olgas Welt machte eine Umdrehung, die genau so plötzlich abbrach, wie sie begonnen hatte, als ihr Kopf auf den Boden knallte. Sie japste. Über ihr erklang ein Wutschrei und der heftige Aufschlag zweier Körper. Glas, das splitterte, und plötzlich Kats Stimme.

»Was zur – HEY! RUNTER VON IHR!«

Ein Wutschrei – nein, ein Heulen, wie sie es noch nie von ihrer Mutter gehört hatte, und Olga war auf den Knien, auf den Füßen, sprang über den Magier am Boden hinweg. Sie dachte nicht an ihre Pistole, an eine Waffe, an irgendetwas. Da war nur der Schrei ihrer Mutter.

So stark sie konnte packte Olga zwei Hände weißes Fell und riss.

Die Hundsziege fuhr herum und fauchte, ihre Zähne schneeweiße Splitter pure Schärfe, die gekrauste Schnauze über der – viel zu nahe an Olgas Gesicht – die rasenden Augen des Tieres saßen.

»Oh.« Olga stolperte zurück und hob langsam die Hände.

Bevor die Hundsziege angreifen konnte, sprang der Erloschene zerzaust und mit wehender Robe vor sie. »Adva!«, rief er und packte das Tier bei den Hörnern. »Adva! Hey, ist gut, meine Liebe. Mir geht's gut, siehst du? Nichts passiert.«

Die Ziege sah das anscheinend anders, warf sich gegen seinen Griff und riss fauchend das Maul auf. Hinter ihr sah Olga ihre Mutter, wie sie sich mit Kats Hilfe benommen aufrichtete, die zersplitterte Weinflasche in der Hand.

»Mama!« Olga stolperte zu ihr. »Bist du …«

Grollen, gefolgt von einem dumpfen Aufprall und Fluchen des Erloschenen. Olga fuhr herum und wurde direkt vom heißen Raubtieratem in ihrem Gesicht begrüßt. Mit gefletschten Zähnen kam das Monster näher und ignorierte den Protest des Erloschenen.

Olga schluckte und schaute hinter sich, zu ihrer Mutter, zu Kat. Dann breitete sie die Arme aus. »Kein Scheißschritt weiter.«

»ER GEHÖRT TOT!«, gellte Olathe in ihrem Rücken. »ER HAT MICH UMGEBRACHT!«

»OLGA!«, bellte Kat mit der Dringlichkeit einer Person in der Stimme, die früher Flüchtlinge übers Eis gebracht hatte. »PASS AUF!«

Der Hieb auf ihren Hinterkopf schickte Olga auf die Knie. Ihr Schädel explodierte, der Schock dämpfte ihren Fall auf die Ellenbogen. Kurz erblickte sie Schnee, war auf der Mauer, spürte, wie der Boden unter ihr verrückte und Steine auf ihren Helm prasselten. Aus dem Augenwinkel sah sie ihre Mutter über sich hinwegsteigen, die abgebrochene Flasche in ihrem Griff schwingend.

»Heilige ... Frost! Olga!«, hörte sie verschwommen Kats Stimme.

Warme Fäden liefen über Olgas Stirn, versickerten in ihren Augenbrauen. Wackelig stemmte sie sich hoch, griff an ihren Hinterkopf. Ihre Hand kam rot zurück. Fassungslos starrte sie sie an. Neben ihr fiel Kat auf die Knie, tastete erst nach ihrer Schulter, anschließend nach der Wunde an ihrem Kopf.

»Beim Salz der ... Frost, lebst du noch?«

»Spritze«, keuchte Olga.

»Was?«

»Spritze!«

Kat sprang auf und rannte in die Küche. Bis Olga auf den Beinen war, war die Veteranin schon wieder zurück, in der Hand eine gläserne Spritze, die sie Olga reichte. Ein gellendes Bellen ließ sie beide aufschauen.

Olathe trieb die Hundsziege zurück, hieb mit dem funkelnden Flaschenrest durch die Luft, bis die Kreatur aufjaulte und die Schnauze schüttelte. Dunkle Blutstropfen prasselten zu Boden. Überrumpelt stand der Erloschene an der Seite des Tieres und schluckte, als er sah, dass Olathe ihre Aufmerksamkeit nun auf ihn richtete.

»Ähm.« Beschwichtigend hob er eine Hand, doch sein Lächeln wackelte. »Lathe? Vielleicht sollten wir einen Tee aufsetzen und in Ruhe darüber reden?«

Olathe stieß einen Zorneslaut aus, der kaum mehr menschlich war, und hob die Faust – direkt in Kats Griff hinein, die ihr sofort in die Kniekehle trat und sie nach hinten zerrte. Mit dem Geräusch eines gefällten Baumes krachten die Frauen zu Boden und Olga stürzte los, kniete sich genau in der Sekunde hin, in der es Kat gelang, Olathe den Flaschenhals aus der Hand zu schlagen.

Ihre Mutter tobte, konnte jedoch Kats Klammergriff nicht entkommen: Mit hochrotem Kopf, die Beine um Olathes Torso geschlungen, hielt die Veteranin sie in Position.

Olga trat den Flaschenhals außer Reichweite, dann presste sie den Arm ihrer Mutter zu Boden. Blut lief ihr in den Augenwinkel, die Spritze lag glitschig in ihrer Hand, aber sie wollte *verdammt* sein, wenn sie nach all der Scheiße in Moras Keller keine Nadel ruhig halten konnte!

»Mama, tut mir leid.« Sie versenkte die Spritze in ihrem Arm und drückte. »Tut mir leid, wir reden morgen drüber, tut mir leid.«

Das Toben ihrer Mutter ließ nach. Verschwitzt zog Olga die Nadel heraus und hob den Blick. Mit geschlossenen Augen lag Olathe da, so friedlich wie vor einer halben Stunde noch im Innenhof.

Olga ließ die Spritze fallen und griff sich ins Haar. Sie fühlte sich taub, regungslos, wie in Harz gegossen. Die Wunde an ihrem Hinterkopf war nass, der einsetzende Schmerz an ihrem Kopf scharf und zerdrückte ihre Lungen.

Luft.

Sie musste Luft holen. Genau.

Zu ihrer Seite rappelte sich Kat auf, packte den Flaschenhals und pfefferte ihn mit einem Fluch in den Kamin, sodass Splitter an den kalten Wänden explodierten. Die Stille, die zurückblieb, war ohrenbetäubend.

»Verzeihung. Ich …«

Olga nahm die Fäuste von ihrem Kopf und schaute auf. Der Erloschene stand mitten im Raum, mit aufgeplatzter Lippe und sein Umhang war dort dunkel, wo er den Saum auf die blutende Schnauze seiner Hundsziege gedrückt hatte. Die Kreatur schüttelte sich, knurrte und winselte abwechselnd, doch sie schien nicht mehr angreifen zu wollen, jetzt, da die Gefahr für ihr Herrchen bewusstlos am Boden lag.

»Wir … verzeiht mir, bitte, ich …« Fassungslosigkeit zerbrach das Gesicht des Magischen. »Ich weiß nicht, was das gerade … ich dachte, sie freut sich. Das dachte ich wirklich.«

Olgas Stimme zitterte, ihre Hand jedoch war ruhig, als sie zur Tür deutete. »Verschwindet.«

»Ich … Ja. Natürlich.«

Als er die Haustür öffnete, erwartete ihn eine Horde Veteraninnen, angelockt vom Krach. Ungläubig musterten die Frauen erst den lädierten Erloschenen, dann wichen sie vor ihm zurück, als er sich durch sie hindurch die Treppe hinabschob.

»Verzeihung«, hauchte er.

Die Hundsziege folgte ihm und Olga folgte ihr. Dickes Blut tropfte von der Raubtierschnauze, verklebte das Parkett und quoll zwischen Olgas nackten Zehen hindurch, als sie hineintrat. Sie packte die Tür und spürte die gaffenden Blicke wie Nadelstiche auf ihrer Haut.

»Das war's«, sagte sie kühl. »Geht nach Hause. Alle.«

Der Erloschene drehte sich um und öffnete den Mund. Sie schnitt seine Worte ab, indem sie die Tür zuknallte, Blut in den Wimpern.

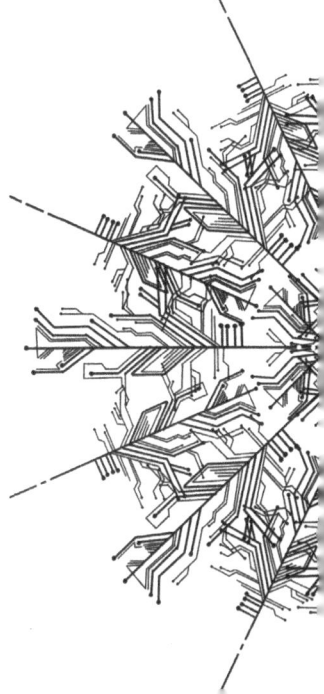

PLAKETTE VOM DENKMAL DER
ERSTEN JÄGERIN
(BAUJAHR: 166 na. So.)

IN ERINNERUNG AN
REKAR JUNA
[89-163 na. So.]

DIE ERSTE MONDJÄGERIN
UND STADTGRÜNDERIN ERZWEIDENS

REKAR, DU BIST DER GRUND,
DASS DIE KINDER UNSERER KINDER
STATT HÖHLENWÄNDEN NUN DEN
ANBLICK BLAUER, KLARER
HIMMELSWEITE KENNEN WERDEN.

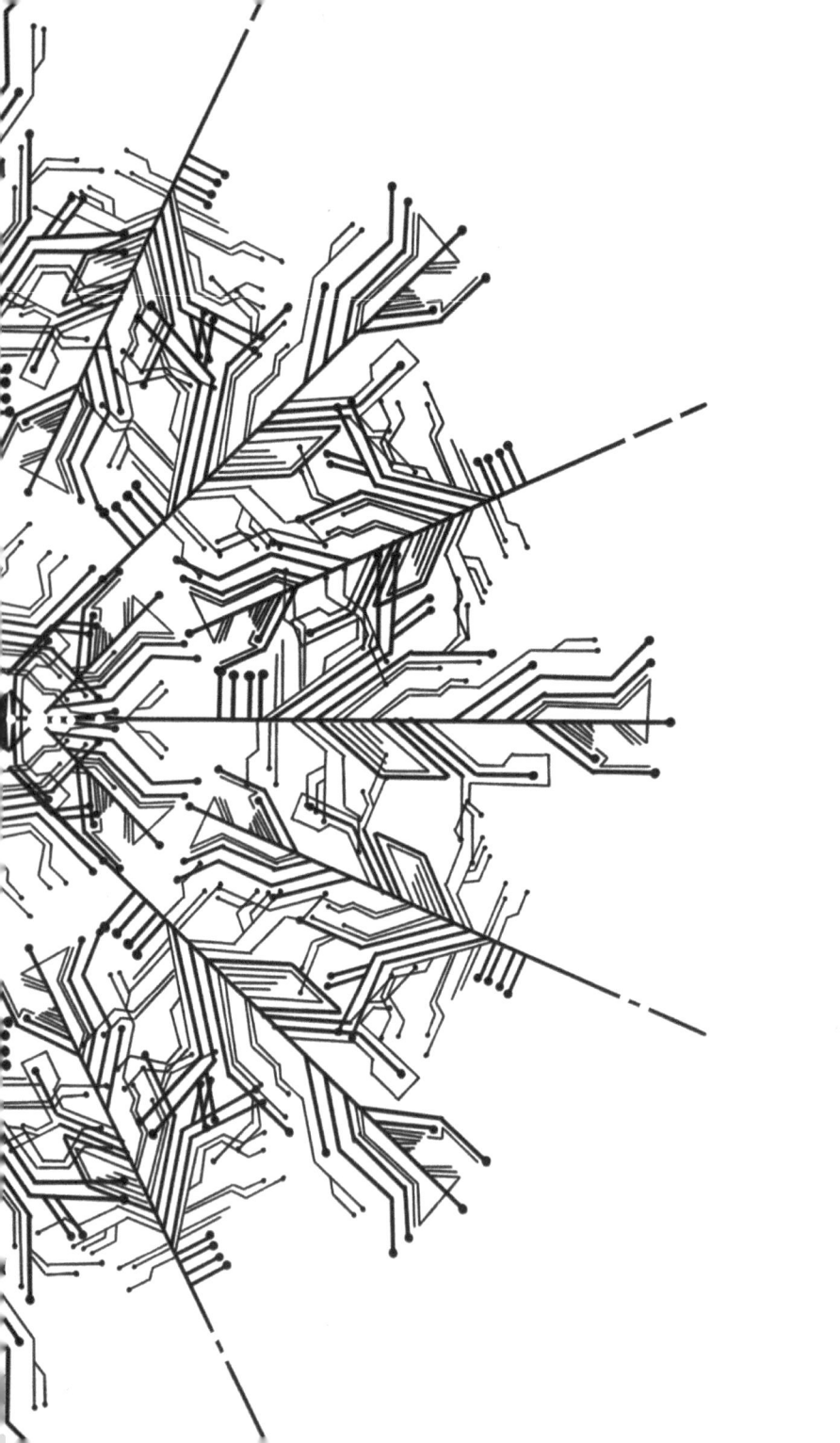

13

Mit der späten Nacht kam ein Gewitter. Olga hörte auf, das Blut vom Boden zu schrubben und schaute zum Fenster. Regen hämmerte gegen die Scheibe, als würde er Einlass in ihr Haus verlangen ... oder direkt in ihren pochenden Kopf.

Die Blutflecken waren nur noch rosafarbene Geister am Boden, doch selbst alles Schrubben der Welt konnte die zersplitterten Dielen nicht verschwinden lassen, dort, wo die Hundsziege sich zum Angriff abgestoßen hatte.

Ihr Schädel rumorte. Den ganzen Abend über waren Leute an ihre Tür gekommen, hatten angeklopft, getuschelt und sogar versucht, einen neugierigen Blick durch das Fenster zu erhaschen.

Scheißgaffer. Scheißveteraninnen. Scheiß auf das ganze Viertel.

Mit einem frustrierten Laut pfefferte sie den Lappen in den Eimer, setzte sich vor das schiefe Regal und begann, die heruntergestürzten Bücher einzusortieren. Sie hatte dumm reagiert, hatte die Situation nicht richtig eingeschätzt – ihr Bauchgefühl war richtig gewesen und hätte sie darauf gehört, hätte sie diesen Erloschenen nicht einmal bis zu ihrer Türschwelle gelassen und ihr Eingangsbereich wäre nicht von einer *verdammten Hundsziege* zertrümmert worden … Mehr noch, ihre Mutter hätte ihr nicht mit einer zerbrochenen Flasche eins übergezogen wie in einer zweitklassigen Kneipenschlägerei.

Olga starrte zwischen ihren Knien hindurch auf den Boden, die Hand am Verband, und lauschte in sich hinein. Da war kein Vorwurf in ihr, jedenfalls keiner an ihre Mutter. Aber *Milan* würde Olathe einen machen und wenn es eine Sache gab, die schwerer zu ertragen war als Milans besorgter Blick, dann war es ihr »Hab ich es dir nicht gesagt?«–Blick.

Nein. Bis die Wunde so weit verheilt war, dass sie sie diskret unter ihre Kappe stopfen konnte, ging sie nicht zur Arbeit.

Erschöpft schloss sie die Augen. Es war schwer, ihre Mutter zu verteidigen. Natürlich war es das. Es war noch schwerer, sie zu verstehen. Aber selbst wenn sie sie nicht ganz verstehen konnte, Olga *kannte* ihre Mutter. Und *sie* verstand *Olga.* Mehr als jeder andere Mensch.

Sie *sah* sie. Nicht so, wie die Stadt sie sah, als die Tochter von Olathe Frost, durchgeknallte Schlächterin der Mutter der Masken. Nicht so wie die Kommandantin, als eine Projektionsfläche, ein Projekt. Selbst Milan. Warme, intelligente, forsche Milan …

Olga öffnete die Augen und starrte auf ihre Hände.

Was bedeutete das alles?

Magische kamen nicht ins Veteranenviertel.

Sie weinten nicht, wenn sie Veteranen sahen, verdammt … Veteraninnen weinten erst recht nicht Freudentränen, wenn ein waschechter Erloschener auf ihrer Türschwelle stand. *Ihre Mutter* weinte keine Freudentränen über einen Magiegeborenen. Das hätte Olga verfickt noch mal schon früher mitbekommen.

Lathe.

Sie versuchte, sich auf den Rest zu konzentrieren, auf die wirren Worte, die die beiden sonst noch gesagt hatten. »*Du bist spät dran.*« »*Das war nicht meine Absicht.*« »*Er hat mich umgebracht.*« Aber der Spitzname zog ihre Gedanken an, ließ sie auch nicht los, als sie sich langsam aufrappelte und, ihren Regenmantel unter dem Arm, die Treppe hochstieg.

Den Ahnen sei Dank für gute Schmerzmittel.

Ein Streifen warmes Kerzenlicht klemmte unter dem Türspalt ihrer Mutter. Olga klopfte kurz an und trat ein.

Das Schlafzimmer war klein, kleiner als Olgas, und wurde primär von einem schmalen Bett beherrscht. Wie immer waren die grünen Gardinen zugezogen und Aschenbecher standen auf Fensterbank und Boden wie schlechte Dekoration.

Ihre Mutter schlief mit zum Kinn gezogener Decke, sodass nur ihr Gesicht und ein kleines Stück ihrer Schulter herauslugten. Olga war froh, nicht ihren zerstochenen Arm sehen zu müssen.

»Ich dachte, deine komischen Pflanzenbücher sind schon langweilig«, wurde sie von Kat begrüßt, die es sich mit einer Flasche Wein und finsterer Miene auf einer provisorischen Pritsche bequem gemacht hatte. »Aber die deiner Mutter?« Demonstrativ hob sie einen verklebten, violetten Einband mit dem Titel *Als die Sonne schlüpfte – Astronomisches Handbuch zur Lesung aus planetaren Eierschalen* und ließ ihn achtlos zu Boden fallen.

»Und?« Olga schmunzelte. »Was hast du aus den planetaren Eierschalen gelernt?«

»Dass in diesem Haus nur verdammte Idiotinnen wohnen.« Schwer seufzte sie. »Wieso hast du den Spinner reingelassen?«

»Was, anstatt ihn auf der Treppe von Veteraninnen zerfleischen zu lassen?« Sie hob das Buch auf und stopfte es grob in das kleine Wandregal. »Hast du Bock auf eine Untersuchung? Dass die Stadtwacht hier auftaucht? Oder der Neue Rat? ›Hey, wir haben gehört, hier wurde einer unserer Erloschenen zerstückelt. Erzählt doch mal.‹«

»Der sah nicht gerade aus, als würde er vom Neuen Rat kommen«, murrte Kat, widersprach ihr aber nicht und deutete stattdessen mit dem Kinn auf den Regenmantel. »Du gehst noch raus?«

»Ja. Der Kurier soll Bescheid geben, dass ich morgen nicht zur Arbeit kann.«

»Mmh«, machte die Alte und musterte Olgas Kopfverband. »Besser ist es.«

Olga nickte und lehnte sich gegen den Türrahmen. »Kat, hast du …« Abgekämpft rieb sie sich das Gesicht. »Hast du irgendeine verdammte Ahnung, wer dieser Typ sein könnte?«

»Aus Erzweiden war er jedenfalls nicht.« Kat schürzte die Lippen. »Seine Fresse kam mir allerdings irgendwie bekannt vor.«

Die Hand am Mund hielt sie inne. »Genau das hat Milan auch gesagt …«, murmelte sie und bereute ihre Worte sofort, als sie Kats Blick sah.

»Was? Du kanntest ihn?«

»Nein«, erwiderte Olga. »Also, ja. Vom Sehen. Er war heute Morgen im Postamt.«

Neue Falten legten sich über Kats Gesicht – was beeindruckend war, Olga hätte nicht gedacht, dass auf ihrer Haut noch Platz für mehr war. Sie konnte förmlich sehen, wie sich ein paar unangenehme Fragen hinter ihrer Stirn bildeten, also stieß sie sich schnell vom Türrahmen ab und klopfte gegen das Holz.

»Auch nicht so wichtig. Ich gehe los. Warte nicht auf mich, ja? Ruh dich aus.«

»Gute Nacht«, sagte Kat langsam. Olga fühlte ihren Blick noch im Rücken, als sie die Haustür hinter sich ins Schloss zog, ihre Tasche um die Schulter, und die Kapuze hochschlug, um sich vor der prasselnden Nacht zu schützen.

Insgeheim liebte sie die Stadt bei Gewitter. Der Regen spülte die Leute in die Häuser und die Tiere von den Straßen. Warmes Wasser traf auf heißen Stein, schäumte die Gerüche von Sommer, Moor, Nacht und Erde auf und das Prasseln auf ihrer Kapuze schloss alle anderen Geräusche aus, sodass sie den Weg zum Botenhaus in lauter Monotonie zurücklegen konnte.

An einer Kreuzung stellten sich die Härchen in ihrem Nacken auf. Sie warf einen Blick zurück. Niemand zu sehen. Finster ging sie wieder los und ließ die Hand in ihre Manteltasche gleiten. Der Griff der Pistole lag beruhigend schwer in ihren Fingern. Nach ein paar Gassen verschwand ihre Gänsehaut.

Das Botenhaus war kaum mehr als ein kleiner Schuppen mit einer schützenden Überdachung aus Blech, der am Straßenrand hockte, und der Regen schepperte so laut in der Regenrinne, sodass es ein Wunder war, dass der Nachtbote ihr Anklopfen überhaupt hörte. Mit einem Ruck öffnete er die Klappe und blinzelte sie verpennt an.

»Was?«, murrte er. Er sah so fertig aus, wie sie sich fühlte.

»Nachricht fürs Postamt.«

Gähnend tippte er auf einen Schreibblock und schob ihr einen Stift zu. Während sie schrieb, drehte sich der Mann um und trat gegen den Stuhl der jungen Frau, die, den Ellenbogen auf einem Berg Spielkarten abgestützt, in der Ecke döste. Mit einem Schnarcher fuhr sie hoch.

»Wenn's sein muss«, murmelte sie und griff resigniert nach einem Regenschirm. Kurz darauf machte sie sich auf den Weg, Olgas hingeschmierte Nachricht in der Tasche. Der Mann knallte die Luke wieder zu und Olga, das Wechselgeld noch warm in der Hand, lauschte.

Ein leises Platschen. Ein Hecheln.

Eine verfickte ruhige Minute. Ist das zu viel verlangt?

Sie drehte sich um.

Die Hundsziege war nur ein Paar leuchtende Augen im Regen. Olga spannte sich an, eine Hand in der Manteltasche. Als das Vieh hervortrat, glitt das Licht aus der Botenhütte über ihr abgebrochenes Horn – Adva.

Sofort zog Olga die Pistole und richtete sie auf den gehörnten Kopf. Die Kreatur blieb stehen, Wasser troff von ihren Schlappohren und auf ihrer Schnauze klaffte der tiefe Schnitt. Musste sehr schmerzen. Gut.

»Was?«, blaffte Olga. »Was willst du?«

Adva rührte sich nicht vom Fleck, starrte sie nur an, ihre Pupillen kleine Rechtecke in der goldleuchtenden Iris.

»Hau ab. Ich muss nachdenken.«

Ein langsames Blinzeln. Dann rollte ein Knurren aus ihrer Brust, brachte ihre Lefzen zum Zittern. Olga entsicherte und schoss – die Kugel pfiff zwischen das Kopfsteinpflaster vor ihren Pfoten und klirrte lautstark über den Platz. Winselnd machte Adva einen Satz zurück.

»Die nächste trifft. HAU AB!«

Ein Fauchen, ein Schnappen in ihre Richtung, dann wischte Adva um die Ecke und verschwand. Olga zielte noch einen

Atemzug auf den nassen Schatten zwischen den Hauswänden, bevor sich ihre Schultern entspannten. Mit gerümpfter Nase verwedelte sie den Pulvergeruch.

Die Luke zum Botenhaus knallte auf.

»Hey! Was zum Fick?«

Hastig steckte sie die warme Waffe in die Tasche und eilte davon, das wütende Keifen des Boten im Nacken, während in den umliegenden Wohnungen Lichter ansprangen. Schlitternd und fluchend verließ sie den Weg, rutschte durch matschige Gemüsegärten und durch Pfützen, bis sie außer Sicht war. Wieder auf der Straße, blieb sie stehen und wischte sich den Schlamm vom Stiefel.

Sie wollte nicht zurück nach Hause.

Sie wollte zu Milan. Aber das war keine Option.

Langsam trieb sie den schmalen Weg bergauf, zu ihrer Rechten die verrammelten Häuser und Gärten des Veteranenviertels, zu ihrer Linken die niedrige Mauer, die sie vor der steilen Kante des Hüftberges trennte.

Die Mauer trug den Spitznamen »Erzweidens Logbuch«. Als Olga näher herantrat, erkannte sie die eingeritzten Datierungen im ausgewaschenen Backstein: Jedes Datum, jeder Stein in Gedenken an eine Mondjagd, einen Angriff der Irrlichter, einen Tag, an dem Leute ins Moor ausgezogen und nicht zurückgekommen waren.

In Stein gefangene Momente, über die Jahrhunderte gesammelt und am Rand des Viertels platziert.

Je weiter sie bergauf Richtung Aussichtsplattform ging, desto mehr Steine brauchte es, um eine kurze Zeitspanne zu überbrücken, bis schließlich eine Woche mehrere Meter in Anspruch nahm. Diesen Abschnitt hier kannte sie gut. Bei nahezu jeder dieser Mondjagden war ihre Mutter dabei gewesen.

Ein kurzes Stück weiter endete die Mauer.

Der Regen ließ nach. Olga legte den Kopf in den Nacken, sah, wie die Wolken aufbrachen, dicke, mit Sternen gefüllte Risse offenbarten und vereinzelte Blitze in den Horizont stachen.

Olga zog eine kleine Flasche und das gestohlene Buch aus den Archiven aus der Tasche, schwang die Beine über die Mauer und setzte sich. Das Buch auf den Oberschenkeln zögerte sie.

Wassertropfen rutschten von ihrer Kapuze und klatschten auf den Titel. *Mutationen der Magie?* Sie schraubte die Flasche auf und nahm einen Schluck, bevor sie das Buch aufschlug.

Ein Blick reichte, um zu verstehen, warum es in der Abteilung »Unvollständige Manuskripte« gestanden hatte. Zwischen losen, größtenteils handschriftlichen Notizen der Autorin kämpften wirr formulierte Absätze um ihren Platz auf den dünnen Seiten:

```
Meine Theorie, und nur meine Theorie, war
die Erste, die diese Theorie hatte; Theorie,
dass Mutationen der Magie, so, wie ich sie
beobachtet habe, ein Schaden am Material
sind, ein Störungsfaktor, dessen Auftreten
manuell provoziert werden könnte, indem man
die Ressource [die Magierin] einem Quell großer
magischer Strahlung nahebringt; Kontakt,
welcher die Beschränkungen der Ressource
aufbrechen würde (einer kontrollierten Spren-
gung gleich??) [Versuch noch ausstehend,
da Materialmangel - V. G. fragen? Am besten
unprogrammierte Magische] [Eier mit Speck zum
Frühstück]
```

Danach artete der Text in eine zwei Seiten lange Einkaufsliste aus, mit vier Ausrufezeichen hinter Radieschen und einem dicken Strich unter Sahne. Sprachlos blätterte Olga noch ein wenig hin und her, doch wirklich besser wurde es nicht. Als sie schließlich unter der Überschrift *Mögliche Ressourcen* eine Adresssammlung aller Kinderheime Erzweidens fand, knallte Olga das Buch zu, stopfte es grob zurück in die Tasche und wischte sich die Hände an der Hose ab, als könnte sie so den widerlichen Nachklang der Worte abstreifen. Es warf sie zurück auf die Galerie im Haus der Kommandantin, die Nase widerwillig in den geifernden Texten radikaler Alchemistinnen vergraben.

Ressource.

Was für ein Reinfall.

Frustriert und enttäuscht starrte sie über die Mauer nach unten, sah den vereinzelten Regentropfen nach, die an ihren Fußspitzen vorbei in die Tiefe sausten.

Vor ein paar Tagen dachte sie noch, die Irrlichter würden ihr größtes Problem sein. Ein wenig Nahrungsmittelknappheit vielleicht, miese Stimmung in den Straßen, aber hoffentlich nichts allzu Dramatisches. Grimmig suchte sie das Moor nach blauen Lichtern ab – nichts zu sehen. Sie schloss die Augen, rieb sich die Schläfe und tastete unter der Kapuze ihren Hinterkopf ab. Die Berührung sandte einen tauben Puls bis runter in ihr Kreuz.

Ein Erloschener.

Ein Magiegeborener.

Sie schaute auf ihre Hände, ihre krummen, vernarbten Finger, und die Erinnerungen, die an ihnen klebten wie Fliegen an einer Fliegenfalle. So viel, das sie tun könnte. So viele Möglichkeiten, aber dann …

Sie schnipste den Deckel von der Flasche und sah ihm hinterher, wie er runter auf die Dächer trudelte, bevor sie den Flaschenhals an ihre Lippen setzte. Jeder brennende Schluck machte den Schmerz in ihren Gliedern sanfter und die Kanten der Nacht weicher.

Hielt die Magie und den Keller fern.

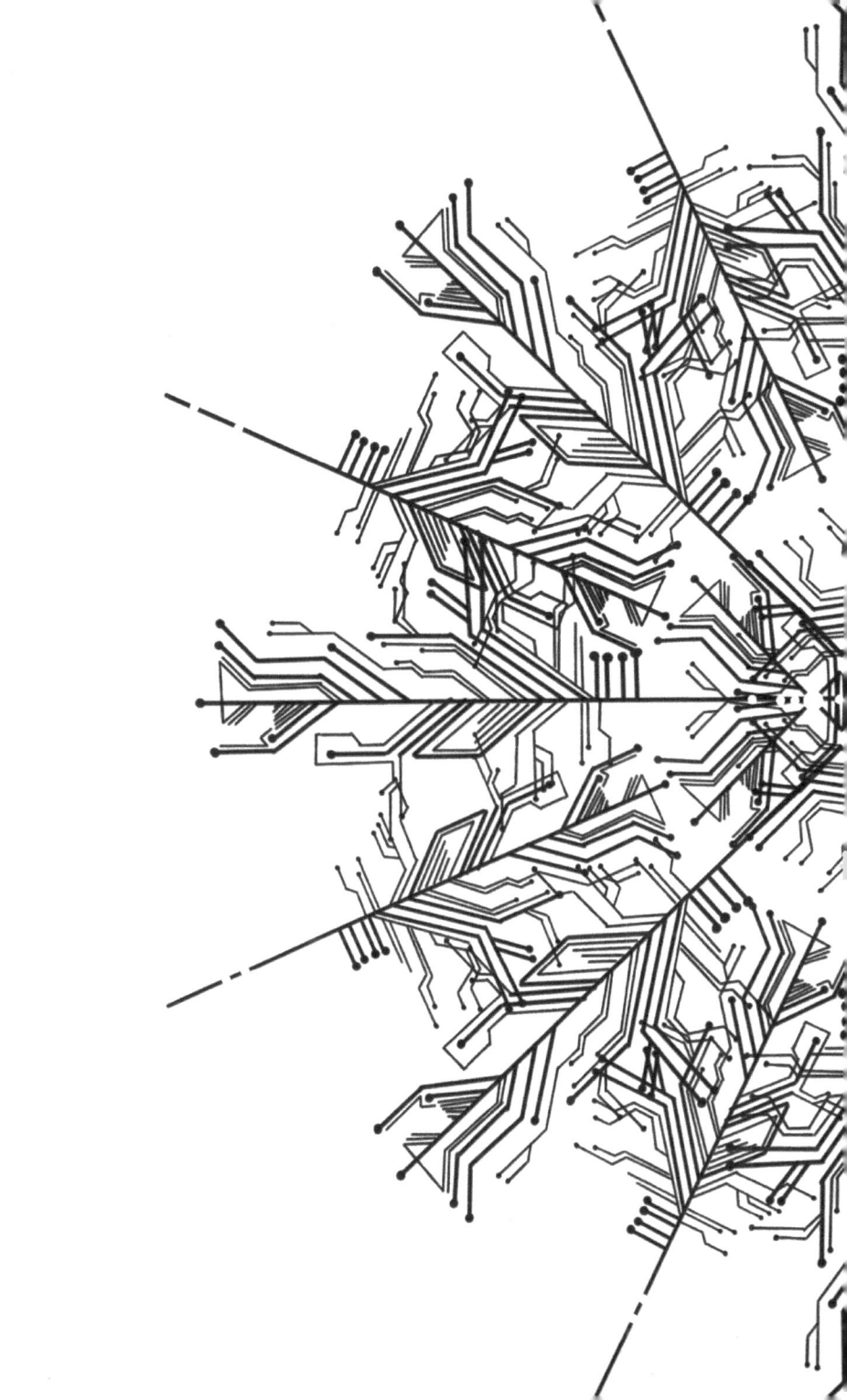

Auszug aus
Was wir über Alchemie wissen
von Prof. Avari Fuchszahn
(3030 na. So.)

Was ist Alchemie?

Alchemie ist eine Technik und Wissenschaft aus den ersten Jahrhunderten nach dem Sonnenschlüpfen, welche (genau wie die Kräfte von Magierinnen) auf altem Wissen des Planeten Edera basiert. Dementsprechend sind die Kenntnisse über Alchemie lückenhaft und die Arbeit der Alchemistin ist eine endlose Reihe an Versuchen und Fehlschlägen.

Was kann Alchemie?

Durch Alchemie können die Fähigkeiten von urmagischen Kreaturen (bspw. von Frostgeiern) extrahiert und in einen Gegenstand übertragen werden, sodass die Besitzerin des Gegenstandes die Fähigkeiten anschließend für ihre eigenen Zwecke benutzen kann. Diese Prozedur führt hierbei ausnahmslos zum Tod der urmagischen Kreatur.

Vereinzelte, eher esoterisch ausgelegte Alchemistinnen behaupten zwar gerne, dass die Seele der Kreatur dabei im Gegenstand »weiterlebt« - diese Theorie erweist sich bisher jedoch als metaphysischer Unsinn.

Was braucht man für Alchemie?

Neben einer lebenden(!) urmagischen Kreatur braucht es für Alchemie vor allem Sonnensäure. Sonnensäure ist eine hochreaktionäre chemische Substanz von goldener Farbe, die hergestellt wird, indem Sonnenlicht in einem sogenannten Sonnenglas gesammelt, destilliert und anschließend über einen längeren Zeitraum eingelagert wird.

Da es keine Anleitungen mehr für die Konstruktion von Sonnengläsern gibt, existiert heute weltweit nur noch ein geschätztes Dutzend intakter Sonnengläser.

HINWEIS: Seit 3015 ist für den Besitz eines Sonnenglases sowie für die Benutzung von Sonnensäure eine Lizenz des Neuen Rates Pflicht. Wird Alchemie ohne diese Lizenz praktiziert, kann eine Haftstrafe von bis zu 20 Jahren verhängt werden.

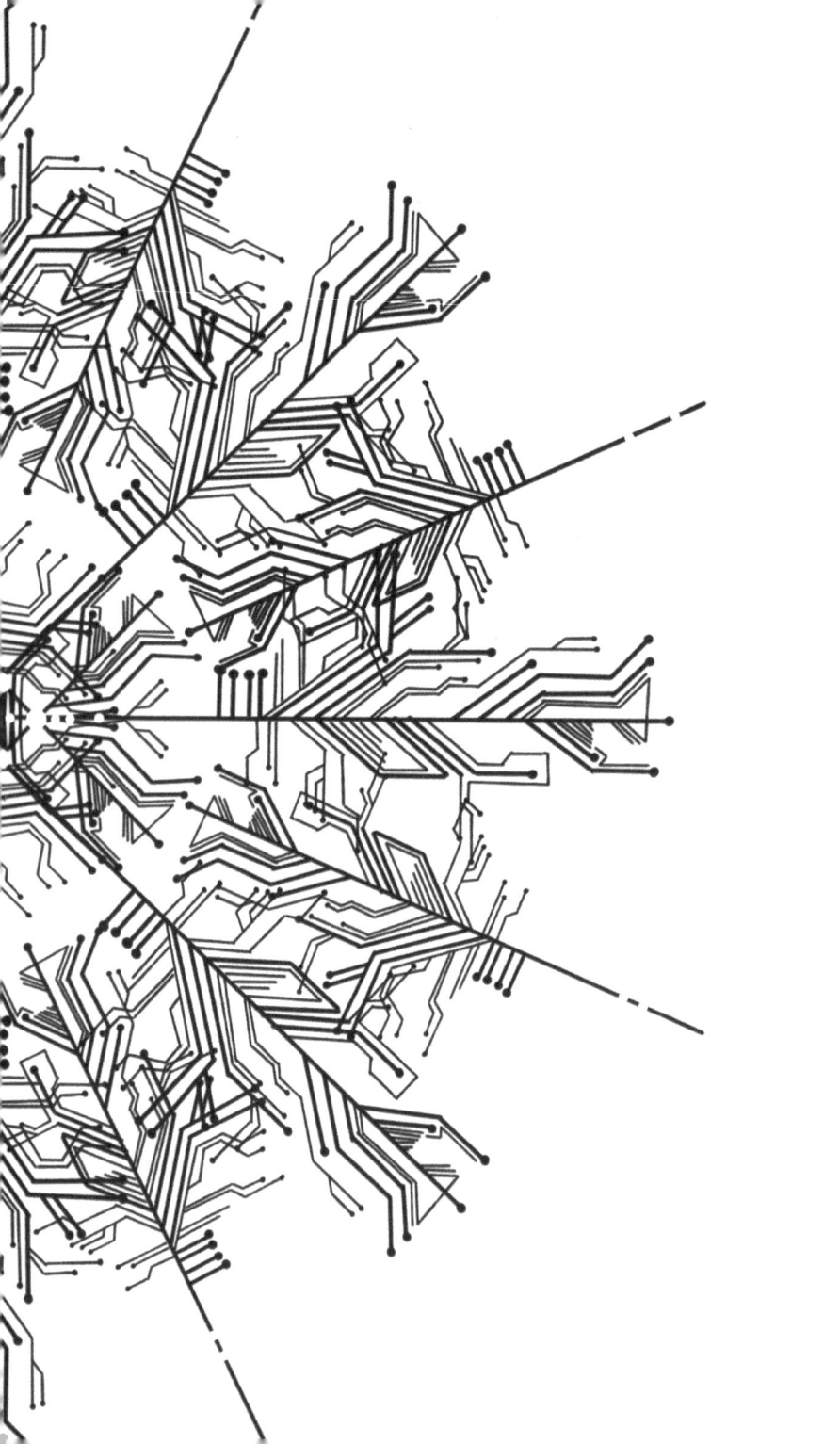

14

3028 nach Sonnenschlüpfen
(vor 9 Jahren)

Auf dem Weg in den Keller bemerkte Olga das Licht unter Milans Zimmertür. Sie wurde langsamer und warf einen Blick nach hinten. Es war so früh am Tag, dass die Morgenröte es noch nicht einmal über die Fensterbänke geschafft hatte – und normalerweise richtete Milan ihre Aufstehzeit nach dem Mittagskaffee. Olga biss sich auf die Zunge und drückte vorsichtig die schwere Klinke zu Milans Zimmer herunter.

»Milan?«

Ihre Freundin saß auf der Kante ihres Bettes, den Blick auf einen Punkt zwischen ihren nackten Füßen gerichtet. Inzwischen war ihr Haar so lang, dass sie gedankenverloren auf einer Strähne herumkauen konnte. Beim Klang von Olgas Stimme hob sie den Kopf und lächelte sie an. »Hey.«

So lautlos wie möglich drückte Olga die Tür wieder zu. »Du bist schon wach?«

»Eher immer noch.« Milan rieb sich die Augen und ihr Blick wanderte aus dem Fenster, eine kleine Falte auf dem Nasenbein. Der für sie typische Haufen an Büchern und Zetteln ergoss sich über den Rest des Bettes und füllte jeden Zentimeter, weswegen Olga in den Rollstuhl kletterte, der am Fußende stand, und leise gähnend das Kinn auf die Knie bettete.

»Hattest du einen Albtraum? Mama kann auch oft nicht schlafen wegen Albträumen.«

Doch Milan schüttelte nur den Kopf, nahm ein Buch von ihrem Schoß und klappte es zu. Anstatt es jedoch beiseite zu legen, verlor sich ihr Blick im Gewebe des Teppichs.

»Milan?«, fragte Olga, nun besorgt.

»Sorry, ich … denke zurzeit nur über viel nach.« Sie strich über den Einband zwischen ihren Händen. »Kennst du die Geschichte von der Großen Schmelze?«

Olga wippte im Stuhl hin und her, sodass die Räder quietschten. »Da hat die eine Oberkommandantin die Sachen aus den Archiven einschmelzen lassen, um mehr Rüstungen bauen zu können.«

»Oberkommandantin Vera Warnfeuer. Und alle Texte zu dem Ereignis sind sich ziemlich einig, dass ihre Entscheidung rückblickend der einzig richtige Zug war und den Menschen ein gutes Jahrhundert erkauft hat.« Sie runzelte die Stirn. »Aber es gab da diese vierzehn Archivarinnen … Sie … es war nicht ihre Aufgabe, eigene Entscheidungen zu treffen, sie waren nicht in der Position … aber trotzdem haben sie sich gegen Veras Befehl gestellt.« Langsam legte sie das Buch auf den Nachttisch. »Ich frage mich … ich denke darüber nach, wie sie … ab welchem Punkt sie …«

Als klar wurde, dass Milan den Satz nicht mehr beenden würde, kletterte Olga aus dem Rollstuhl und setzte sich neben ihr auf die Bettkante, sodass die Papiere unter ihrem Hintern knirschten.

»Die Archivarinnen waren dumm«, erwiderte sie nervös. »Diese Vera hat sie töten lassen. Es wäre schlauer gewesen, einfach mitzumachen, die Sachen wären doch so oder so zerstört worden.«

Milan klappte den Mund auf, doch statt etwas zu sagen, betrachtete sie Olga, ihre zerschlissene Arbeitskleidung, ihre rauen Hände und schließlich ihre bloßen Füße.

»Olga«, setzte sie leise an. »Wenn du und Mora im Keller seid … was genau …«

Ein lautes Klicken der Wanduhr kündete die volle Stunde an. Anspannung schoss in Olgas Glieder. Sie sprang auf und tastete hastig nach ihrem Schlüsselbund. »Ich muss los! Wenn ich bis zum Frühstück nicht fertig bin …«

Schnell drückte sie Milan, die die Umarmung mit Verzögerung erwiderte, und lief wieder nach draußen, in Gedanken bereits im Keller, um heißes Wasser aufzusetzen und Putzmittel anzurühren.

Von allen Zimmern im Anwesen der Kommandantin war ihr das mit den Feuerforellen am liebsten.

Olga hob den schwappenden Eimer über die kleine Stufe in den Raum, bevor sie ihn auf den Boden knallte und den Mopp herauszog. Das nasse Klatschen mischte sich in das Plätschern der Aquarien, die in engen Reihen nebeneinander standen wie gläserne Särge einer Familiengruft und mit ihren Oberflächen wallende Wassermuster an die steinernen Wände warfen. Es sah wunderschön aus.

Mora sagte ihr, sie sollte die Laternen benutzen, doch Olga putzte lieber so, im blauen Licht der Wasserflammen. Sie redete sich ein, dass es den Fischen in den Aquarien so bestimmt auch besser gefiel: Tiefseekreaturen, fern von jeglichem Sonnenlicht aufgewachsen.

Die Lüge war, dass die Fische aus Zuchtbecken einer kleinen Schlachterei hier in Erzweiden kamen und wahrscheinlich nicht einmal wussten, dass es so was wie ein Meer überhaupt gab. Olga wischte den Gedanken zusammen mit den Krümeln Fischfutter am Boden beiseite, bevor sie den Mopp an die Wand lehnte.

Es zahlte sich aus, dass die Kommandantin sie für langsam hielt. Sie hatte sich Mühe gegeben, diesen Ruf zu kultivieren, denn so hatte sie jeden Tag etwa fünfzehn Minuten unter den Tierchen, bevor irgendjemand ungeduldig wurde.

Prüfend schaute Olga über die Schulter zur geschlossenen Eisentür.

Mora sagte, sie brachte ihr Respekt und Disziplin bei. Was sie ihr wirklich beibrachte, war, auf Schritte zu lauschen und Räume zu lesen. Und sie wurde sehr gut darin.

Zufrieden streckte sie sich und begann, die Aquarien entlangzuschlendern, immer einen Finger am Glas. Eine der Forellen folgte ihr den ganzen Meter bis an das Ende ihres Beckens und versprühte in Erwartung eines leckeren Bissens kleine, blaue Flämmchen, die schnell wieder im Wasser verpufften. Olga grinste, stellte sich auf die Zehenspitzen und ließ ihr ein kleines Stückchen Futter hineinfallen.

Das blaue Licht war so hübsch. Angeblich konnte man daraus Kerzen herstellen. Feuer, das auf Wasser brannte und Sirenen fernhielt. Es war Olga egal. Sie betrachtete die geschmeidigen Tiere, die kleinen Flämmchen um ihre Körper und die leuchtenden Spiegelungen an der Decke.

Wenn sie die Augen schloss, hörte sich der Raum an wie der Regen, der auf den Hüftberg plätscherte. Das Glas unter ihren Fingern könnte die Fensterscheibe in ihrem Kinderzimmer sein und mit noch ein wenig mehr Vorstellungskraft roch das Fischfutter wie die Kräuter aus ihrer Küche zu Hause. Würzig, erdig, salzig, faulig.

Moment. Olga öffnete die Augen. *Faulig?*

Sie trat einen Schritt zurück und die kleine Gruppe Fische floh aufgeregt Feuerblasen spuckend in die Ecke, als sie näher an ihr Aquarium trat. Eine der Feuerforellen jedoch trudelte unkontrolliert durch das Wasser und schleifte ihren kleinen Körper an der Scheibe entlang.

»O nein. Ooh, Kleiner.«

Olga drückte die Hand ans Glas, ihr Atemnebel auf der Scheibe, während der Fisch den Mund öffnete und schloss. Seine blausilbernen Schuppen sahen gesund aus, doch auf der Hinterflosse des Tieres blühten graue Risse.

Flossenfäule.

»Scheiße, Kleiner.«

Es gab kein Heilmittel für Flossenfäule, trotzdem sah sich Olga im Raum um, als könnte sich wie durch himmlische Fügung eins neben einem der Aquarien materialisieren. Hilflos schaute sie wieder zum Fisch.

»Ich … ich kann dir nicht helfen, sorry.«

Schwarze, glänzende Augen erwiderten ihren Blick. Die Forelle schlug mit den gesunden Flossen, eierte jedoch nur wieder in die Ecke und schob sich langsam am Glas entlang, während die anderen Tiere vor ihr zurückwichen.

»Ich kann nichts machen, ich … Ich kann …«

Olga verstummte, ihre Worte ein kleiner Nachhall im Kellerraum.

Das stimmte nicht.

Sie konnte es versuchen, aber … ihr Blick schoss wieder zur Tür. Fest verschlossen. Hin und her gerissen betrachtete sie den erkrankten Fisch, bevor sie die Fäuste auf die Augen drückte und einen tiefen Luftzug erzwang.

Für mindestens die nächsten zehn Minuten war sie allein. Und sollte doch jemand kommen … konnte sie es mit dem blauen Licht der Forellen überspielen.

Entschlossen fixierte Olga den Fisch.

»Hey, hey, ganz ruhig … schhht!«, murmelte sie, als sie den Arm bis zum Ellenbogen ins Aquarium steckte. »Ich helfe dir. Lass mich helfen.«

Der Fisch versuchte, zu fliehen, doch zuckte nur unkontrolliert durch das Wasser, seine Flosse ein nutzloses Anhängsel aus abgestorbener Haut. Olga verzog das Gesicht und bekam das Tier zu fassen. Kalte Flammen rollten über ihre Haut wie kleine Luftküsse. Kurz bewunderte sie den Anblick, bevor das Tier heftig ausschlug und sie aus ihrer verträumten Starre riss.

»Entschuldige«, stammelte sie. »Hey … hey! Lass es mich probieren oder du stirbst, ja? Idiot.«

Nach einem letzten, nervösen Blick zur Tür schloss sie die Augen.

Es war nicht leicht. Sie hatte noch nie versucht, bewusst Magie zu wirken und kurz lähmte sie die Angst. Eine alte Angst, ihre eigene kombiniert mit der ihrer Mutter, wie sie ihre Hand packte und ihren winzigen Körper schüttelte, als könnte sie es so aus ihr herausprügeln, diesen Instinkt … diese wunderbare, schmale Verbindung zu etwas Größerem.

Eine Verbindung, die nie, nie, niemals jemand sehen durfte.

Mamas panische Stimme hallte durch ihren Kopf. »*Mach das nie wieder. Mach das nie wieder, sonst nehmen sie dich weg, verstanden? Unter KEINEN Umständen.*«

Also hatte Olga es nie wieder gemacht.

Und wurde trotzdem weggenommen.

Olga öffnete sich und lockte es an, das Kribbeln, das sich erst in ein Knistern wandelte, bevor es in ein schrilles Summen aufbrach. Als wäre sie ein Blitzableiter im Sturm.

Und plötzlich war die Magie da – krachte in sie hinein, riss alles mit. Sie war ein Nadelöhr, durch das ein Tsunami donnerte. Erschrocken schrie sie auf, ließ den Fisch los – die Magie zerplatzte, doch etwas anderes machte ihr Platz, ein *BLICK*, der von allen Seiten in sie hineindrang. Sie fuhr um sich selbst, die Arme nass und die Augen weit aufgerissen.

»Hallo?«, schrie sie in bebender Alarmbereitschaft.

Das Gefühl ließt nicht nach, legte sich um sie wie Öl und glitt über ihre Gänsehaut. Feucht. Nahe. Ihr Aufschrei gellte in ihren eigenen Ohren. Sie schlug um sich in einem Versuch, es abzuschütteln – traf nur Luft – rutschte aus und schlug auf den Hintern, die Arme um ihren Kopf gekrallt, die Knie angezogen.

»Weg!«, brüllte sie. »WEG!«

Die letzten Reste Magie verflogen als knisternde Luft. Das Gefühl wurde dünner, schwächer … verschwand. Langsam hob Olga die Arme vom Kopf, der Kittel schweißgetränkt, und sah sich im Raum um.

Nichts. Alles wie immer, nur kaltblaue Wasserspiegelungen und das sanfte Plätschern der Aquarien. Was auch immer das gewesen war, es war wieder verschwunden. Als wäre es von ihrer Magie angelockt worden und hätte dann, sobald ihre Magie wieder verflogen war, das Interesse an ihr verloren.

Olga schaute zu den leuchtenden Forellen, wie sie an die Scheibe schwammen und neugierig ihren Blick erwiderten, ihre filigranen Flossen schwebten im Wasser wie Seide.

Mit einem Keuchen rappelte sich Olga auf, wischte die Hände am Kittel ab und stürzte zum Aquarium.

Der erkrankte Fisch trieb mit dem Bauch nach oben an der Wasseroberfläche, seine Flossen zu Fetzen verrottet und der leblose Leib zur Unkenntlichkeit vergammelt. Bestürzt trat sie zurück. Nein – sie hatte doch – das hatte sie nicht gewollt, das war das Gegenteil von dem, was sie versucht hatte! Im Glas sah sie die Spiegelung ihrer zitternden Unterlippe.

Das Geräusch der Türklinke ließ sie zusammenzucken. Sie musste sich fangen, *jetzt,* denn sie hatte nie die Essays vergessen, die Mora ihr gegeben hatte. Der Aufsatz über die Überlegenheit von Alchemie.

Eine bedauernswerte Verschwendung wertvoller Ressourcen.

Alchemie hatte keinen Zugriff auf die Kräfte von Magierinnen und damit keinen Zugriff auf *Olgas* Kräfte. Das war allerdings keine Garantie, dass die Kommandantin es nicht trotzdem versuchen würde.

Vor allem, weil ihre Kräfte sich nicht an die Regeln hielten.

»Was soll das? Was ist hier los?«

Ein letzter Blick auf ihr groteskes Werk im Aquarium, dann drehte sich Olga um und faltete die Hände auf dem Rücken.

»Tut mir leid.« Ihre Stimme war fest, ihr Blick auf den Boden gerichtet. »Ich habe mich nur erschrocken. Da ist ein toter Fisch.«

Klappernde Schritte und das Wischen des Umhangs über den Boden. Olga schaute nicht auf, auch nicht, als die Kommandantin sie zur Seite schob und an das Aquarium trat, um das tote Tier zu betrachten.

»Hast du das Wasser gestern ausgetauscht?«, fragte sie scharf.

Olga nickte.

»Den Salzwert überprüft?«

Nicken.

Ein langer, prüfender Blick.

»Gut. Pech. Wirf ihn weg, bevor er die anderen kontaminiert. Und beeil dich, du musst noch die Sonnensäure austauschen. In zwei Stunden brauche ich eine betriebsfähige Esse.«

Wieder nickte Olga und ohne einen weiteren Kommentar drehte die Alchemistin sich um und verließ den Raum. Olga verharrte, bis sie keine Schritte mehr hören konnte. Dann ging sie in die Hocke und erbrach sich in den Putzeimer.

Rundschreiben des Einwohner-meldeamts Erzweiden an die Waisenhäuser der Silberlanden (2977 na. So.)

Bei fehlenden Ausweisdokumenten / fehlenden Informationen zur Person sind in Waisenhäusern abgegebenen Kindern folgende Nachnamen zuzuteilen:

Σ BORDSTEIN bei auf der Straße aufgelesenen, verwaisten Kindern

Σ TREIBGUT bei auf dem Meer gefundenen / durch Schiffbrüche verwaisten Kindern

Σ MOORFUND bei im Moor aufgelesenen / durch Irrlichterangriffe verwaisten Kindern

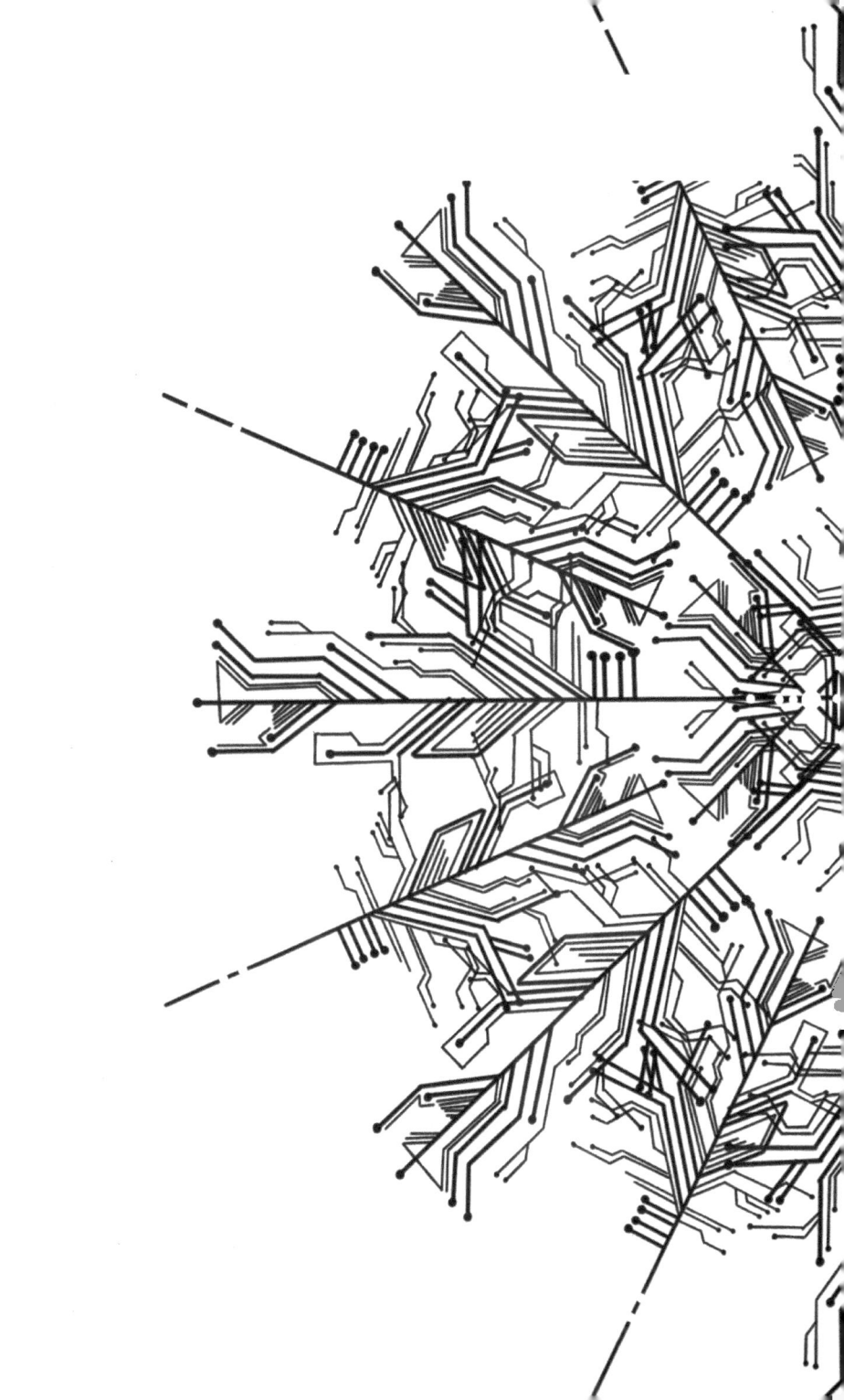

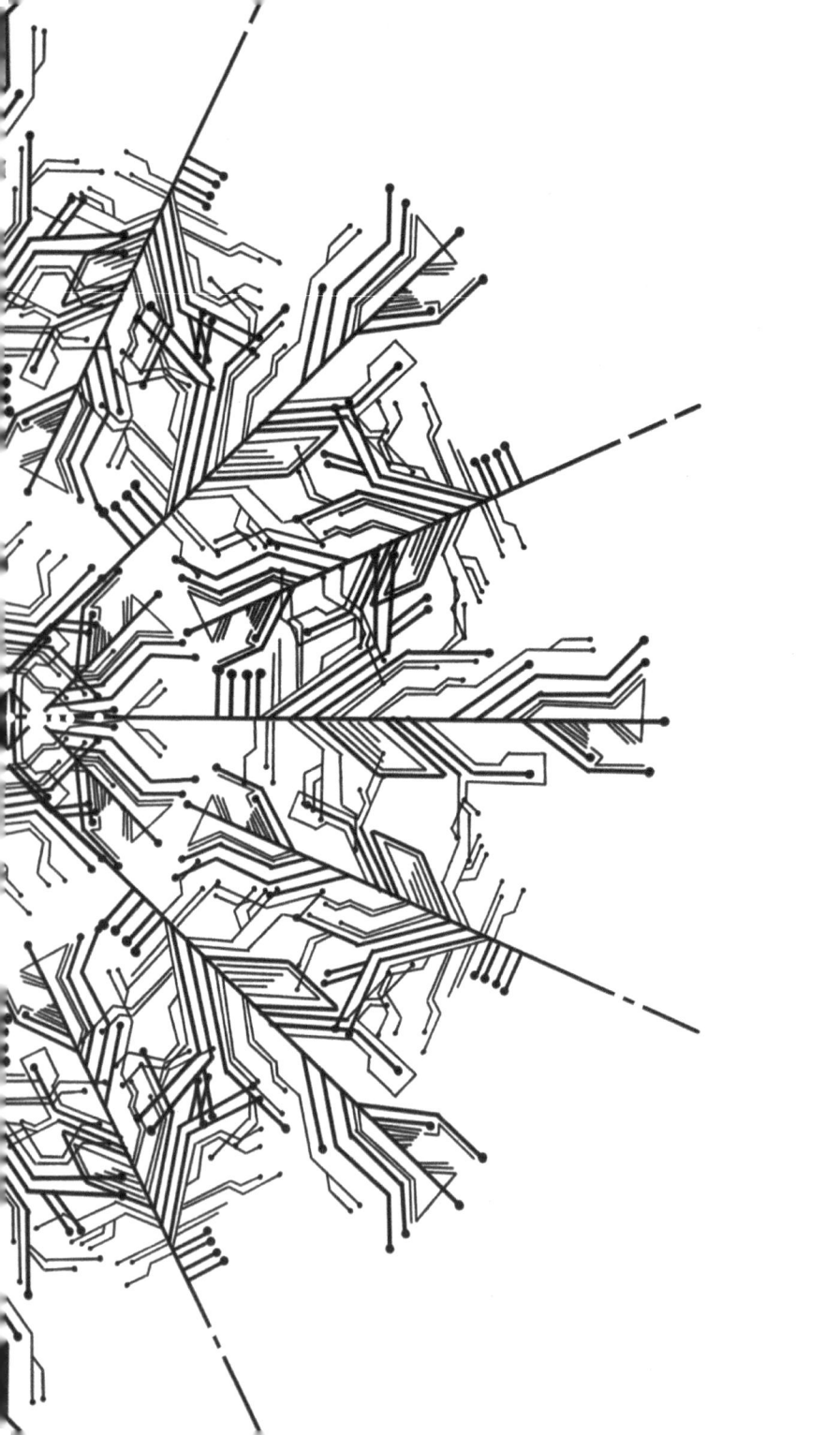

15

3037 nach Sonnenschlüpfen
(Gegenwart)

Ohne auf die Arbeitenden zu achten, die ihr genervte
Blicke zuwarfen, trampelte Olga durch die Kathedrale
der Kerzen. Im Lager angekommen, stapfte sie zum
Büro und trat die Tür mit einer solchen Wucht ein, dass Sonja
am Schreibtisch zusammenfuhr. Sonjas Kollegin, eine große
katzenartige Frau mit goldenen Augen, rutschte vor Schreck der
Aktenordner aus der Hand.

»Was?«, schrie sie auf.

Olga stutzte und erwiderte ihr überraschtes Starren. Sie hatte
damit gerechnet, Sonja allein vorzufinden und so, ohne Postuni-
form oder Brief in der Hand, fehlte ihr die Ausrede. Mit einem
Räuspern strich sie sich das braunrote Top glatt.

»Ich muss mal kurz mit Sonja reden. Es geht um …« *Ja,
gute Frage, worum geht es?* »Um letzte Nacht.«

Eine verärgerte Röte schoss auf Sonjas Wangen, doch die
Kollegin schien den Unterschied zwischen Verärgerung und
Scham nicht sehen zu können. Ihre Skepsis verwandelte sich

in verstohlene Neugierde. Langsam taxierte sie Olga, wobei ihr Blick am Kopfverband hängenblieb.

»Sonja, meine Liebe«, schnurrte die Kollegin, nahm einen Schluck aus ihrer Kaffeetasse und schielte verstohlen zu Olga. »Du hast gar nicht erzählt, dass du dich mit jemandem triffst ...« Sonja stand auf. »Ich –«

»O ja, tut sie, so richtig!« Olga lief zu Sonja, packte sie an der Taille und schob sie aus dem Büro in die Lagerhalle. »Sie kennt schon die Namen meiner Topfpflanzen. Ich habe sie meinem Dealer vorgestellt. Wir wollen heiraten.«

»Was zum Henker wird das?«, zischte Sonja.

»Nur ein wunderbarer Sommerspaziergang mit meiner Liebsten. Spiel mit, Miststück.«

»Miststück?« Zornesflecken bedeckten ihren Hals. »Wer ist hier das Miststück?«

»Schön, dich kennengelernt zu haben!«, schrie Olga Sonjas Kollegin noch strahlend zu, dann schubste sie Sonja durch das Tor aus der Lagerhalle hinaus ins Sonnenlicht.

Zu ihrer Rechten rumorte die Schlachterei mit ihren verkrusteten Schornsteinen, die den Geruch nach Sonnensäure in die Luft pumpten – Olga zog Sonja nach links und zwischen die Wasserbecken, in denen die gezüchteten Feuerforellen verzweifelt um jeden Flecken Schatten kämpften. Bei dem Anblick der Fische kam die Erinnerung an das verfaulte Tier zurück und ließ Olgas Kiefer mahlen.

Sonjas aufgebrachtes Flüstern riss sie zurück in die Gegenwart. »Bei den Knochen, Olga!« Mit einem Klatschen schlug sie ihre Hand weg. »Du kannst nicht einfach so ohne Vorwarnung reinstürzen! Das ist meine *Deckung*, mit der du da spielst!«

»Scheiß auf deine Deckung, *du* spielst mit meinen *Nerven*!« Sie schaffte es nicht mehr, ihre Stimme ruhig zu halten. »Fünf Tage. Dann läuft die Frist für Mamas Kaution ab.«

»Und da kommst du zu mir und machst Radau?«

»Wo bleibt mein Geld, Sonja?«

»Ich hab Druck gemacht, dass sie sich beeilen sollen, aber –«

»Wie lange kann es dauern, ein paar beschissene Eisenplatten zu überprüfen?«

»Nun, anscheinend eine Weile!« Jetzt wurde auch Sonja laut. Sie bemerkte es und seufzte. Ohne ihren Sonnenhut machte die Hitze ihr sichtlich zu schaffen, sie wischte sich über die Stirn und fügte etwas ruhiger hinzu: »Rondor wird dir das Geld schon noch rechtzeitig bringen. Bis jetzt hat er die Dinge stets zuverlässig geregelt bekommen, oder?«

»Es gibt immer ein erstes Mal.« Unruhig tigerte Olga hin und her. »Wahrscheinlich hat er sich mit meinem Geld verpisst und in irgendeiner Ecke totgesoffen, nur um mich zu ärgern.«

Mit schräg gelegtem Kopf lauschte Sonja Olgas Stiefeln im Sand. Schließlich setzte sie sich mit raschelnden Röcken auf die Beckenkante, tupfte sich den Schweiß aus dem Nacken und deutete neben sich. Olga hörte auf, hin und her zu tigern und starrte sie an. Sonja seufzte.

»Wenn du dich nicht abregst, denkt Iva noch, wir haben die Verlobung abgesagt. Danke übrigens für diese wunderbare Lüge, die ich jetzt aufrechterhalten muss, das wird bestimmt überhaupt nicht anstrengend werden.«

»Iva denkt auch, du hast das Tippen an der Universität Nordport gelernt und deine Eltern sind stinkreich«, sagte Olga. »Was ist da eine Lüge mehr?«

»Woher willst du wissen, dass meine Eltern nicht stinkreich sind?«

»Weil du dann nicht in einem Viertel arbeiten müsstest, das riecht wie die Arschritze eines Extremsportlers.«

Sonja zuckte mit den Schultern. »Ich habe Iva nicht angelogen. Ich widerspreche ihr nur einfach nicht.«

Mit gerecktem Hals schaute Olga zur Lagerhalle. »Keine Iva in Sicht.«

»Oh, ich gehe jede Wette ein, dass sie genau an diesem Moment mit dem Fernglas am Bürofenster klebt.«

Erneut tätschelte sie die Beckenkante neben sich. Olga murrte und setzte sich, allerdings nicht, ohne einen Stein ins Becken zu treten. Die Sonne fraß sich in ihre nackten Arme und dank des Kopfverbandes konnte sie ihre Haare nicht hochstecken, sodass ihr Nacken ein verdammter Sumpf war. Selbst die kurze Hose half nicht, vor allem nicht mit den dutzenden Schnallen aus Metall, die sich nach und nach aufwärmten wie Herdplatten.

»Ich brauch das Geld«, raunte sie. »Das ist kein Witz, Sonja. Ich muss das rechtzeitig zahlen, ansonsten … ansonsten fällt alles auseinander.«

»Hast du nicht Ersparnisse? Was ist mit der Post, die bezahlt dich doch auch?«

Olga schüttelte den Kopf. »Ich kann grad nicht zur Arbeit.«

»Was?« Überrascht wandte sie ihr das Gesicht zu. »Warum nicht?«

Olga öffnete den Mund, schloss ihn wieder und starrte zu Boden, die Ellenbogen auf den Knien abgestützt. Unterm Verband pochte ihr Schädel und auch die Verbrennung an ihrem Arm juckte immer noch. Milans besorgter Blick erschien vor ihrem inneren Auge. »Geht grad einfach nicht.«

Neben ihr verlagerte Sonja leicht das Gewicht. »Nun, pass nur auf, dass du den Job nicht verlierst. Sonst kannst du keine Briefe mehr mitgehen lassen …«

»Ich weiß.«

»… und der Hohepriester zahlt nicht mehr. Also. Generell nicht mehr.«

»Ich weiß.«

Sonja lehnte sich zurück und legte den Kopf in den Nacken, die milchigen Augen nachdenklich zum Himmel gerichtet. »Hat es was mit dem Erloschenen zu tun, der eure Haustür eingetreten hat?«

»Ganz ehrlich? Ja. Er hat …« Sie hielt inne, die Ellenbogen auf die Knie gestützt und starrte Sonja an. »Woher weißt du das?«

»Was?«

»Das mit dem Erloschenen.«

Sie lachte auf. »Du lebst im Veteranenviertel, Olga. Gerüchte verbreiten sich schnell.«

Aber nicht so schnell. Misstrauisch betrachtete sie ihr Gegenüber, ihr weiches Gesicht und das hübsche, unschuldige Lächeln. Betont unschuldig.

Sie dachte an Rondor, der ihr das Angebot mit den Eisenplatten gemacht hatte, gerade, als sie es am meisten brauchte. Er hatte vor ihr von der Kaution gewusst – hatte gewusst, dass ihre Mutter die Soldatin zusammengeschlagen hatte. Langsam erhob sich Olga.

»Der Hohepriester bespitzelt unser Haus?«, beendete sie ihren Gedankengang laut.

Sonja blinzelte. »Was? Nein. Nein, er hat nur …« Den Finger zum Argument angehoben, hielt sie inne, dann ließ sie ihn jedoch nur in ihren Schoß fallen und hob die Schultern. Als wollte sie sagen: Was soll's?

»Es könnte sein, dass er eventuell, ganz vielleicht, ein wenig ein Auge auf dich hat, ja.«

Schockiert trat Olga vor ihr zurück. »Klasse. Fantastisch. Danke für das Grundvertrauen.«

»Olga«, seufzte Sonja. »Nimm's nicht zu ernst. Der Typ leitet einen fanatischen Kult, der glaubt, dass in ein paar Jahrzehnten eine zweite Sonne aus dem Mond ausbrechen und alle Magie auf der Erde auslöschen wird. Er glaubt außerdem, dass ich eigentlich eine Gestaltwandlerin bin und mich nachts in eine Taube verwandele, um ihn im Schlaf zu beobachten. Was ich sagen will … er hat nicht mehr alle Bohnen in der Dose, okay?«

»Spar dir deinen beschwichtigenden Scheiß.« Olga ballte die Hände zu Fäusten. »Wer ist es?«

»Ich … der Hohepriester?«

»Nein. Wer spioniert mein Zuhause aus?«

Hilflos hob Sonja die Hände. »Hey, du bist nicht die Einzige, die bezahlt wird, damit sie keine Fragen stellt.« Den Kopf schräg gelegt hielt sie inne. »Aber was ist jetzt mit diesem Erloschenen passiert? Was wollte er von dir?

»Meine Fresse, ist doch egal! Er war da, es gab Schläge, er ist wieder gegangen.« Olga pfefferte einen letzten Stein in das Fischbecken, sodass die Feuerforellen in alle Richtungen davonstoben. Bitter betrachtete sie die wallenden Flossen. »Hab nichts mit Magischen am Hut. Weißt du doch.«

»Klar. Aber –«

»Ich gehe. Kontaktiert mich erst wieder, wenn ihr meine Bezahlung habt.«

»*Du* bist in *meinen* Arbeitsplatz getrampelt. Aber ja, klar.« Finster wischte Sonja sich den Schweiß aus dem Nacken – dann fuhr ihr Kopf hoch, als Olgas sich mit knirschenden Schritten entfernte. »Hey. Hey!«

Olga wirbelte herum. »Was?«

»Lässt du mich jetzt hier sitzen?« Empört breitete Sonja die Arme aus. »Ernsthaft?«

»Ja. Viel Spaß. Fall in keinen Teich.«

»Du –«

Sonjas Beleidigungen hallten ihr nach, bis sie die Lagerhalle betrat und das Rasseln und Brodeln der Kerzenfabrik alle anderen Geräusche überlagerte. Der Gestank nach Wachs und Fisch verfolgte Olga noch bis auf die Straße und sorgte dafür, dass ihr Kopfschmerz sich von einem leichten Pochen in ein regelrechtes Hämmern steigerte.

Der Hohepriester ließ also ihr Haus bespitzeln. Ein Grund mehr für ihre Mutter und sie, sich diesen Feres vom Leib zu halten. Zweiundzwanzig Jahre hatten sie es geschafft, dass Olga nicht mit Magie in Verbindung gebracht wurde. Das würde verdammt noch mal auch so bleiben.

Eine Gänsehaut rollte über ihre Arme. Mitten in der Straße blieb sie stehen, sodass ein paar Leute ihr schimpfend auswichen, und drehte sich einmal um die eigene Achse. Die Dächer flimmerten mit ächzenden Dachschindeln in der Hitze, waren bis auf ein paar Tauben jedoch leer.

So ging das schon seit zwei Tagen. Es war Adva, die ihr folgte, da war sie sich sicher. Auch wenn die Hundsziege nicht so dumm war, sich ihr noch einmal zu zeigen – Olga erkannte eine Einladung, wenn sie sie sah, aber sie brauchte den Erloschenen und seine Hundsziege nicht. Nicht, wenn sie ihre Mutter für Antworten hatte.

Olga wartete, bis die Gänsehaut wieder verschwunden war, bevor sie sich in Bewegung setzte, die Hand um die Pistole in ihrer Hosentasche geschlossen.

»Ich bin es!«, schrie Olga ins Haus, bevor sie die Stiefel abschüttelte und die Tür ins Schloss knallte. Im ersten Stock hörte sie Geschirr klirren. Sie betastete die gereizten Flecken, die ihr die Sonne auf den Rücken gestempelt hatte, bevor sie zur Treppe lief und den Hals reckte. Vor der Zimmertür ihrer Mutter standen zwei leere Teller, ebenso ein paar benutzte Tassen, in denen Teebeutel austrockneten. Olga sammelte alles ein und trug es zur Küchenspüle, in der sich das dreckige Geschirr bereits stapelte, bevor sie wieder die Treppe hochging und vorsichtig anklopfte.

»Mama? Es sind jetzt zwei Tage. Wir müssen reden.«

Nichts. Olga presste das Ohr ans Holz und lauschte, dann drückte sie die Klinke runter. Die Tür öffnete sich eine Handbreit, bevor sie auf Widerstand stieß. Ungläubig presste sie das Gesicht in den Spalt. Die Kommode stand auf dem Bett, beides war vor die Tür geschoben.

»Beim Salz meiner Ahnen.« Ungläubig rüttelte sie an der Barrikade. »Wie zum Henker hast du die Kommode allein da hochbekommen?«

»Geh weg.« Die Antwort ihrer Mutter war kaum mehr als ein heiseres Flüstern.

Erst stemmte sich Olga mit der Schulter gegen die Tür, dann quetschte sie den Arm durch den Spalt und boxte gegen die Kommode. Sie wackelte nicht einmal.

»Lass mich rein.«

»Nein.«

»Oh, verfickt noch mal, Mama, stell dich nicht so an.«

»Ich habe dich verletzt.«

Olga hörte auf, an der Kommode zu grabbeln und ließ die Hand sinken. Die Stirn an der Tür lauschte sie auf eine Bewegung, vielleicht auf das Rascheln von Kleidern, aber ihre Mutter blieb still.

Vorsichtig streckte sie wieder die Hand in den Raum und legte sie auf den Bettrahmen, als wäre er eine Schulter, die tröstend gedrückt werden muss. »Mir geht es gut, Mama«, murmelte sie gegen das Holz. »Ich komme klar.«

»Ich habe dich angegriffen. *Dich*.«

»Mama ...«

»Ich hätte dich umbringen können.«

»Hast du aber nicht, okay? Das war ein Unfall und nicht deine Schuld. Ich habe die Situation falsch eingeschätzt, ich hätte ihn nie reinlassen sollen. Das nächste Mal passe ich besser auf.«

Sie hörte, wie ihre Mutter ein bitteres Lachen unterdrückte. »Das nächste Mal?«

»So meinte ich das nicht.«

»Du solltest nichts … *einschätzen* müssen. Es darf kein nächstes Mal geben, es hätte nicht einmal dieses Mal geben dürfen.«

»Gab es aber! Also was, willst du dich jetzt wie ein Scheißkind in deinem Zimmer verkriechen?« Olga zog die Hand zurück und verschränkte die Arme vor der Brust. »Bockig in der Ecke sitzen und dich zudröhnen?«

In der darauffolgenden Stille konnte sie die Passanten auf der Straße hören und das sanfte Stimmengemurmel der Stadt, das Flirren und Flimmern des Sommers. Es roch wieder nach Gewitter – ein gutes Zeichen. Wenn viele Gewitter kamen, blieb es meistens bei einem schneelosen, milden Herbst.

Als Olathe wieder sprach, war ihre Stimme so blass wie der Rauch, der sie prägte. »Du bist bei mir nicht sicher.«

Olga konnte nicht verhindern, dass ihr ein frustrierter Seufzer entschlüpfte. Ihr Kopf rumorte und die Prellungen von vorgestern hatten inzwischen die Farbe von Roter Bete, trotz der Tinkturen und Salben, die sie sich angerührt hatte. Bei jeder Bewegung tat irgendetwas weh. Na und?

»Okay«, murmelte sie gegen das Holz. »Okay. Dann erzähl mir wenigstens von diesem Erloschenen.«

Regungslose Stille. »Da gibt es nichts zu erzählen«, sagte ihre Mutter schließlich.

»Klar. Und ich bin Opernsängerin. Wer ist der Typ?«

»Niemand, er ist nur … wir kennen uns halt.«

Frustriert rieb Olga sich das Gesicht. »Wart ihr zusammen? Habt ihr gevögelt?«

»Spatz …«

»Was, hast du Papa mit ihm betrogen oder was?«

»Olga!« Ein lautes Rumpeln, als Olathe aufsprang und durch den Raum zum Bett marschierte. Aufgebracht bellte sie: »Das darfst du auch nicht nur eine Sekunde glauben!«

Olga zog die Hände von den Wangen und funkelte zufrieden die Tür an. »Hat Papa deshalb Magier gehasst?«, stichelte sie weiter. »War er deswegen so angewidert von mir?«

»Dein Vater war nicht von dir —«

»Ach, komm schon, Mama, spar dir den Scheiß. Denkst du etwa, ich hab das alles nicht mitbekommen?« Wütend zählte sie an ihren Fingern ab. »Papa wollte mich zu den Magiern geben, du hast ihn davon abgehalten, ihr habt euch zerstritten, er hat mich gemieden und sich besoffen. Brauchst mich nicht belügen. Ich war dabei.«

»Dein Vater hat Feres nicht einmal wirklich kennengelernt, Feres war längst … weg.«

»Okay, also was war es dann?«

»Bojan und ich waren uns immer treu!« Etwas bockig fügte Olathe hinzu: »Abgesehen davon interessiert mich Sex nicht wirklich.«

»Okay! Von mir aus!«, rief Olga. »Zehn Sternchen für euch und eure monogame Ehe! Woher kennst du diesen Typen dann?«

»Aus dem Krieg!«

»Ja, und weiter? Habt ihr gegeneinander gekämpft? Er beim Magieraufstand und du bei der Stadtwacht?«

»Ich … nein, schlimmer.«

»Was soll das denn heißen, schlimmer? Inwiefern schlimmer?«

Die nächste Stille war ohrenbetäubend.

»Ich kann nicht darüber reden, ich …«

Olga trat zurück, drehte sich um und stemmte die Hände aufs Geländer. Rauchend vor Zorn wippte sie auf den Füßen auf und ab und starrte in den Eingangsbereich hinunter. Es war zum Schreien. Genauso gut könnte sie versuchen, einen Tresor mit einem nassen Wattebällchen aufzubrechen.

»Gut«, sagte sie, und dann noch einmal, brüllte es der Zimmertür entgegen. »Gut! Ich muss also wieder alles allein regeln. Schon verstanden.« Sie stapfte den Flur hinab.

»Alles?« Der Tonfall ihrer Mutter schwang von aufgebracht zu alarmiert. »Alles? Olga, was meinst du damit?«

Schon halb in ihrem Zimmer, drehte sie sich noch einmal um. »*Alles* halt!«

Damit knallte sie die Tür zu, dass der Spiegel auf ihrer Kommode wackelte und weil sie schlecht ihre Mutter treten konnte, trat sie gegen das Bett, schrie auf und umklammerte ihren großen Zeh.

»Will nicht darüber … stellt einfach ihr Bett vor … blöde Kuh … leck mich doch am Arsch.«

Den pochenden Zeh von sich gestreckt, hüpfte sie zu ihrem Spiegel. Der Verband um ihren Kopf hatte sich gelockert und hing ihr in die Augenbrauen. Sie wickelte ihn ab, drehte sich um und trat näher an den Spiegel. Gesäubert und genäht sah die Verletzung längst nicht mehr so schlimm aus, doch eine kleine kahle Stelle würde wohl zurückbleiben. Vorsichtig griff Olga nach der Wunde, erstarrte jedoch, die Fingerspitzen über der geschwollenen Haut.

Der Fisch kam ihr wieder in den Sinn, wie er verrottet in seinem Aquarium trieb.

Olga wusste nicht einmal, ob sie sich selbst heilen konnte. Sie hatte es nie versucht. Was, wenn sie es schlimmer machte, so, wie sie die Flossenfäule des Fisches schlimmer gemacht hatte? Vielleicht würde sie den Schnitt nur vergrößern, bis er ihre Schädeldecke durchdrang und ihr das rosaschimmernde Hirn spaltete.

Mit leichter Übelkeit trat sie vom Spiegel zurück.

Über ihr knarzte es. Olga stutzte, hob den Blick zum Dach und lauschte.

Draußen auf der Straße ratterte ein Karren im vollen Tempo vorbei, wie um dem Sonnenuntergang zu entkommen, der am Horizont reifte. In der Ferne rumorte das nahende Gewitter. Olga tauschte einen mürrischen Blick mit ihrem Spiegelbild, dann stellte sie den Fuß auf die Fensterbank und steckte den Kopf nach draußen, die Fingerspitzen in die glühende Regenrinne gekrallt.

Adva stand auf dem Dachgiebel, den langen Schweif um den Schornstein gelegt, und erwiderte aus unerbittlichen goldenen Augen ihren Blick. Als Olga sich aufrichtete, rollte sie mit den Lefzen, rührte sich jedoch nicht vom Fleck.

Olga starrte erst sie an, dann über die Schulter. Die Dächer der Nachbarinnen lagen leer da, die Fenster waren gegen die Hitze des Tages mit Tüchern verhangen und unten auf der Straße tröpfelten die Leute erschöpft zurück in ihre Häuser. Niemand schaute hoch.

Sie wandte sich wieder zur Hundsziege und musterte sie. Ihr weißes Fell starrte nur noch mehr vor Dreck als bei ihrer letzten Begegnung und der Schnitt auf ihrer Schnauze, das Souvenir von ihrem Treffen mit Olathes Flaschenhals, war verkrustet und entzündet.

»Wir haben beide ordentlich eins von Mama abbekommen, was?«, murrte Olga. »Und wofür? Damit sie mir nicht mal sagt, warum sie dein Herrchen umlegen wollte? Hab ich mir nach all den blauen Flecken keine Erklärung verdient?« Sie verschränkte die Arme auf der Regenrinne und nickte Adva verschwörerisch zu. »Ich wette, dein Herrchen redet, oder? Bestimmt. Der Idiot kann wahrscheinlich keine zwei Minuten die Klappe halten. Ich beneide dich um so ein kommunikatives Familienmitglied.«

Die Hundsziege glotzte sie nur ausdruckslos an.

»Okay. Lass mich meine Schuhe holen.«

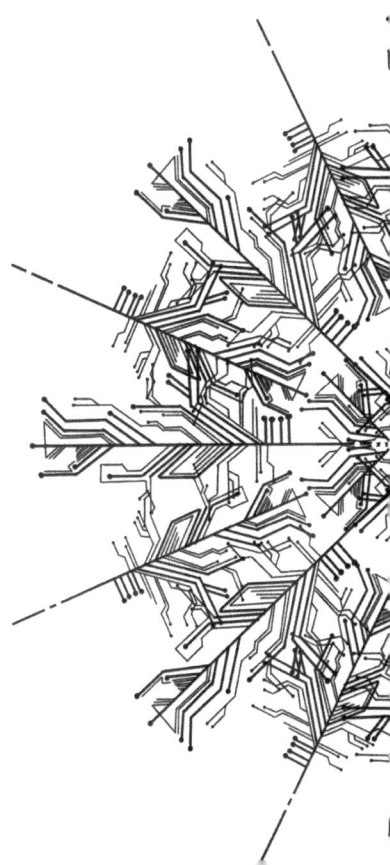

Brief vom 13.02.2987, Gläserne Städte. Gefunden am Leichnam eines Reisenden (Todesursache: Totschlag. Täter*in unbekannt).

Liebstes Schwesterchen,

ich bin sicher in den Gläsernen Städten angekommen und werde ein paar Tage Pause machen, bevor es weiter zum Friedhof der Raumschiffe geht. Die Anreise durch die Wüsten war, um es nett zu formulieren, zum Kotzen. Ich schwöre, ich werde noch bis an mein Lebensende Glasstaub aus meiner Arschritze kratzen.

Aber dir würden die Wüsten richtig gut gefallen. Die Dünen aus weißem Glas sehen aus wie unser Meer zu Hause, wenn es gefroren ist. Man rutscht auch genau so oft aus. Und der Anblick bei Nacht würde dich UMHAUEN! Dieser HIMMEL, Kat! Jeder einzelne Stern spiegelt sich in den Dünen wider. Als würdest du im Kosmos spazieren gehen! Einfach irre.

Aber leider stimmt es, was die Gerüchte sagen, bezüglich dem Umgang mit du-weißt-schon-was. Hier ist es fast noch schlimmer als auf den Münzinseln (Ich weiß, »das geht?«).

Ich melde mich wieder, wenn ich von der Expedition zurück bin. Vielleicht bringe ich dir eine Schraube von einem Raumschiff mit. In der Zwischenzeit hör auf Papa und Opa und mach keinen Scheiß, okay?

Drück dich fest.

Dein Lieblingsbruder Aba

13.02.2987

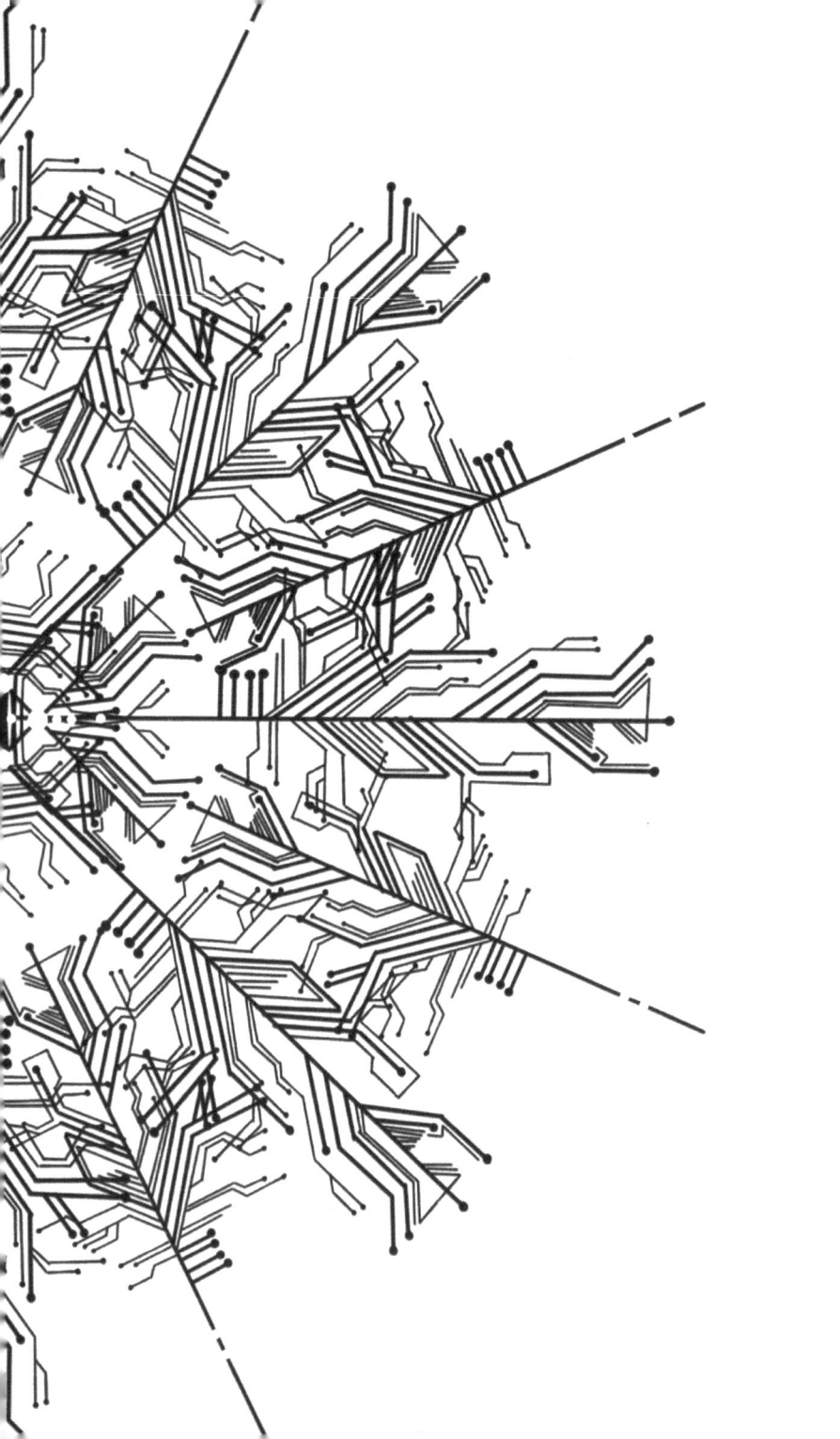

16

3037 nach Sonnenschlüpfen
(Gegenwart)

Während die Hundsziege über die Dächer sprang und sie durch die Gassen Richtung Taillenviertel führte, brach der Himmel auf und verwandelte die Abwasserrinnen schneller in kleine Sturzbäche, als Olga ihre Kapuze aufsetzen konnte. Ein paar Kinder rannten auf die Straße mit Holzbooten in der Hand und die Leute rissen die Fenster auf, um die abgekühlte Luft in ihre Wohnzimmer zu locken. Doch je näher sie dem Taillenviertel kamen, desto weniger Menschen begegneten ihnen.

Mit einem kräftigen Sprung wagte sich Adva von den Dächern hinab in die Straßen und bei der Landung explodierte eine Pfütze unter ihrem Gewicht, sodass Wasser hoch bis zu Olgas Hüfte spritzte. Olga zeigte ihr den Mittelfinger. Die Hundsziege knurrte.

»Du mich auch«, murmelte Olga, bevor sie Adva durch den nächsten Torbogen folgte und einen Wasserfall umging, dort, wo eine Regenrinne unter dem Gewicht der Sturzbäche eingebrochen war. Sie erkannte die Straße. Hier in der Nähe hatte Rondor ihr mit dem Archivauftrag aufgelauert.

Olga betrachtete die leeren Fenster. Verlassen genug für einen Erloschenen und seine Monsterziege war das Taillenviertel allemal und prompt schlüpfte die Hundsziege in eine Gasse, dort, wo sich zwei Gebäude aneinanderlehnten wie betrunkene Freunde.

Ein kleiner Hof tat sich auf, der zu einem Haus führte, dessen gespaltenes Mauerwerk die morsche Eingangstür gänzlich überflüssig machte. Das Licht eines Lagerfeuers schien nach draußen und spiegelte sich in den Pfützen.

Die Hundsziege blieb stehen, warf Olga einen langen Blick aus tropfnassem Fell zu, drehte sich um und zwängte sich nach drinnen.

Anstatt ihr zu folgen, blieb Olga stehen und umschloss wieder die Pistolen in ihren Manteltaschen. Das Prasseln des Regens übertönte den Mechanismus, als sie die Waffen entsicherte.

Ein leises Murmeln, gefolgt von einem Schnaufen der Hundsziege und Kleiderrascheln. Dann schritt der Erloschene an den Spalt. Er lächelte vorsichtig – vorsichtig, weil seine aufgeplatzte Lippe erst halb verheilt war.

»Ich war mir unsicher, ob du meine Einladung irgendwann annimmst«, begrüßte er sie. »Umso schöner, dich zu sehen! Meine Mittel der Gastfreundschaft sind ein wenig eingeschränkt, jedoch …« Er trat zur Seite, gefolgt von einer einladenden Geste. »Die Mauern schützen vor Nässe. Größtenteils.«

Olga rührte sich nicht vom Fleck. Auf den zweiten Blick strahlte Feres ungefähr so viel Bedrohlichkeit aus wie eine nasse Vogelscheuche: Sein graues, lockeres Oberteil war ramponiert, seine weite Hose schlammbespritzt und über seiner Schulter lag ein dreckiges Handtuch. Waffen konnte Olga keine an ihm entdecken, außer, sie zählte den Mörser in seiner Hand als Waffe. Und Magie hatte sie von ihm nicht zu befürchten.

Als hätte er ihre Gedanken gelesen, rieb sich der Erloschene unbehaglich den Oberarm und blickte nach drinnen. »Ich versichere dir, du musst dir keine Sorgen wegen Adva machen. Sie ist tatsächlich ein eher zahmes Gemüt, solange man sie ihr Ding machen lässt.« Sein Mundwinkel zuckte. »Und solange niemand mit einer abgebrochenen Flasche auf mich losgeht.«

Olga funkelte ihn an. »Was willst du von uns?«, fragte sie mit all der Schärfe, die sie aufbringen konnte.

Überrascht lehnte er sich zurück und schob sich die Sonnenbrille auf die Stirn. Seine Augen leuchteten golden, wie der Planet Ambra am Himmel – Taurenaugen.

Olga musste an ihr eigenes Taurenauge denken, auf das sie als Kind so stolz gewesen war. Heute erfüllte sie allein der Gedanke daran mit Horror und Schuldgefühlen, die Reste von irgendeinem toten Menschen in der Tasche getragen zu haben. Milan war es schließlich gewesen, die gemeinsam mit ihr den Talisman in einer Botschaft der Tauren abgegeben hatte, zusammen mit den wenigen Informationen, die Olga über das Ding hatte – primär den Namen der Mörderin und Olgas Ahnin väterlicherseits, Esther Brunnenfunken –, um eventuelle Nachfahren ausfindig machen zu können.

»Nun.« Erneut schmunzelte Feres und riss Olga aus der Erinnerung. »Ich wage die Vermutung, du und ich suchen beide das Gleiche.«

»Und das wäre?«

»Ein Gespräch.«

»Du bist in Erzweiden«, antwortete sie gereizt. »Wir führen keine Gespräche. Wir führen Verhandlungen.«

Belustigt gluckste der Erloschene. Sein Blick wanderte demonstrativ über die umliegenden Dächer, bevor er wieder sanft auf Olgas Gesicht landete.

»Ich vergaß.« Der Stößel kullerte im Mörser hin und her, als er einladend die schlaksigen Arme ausbreitete. »Darf ich dann also fragen, was du dir von unseren … Verhandlungen … erhoffst?«

Olga reckte das Kinn. Regenwasser lief ihr über die Wange in den Kragen. »Dass du dich verpisst. Dass du mich und meine Mutter in Ruhe lässt. Und …«

Sie stockte, brauchte einen Moment, bis sie die Worte zusammenhatte. Es fühlte sich an, als würde sie ihre Mutter hintergehen. Aber war ja nicht so, als hätte sie es nicht versucht.

»Antworten«, brummte sie, verärgert über ihren kleinlauten Tonfall.

»Welch Zufall. Die möchte ich auch.« Beim Grinsen zuckte er zusammen, griff sich an die verletzte Lippe, bevor er erneut nach drinnen deutete. »Bitte. Es wäre mir eine Ehre, mit dir zu verhandeln, liebe …«

»Olga. Vom Postamt.« Ihre Augen wurden schmal. »Aber das weißt du ja schon.«

»Mmh.« Entschuldigend hob er die Schultern. »Zugegeben, es gibt höflichere Arten, jemanden ausfindig zu machen als über den Geruch, aber Adva bestand darauf.«

»Klar. Adva.« Auf der Hut trat sie an ihm vorbei durch den Spalt.

»Und verzeih mir, aber als ich dich im Postamt gesehen habe, war es nicht schwer, ein paar Schlüsse zu ziehen. Du siehst deiner Mutter wirklich erschreckend ähnlich.«

»Du wiederholst dich.« Sie zog die Kapuze vom Kopf, nur, um direkt einen weiteren Wassertropfen ins Auge zu bekommen. Blinzelnd sah sie sich um. Der Raum war wohl mal ein Wohnzimmer gewesen, heute lag er in Trümmern. Das Fundament war schief, das obere Stockwerk nach unten gesackt und nur ein zerfetzter roter Teppich hatte die Plünderungen überlebt, ebenso wie vereinzelte Streifen Tapete. Ein Meer aus Tassen, Blechschalen und Töpfen erstreckte sich über Geröll und Schutt, gefüllt mit genug Regenwasser, um ein Feld zu bestellen.

Olga drehte sich einmal im Kreis, bevor ihr Blick zum Erloschenen zurückkehrte. Der Mann hockte beim Feuer und suchte irgendetwas in seinem Rucksack.

»Die Magier haben Unterkünfte für Erloschene, weißt du«, kommentierte sie stirnrunzelnd.

»In der Tat, das haben sie.« Ohne sein Wühlen zu unterbrechen, hob er den Kopf und lächelte sie an. Ein paar Strähnen seines Haares hingen ihm feucht in die Stirn.

Sie deutete zur tropfenden Decke. »Bist du ein beschissener Fisch oder warum schläfst du lieber hier?«

»Kein Fisch, meinem Wissensstand nach.« Er zog eine kleine Flasche heraus und stellte sie neben den Mörser auf den Boden. Bei dem Anblick hob die Hundsziege leise winselnd den Kopf. Feres legte ihr beruhigend eine Hand auf die Pfote, während er erneut in den Rucksack griff. Ohne Olga anzusehen, fügte er hinzu: »Meine werten Kolleginnen und ich haben gewisse … tiefergreifende Missverständnisse. Schlafende Hunde, wie das Sprichwort so schön geht.«

Er stupste der Hundsziege auf die Nase. Sie knurrte und leckte seinen Finger.

Zu gerne wollte Olga ihn zu einer genaueren Erläuterung auffordern, da fiel ihr Blick auf das Bündel Trockenkräuter, die er in den Mörser bettete. Überrumpelt deutete sie auf die Pflanze. »Was ist das?«

»Dies?« Mit einem flinken Griff hob er einen Stängel hoch und reichte ihn elegant in ihre Richtung wie eine frisch geschnittene Rose. »Das ist *Eramisk*. Auf Silber heißt sie glaube ich Sandkamille. Sie ist perfekt, um Wundheilung zu beschleunigen und wächst in der –«

»– in der Glaswüste, ich weiß«, beendete sie den Satz und streckte fasziniert die Hand nach der Pflanze aus.

Er hielt inne. »In der Tat«, erwiderte er mit neuem Interesse im Blick.

Sofort zog sie die Hand zurück und schob das Kinn vor. »Wie … wie bist du da rangekommen?«

»Oh, ein recht einfaches Unterfangen«, kicherte er. »Ich habe sie aus dem Kräutergarten meines Mannes gepflückt.«

»Aus dem …«

Sie bemerkte, dass ihr der Mund offen stand und schloss ihn schnell wieder. Seine Unmengen Gepäck machten jetzt deutlich mehr Sinn. Natürlich, sie hatte geahnt, dass er weit gereist sein musste, aber die Glaswüsten?

»Zugeben, verglichen mit meinem lieben Jarwin sind meine Heilkünste eher sporadisch.« Die Sandkamille knirschte leise, als Feres sie in den Mörser krümelte. »Zu Advas großer Missgunst.«

Vergnügt rückte er an die Hundsziege heran – sie bettete den Kopf in seinen Händen, die Augen vorwurfsvoll zusammengekniffen. Er begann, die Sandkamille und andere Kräuter zu mahlen, deren Geruch Olga so neu war, dass sie nicht anders konnte, als den Kopf zu recken. Die Hände immer noch auf den Pistolen in ihren Taschen, setzte sie sich langsam mit Sicherheitsabstand in einen Schneidersitz.

»Dein Mann ist Heiler?«, fragte sie.

»Oh«, lächelte ihr Gegenüber, in seine Handarbeit versunken. »Nein, er war Linguist und Archäologe. Pflanzenkunde war nur eine seiner vielen Leidenschaften.«

War? Prüfend schaute sie zu seinem Ohr, aber er trug weder eine Ehemünze noch eine Trauermünze, was allerdings nichts heißen musste. Die Gläsernen Städte hatten es nicht so mit gleichgeschlechtlichen Ehen. Wären der Erloschene und sein Mann mit Ehemünzen an den Ohren durch die Wüste gelaufen, hätten sie sich genauso gut Fadenkreuze auf die Stirn malen können.

Der Erloschene redete weiter, ohne Olgas Starren Beachtung zu schenken. »Die Expeditionsleiter hatten Jarwin gerne dabei. Er war wunderbar mit Tieren. Sehr gut fürs Geschäft.« Er legte den Stößel beiseite. »Du interessierst dich für Heilkunde?«

»Geht dich einen Scheiß an.«

Fast schon verträumt stützte er das Kinn in der Hand ab und betrachtete sie. »Du bist eindeutig Olathes Tochter.«

Der Kommentar fuhr ihr unter die Haut wie eine Nadel. Wütend starrte sie ihn an, bis er mit den Schultern zuckte und in die Schale griff. Die feinen Tätowierungen zeichneten sich scharf auf seiner blassen Hand ab. Schnell schaute Olga weg und auf ihre eigenen Hände. Keine Tätowierungen, nur ihre schiefen, abgenutzten Finger.

Erst jetzt sickerte die Erkenntnis zu ihr durch, dass das hier ihr erstes ernsthaftes Gespräch mit einem Magier war. Der Drang, ihn auszufragen, überkam sie so überraschend und mit solcher Intensität, dass sie nur überfordert ins Nichts blinzeln konnte.

Im Veteranenviertel war es einfacher, diesen Teil von ihr zu ignorieren. Er war schlicht und einfach keine Option und damit war sie okay. Den Großteil der Zeit jedenfalls, denn es hielt sie sicher und vom Radar.

Aber jemanden vor sich sitzen zu haben, der diese Option ausgelebt hatte, und ihm trotzdem keine Fragen stellen zu können …

Olga setzte sich auf ihre Hände und starrte ins Feuer.

Der Magier verteilte währenddessen die Kräuterpaste auf der Schnauze der Hundsziege. Mit gesträubtem Nackenfell zuckte das Tier vor seinem Griff zurück.

»Adva, das hast du dir selbst zuzuschreiben, meine Liebe.«

Fauchend robbte die Hundsziege von ihm weg. Er wischte sich die Hände an seinem Handtuch ab, streckte sich neben dem Feuer aus und musterte mit auf dem Geröll abgestützten

Ellenbogen seinerseits Olga, ein aufmerksames Lächeln auf den Lippen.

»Was?«, fragte sie scharf. »Was gaffst du?«

»Mir kam grad nur ein Gedanke.« Er stützte die Wange in seine Hand, betrachtete ihr Gesicht. »Lathe und ich, wir haben uns beide heilende Hände in unser Leben geholt. Das hat schon eine gewisse Poesie.«

»Okay, mit dem Mist brauchst du gar nicht erst anfangen.«

»Was meinst du?«

»Mit diesem Spitznamenscheiß!«

Seine Augenbrauen wanderten höher. »Ich fürchte, ich kann deine Frustration nicht ganz nachvollziehen.«

Draußen grollte das Gewitter und das Rauschen des Regens schnitt sie beide von der Außenwelt ab, verschloss sie in einer Blase aus Anspannung. Schließlich beugte sich Olga vor und stieß einen Finger in seine Richtung.

»Wer bei den Masken bist du?« Bevor der Kerl antworten konnte, stand sie auf, tigerte weg von ihm und drehte sich wieder zu ihm um. »Du hast keine Ahnung, oder? Keine verdammte Ahnung, wer meine Mutter ist.«

Er richtete sich leicht auf. »Nun, ich … ich gebe zu, wir haben uns länger nicht mehr gesehen, ich bin nicht auf dem neuesten Stand, aber ich bin mir sicher, sie ist immer noch wie …«

»Weißt du, dass sie nicht schläft? Oder viel zu viel? Dass sie das Haus nicht verlässt? Kennst du ihre Albträume?«

Kurzer, ehrlicher Schock erschien auf seinem Gesicht. »Lathe verlässt nicht das …?« Er räusperte sich und strich sich das Haar zurück. »Nun. Das klingt in der Tat nicht nach ihr.«

»Warum nicht? Hat es dir nicht genug *Poesie*?« Sie zwang sich zu einem etwas ruhigeren Gang und holte tief Luft. »Ihr kennt euch von den letzten Mondjagden, oder den Salzaufständen, so viel habe ich mir schon zusammengereimt. Erklär mir, warum sie dir den Schädel einschlagen will. *Jetzt.*«

Er zögerte. Sie konnte ihn kalkulieren sehen, freundliche Skepsis in seinem Blick – er glaubte ihr nicht, glaubte nicht, wie ihre Mutter war. Als er antwortete, wirkte es, als würde er es nur aus Höflichkeit tun.

»Nun, kurz vor der Letzten Mondjagd … bevor wir wussten, dass es die Letzte Mondjagd war … musste ich aus Erzweiden fliehen.« Unangenehm berührt schaute er ins Feuer. »Ich nehme an, deine Mutter ist wütend auf mich, weil ich mich … Zu ihrem eigenen Schutz war es mir unmöglich, sie über die Details meiner Abreise zu informieren.« Er verzog das Gesicht. »Beziehungsweise, sie überhaupt über meine Abreise zu informieren.«

Olga blieb stehen, die Fäuste an den Hüften geballt. Die Antwort ihrer Mutter kam ihr wieder in den Sinn. Die Antwort auf ihre Frage, ob die beiden gegeneinander gekämpft hatten: *schlimmer.* »Warum bei den Masken sollte es Mama kümmern, wenn irgendein Erloschener sich aus der Stadt verpisst?«

Sein Selbstbewusstsein bekam einen Riss. Zum ersten Mal offenbarte er einen Hauch echte Verunsicherung.

»Sie hat dir wirklich kein Wort von mir erzählt?«, flüsterte er. »Sie war meine Schwester. Also, wir sind wie Geschwister. Ich bin ihr Bruder.«

Olga schnaubte. »Sicher. Die familiäre Ähnlichkeit ist nicht zu übersehen.«

»Es ist eher metaphorisch gesprochen …«

»Soll ich dich ab jetzt Onkel nennen?«

»Feres reicht.« Er lächelte, bevor er wieder etwas ernster wurde. »Bitte … das Leben macht viele Arten von Familien und wie bei vielen Familien wuchs unsere aus der Not heraus. Es half, dass wir beide etwa den gleichen Grad an chaotischem Leichtsinn besaßen.«

Unschlüssig schaute Olga zwischen dem Erloschenen, der Hundsziege und ihren eigenen Fußspitzen hin und her, ehe sie langsam ans Feuer zurücktrat.

»Erzähl weiter.«

Er schenkte ihr einen langen, milden Blick und kniete sich hin, stupste behutsam mit einem Stock neue Flammen aus der Glut.

»Wir haben zusammen auf den Straßen gelebt, noch bevor ich wusste, dass ich Magier bin. Als ich es herausfand …« Der Stock verharrte, die Spitze in den Kohlen. Trocken räusperte er sich. »Ich bemühte mich, es zu verstecken, doch natürlich wurde ich schnell entdeckt und eingezogen.«

Fast hätte Olga aufgelacht, gleichzeitig spürte sie einen nervösen Ruck in ihrer Brust. *Ja, keine Ahnung, wie sich so ein Versteckspiel anfühlen muss …* Angespannt setzte sie sich wieder hin und gebot ihrem Gegenüber, weiterzureden. Feres ließ den Ast ins Feuer fallen und faltete sorgfältig die Hände im Schoß.

»Es war die Idee deiner Mutter, sich ebenfalls in die Stadtwacht einzuschreiben, nachdem sie mich geholt haben. Eigentlich war sie zu jung … waren wir *beide* zu jung … jedoch, die Irrlichter waren damals bereits dabei, die Silberlanden geradezu zu zerfleischen und die Kommandantinnen griffen nach jeder Hand.«

Kurz starrte er ins Nichts und schüttelte sich von dem Gedanken frei.

»Ich bekam meine Zeichnungen, Lathe ihr Schwert … es war … nicht einfach. Doch wir waren gut. Beide waren wir gut im Kampf gegen die Irrlichter und es erlaubte uns – nein, es erlaubte *mir* gewisse Sicherheiten.«

Die Fingerspitzen ins Nasenbein gedrückt, schloss er die Augen. Als er sie wieder öffnete, lag ein säuerliches Lächeln auf seinen Lippen.

»Als Kind Erzweidens ist dir sicherlich der Name Mora Moorfund bekannt?«

»Vage.« Der säuerliche Ausdruck sprang auf Olgas Gesicht über, ehe sie es verhindern konnte.

Er gluckste. Seine langen Finger fanden das Fell der Hundsziege und kämmten ihr abwesend den Dreck aus dem Pelz.

»Mora … Sie war jung wie wir, obwohl sie niemals wirklich *jung* war. Ich habe, glaube ich, nie wieder eine so erwachsene Person getroffen und bereits damals stand sie im Gespräch zur nächsten Kommandantin. Sie war mit Leib und Seele eine geborene Mondjägerin.«

Es war Olga ein Rätsel, wie ein Mensch so aufmunternd lächeln konnte.

»Bei aller Bescheidenheit – wir waren ein famoses Gespann, deine Mutter und ich. Irrlichtjagd ist ein Handwerk, welches die besten Früchte trägt, wenn man es zu zweit tätigt. Wir schleppten eine ordentliche Ernte ein, wenn man es so will. Mir kommt so oft die Frage, was passiert wäre, wenn wir einfach nicht gut gewesen wären. Gut genug, um es zu überleben – die Irrlichter, die … Streiche … der anderen, aber nicht so gut, um Moras Aufmerksamkeit auf uns zu ziehen.« Bei den letzten Worten rieb er sich den Nacken und Olga konnte die Ausläufer einer breiten Narbe erkennen. Er bemerkte ihren Blick, strich sich die Haare zurecht und verdeckte das Wundmal. »Du musst wissen, mehr noch als eine Kommandantin war Mora eine Sammlerin von … nun, Leuten.«

Olga schlang sich die Arme um die Knie, im Versuch, die Gänsehaut auszusperren. »Sie hat euch zu den Mondjägerinnen geholt? Euch beide?«, schloss sie laut.

Er nickte. »Die Mondjägerinnen hatten Prestige, Status, Macht. Mora wollte deine Mutter und deine Mutter arbeitete nur mit mir. Damit war die Sache geklärt.« Mehr zu sich als zu Olga fügte er hinzu: »Wenn man sie einmal hat, die Sicherheit, dann … dann tut man alles, um sie zu behalten.«

In Olgas Ohren begann es, zu pochen. Sie dachte an die gestohlenen Briefe, die Eisenplatten und wie ihre Mutter mit Tee in einen Holzschober kletterte, um ihr Gesellschaft zu leisten, wenn mal wieder ihr ganzes Nervensystem Gefahr schrie.

Feres sprach weiter: »Als dann die ersten Magischen zu Aufständen gegen die Stadtwacht aufriefen, war ich nicht bereit, mich ihrem Ruf anzuschließen. Meine Treue, meine … Abhängigkeit … lag bei den Mondjägerinnen.«

»Sicher.« Wieder schnaubte Olga. »Ein Magier, der etwas gegen die Unabhängigkeit der Magischen hat? Der war gut.«

»Einer?« Feres lachte, sodass sein Brustkorb vibrierte und sein Adamsapfel die Tätowierungen auf seinem Hals zum springen brachte. Unter Olgas verdutztem Blick fuhr er fort: »Meine Liebe, wir waren viele, allein elf, wenn ich nur unter den Mondjägerinnen zähle.« Er pausierte und betrachtete sie nachdenklich. »Nun, deine Unwissenheit sollte mich eigentlich nicht wundern. Der Neue Rat hat sicher kein großes Interesse daran, sich an uns *Abtrünnige* zu erinnern. Das hat er mit der Stadtwacht gemeinsam.«

Belustigt lehnte er sich zurück und ließ Olga einen Moment Zeit, um seine Worte zu verdauen. Noch immer prasselte der Regen auf das Dach, bespielte die vielen Tassen und Schalen um sie herum wie ein Blechinstrument.

Olga ließ den Blick erneut durch den Raum wandern und jetzt ergab sein heruntergekommener Unterschlupf deutlich mehr Sinn – im Neuen Rat saßen bestimmt einige Magische und Erloschene, die alles andere als begeistert wären, einen ihresgleichen wiederzusehen, der ihre Unterdrücker unterstützt hatte.

Grübelnd presste Olga die Fingerspitzen an ihre Schläfen. Sofern er die Wahrheit sagte, natürlich, und mit einem Stich fiel ihr die dritte Trauermünze am Ohr ihrer Mutter ein. Sie hatte nie erzählt, für wen sie war. Außer »Für meinen Kameraden von damals«.

Feres musste dieser Kamerad gewesen sein. Und bis er vor zwei Tagen ihre Haustür eingetreten hatte, hatte ihre Mutter ihn für tot geglaubt.

Olgas Finger wanderten von ihrer Stirn zu ihren Lippen, während sie Feres auf der anderen Seite des Lagerfeuers anstarrte. *Ach du Scheiße.*

»Okay«, sagte sie streng und versuchte, ihren Schock zu überspielen. »Also hast du mit Mama erst gegen die Irrlichter gekämpft, dann hast du ihr geholfen, die Aufstände niederzutrampeln. Wenn ihr so verdammt dicke wart, warum hast dich dann verpisst und sie alleingelassen?«

Feres schwieg. In seinen Augen lag eine Ruhe, wie Olga sie nur von Tieren kannte, die goldene Iris glomm und brachte seine blonden Wimpern zum Leuchten. In der Ferne zeichnete ein Blitz den Himmel, sorgte dafür, dass sie beide kurz nach draußen schauten. Feres betrachtete das Gewitter mit etwas, was Olga nur als Nostalgie bezeichnen konnte.

»Die magischen Kräfte zu verlieren ist wie Altern«, flüsterte ihr Gegenüber, als spräche er über etwas Verbotenes. »Du kannst es dir wahrscheinlich nur schwerlich vorstellen, aber erst ist da so viel Energie, so viel … Macht. Erst recht, sobald man seine Tätowierungen bekommen hat.« Gedankenversunken strich er sich über die Arme. »Die Kontrolle, die Präzision. Es ist berauschend.«

»Mmh«, machte Olga nur und erinnerte sich an die Aquarien, an das Gefühl, eine Flutwelle krache durch ihre Brust. Übergriffig und unkontrollierbar.

»Und dann, plötzlich, erlischt die Verbindung,« seufzte Feres. »Es ist unmöglich, zu sagen, wann genau es passieren wird, aber eins ist sicher: Es geschieht schneller, wenn man sich verausgabt.«

Sein Blick kehrte vom Gewitterhimmel zurück und brachte etwas mit, was vorher noch nicht da gewesen war: Bitterkeit.

»Krieg ist kräftezehrend. Ich hatte all meine Magie aufgebraucht, da war der Frühling nicht einmal verstrichen.« Laut schnipste er. »Der Funke erloschen, mein zwanzigstes Lebensjahr gerade erst in Sichtweite.«

Olga zog die Knie näher an die Brust. »Und dann haben sie dich in Frührente geschickt oder was?«

Er lachte kehlig auf, die Verbitterung konnte er dadurch jedoch nicht aus seiner Stimme schütteln. »Die liebe Mora führte nicht gerade einen gnädigen Kurs mit ihren Mondjägerinnen, selbst nicht mit ihren besten und brauchbarsten. Nun male dir aus, wie sie erst mit Leuten umgegangen ist, die ihr nicht mehr von Nutzen waren.«

Dafür brauchte Olga kein Vorstellungsvermögen. Darüber bewusst, dass Feres sie beobachtete, bemühte sie sich um ein neutrales Gesicht. »Verstanden«, murmelte sie. »Du musstest dich verpissen.«

»Schneller als eine Sirene bei Feuer«, bestätigte er.

Eine Frage keimte in Olga – ein Vorwurf. Doch wenn sie den aussprach, war das Gespräch vorbei und sie musste noch mehr mitnehmen, so viel sie konnte, bevor sie wieder das Informationsvakuum der Stadt betrat und niemand mehr von früher erzählte.

»Das war alles kurz bevor die Mutter der Masken besiegt wurde?«, hakte sie also stattdessen nach.

»In der Tat. Ich muss sagen, ich war äußert überrascht, als mir schließlich die Nachricht über das Ende der Aufstände nachgereist sind. Während ich Erzweiden verließ, wurde die Stadt förmlich von allen Seiten zerrissen, von innen, von außen …«

Forschend durchbohrte sie den Erloschenen mit Blicken. »Wie lange hat es gedauert, bis du Bescheid wusstest?«

»Mmmmh«, machte Feres. »Sechs Jahre? Sieben?« Als er ihr Gesicht sah, hob er entschuldigend die Schultern und ergänzte, nicht ohne Stolz: »Wenn ich mich verstecke, dann richtig. Die Glaswüsten sind ein großer Ort.«

Nun war er es, der Olga seinerseits prüfend musterte. »Würdest du nun ein paar meiner Fragen beantworten? Du musst verstehen, ich habe Lathe seit über zwanzig Jahren nicht mehr gesehen.«

Olga überlegte. Unter der Fülle neuer Informationen fühlte sie sich schwach, nachgiebig und es half auch nicht gerade, dass ihre letzte Mahlzeit aus Alkohol und Schmerztabletten bestanden hatte und unter all den Gewitterwolken draußen bereits ein neuer Tag heranrollte. Die Müdigkeit brannte in ihren Augen.

»Was willst du wissen?«

Überrascht blinzelte er. »Nun, fürs Erste …« Er machte eine Handbewegung, als wolle er die letzten Jahrzehnte vor sich ausbreiten wie ein Kartenspiel. »Was ist mit ihr *passiert?*«

»Wie meinst du das?«, fragte sie, die gleiche Verwirrung in der Stimme wie Feres. Dann begriff sie.

Er hatte Erzweiden vor Ende des Krieges verlassen. Bevor die Mutter der Masken geschlagen wurde.

»Oh«, machte sie. »*Oh.*«

Es war befremdlich. Sie redete nie über das, was ihrer Mutter geschehen war – was sie getan hatte. Warum auch? In Erzweiden wussten alle Bescheid. »Ähm. Mama war es, die die Mutter der Masken getötet hat.«

Feres starrte sie an, als hätte sie gerade gesagt, ihre Mutter sei zum Mond gereist. »Deine Mutter … Lathe? *Lathe* war das? Lathe ist die Letzte Jägerin?«

»Also. Ja. Ich meine, sie hasst den Titel, aber ja. Die Mondjägerinnen sind ins Nest der Irrlichter gegangen und haben die Mutter der Masken umgelegt.«

»*Wie?*«

»Ich … weiß nicht … Mit Gewalt? Es ist etwas unklar, es haben nur Mama und Mora überlebt. Aber danach war die Mutter der Masken tot und ich nehme mal an, das ist das, was zählt.«

»Nun … ja, ich nehme an, da hast du recht.« Verblüfft schüttelte er den Kopf. »Aber sie hat nie mehr erzählt als das? Wie haben sie das Nest gefunden?«

Scharf starrte Olga ihn an. »Wenn sie drüber reden würde, wäre ich wohl kaum hier bei *dir*, oder?«

Süffisant zwinkerte er ihr zu. »Willst du damit etwa sagen, du weißt unsere Verhandlungen zu schätzen?«

Sie öffnete den Mund, schloss ihn wieder und verschränkte die Arme vor der Brust, sodass ihr Regenmantel knirschte. »Jedenfalls«, fuhr sie genervt fort. »Seit ihrem kleinen Ausflug ins Nest der Mutter der Masken ist Mama anscheinend einfach … wie sie halt ist. Nachdem ich einen Dealer für Veteranenkraut gefunden habe, bleiben wenigstens die Albträume weg. Sie lacht wieder.«

Ihre letzten Worte waren kaum hörbar. Erschöpft schaute sie nach draußen. Das Prasseln des Regens schmolz langsam zu einem stetigen Tröpfeln, der helle Schemen einer Morgendämmerung lugte über die Dächer. Sie hörte den ersten Vogel rufen und ihr ganzer Körper schrie nach Schlaf.

Feres hingegen sprang plötzlich auf, ein hellwacher Glanz in den Augen. Überrascht schaute sie ihn an. Auch Adva, die bis eben friedlich auf dem alten Teppich gedöst hatte, hob den Kopf und blinzelte müde den Erloschenen an.

»Nun denn.« Mit einem vergnügten Schlag klopfte er sich den Staub von der Robe, drehte sich um und begann, sein Hab und Gut zurück in den Rucksack zu stopfen.

»Was …« Langsam stand Olga auf, wobei das Gewicht ihrer Pistolen ihren Regenmantel glatt zog. »Was machst du da?«

»Packen«, flötete er und leerte mit einem Schwung die Becher mit Regenwasser über dem Feuer aus, sodass der Stein zischte und dampfte. Missmutig rappelte sich seine Hundsziege auf, trottete zu ihrem Herrchen. Er begrüßte sie mit einem Handstreich.

»Ich kann sehen, dass du packst, Arschloch!«, fauchte Olga. »Wo willst du hin?«

Er hielt inne, allerdings nur, um einen munteren Blick in einen Becher zu werfen. »Es gibt nichts in diesem Leben, was man nicht mit ein paar wohlgewählten Worten wieder ausbügeln kann. Lathe und ich haben uns schon oft gezankt.«

»Ausbügeln?«, echote Olga. Als er nickte, stapfte sie um das Feuer herum und baute sich vor ihm auf. »Was denn ausbügeln? Meine Mama? Sie ist kein verdammter Vorhang!«

»Ich gebe zu, sie wirkte vorgestern ein wenig neben sich.« Mit federnden Schritten ging er um sie herum und kehrte mit dem Arm voller Becher zu ihr zurück, pure Zuversicht in den Augen. »Aber ich bin mir sicher, mit dem richtigen Versuch ...«

Olga trat ihm in den Weg. Er hielt inne, schaute sie überrascht an. Hinter ihr rollte der Hundsziege ein Knurren aus der Brust, als Olga näher an ihn herantrat und die Hand zur Faust ballte. Nur weil seine Fresse außer Reichweite war, hieß das nicht, dass der Rest von ihm sich sicher fühlen konnte.

»Der richtige Versuch?«, wiederholte sie. »Das denkst du also, dass es braucht? Den *richtigen* Versuch?« Ihr Gesicht verzog sich, der Zorn schoss als saures Stechen auf ihre Zunge. »Ist das dein Scheißernst?«

Beschwichtigend hob er eine Hand, doch die Geste war nur der letzte Funke, den ihre Wut brauchte, um mit einer solchen Geschwindigkeit hochzukochen, sodass ihr fast schwindelig wurde.

»Zweiundzwanzig Jahre. Weißt du, was das ist? Das ist mein Alter. Das ist gleichzeitig auch die Anzahl an Jahren, in denen es *versucht* wurde. Weil alle sagen, dass es da etwas gibt, das *verloren* gegangen ist. Und dieses *Etwas*, das soll es sein, was Mama *eigentlich* ist, eine unerschütterliche Kämpferin, eine Anführerin, die alles unter Kontrolle hat ... Weißt du, wer das nicht sagt? Mama sagt das nicht und ich sage das nicht. Denn im Gegensatz zu Leuten wie *dir* ...«

Sie schoss ihm das Wort wie eine Kugel ins Gesicht.

»Im Gegensatz zu Leuten wie dir oder Kat oder Mora oder all den anderen Arschlöchern waren Mama und ich die letzten zweiundzwanzig Jahre da. Wir kennen sie. Wenn man zweiundzwanzig Jahre lang etwas ist, dann sollte man doch meinen, dass das zum Selbst einer Person zählt, meinst du nicht auch, *Feres?*«

Seine Schultern sanken herab. »Ich ... verzeih mir, ich wollte nur –«

»EBENSO ...«, fuhr sie ihm ins Wort, in ihrer Stimme der angesammelte Zorn von zwei Jahrzehnten. »... ebenso zählt es zum Selbst einer Person, wenn sie zweiundzwanzig Jahre lang *nicht* dabei war. Also ...« Sie trat noch näher heran. »... komm mir nicht mit deinem Großer-Bruder-Scheiß, als hättest du auch nur den *Hauch* eines Fliegenschiss einer Ahnung, wer wir sind. Wer auch immer deine ‚Lathe' war, die Mutter der Masken hat sie in Stücke gerissen. Wenn du auch nur einen Hauch Respekt hast, wenn du dich auch nur einen Fingernagel breit um sie kümmerst, hältst du dich von ihr, von *uns* fern wie ein Irrlicht vor einer Riesin!«

Er starrte sie an. Sein Mund öffnete sich, schloss sich, bis er flüsterte: »Ich kümmere mich um ihr Wohl.«

Sie packte ihn am Kragen und Becher schepperten zu Boden, die Hundsziege bellte. Olgas Arme reichten kaum bis zu seinem Hals, aber sie hielt ihn so fest, dass der Dreck in seinem Hemd knirschte.

»Ach ja? Ach ja? Warum hast du dann nie einen verdammten Brief geschrieben? Nein, noch besser … warum bist du nicht schon früher gekommen? Sieben Jahre Verzögerung, mein Arsch. Du hast ein bequemes neues Leben mit deinem Mann angefangen und sie vergessen. Oder, die eigentliche Frage! Warum hast du sie nicht mitgenommen, damals? Mmh? Warum habt ihr euch nicht zusammen verpisst? Dann wäre das alles nie passiert, schon mal daran gedacht?«

Seine Hände schwebten über ihren Handgelenken, doch anstatt zuzupacken, schien er zu rechnen. *Be*rechnen. Noch immer war seine Stimme ein ruhiges Flüstern. »Lass mich euch helfen.«

Warum schreit er nicht? Warum schreit er nicht, wenn diese Situation doch offensichtlich Schreien erfordert?

»Nein!«, brüllte Olga. »Sie braucht dich nicht, denn sie hat mich, im Gegensatz zu dir lasse ich sie nicht im Stich, niemals, lasse ich sie nicht allein, *nie wieder*, denn jemanden so zurückzulassen, unter Leuten, die ihnen Schaden …«

Ihre Stimme stockte. Keller. Schnee. Sie schüttelte den Kopf, schüttelte und schüttelte und schüttelte ihn, bis sie wieder hier im Raum stand.

»Das ist unverzeihlich!«

Stille. Der Regen war vorüber, die Nacht wich einem milden Morgen. Olga hörte nur noch das unruhige Rascheln der Hundsziege und ihren eigenen, pumpenden Atem.

Sanft legte Feres seine Hände auf ihre – entsetzt schüttelte sie ihn ab. Er zögerte, dann zog er sich den Kragen zurecht und breitete die Arme aus, in seinen Augen traurige Unnachgiebigkeit.

»Dann muss ich es eben so lange versuchen, bis ich euch das Gegenteil beweisen kann.«

Sie starrte ihn an. Schweigend zupfte er seine Hose an den Knien an, ging in die Hocke und begann, die Becher wieder einzusammeln. In Olgas Rücken grollte die Hundsziege, ihr heißer Atem gefährlich nahe. Der Erloschene seufzte und winkte in ihre Richtung.

»Alles gut, Adva.«

»Nein«, zischte Olga. »Ist es nicht.« Sie rammte einen spitzen Finger in seine Richtung. »Komm noch einmal zu uns ins Viertel und ich stecke dem Neuen Rat, dass du hier bist. Wenn dich nicht vorher die Veteraninnen zerfleischen.«

Mit brennenden Wangen drehte sie sich um und verließ die Ruine, stapfte in einen kalten Sonnenaufgang. Der Geruch der Fabrikschornsteine, wie er den Berg hochwehte, scharf in ihrer Nase, wie Essig, wie …

Das Gewicht des Säurefasses auf ihrer Schulter. Ihre Arme zitternd, ihr Kittel durchgeschwitzt, wie sie sich Zentimeter um Zentimeter durch den Keller arbeitete, die Zeit in ihrem Nacken. Mora hatte zwei Stunden gesagt … wenn sie hereinkam und sah, dass Olga erst zur Hälfte fertig und die Esse noch nicht bereit war …

Gerade erst hatte sie das Privileg zurückbekommen, Milan zu sehen. Was, wenn Mora es ihr wieder wegnahm? Olga presste die Lippen zusammen und wuchtete das Fass auf die Kante des Beckens, das sie eben noch so ausführlich geputzt hatte.

Der Geruch jagte einen scharfen Stich durch ihre Stirn.

Sie schwindelte.

Das Fass rutschte, rollte aus ihrem Griff – fiel – sprang am Boden auf wie ein mit Säure gefülltes Ei. Ätzende Spritzer flogen auf Olgas Hände, fraßen sich durch ihre Ärmel in ihre Haut. Sie jaulte auf, stolperte zurück und starrte die Säure an, wie sie aus dem Fass sickerte und rauchend den Fußboden abtastete, pures Unglück in Form einer Pfütze.

O nein. Alles, nur das nicht. Nein. Nein, nein, nein, nein …!

Olga blieb stehen, die Arme um den Leib geschlungen, die Haare nass vom Regenwasser und zwang sich, Luft zu holen. Es tat weh, als würde jeder Atemzug ihr Brustbein zerquetschen und Nägel in ihre Lungen zwingen. Hinter sich hörte sie Feres ihren Namen rufen. Sie japste, presste die Finger auf ihre zitternden Schlüsselbeine, bevor sie losrannte, zurück in den Schutz des Veteranenviertels.

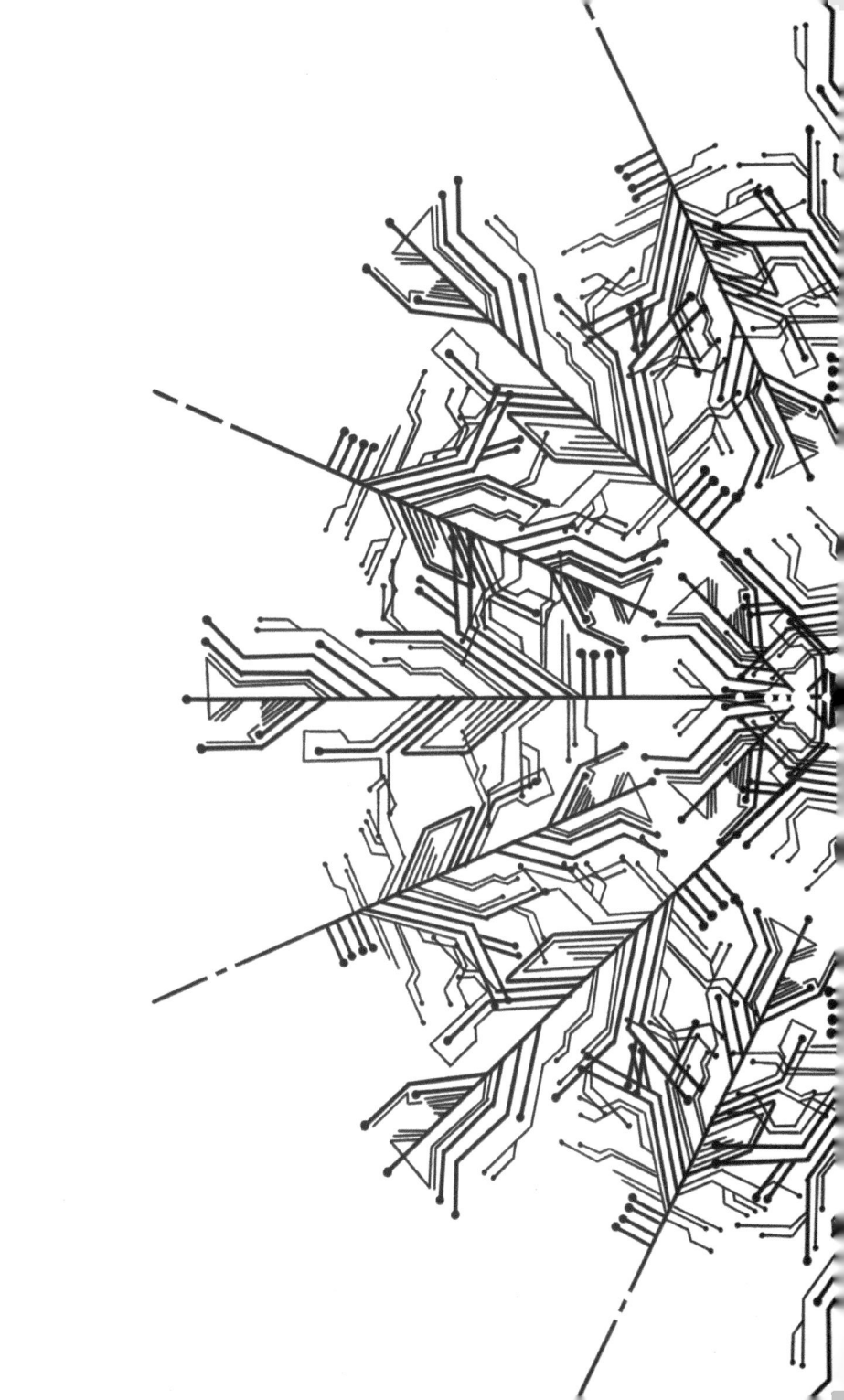

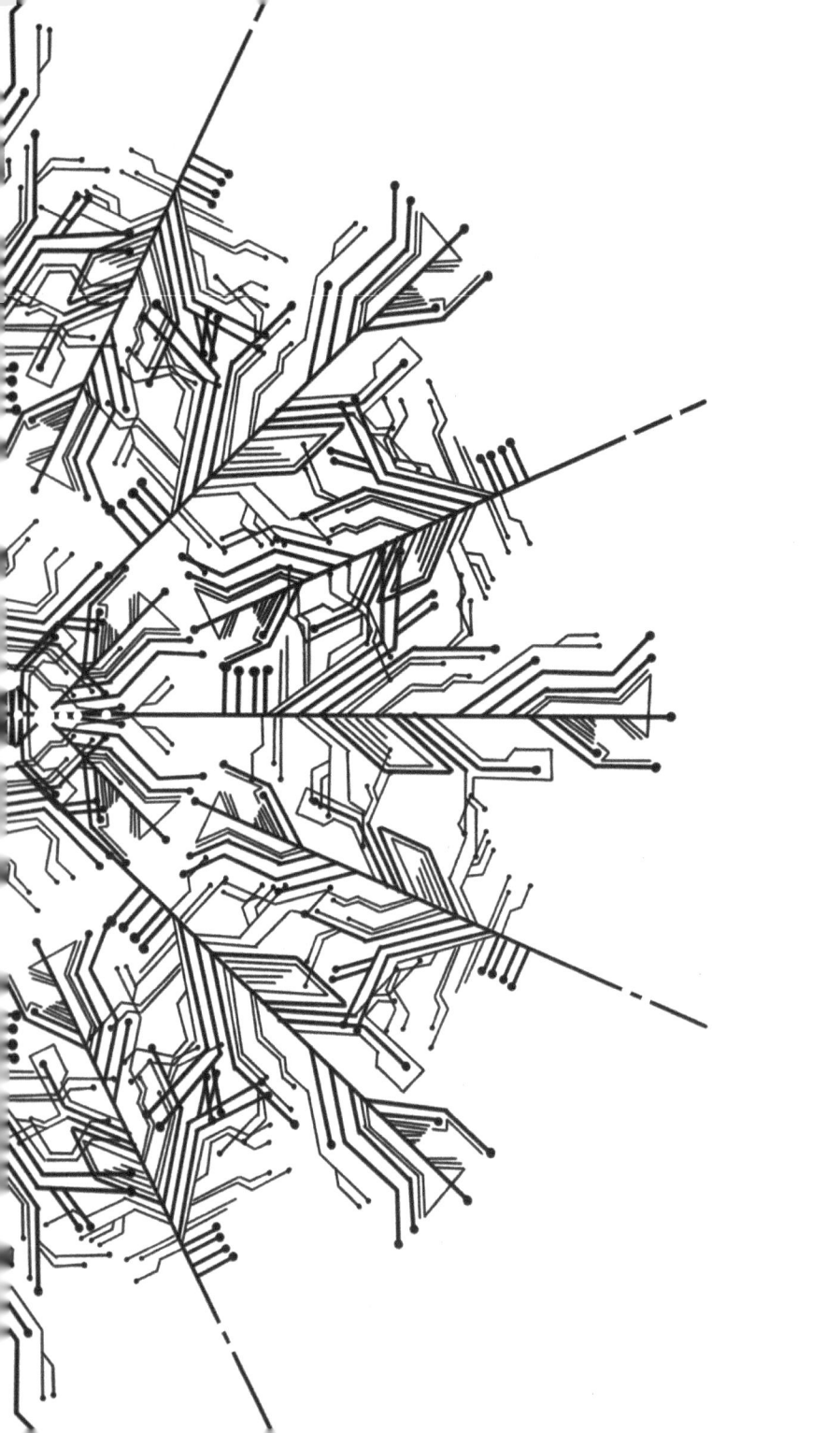

Eintrag aus dem Kompendium der Mondjägerinnen (3013 na. So.)

Kreatur: Katzenhirsche

Klassifizierung: urmagische Tiere

Gefahrenstufe: 2/14

Terrain: Süßwasserflüsse und -seen

Aussehen: große Huftiere mit Geweihen und katzenähnlichen Zügen, kurzes, glattes, schwarzes Fell, goldene Augen

Besonderheiten:

Katzenhirsche können Dank ihrer magischen Hufe über Wasser gehen / auf Wasseroberflächen stehen; sie nutzen diese Fähigkeit primär zum Jagen von Fischen

Verhalten: Katzenhirsche sind scheue, zurückgezogene Herdenwesen; sie sind allerdings *extrem* beschützerisch, wenn es um ihre Jungtiere geht und greifen Menschen an, die ihren Kitzen zu nahe kommen; die Bindung zwischen Jungtieren und Eltern bleibt noch lange über die eigentliche Kindheit hinaus bestehen: junge Katzenhirsche sorgen oft für ihre altersschwachen Herdenmitglieder und lassen sie nur im absoluten Notfall zurück

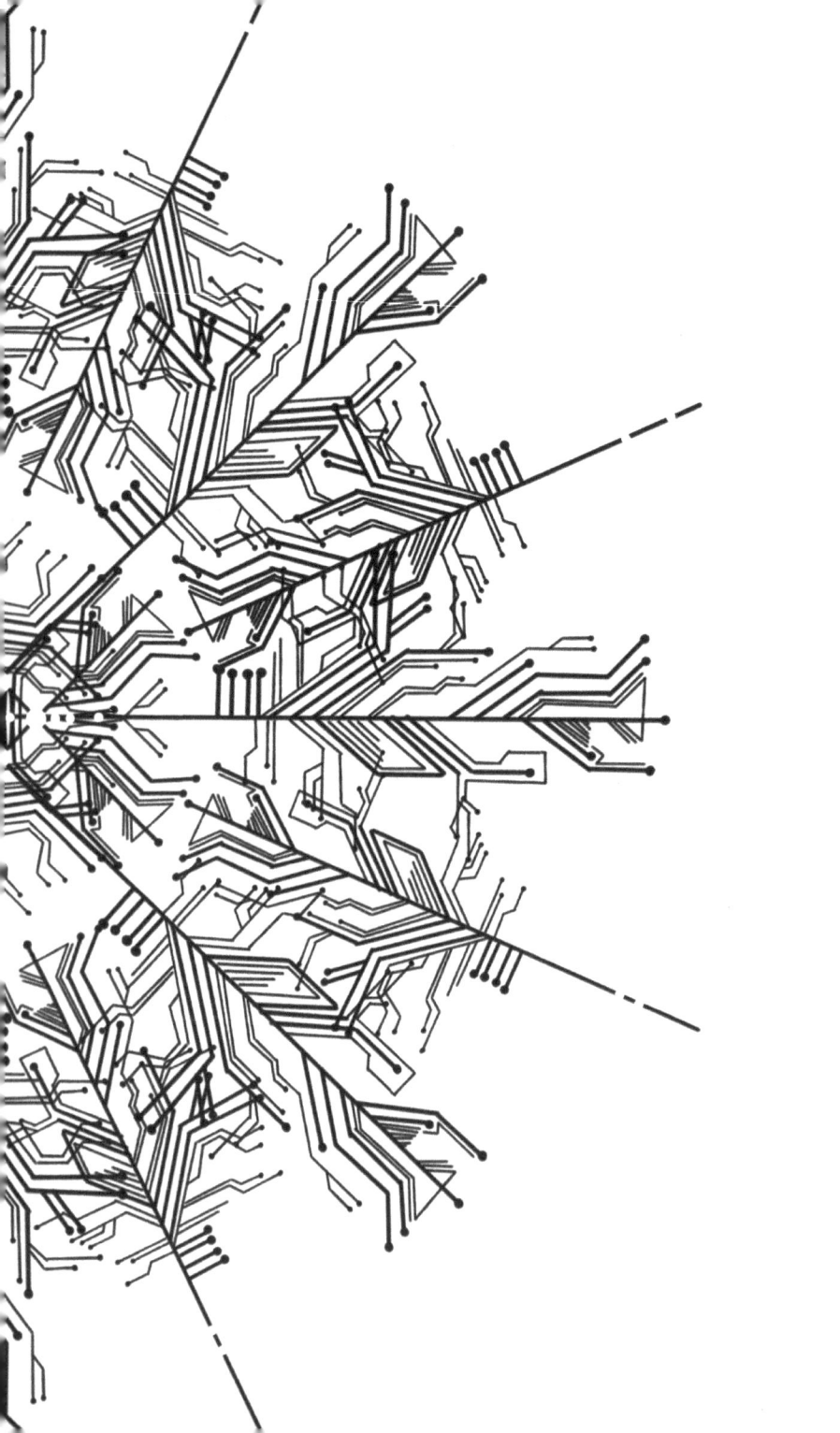

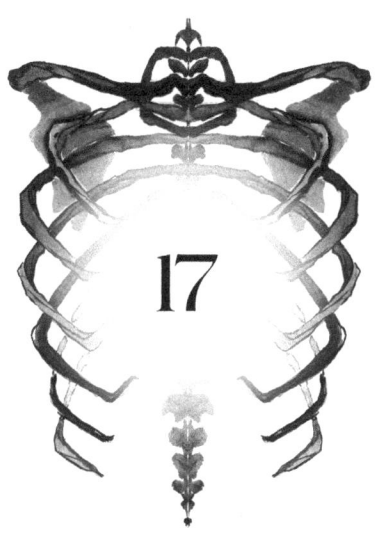

17

3037 nach Sonnenschlüpfen
(Gegenwart)

O lga riss sich das Kissen vom Kopf und bereute es sofort, als dünne Strahlen Mittagslicht ihr in die Augen stachen. An ihrer Zimmertür klopfte es leise.

»Olga?« Die Stimme ihrer Mutter klang noch verrauchter als sonst.

Verpennt schaute sie an sich herab. Ihre Prellungen sahen aus wie eine Reihe lila Küsse auf brauner Haut und kurz war sie darüber verwirrt, dass ihre Beine schmerzten, als habe sie eine Wanderung zu den Bergen hinter sich. Dann kam die Erinnerung an letzte Nacht zurück – wie sie nach dem Gespräch mit Feres rastlos durch die Straßen gelaufen war, Panik in den Lungen.

Stöhnend zog sie sich die Decke über den Kopf und drehte sich zur Wand, die Hände hinter ihrem Nacken verschränkt.

Klopfen.

»Olga, ich weiß, dass du wach bist. Ich kann dich hören.«

»Hau ab.« Sie zog die Knie an die Brust und stöhnte wieder. *Mein armer Arsch.*

Das Klopfen stoppte. »Du hast mit ihm gesprochen, oder?«, flüsterte ihre Mutter im Flur.

Mürrisch presste sie die Wange ins Kissen. »Wir hatten einen fantastischen Plausch, ja. Ein richtig netter Kerl, ich kann gar nicht verstehen, warum du ihn in den Boden kneten wolltest. Am Ende habe ich ihn Onkel genannt und er hat mir die Haare geflochten.«

Olathe gluckste.

Langsam zog Olga die Decke vom Kopf. »Findest du das etwa witzig?«

»Nein«, kam die Antwort viel zu schnell.

»Denn *du* hättest ja mit mir reden können, aber nein, dich in deinem Zimmer zu verkriechen ist soo viel konstruktiver, du Arschloch.« Schnaubend stopfte sie den Kopf unter das Kissen.

Ein Räuspern auf der anderen Seite der Tür. »Tut mir leid, Spatz.«

Olga schwieg. Durch das offene Fenster hörte sie das Murmeln der Stadt, auf der Straße lachten Leute und unter den Regenrinnen schrien Mauersegler nach ihren Eltern. Sie lugte unter dem Kissen und der Decke hervor und verfolgte mit ihrem Blick dem pudrigen Schatten einer Wolke, wie er von einer Seite ihres Zimmers zur anderen wanderte.

Erneut räusperte sich ihre Mama und die Bodendielen vor ihrer Zimmertür knarzten, als sie das Gewicht verlagerte.

»Also … lässt du mich rein?«

»Bist du taub? Ich will dich nicht sehen.«

»Oh.«

Stille. Dann ein dumpfer Prall gegen die Tür, gefolgt von einem schweren Rutschen. Olga starrte auf den schattigen Spalt unter der Tür.

»Dein Ernst?«

»Ich folge nur deinem Vorbild.«

»Sehr lustig.«

»Hey, du kannst mich nicht sehen.«

»Gut. Ich will dich auch nicht hören.«

»Darf ich wenigstens eine rauchen?«

»Nein.«

Sie schlang ihre Arme um die Beine, umklammerte ihre wund gelaufenen Füße. Ihr Ärger wurde von der Erschöpfung eingesponnen wie eine Wespe in ein weiches Spinnennetz, langsam, dichter … und dichter … und …

Verwirrt fuhr Olga hoch. Die Sonne war weitergewandert, die Schatten hatten die Zimmerseite gewechselt. Fahrig rieb sie sich die Augen, klebrige Körner in den Wimpern, und richtete sich auf, wobei ihr Bett knarzte.

»Wieder wach?«, kam es von der Tür.

Mit einem Ächzen robbte sie zur Bettkante. Als sie die Füße auf dem Boden aufsetzte, überrollte sie eine Hitzewelle und der Schmerz hinter ihrer Stirn machte eine Pirouette.

»Wie spät ist es?«

»Nachmittag, oder so.« Das Klappern einer Schale erklang und der Geruch von Eintopf lag in der Luft. Kauend fügte ihre Mutter hinzu: »Heißt das, ich darf reden?«

Olga hob das Gesicht aus den Händen und erwiderte ihren eigenen Blick im Spiegel.

»Ich bin wütend«, gab sie ihrer Mutter wieder, was sie sah. Ihr Blick wanderte von ihrem zerzausten Haar runter über ihre tiefen Augenringe zu ihren breiten, verkrampften, sonnenverbrannten Schultern. »Ich weiß nicht, wann ich das letzte Mal nicht wütend war. Ich erinnere mich nicht.«

Draußen schwieg ihre Mutter. Olga stemmte sich hoch, humpelte zur Kommode und stützte die Hände ab. Im Spiegel suchte sie nach Spuren ihres Vaters, fand aber keine mehr.

»Mama …«, sagte sie langsam. »Ich habe Milan versprochen, dass ich gehe, wenn du mich verletzt.« Sofort bildete sich ein Stein in ihrem Hals, zog ein Wabern an ihrem Sichtfeld. Sie kniff sich ins Nasenbein und vertrieb es.

»Olgaspatz«, raunte ihre Mutter. »Es tut mir so, so leid. Ich wünschte, ich hätte die Flasche nie …«

»Nein, nicht das, Mama.« Erschöpft rieb sie sich die Augen, stieß sich von der Kommode ab und wandte sich zur Tür. »Ich meine Feres.«

»Oh.«

»Dass du mir nichts von ihm erzählt hast, hat mich verletzt.«
Olga beobachtete, wie der Schatten unter der Tür unruhig hin und her pendelte.

»Zu meiner Verteidigung …« Nervös lachte Olathe. »… ich war überzeugt, dass du dieses Arschloch nie kennenlernen wirst.«

»Darum geht es nicht«, sagte sie leise.

»Ja«, murmelte ihre Mutter. »Ja, ich weiß.«

»Tust du? Weil …« Olga blickte an die Decke, die Fingernägel in die Oberarme gegraben, bevor sie zur Tür schlurfte und sich zu Boden rutschen ließ. Die Arme um die Brust geschlungen und die Schläfe an die Tür gelehnt, schloss sie die Augen.

Ihre Mutter wartete, ließ sie in Ruhe ihre Worte sammeln.

»Es ist nur«, begann Olga und stockte sofort wieder. Es fühlte sich falsch an, diese Gefühle anzusprechen. Wie Schwimmen gehen, ohne den Grund sehen zu können. »Ich dachte, du bist die Einzige, die … alle sehen in mir etwas. Etwas, das nicht … dich, zum Beispiel. Sie sehen dich in mir, oder die Vorstellung, die sie von dir haben. Oder sie sehen mich, aber …« Milans Gesicht vor ihren Augen. »Sie sehen mich, aber jünger, wie von früher, so, wie ich nicht mehr bin. Und es *kotzt mich an*, aber ich dachte, dass wenigstens du …«

Hilflos versickerte ihre Stimme, ließ nichts zurück bis auf ein Gefühl der Lächerlichkeit. Sie wollte ihre Worte wieder einsammeln, alles zurücknehmen und dann ins Moor gehen, sich vergraben.

Nach einer Denkpause seufzte ihre Mutter schwer. »Hat Feres dir erzählt, wie wir uns kennengelernt haben?«

Sie deutete Olgas Schweigen wohl als ein Kopfschütteln und ihr kräftiges Räuspern vibrierte durch das Holz bis in Olgas Schulter.

»Das Waisenhaus schmiss mich raus, keine Ahnung, warum. Ich war … Silber war immer noch eine fremde Sprache für mich. Die Stadt machte mir Angst, sie war ein absolutes Schlachtfeld. An jeder Ecke wurde jemand abgestochen, fressen und gefressen werden.« Ein krächzendes Lachen. »Man kann dem Neuen Rat einiges vorwerfen, aber wenigstens die Gildenkämpfe haben sie in den Griff bekommen. Und dann kam dieser kleine Scheißer an, Feres. Lebte auf der Straße, seit er denken konnte und wusste nur, dass seine Mutter Taure war, mehr nicht.«

In ihrer Stimme schwang ein Grinsen mit.

»Er hatte die Kampfkraft einer nassen Socke. Ich glaube, deshalb hat er sich an mich gehängt – ich hatte *nichts* bis auf Kampfkraft. Habe ich dir mal erzählt, dass ich mit zwölf einer Erzieherin die Schneidezähne rausgeschlagen habe?«

Olga warf ihrer Mutter durch die Tür einen schiefen Seitenblick zu. »Und du wunderst dich, warum sie dich aus dem Waisenhaus geworfen haben.«

»Hey, die Erzieherin war selbst schuld. Hat versucht, mir meine Münzen wegzunehmen.«

Automatisch griff sich Olga ans Ohr und fuhr die Kanten der Trauermünze entlang. Sie erinnerte sich noch gut an die Einäscherung, wie der Bestatter ihr die Münze überreicht hatte. Seine Rede war auf Gischt gewesen. Olga hatte sich nicht getraut, nach einer Übersetzung zu fragen. Ihre Mutter war nicht dabei gewesen.

»Olga?«, raunte Olathe, doch Olga dachte weiter nach. Mit einem dumpfen Laut ließ sie den Kopf zurück gegen die Tür fallen.

»Wieso bist du ihm gefolgt?«, fragte sie, den Blick auf die wandernden Schattenwolken an der Decke gerichtet. »In die Stadtwacht, meine ich.«

Das Knistern eines Streichholzes erklang. Kurz darauf knackte Tabak in der Pfeife.

»Feres war nervig. Konnte nie die Klappe halten. Ein furchtbarer Koch! Unfassbar gut darin, sich in Schwierigkeiten zu bringen. Aber er war treu wie ein Schatten.« Ein tiefer Zug und der Geruch von Rauch. »Ich kannte es nicht, dass Leute bleiben, verstehst du?«

»Hat ja prima funktioniert für euch«, schnaubte Olga – und spürte den Stich des schlechten Gewissens, noch ehe die Worte ausgeklungen waren.

Ihre Mutter brach die Stille mit einem belegten Flüstern.

»Olga, als klar wurde, dass du Kräfte hast … ich konnte nicht fassen, dass mir noch jemand weggenommen werden soll, nur weil er magisch ist und ich nicht. Also, ja, natürlich hat die Erinnerung an Feres mich in meinen Entscheidungen beeinflusst. Aber das heißt nicht, dass ich in dir jemals jemanden anderen gesehen habe als *dich*.«

Die Finger an der Stirn, saß Olga da und überlegte. Dann erhob sie sich. Als sie die Tür öffnete, stand ihre Mutter auf und wagte ein vorsichtiges Grinsen, die Pfeife im Mundwinkel.

»Komm her, Spatz«, rasselte sie und öffnete die Arme für eine Umarmung.

Olga schüttelte jedoch den Kopf, die Schulter an den Türrahmen gedrückt. Den Blick zu Boden gerichtet, die Arme schützend vor der Brust verschränkt, kämmte sie die Worte zusammen. Ihr Rücken wurde nass, ihre Hände wurden klamm. Endlich würgte sie den Satz aus sich heraus wie eine mehrere Jahre alte Scherbe:

»Wirfst ... wirfst du es mir auch vor?«

Vor ihr verlagerte Olathe das Gewicht. »Was meinst du?«, fragte sie gelassen.

Olga, den Herzschlag auf der Zunge, zwang sich, einmal Luft zu holen. »Dass ich nicht bei dir geblieben bin. Damals.«

Sie sah das Gesicht ihrer Mutter nicht, doch der ungläubige Laut, der ihr aus der rauchigen Kehle entschlüpfte, sendete einen Stich durch Olgas Magen. Langsam trat ihre Mutter direkt vor sie, sodass der Geruch nach Tabak ihre Nase umwehte.

»Sieh mich an.«

Sie hob den Kopf. Olathes braune Augen glänzten, ihre Stirn war zu einem grimmigen Narbenbett zerknittert.

»*Du warst ein Kind.*«

Kopfschüttelnd wandte Olga sich ab – wollte keine Ausreden hören, wollte nicht entschuldigt werden –, aber ihre Mama packte ihr Kinn und zwang ihren Blick wieder zurück.

»Du warst ein Kind. Ein *Kind*. Was bei den verfickten Masken hättest du gegen Mora tun sollen?«

»Ich ...«

Ihre Stimme geriet ins Kippen. Plötzlich kochte sie über, quoll ein heißer Schub Angsttränen aus ihren Augen – denn wenn ihre Mama recht hatte, wenn sie wirklich keine Schuld trug, dann hatte sie *nichts*, nicht einmal das bisschen Kontrolle, das ihr die Schuld gab. Schuld an etwas zu sein bedeutete, etwas ausrichten zu können, egal in welche Richtung, es bedeutete, nicht ausgeliefert zu sein, es bedeutete, dass sie theoretisch die Macht hatte, ein *noch mal* zu verhindern, eine weitere Trennung, einen weiteren Verlust, wenn sie es nur nicht wieder falsch machte.

Wenn sie sich nur genug Mühe gab.

Und gleichzeitig war da die Erleichterung. Knochentiefe, unverdiente, in der Kehle brennende Erleichterung und sie schluchzte auf, unkontrolliert, und ihre Mutter presste die Hände gegen ihre Wangen, als wollte sie sicher gehen, dass kein einziger Tropfen drinnen blieb.

»Nicht eine verdammte Sekunde«, murmelte sie. »Nicht eine Sekunde habe ich dir einen Vorwurf gemacht. Ich bin nur so, so froh, dass du zurückgekommen bist.«

Und dann füllten sich auch Olathes Augen mit Wasser.

Empört schluchzte Olga erneut. »Heul nicht!«, rief sie.

»Tu ich nicht.« Sofort waren Olathes Wangen nass.

»Ich heule schon! Das ist meine Heulzeit!« Verzweifelt griff sich Olga ins Gesicht, versuchte, den Strom zu stoppen. »Du Egoistin!«

»Störe ich?« Kat räusperte sich vom Treppenabsatz aus.

»JA!«, schrien sie synchron.

Entschuldigend hob Kat die Hand und humpelte zurück die Treppe runter.

»Schwöre. War keine Absicht, das Weinen.« Mit einem Ruck wischte sich Olathe die Tränen weg, bevor sie die Arme erneut ausbreitete. Dieses Mal nickte Olga und als ihre Mutter sie an sich zog, ließ sie sich in die Umarmung fallen, die Stirn auf ihr Schlüsselbein gelegt. Ihre Tränen tropften in ihr Hemd. Zum ersten Mal seit Ewigkeiten war ihre Gänsehaut eine angenehme und die Hand auf ihrem Kopf nicht erdrückend, sondern tröstlich.

Streng wuschelte ihre Mutter durch ihre Haare. »Vorwürfe«, brummte sie. »So ein Schwachsinn.«

Der kleine Klaps auf ihren Rücken schubste ein geschwollenes Lachen aus Olga heraus. »Wenn du es mir noch ein paar Mal sagst, kann ich dir vielleicht glauben.«

»Mache ich. Versprochen.« Sanft drückte ihre Mutter sie wieder auf Abstand, Salz auf den Wangen und ein schiefes Grinsen auf den Lippen. »Und jetzt gehen wir runter und ich mache dir einen Tee. Du bist nämlich ein absolutes Wrack.«

»Fast schon ein verdammter Witz, dass Feres ausgerechnet jetzt wieder in der Stadt ist. Als hätte er die Irrlichter mit sich gebracht.« Olathe schnaubte und goss schwungvoll das heiße Wasser über die Teeblätter, sodass Kräuterdampf aufstieg und die Küche mit dem Geruch nach Blüten und Pfeffer erfüllte. Sie hatte Olga ihr Hemd über die Schultern gelegt, sodass sie selbst in nichts als Unterhemd und Hosen vor dem Teeregal hantierte. Nachdenklich betrachtete Olga ihr Profil.

»Mama?«

»Mmh?«

»Müssen wir Schiss haben? Wegen der Irrlichter, meine ich.«

Ein lautes Klirren, als sie die Kanne zurück auf den Herd wuchtete. Olathes Blick verlor sich im Feuer, sie schürzte die Lippen. »Was sagt denn die Stadtwacht?«

»Dass wir uns keine Sorgen machen müssen und seit dem Vorfall vor einer Woche kaum Irrlichter gesehen wurden. Dass es ein Einzelfall war.«

»Nun, welchen Nutzen hätten sie davon, uns zu belügen?« Zufrieden wischte sich Olathe die Hände an der Hose ab, bevor sie sich schwer in den Stuhl neben Olga fallen ließ. »Ich vertraue den Soldatinnen. Solltest du auch.«

Olga vertraute den Soldatinnen ungefähr genauso viel wie dem verdammten Neuen Rat, aber sie sprach es nicht aus und griff nach der Tasse.

»Vorgestern, mit Feres …«, begann sie stattdessen. »Was hast du damit gemeint, dass er dich ‚umgebracht‘ hat?«

Die Nase am Tee, schloss Olga die Augen, öffnete sie jedoch wieder, als eine Antwort ausblieb. Ihre Mutter war im Stuhl zurückgefallen, einen Fuß auf der Tischkante, der Blick auf einen unsichtbaren Punkt in der Ferne gerichtet. In ihrer Hand drehte sie eine zerfledderte Streichholzschachtel mit einem *Urlaub in Erzweiden* – Werbeschriftzug.

Mit schmalen Augen ließ Olga den Becher sinken und betrachtete die Trauermünze an ihrem Ohr. Die Münze, die für Feres stand. »Du kümmerst dich um ihn«, stellte sie fest. »Immer noch.«

Brummend ließ ihre Mutter die Schachtel aufschnappen. »Man kümmert sich meistens um die Leute, die man hasst. Wenn sie einem egal wären, gäbe es ja kein Problem.«

»Wir haben also ein Problem?«

Das erste Streichholz zerbrach beim Anschlagen, das zweite verendete mit einem leisen Knistern. Frustriert schnippte Olathe beide in die Ecke. »Wirkte Feres für dich wie eine Person, die leicht klein beigibt?«

»Wir könnten ihn anonym bei der Stadtwacht melden«, dachte Olga laut nach. »Oder beim Neuen Rat.«

Das dritte Streichholz war feucht, doch beim vierten klappte es und die Pfeife entzündete sich. Dieses Mal roch Olga Veteranenkraut. Olathe nahm einen tiefen, grimmigen Zug und schwieg.

»Okay«, schnaubte Olga amüsiert. »Also *du* darfst ihm den Schädel einschlagen, aber wenn ihn jemand anderes umlegt, fühlst du dich um dein Salz betrogen, oder was?«

»Mir geht es um die persönliche Note.«

»Klar.«

»Ich will ihn einfach nie wieder sehen. Tot muss er dafür nicht sein.«

»Das klang vor ein paar Tagen aber anders«, murmelte Olga. Tief über den Tisch gebeugt, wiederholte sie ihre Frage: »Wieso meintest du, er hat dich umgebracht?«

Ihre Mutter seufzte Rauch. »Vergiss es. Ich war angepisst. Und besoffen. Ich muss Kat unbedingt fragen, was sie in diesen Bärenfang gemischt hat ... apropos Kat.« Sie reckte den Hals und lugte in den Innenhof. »Wo ist sie? Was wollte sie vorhin?«

Lange beobachtete Olga sie, bevor sie genervt die Stirn auf die Platte legte. »Sag doch einfach, dass du nicht drüber reden willst.«

Olathe griff über den Tisch und berührte ihre glühende Wange. »Bleib morgen hier, Spatz.«

»Geht nicht«, murrte sie ins Holz. »Wenn ich noch einen Tag fehle, war's das ganz mit der Anstellung und irgendein Vollpfosten kriegt meinen Job.«

»Na gut. Das wollen wir nicht.« Eine dicke Rauchwolke, gefolgt von einem trockenen Räuspern. »Hat Milan wirklich gesagt, du sollst zu ihr gehen, wenn ich dich verletze?«

»Ja.«

»Mmh. Das ist sehr ... löblich ... von ihr.«

Olga nahm die Stirn vom Tisch. »Lass stecken. Ich weiß, dass du sie nicht leiden kannst.«

»Was, wieso sollte ich sie nicht leiden können?« Unschuldig hob sie den Blick zur Decke. »Ich kann sie ganz famos leiden. Sie ist ein sehr kultivierter Mensch.«

»Du meinst arrogant. So wie Mora.«

Erneut schürzte Olathe die Lippen. »Das hast du gesagt, nicht ich.«

Olga verdrehte die Augen und knallte den Kopf wieder auf die Platte. »Milan ist nicht arrogant, nur einfach ein wenig reserviert. Du denkst, *ich* hab einen Schaden von Mora abbekommen? Milan war gute zehn Jahre länger bei ihr, keine Ahnung, wie viel verdrängter Mist noch bei ihr im Permafrost steckt. Okay, ja, *vielleicht* ist eine ihrer Überlebensstrategien auch, dass sie sich die Leute ein wenig auf Distanz hält. Aber sie ist nett dabei, und geduldig, so absurd geduldig. Und *schlau*, keine Ahnung, warum sie sich von den Fickern der Universitäten etwas anderes einreden lässt. Und sie kann *so witzig* sein, wenn sie sich lässt, du glaubst es nicht. Sie ist verantwortungsbewusst und zuverlässig und will wirklich nur das Beste für die Leute. Auch wenn sie manchmal voraussetzt, dass nur sie weiß, was genau das Beste ist, aber selbst dann. Sie hat keinen einzigen verfickten üblen Knochen in ihrem Leib.«

Süffisant paffte Olathe Rauchringe an die Decke. »Und ich dachte, Einhörner sind ausgestorben.«

»Und sie riecht gut. Sehr gut.« Einen Moment lang schaute Olga ins Nichts. »Scheiße«, murmelte sie dann und schüttelte den Kopf.

Unschuldig klopfte Olathe ihre Pfeife aus. »Wie steht es eigentlich zwischen euch beiden Hübschen?«

»Was soll da wie stehen?«

»Nun ...« Ein Wackeln der nicht vorhandenen Augenbraue.

»Mamaaaa.«

»Waaas, ich darf ja wohl noch Fragen stellen! Weißt du, manche Beziehungen brauchen einfach etwas Zeit.«

»So wie bei dir und Papa?«

Olathe zog eine stumme Schnute. »Werd nicht frech. In Krisenzeiten sind zwei Wochen eine Ewigkeit, junges Fräulein.«

»Zwei Wochen mit dir sind nicht nur in Krisenzeiten eine Ewigkeit.«

Olga kicherte dreckig, als ihre Mutter ihr mit der Pfeife in die Wange pikste.

»Sag doch einfach, dass du nicht darüber reden willst.« Sie grinste, Rauch zwischen den Zähnen, und so verharrten sie, die Hände unter der Tischplatte verschränkt.

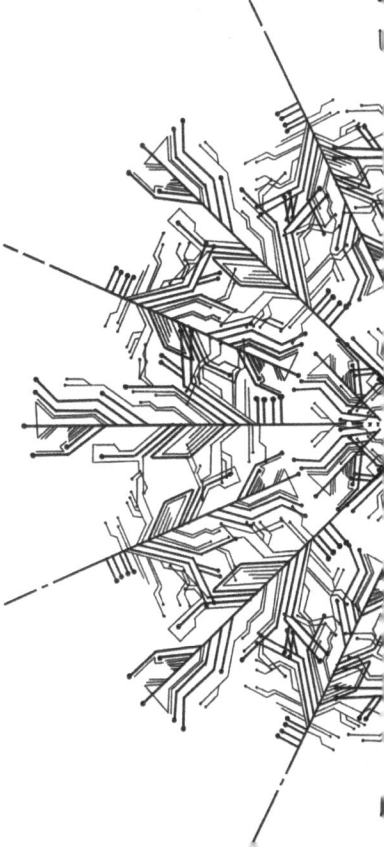

Zu der Beziehung zwischen Frostgeiern und Riesinnen Von Bene Breitengrad (2814 na. So.)

(Auszug)

Ich möchte die These aufstellen, dass die Frostgeier zu den Riesinnen eine ähnlich enge Beziehung hatten wie z. B. die Sirenen zu der Schuppenfürstin oder die Irrlichter zu ihrer Mutter der Masken.

Eine solch enge Beziehung könnte erklären, warum Frostgeier ihre Brutstätten ausnahmslos über den Gräbern von Riesinnen errichten. Aufzeichnungen von Späherinnen bestätigen, dass sich der winterliche Flug der Frostgeier stark an der Lage der über Trave verteilten Gräber orientiert.

Die renommierte Späherin Vanja Salzwasser (2762-2799 na. So.) beschrieb in ihren Tagebüchern den Flug der Frostgeier als »einer Pilgerfahrt nicht unähnlich«. Die Geier scheinen von Totenstätte zu Totenstätte zu reisen, um den Verstorbenen ihren Respekt zu zollen. Dabei greifen sie nur jene Menschensiedlungen an, die es wagen,
die heiligen Ruhestätten der Riesinnen mit ihren Bergwerken zu entweihen.

»Aus der Perspektive der Frostgeier muss es wahrlich wie Grabschändung - wie *Blasphemie* gar - aussehen, wenn Menschen das steinerne Fleisch ihrer angebeteten Riesinnen sprengen und ihr eisernes Blut schürfen ... alles nur, um sich eine hübsche Rüstung schmieden zu können.«

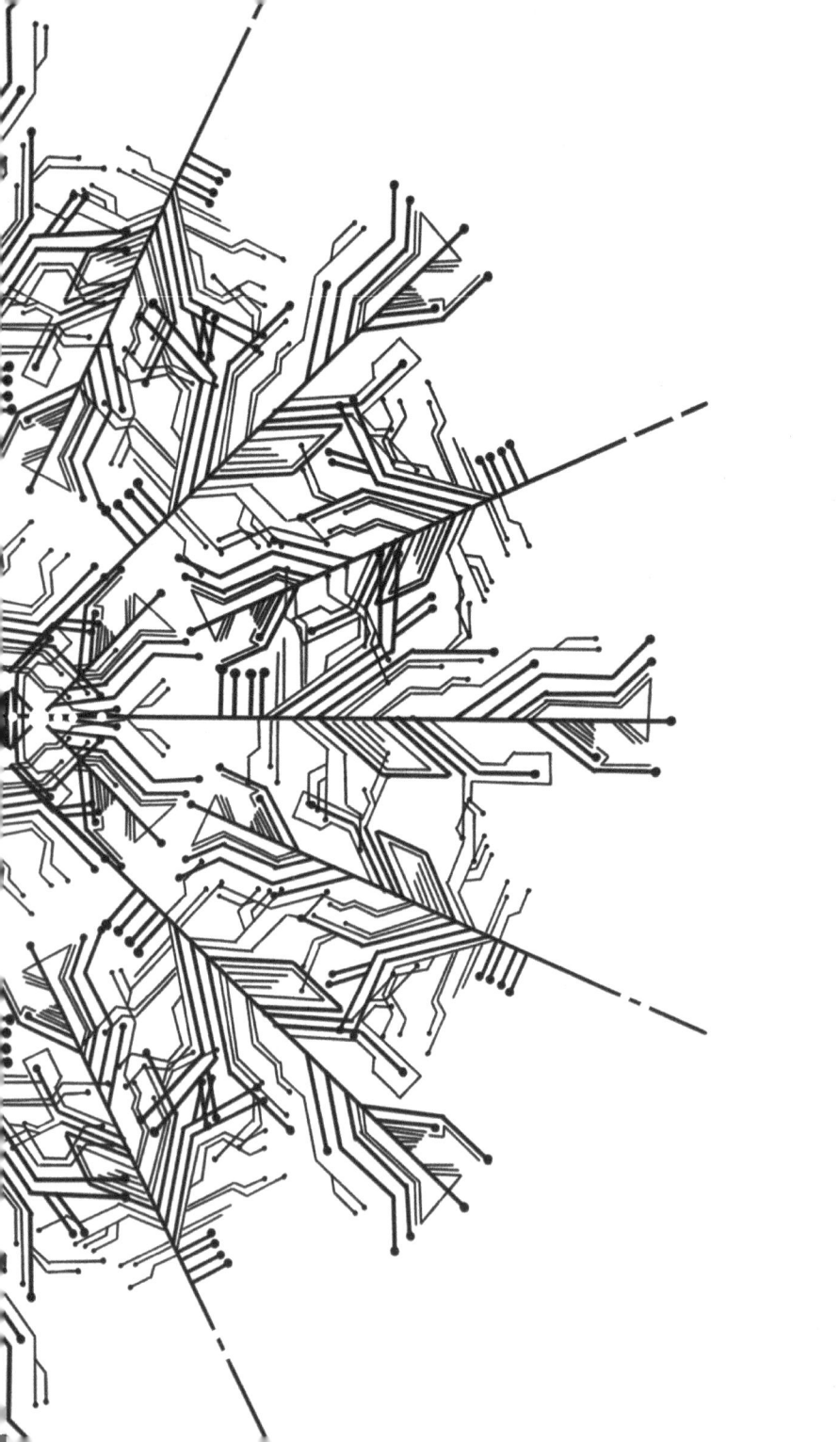

18

3037 nach Sonnenschlüpfen
(Gegenwart)

Olga betrat die stickige Luft des Postamtes und entdeckte Trifon, der mit vor der Brust verschränkten Armen auf sie wartete. Als reichte es nicht, dass sie ihr Kopfschmerztier mit zur Arbeit bringen musste. Resigniert hob sie die Hand zum Gruß.

»Hey, Trifon.«

»Frost«, erwiderte er mit einem Gesichtsausdruck, als würde er saure Milch riechen. »Du lebst also noch.«

»Kein Grund, so enttäuscht zu klingen.« Sie deutete auf den Stapel Briefe in seinen Händen. »Du willst Austragen helfen? Wie nett.«

Eine verärgerte Röte kroch seinen Hals hoch, er würgte allerdings jeden Kommentar herunter und drückte ihr die Umschläge so schnell in die Arme, als wären sie voller Pockenviren. »Nicht ich, aber Lero.«

»Wer zum Henker ist Lero?«, fragte sie. Trifons Blick rutschte an ihr vorbei und auf einen Punkt hinter sie. Die Briefe an die Brust gedrückt, drehte sie sich um – und sah sich dem Fabrikarbeiter, nein, dem *Türsteher* gegenüber. Er trug das gleiche gestreifte Hemd wie vor ein paar Tagen in Milans Büro.

Skeptisch musterte sie den Kerl eine Sekunde, dann wandte sie sich wieder zu Trifon. »Was soll ich mit dem?«

»Ihn einarbeiten.«

Aha. Und für welchen undankbaren Job genau? Nur allzu gerne hätte sie dem Schreiber gesteckt, dass sie von seinen Vögelpausen in Milans Büro wusste. Allein um zu sehen, wie ihm die Überheblichkeit aus dem Gesicht fiel.

Ungehalten warf sie die Umschläge in ihre Posttasche, während Trifon einen Schritt zurücktrat und irgendetwas notierte, den Blick stur auf sein Notizbuch gerichtet.

»Verstehe ich den Wink richtig?«, hakte Olga schließlich nach und vergrub ihre Nervosität unter einem spöttischen Tonfall. »Ich soll meinen eigenen Ersatz ausbilden?«

»Wenn du so weitermachst, kriegt er eine Beförderung und wird dein Ersatz, ja.«

»Warum ausgerechnet er?« Mit einem spitzen Finger stach sie in Richtung des Türstehers. Dieser blinzelte nicht einmal. Den Kopf zwischen den Schultern eingezogen, stand er einfach nur da und drehte den Bernsteinring an seinem Daumen. »Ist nicht gerade so, dass wir hier Türsteher im Überfluss haben. Eher im Gegenteil, wenn ich dran erinnern darf, dass mir ein verdammter Idiot letztens fast die Stirn eingeschlagen …«

»Mach einfach einmal das, was man dir sagt!«, bellte Trifon.

Olga starrte ihn an. Sie hatte ihn noch nie schreien gehört. Er sich anscheinend auch nicht, seinem Gesicht nach zu urteilen. So schnell, wie die Ungeduld aus ihm herausexplodiert war, fasste er sich wieder, ignorierte die neugierigen Blicke der Kundschaft und schaute Olga bestimmt in die Augen.

»Bitte. Arbeite ihn einfach ein.«

Damit schlug er das Notizbuch zu und trat gesittet die Flucht an. Olga starrte ihm noch einen Moment nach, bevor sie sich umdrehte und grimmig den Türsteher, Lero, musterte. Als hätte Trifon ihr einen Welpen aufgedrückt.

Leros Gesicht behauptete, dass er ein paar Jahre älter als Olga sein musste, sein Blick gehörte jedoch eher in ein Klassenzimmer. Genau wie Olgas eigene hatten seine Augen die Farbe von Kastanien, *seine* waren allerdings verquollen.

Ohne sie anzusehen, schob er ihr eine Hand hin. »Lero Anno Emil Laska von Altnebel«, murmelte er.

»Was soll das werden, eine Gästeliste?«

Verunsichert schluckte er. Sofort rutschte ihre Wut an seiner hoffnungslosen Harmlosigkeit ab wie an einer Glasscheibe. Er konnte nichts dafür, dass Trifon ihn auf sie abgeschoben hatte. Und von all den Idioten in dieser Halle war er letzte Woche der Einzige gewesen, der ihr mit dem jähzornigen Veteranen geholfen hatte.

»Olga«, seufzte sie, ohne auf seinen Handschlag einzugehen. Beim Klang ihres Namens kam eine Regung in ihn. Sie wappnete sich auf den üblichen Kommentar zu ihrer Mutter.

»Milans Freundin?«, fragte er stattdessen hoffnungsvoll.

»Ähm«, machte sie überrumpelt. *Wieso bei den Masken fragen auf einmal alle nach Milan?* »Also. Kommt drauf an, wie du Freundin meinst.« Als er nur guckte, warf sie hinterher: »Also, nicht *Freundin*, sondern Freundin. Schwesternfreundin. Verstehst du?«

»Du datest deine Schwester?«

»Nein! Nicht meine Schwester.«

»Aber … ihr seid zusammen.«

»Nein.«

»Also …« Er blinzelte einmal schmerzhaft langsam. »Platonische Freundin?«

»Freundin. Wir kennen uns. Ja.«

Darüber musste er erstmal nachdenken. Dann, mit der Bedächtigkeit eines Philosophen, der gerade zu einem zufriedenstellenden Gedanken gekommen war, nickte er, beugte sich vor und deutete auf die Posttasche. »Ich kann die nehmen.«

Sie trat zurück und zog misstrauisch die Tasche an die Brust. »Das … geht schon.« Nach einem Moment peinlicher Stille setzte sie sich in Bewegung und ging an ihm vorbei. Mit einem Herzschlag Verzögerung dackelte Lero ihr hinterher.

»Und jetzt?«

Der Türsteher blickte auf den Umschlag, als wäre er ein kleines Tier, das Olga ihm in die Hand gedrückt hatte. Er musste sich sichtlich konzentrieren, um die Anschrift zu entziffern. Olga nutzte die Zeit, um ihn ausführlicher zu betrachten.

Sie bezweifelte, dass die Narbe an seinem Kinn vom Ausrutschen in der Dusche gekommen war und an seinem Ohr hingen immer noch die fünf Trauermünzen: Zwei Schwalbenmotive, drei Wassertropfen. Verlorene Eltern und enge Freundschaften, wobei Letzteres bei Geflohenen von den Münzinseln auch Liebesbeziehungen bedeuten konnte. Zum zweiten Mal in kurzer Zeit fragte sich Olga, wie es sich anfühlen musste, die eigenen Partner nicht offen betrauern zu können. Wahrscheinlich ähnlich wie ersticken.

Er bemerkte ihren Blick. Sie wich aus und deutete auf den Brief in seiner Hand. »Ist nicht gerade kompliziert. Du musst ihn, na ja, einwerfen.«

Langsam und nachdenklich nickte er, wobei die Trauermünzen klimperten wie Windspiele. Er setzte sich in Bewegung, auf halbem Weg über die Straße blieb er jedoch stehen – sehr zur Verärgerung einer Bäuerin, die fast in ihre eigene Schubkarre hineinrannte – und schaute unsicher über die Schulter.

»Meine Fresse«, murmelte Olga in ihre Handfläche. Ermutigend fuchtelte sie in seine Richtung. Er zögerte noch einmal, dann trottete er die Stufen zur Haustür hoch. Zufrieden verzog Olga sich in den Schatten einer hohen Gartenmauer, lehnte sich an und schaute die Straße hinab.

Die Fabrik am Knöchel spießte ihre Schornsteine in den Himmel, pumpte gelben Rauch in die Wolken. Heute stand der Wind günstig und blies die Schwaden über die Mauer aus der Stadt heraus. Sie legte den Kopf in den Nacken, stand jedoch zu nahe dran, um einen Blick auf die Schornsteinspitzen erhaschen zu können.

»Hey.«

Olga senkte den Blick und sah sich einer Bettlerin gegenüber. Die Frau war klein, noch kleiner als sie. Auf ihren Lippen saß ein Rußfleck und die Sonne hatte der Fremden die ölverschmierte Kleidung geradezu in die Haut gebacken. Fast schon angriffslustig stieß sie Olga eine Hand entgegen.

»Hast du was?«

Olga spannte sich leicht an. »Nein.«

»Nicht mal Kupfer?«

»Nein.«

Ein langer Moment, in dem der Blick komplexer Abneigung Olga fast die Haut von den Knochen zog. Schließlich holte die Frau aus, rotzte auf den Boden, sodass Olga die Füße einziehen musste, um nicht getroffen zu werden, und stapfte davon.

»Hey!« Angepisst stieß sich Olga von der Wand ab, gleichzeitig tauchte Lero vor ihr auf. Auf seinen fragenden Blick hin erläuterte sie: »Die wollte Geld.«

Der Türsteher schaute der Fremden nach und griff schon nach seinem Geldbeutel, da packte Olga ihn am Ärmel und zog ihn die Straße hinab.

»Aber ich hab Geld«, protestierte er.

»Nicht, wenn du im Fabrikviertel unterwegs bist.«

Während er in nachdenkliches Schweigen verfiel, griff sie in die Tasche und zog den nächsten Stapel Post heraus. Je schneller sie hier fertig wurden, desto besser.

Als der Fabriksgong am Nachmittag zum Schichtwechsel schlug, hatten sie bereits fast drei Viertel der Briefe verteilt. Am großen Industrieplatz hockte sich Olga auf eine Kiste und wartete, während Lero die letzten Umschläge durch Türschlitze und in Briefkästen stopfte.

Eine Menschenmenge quoll aus den Fabriktoren, mit rußigen Augen in müden Gesichtern. Einige verschwanden mit gehetztem Gang in den Gassen, andere verkrochen sich im löchrigen Schatten der alten Sonnensegel und nutzten die Pause für ein wenig Schlaf, die Atemmasken um den Hals baumelnd und Hüte ins Gesicht gezogen. Zurück blieb nichts bis auf dampfende Pflastersteine, durchzogen von glühenden Streifen Stahl, dort, wo die leeren Gleise auf die nächsten Güterloren warteten.

Ein Surren ließ Olga zusammenzucken – ein kleiner Osmiumkäfer, blaugrau schimmernd wie ein edler Kristall, landete auf ihrem Knie. Sie betrachtete ihn, wie er sich die messerscharfen Beinchen rieb und die Flügel auf und zu klappte, bevor sie ihn vorsichtig auf ihren Handrücken hob und neben sich auf der Kiste absetzte.

Unruhig pulte sie an ihren Fingernägeln und sah sich nach Lero um.

Der Schutzschirm, den ihre Freundschaft mit Milan über sie legte, schien seine Grenzen erreicht zu haben. Wenn Trifon das ernst meinte, Olga wirklich feuern wollte … Ihr Blick wanderte zurück zur Fabrik, genau in dem Moment, in dem Lero wieder neben sie trat und seinen massigen Schatten über ihr Gesicht warf.

»Ich bin fertig«, verkündete er stolz.

»Toll.« Abwesend betrachtete sie die Schornsteine, den gelblichen Rauch über den Dächern. »Lero?«

»Ja?«

»Du hast in der Fabrik gearbeitet, bevor Trifon dich ins Postamt geholt hat, oder?« Prüfend fixierte sie sein Gesicht. »Wie war es?«

»Oh. Mmh.« Er musterte seinerseits die dampfenden Fassaden und auf seiner Stirn erschien eine zweifelnde Falte. »Es war … ein Job halt.«

»Musstest du Alchemie machen?«

Er schwang leicht den Kopf hin und her. »Nicht direkt. Ich war eher im Maschinenraum. Manchmal durfte ich die Käfer füttern, das war nett.« Unsicher lächelte er sie an. »Der Chef war streng, aber geduldig. Soll ich ihn fragen, ob er etwas für dich hat, falls du deinen Job verlierst?«

»Du meinst, falls *du* mir meinen Job *stiehlst*«, knurrte sie.

Hastig schaute er zu Boden, als würde er sich ein Loch graben wollen. Olga kniff sich ins Nasenbein, holte tief Luft, sprang von der Kiste und trat vor ihn. Er zuckte. Sie hob versöhnlich die Hände.

»Hey. Danke für das Angebot, aber ich glaub, die beschissenen Fabriken sind nichts für mich.« Finster musterte sie die Wachen, die an den Toren hin und her patrouillierten, die Augen hinter ihren Helmen aus Käferstahl verborgen. »Wer keine Probleme damit hat, Milliarden von Käfern für einfaches Metall zu verheizen, wird früher oder später auch sehr okay damit sein, das Gleiche mit Menschen zu machen.«

Er schluckte, mied immer noch ihren Blick und schwieg.

Himmel, so furchteinflößend bin ich nun wirklich nicht.

»Okay«, seufzte sie, reckte sich, sodass ihre Knochen knackten, und klatschte scharf in die Hände. »Lass uns Feierabend machen.«

Überrascht schaute er sie an. »Nicht zurück ins Postamt?«

Sie hob eine Augenbraue. »Willst du etwa?«

Kurz darauf durchstreiften sie das Fabrikviertel auf der Suche nach einem Brunnen. Besser gesagt, Olga hielt nach einem Brunnen Ausschau und Lero trieb in ihrem Kielsog nach. Sie arbeiteten sich von einer Insel aus Schatten zur nächsten, stiegen über ausgekippte Mülltonnen, Hügel aus Gerümpel und hier und da die eine oder andere schlafende Person. Zumindest hoffte sie, dass sie nur schliefen.

Lero wollte nach links gehen, doch Olga schnalzte mit der Zunge.

»Nicht da lang«, sagte sie, winkte ihn heran und dirigierte ihn in die verschlungenen Gassen der Wohnbauten, weg vom Lärm der Kneipen. Die Dächer brachen auf, die Straßen wurden breiter. Ein Junge mit beeindruckenden Segelohren stand barfuß auf einer umgestülpten Tonne, einen Stapel fleckiger Poster in der Hand, und schrie irgendetwas über Spenden für das Maskenfest.

Und dann, als Olga und Lero schon fast vorbei waren:

»Neue Nachrichten vom Pfad der Späherinnen!«

Olga blieb so abrupt stehen, dass Lero ihr in die Hacken rannte, und sie war nicht die Einzige. Links und rechts von ihnen wurden Leute langsamer und starrten zu dem Jungen hoch. Er holte tief Luft.

»Kein Winter dieses Jahr! Die Späherinnen bestätigen: Kein Winter dieses Jahr!«

Ein erleichtertes Raunen brach durch die Menge. Kurz schloss Olga die Augen, gönnte sich einen langen Atemzug. *Na wenigstens eine gute Neuigkeit.*

Gleich darauf betraten sie einen ruhigeren Seitenzweig des Handwerkviertels. Auf den Balkonen über ihren Köpfen knüpften alte Männer mit der Hilfe ihrer Enkelkinder Festteppiche, ihr Schnattern und Gackern hallte von den Dächern in die Straßen hinab und bis auf den kleinen Brunnenplatz, auf dem sich Unkraut und Efeu um ihr Revier prügelten.

Olga und Lero warteten in der kurzen Schlange, bis die Kinder vor ihnen losrannten, Kanister in den dürren Stockärmchen, aus denen bei jedem Schritt Wasser schwappte, ehe Olga herantrat und ihnen einen Eimer hochzog. Fordernd streckte sie die Hand aus und Lero reichte ihr ohne einen Kommentar die Wasserflasche.

Ein Schmunzeln brach über ihre Lippen. »Du bist fast schon praktisch, weißt du das?«

Er runzelte die Stirn. »Danke?«

Mit frischem Wasser zogen sie sich auf einen müllfreien Abschnitt der Mauer zurück und ließen die Beine baumeln. Ein Kegelfruchtbaum warf kühle Blätter aus Schatten auf ihre verbrannten Schultern. Olga hob die Flasche zum Mund und genoss es, wie das kalte Wasser in ihr Zahnfleisch stach.

Kalt. Schnee.

Sie ließ die Flasche sinken, starrte auf die Fabrikschornsteine, nah und groß am Himmel.

Kein Winter. Kein Winter dieses Jahr.

Sie fühlte sich ruhig. Erschöpft, ja, ausgelaugt, ja. Aber ruhig. Es war, als hätte das letzte Gespräch mit ihrer Mutter etwas in ihr gelöst, etwas Schweres behoben, und in ihr war nun ein wenig Stauraum frei geworden. Als hätte sie jetzt Platz für einen Moment der Leere, Platz für einen Moment voller … nichts. Fasziniert schloss sie die Augen und lauschte in ihren neuen Luxus hinein.

Als sie nach einer Weile die Augen wieder öffnete, bemerkte sie, dass Lero neben ihr weinte.

Sie erstarrte. *Scheiße. Vielleicht bin ich doch gruseliger, als ich dachte.*

Lero hob sich mit dem Daumen eine Träne vom Kinn, legte sie achtsam auf seiner Hose ab, wo sie zu einem kleinen Fleck versickerte, und atmete zitternd aus. Aus einem Reflex heraus reichte Olga ihm die Wasserflasche – er sah sie an, als sei er überrascht, dass sie noch hier war, bevor er die Flasche dankbar annahm.

»Ähm«, machte sie ratlos. »Ist dir … zu warm … oder so?«

Hinter ihr am Brunnen stieß ein alter Mann einen mitleidigen Seufzer aus. Olga musste sich zusammenreißen, um nicht herumzufahren und ihn anzukeifen, dass er sich um seinen eigenen Scheiß kümmern sollte.

»Trennung«, wisperte Lero zwischen zwei Schlucken und verfiel wieder in Schweigen.

»Aha. Mmh.« Aus der Überforderung heraus hob sie die Hand, zögerte, legte sie auf seine Schulter und tätschelte sie matt. Lero drehte ihr den Kopf zu, die Augen gerötet. Olga probte ein ermutigendes Lächeln. Er runzelte die Stirn.

Sie zog die Hand zurück. »Trifon ist ein ziemlicher Arsch«, schoss es aus ihr heraus.

Lero erschrak sichtlich. »Trifon? Woher weißt du das?«

Dumm. Dumm, dumm, dumm. Hastig schusterte sie eine Antwort zusammen. »War nur … 'ne Annahme. Sagen wir mal so, du bist sein Typ.« Das war sogar nicht mal gelogen.

Ihr Gegenüber wischte sich mehrmals über die Wangen, seine Augen riesig, mehr panisch als besorgt. »Erzählst du es? Trifon hat gesagt, wenn ich es jemandem erzähle …«

Er musste den Satz nicht beenden. Wenn es irgendjemand erfuhr, würde Trifon schneller dafür sorgen, dass Lero seinen Job verlor, als Irrlichter teleportieren konnten.

»Kein Wort zu irgendwem«, erwiderte sie knapp. »Versprochen.«

Seine Schultern entspannten sich, obwohl ihm immer noch Tränen von seiner Nase tropften.

Eine Weile betrachteten sie schweigend das Viertel. Auf einem Dach in der Nähe hockte ein Kind und malte mit dem Finger auf den rußverschmierten Fensterscheiben, im Hintergrund die Fabrik wie ein rumorender Igel aus Stahl, die Stacheln tief ins Fleisch der Stadt gegraben.

Ein langes Seufzen zog ihre Aufmerksamkeit wieder auf den Türsteher. Behutsam rieb er sich das letzte Salz aus den Wimpern.

»Ich hab Schluss gemacht, nicht Trifon«, korrigierte er sie, legte den Kopf in den Nacken und betrachtete die Blätter von unten. »Ich bin nicht von den Münzinseln über das halbe Meer gekommen, um wieder ein Geheimnis zu sein.«

Überrascht setzte sich Olga auf, dann nickte sie langsam. »Meine Großmütter auch. Also. Sie sind auch von den Inseln geflohen.«

Traurig lächelnd reichte er ihr die Wasserflasche zurück. Sie trank und wünschte sich Kats Bärenfang herbei.

»Geheimnisse töten«, sagte Lero schließlich. Es klang wie eine finale Feststellung. Als Olga sich schon darauf einstellte, heute kein Wort mehr von ihm zu hören, nahm er ihre Hand und platzierte sie wieder auf seiner Schulter. Sie war so perplex, dass sie sogar vergaß, bei der Berührung zusammenzuzucken.

Beim Verlassen des Postamtes verabschiedete sich Lero von Olga, oder besser gesagt, er blieb auf der Stufe unter ihr stehen und betrachtete sie stumm.

»Eh«, machte sie. »Tschüss?«

Er musterte sie, nickte sehr langsam, als habe sie gerade etwas Weises gesagt, drehte sich um und schlurfte die Treppe hinab. Sie hatte nur kurz Zeit, ihm nachzustarren, bevor ihr das Gedrängel am Ausgang zu viel wurde. Die Nachricht der Späherinnen hatte die Stadt in schwirrende Aufregung versetzt und an jeder Ecke explodierten nun die Festtagsvorbereitungen.

Eine Erinnerung an ihren Vater überkam Olga, wie er sich, einen Bierkrug in der Hand, zu ihr herabbeugte und ihr eine schwere Münze in die winzigen Finger drückte.

»Wenn es einen Winter gibt, feiern wir, dass wir einen Sommer hatten. Und wenn es keinen Winter gibt, feiern wir verdammt noch mal den Herbst, als wäre es unser letzter.«

Olga schüttelte die Müdigkeit aus dem Kopf und joggte los. Sie musste zu den Händlerinnen, bevor die partygierigen Idioten alles aufkauften.

Zwei Stunden später, einen Sack Lebensmittel auf den Schultern, den Arm um eine Schachtel gekrallt und der Geldbeutel beunruhigend leichter, stapfte sie vom Marktplatz zurück in Richtung Veteranenviertel – so sehr auf ihre Schritte konzentriert, dass sie Feres erst bemerkte, als er ihr geradezu ins Gesicht sprang.

»Das sieht aber nach viel aus«, trällerte er. »Darf ich dir tragen helfen?«

Nicht sein Scheißernst.

Schwankend kam sie zum Stehen, der Kopf hochrot vor Anstrengung. Um nach ihrer Pistole zu greifen, war sie zu schwer beladen, und wenn sie ihr Zeug abstellte, hing sie fest. Also schlurfte sie wieder los.

»Verpiss dich«, knurrte sie.

Mit einem einzigen Schritt war Feres wieder auf ihrer Höhe. »Wenn ich auf jede Person hören würde, die mir das sagt ...«

»Vielleicht sagen es dir alle Leute, weil du nicht auf sie hörst.«

»Waaas?« Sie hörte das Grinsen in seiner Stimme. »Unmöglich.«

Seine Füße schoben sich in Olgas Blickfeld. Wie ein humpelnder Tänzer mied er mit seinen bloßen Zehen präzise die scharfen Scherben und Steinchen auf der Straßen.

Moment. Bloße Zehen?

Fluchend riss Olga den Sack von ihrer Schulter, stolperte, stellte ihn am Boden ab und starrte den Erloschenen an.

»Ach du Scheiße«, entfuhr es ihr.

»Wirklich? So schlimm?« Er lächelte und zuckte sofort zusammen, eine Hand am geschwollenen Kiefer. »Du bist mein erster Spiegel.«

Olga schluckte. Die Haut an Feres' Wangenknochen war rot gespalten, sein Kinn roh und aufgeschürft und sein linkes Auge verschwand fast gänzlich unter einer blauschwarzen Schwellung.

»Alter, du siehst aus wie ein Stück Fallobst«, sagte Olga beeindruckt. »Ich wusste nicht, dass Mama schlafwandelt.«

Trotz seiner Schmerzen lachte er auf und bereute es sofort, tastete nach seinem blauen Auge. Olgas Blick wanderte weiter an ihm herunter. Seine Hände sahen nicht besser aus als sein Gesicht und an seinem Schienbein entdeckte sie eine faustgroße Prellung, vermutlich von einer verstärkten Stiefelspitze. Mehr noch, jemand hatte ihm den Ärmel bis zur Armbeuge aus der Naht gerissen, sodass seine Tätowierungen für alle Welt entblößt lagen.

Prüfend schaute sie einmal nach links, dann nach rechts. Der Lärm der Stadt war nahe, doch in der schmalen Gasse war niemand zu sehen.

»Wer war das?«, fragte sie ihn.

Er nahm die Hände von seinen Wunden und machte eine vage Geste. »Veteraninnen, Magierinnen, einfache Diebe ... es scheint mir nicht wirklich einen Unterschied zu machen. Schmerzen tut es so oder so.«

»Wer?«, hakte sie kühl nach.

Der Erloschene stutzte. »Verzeihung, aber höre ich da eine Unterstellung heraus?«

»Sagen wir mal so, ich traue Arschlöchern wie dir nicht weiter, als ich sie werfen kann. Und ich bin beschissen im Weitwurf.«

»Oooooh. Oh, verstehe. Nun gut.« Er zwickte sich eine verärgerte Falte in die Stirn und warf dramatisch die Hände in die Luft. »Sie kamen zu viert und sie brachten Eisenstangen. Vermummung und Verschattung waren im Spiel, doch die Nacht war auf meiner Seite und mir glückte es, eine von ihnen zu demaskieren ... welch furchtbares Antlitz, für immer in mein Gedächtnis gebrannt ...«

Olga packte ihre Einkäufe und stapfte weiter.

»Veteraninnen!«, rief er panisch. »Eindeutig.«

Sie warf den Sack erneut ab und fuhr zu ihm herum. »Warum sagst du das nicht einfach?«

»Ich würde mich ja für meine schlechte Laune entschuldigen, aber mir war heute Nacht offensichtlich nicht gerade der beste Schlaf vergönnt!« Gereizt deutete er auf sein Gesicht. »Sie haben mir einen Zahn ausgeschlagen. Einen *Zahn*. Einfach so. Und das an meinem Geburtstag! Kaum zu glauben, dass ich mal Heimweh nach Erzweiden hatte.«

Seine letzten Worte verklangen in einem gequälten Laut und er griff nach seiner Prellung. Olga stierte ihn an, in ihrer Brust eine Resignation, wie sie sie noch nie in ihrem Leben gespürt hatte.

Bei den Masken.

Sie schaute sich noch einmal um, bevor sie näher an ihn trat. »Du kannst hier nicht bleiben, deine Tätowierungen sind bis nach Schwarzfarn zu sehen. Hat deine Kackziege dich nicht beschützt? Hatte den Eindruck, das ist so ihr ganzes Ding.«

»Die *Kackziege* heißt *Adva*. Und nein, sie war jagen. Irgendwann muss auch sie etwas essen.«

»Wahrscheinlich kleine Kinder«, murmelte Olga und räusperte sich. »Wo ist sie jetzt?«

»Sie bewacht mein Hab und Gut.« Feres stutzte. »Jedenfalls das, was davon übrig ist.«

Am Ende der Gasse ratterte ein Karren vorbei – Olga spannte sich an und warf einen kurzen Blick zu den Fenstern über ihnen, doch die waren in Verteidigung gegen die Hitze fest verrammelt.

»Ich … Okay. Ich bereite etwas vor, für deine Wunden. Sag deiner … sag Adva, sie soll mich später abholen, an der Kreuzung Hüftstraße.« Sie nahm sich einen Moment, um fassungslos den Kopf zu schütteln. Dass diese Worte mal aus ihrem Mund kamen. »Hoffentlich ist das nicht zu kompliziert für das dumme Vieh.«

»Lass das mal lieber Adva nicht hören.«

Doch sie sah, was er eigentlich sagen wollte. Ihre Hand schoss hoch und unterbrach ihn, bevor er es aussprechen konnte.

»Mehr kann ich nicht tun«, sagte sie bestimmt.

Er schluckte trocken, ehe er nickte und erneut lächelte. »Du hast allen Dank der Welt, Olga.«

»Muss eine verfickt kleine Welt sein«, murrte sie. Sein Lachen im Ohr, wuchtete sie sich den Sack zurück auf die Schulter, drehte sich um und machte sich auf den Weg.

»Oh«, rief der Erloschene ihr noch hinterher. »Ich bin allergisch gegen Limbuskraut!«

Sie verdrehte die Augen. »Natürlich bist du das. Versteck dich dieses Mal besser, Vollidiot!«, schrie sie noch, bevor sie um die Ecke wischte.

Olga kniete auf der Küchenablage und schaufelte Flasche um Flasche aus dem Medizinregal, bis sie die Arbeitsfläche überwuchsen wie ein klebriger Wald aus Glas. Neben einer Handvoll zerquetschter Käfer, deren Anblick ihr das Herz brach, fand sie ein paar Salben, die so eingetrocknet waren, dass sie sie auf den ersten Blick für Ofenbriketts mit einem etwas seltsamen Aroma hielt.

Eventuell sollte sie das Konzept »Ablaufdatum« etwas ernster nehmen.

Draußen war es bereits vor einer Stunde dunkel geworden und ihre einzige Lichtquelle war die Restglut aus dem Herd. Sie hatte extra gewartet, bis der Geruch nach Veteranenkraut unter der Tür ihrer Mutter hervorkroch, bevor sie sich ans Wühlen machte. Mit einem Seufzen packte sie eine Flasche ohne Etikett, zog den Stöpsel und schnupperte.

»Heilige Scheiße.« Würgend warf sie die Flasche ins Waschbecken.

Ein Knarzen erklang oben auf der Treppe.

Bis zum Ellenbogen im Küchenschrank hielt sie inne und starrte in den Eingangsbereich, ehe sie langsam von der Arbeitsfläche auf den Boden rutschte, wo eine alte Tasche ihrer Mutter stand, bis zur Kante gefüllt mit Mullbinden, Kräutern, Garn und Nadeln. Ohne den Blick vom Eingangsbereich zu wenden, schob sie mit dem Zeh die Klappe zu.

»Mama?«

»Ich bin's«, antwortete Kat und trat ins Licht. Sie hatte ihre Locken zu einem dicken Knoten gebunden und sah gleichermaßen jünger und erschöpfter aus als sonst. Bei ihrem Anblick entspannte sich Olga sofort.

»Hey«, brummte die Veteranin und lehnte sich gegen den Stützbalken am Kücheneingang.

»Hey. Ich dachte, du bist schon weg.«

»Mmh«, machte Kat, rieb sich den Oberarm und betrachtete das ranzige Spektakel auf der Tischplatte. »Nicht ein bissel spät zum Ausmisten?«

»Kennst mich doch. Ich bin die Ordnung in Person.« Olga wandte sich wieder den Flaschen zu. »Wenn das Haus nicht schick geputzt ist, kriege ich nachts kein Auge zu.«

»Ha«, schnaubte die Alte belustigt, doch anstatt sich zu setzen, blieb sie am Balken stehen und ließ den Blick weiter durch den Raum wandern, als suche sie ein Gesprächsthema. Mit dem Kinn nickte sie zum Kalender an der Wand. »Hast du gehört? Kein Winter.«

»Jap. Geil.« Abwesend hob Olga einen dickbäuchigen Flakon

vor ihre Nase, las mit zusammengekniffenen Augen das Etikett, nur um ihn mit einem frustrierten Laut wieder abzustellen. Limbuskraut. *Natürlich* Limbuskraut – welches Schmerzmittel funktionierte denn auch ohne Limbuskraut? Sie stopfte die Flasche zurück ins unterste Schrankfach und hielt inne, als ihre Finger eine labberige Pappschachtel streiften.

Kat räusperte sich. »Olga?«

»Mmh?«, machte sie nur. »Was?« Sie hob den Deckel, wobei eine Muffwolke sie in der Nase kitzelte, und sah einen Fingerhut weißer Samen, die sich am Boden der Schachtel kringelten.

»Ha! Ich wusste nicht, dass ich noch Zahnspross habe!« Triumphierend rasselte sie die Schachtel in Kats Richtung, bevor sie stutzte.

Jetzt bemerkte sie, warum die Veteranin so viel jünger aussah: Das faltige Grinsen fehlte.

Olga ließ die Schachtel sinken. »Kat?«

»Es ist nichts, nichts Großes … Nein«, seufzte sie, schloss die Augen und verzog das Gesicht. »Nein, das stimmt nicht. Ich muss mit dir reden.«

»Okay?« Unschlüssig trat Olga an den Tisch, zog den Stuhl raus, doch Kat hob die Hand und schüttelte langsam den Kopf.

»Will dich nicht aufhalten, will nur … es kurz machen.«

»Dafür, dass du es kurz machen willst, brauchst du echt lange, um zum Punkt zu kommen«, schnappte Olga, doch ihr Herz kippte ein Stück zur Seite. *Was passiert hier grad?*

Kat kaute an ihren Fingernägeln, dann verzog sie die Lippen, als habe sie in etwas Saures gebissen. »Weiß nicht, wie ich das sagen soll.« Tief holte sie Luft. »Ich bin schon so lange hier, bei dir und deiner Mutter, und ich *mag* deine Mutter. Aber ich glaub, es ist besser, wenn ihr euch wen Neues sucht.«

Es brauchte einen Moment, bis Olga begriff. Ihre Finger wanderten zur Stuhllehne wie zu einer Rettungsleine.

»Du kündigst?«, fragte sie heiser. »Aber. Wieso?«

Kat durfte nicht kündigen. Das war schlicht und einfach keine Option.

Olga erinnerte sich noch zu gut, wie sie nach Moras Gerichtsprozess wieder ins Haus gekommen war. Raus und zur Arbeit zu gehen war unmöglich gewesen, denn wer passte in der Zwischenzeit auf ihre Mutter auf? Eine endlose Reihe an Gesuchen, schlaflose Nächte nach mutlosen Absagen und Absagen und Absagen. Milan hatte ihr Geld geliehen, bis sie selbst kaum mehr welches hatte. Und dann, endlich, war Kat nebenan eingezogen. Die einzige Person neben Olga, mit der Olathe halbwegs klarkam, ein altes, bekanntes Gesicht und damit in ihrem Haus geduldet.

»Kat …«, setzte Olga scharf an.

»Hey, mir fällt das wirklich nicht leicht, aber … wir hatten eine Abmachung und die war gut so, das will ich gar nicht bestreiten. Ich hatte Spaß und etwas Taschengeld, alles prima. Nur bei Magiegeburten ziehe ich die Grenze, das weißte doch.«

Wie gestochen zuckte Olga zusammen.

So meinte Kat das nicht. Meinte nicht *sie*.

Nervös lachte Olga auf. »Es klopft *einmal* ein Erloschener an unsere Haustür und du ziehst den Schwanz ein? Ich habe ein bisschen mehr von dir erwartet.«

»Willst du mir damit schmeicheln?«

»Keine Ahnung, funktioniert es?«

Die Veteranin seufzte. »Er hat nicht gerade nur angeklopft, Olga.« Ihr grauer Blick wanderte nach oben zur Decke und als sie wieder sprach, lag ehrliche, ernsthafte Enttäuschung in ihrer Stimme. »Ich wusste nicht, dass Olathe sich mit so einem abgibt.«

Obwohl Olga wusste, dass Kat damit nicht *sie* meinte, schoss ihr Wut auf die Zunge. Eine Wut, die eigentlich Panik war.

»Und Mama war alles andere als begeistert, ihn zu sehen, nicht wahr?« Sie zwang einen ruhigen Tonfall aus sich heraus. »Komm schon, Kat. Er wird nie wiederkommen. Ich hab heute erst mit ihm geredet und gesagt, dass er sich verpissen soll.«

Die Augen der Veteranin zuckten zurück zu Olga. »Du hast mit ihm geredet?«

Olga biss sich auf die Zunge. Dann ruderte sie herum. »Irgendwer musste es ja machen.«

»Bist du irre?« Die Alte unterstrich ihre Worte mit einem Fingertippen an ihre Stirn. »*Willst* du, dass die Nachbarinnen wieder hier aufschlagen? Das Viertel hat seinen Besuch schon mitbekommen, weißt du? Die stellen Fragen und werden pissig.«

»Die sind immer pissig!«, schleuderte Olga heraus, Hitze im Kragen. »Alle hier sind immer pissig!«

»Das ... kannst du nicht nachvollziehen.«

»Wie denn auch, wenn ihr alten Säcke euch alle weigert, über Dreck zu reden.«

Kat rieb sich den Nacken und schwieg.

Fassungslos schüttelte Olga den Kopf. »Also verziehst du dich aus der Schusslinie. Ist es das?«

»Ganz ehrlich?« Unerbittlich fing Kat ihren Blick auf. »Ich hab genug meiner Zeit auf der Schussbahn verbracht. Ich will bloß Sicherheit, so lange wie irgendwie möglich, erst recht, wenn die Irrlichter jetzt zurückkommen. Da kann ich es mir nicht leisten, mich mit Leuten zu umgeben, denen ich anscheinend nicht vertrauen kann.«

»Du musst uns nicht vertrauen«, presste Olga hervor. »Um Vertrauen ging es nie.«

Kats Gesichtsausdruck änderte sich erst in Verblüffung, dann in Verletzung. »Gut zu wissen«, krächzte sie.

Es entglitt Olga. Alles entglitt ihr.

Sie hasste dieses Gefühl. Sie hasste es so sehr, wie die Angst mit voller Wucht ihre Zähne in sie schlug, sodass sie sie nicht mehr hinter der Wut verstecken konnte. Mit erhobener Hand trat sie vor.

»So war das nicht gemeint, Kat ... ich ... ich bezahle dich. Mehr. Doppelt.«

»Olga ...«

»Unterschätz mich nicht.«

Kats Blick war lang und schwer und Olga begriff, dass sie ihre Meinung nicht ändern würde. Die Veteranin musste das hier bereits vor Tagen beschlossen haben, vielleicht auch schon früher.

»Ich unterschätze dich nicht«, sagte die Alte. »*Du* überschätzt *dich*. Du kommst doch jetzt schon kaum hinterher, wie wird das erst, wenn's wieder Mondjagden gibt?«

»Dann geh halt«, zischte Olga. »Na los. Ich will nicht, dass Mama aufwacht.«

Die Veteranin zögerte und ihr abgeklärter Blick verschwand: Sie war genauso aufgewühlt wie Olga. Für eine Sekunde stach die Hoffnung durch Olgas Brust, sie erreicht zu haben, die Hoffnung, dass Kat bleiben und sich nichts verändern würde.

Doch sie ging durch die Küche und öffnete die Hintertür.

»Kat!«

Die Veteranin blieb stehen, starrte sie an.

»Warst du dabei? Warst du es?«, fragte Olga.

»War ich was?«, erwiderte sie irritiert.

Mit vorgeschobenem Kiefer verschränkte Olga die Arme vor der Brust. »Hast du ihn zusammengeschlagen?«

Verwirrung vermischte sich auf Kats Gesicht mit Genervtheit. Dann flog ihr Blick zu der Tasche mit Medikamenten am Boden und als sie Olga wieder ansah, blickte sie drein, als stünde vor ihr eine Fremde.

»Ich will nicht wissen, was für ein krummes Ding du genau drehst«, raunte sie. »Seien wir mal ehrlich, ich bin immer für ein gutes krummes Ding. Aber das hier, es wird dir um die Ohren fliegen.«

»Na und?«, erwiderte Olga. »Du bist jetzt doch raus aus der Sprengzone.«

Kat blickte sie an, schüttelte traurig den Kopf und schlug die Tür hinter sich zu.

Die kleine Pappschachtel in ihrer Hand inzwischen stark eingedrückt, stand Olga am Küchentisch und lauschte, wie die Veteranin davonschritt. Als im Nachbarhaus das Licht anging, trat sie ans Fenster, starrte raus zum Balkon und sah Kats Hand, wie sie den Vorhang schloss.

Ihr Blick wanderte nach links und traf den von Kain. Der alte Geier stand auf seinem Balkon, zog in aller Seelenruhe das Leben aus seiner Zigarette und beobachtete interessiert das Drama. Sie zeigte ihm den Mittelfinger, zog mit einem Ruck den Vorhang zu und wandte sich ratlos zur Küche.

In der Stille des Hauses setzte die Erkenntnis erst wirklich ein. Wie kleine Wellen auf einem See, nachdem der Stein gefallen war.

Wir sind wieder nur zu zweit.

Langsam setzte sich Olga hin, wobei ihr Fuß an die Tasche am Boden stieß. Lange betrachtete sie sie.

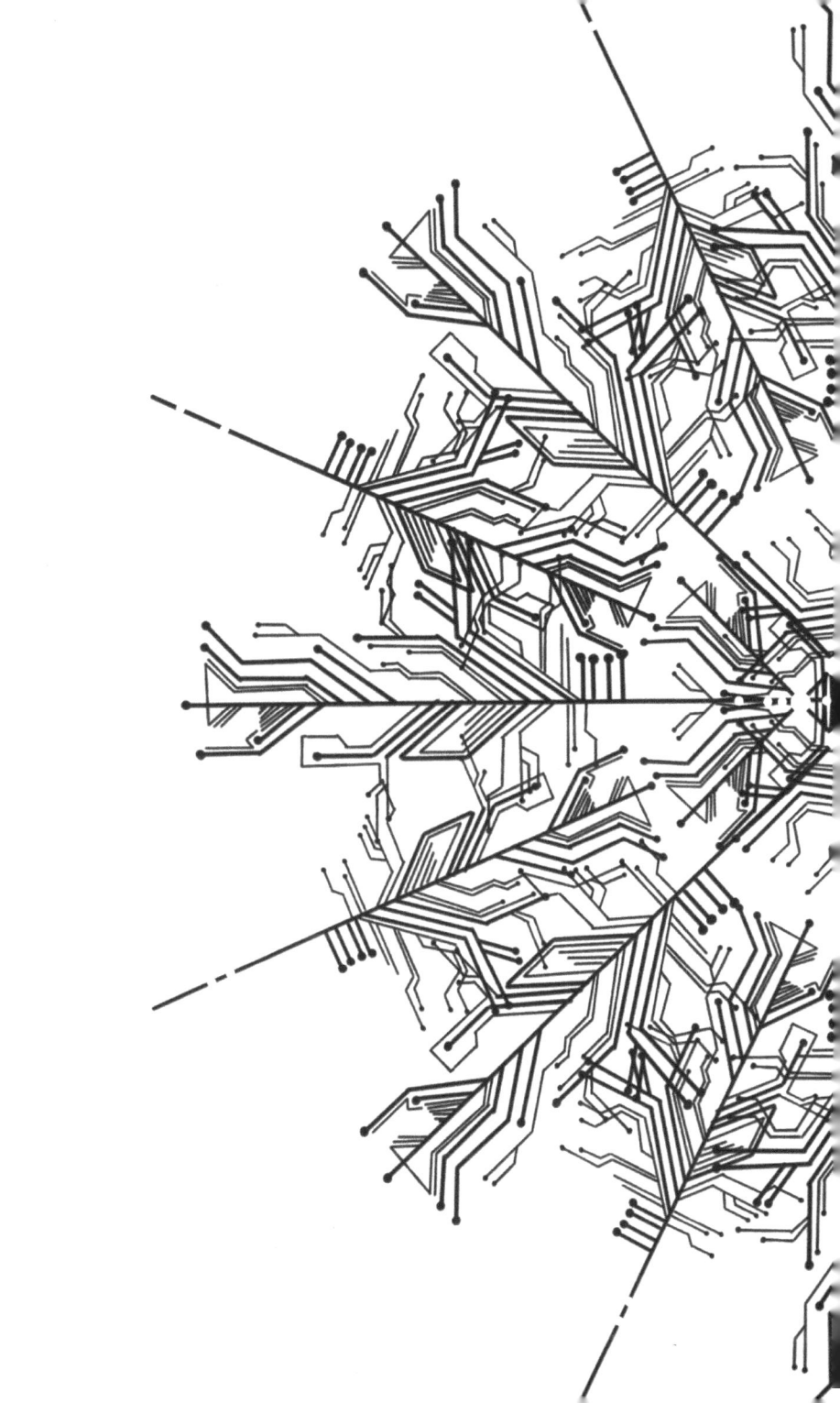

☼ Das Schulterblättchen ☼

POLITIK DES NEUEN RATES VERLIERT AN BODEN

- HAUSEINSTURZ AUF DEM HÜFTBERG TÖTET ZWEI NICHTMAGISCHE -

Zum zweiten Mal diesen Monat war das Hüftviertel von Einstürzen betroffen, als der Grund unter einem Mehrfamilienhaus nachgab und das Gebäude in die alten Bergstollen hinabriss. Die Folgen: Vierzehn Verletzte und zwei Tote, alles nichtmagische Bürgerinnen Erzweidens.

»Wann unternimmt der Neue Rat endlich etwas?«, sagte Wanna Zopf, 43-jährige Besitzerin des ehemaligen Wohnhauses. »Wenn der Rest des Viertels in die Tunnel rauscht und es uns alle umbringt?«

»Es ist dem Neuen Rat egal, dass die halbe Stadt wegbröckelt, solange es nicht ihr Magieviertel betrifft«, so der 82-jährige Sören Bordstein, Veteran der Mondjägerinnen und ebenfalls Überlebender des Einsturzes. »Ich bin überzeugt: Wäre der Schulterberg einsturzgefährdet und nicht der nichtmagische Bezirk, wäre Tordor Salzknochen längst in die Gänge gekommen.«

Diese Tragödie ist nur ein weiterer Beweis für die Unwilligkeit des Rates, sich mit den Problemen der nichtmagischen Bevölkerung auseinanderzusetzen. Es erinnert an Erzweidens letzten Winter, bei dem die Magierinnen, anstatt den schutzlosen Anwohnerinnen des Hüftberges zu Hilfe zu kommen, ausschließlich ihr eigenes Viertel gegen Frostgeier verteidigten.

SACHSPENDEN FÜR DIE BETROFFENEN OPFER DES EINSTURZES KÖNNEN AM TEMPEL DER DOPPELSONNE ABGEGEBEN WERDEN!

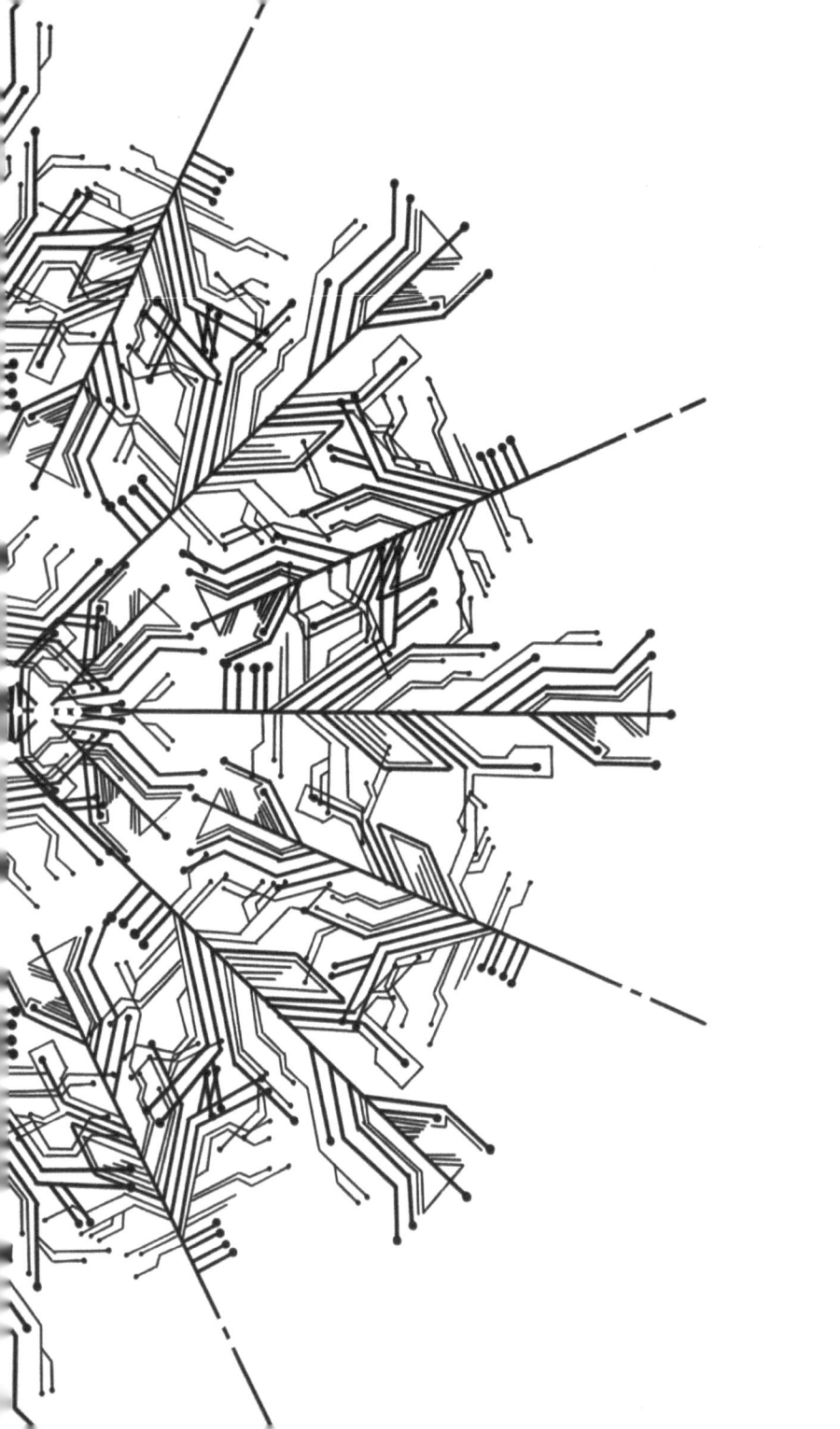

19

3028 nach Sonnenschlüpfen
(vor 9 Jahren)

D ie Tür zum Arbeitszimmer der Kommandantin war
nur angelehnt, sodass die Stimmen der beiden streiten-
den Frauen wie Querschläger bis in den Flur schossen.
Olga war für scharfe Worte gewappnet gekommen, aber sie hatte nicht damit gerechnet, dass es jemand anderen als sie treffen
würde. Langsam, ihre Schritte vom dicken Teppich verschluckt,
trat Olga näher heran.

»Dir ist deine Stellung zu Kopf gestiegen«, sagte die Kommandantin.

»Mir? *Mir* ist meine Stellung zu Kopf gestiegen?«, antwortete
die fremde Stimme freundlich. *Zu* freundlich.

Olga lugte durch den Spalt und sah das harte Profil der
Kommandantin, kontrollierter Zorn auf ihren Wangen.

»Ohne meine Arbeit würdest du jetzt als Irrlicht im Moor
sitzen«, zischte sie. »Du und alle anderen auch.«

»Und ich will deinen Dienst an Erzweiden auch gar nicht
kleinreden, meine Liebe«, antwortete die Fremde außerhalb von

Olgas Sichtfeld. »Doch auch eine Heldinnentat macht dich nicht immun gegenüber den Vorschriften.« Ein amüsierter Laut. »Wenn es so wäre, wäre die Hälfe unserer Soldatinnen von allen Gesetzen befreit.«

»Natürlich gelten die Vorschriften nicht für mich. Dafür habe ich ja dich.«

Eine kurze Pause, bevor die Frau erwiderte: »Selbst ich kann dich nicht von allem abschirmen, Mora.« Die Gaslampen warfen den Schatten einer massigen Gestalt über den Schreibtisch, als die Fremde vortrat und mit zwei weißen Händen einen verzierten Helm von der Tischplatte erntete. »Der Neue Rat beginnt, Fragen zu stellen. Was du hier machst, woran du forschst … Wie es sein kann, dass du so viel produzierst mit den geringen Mengen Sonnensäure, die sie dir gestatten.« Die Hände tätschelten den Helm. »Vertrau mir, so ist es besser. Jetzt hat dich niemand mehr auf dem Schirm.«

»Ich habe für diese Position gearbeitet«, bellte Mora. »Härter als jede andere.«

»Aber was ist dir wichtiger? Deine Freiheit und dein Sonnenglas – oder dein Titel?« Ein langes Seufzen. »Nun. Ich werde die nächsten Tage jemanden vorbeischicken, der die restlichen Unterlagen einsammelt und dich über die Details deiner zukünftigen Finanzen informiert. Dein Anwesen jedenfalls kannst du behalten. Sieh es als Dank für deine *harte Arbeit*.«

Mit dem Knirschen ihrer Rüstung streckte die Frau die Hand aus.

Das Gesicht der Kommandantin troff vor ruhiger Wut. Einen Moment schwebte die Hand noch in der Luft, bevor die Fremde sie zurückzog. Als sie wieder in Olgas Sichtfeld schwang, trug sie einen dunklen Reithandschuh.

»Auf bald, meine Liebe. Nochmals: Ich bedaure, dass es dazu gekommen ist.«

Die Kommandantin regte sich nicht. »Wer wird meine Nachfolge antreten?«

»Es sind mehrere Talente im Gespräch, aber Avrett Abendgrat scheint bis jetzt die beste Wahl.«

»Natürlich.« Moras Augen wurden schmal. »Er ist jung. Will sich beweisen.«

»Sie, nicht er«, korrigierte die Frau.

»Von mir aus. Kann man Avrett eventuell davon überzeugen, sich auf meine private Gehaltsliste setzen zu lassen? Inoffiziell, versteht sich.«

»Eher nicht. Ich habe sie abklopfen lassen und es sieht so aus, als haben wir es hier mit einer Idealistin zu tun, die nichts von Bestechung hält.« Die Fremde seufzte schwer, als gleiche dies der Nachricht um einen todkranken Verwandten. »Ich werde sichergehen, dass du eine Einladung zur Ernennung erhältst ... Also dann ...«

Olga sprang beiseite. Die Tür flog auf und heraus schritt eine riesige Soldatin, mehr in Panzerung als Rüstung. Ihr weißes Haar, kurz wie Streichhölzer, fing das Licht ein, als sie den Kopf drehte und Olga fixierte.

Argwöhnisch zwang sich Olga, dem Blick standzuhalten. Sie erkannte falsche Großmütterlichkeit, wenn sie sie sah.

Die Frau drehte sich wieder zur Kommandantin um, die sie aus dem Raum begleitete. »Mir war nicht bewusst, dass du adoptierst?«

Selbst neben dieser Riesin wirkte Mora keinen Deut weniger gefährlich. Wie ein Speer neben einem Rammbock. »Tue ich nicht.«

»Ein Experiment?«

»So etwas in der Art.«

»Mmh.« Die Fremde zuckte mit den Mundwinkeln und betrachtete wieder Olga. »Sie erinnert mich an jemanden.«

Damit verschwanden die weißen Borsten unter dem Helm und mit einer müden Handbewegung in Richtung der Kommandantin schritt sie davon.

Mora nahm sich nicht einmal die Zeit, ihr nachzusehen, da machte sie kehrt und schritt ins Arbeitszimmer zurück.

»Worauf wartest du, Mädchen?«

Stumm folgte Olga ihr ins Zimmer, wobei sie die Ärmel ihres Kittels hochschob, in der Hoffnung, die Verätzungen im roten Stoff zu verstecken. Der letzte Wachstumsschub hallte noch in ihren Knochen und langsam kam ihre Kleidung nicht mehr hinterher. Kalte Luft umspielte ihre Knöchel, dort, wo die Hosenbeine endeten.

»Tür zu.«

Sie gehorchte und zog die Klinke ins Schloss. »Wer war das?«, fragte sie und straffte die Schultern unter dem harten Blick, den die Kommandantin ihr zuwarf.

Statt zu antworten, trat Mora an die Glastüren zum Balkon und betrachtete die Wolken, wie sie vom Wind getrieben über den Himmel rasten.

Olga zögerte und hakte nach. »Nehmen sie dir deinen Titel weg?«

»Die Vorstellung freut dich.«

Ertappt zwang Olga ihr Gesicht glatt. Mora deutete neben sich. Langsam schlurfte Olga zu ihr und blieb mit Abstand stehen, doch die Alchemistin überbrückte die Distanz zwischen ihnen und starrte auf sie herab.

»Deshalb hast du die Sonnensäure verschüttet. Es freut dich, mir Schwierigkeiten zu bereiten.«

Olga nagelte ihren Blick auf das Wams der Kommandantin, die Fäuste ans Steißbein gepresst, und all ihre Vorbereitungen, all die Strategien, die sie sich zurechtgelegt hatte, lösten sich in kaltem Schweiß auf. Wenn sie Mora zu lange ansah, würde sie denken, dass sie log. Doch wenn sie sie nicht anblickte … Egal, wie sie es tat, sie würde es falsch machen. Die Kommandantin hatte längst beschlossen, was passiert war.

»Es war keine Absicht«, versuchte sie es trotzdem.

Der Griff an ihr Kinn ließ sie zusammenzucken. Ihr Blick wurde nach oben in das weiße Gesicht gezwungen. Zornige Ruhe rumorte hinter den schwarzen Augen.

»Weißt du, wie aufwendig es ist, Sonnensäure herzustellen?«

»Nein«, erwiderte Olga.

Die Hand sprang in ihren Nacken – sie fuhr zurück, doch die Kommandantin drehte ihren Kopf und schob sie vorwärts. Die Glastüren schwangen auf, kalte Luft biss ihr in Knöchel und Arme. Sie stolperte auf den Balkon und hörte an ihrer Seite die Pillendose der Kommandantin klappern. Es klang wie blecherne Perlen auf Metall.

Olga hatte den Innenhof immer nur aus der Distanz gesehen, von der Galerie oder der Schussbahn aus. Ein sechseckiger Kessel, Hort für einen großen Teich, knorrige Bäume und Kräuterkästen.

An der Balkonbalustrade zwang Mora Olga zum Stehen und richtete den Finger auf das Sonnenglas: Ein mannshoher Spiegel, von filigranen Metallringen Richtung Himmel gestemmt.

Die Hände der Kommandantin gruben sich in ihre Schultern.

»Siehst du das? Mein Sonnenglas. Weißt du, wie lange es braucht, um genug Licht für ein Fass Sonnensäure zu destillieren? Ein Fass, wie das, das du verschlampt hast? Ein halbes Jahr. Du hast ein halbes Jahr Ernte benutzt, um den Dreck zu wässern. Und du willst mir sagen, dass das keine Absicht war?«

Als Olga schwieg, verstärkte sich der Griff um ihre Schultern.

»Was ist? Willst du dich nicht verteidigen? Mir weismachen, dass es ein Unfall war?«

»Nein.«

Der Druck lockerte sich – ein kleines Schlupfloch, eine Sekunde Zeit. Olga entzog sich ihren Händen und drehte sich um. Die Kommandantin türmte über ihr auf, hinter sich die Fenster des Anwesens wie geschmiedete Mäuler.

»Es ist egal, was ich dir sage«, sagte Olga und legte so viel Entschlossenheit in ihre Stimme wie nur irgendwie möglich. »Du glaubst mir sowieso nicht. Es macht keinen Unterschied. Dann kann ich genauso gut auch nichts sagen.«

Eine gefährliche Stille folgte, in der sie sich ihrer verletzlichen Position bewusst wurde: Mit dem Rücken zum Geländer, zwei Stockwerke über harter Erde. Die Fenster um sie herum waren tot, der Innenhof ein unbewohnter Kessel.

Sie waren allein.

Die Kommandantin trat näher. In Erwartung einer scharfen Hand kniff Olga die Augen zusammen. Stattdessen spürte sie einen Ruck an ihrem Ärmel. Zitternd hob sie die Lider.

Ausdruckslos betrachtete Mora die verdrehten Ränder, dort, wo die Sonnensäure sich in den Stoff gefressen hatte.

»Geh auf dein Zimmer. Ich lasse dir neue Kleidung bringen.«

Verwirrt schaute sie auf, doch Mora gönnte ihr nicht die Ehre eines weiteren Augenkontaktes. Sie ließ ihren Ärmel los, wandte sich zur Balustrade und blickte hinunter auf den Teich, dessen Oberfläche sich unter dem kühlen Wind räkelte. Ihre Lippen konstruierten ein stummes Lächeln.

Unschlüssig verharrte Olga, die Hände in die Ärmel verschlungen. War es schon vorbei?

Der Blick der Kommandantin traf sie von der Seite.

»Raus.«

Olga war bereits auf dem Flur, als sie hörte, wie etwas an der Wand des Arbeitszimmers zersplitterte.

Die Luft in Milans Zimmer war dick von der Hitze des Kaminfeuers, was Milan natürlich nicht daran hinderte, einen Schal zu tragen.

»Besonders überraschend ist es nicht, dass die Stadtwacht Mora gekündigt hat«, sagte sie gedankenverloren, nachdem Olga fertig erzählt hatte. »Edna Grau wollte meiner Schwester schon eins reinwürgen, da hatte ich noch Milchzähne. Die beiden haben irgendeine uralte Rivalität.«

Olga hob den Kopf. »Das war Edna Grau? Die Oberkommandantin?«

»Du klingst überrascht.« Zufrieden musterte sie ihre Frisur im Spiegel, legte Kamm und Haargel beiseite und wendete knarzend den Rollstuhl. Irgendjemand hatte den Teppich entfernt und der Boden war so schief, dass sie nur die Bremsen lösen und sich nach hinten lehnen musste, schon rollte sie zurück zum Schreibtisch und schnappte sich eine Zeichenfeder.

Olga zog die Füße zu sich aufs Bett und umklammerte ihre Zehen. »Hab mir Edna Grau anders vorgestellt«, murmelte sie ins Knie.

Milan legte ihr Zeichenheft in den Schoß und setzte die Feder an. »Wie denn. Netter?«

»Noch aggressiver.«

Ein belustigter Laut, gefolgt von konzentriertem Kratzen auf Papier. Milans dunkle Augen huschten zwischen dem Blatt und Olga hin und her, während sie zeichnete, bis sie innehielt, eine Falte auf der Stirn.

»Das ist ein viel zu trauriges Bild.« Sie klatschte die Feder zurück auf den Tisch. »So zeichne ich dich nicht.«

»Dein Verlust«, erwiderte Olga bockig und umarmte ihre Beine, spürte ihren Herzschlag gegen ihre Oberschenkel pochen.

Sie konnte sich nicht erinnern, wann er das letzte Mal ruhig gewesen war. Sobald sie sich ins Bett legte, lag sie stundenlang wach, das verdammte Klopfen in den Ohren. Wenn sie im Morgengrauen erwachte, wartete es bereits auf sie.

Er würde schneller und schneller werden, jeden Tag, bis ihr das Herz in der Brust vor Stress explodierte und sie von innen heraus zerfetzte.

»Milan?«

Ihre Freundin hörte auf, in ihrem Zeichenheft zu blättern und sah sie fragend an. Ringe saßen ihr wie Tintenabdrücke unter den Augen und hätte Olga sie nicht am Anfang ihrer Genesung gesehen, würde sie denken, die Heilung hatte Milan krank gemacht. Doch der frische Glanz in ihren Pupillen war neu. Hart erkämpft, hart verteidigt.

Sie legte den Kopf schräg. »Was ist?«

»Ich …« Ihr Blick schoss erst zum Fenster, dann zur Tür.

Milan verstand, setzte sich aufrecht, die Fäuste auf die Lehnen des Stuhls gepresst und rief: »Ronica!«

Sofort schwang die Zimmertür auf und die gedrungene Bedienstete, Ronica, huschte herein, ihre blauen Augen zwei wässerige Glaskugeln, die Olga an die ausgestopften Glashasen in der Bibliothek erinnerten.

Milan lächelte. »Wärst du so lieb und bringst mir etwas frischen Kaffee?«

»Mir auch«, ergänzte Olga.

Kurze Verärgerung kroch über das Gesicht der Bediensteten, dann nickte sie, schlurfte nach draußen und zog die Tür ins Schloss, ohne Olga einen weiteren Blick zuzuwerfen.

Regungslos lauschten sie. Als Ronicas Schritte verschwunden waren, seufzte Milan laut und schob den Berg benutzter Tassen ein Stück beiseite, um Platz für den Neuankömmling zu machen.

»Ich schwöre, ich kann nicht mal unbeobachtet pinkeln gehen, wenn ich sie nicht losschicke, mir irgendetwas zu holen.«

»Wir müssen weg hier«, platzte es aus Olga heraus.

Milans Hand verharrte über einem Becher. Langsam lehnte sie sich zurück. »Warum sagst du das?«

Olga sprang auf die Füße und begann, rastlos im Raum hin und her zu tigern, als könnte sie so der neuen Kleidung entkommen, die auf ihrer Haut kniff und juckte, oder ihren viel zu schnellen Herzschlag abschütteln.

»Sie, sie ist eine furchtbare Frau«, stammelte sie.

»Wer. Mora?«

»Ja! Ich will nicht mehr für sie arbeiten müssen, ich will nicht mehr … sie ist grausam, sie *hasst* mich, und dich sperrt sie hier ein. Ich dachte, es ist besser hier, sicherer, aber ich glaube, das ist falsch, Milan, ich glaube, sie plant irgendetwas, um mich zu bestrafen, nein, ich *weiß* es, und egal, was ich mache, es ist nie gut genug, es macht alles schlimmer, und ich –«

»Olga …«

»Im Keller sind diese Sachen, Milan, diese widerlichen Experimente … ich krieg den Geruch nicht aus der Nase, es riecht überall nach Säure, dieser Scheißsäure, und mein Kopf tut weh, und ich schwöre, ich habe das Fass nicht absichtlich ausgekippt, aber egal, was ich sage –«

Milan fing Olgas Hände im Flug, als sie an ihr vorbei kam, und zog sie zu sich an den Stuhl. Olga spürte, wie ihre Arme unter ihren heftigen Atemzügen zitterten.

»Luft holen«, sagte ihre Freundin sanft.

»Wir müssen weg.«

»Okay.«

»Nein«, japste Olga. »Du verstehst nicht. Mora ist wütend, noch wütender als sonst, und wir sind nicht sicher –«

»Olga.« Die kühlen Hände glitten hoch und über ihre Gänsehaut, bis sie sie an den Ellenbogen hielt. Behutsam strich sie mit dem Daumen über den verletzlichen Teil ihrer Armbeuge. Olga schaute Milan an, ihre Gesichter auf Augenhöhe, so nahe, dass sie den Geruch nach Kaffee und Waschtee atmen konnte.

»Du hast recht«, sagte Milan.

»Was?«, erwiderte Olga, immer noch außer Atem.

Eine Bewegung. Milans Blick schoss zum Fenster, doch es waren nur ein paar Raben, die auf der Terrasse Schutz vor dem

Wind suchten. Sie schaute wieder zu Olga. Da war Schmerz in ihrem Gesicht, als müsste sie etwas aufgeben. Nein, nicht aufgeben. Akzeptieren.

»Du hast recht. Ich habe zu lange darauf gewartet, dass … hatte gehofft, dass sie vielleicht doch noch …« Streng gab sie sich einen Ruck, tilgte die Trauer aus ihrer Stimme und ersetzte sie mit Gewissheit. »Egal. Wir müssen hier raus.«

Olga staunte sie nur an.

Ihre Augen waren so *wach*.

»Aber …« Olga schluckte. »Wie?«

»Ich denke mir etwas aus.« Ein hilfloses Lächeln, ein sanfter Druck mit ihren Händen. »Ich habe vielleicht noch ein paar alte Kontakte.«

Tausend Fragen auf der Zunge, öffnete Olga den Mund. Milan stoppte sie, indem sie einen Finger auf ihre Lippen legte. Bei der Berührung stieg Wärme ihren Hals auf und kroch auf ihre Wangen.

»Du verbringst zu viel Zeit mit ihr«, erklärte Milan. »Je weniger du weißt, desto besser. Wenn sie dir was antut …« Ihre Freundin stockte. »Wenn sie dir *noch mehr* antut, ich könnte nicht …«

»Was ist mit dir?«, nuschelte sie an Milans Fingerspitze. Langsam ließ ihr Zittern nach.

»Hmm.« Milans Mundwinkel zuckte. »Es hat Vorteile, unterschätzt zu werden. Guck nicht so«, fügte sie hinzu, als sie Olgas Blick sah. »Ich bin vielleicht die einzige Person auf dieser Welt, an der Mora etwas liegt. Sie rührt mich nicht an.«

»Aber was, wenn doch?« Angst schwappte in ihr hoch, drohte, die Tränen über ihre Wangen zu treiben.

»Wird sie nicht.« Milans Hände lagen kühl an ihrem Gesicht, ihr Lächeln war fast schon grimmig. Warm, forsch. Intelligent. »Es ist so, wie du sagst. Wir können in Moras Augen so oder so nur alles falsch machen. Und wenn wir ohnehin nur alles falsch machen können … dann lass uns einfach tun, was wir für richtig halten.«

Interview mit Prof. Avari Fuchszahn (3033 na. So.)

Interviewer: Professorin Fuchszahn, lasst mich gleich zum Punkt kommen. In Eurer neuesten Veröffentlichung behauptet Ihr, eine Methode gefunden zu haben, die Magierinnen zu ganz neuartigen Kräften verhelfen soll. Könntet Ihr dies ein wenig erläutern?

Prof. Fuchszahn: Natürlich! Also, wir wissen, dass magische Kräfte unter Menschen auf Technik zurückzuführen sind, die wir unter dem Namen Nanobots kennen, nicht wahr? Meine Theorie ist, dass die Wirkkraft dieser Nanobots durch Kontakt mit urmagischen Naturgewalten verstärkt werden kann … nein, *fundamental verändert.*

Interviewer: Entschuldigung. Ihr meint urmagische Naturgewalten wie beispielsweise die Schuppenfürstin?

Prof. Fuchszahn: Oder den Glasgrafen oder die Mutter der Masken, korrekt. Ich würde mich auch mit einer Riesin zufriedengeben, aber die sind ja bedauerlicherweise ausgestorben. (lacht)

Interviewer: Verzeihung, dass ich nachhake, aber … nur um sicherzugehen, dass ich Euch richtig verstehe: Ihr würdet, wenn Ihr könntet, Magierinnen *absichtlich* den *direkten magischen Attacken* einer Naturgewalt wie der Mutter der Masken aussetzen?

Prof. Fuchszahn: Nun, ja. Natürlich, ich würde eine unprogrammierte Magierin bevorzugen - Rohmaterial sozusagen (lacht) -, aber da sich bis jetzt noch keine freiwillig gemeldet hat, bin ich nicht wählerisch.

Interviewer: ... Professorin. Ihr seid Euch bewusst, dass es sich hier um ein Verhör der Ethikkommission handelt?

Prof. Fuchszahn: ... Oh.

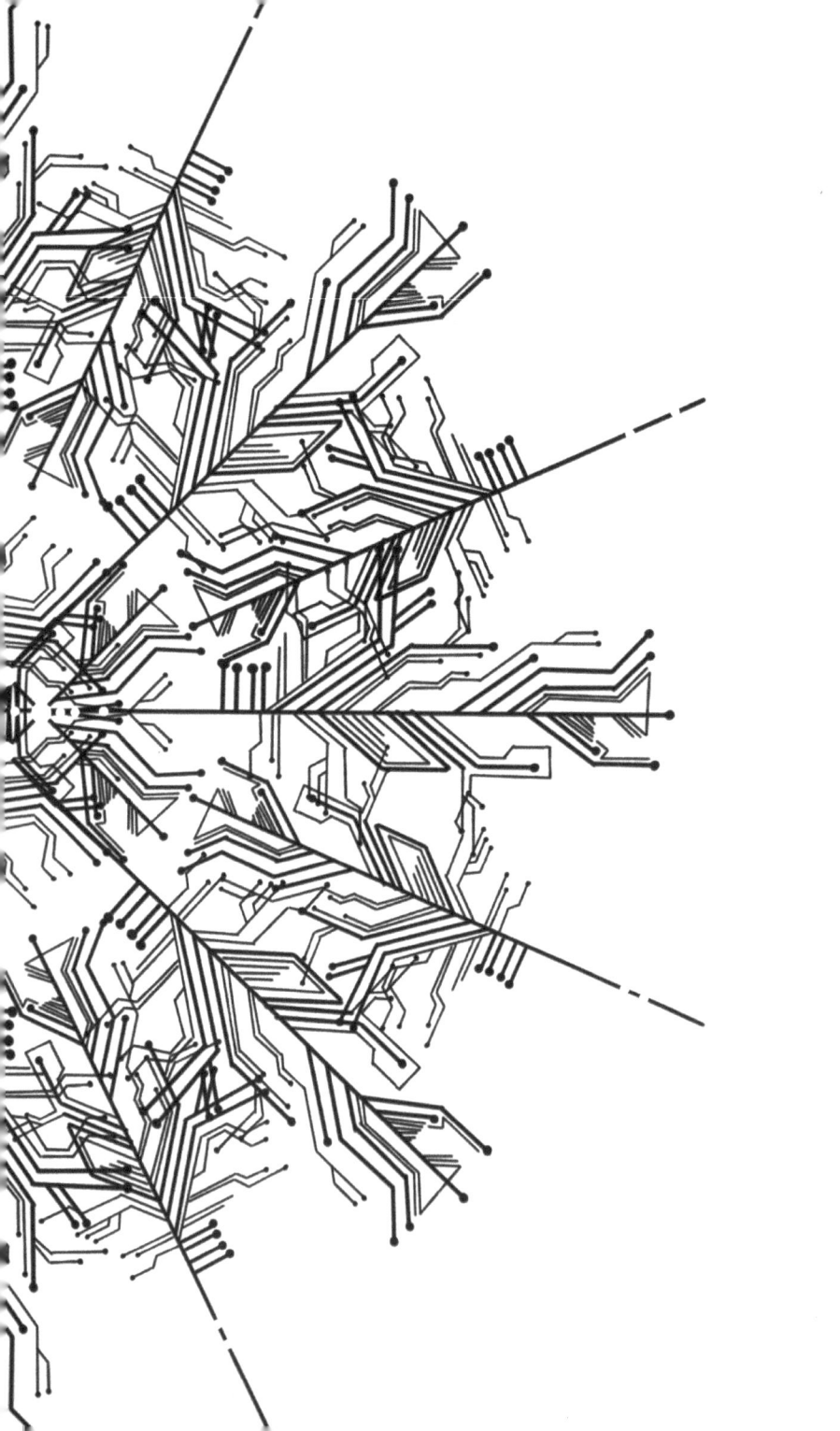

20

3037 nach Sonnenschlüpfen
(Gegenwart)

Wie abgemacht, erwartete die Hundsziege Olga an der Kreuzung, ihr langes Fell noch verdreckter als beim letzten Mal. In knorrigen Flusen hing es von ihrem Bauch bis zum Boden. Sie erblickte Olga und begann, unruhig mit dem Schweif über den sandigen Boden zu wischen.

»Hey«, begrüßte Olga das Vieh knapp. »Na los, bring mich zu ihm.«

Adva warf ihr einen langen Blick zu und witterte in Olgas Richtung. Es war, als könnte das Tier spüren, dass sich etwas in Olga verändert hatte. Eine ruhige Entschlossenheit, die vorher nicht da gewesen war.

Mit angelegten Ohren schnupperte sie ein letztes Mal, drehte sich um und trottete los, wobei ihr forschendes Starren immer wieder zu Olga zurückkehrte.

»Was?«, blaffte sie, strich sich die Haare hinter die Ohren und stolzierte mit gerecktem Hals an der Kreatur vorbei. Sie musste an ihre Heilkräfte denken und nicht zum ersten Mal fragte sie sich, ob Hundsziegen Magie riechen konnten. »Okay«, murmelte sie. »Falls du es weißt und mich verpetzt, kippe ich deinem Feres was in die Medizin.«

Demonstrativ klopfte sie auf die Tasche, deren Tragegurt sich unter dem Gewicht der Arzneiflaschen spannte. Bei jedem Schritt klirrten die Gläser leise gegeneinander. Falls Adva ihre Drohung verstand, ignorierte sie sie.

Es war bewölkt und die Planeten am Himmel wurden von der Nacht verschluckt, genau wie die Sterne. Im Gegensatz zu Olga schien Adva keine Probleme mit der Dunkelheit zu haben. Ungeduldig knurrend machte die Hundsziege einen Satz auf ein altes Fensterbrett und hechtete hoch auf die Dächer. Olga blieb nichts anderes übrig, als ihr am Boden zu folgen.

Feres' neues Versteck lag immer noch im Taillenviertel, allerdings so tief im eingestürzten Teil, dass sie nach kurzer Zeit die Orientierung verlor. Hier lag der Boden aufgewellt wie Teppichfalten und aus Angst, in eins der Löcher im Gewebe zu treten, ging sie schmerzhaft langsam. Über einem kleinen Spalt trat sie einen Kiesel los – er rutschte hinab und warf ein blechernes Echo zurück. Einen Aufprall hörte sie nicht.

»Willst du mich umbringen, Mistvieh?«

Ein leises Murren vom Dach. Olga breitete die Arme aus, hüpfte über den Spalt und tastete sich weiter, eine Hand stets an der nächsten Hausmauer und den Blick in höchster Konzentration auf den Boden genagelt.

Schließlich führte Adva sie in einen mit Schutt übersäten Hinterhof. Sie hielt sich nahe der Hausmauern und sah sich um. Die Wände waren komplett geschlossen, keine Eingänge, keine Fenster.

»Hey«, rief sie. »Was soll das?«

Sofort erschien der gehörnte Kopf der Hundsziege an der Dachkante, ein weißer Geist vor nächtlichen Wolken. Fragend warf Olga die Hände in die Luft. Als Antwort knurrte sie so lange, bis Olga die schmale Leiter entdeckte, die aussah, als habe jemand dünne Eisenklammern in die Hauswand getackert.

»Ist nicht dein verdammter Ernst …«

Feres' blonder Kopf erschien neben dem seiner Hundsziege.

»Du sagtest, ich soll mich besser verstecken.«

»Man kann es auch übertreiben.«

Missmutig begann sie zu klettern. Die Streben der Leiter waren gerade breit genug für ihre beiden Hände, ihre Tasche zog schwer an ihrem Hals. Oben angekommen, half Feres ihr aufs Dach, ließ sie allerdings los, kaum dass sie aufrecht stand. Sie klopfte die Hände an der Hose ab und das Panorama fing ihren Blick.

»Woah.«

»Schön, oder?« Der Erloschene sagte es, als hätte er sie gerade auf die Terrasse seines prächtigen Anwesens geführt, im besten Abendgewand und eine Sektflöte in der Hand.

Unter ihnen breitete sich das Taillenviertel aus wie eine Kraterlandschaft, die unter einem Teppich aus Pflanzen schlummerte. Dort, wo ganze Hausreihen in die Tunnel der Bergminen gesackt waren, lagen Lücken in der Landschaft wie ausgetrocknete Flussbetten und die alten Dächer schmückten sich mit flachen Baumkronen. Links von ihnen stürzte sich die Stadt ins Moor, geradeaus konnte Olga an den Rippen von Erz vorbei bis zu den Türmen des Magieviertels sehen. Der Mond stand direkt über dem Schulterschloss.

Adva unterbrach die Stille, indem sie mit dem Schweif einen Dachziegel in die Tiefe kickte, bevor sie durch ein ramponiertes Fenster in den Dachboden sprang. Aus ihrer Trance gerissen, tauschten Olga und Feres einen kurzen Blick und taten es ihr gleich.

»Wie hast du diesen Ort gefunden?« Der moderige Fensterrahmen knirschte unter Olgas Gewicht. Mit einem dumpfen Laut knallte sie auf die morschen Bodenbretter.

»Adva hat mich hierhergeführt«, antwortete Feres, ließ sich fallen und landete deutlich eleganter als Olga. »Hat sie gut gemacht, oder?«

Skeptisch schaute sie sich um. Der krumme Dachboden war noch dreckiger als Feres' altes Versteck, allerdings deutlich trockener. Die paar Habseligkeiten, die er vom Überfall retten konnte, lagen als loser Haufen neben einer provisorischen Schlafstätte aus Stofffetzen.

Sieht nicht gerade bequem aus.

Der Magier setzte sich auf sein Lager und schaute Olga unschuldig an. In der löchrigen Dunkelheit glommen seine Augen wie ferne Sterne. Olga zögerte, dann stellte sie die Tasche zu Boden und begann, einzelne Flaschen herauszuräumen.

»Das Mistvieh ...« Sie räusperte sich. »Adva würde es bemerken, wenn uns jemand gefolgt wäre, oder?«

»Natürlich.« Aufmerksam sah Feres ihr zu und streichelte sanft Advas Schnauze. »Warum? Müssen wir uns Sorgen machen?«

»Ha«, machte Olga nur. Sie dachte an Kat. Die Veteranin hatte ernsthaft wütend geklungen, als Olga sie beschuldigt hatte, etwas mit dem Überfall zu tun zu haben. *Aber wer sagt, dass sie nicht eine famose Lügnerin sein könnte?* Grübelnd hob Olga eine Dose mit Salbe heraus, hielt inne. Sonja hatte zugegeben, dass jemand ihr Haus bespitzelte. Wer bot sich dafür besser an als Kat? Für den richtigen Preis ... Nur hätte Kat dann nicht gekündigt.

Feres richtete sich auf, das angeschwollene Gesicht blass in der Dunkelheit. »Kann ich irgendwie helfen?«

Als sie nach ein paar Sekunden immer noch nicht geantwortet und nur auf die Dose gestarrt hatte, räusperte er sich freundlich und strich sich das Haar zurück.

»Du musst müde sein ... Bitte verzeih mir, dass ich dich zu solch später Stunde noch wachhalte. Die letzten Tage müssen auch für dich sehr anstrengend gewesen sein.«

Sie hob den Kopf, ihr Blick lauter als ihre Stimme. »Willst du es immer noch wiedergutmachen?«

Er fror mitten in der Bewegung ein, die Hand in den Haaren, und schaute sie mit milder Verblüffung an. »Natürlich möchte ich das.«

»Gut.«

Sie warf die Dose zusammen mit den Flaschen zurück in die Tasche und erhob sich. Am Boden spürte Adva den Umschwung der Stimmung und hörte auf, sich die Pfote zu lecken.

»Komm mit«, sagte Olga.

»Ich ...«, japste Feres und sprang auf, die Arme zu einer begeisterten Umarmung ausgebreitet. Olgas erhobene Hand stoppte ihn in der Bewegung. Ihr Tonfall war kompromisslos.

»Keine halbe Sachen, okay? Du musst dir einen Job suchen. Im Haushalt mitmachen. Und mir vor allem mit Mama helfen.« Ungläubig lachte er auf. »Natürlich! Ja! Alles, was ihr braucht.« Sie warf sich die Tasche um und schaute ihn an, grimmiger Trotz auf den Lippen. »Dann leg einen Zahn zu und pack deinen Scheiß zusammen. Ich weiß, wo ein Zimmer frei ist.«

»Na gut«, sagte Olga, als sie die Tür zum Zimmer ihres Vaters öffnete. »Frei war vielleicht ein wenig übertrieben.«

»Das ist in Ordnung.« Eine besorgte Falte auf der Stirn, lugte der Erloschene in den Raum, der so vollgestopft mit Gerümpel war, als wollte er den Archiven Konkurrenz machen. »Ich kann einfach versuchen, mich kompakt zusammenzufalten. Aber du weißt schon, dass Aussortieren sehr befreiend sein kann, ja?«

»Wenn es dir nicht passt, verpiss dich wieder auf deinen Dachboden.«

Hastig packte Feres sein Bündel und humpelte ins Zimmer, wobei er die Ellenbogen einziehen musste, um nicht eine staubige Krempellawine auszulösen. Trotz aller Mühen rutschte ihm ein kleiner Stapel Boxen in die Kniekehle. Olga setzte einen Fuß in den Raum, überlegte es sich wieder anders und verharrte im Flur, die Arme um die Brust geschlungen.

Den ganzen Weg zurück hatte sie sich eingeredet, dass es ihr nichts ausmachen würde, einen Schrein zu öffnen. Es war schließlich nur ein Zimmer. Aber jetzt, da der Magier zwischen den Sachen ihres Vaters stand, mit kindlicher Neugierde Schachteln berührte, das verklebte Fenster öffnete und zusammenfuhr, als sein Kopf gegen den Dachbalken knallte, traf Olga ein so unerwarteter Schmerz, dass sie spürte, wie ihre Augen zu brennen begannen. Sie räusperte sich und wandte sich ab.

»Lass uns runtergehen, ich verarzte dich.«

Sie ging voraus und hörte, wie Feres sein Bündel abwarf und ihr folgte. Der Luftzug durch das angetippte Fenster begleitete ihn, als er auf der Treppe zu ihr aufschloss.

»Verzeihung, aber machst du dir keine Sorgen, Lathe zu wecken?«

»Riechst du das?« Mit dem Finger wedelte Olga durch die Luft, deutete auf den Geruch nach Veteranenkraut. »Bei der Konzentration wird Mama auch nicht wach, wenn das Dach über ihr runterkracht. Vor morgen früh passiert da nichts.«

Nach einem langen Blick über die Schulter wandte sich Feres wieder zu Olga. »Darf ich dich etwas fragen?«

»Machst du so oder so.«

»Korrekt.« Scharf klatschte er in die Hände. »Wer war dein Vater?«

»Geht dich einen Scheiß an.«

»Aber vielleicht kannte ich ihn. War es Aaron? Deine Mutter hat ihn beim Essen immer so angestarrt.«

»Nein.«

»Mmh, Mmh.« Seriös nickte Feres in seine gefalteten Hände. »Oh! Serino oder Vaala? Ich erinnere mich da an einen sehr expliziten Brief der beiden an deine Mutter.«

»Nein, obwohl ich jetzt verdammt neugierig auf diesen Brief bin.«

»Mmh«, machte er wieder. »Nun, Bojan wird es wohl kaum gewesen sein.« Sein Gackern erstarb, als er Olgas Blick sah, und das Gesicht fiel ihm auseinander. »*Nein*. Wirklich?«

Olga schnaubte und stapfte in die Küche. Das Feuer im Ofen war komplett erloschen, also zog sie die mit Kerzen übersäte Porzellanplatte heran. Feres dackelte ihr aufgedreht hinterher und stieß sich prompt die Stirn am Knoblauchzopf.

»Aber Bojan war so ein …«

Olga schenkte ihm einen Todesblick.

»… so ein mildes Gemüt.«

»Meinst du, dass er langweilig war?«

»Nein.«

»Du meinst langweilig.« Grob warf sie ihm die Schachtel mit Streichhölzern an die Brust. »Mach mal Licht.«

Kurz darauf hockten die Flammen auf den Kerzen wie Knospen auf alten Ästen und der Geruch nach Bienenwachs stieg auf. Genüsslich sog Feres den Duft ein. Ein lautes Grollen ertönte. Beide schauten sie auf seinen Bauch, bevor Feres eine Hand auf ihn legte.

»Verzeihung«, lächelte er.

Sie zögerte. Dann nahm sie den Brotkorb und Kräuterbutter und schob beides in seine Richtung. Sein hoffnungsvoller Blick ließ sie erröten.

»Bevor du noch in die Kerzen beißt«, murmelte sie.

Feres setzte sich hin und aß mit der Haltung einer Person, die sich alle Mühe geben musste, nicht zu schlingen. Es war ein befremdlicher Anblick: Er, an Olgas Küchentisch, in zerrissener Kleidung, zusammengeschlagen und ganz offensichtlich ein erloschener Magier.

Kalte Übelkeit stieg in ihr auf.

Was bei den Knochen habe ich mir dabei gedacht?

Auf dem Rückweg hatten sie abgemacht, dass Adva sich aus dem Viertel fernhielt, um keine Aufmerksamkeit zu erregen – eine nutzlose Maßnahme, wenn Olga ab jetzt das dazugehörige Herrchen im Schlepptau hatte. Genauso gut könnte sie ein Irrlicht an eine Leine schnallen und durchs Viertel spazieren führen.

Ihre Aufmerksamkeit wanderte nach draußen in den Innenhof. Kains Fenster lagen dunkel und Kats Balkon war leer, die Vorhänge waren zugezogen.

Die Übelkeit verwandelte sich zurück in ruhigen Trotz. Sie zog ihre eigenen Vorhänge zurecht, hob die Tasche auf den Tisch und räumte sie aus, bevor sie frisches Wasser in eine Schale füllte und in den Regalen nach sauberen Tüchern wühlte.

Schließlich warf sie einen prüfenden Blick über die Schulter, aber Feres' ganze Aufmerksamkeit lag bei dem Essen in seiner Hand. Olga ging in die Hocke, öffnete eine Schublade und zog eine Flasche heraus. Der erste Schluck Kräuterschnaps brannte in ihrer Nase, sie verzog das Gesicht und nahm schnell noch einen, ehe sie die Flasche wieder verstaute und sich aufrichtete.

Feres hatte den Brotkorb bis auf ein paar Krümel geleert. Mit dem trunkenen Blick einer Person, die sich zum ersten Mal seit Langem satt gegessen hatte, hing er über dem Tisch, das Kinn auf seine Hand gestützt, und starrte Olga fasziniert an.

»Was?«, fragte sie.

»Verzeih.« Er schwenkte die Hand durch die Luft. »Aber mir will sich keine Ähnlichkeit auftun. Mit Bojan, meine ich.«

»Ich glaub dir auch, dass du ein Kackerloschener bist, obwohl du aussiehst wie im Moor vergessen.« Gereizt zog sie ihren Malachitring vom Daumen, desinfizierte ihre Hände, trat vor Feres und zog die Schale über den Tisch. Wasser schwappte auf die Platte.

Artig richtete er sich auf und faltete die Finger im Schoß. »Fair«, sagte er.

Sie musterte ihn prüfend. Sein Mundwinkel zuckte.

»Zeig mir einfach dein Scheißgesicht.«

Selbst im Sitzen war der Erloschene so groß, dass Olga sich kaum bücken musste. Der Kräuterschnaps setzte langsam ein, half ihr, sich ein wenig zu entspannen und gleichzeitig ihre Magie zu blockieren. Während sie seine Verletzungen begutachtete, wuchs ein dichter Teppich aus Stille um sie herum, unter dessen Schutz sie sich gegenseitig genau im Auge behielten. Witterten.

Olga war sich schmerzlich der Nähe einer fremden Person bewusst, dazu musste er sie nicht einmal berühren. Er bemerkte ihr Unbehagen und sein leichtes Lächeln sollte wohl ermutigend sein. Sie erwiderte es mit einem Starren und beugte sich weiter vor, bemüht, keine Miene zu verziehen.

Als sie den Schnitt über seinem Wangenknochen betupfte, fing die Wunde sofort an zu Bluten. *Also nähen.*

»Darf ich fragen, wie er gestorben ist?«, wollte Feres sanft wissen. Sein Blick streifte ihre Trauermünze.

Olga wandte sich zum Tisch und griff nach Nadel und Faden. Im Kerzenlicht verfehlte sie mehrmals das Nadelöhr, bevor es ihr mit einem frustrierten Laut gelang und sie sich wieder zu ihm beugte.

»Beweg dich nicht.«

Der Erloschene ließ sie einen Moment in Ruhe, bevor er sich leise räusperte. »Mein Jarwin ist an Salzlunge erkrankt. Es war … ungnädig.«

Unwohl verlagerte Olga ihr Gewicht. Beide ihrer Großmütter waren an Salzlunge verstorben, in den Quarantänezelten direkt vor den Mauern Erzweidens.

»Es war fast schon ein wenig ironisch. Er war *wirklich* ein guter Heiler.« Schwach lächelte ihr Gegenüber und zuckte leicht, als sie den ersten Stich durch seine Haut zog.

»Wann ist er gestorben?« Konzentriert setzte sie den zweiten Stich.

Frischer Schmerz schlich sich zurück in seine Stimme. »Ich hab ihn vor etwas unter einem Jahr verloren.«

Olga schnitt den Faden ab.

»Danke dir«, sagte er.

Sie nickte nur stumm und drückte ein Tuch mit Tinktur auf die Wunde. Im Kopf schob sie Zahlen. Wenn Feres aus den Glaswüsten angereist war, musste er nur Wochen nach dem Tod seines Mannes aufgebrochen sein. Klang nicht so, als hätte der Erloschene sonstige Familie oder Freunde in den Wüsten gehabt.

Ein belustigtes Schnauben entfuhr ihr. Als er sie fragend anschaute, brummte sie: »Zwanzig Jahre ohne Irrlichter und du schaffst es, genau dann zurückzukommen, wenn sie wieder aus dem Boden schießen wie Pilze.«

»Fast schon schmeichelhaft, ein solches Begrüßungskommando, in der Tat.«

»Was …« Sie hielt inne, überlegte. »Was wäre dein Plan B, also anstatt Erzweiden?«

Er antwortete nicht direkt. »Ist mir deine Hilfe nicht vergönnt, versuche ich es in den Bergen.«

»Bei den Tauren?«

Die Tauren hatten eine ziemlich strenge Grenzkontrolle, vor allem aber hatten sie keine Lust auf Menschen, was mehr als fair war, wenn man bedachte, dass vor zwei Jahrhunderten die Jagd auf Tauren noch als anerkannter Freizeitsport galt. Olga musterte wieder Feres' goldene Augen, beziehungsweise das, was nicht zugeschwollen war, und erinnerte sich daran, was ihre Mama gesagt hatte: Feres' Mutter war Taure gewesen. Vielleicht machten die Grenzwächterinnen für ihn also eine Ausnahme?

»Bei den Tauren«, bestätigte er. »Das könnte allerdings ein etwas kompliziertes Unterfangen werden. Ich habe gewissermaßen Einreiseverbot.«

Soviel zur Ausnahme. »Warum?«

»Oh, nun, dies und das.« Er zuckte mit den Schultern. »Die Tauren sind nicht besonders begeistert, dass ich während der Mondjagden magische Geschöpfe getötet habe.«

»Trotzdem willst du es bei ihnen versuchen?« Kritisch runzelte Olga die Stirn. »Klingt eher, als würden sie dich abknallen, noch bevor du ihre Vororte erreicht hast.«

»Nun, deswegen ist es ja auch nicht Plan A.«

In der folgenden Stille spürte sie, wie der Magier sich zu etwas aufraffte. Als er wieder sprach, war seine Stimme leise, beinahe behutsam.

»Ich möchte mich für meine Großspurigkeit bei unserem letzten Gespräch entschuldigen.« Matt lächelte er. »Ich weiß, du bist noch zornig mit mir. Jarwin unterstellte mir schon immer eine gewisse Tendenz zur Übergriffigkeit. Es war nicht meine Absicht, deinen Einsatz für Lathe zu minimieren.«

Unbehagen stieg wieder in ihr auf, mischte sich mit grimmiger Sturheit. Sie presste die Lippen zusammen und schwieg.

Als Nächstes widmete sie sich seinem Sonnenbrand. Während sie eine Kräuterpaste mischte, band sich Feres die Haare hoch und zog das Hemd über den Kopf, sodass sein Rücken frei lag.

Olgas Handgriffe wurden langsamer.

Seine Schulterblätter sahen aus, als hätte er Jahre auf einem Nadelbrett geschlafen und quer über seinem Nacken zog sich die fingerdicke Narbe. Doch Olgas Starren galt den Tätowierungen – sie hatte nicht gewusst, dass sie *so groß* waren: Zackig und schwungvoll blühten sie auf seinem Rücken, umschlungen seine Arme und folgten der Bewegung seiner Rippen, um sich schließlich über seinen Beckenknochen zu verflechten. Wie eine geometrische Trance.

»Hübsch, oder? Meine Programmiererin hat damals einen famosen Job gemacht.« Feres hörte auf, die frische Naht auf seiner Wange zu betasten, und stützte sich grinsend an der Stuhllehne ab. »Frag gerne.«

Ertappt rammte sie den Stößel in die Schale. »Was sollte ich dich fragen wollen?«

Tatsache war, sie hatte einen verdammten Sammelband an unbeantworteten Fragen. Wie funktionierten die Tätowierungen? Machten sie Magie wirklich einfacher, kontrollierbar? Der verrottete Fisch fiel ihr ein. Wäre es möglich, dass sie ihre Kräfte irgendwann benutzen könnte, ohne dass es zu solchen Unfällen kam?

Tat es weh, programmiert zu werden? Und wie zum Henker kam man eigentlich an eine Programmiererin?

So, Feres keinen Meter von ihr entfernt, konnte sie den Gedanken nicht mehr ignorieren, den sie sich seit seinem ersten Auftauchen nicht erlaubt hatte: Den Gedanken, dass hier jemand vor ihr saß, der mehr über Magie wusste, als sie sich je zusammenklauen könnte ... und gleichzeitig noch ein ehemaliger Magier, der es sich selbst nicht leisten konnte, vom Neuen Rat behelligt zu werden.

Ein möglicher Mentor.

Vorausgesetzt natürlich, sie verriet diesem Idioten von ihren Kräften.

»Möchtest du nicht wissen, was ich konnte?« Mit einem eleganten Finger zog Feres die Zeichnungen auf seiner Haut nach, um sich dann wieder zurück in den Stuhl zu fläzen. »Meine Spezialisierung? Meine Kräfte?«

»Mir egal.«

»Du kannst auch raten. Es gibt nicht so viele Möglichkeiten, du könntest nach Ausschlussverfahren gehen.« Er hob vier Finger und zählte runter. »Feuer, Sturm, Eis ...«

»Danke, kein Interesse.«

»Aaah«, grinste er. »Na dann.«

Und schwieg.

Sie stierte ihn einen Moment böse an, ehe sie die Schale mit Paste über den Tisch schlittern ließ, sodass sie gegen seine Hand stieß. »Trag die auf deinen Sonnenbrand auf, bevor ich es mir anders überlege. Und nimm hiervon vier Tropfen gegen die Schwellungen.« Grob schob sie eine grüne Flasche hinterher.

»Ich wusste, du wirst mich noch leiden können.«

»Lass es nicht drauf ankommen«, knurrte sie, warf sich ihrerseits auf einen Stuhl und massierte sich die Schläfen. Feres von ihren Kräften zu erzählen war eine Entscheidung, die gut überlegt sein musste. Doch es fiel ihr schwer, das kribbelnde Gefühl der Möglichkeiten in ihrem Bauch zu verdrängen.

Ihr Kopfschmerztier zuckte und pochte in seinem Schlaf. Bald würde es wieder mit voller Wucht zurückkommen, wie immer nach ein paar anstrengenden Tagen. Sie ignorierte es, solange sie noch konnte.

»Du hast immer noch nicht meine Frage beantwortet … Der Tod deines Vaters«, fügte Feres hinzu, als sie aufschaute. Mit der Paste malte er sich kleine Sternchen auf den Arm und betrachtete sie entzückt, bevor er sie verteilte.

Olgas Blick brannte Löcher in die Tischplatte. »Er ist auf der Mauer gestorben. Vor dreizehn Jahren.«

Der Erloschene hörte auf, sich einen Mond auf den Ellenbogen zu malen, und schaute sie an. Sie zog die Tinkturen heran, begann, die Fläschchen zuzustöpseln und wischte die Wasserflecken vom Tisch. Ihr Fingernagel verhakte sich an einem Wachsfleck. Nachdenklich begann sie, ihn abzupulen.

»Im Winter. Ich war dabei.« Sie schnippte das Wachs in die Ecke, wo es zwischen zwei Bodendielen fiel und verschwand. »Hab nicht gefragt, wie viele Menschen mit ihm gestorben sind. Wills nicht wissen.«

Sie sah, wie er sich zu einer Antwort sammelte. Schnell stand sie auf, schnappte die Flaschen vom Tisch und verstaute sie in den Regalen.

»Ich hau mich hin. Bin zu müde.« Streng stellte sie die Pappschachtel mit Zahnspross vor Feres hin, tippte auf den Deckel. »Leg einen der Samen in deine Zahnlücke, bevor du schlafen gehst. Mit Glück wächst ein neuer Zahn nach.«

Fasziniert nahm er die Schachtel, schüttelte sie. Ein leises Rasseln war zu hören. Er lehnte sich im Stuhl zurück und betrachtete sie lange.

»Mein innigster Dank, Olga.«

»Jaja«, brummte sie. »Bettzeug findest du im Bad.« Sie schlurfte an ihm vorbei. »Pass auf, dass Mama dich morgen früh nicht umlegt.«

Ein leises Klonk, als Feres die Schachtel aus der Hand fiel.

»Verzeih«, sagte er. »Lathe weiß nicht, dass ich hier bin?«

Ausdruckslos schaute sie zurück. »Nö.«

»Das … das hier ist nicht mit ihr abgesprochen?«

»Nö.«

Auf seinem Gesicht breitete sich ein Ausdruck leichter Panik aus. »Erscheint dir das nicht als ein wenig, nun ja … leichtsinnig?«

»Das fällt dir ernsthaft jetzt erst auf, du Pfeife?« Als er sie nur sprachlos anstaunte, zuckte sie mit den Schultern und hob die Hand. »Ich kann dir nicht die ganze Arbeit abnehmen. Überzeug Mama. Rede mit ihr. Dafür bist du doch hierhergekommen.« Sie schenke ihm ein diabolisches Grinsen. »Schlaf schön.«

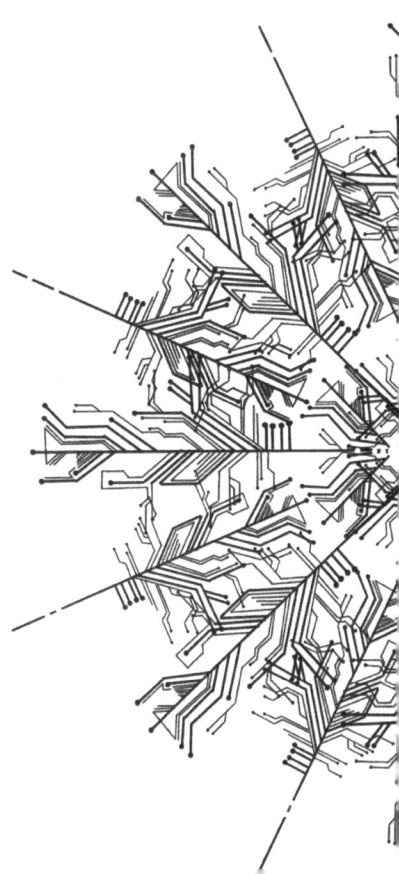

Was Reisende über die Münzinseln wissen müssen!

Flyer vom Erzweiden Tourismus e. V.

Wer kennt sie nicht, die Münzinseln? Unsere beeindruckende, von Menschenhand gemachte Inselgruppe aus Stahl und Holz, die auf halber Strecke zwischen den Küsten der Silberlanden und den Häfen der Glaswüsten ankert! Vor allem die meisterhafte Architektur sowie die seltene Fisch- und Vogelpopulation machen die Inseln zu einem beliebten Urlaubsziel! Folgende Hinweise solltest du jedoch beachten:

1. Die Städte der Münzinseln haben sehr strenge Hafen- und Einreiseregulationen! Für Aufenthalte, die die Dauer von drei Tagen überschreiten, muss im Voraus ein Visum beantragt werden!

2. Auf den Münzinseln herrschen strikte patriarchale Strukturen - wie kurios! Wir empfehlen Besuchenden, eventuelle Frustration über diesen Umstand höflich lächelnd zu überspielen. Was wäre ein Urlaub ohne eine kleine Herausforderung!

3. Homosexualität, Transsexualität sowie Polyamorie sind auf den Münzinseln

illegal! Sofern du also nicht die berühmte Architektur der Straflager von innen besichtigen möchtest, raten wir dir zu einer konsequenten Inszenierung von Heteronormativität. (Coupons für entsprechende Vorbereitungskurse findest du auf der Rückseite dieses Flyers!)

Wir wünschen einen schönen Urlaub!

Ringe in Erzweiden - Wissenswertes!

(Flyer zur Verfügung gestellt vom Erzweiden Tourismus e. V.)

Neben den Trauermünzen sind in Erzweiden vor allem bei den jüngeren Generationen sogenannte Pronomenringe weit verbreitet: Schlichte Edelsteinringe, traditionell am Daumen getragen, deren Material/Farbe kommuniziert, mit welchen Pronomen eine Person angesprochen werden will. Hier eine beispielhafte Auswahl:

Malachit (grün) → sie/ihr

Bernstein (goldbraun) → er/ihm

Karneol (rot) → alle Pronomen

Sugilith (lila) → keine Pronomen

Obsidian (schwarz) → hen/hem

Türkis (türkis) → sier/siem

Lapislazuli (dunkelblau) → dey/denen

...

Jeder Ring hat zudem eine Gravur in Punktschrift, sodass die Pronomen nicht nur anhand von Material/Farbe erkennbar sind, sondern auch beim Händedruck ertastet werden können.

(Alternativ kann man einen Menschen auch einfach fragen. Keine Scheu!)

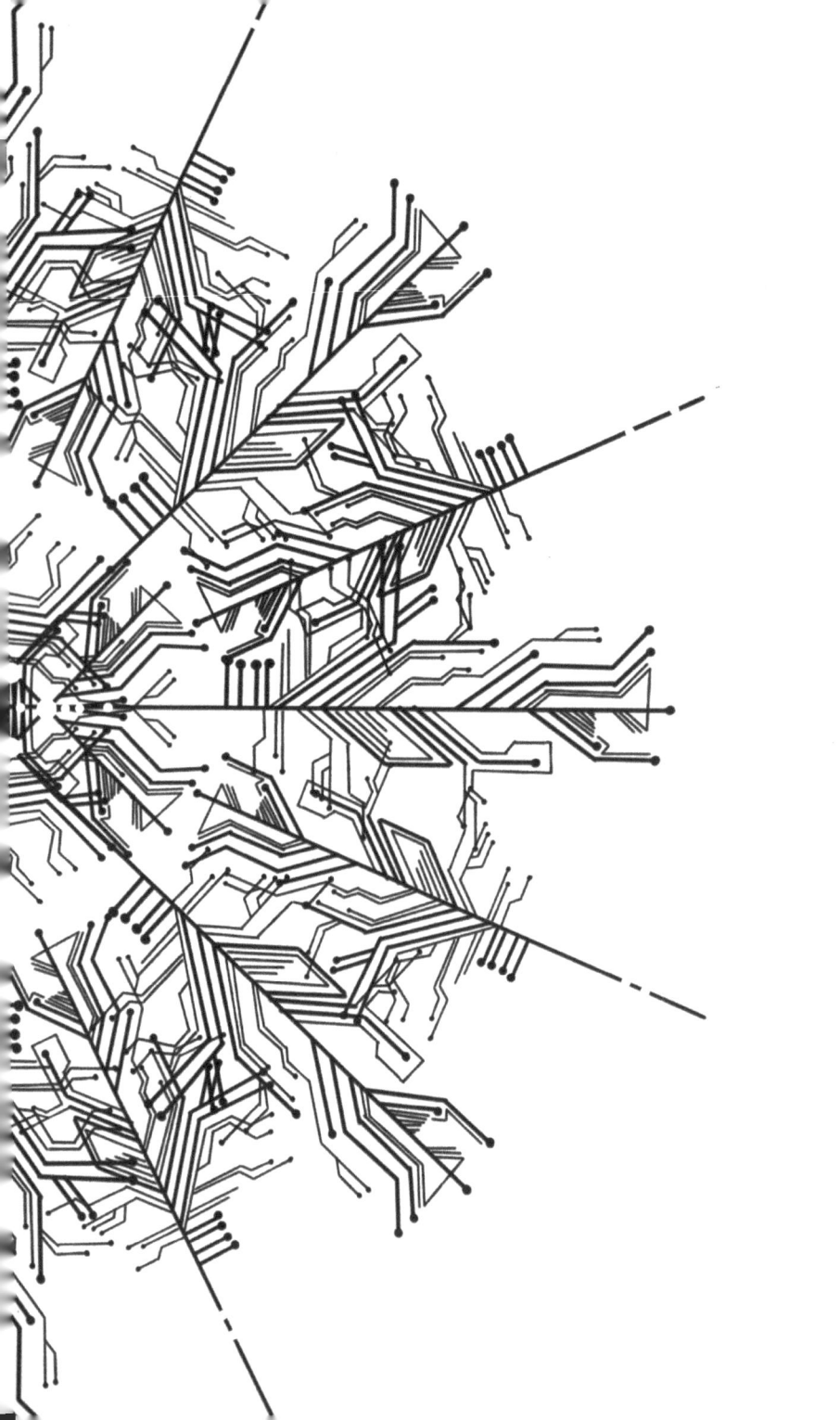

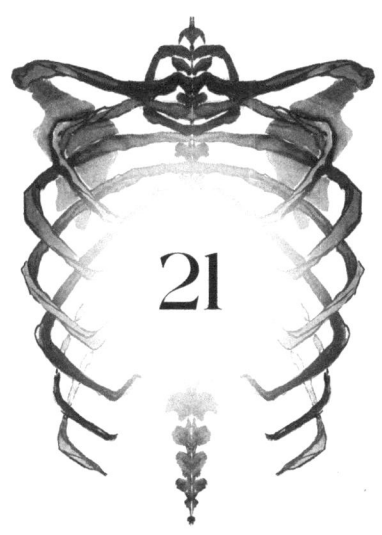

21

3037 nach Sonnenschlüpfen
(Gegenwart)

Das laute Krachen im Flur weckte Olga. Sie steckte den Kopf unterm Kissen hervor, blinzelte. Der Sonnenaufgang kletterte gerade erst auf ihr Fensterbrett. Mit einem Seufzer richtete sie sich auf und gähnte.

Ein lauter Fluch ihrer Mutter gefolgt von einer Faust, die mit voller Wucht gegen ihre Tür hämmerte.

»*Olga Elea Frost!*«

»Momeeeent. Meine Fresse …«

Sie schlüpfte in ihre Arbeitsuniform, band ihr Haar in den Nacken und spritzte sich Wasser aus der Waschschale ins Gesicht. Kurz hielt sie ihren Augenkontakt im Spiegel. Dann holte sie tief Luft und öffnete die Tür, die Postmütze in der Hand.

Die Augen ihrer Mutter glühten vor Zorn, das Unterhemd war von ihrer Schulter gerutscht. Ihre Oberarme bebten vor Anspannung.

»Was bei den verfickten Masken macht er hier?«, bellte sie.

Olga schaute an ihr vorbei. Die Zimmertür ihres Vaters stand sperrangelweit offen. Verbarrikadiert hinter dem umgestürzten Stapel Gerümpel stand Feres, mit nacktem Oberkörper und Schlaffalten auf der Wange, zur Verteidigung einen Teppichklopfer in der Hand.

»Guten Morgen!«, zwitscherte er hinter dem Klopfer hervor, die Augenbrauen besorgt gehoben. »Verzeih, dass wir dich geweckt haben.«

Olga zuckte mit den Schultern und musterte sein Gesicht. Sah schon deutlich weniger nach angedatschter Aubergine aus. »Was macht der Zahn?«

»Keimt ganz wunderbar, danke.« Breit grinste er.

Olathe stemmte die Faust gegen den Türrahmen, versperrte ihr die Sicht. »Wir müssen reden«, presste sie heraus.

»Schon gut, hetz mich nicht.« Schaudernd schob sie ihre Mama beiseite und lief den Flur nach unten, die stampfenden Schritte direkt hinter ihr. Ihre Mutter hielt sich gerade noch zurück, bis sie die Treppe hinab waren, dann packte sie Olga am Ellenbogen und riss sie herum.

»*Wie konntest du nur?* Olga!« Ihre Wut sprang in Furcht um und dann wieder zurück zu Zorn. »Ich hab's klar gesagt, ich will seine Fresse nie wieder sehen!«

Olga starrte auf die Hand an ihrem Arm, funkelte ihre Mutter an. Sie bemerkte es und ließ sie los. Kurz schaute Olga nach oben – jede Wette, dass der Pisser lauschte –, beugte sich zu ihrer Mutter vor und dämpfte ihre Stimme.

»Kat hat gekündigt.«

»Was?« Die Information traf Olathe sichtlich, brachte ihre Lippe zum Zucken. Grob schüttelte sie den Kopf, sodass ihre Trauermünzen klimperten. »Warum so plötzlich?«

»So plötzlich war es glaube ich gar nicht«, wich Olga der Frage aus. Sie deutete nach oben. »Aber irgendwer muss bei dir bleiben. Jemand, den du kennst, jemand, der ... der sich auf dich einlassen kann.« Lustlos zuckte sie mit den Schultern. »Er wollte den Job.«

»Sehr guter Witz, mein Schatz.« In ihrem kräftigen Kiefer zuckte ein Muskel, so fest presste sie die Zähne zusammen. »So einfach ist das nicht. Ich *verbiete* es!«

»Ganz ehrlich? Du bist nicht wirklich in der Position, irgendetwas zu verbieten, Mama.«

Wie gebissen wich ihre Mutter einen Schritt zurück, starrte sie an.

Mist. Sie schluckte und zwang sich zu einem versöhnlichen Tonfall. »Okay, ich hätte dich fragen sollen, aber du hättest nein gesagt …«

»Verdammt, natürlich hätte ich nein gesagt!«, brauste Olathe auf.

Olga, sammelte sich und griff vorsichtig nach ihrer Hand. Der Puls ihrer Mutter klopfte gegen ihre Fingerspitzen wie das Herz einer gehetzten Maus.

»Ich schwöre«, flüsterte sie. »Ich will dich nicht wütend machen. Aber hör dir einfach an, was er zu sagen hat.«

Und dann, weil sie den Zorn in Olathe immer noch kochen spürte, fügte sie mit belegter Stimme hinzu: »Er war damals doch auch nur ein Kind.«

Der Blick ihrer Mutter verrückte zu einem Ausdruck komplexer Härte.

»Und außerdem …« Olga schielte nach oben und senkte die Stimme so weit, dass sie kaum mehr zu hören war. »Mama, er war Magier und er ist nicht auf der Seite des Neuen Rates. *Und* er ist ein alter Freund von dir.« Sie holte tief Luft. »Er könnte meine einzige Chance sein, zu lernen, wie ich meine Kräfte benutzen kann.«

Das letzte bisschen Ruhe verschwand aus der Stimme ihrer Mutter. »Du hast es ihm erzählt?«

»Noch nicht, aber mit etwas Zeit, wenn er …«

»Nein.«

»Aber Mama …«

»Absolut keine Chance.« Olathe tobte sichtlich und der einzige Grund, warum sie nicht brüllte, war, dass sie nicht allein im Haus waren. »Nur über meine Leiche. Du könntest auffliegen.«

»Ja, oder eben nicht! Der Penner ist auch gegen den Neuen Rat!« Sie drückte ihre Hand nur noch fester und konnte nicht verhindern, dass so etwas wie Hoffnung in ihrer Stimme keimte. »Mama … hör mir nur kurz zu, bitte. Ich müsste nicht mehr wählen, zwischen dir oder der Magie. Vielleicht gibt es eine Welt, in der ich beides haben kann.«

Ihre Mutter schwieg. Dann schenkte sie ihr einen Blick, den Olga nur von den Statuen auf dem Platz der Mondjägerinnen kannte.

»Nun hör mir mal gut zu, Fräulein.« Ihre Worte waren leise. Fast schon ruhig. »Du rührst deine Kräfte nicht an. Du denkst nicht mal an sie. Du wirst nicht so dumm sein, dein Leben zu riskieren. Für was auch, mmh? Für ein bisschen Selbstverwirklichung? Nun, ich habe schlechte Nachrichten für dich, mein Spatz.« Sie zog ihre Hand aus ihrem Griff und legte sie auf Olgas Wange. »Der Luxus der Selbstverwirklichung ist in dieser Welt nur einer sehr, sehr, *sehr* kleinen Auswahl an Leuten gestattet. Und je früher du die Idee aufgibst, dass jemand aus unserer Familie zu dieser elitären Auswahl gehören kann, desto besser.«

Die Stille, die auf ihre Worte folgte, dröhnte durch das Haus und bis tief in Olgas Knochen. Etwas in ihr rollte sich geschockt zusammen, gleichzeitig fuhr es verteidigend seine Stacheln aus.

Es war eine Sache, etwas direkt ausgesprochen zu hören, das ihr ihr ganzes Leben lang auf die eine oder andere beschissene, hinterhältige und demotivierende Art impliziert wurde. Es war auch etwas anderes, dass sie diese Dinge oft selbst glaubte.

Aber einen solchen Angriff auf ihr Selbstwertgefühl aus dem Mund ihrer Mama zu hören?

Hart schob sie Olathes Hand weg und ging zur Tür, packte ihre Tasche und stieg in ihre Stiefel.

Ihre Mutter seufzte. »Olga, Spatz ...«

Doch als sie Olgas verletzten Blick sah, blieb sie auf Abstand.

»Ich muss zur Arbeit«, sagte sie mit belegter Stimme. »Bitte rede mit Feres.« Dann setzte sie sich die Mütze auf und verließ das Haus, so schnell sie konnte.

In der Stadt herrschte Chaos, dort, wo die Vorbereitungen des Maskenfestes ineinander grätschten. Stoffbanner wurden aufgehängt, versperrten den Weg für die Lieferanten mit ihren voll beladenen Karren, und Kostümverkäuferinnen zankten sich mit der Konkurrenz und verteilten großzügig Mittelfinger.

Olga wandte sich von der Straße ab, lehnte sich an den Türrahmen der Schusterei und beobachtete düster, wie Sandalen von den Werkbänken verbannt und durch Masken ersetzt wurden, die es zu bemalen galt. Ihr fiel auf, dass zwischen den traditionellen aus Holz auch einige aus Käferstahl lagen. Das ekelhafte Summen erfüllte die gesamte Werkstatt.

Mit säuerlicher Miene hielt Olga der Schusterin den Brief entgegen.

»Danke dir!« Die winzige Frau stopfte ihr Werkzeug in die Tasche und entriss ihr den Umschlag geradezu. »Würdest du kurz warten? Vielleicht muss ich direkt eine Antwort aufgeben.«

Olga, schon halb zum Gehen gewandt, stierte sie schwelend an.

»Meine Schwester arbeitet auf einem der Höfe«, ergänzte die Frau. »Und mit den … Irrlichtern …« Bei dem letzten Wort begann ihre Lippe zu zittern.

»Okay«, murrte Olga. »Aber mach schnell.«

Hastig schlitzte sie den Brief mit einem Schusterkneif auf und begann zu lesen.

»'tschuldigung! Platz machen, bitte.«

Olga drehte sich um und wurde prompt von einer Gruppe Jugendlicher platt gedrückt, die ein riesiges Bündel Stroh durch die Tür wuchteten. Sie musste so heftig niesen, dass ihr Ellenbogen an die Wand schlug.

Ein rotbäckiges Mädchen rannte an ihr vorbei, Halme in den Taschen ihrer Latzhose, und deutete mit einem klebrigen Apfel in der Hand auf Olga.

»Brauchst du noch eine Maske?«, schrie sie ihr ins Gesicht. »Meine Mama macht dir Masken.«

»Kommt drauf an«, antwortete Olga. »Kann sie deinen Holzkopf benutzen?«

Eine kritische Falte zwischen den Augen, betrachtete das Kind sie. Dann schleuderte es ihr den Apfelstrunk an die Stirn und sprintete nach drinnen, der Spur aus Stroh hinterher.

»Hey!«, rief Olga mit tränenden Augen.

»Hier ist die Antwort.« Angespannt drückte die Schusterin Olga einen neuen Brief in die Hand, gefolgt von einer kleinen Münze. »Reicht das?«

Olga brummte zustimmend und steckte den neuen Brief zu den anderen in die Tasche. Es war verdammt noch mal schon Nachmittag und trotzdem wurden es einfach nicht weniger. Lustlos drehte sie sich um und trat zurück auf die Straße, wo der Menschenstrom sie fast in die falsche Richtung zog.

An der Kreuzung blieb sie stehen und wartete auf Lero.

Heute Morgen hatte sie extra einen Abstecher zu den Postunterkünften gemacht, aber Milan war bereits nicht mehr zu Hause und im Büro der Archive hockte nur eine nutzlose Vertretung.

»Archivarin Moorfund muss einem wichtigen Treffen beiwohnen, kann ich ihr irgendetwas ausrichten?«

»Nur, dass sie mal zehn Minuten still stehen soll. Was ist sie, ein verdammter Zugvogel?«

Abwesend trat Olga gegen einen kleinen Stein und betastete ihren Arm. Die Verbrennung war kaum mehr als eine leichte Spannung auf der Haut.

Sie wollte so gerne mit Milan reden. Über den Erloschenen, Kats Kündigung, die Irrlichter, den Streit mit ihrer Mutter. Über alles.

Lero trat in ihr Sichtfeld und winkte ihr zu. Es gab keine Postmütze in seiner Größe, also trug er einen zerfetzten Strohhut, der ihm Sommersprossen aus Licht über die breite Nase warf. Sein Gesicht glühte vor Stolz.

Olga konnte nicht anders, sie musste schmunzeln. »Alles gefunden?«, rief sie ihm entgegen.

Nickend hob er die leere Posttasche in die Luft und blieb vor ihr stehen. »Dein Job macht Freude«, sagte er. »Nette Menschen.«

Sie schnaubte. »Schön für dich. Wenn's nach Trifon geht, ist es bald dein Posten.«

Die Erwähnung von Trifons Namen dämpfte sein Lächeln, doch er war zu aufgedreht, um ernsthaft bedrückt zu sein. »Ich mag es, auf der Arbeit niemanden schlagen zu müssen. Wir könnten tauschen.«

»Ha! Glaub mir, die Schläge kommen noch früh genug. »Abgesehen davon können wir nicht tauschen, ich wäre eine beschissene Türsteherin.«

»Wieso? Den Blick hast du schon.«

Lero zupfte ihr einen Apfelkern aus den Haaren und mit der Vorsicht eines Mannes, der sichergehen wollte, dass ein Erbstück gut aufbewahrt wurde, bettete er ihn in ihrer Hand.

Verdutzt schaute Olga zu ihm auf. Er nickte zufrieden, drehte sich um und schlurfte weiter. Nach einem Moment zuckte sie mit den Schultern, steckte den Kern in ihre Hosentasche und folgte ihm.

Der Lärm der Menschen brandete an ihren Ohren – das Geschrei, das Rattern der Räder, Pferdehufe, Lachen, Hammerschläge und Streit –, doch die nächsten Straßen arbeiteten Olga und Lero in einer Blase des Schweigens.

Halb behielt sie ihren neuen Kollegen im Auge, halb betrachtete sie ihn. Sein Gesicht war friedlich, doch seine Lider waren gequollen und seine Nasenflügel rau, wahrscheinlich von den vielen Taschentüchern. Er ließ einen Brief durch einen Türschlitz gleiten und bemerkte ihr Starren. Schnell schaute sie weg, deutete die Straße herab.

»Lass uns einen Zahn zulegen. Wenn wir da hinten sind, haben wir die Hälfte.«

Als sie ein paar Stunden später, zurück im Postamt, ihre Unterlagen abgaben und in den Feierabend entlassen wurden, reckte Olga den Hals und ließ ihren Blick über die Menge im Eingangsbereich wandern.

»Hey, Lero?«, fragte sie.

Lero schaute auf, den Strohhut an die Brust gedrückt.

»Du wohnst in den Postunterkünften«, sagte sie.

Er unterschrieb sein Klemmbrett, nickte der Schreiberin zu und trat an Olgas Seite. Anstatt zu antworten, betrachtete er sie nur lange.

»War das eine Frage? Es fällt mir manchmal sehr schwer, zu sagen, wann du mir eine Frage stellst«, stellte er fest.

Unzufrieden sah sie sich weiter um. »Hast du irgendeinen Plan, was mit Milan ist? Ich habe sie das letzte Mal vor …« Sie zählte zurück und gab es schnell auf. »Vor Tagen gesehen. Und komm mir jetzt nicht mit Scheißpostgeheimnis. Ich will ja gar keine Details, ich …« Sie stockte. »Ist sie okay?«

Er drehte den Strohhut in den Händen und warf einen Blick zur Schreiberin, dann führte er sie durch den Eingangsbereich Richtung Tür, wo er die Hand von ihrem Arm nahm und sich leicht zu ihr herabbeugte.

»Milan hat sehr viel zu tun«, flüsterte er. »Sie bekommt zu wenig Schlaf.«

Als er ihren Gesichtsausdruck sah, versuchte er sich an einem Lächeln und zuckte entschuldigend mit den Schultern. »Irrlichter.«

Langsam nickte Olga, konnte aber das nagende Gefühl nicht abschütteln, dass es mehr als das war. Wich Milan ihr aus? Zugegeben, das hätte eine gewisse Ironie, nachdem Olga *ihr* mehrere Tage ausgewichen war. Sie würgte ihr schlechtes Gewissen runter.

»Frost!«, schrie jemand hinter ihr. »Stimmt es, dass deine Mutter jetzt vollkommen den Verstand verloren hat?«

Kundschaft wandte sich neugierig zu ihr, sie ignorierte sie, drehte sich stattdessen um und fixierte einen Halbkreis aus vier jugendlichen Boten, die nur wenige Meter von ihr an der Wand lungerten.

Den Ältesten kannte sie, ein Blondling mit einem Gesicht wie ein cholerisches Meerschweinchen. Er hieß Agota, aber seine Veteranengroßeltern nannten ihn Gota und brüllten seinen Namen immer mahnend durch die Nachbarschaft, wenn er auf die Ratten in den Mülltonnen schoss.

Olgas Blick wurde eisig. »Wenigstens hat sie einen Verstand, den sie verlieren kann«, schoss sie zurück. »Hat deine nicht letzten Winter vergessen, die Fenster zu schließen?«

»Vielleicht sollten wir gehen«, murmelte Lero ihr zu.

Gota stutzte, hob die dichten Augenbrauen, bevor er sie zusammenkniff und schmunzelte. »Also stimmt es? Bei euch wohnt jetzt eine Mondgeburt?«

Die anderen Boten an seiner Seite kicherten wie verdammte Schulkinder.

Ausgerechnet Trifon war es, der Olga die Antwort ersparte. Seine gestriegelte Gestalt tauchte hinter den Jugendlichen auf, ausgehfein und bereit für den Feierabend.

»Frost, keine Kabbeleien«, stach er in ihre Richtung, ohne von seiner Armbanduhr aufzuschauen. »Muss ich dich *erneut* daran erinnern, dass das Postamt neutraler Boden …« Er entdeckte Lero und seine Lippen wurden schmal. »… ist.«

»Oh, keine Sorge. Das hier ist ein *neutraler* Mittelfinger.«
Sie wartete, bis Gota einen ausführlichen Blick auf die Geste
bekommen hatte und ließ die Hand sinken. »Ich geh dann mal,
ich habe nämlich Dienstschluss und der Magier ist heute mit
Kochen dran. Das will ich mir nicht entgehen lassen.«

Zufrieden wandte sich Olga ab. Doch Gota war noch
nicht fertig.

»Wenigstens ist meine Mutter nicht so vergesslich, dass sie ihr
eigenes Kind verschlampt!«

Der Kommentar traf sie wie ein Schuss mit der Steinschleuder.
Schock raste ihr in den Kopf, Wut im Schlepptau. Sie fuhr
herum – direkt in Leros Hand. Diese legte er auf ihre Schulter,
in seinen braunen Augen nichts als tiefe Ruhe.

»Feierabend ist eine gute Idee«, sagte er.

Mit einem Klatschen schlug sie seine Finger weg und stapfte
nach draußen, zerrte den Zorn neben sich die Stufen hinab, in
ihrem Rücken das Lachen der Jugendlichen.

Lero schloss zu ihr auf, die Hände in den Taschen versteckt.
»Das war unter der Gürtellinie, oder?«

»Du hast scharfe Ohren!«, schnappte sie zurück.
»Diese Pisser.«

Anstatt irgendetwas zu erwidern, ließ er sie in Ruhe ausdampf-
en und hängte sich stumm an ihre Seite, während sie über den
Platz stapfte und das Postamt hinter der nächsten Ecke außer
Sicht legte. Der Abendbetrieb setzte langsam ein, die letzten
Tauben wurden von den ersten Trinkerinnen verscheucht und
aus den Gasthäusern quollen deftige Essensdüfte.

Noch immer klebte Lero an Olgas Seite.

»Deine Unterkünfte liegen in die andere Richtung«,
presste sie hervor.

»Ich möchte noch nicht zurück.«

»Was, willst du mit zu mir?« Giftig vergrub sie die Fäuste in
den Taschen. »Einen Blick auf die Verrückte zu erhaschen, die die
Herrin der Irrlichter abgestochen hat? Yay, Olgas durchgeknallte
Mutter! Und dazu noch ein Erloschener, was für ein Glückstag.
Dann hast du was, was du Trifon und Konsorten unter die Nase
reiben kannst.«

»Ich … ähm. Nein?« Er kratzte sich die Bartstoppeln, milde Überraschung im Gesicht. »Ich mag deine Gesellschaft.«

»Klar, weil mir die Sonne geradezu aus dem Arsch scheint. Leute lieben mich für die positive Energie, die ich in jedes Gespräch bringe.«

»Nett sein ist nicht alles. Und du erinnerst mich einfach … an eine alte Freundin.« Behäbig hob er die Schultern. »Außerdem ist es in meiner Wohnung einsam.«

Olga wurde langsamer. Die Menschen spülten um sie herum, im trägen Strom der Abendstunden, gut gelaunt und plappernd. Lero passte seine Schrittgeschwindigkeit an sie an, obwohl seine Aufmerksamkeit bereits auf einer winzigen Gaststube lag.

»Du …« Sie verengte die Augen. »Du sagst immer genau das, was du denkst, oder?«

»Ja. Ich bin kein guter Lügner.« Besorgnis sprang in seine Stimme. »Ist das schlimm? Soll ich es lassen?«

»Nein. Mir gefällt's.«

Er wirkte ehrlich erleichtert. Mit einem zufriedenen Grinsen deutete er in Richtung Gaststube. »Abendessen?«

»Ich …«

Sie schaute den Berg hinauf. Zwischen den Dächern der Läden konnte sie den Zipfel des Veteranenviertels erkennen, die Dachschindeln blau–golden in der Abendsonne.

Lero war nicht der Einzige, der noch nicht nach Hause wollte.

»Ja. Warum nicht?«

»Eine Sache verstehe ich nicht.«

»Nur eine?« Gierig nahm Olga einen Schluck und spürte, wie ihr das Bier kühl die Speiseröhre hinablief. »Du Glücklicher.«

Lero setzte seinen Strohhut ab und platzierte ihn behutsam auf der Sitzbank neben sich. Die Kneipe war im schwarzfarner Stil dekoriert: Wellblech war an die Wände genagelt und Girlanden aus grünen Glassteinen und Treibholz piksten ihm zwischen die Schulterblätter, als er sich anlehnte.

Er wirkte ein wenig überfordert.

Aber *Der Container* war die einzige Kneipe auf dieser Seite von Erzweiden, die eine funktionierende Musikbox hatte. Melodien, melodisch und blechern, trudelten durch den kleinen Raum zu ihrem Tisch herüber, während ein Mädchen mit Piercings und Nagellack gelangweilt an einer Kurbel drehte und sich hinter einer gesprungenen Glasscheibe eine silberne Metallplatte drehte.

Abgelenkt betrachtete Lero die Musikbox, bevor er sich wieder zu Olga wandte.

»Die Mutter der Masken ist tot, oder? Warum gibt es dann immer noch Irrlichter?«

»Das ist so ähnlich wie bei der Schuppenfürstin und den Sirenen.« Sie leckte sich einen Klecks bitteren Bierschaum von den Lippen und richtete den Hosenträger, der ihr von der Schulter gerutscht war. *Himmel, ist das stickig hier drinnen.* »Du bist von den Inseln, müsstest *du* das nicht eigentlich am besten wissen?«

»Ich … ich bin sehr behütet aufgewachsen.« Verunsichert rückte Lero auf der Bank hin und her. »Ich weiß sehr vieles nicht. Deutlich mehr, als ich weiß.«

Olga leerte ihren Krug, legte eine Hand auf ihren warmen Bauch, dann beugte sie sich ihrerseits über den Tisch.

»Okay. Stell dir die Mutti der Masken wie eine Bienenkönigin vor. Und die Irrlichter als ihre Bienen.« Sie nahm den weichen Pappuntersetzer und drehte ihn zwischen den Fingern. »Wenn jetzt irgendein Arschloch ankommt und die Bienenkönigin zerquetscht, fallen nicht automatisch alle Bienen im Bau tot um. Oder?«

Sein Blick blieb an dem Pappuntersetzer hängen. »Aber warum war es dann überhaupt so wichtig, die Mutter der Masken zu töten?«

»Ohne die Mutter gibt es zwar noch Irrlichter, aber sie können sich nicht mehr vermehren. Die Mutter der Masken hat ihre Irrlichter aus Menschenknochen gebastelt.« Demonstrativ tippte Olga sich an ihre Trauermünze. »Deswegen verbrennen wir auch unsere Toten, anstatt sie zu beerdigen. Keine Knochen für die feindliche Armee.«

Sie gluckste, bevor sie fortfuhr. »Also, keine Mutter der Masken, keine Babyirrlichter mehr. Und die paar Hundert Funzeln, die die Letzte Mondjagd überlebt haben, überlegen es sich jetzt drei Mal, bevor sie sich in die Nähe von Menschen begeben, denn kein erfolgreich abgefackelter Bauernhof ist es wert, möglicherweise ausgerottet zu werden.«

Er schwieg, dachte offensichtlich über ihre Worte nach. Olga guckte in ihren leeren Krug, dann zur Bar. Die Bedienung war irgendwo im Hinterraum verschwunden.

»Aber ...« Lero blinzelte angestrengt ins Nichts. »Warum haben sie sich dann letztens alle auf einmal gezeigt?«

Erschöpft warf Olga den Pappuntersetzer zurück auf den Tisch. »Keine Ahnung. Vielleicht haben sie sich wieder mit ihrer Familie gezankt und wollten einfach mal das verdammte Haus verlassen.«

Er hob den Blick, erwiderte vorsichtig ihr Grinsen. Doch seine Beunruhigung blieb.

»Hey.« Sie legte den Kopf schräg und spürte die Wärme des Alkohols in ihre Wangen schwappen. »Du weißt, dass die Irrlichter nicht in die Stadt kommen, oder? Das hier ist Riesinnengrund. So lange wir hier sind, können die uns am Arsch vorbeigehen.«

Ein wenig Anspannung wich aus seiner Schulter und zum ersten Mal, endlich, griff er nach seinem Bier. »Ja. Ja, ich weiß.« Er setzte zu einer weiteren Frage an, schloss dann doch nur den Mund. Seine Neugierde bekam etwas Diskretes, als wollte er sie verstecken.

Olga verdrehte die Augen. »Okay, *frag einfach*, verdammt.«

Er stieß einen erleichterten Laut aus und beugte sich über den Tisch zu ihr, wobei sein Kinn etwas Bierschaum mitnahm. »Wohnt bei euch wirklich ein Erloschener?«

Sie stöhnte genervt auf.

»Du hast gesagt, ich darf fragen!«, protestierte er.

»Ja! Ja, wohnt er.« Mit einem Schnauben rupfte sie ihm den Krug aus der Hand. Der Schaum war grau und schmeckte herrlich nach Anis. »Sofern er noch lebt, wenn ich nach Hause komme.«

»Warum?«

»Ganz ehrlich?«, murmelte sie. »Ich glaube, wenn meine Mutter ihn nicht umbringt, tut es jemand anders. Du hast die kleinen Scheißer vorhin gehört.«

»Nein, ich meine, warum wohnt er bei *dir?*« Lero zog das Bier wieder an sich, schnupperte daran und nahm einen vorsichtigen Schluck. »Soldatinnen wohnen bei Soldatinnen, Magische wohnen bei Magischen ...« Er fuchtelte mit der Hand, verzog das Gesicht und starrte das Bier an. »Wieso schmeckt das nach Lakritz?« Ein tiefes Seufzen. »Himmel, ich vermisse Fisch.«

»Was ... Tut ihr auf den Inseln etwa Fisch ins Bier?«

»Nichtmagische leben bei Nichtmagischen, Veteraninnen bei Veteraninnen. Ich dachte, das ist ... so. Das ist so das ganze Ding an Erzweiden.«

»Oh, ist es auch«, brummte Olga. Fast war es witzig: Sie, die heimliche Magierin, und Feres, der in Ungnade gefallene Erloschene, in einer Wohngemeinschaft im Veteranenviertel, mitten im Zentrum des nichtmagischen Bezirks. Ihr Mundwinkel zuckte. Schnell schüttelte sie den Gedanken ab. »Viel wichtigere Frage: Tut ihr ernsthaft Fisch ins Bier?«

»Was ist mit den Familien?«, dachte Lero laut weiter. »Werden die auch auseinandersortiert?«

Olgas Schmunzeln verschwand. Sie deutete auf seinen Krug. »Trinkst du das noch?«

»Nur, wenn es sich nicht vermeiden lässt.«

»Na dann.«

Ein lautes Luftholen, dann stürzte sie den Krug hinunter, sodass ihr die Tropfen nass den Hals runterrannen.

Lero begann zu lachen.

Sie wischte sich über den Mund. »Was?«

»Du kannst nicht schwimmen, oder?«

»Wie zum Henker kommst du darauf?«

»Kannst du schwimmen?«

»Nein, verdammt, niemand kann schwimmen!«

»Zuhause können alle schwimmen. Sogar die Inseln können schwimmen.« Weise nickte er.

»Ja, aber könnt ihr auch trinken, Fischkopf?« Mit weit ausgebreiteten Armen deutete sie auf die gesamte Bar.

Wie auf Kommando schrie die Gruppe am Spieltisch auf, riss die Becher in die Höhe – und schlug sie fast dem Kellner ins Gesicht, der ein volles Tablett durch die Ellenbogen navigierte. Zusammen mit der Musikbox war der Lärm ohrenbetäubend und der Rauch verkrusteter Kerzen beschichtete die Fenster.

Mit seiner großen Hand rieb sich Lero den Nacken. »Sieht eher aus, als würden sie *er*trinken.«

»Oh, dafür haben sie viel zu viel Training.«

Er hob langsam die Schultern. »Leute, die oft ins Wasser gehen, haben eine höhere Chance, zu ertrinken.« Abwesend wanderten seine Finger weiter zu den Trauermünzen an seinem Ohr.

Olga zögerte. Dann rückte sie in der Sitzinsel herum, bis ihre Schultern aneinanderstießen. Er blinzelte sie an. Verschwörerisch senkte sie die Stimme.

»Okay, jetzt aber mal ernsthaft. Fisch im Bier?«

Sein Grinsen brach sein Gesicht auf, offenbarte die kleine Lücke zwischen seinen Schneidezähnen.

»Mmh«, machte er. »Vielleicht?«

Sie prallte zurück. »Iih.«

»Manchmal, wenn alles andere alle ist …«

»Iiiiiih.«

»Dann sammeln die Brauereien die Reste am Hafen ein …«

»Iiiiiiiiiih!«

»Und vermischen alles mit …«

»Okay!« Olga fuhr hoch und klopfte mit dem Krug laut aufs Holz. Die Leute am Spieltisch drehten sich herum, als sie die Hände zu einem Trichter um den Mund formte.

»Der Liebe hier hat Heimweh! Wir suchen Fischbier? Bier? Mit Fisch? Hey, nicht auslachen.«

Hastig zupfte Lero an ihrem Ärmel.

»Je fischiger, desto besser … ey, Barmensch? Du da? Am Tresen?« Sie schlackerte den Krug in der Luft. »Fischbier?«

»Olga, das war ein Witz. Das war nicht ernst gemeint.«

»Oh, ich weiß. Aber ich meine es ernst.« Erbarmungslos beugte sie sich zu ihm runter, den Finger gegen seine Brust gedrückt. »Wir suchen dir jetzt ein Fischbier, ob du willst oder nicht. Zieh deine Weste an.«

»Aber …«

»Willkommen zu einer der ältesten Traditionen Erzweidens: die Sauftour. Hier, vergiss den hier nicht.«

»Aber was ist mit der Bezahlung?«, nuschelte Lero und fing seinen zerknitterten Strohhut auf.

»Teil der Tradition. Pass auf die Stuhlbeine auf.«

Und dann stürmte sie los durch die johlende und rufende Menge, Tasche und Mütze unter den Arm geklemmt, Bierpfützen unter ihren Stiefeln zerplatzend. Das Mädchen an der Musikbox hörte auf zu Kurbeln und gaffte entzückt. Mit der Schulter rammte Olga die Tür auf und das Gefluche des Barmanns folgte ihr die Straße runter. Nach ein paar Metern schaute sie zurück und grinste über Leros gehetztes Gesicht.

In einer Seitengasse schlitterten sie zum Stehen und lauschten dem fernen Applaus aus der Kneipe, während Olga nach Atem rang, die Hände auf den Knien.

»Das war …« Lero stützte sich an der Wand ab, den Hut an die Rippen gedrückt.

»Ein Anfang.« Olga richtete sich auf, klatschte scharf in die Hände und schaute zum Himmel. »Komm. Es dämmert gerade mal erst.«

»Musst du … musst du nicht irgendwann nach Hause?«

»Dein Fischbier ist wichtiger.«

Die Nacht zerschmolz in Zigarettenrauch, Wein und Musik, frisch aus dem Akkordeon gequetscht, in Gebrüll und schwitzigen Ellenbogen Seite an Seite vor Billardtischen, in dem Springen von Münzen auf den Theken und klebrigen Sitzen unter Olgas Beinen.

Auf ihre Drängelei hin fragte Lero wieder und wieder nach Fischbier und in der vierten Bar brachte sein schüchternes Grinsen sie dermaßen aus der Fassung, dass sie auf die Tischplatte sackte und in haltloses Gegacker ausbrach.

Die nächste Kneipe. Studentinnen und Stammtische.

Ein Dartpfeil in ihrer Hand, Leros Johlen direkt hinter ihr. Sie musste an ihre Mutter denken – an die Pirouette und das Brot, das gegen Fensterglas krachte. Olga machte einen Tanzschritt und traf ins Schwarze.

Begeisterte Hände auf ihren Schultern. Lero jaulte ein Lied auf Gischt und bekam Augen wie ein Kind im Süßigkeitenladen, als vier verkrümmte Frauen auf der Raucherbank mit einstiegen. Mit stapfenden Tanzschritten, das Klingeln der Trauermünze im Ohr, sprang sie sich begeistert die Wangen heiß.

Als sie in die frische Nachtluft purzelten, schwindelte ihre ganze Seele.

»Tschüss!« Laut quietschend rutschte Lero am Bordstein ab. Er fing sich wieder, drehte sich um und winkte weiter dem Pärchen zu, gegen das sie Dart gespielt hatten.

»Macht's gut! Man sieht sich! Bis bald!«

Olga kicherte.

Lero wandte sich ehrfürchtig zu ihr. »Ich liebe Menschen!«, schrie er.

»Ich hab's bemerkt!«, brüllte sie zurück.

»Alle sind so gut drauf!«

»Warum schreien wir?«

»Ich will noch nicht in die Wohnung!« Seine Fäuste in der Luft, sein Kopf in den Nacken gelegt. »Lass uns weitermachen!«

»Im *Pochwerk* habe ich glaub ich noch kein Hausverbot.«

Er fuchtelte gen Himmel. »Ein Hoch auf Hausverbot!«

»HALTET DIE FRESSE!«, gellte es aus einem der Wohnhäuser.

Lero schlug die Hände auf den Mund und suchte ihren Blick. Olga tat es ihm gleich. Das stumme Lachen brachte ihre Schultern zum Beben.

»Ins *Pochweeeerk*«, prustete sie.

Lero echote sie laut flüsternd. »Ins *Pooochweeeerk* …«

Kichernd taumelten sie die Straße hinab. Olga drehte sich einmal um die Achse und sortierte verschwommene Eindrücke, bis sie eins der Straßenschilder zuordnen konnte. Nicht weit von hier war die Kathedrale der Kerzen.

»Handelsviertel«, murmelte sie. »Moment … wir sind falsch, wir müssen hier lang …«

Sie eierte um die Ecke und hörte eine Stimme.

»Meinen besten Dank, Maretta. Ich …«

Mora drehte den Kopf und traf Olgas Blick.

Abrupt blieb sie stehen. In ihrem Bauch das Gefühl, eine Stufe verpasst zu haben.

Unmöglich.

Die Kommandantin konnte nicht hier sein.

»Oh! Eine Bekannte von dir, Mora?« Die kleine Uhrmacherin trat raus auf die Treppe, beleuchtet von den Schaufenstern ihres Geschäftes, Grübchen auf ihren Wangen und freundliche Neugierde in der Stimme.

»Nein«, sagten Mora und Olga gleichzeitig.

Sie starrten sich an und Olga spürte, wie der Chirurginnenblick ihr die Haut vom Gesicht zog. Diese Augen. Die Frisur. Die Statur. Genau wie damals. Alles genau wie damals.

»Nun.« Höflich wandte sich die Kommandantin zur Uhrmacherin und Olga fuhr zusammen, als Leros Hand ihre Schulter streifte.

»Olga?«, lallte er. »Wieso bist du stehen …«

»Warte«, brachte sie hervor, leicht schwankend. Sie war zu betrunken, musste sich zusammenreißen. Konzentrieren. Warum ausgerechnet heute Nacht? Von allen verdammten Nächten, warum ausgerechnet …

»Gute Nacht, Maretta«, hörte sie Mora sagen.

Mit einem Klacken schloss die Uhrmacherin die Tür hinter sich. Das Geräusch des Schlüssels, der im Schloss gedreht wurde, schnitt scharf durch die nächtlichen Straßen.

Die Kommandantin verharrte auf der Treppe und lauschte auf die Schritte, die im Haus verschwanden. Dann wandte sie sich Olga zu und ihr Gesicht fror zu einer ausdruckslosen Maske.

»Die kleine Frost«, raunte sie. »Lange nicht gesehen.«

»Was machst du hier?«, presste Olga heraus, ihre eigene Stimme nicht im Ansatz so gelassen.

»Das hier ist das Handelsviertel.« Ein glattes Lächeln. »Was glaubst du, was ich hier tue?«

»*Nein!*« Ruhig. Sie musste ruhig bleiben. Olga verschränkte die Arme vor der Brust, grub die Fingernägel in ihre Haut.

Nicht lallen. Atmen. Genau. »Was machst du *hier*? Milan hat dafür gesorgt … du … du bist verhaftet. Du bist im Knast.«

»Es ist die Natur von Haftstrafen, dass sie irgendwann enden.«

»Nach zwanzig Jahren!«

»Die Gerichte sind endlich zu der Einsicht gekommen, dass dies eine überproportionale Strafe für meine … Vergehen war.«

Ein langsamer Schritt die Treppe runter. Dann noch einer. Raschelnd kam sie zum Stehen, sodass Olga den Kopf in den Nacken legen musste. Mora trug nur schlichte Hosen und ein Wams, doch an ihr sah es aus wie eine Rüstung.

Ihre Lippen imitierten ein Lächeln. »*Charmant.* Anscheinend hat es niemand als Priorität gesehen, dich darüber zu informieren.«

»Ich glaube dir nicht«, stammelte Olga.

»Es ist egal, was du glaubst.« Plötzlich sprang ihre Aufmerksamkeit auf Lero über. »Sieh an. Lero Altnebel, wenn ich mich nicht irre.«

Lero regte sich verunsichert, dann nickte er und streckte mit einem Räuspern die Hand aus. »Ja … woher …«

»Kommandantin Mora. Du hast schon von mir gehört.«

Gänsehaut überrollte Olga, während die beiden Hände schüttelten. Grob packte sie Leros Arm. Er schaute sie verwirrt an, folgte jedoch, als sie ihn zurück an ihre Seite zog.

»Du spannst beim Postamt herum? Du beschissene Zecke«, platzte es aus ihr heraus.

»*Ich*«, erwiderte Mora und faltete sanft die Hände auf dem Rücken. »Sehe im Gegensatz zu dir nach meiner Familie.«

»Aber Milan hat gesagt …«

»Oh, ich erinnere mich *sehr gut*, was Milan gesagt hat.« Kurz, für eine Sekunde nur, zuckte so etwas wie echter Schmerz über ihr blasses Gesicht. »Richte ihr gerne aus, dass ich auf die Umsetzung ihrer Worte gespannt bin.«

Mora nutzte Olgas Sprachlosigkeit, um einen knappen Blick auf die Taschenuhr zu werfen.

»Ich habe keine Zeit für deine Unhöflichkeiten, Mädchen. Lero Altnebel, pass auf dich auf.« Bei den nächsten Worten verhakte sich ihr Blick in Olgas wie ein Angelhaken im Rachen eines Fisches. »Wo diese Göre hingeht, gibt es Kollateralschäden.«

Und sie schritt stramm davon, allerdings nicht, ohne Lero einmal zutraulich auf den Nacken zu klopfen.

Verblüfft schaute er ihr nach. »Wer war das? Wie kennt ihr euch?«

Olga antwortete nicht. Die Hand schützend über ihren Ellenbogen gelegt, rannte sie zum Schaufenster und spähte nach drinnen. Filigrane Uhrwerke in Schaukästen, Regalumrisse in der Dunkelheit, sonst nichts. Den eigenen Puls in den Fingerspitzen, stieg sie die Stufen hoch und packte den Türknauf. Fest abgeschlossen.

»Olga?«

»Sie lügt. Sie darf nicht hier sein«, murmelte sie, lief rückwärts auf die Straße und schaute hoch. Unbelichtete Fenster. »Die Uhrmacherin. Ich kenne sie. Ich habe ihr ein Paket gebracht, vorletzte Woche. Sie wirkte so normal. Ich hab ihren Namen vergessen. Hast du dir ihren Namen gemerkt?«

»Ich …« Lero schluckte hörbar. »Vielleicht sollten wir gehen.«

»Maretta! Maretta … Was will die Kommandantin bei einer Uhrmacherin? Scheiße. Was heckt sie aus?«

Lero trat heran. Bedächtig legte er ihr die Hand auf die Schulter.

Heftig zuckte sie zurück, den Nachdruck seiner Finger auf der Haut. Furcht fauchte wie Nervengift durch ihren Körper. Erst, als sie seinen Blick sah, bemerkte sie, dass sich ihr Griff um die Waffe in ihrem Hosenbund gelegt hatte.

»Ich …« Langsam ließ sie die Pistole los. »Ich muss los.«

»Aber …«

»Geh nach Hause.«

»Dir geht es nicht … Olga, so lasse ich niemanden allein.«

»BIST DU TAUB? LASS MICH IN RUHE!«

Ihre Stimme gellte durch die leere Straße. Leros Augen wurden groß wie Kastanien. Endlich wich er zurück und sie schlingerte davon. So lange, bis Lero außer Hörweite war.

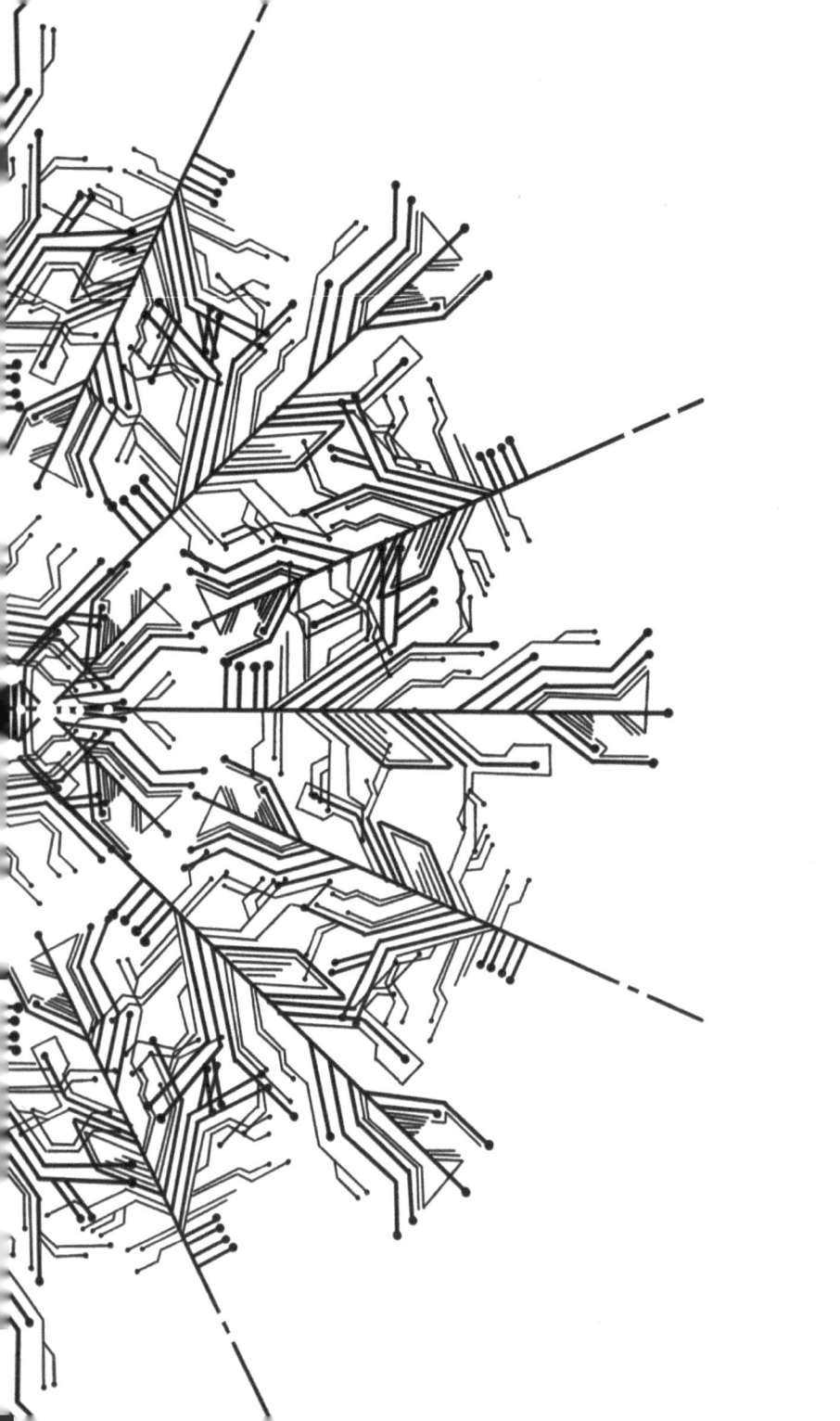

☼ DAS SCHULTERBLÄTTCHEN ☼

Lokales aus Erzweiden
Ausgabe vom 09.09.3037

Rubrik: Das Wetter

KEIN WINTER IN SICHT!

Die Späherinnen bestätigen: Dieses Jahr gibt es keinen Winter! Erzweiden kann aufatmen und sich auf das Maskenfest freuen, ohne sich um bald einfallende Frostgeier und tödliche Schneestürme sorgen zu müssen.

Und wie viele von Ihnen, liebe Lesende, in Ihren Briefen an unsere Redaktion so treffend angemerkt haben: Ein Glück! Denn das Letzte, was unser schönes Städtchen braucht, ist ein weiterer Winter unter der Regierung des Neuen Rates mit seinen Überwinterungsstrategien - oder sollte man sagen, »Strategien«?

Anscheinend bekommen dieses Jahr alle das, was sie sich wünschen: Die rechtschaffenen Bewohnenden Erzweidens ihren ruhigen, langen Spätsommer voll wohlverdienter Festlichkeiten … und Tordor Salzknochen die Erleichterung, sich sein klimperndes Köpfchen nicht mit zusätzlichen folgenschweren Entscheidungen zerbrechen zu müssen.

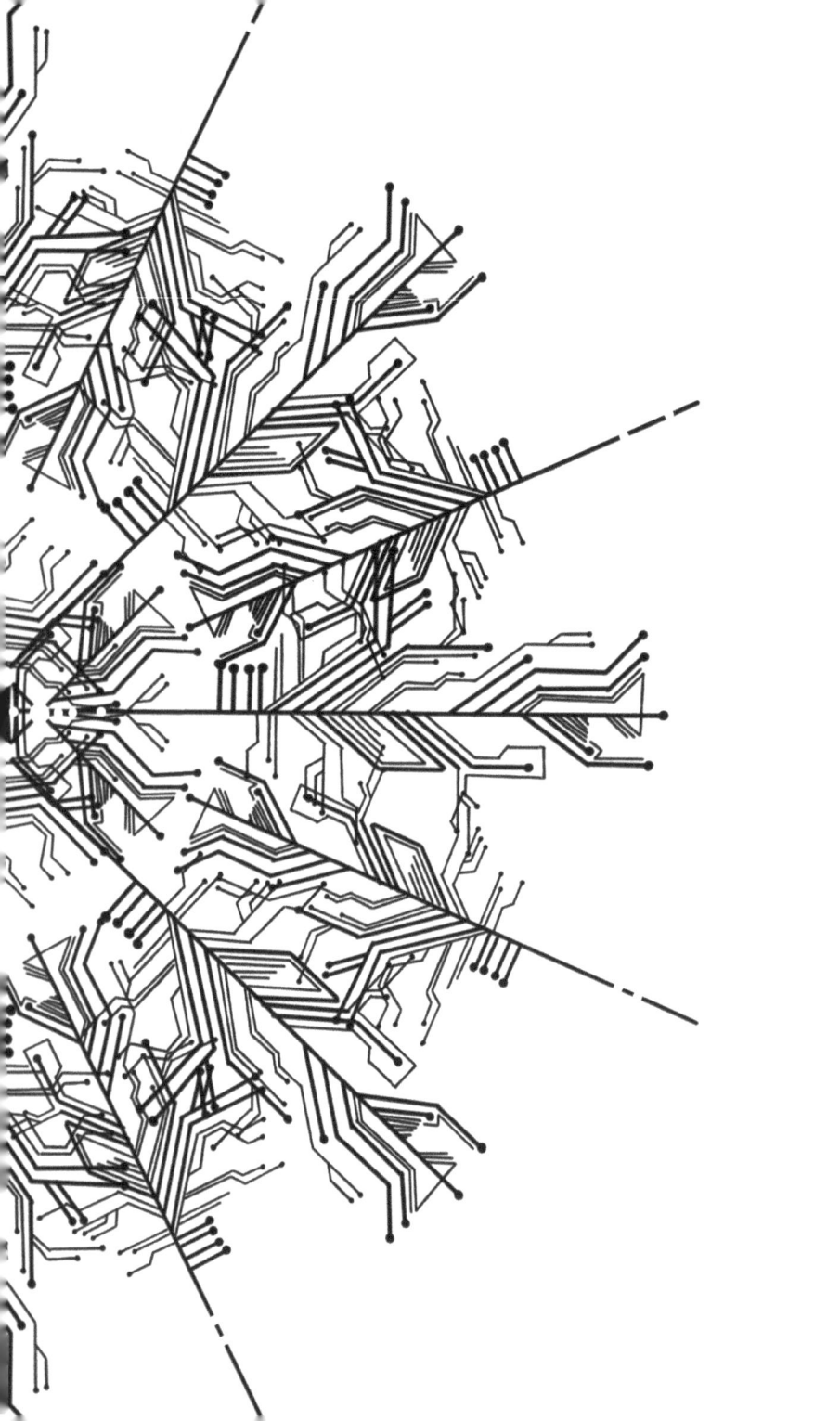

22

3037 nach Sonnenschlüpfen
(Gegenwart)
3029 nach Sonnenschlüpfen
(vor 8 Jahren)
(vor 8 Jahren)
(Gegenwart)

Mora war wieder in der Stadt, in ihren Straßen, hier, in ihrem Zuhause. Das war nicht richtig. Sie gehörte in den Knast. Oder in ihr Anwesen, ihr verdammtes Anwesen, vielleicht sogar an die Mauer, aber nicht hierher.

Nicht in ihre Nähe.

Scheiße.

Das *Pochwerk.* Olga öffnete die Tür, setzte sich an einen leeren Tisch, starrte die Flecken dreckigen Lichtes auf der Platte an. Zählte ihr Kleingeld. Hob die Hand.

Nach dem vierten Glas konnte sie es nicht mehr aufhalten. Sie fiel in den Keller.

Der Katzenhirsch war wunderschön, genau so, wie sie sich ihn vorgestellt hatte: Ein Jungtier, den Flaum noch auf dem Geweih, die Schnauze ein kleiner rosa Fleck im Fell, so nachtschwarz, dass es jegliches Licht schluckte.

Den Büchern nach waren die Hirsche Frühlingsbringer. Wenn sie kamen, folgte der Frühling ihnen im Kielsog. Die Kommandantin nannte das Unfug. Ein Zufall ohne Korrelation.

Olga betrachtete den Katzenhirsch und in ihrer Kehle begann es zu brennen.

So hatte sie sich das *nicht* vorgestellt.

Sie sah sich auf einer Moorwiese – besser noch, auf einem See. Bei ihnen auf dem Wasser eine kleine Herde Katzenhirsche, wie auf den Bildern oder den Wandteppichen im Eingangsbereich. Olga beugte sich über das Wasser und eines der Tiere hob den katzengleichen gekrönten Kopf, um sie anzusehen – auf der Hut, aber nicht alarmiert. Genau. Ruhig. Und dann legte sie ihre Wange auf die Kante ihres Ruderbootes und erwiderte den goldenen Blick, während Milan an ihrer Seite den Zeichenblock auf die Knie nahm, zwischen den Brauen diese winzige Falte. Wie immer, wenn sie sich konzentrierte, ihre Wangen gerötet vor heimlicher Aufregung. Ihr Kohlestift huschte über das Papier und fing die leichten Wellen ein, die vom Scharren der Hufe über das Wasser zu ihnen geschickt wurden. Vielleicht saß sogar ihre Mama mit im Boot.

Eine schöne Vorstellung.

Stattdessen musste Olga zusehen, wie der Katzenhirsch röchelte und gelben Schaum auf den Steinboden spuckte.

»Noch eins.«

Warum war das Tier so ruhig? *Betäubungsmittel,* kam von irgendwo fern die Antwort, doch das war nicht die Frage, nein, die Frage war, warum war das Tier so viel ruhiger als sie? *Wie egoistisch von mir.* Dabei konnten sie beide die Geräte sehen, die Werkzeuge. Und die Axt in ihrer Hand.

Das goldene Auge löste sich von der Klinge und fand ihr Gesicht. Ein kleiner Laut stahl sich aus Olgas Kehle. So schön, kein Vergleich mit den Glasaugen. Die Kommandantin wusste das. *Natürlich* wusste sie das.

Mora trat in ihr Sichtfeld und beugte sich über das Tier, strich mit distanzierter Behutsamkeit über den Maulkorb, über den weichen Kiefer. Die gleiche Bewegung wie damals vor dem Frostgeier. Olga wusste es inzwischen besser, als die Geste mit einer Entschuldigung zu verwechseln.

Der Geruch der Tischplatte, vollgesogen mit Jahrzehnten besoffener Nächte. Sie fummelte an ihrer Taschenuhr, versuchte, den Deckel zu öffnen. Gab es auf. Pfefferte sie mit einem dumpfen Laut ins Sitzpolster.

»Noch … eins.«

Sie wusste es besser. Diese Frau war wie Unkraut, wie blauer Eisenhut. Warum hatte es sie dann trotzdem eiskalt überrascht, sie zu sehen?

Nicht gut genug vorbereitet, nicht gut genug vorbereitet.

Der Katzenhirsch zuckte nicht einmal mit den Schnurrhaaren. Er lag einfach nur da, auf der Seite, den Hals in eine unbequeme Position gedreht, die Muskeln schlaff in den Fesseln. Die Atmung ruhig unter den mächtigen Rippen. Und den Blick fest auf Olga gerichtet.

Starr mich nicht so an. Ich kann dir nicht helfen. Bitte frag mich nicht nach Hilfe. Bitte starr mich nicht so an.

Die Kommandantin hob den Blick.

STARR MICH NICHT SO AN.

Sie trat über das Tier am Boden hinweg und hinter Olga, umwehte sie mit dem Geruch der Süßölrosen. Legte die Hände auf ihre Schultern.

»Du bist so still, Mädchen.«

Fass mich nicht an.

»Fass mich nicht an!«

Schreiend fuhr sie hoch und die Wände verrutschten. Wange kippte gegen Sitzpolster, Übelkeit.

»Na sieh mal an, es spricht.«

»Tut mir furchtbar leid, ich nehme sie mit!«

Leros Stimme schwamm ihr als Echo durch den Kopf.

Sie versuchte, ihn auszumachen, aber das Licht der Laternen war wie Scherben in ihren Pupillen. Gestochen schloss sie die Augen, lehnte sich in die Müdigkeit, döste …

»Olga?«

»Na los. Die Hinterhufe.«

Die Kommandantin brauchte die Hinterhufe nicht. Sie war nicht wie die Flüchtlinge von den Münzinseln. Sie *musste* nicht über Wasser rennen. Sie brauchte die Hufe nicht, sie wollte sie nur haben. Weil sie konnte.

Das Kratzen in Olgas Hals wurde unerträglich.

»Ich will nicht.«

»Will nicht. Nein.«

Sie schlug aus, aber ihre Hand wurde weggewischt. Ein Arm um ihre Seite, Zug nach oben. Ihre Hüfte knallte gegen etwas Hartes und kurz schüttelte der Schmerz sie wieder wach.

»Hey!«, lallte sie.

»'tschuldigung … Sorry …«

»Finger weg!«

Sie trat und traf irgendetwas. Irgendwen? Ein Jaulen, ein Stolpern. Die Hand um ihre Taille verschwand und mit ihr ihr letzter Rest Gleichgewicht.

»Stell dich nicht so an«, sagte Mora.

»Aber ich will nicht.«

»Du hast es schon tausendmal gemacht.«

»Das war anders. Insekten sind anders. Ein, ein Auge … das ist anders.« Sie wollte herumfahren. Sie wollte die Axt nehmen und herumfahren und der Kommandantin das übrige Ohr abschneiden. Aber sie konnte nicht, war wie in Harz gegossen.

Machtlos.

»Es ist Alchemie, Mädchen.« Eine Pause. Dann die kalte Stimme, direkt an ihrer Wange. »Vielleicht lass ich dich dieses Mal danach deine Mutter sehen.«

Ein harter Stoß in ihr Kreuz.

Mit der Stirn knallte Olga auf die Thekenkante und die Bar, die Leute und Lero lösten sich auf, rissen sich in Fetzen und flatterten an ihr vorbei. Sie fiel, dieses Mal tiefer. Fiebrige, trunkene Dunkelheit.

Sprunghafte Erinnerungen in Dauerschleife.

Das Gefühl eines Knochens, der unter ihrem Hieb brach. Ein Knacken, das durch den Schaft in ihre Hände vibrierte. Von weit weg der Gedanke: *Das ist wirklich wie Holzhacken.* Was die Kommandantin sagte, konnte sie nicht hören, nahm nur den Geruch nach Rost wahr, den Dampf eines Körpers im kalten Keller. Sie bückte sich und sammelte die Hufe ein.

Das Wissen, dass dieser Anblick vor ihr, dieses Bild … dass sie das gewesen war.

Spätere Erinnerung.

Flur.

Der lange, getäfelte Flur.

Olga blieb stehen. Frühlingslicht schnitt Lücken in die Vorhänge, legte warme Kleckse in den roten Teppich. Irgendwo stand ein Fenster offen.

Für einen Augenblick brach das Klappern von Gardinenringen durch das ferne Murmeln der Stadt, gefolgt vom Kratzen eines Stuhls über Fliesen. Jemand sagte etwas, eine andere Person antwortete. Etwas Weiches in ihrem Rücken, eine Berührung – eine Hand auf ihrer Wange.

Doch als sich Olga umblickte, war da nur der Flur.

Die Tränen musste sie sich selber wegwischen.

Sie betrachtete ihre Hände. Sauber, genau wie ihre Klamotten, doch der Anblick belog sie. *Mora* belog sie. Sie hatte den Hirsch verstümmelt und durfte sie ihre Mama wiedersehen?

Nein. Nie.

Daran würde sich nichts ändern, das wusste sie jetzt.

Die Lichtflecken sprangen vom Boden auf die Wand und sie schaute auf, plötzlich in der Galerie. Über ihr, halb im Schatten, hingen die ausgestopften Jagdtrophäen.

Sie starrte sie an. Die Glasaugen guckten zurück.

Wieder lief sie los, blind, durch den roten Teppich. Die Schussbahn war leer. Sie wusste nicht, wie lange sie im

Eingang der Bahn stand – als sie blinzelte, dämmerte es plötzlich draußen und die Schatten der Fensterrahmen waren zu den Regalen gewandert.

Fielen auf das Vorhängeschloss.

Sie ging rüber, ohne zu verstehen, warum, beobachtete, wie ihre eigene Hand eine Haarnadel aus der Tasche zog. Rondor hatte es sie so oft wiederholen lassen, sie konnte es mit geschlossenen Augen. Ein Klicken. Dann fiel das Schloss zu Boden.

» Wehe, ich finde es wieder am falschen Platz.«

Die Türen zum Garten standen einen Spalt geöffnet – der Ursprung der Frühlingsbrise. In dem Moment, in dem sie raustrat und ihre Zehen den saftigen Rasen berührten, verstand sie, warum sie das Gewehr genommen hatte.

Groß und filigran stand das Sonnenglas zwischen den jungen Bäumen und zerbrach das Licht der Dämmerung in unendlich kleine gleißende Strahlen. Ein Denkmal aus einer Zeit, in der Menschen wussten, wie sie Glas in Formen schmelzen konnten, die Wunder vollbrachten.

Und der Quell der Sonnensäure, die jedes einzelne Projekt der Kommandantin möglich machte.

Olga lud. Sie hatte eine Kugel. Eine einzige Kugel.

Aus ihrem Taumeln wurde ein fester Schritt und alles machte Platz für den planetengleichen gläsernen Kosmos vor ihr, so mächtig und dabei doch so, so gebrechlich.

»MÄDCHEN.«

Mora, die Hände in die Schiebetür der Schussbahn gekrallt wie an die Brüstung eines lecken Schiffes, ihr Gesicht so bleich wie die Zähne, die sie schluckte.

»Mädchen«, wiederholte sie, dieses Mal ruhig.

Olga starrte sie an und für ein paar Sekunden standen sie wieder unter einer Glasglocke, kalter Schnee unter ihren Füßen, während draußen die Flocken tobten und die Trümmer des Turms fraßen. Die Kommandantin lächelte leicht. Es war dieses Lächeln, das Olga sagen sollte, dass Mora die Situation unter Kontrolle hatte.

Doch das hatte sie nicht. Olga hielt das Gewehr, sie besaß eine Kugel und eine Kugel würde reichen. Sie könnte die Waffe heben, die Sicherung lösen und der Kommandantin direkt in ihr kaltes Gesicht schießen. Könnte sehen, wie die Kugel ihr den Schädel knackte. Ihr Hirn würde über die Terrasse spritzen wie rosa Gift. Und vielleicht, nur für einen kurzen, furchtbaren Moment, würde sich die Kommandantin so ausgeliefert fühlen wie die Kreaturen, die sie sezierte.

So ausgeliefert wie Olga.

Mehr noch, Olga wusste, dass die eine Kugel reichen würde. Sie würde ins Schwarze treffen. Schließlich hatte Mora es ihr beigebracht.

Aber was dann?

Die Kommandantin wäre weg, aber der Katzenhirsch wäre immer noch verstümmelt im Keller. Mora wäre weg, aber so wären es auch immer noch die Käfer, unter ihrer Anweisung auseinandergerissen und zu Rüstungen geschmolzen. Sie wäre weg, aber das Labor würde immer noch einsatzbereit im Keller lauern, ratternd und atmend, bis die nächste Mora sich seiner annehmen würde.

Mora wäre weg. Doch ihre Alchemie wäre es nicht.

Außerdem ... Sie wollte die Kommandantin nicht töten.

Sie wollte ihr wehtun.

Also fuhr sie herum, legte das Gewehr an und zielte auf das Sonnenglas.

»Olga!«

Du kennst meinen Namen also doch, dachte sie und schoss.

Mit einem Knall explodierte das Sonnenglas in ein Kaleidoskop aus Splittern. Funkelnd sprangen sie aus ihrem Rahmen und regneten zu Boden, wo sie sich erneut teilten. Kratzenden Pulverrauch im Rachen, folgte Olgas Blick einer der Scherben, wie sie über den Weg schlitterte und vor ihr zum Liegen kam.

Scharfe Schritte hinter ihr. Olga drehte sich um, genau in dem Moment, in dem sich die Kommandantin mit bebenden Schultern vor ihr aufbaute. Ihr weißes Gesicht war aus der Fassung gesprungen wie ihr geliebtes Sonnenglas zu ihren Füßen.

Triumphierend hob Olga das Kinn.

Die Kommandantin entriss ihr das Gewehr und rammte ihr das Knie in den Bauch. Olga japste, krümmte sich. Dann, mit der gleichen chirurgischen Präzision, die Olga so oft im Labor an ihr beobachtet hatte, hakte Mora sich bei ihr unter und kugelte ihr den Ellenbogen aus.

Der Schmerz ließ Sterne in ihrem Sichtfeld aufblühen wie Salzkristalle auf einer Tintenzeichnung. Sie spürte ihr eigenes Kreischen mehr, als dass sie es hörte. Jaulend und zappelnd versuchte sie, sich aufzurichten – Mora packte sie im Nacken, drückte ihren Kopf runter und zog sie los, zurück zum Haus. Jede Bewegung, jeder Ruck ein glühender Puls hinauf in ihre Schulter, hinab in ihre Hand.

Sie wehrte sich trotzdem. Wehrte sich den ganzen Weg die Stufen runter. »MILAN!«, schrie sie, so laut und so oft sie konnte, denn sie wusste, dass das ihre letzte Gelegenheit dazu war. »MILAN!«

Schweigend wuchtete die Kommandantin sie am verletzten Arm über die Türschwelle ins Labor. Der Schmerz entriss Olga kurz das Bewusstsein. Als sie wieder erwachte, sah sie ihr eigenes Spiegelbild in der goldenen Oberfläche der Sonnensäure. Vor ihren Augen rutschte eine ihrer Haarsträhnen in die Flüssigkeit und schmolz mit einem Zischen wie eine Schneeflocke auf heißem Stein.

Nein.

Die Kommandantin presste sie weiter runter.

Nein!

Sie packte den Beckenrand und versuchte, sich wegzudrücken, ihr rechter Arm nutzlos und verdreht an ihrer Seite. Ohne ein Wort packte die Kommandantin ihren Daumen und bog ihn nach hinten.

Das Knacken hallte durch das Labor.

Olga kreischte. Heißes Salz auf den Wangen, hörte sie sich nach ihrer Mutter schreien.

Ein zweites Knacken. Ihr Zeigefinger. Beim dritten Finger schwand der Widerstand aus ihren Muskeln, einem Kätzchen gleich, das man am Nacken packt. Von außen, aus der Ferne, sah sie zu, wie sie zurück über den Beckenrand gezerrt wurde.

»Hast du auch nur die kleinste Ahnung«, flüsterte Mora an ihrem Ohr, »was du da gerade getan hast?«

Sie konnte nichts mehr tun, war völlig ausgeliefert. Das Einzige, woran sie sich klammern konnte, war die Gewissheit, dass sie die Alchemistin da getroffen hatte, wo es schmerzte.

»Sicher, dass du diese Säure an mir verschwenden willst?«, konterte sie. »An deiner Stelle wäre ich sparsam damit, jetzt, wo du kein Sonnenglas mehr hast.«

Ein Ruck nach unten. Olgas Kinn berührte fast die Oberfläche. Essiggeruch flammte ihr die Nase hoch, zersetzte jeden Gedanken. Sie wollte wieder schreien. Stattdessen kniff sie die Augen zusammen und machte sich bereit, zu tauchen.

»Lass sie los!«

Ein Moment der Stille. Olga spürte, wie die Kommandantin innehielt, sich umdrehte, doch sie wagte nicht, die Lider zu öffnen. Wagte es nicht …

»Mora. Ich schwöre, wenn du sie nicht sofort loslässt …« Milan beendete den Satz mit dem Klicken einer Pistole.

Zitternd kniff Olga die Augen fester zusammen.

Eine zweite Sicherung klackte, dieses Mal von einem Gewehr.

»Mora Moorfund«, rief eine zweite Stimme, die Olga nicht erkannte. »Lasst das Kind los und tretet vom Becken. Ich möchte nur ungerne in einem Labor mit Pulver schießen, aber für Euch würde ich eine Ausnahme machen.«

Die Hand in ihrem Nacken begann kaum merklich zu beben. Und dann, plötzlich, war sie frei. Olga ging in die Hocke, die gebrochenen Finger auf der Beckenkante, der taube Arm schlaff in ihrem Schoß. Noch immer hielt sie die Augen geschlossen.

»Olga«, hörte sie Milan gezwungen ruhig. »Komm zu mir.«

Sie presste die Lippen zusammen und schüttelte den Kopf. Es konnte nicht vorbei sein. Jede Sekunde würde sie wieder Moras Griff im Nacken spüren.

»Was hat das zu bedeuten?« Das scharfe Bellen der Kommandantin hallte durch den Keller. Olga hörte Rüstungen, metallene Schritte, die durch das Gewölbe echoten.

»Olga. Komm her. Olga.«

»Ist gut, Kleine.« Wieder die fremde Stimme, sanft. »Du bist sicher, wir haben Pistolen. Sie kann dir nichts mehr tun.«

»Das ist Avrett, Olga, du kennst sie. Sie war bei mir, als ich dich damals im Schnee gefunden habe, weißt du noch? Sie sieht ein wenig anders aus, aber du kennst sie.«

Olga drehte den Kopf und wagte einen Blick.

Milan stand mit zerzausten Haaren an der Tür, eine Krücke unter dem Arm und in der freien Hand eine Pistole. Der Lauf zielte auf einen Punkt hinter Olga, ihr Blick jedoch war fest auf sie gerichtet. Als sie versuchte, ihr aufmunternd zuzulächeln, presste die Anspannung ihr die Lippen schmal.

Um sie herum standen Soldatinnen und Soldaten der Stadtwacht im Halbkreis um das Becken positioniert. Eine Frau mit Kommandantinnenabzeichen an Milans Seite hielt ihrerseits ein Gewehr auf Anschlag. Sie war klein und trug ihr schwarzes Haar in Zöpfen, die ihr rundes, dunkles Gesicht umrahmten. In ihren Augen lag ein Ausdruck gnadenloser Ruhe. Augen, die Olga erkannte.

»Olga«, flehte Milan wieder.

Ohne zurückzusehen, sprang sie auf und rannte zu ihr. Sofort reichte Milan die Pistole an einen Soldaten weiter, ließ sich auf die Knie fallen, die Krücke achtlos zu Boden klappern und streckte die Arme aus. Zog sie an sich. Olga vergrub sich an ihrem Hals, hörte dumpfes Meeresrauschen, während sich der Schmerz in ihren verrenkten Gliedern vervielfachte. Benommen versuchte sie, ihren Arm zu betrachten, doch Milan zog ihr Gesicht wieder an ihre Brust.

»Guck nicht hin«, sagte sie hart. »Ich hab dich.« Sie wiederholte es wie ein Mantra. »Ich hab dich.«

Also versank Olga in ihrer Umarmung, konzentrierte sich auf Milans Hand in ihrem Haar, ihren Geruch, die dunkle Geborgenheit ihres Schlüsselbeins.

»Ich hab dich.«

Avretts Stimme schallte autoritär durch den Raum. »Mora Moorfund«, rief sie. »Im Namen des Neuen Rates verhafte ich Euch für Entführung einer Minderjährigen, versuchten Mord, Raub, unrechtmäßigen Besitz eines Sonnenglases sowie illegale Herstellung von Sonnensäure und zweifelsohne noch eine ganze weitere Liste fragwürdiger Nettigkeiten, die ans Licht kommen werden, sobald wir Euer Haus durchsucht haben. Ich würde Euch jetzt Eure Rechte aufzählen, aber ich bin mir ziemlich sicher, Ihr habt das Handbuch selbst gelesen.«

Die Kommandantin ignorierte Avrett komplett und fixierte stattdessen Milan. »Was hat das zu bedeuten?«

»Bitte sei still, Mora«, flüsterte sie.

»Du hast den Neuen Rat geholt? Gegen mich? Gegen *mich*, Milan?«

Ruckartig zog Milan die Hand aus Olgas Haaren. Sie schrie nicht, denn sie schrie nie, doch beim Sprechen bebte ihr Brustbein an Olgas Wange.

»Komm ihr noch einmal zu nahe. Komm *uns* noch einmal zu nahe und ich verspreche dir, es wird nicht nur der Neue Rat sein. Ich will dich nie wieder sehen, nicht in fünf Jahren, nicht in fünfzig. Wenn du stirbst, möchte ich nicht einmal wissen, wo sie deine Urne vergraben. Du verschwindest jetzt aus meinem, aus unserem Leben. Und wenn ich auch nur einen Schatten am Ende der Straße sehe, der Ähnlichkeit mit dir hat, eine Stimme höre, die wie deine klingt … Ich verspreche, dann wirst du dir wünschen, mich niemals so enttäuscht zu haben.«

Milan verstummte. Ein Schnipsen erklang und flüchtige Finger berührten Olgas Schulter. Avretts Stimme über ihnen.

»Helft den beiden raus.«

Das Klappern von Rüstungen, vorsichtige Griffe, die ihr auf die Beine halfen. Und dann rutschte Milans Hand von Olgas Kopf zu ihrem Unterarm, als sie hochgehoben und aus dem Labor getragen wurde.

»Milan«, rief die Kommandantin. »Komm zurück!«

Milan ignorierte sie. Hielt Olgas Arm. »Ich bin hier«, flüsterte sie den ganzen Weg die Treppe hinauf.

»*Milan!*«

»Ich bin hier.«

Olga schloss die Augen und wachte auf.

Auszug aus
Traves Naturphänomene
von Nada Quarzsplitter

Die Entstehung der Glaswüsten

Die Glaswüsten, im Volksmund auch das Glasmeer genannt, sind ein ehemaliges Wüstengebiet in der südlichen Hemisphäre Traves' mit einer Fläche von circa 12000km². Sie zeichnen sich vor allem durch ihre glatten Dünen aus Glas aus - ein beeindruckender Anblick, erst recht bei Nacht, wenn sich der Sternenhimmel in den Dünen spiegelt.

Die Entstehung der Glaswüsten ist auf das Sonnenschlüpfen vor circa 3000 Jahren zurückzuführen. Die plötzliche, wuchtige Einstrahlung der Sonne erhitzte den Quarzsand und den Kalk der Wüsten auf solche Temperaturen, dass sie schmolzen und Glas entstand.

Dabei löschte die Hitze nahezu jedes Leben in den Wüsten aus und es dauerte ein gutes Jahrtausend, bis sich das Ökosystem der Wüsten halbwegs regenerieren konnte.

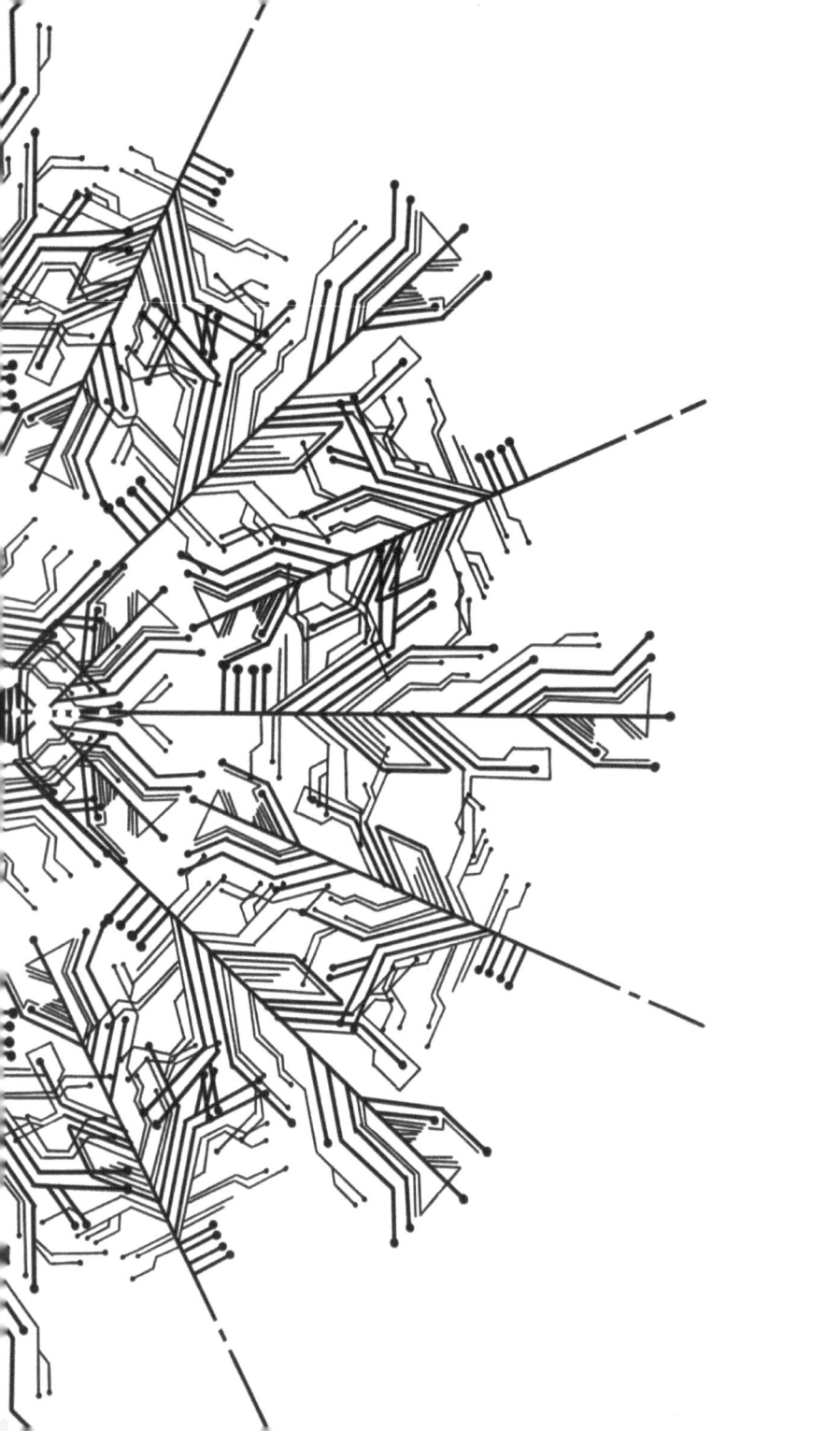

23

3037 nach Sonnenschlüpfen
(Gegenwart)

Es brauchte einige Atemzüge, bis sich Olga orientiert hatte und verstand, dass sie in einem Krankenzimmer war, nicht im Labor, und der Geruch, der ihr in der Nase kitzelte, nicht Säure, sondern Desinfektionsmittel war.

Benebelt musterte sie die harten, nächtlichen Schatten an der Decke. Das Kissen in ihrem Nacken war nass geschwitzt. Sie hob die rechte Hand und zuckte zusammen. Aus dem Augenwinkel erkannte sie die Umrisse eines Infusionsständers und den blauen Restschatten einer Einstichwunde auf ihrem Handrücken.

»Was zum«, krächzte sie, die Zunge trocken wie Papier. Sie versuchte, stattdessen die linke Hand zu bewegen. Etwas lag darauf. Schwerfällig zwang sie den Kopf aus dem Kissen und schaute an sich hinab.

Milan schlief. Ihr Oberkörper auf die Bettkante gesackt, ihr Stock am Stuhl angelehnt, lag sie da und atmete leise in die Laken, Olgas Finger an ihre Brust gezogen wie ein kleines Tier, das es zu beschützen galt.

Trunken legte sie den Kopf zurück ins Kissen und blinzelte an die Decke. In der Dunkelheit lauschte sie auf die Geräusche, die durch das angelehnte Fenster kamen. Auf die gelegentlichen Schritte im Gang. Auf Milans Herzschlag, der ihr sanft gegen die Fingerspitzen pochte.

Olga presste die Lippen zusammen und begann, stumm zu weinen.

Sie weinte immer noch, als Milan ein schwaches Grunzen ausstieß und sich ächzend hochstemmte. Um ihren Hals war ein bunter Schal geschlungen, ihr schwarzes Oberteil war zerknittert und der Schlaf hatte Verwirrung in ihre Augen gesetzt.

»Buh«, schniefte Olga matt.

Langsam blinzelte Milan sie an. »Du bist wach?«, raunte sie. Und dann brach die Erleichterung über ihr Gesicht. Sie hob Olgas Hand und drückte sie an die Lippen. »Mach so was bitte nie wieder, du Vollidiotin, du absolute Vollidiotin … Olga?«

»Kannst du dich zu mir legen?« Ein Schluchzer platzte aus ihr heraus. Die Erschütterung vibrierte bis in Milans Griff hinein. »Hier ist es langweilig.«

Milans Blick wurde milde. Sie stemmte sich aus dem Stuhl und legte mit einem kleinen »Klack« die Brille auf dem Beitisch ab. Die Matratze gab unter ihrem Knie nach, als sie zu ihr ins Bett stieg, ohne ihre Hand loszulassen. Ohne auch nur eine Sekunde den Griff zu lockern.

Schließlich spürte sie Milans Stirn kühl an ihrer Schläfe, ihren Körper an ihrer Seite.

»Ich bin hier«, flüsterte sie.

Erneut schluchzte Olga heftig. *Verdammt.* Sie brauchte mehrere Anläufe, bevor sie endlich herausbrachte: »Ich war im Keller.«

»Mmh«, machte ihre Freundin.

»Ich bin so oft im Keller, so verfickt oft.«

Eine kurze Pause. »Ich weiß.« Tröstend zog sie Olgas Hand an die Brust, doch Olga entwand sich ihrem Griff, wischte sich stattdessen über die Augen und drehte den Kopf. Wütend, schweigend, tropfte sie ins Kissen.

Draußen ging jemand mit lauten Hacken an der Tür vorbei, wanderte den Flur hinab und verschwand. Leises Kissenrascheln. Milan stützte den Kopf auf ihr Handgelenk und betrachtete sie.

»Du kriegst dann diesen Blick, wenn du im Keller bist.« Als Olga ihr wieder das Gesicht zuwandte, entschlüpfte ihr ein trauriger Laut. »Ja, genau den.«

»Wie …« Verunsichert schaute Olga an die verschwommene Decke. »Was für ein Blick?«

Einen Moment überlegte Milan. »Wie ein Reh, das lernen musste, ein Gewehr zu halten.«

Olga schnaubte. Hörte das Knacken. Sah die Knochen. Roch Blut. Sie presste den Handrücken auf die Augen, doch die Dunkelheit war auch nur wieder schwarzes Katzenfell. *Scheiße.* Sie konnte das hier nicht navigieren. Nicht allein.

»Bist du …« Ihre Stimme brach. »Bist du manchmal noch unter der Mauer?«

Milan schmiegte sich an sie. Die Berührung ihres dichten Haares an ihrem Hals sandte einen Schauer über Olgas Haut.

In Gedanken versunken zog Milan die Stille in die Länge und Olga rechnete schon mit einer unpersönlichen Antwort. Eine, die zu der Maske aus Unlesbarkeit auf Milans Gesicht passte.

»Nicht unter der Mauer«, antwortete ihre Freundin schließlich. »Unter der Mauer bin ich nicht, daran erinnere ich mich nicht. Aber ich träume oft von der Ausbildung bei der Stadtwacht. Davon, wie … ungnädig … alle mit mir waren, wie sie sich permanent über mich lustig gemacht haben.« Sie räusperte sich und spannte den Kiefer an. »Und ich bin oft wieder in meinem Bett, von Mora demobilisiert. Von ihren Ärztinnen kontrolliert.«

Olga starrte. Es war das erste Mal, dass Milan ihr gegenüber so etwas wie ein Trauma eingestand. »Wie oft bist du da?«

»Eigentlich jeden Tag.«

Sofort verschwamm ihr Sichtfeld wieder. Milan reagierte mit einem leichten Handdruck.

»Was hilft?«, stieß Olga hervor.

Ein langes Seufzen. »Ganz ehrlich? Ablenkung. Arbeit, sehr viel Arbeit.« Nach einer harten Pause fügte sie hinzu: »Alkohol hilft auf alle Fälle nicht.«

Der Kommentar ließ Olga bitter auflachen.

Draußen zwitscherte ein Vogel. Rosa Morgendämmerung krabbelte am Vorhang vorbei, berührte die Wände und streifte den Metalltisch in der Ecke. Milan musterte eine Schale mit Fläschchen und Medikamentendosen, bevor sie die Wange in Olgas Schulter drückte.

»Was bei den Sternen ist passiert?«, fragte sie.

Olga schloss die Augen und bettete die Stirn neben Milans Kopf. Es fühlte sich fast verboten an. »Was hat Lero dir erzählt?«

»Dass ihr trinken wart und alles lief gut, bis ihr in eine, Zitat, »giftige Frau« hineingeraten seid.«

Sie spürte, wie sich Milan anspannte, auf Olgas Antwort wartete, doch als diese nicht kam, setzte sie hinterher: »Also stimmt es? Mora?«

Allein bei dem Namen schoss ihr die Angst hoch wie Magensäure.

»Wusstest du es?«, wollte Olga wissen.

»Was?«

»Dass Mora wieder raus ist. Raus aus dem Knast.«

Milan schüttelte leicht den Kopf. »Ich verstehe nur nicht, warum Avrett mir nichts gesagt hat. Wenn es irgendjemand mitbekommen hat, dann doch sie.«

Skeptisch schielte Olga zu Milan. »Vielleicht hat sie nichts gesagt, weil du über Nacht mit ihr Schluss gemacht hast?«

»Ich habe nicht über Nacht …« Sie seufzte. »Egal. Dass Mora wieder raus ist, erklärt allerdings so einiges.«

Ein scharfes Zusammenzucken – sie hatte sich verplappert. Olga konnte sehen, wie sie mit sich rang, wie ihr Blick zur Tür wanderte, als könnte jemand lauschen. Dann, mit einem frustrierten Stirnrunzeln, holte sie Luft.

»Hat Mora noch irgendetwas zu dir gesagt? Etwas angedeutet?«

»Sie …« Aber Olga zögerte.

Milans Wange lag auf ihrer Schulter, ihr weicher Atem strich ihr über das Schlüsselbein. Ein winziges Stück kostbare Nähe. Ein kleiner Fleck vermisste Vertrautheit.

Sie wollte nicht über Mora reden. Wollte nicht zulassen, dass sich diese Ratte noch mehr zwischen sie drängte, sie beide selbst jetzt, nach Jahren, mit ihrer giftigen Restpräsenz auf Abstand hielt. Wenn Milan und Olga zwei gleiche Pole waren, dann war die Kommandantin die magnetische Kraft, die sie zwang, sich gegenseitig zu verdrängen. Fernzubleiben.

»Nein«, antwortete Olga, die Wange in Milans Haaren. »Sie hat nichts weiter gesagt.«

Ihre Freundin ballte die Hand zur Faust. »Sie kann uns nichts mehr tun«, sagte sie und Olga fragte sich, mit wem genau sie gerade sprach. »Sie ist auf sich allein gestellt, sie hat keine Kontakte mehr, keine Gelder, keine Macht.«

Olga schluckte. »Ich ... ja. Du hast recht«, erwiderte sie wenig überzeugt.

»Wenn sie dich noch einmal irgendwie kontaktiert, sagst du mir Bescheid, ja?«

»Ja.« Schief lächelte Olga. »Du aber auch.«

Milan zögerte. Dann nickte sie. »Wir kriegen das hin.«

Doch die Gewissheit in ihrer Stimme klang gezwungen. Ihr Blick hatte etwas Wundes und er wurde noch besorgter, als er auf Olgas zerpikste rechte Hand fiel.

»Dieser Lero ...« Ihr Zögern war fast schneidend. »Was er erzählt hat, es klang ein wenig wie ...«

»Wenn du jetzt sagst ‚wie deine Mutter‘, schubse ich dich aus dem Bett«, knurrte Olga.

Schmunzelnd rückte Milan auf Augenhöhe. »Wenn du dich bei dem Versuch blamieren willst, gerne.«

»Moment. Scheiße. Wie lange war ich weg?«

»Drei Tage. Aber ...«

»Drei Tage!« Sie fuhr hoch – und bereute es sofort, als ihr der Schwindel ins Sichtfeld schwappte. Schnell suchte sie an Milans Schulter Halt. Die Kaution. War das heute? Oder morgen? Heute. *Scheiße.*

»Ich muss zu Mama.«

»Nein, musst du nicht, denn die kommt schon klar. Im Gegensatz zu dir, Hitzkopf.« Mit sanfter Strenge drückte sie sie in die Kissen. »Der blonde Storch hat sich um sie gekümmert und sie auf dem Laufenden gehalten.«

Der blonde Storch?

»Feres?«, japste Olga, während sich der Raum um sie herum sortierte. »Er war hier?«

»Jeden Tag, ja. Also, fast. Die Ärztinnen haben ihn irgendwann rausgeschmissen, weil er zu sehr genervt hat.«

»Natürlich hat er das. Verdammt.«

Milan räkelte sich wieder neben sie. »So gewaschen und ohne Hundsziege fand ich ihn ganz charmant.« Als sie Olgas misstrauischen Seitenblick bemerkte, fügte sie hinzu: »Er hat mir einen Schal gestrickt.«

»Fragte mich schon, wo du dieses Verbrechen an einem Papageien herbekommen hast.«

»Ich find ihn hübsch.« Demonstrativ zupfte sie ihn sich zurecht.

»Lügnerin. Wenn du könntest, würdest du den ganzen Tag in einer schwarzen Wolldecke herumsitzen und aus einer schwarzen Tasse schwarzen Kaffee saufen.«

»Hey, es war eine nette Geste und uns war langweilig. Du warst nicht gerade eine gute Gesprächspartnerin.«

»Oh, Verzeihung. Ich werde mir das nächste Mal Mühe geben, unterhaltsamer bewusstlos zu sein.« Ein amüsiertes Prusten platzte über ihre Lippen. Sie packte Milans bunten Schal und zog. »So einfach kann man sich also dein Vertrauen erschleichen.«

»Sei nicht albern. Warme Socken funktionieren auch.«

Milan ließ Olga einen Moment in Ruhe lachen, bevor sie ihr halb belustigt, halb fordernd in die Seite stupste.

»Aber jetzt mal ehrlich. Ein Erloschener? Der beste Freund von Olathe Frost?« In faszinierter Skepsis hob sie die Brauen. »Und ich dachte, Wunder wurden schon vor Jahren von der Wissenschaft ausgerottet.«

»Okay, erstens, das halte ich für ein absolutes Gerücht, das nur du und deine Universitätsfreundinnen glauben.« Olga verdrehte die Augen. »Und zweitens ... keine Ahnung, ob beste Freunde die richtige Bezeichnung ist für ... was auch immer dieses verfickte Desaster zwischen Mama und Feres ist.«

»Mmh. Kommt auf deine Definition von *beste Freunde* an.«

»Reißen sich beste Freunde nach zwanzig Jahren Wiedersehen fast den Kopf ab?«

Darüber dachte Milan ein paar Herzschläge nach. »Vielleicht ein bisschen.«

»Ein bisschen?«, prustete Olga.

»Manchmal, ja.« Sie legte den Kopf schräg. »Zum Beispiel, wenn sich eine von beiden bis zum Grad einer Vergiftung besäuft, obwohl sie vor zwei Jahren geschworen hat, es nie wieder zu tun.«

Unbehaglich wich Olga ihrem Blick aus. »Für ein rhetorisches Beispiel ist das sehr spezifisch«, murrte sie.

»Nicht wahr?«, lächelte Milan. »Schon seltsam.«

Sie strich Olga eine Strähne aus der Stirn.

Unter der Berührung wurde Olga still.

Milans Gesicht war so nahe an ihrem. Sie betrachtete die Schlaffalten auf ihrer Wange, die durchgewühlten Haare, den verschmierten Lidstrich. Das blassrosa Licht des Sonnenaufgangs auf ihrer Haut und die Muttermale, wie Kohleflecken auf Papier, gesetzt über die perfekte Zeichnung ihrer Wangenknochen.

Olga beugte sich vor und streifte einen Kuss auf Milans Lippen.

Milans Hand stoppte in ihrem Haar. Olga hielt inne, ließ Milans Zögern Platz, aber nur gerade so viel, wie es brauchte, um sie anzusehen. In ihrem Bauch zuckte ein ängstlicher Knoten, in ihren Wangen kribbelte es heiß.

Still erwiderte Milan ihren Blick. Ihre Augen waren ein unergründlicher, dunkler Teich, gesäumt von Schilfrohr aus kurzen Wimpern. Olga nahm all ihren Mut zusammen, beugte sich vor und erneuerte die Frage.

Milan schwieg. Und dann, endlich, antwortete sie.

Küsste sie.

Trieb sie zurück in die Kissen, so drängend, dass Olga einen überraschten Laut ausstieß, den Milan ihr sofort von der Zunge erntete. Sie spürte hungrige Hände, auf ihrer Taille, ihrem Bauch, ihren Rippen. Bis Milan auf ihr kniete und Olga nicht wusste, was sie tat, nur, dass ihr viel zu warm war und Milans Haut kühl, also zog sie sie zu sich herab und Milan folgte, vergrub sich erst an ihrem Hals, dann an ihrer Kehle, bis sie ihre Wange erreichte. Olga sanft ins Ohr biss. Ein weiterer Laut entschlüpfte ihr, irgendwo zwischen erschrocken und erregt.

Plötzlich stoppte Milan. Olga öffnete die Augen. Kalte Luft wehte an ihrer Seite, dort, wo Milan das dünne Krankenhaushemd hochgeschoben hatte. Ihr verblüffter Herzschlag hämmerte gegen Milans Oberschenkel. Milan hatte sich über ihr aufgestemmt, das Gesicht nur eine Handbreit von ihrem eigenen entfernt.

Perplex starrten sie sich an.

»Das …« Milan blinzelte, schüttelte den Kopf.

»Was?«, keuchte Olga.

Ein angespannter Blick, ein weiteres Kopfschütteln. Dann zog Milan ihre Hände zurück und rollte sich von ihr runter. Ein Knarzen, als sie die Beine vom Bett schwang, ein schneller Griff zu ihrem Ledermantel. Olga starrte an die Decke, bevor sie sich auf die Ellenbogen stemmte und den Blick in Milans Rücken bohrte.

»Milan.«

»Ich … tut mir leid. Ich sollte gehen.« Sie fasste nach dem Schal, der sich in den zerwühlten Laken versteckte, doch Olga war schneller und nahm sie am Handgelenk, bevor sie sich wieder abwenden konnte.

»,Ich sollte gehen' … Dein beschissener Ernst?« Noch immer brannten die Berührungen als ein Nachbild auf ihrer Haut, flutete Hitze ihre Wangen. Fassungslos schüttelte sie den Kopf. »Lass uns drüber reden, Milan.«

»Es … ist keine gute Idee.«

»Wolltest du nicht … war ich zu …?«

»*Nein*. Nein, es ist einfach nicht klug.«

Sie entzog ihr die Hand, die Bewegung eine einzige Frustration. Sprachlos sah Olga ihr zu, wie sie sich bückte und die Schuhe verschnürte.

»Scheiß auf klug«, platzte es aus ihr heraus.

Laut seufzte Milan, ehe sie sich aufrichtete und ins Nasenbein kniff. »Olga …«

Doch zu spät. Frustriert? Olga zeigte ihr frustriert. »Willst du oder willst du nicht? Wir. Uns. Denn ich weiß, was ich will, aber ich kann nicht weiter so … spielst du mit mir? Macht dir das Spaß?«

»Nein! Himmel, nein, Olga.«

»Weil … erst willst du nicht und gibst mir einen Korb, doch wir einigen uns auf Freundinnen, und dann datest du Avrett, und dann machst du Schluss mit ihr. Währenddessen sind wir beide bitte immer platonisch, nichts anderes. Was *okay* wäre für mich, scheiße zwar, aber *okay*. Nur dann kommst du an und … und … küsst meine verdammte Hand?«

»Es ist kompliziert.«

»Dann *mach's* nicht kompliziert!«

Ihre Stimme gellte durch den Raum. Warnend schaute Milan sie an, doch sie hatte die Schnauze voll. Verdammt, sie konnte das nicht mehr, konnte sich nicht mehr die ganze Zeit so *nackt* machen, in der Hoffnung, dass ganz vielleicht doch eine kleine Chance bestand …

Luft holen. Das hier war Milan. Milan wurde nicht angeschrien. Sie setzte sich auf, die Hände ruhig, und angelte nach ihrem Blick.

»Ich will doch nur verstehen, was du fühlst«, flüsterte sie.

Ein paar Sekunden schaute Milan einfach nur aus dem Fenster, ihr Profil harte Züge vor dem Licht der Morgendämmerung. Olga klammerte die Arme um ihren Oberkörper und wappnete sich für die Antwort. Trotzdem war sie nicht vorbereitet.

»Zeit«, antwortete Milan kleinlaut geküsst. »Ich will … ich brauche einfach Zeit. Zum Nachdenken.«

Warum hab ich gefragt? Warum konnte ich es nicht einfach lassen? Olga spürte, wie ihr Hals wieder zu brennen begann und der Druck in ihre Augen wanderte. Sie hatte sich verwundbar gemacht, mal wieder, hatte angeboten, darüber zu sprechen. Und jedes, verdammt jedes Mal war es das Gleiche.

Milan mied ihren Blick, die Ellenbogen auf die Knie gestützt, die Hände über die Lippen gelegt, als müsste sie verhindern, dass noch mehr Gefühle herausfielen.

»Und was meinst du, wie viele Jahre brauchst du dieses Mal?« Es klang so giftig, wie Olga sich fühlte. Für diesen einen Moment, diesen kurzen Moment war es ihr egal.

Milan öffnete den Mund und Olga konnte ihr ansehen, wie sie Gedanken formulierte, Worte zurechtlegte, gegen ihre Hemmungen anruderte, sie auszusprechen. Nur, um dann doch die Schultern zu senken und die Ruder fallen zu lassen.

»Ich sollte gehen«, meinte sie erschöpft. »Tut mir leid.«

»Ja«, sagte Olga. »Das sagtest du bereits.«

Ein letzter Atemzug, in dem sie beide einfach nur roh auf dem Bett saßen, die Gesichter voneinander abgewandt. Schließlich spürte Olga das Gewicht von der Matratze verschwinden.

Sie hörte das Rascheln des Ledermantels, das Kratzen des Gehstocks und sah aus dem Augenwinkel Milans Gestalt, wie sie durch den Raum ging und an der Tür innehielt.

»Ich werde ein wenig Nachforschungen erstellen, wegen ... wegen Mora. Ich halte dich auf dem Laufenden.«

Olga schüttelte entgeistert den Kopf. »Ich nehme an, Lichter auf dem Maskenfest angucken hat sich erledigt, oder?«

Milans Stimme war freundlich. »Das ist, glaub ich, die vernünftige Entscheidung, ja.«

»Ganz die Erwachsene«, zischte Olga bitter. Eine letzte, niedergeschlagene Stille. Dann öffnete und schloss sich die Tür und Milan war verschwunden.

Die Fäuste in den Schoß geballt, blieb Olga sitzen und starrte auf das Fußende des Bettes, keine Ahnung für wie lange, während draußen das Zwitschern der Vögel lauter wurde und das Gemurmel der Stadt einsetzte.

Ein Räuspern an der Tür. Olga hob den Kopf. Eine Ärztin trat ein, der weiße Kittel zerknittert wie kurz nach Schichtende. Sie warf einen Blick auf das Klemmbrett in ihren Händen und kratzte sich mit dem Stift an der Stirn.

»Olga Frost?«

Wenn's sein muss. Stattdessen antwortete sie einfach: »Ja.«

»Schön, dass du wach bist. Ich bin Doktorin Vente Glasgriff. Wir müssen uns mal unterhalten.«

»Endlich!«, rief Feres hinter ihr, schlug den Kragen auf und setzte einen Fuß in den Raum.

Die Ärztin drückte ihm vor der Nase die Tür ins Schloss und schritt ans Fußende von Olgas Bett, ohne Feres' drängelndem Anklopfen Beachtung zu schenken.

»Wie fühlst du dich?« Routiniert griff sie nach Olgas Hand, nur um missbilligend festzustellen, dass die Nadel bereits herausgerutscht war.

Olga zuckte zusammen, streifte die Berührung ab. »Gut. Bestens. Fantastisch. Wo sind meine verdammten Hosen?«

Stirnrunzelnd schlug Vente ein Blatt auf dem Klemmbrett um und überflog ihre Notizen. »Du wurdest vor drei Tagen wegen Alkoholvergiftung hierhergebracht.«

»Hab ich mitbekommen, ja.«

»Deine Freundin erwähnte allerdings auch chronische Kopfschmerzen.« Als sie Olgas fragenden Blick sah, fügte sie hinzu: »Große Person mit Gehstock? Sie hat soeben deine Rechnung bezahlt.«

»Sie hat …« Olga krallte die Hände ins Laken, sodass der Stoff knirschte. Natürlich hatte Milan das.

Die Ärztin fuhr fort. Entweder bemerkte sie Olgas Wut nicht oder sie ignorierte sie. »Die Rede war von Sonnensäure und Labordämpfen als mögliche Ursache. Arbeitest du in den Fabriken?«

»Was … sehe ich etwa so aus?«

Ein langer, prüfender Blick, ehe Vente wieder auf ihr Klemmbrett guckte. »Regelmäßig Sonnensäure ausgesetzt zu sein kann zu langfristigen Beschwerden führen. Was ist deine aktuelle Medikation?« Und als Olga den Mund öffnete, ergänzte sie: »Alkohol zählt nicht.«

»Oh, sicher tut es das.«

»Trinken ist absolut kontraproduktiv, wenn es darum geht, Beschwerden zu unterdrücken.«

»Du wärst überrascht.«

Ein bisschen schien die Ärztin zu überlegen, ob sie Olga das Klemmbrett an die Stirn werfen sollte. Dann kritzelte sie aber doch nur ein paar schnelle Zeilen auf einen Zettel. »Ich schreibe dir ein Rezept für Alchemistenhonig aus. Normalerweise kriegen das nur Fabrikarbeiterinnen, aber gut. Machen wir mal eine Ausnahme.«

»Nein, danke«, blaffte Olga. »Ich nehme nichts mit Sonnensäure.«

»Auf die Gefahr hin, belehrend zu sein: Die Kopfschmerzen, die du hast, sind höchstwahrscheinlich Entzugserscheinungen. Sehr klassisch für Leute, die längere Zeit mit Sonnensäure gearbeitet haben. Eine Mikrodosierung mit einer milderen Variante der Säure hat sich in der Behandlung von Fabrikarbeiterinnen als äußerst effektiv …«

»Ja, ich weiß. Ich nehme es nicht. Abgesehen davon scheiße ich kein Geld.«

Ausdruckslos riss die Ärztin den Zettel ab und hielt ihn ihr hin. »Die Apothekerinnen informieren dich über die genaue Dosierung. Wenn du sie lässt.«

Olga betrachtete das Blatt und zögerte.

Vente lächelte knapp. »Nimm ihn mit und schlaf eine Nacht drüber. Wegschmeißen kannst du ihn morgen auch immer noch.«

Brummend gab Olga klein bei und rupfte ihr den Zettel aus den Fingern. Mit einem langen Seufzer drehte sich die Ärztin um und schritt aus dem Raum.

»Das war nicht besonders nett!«, protestierte Feres, doch Vente zog die Tür hinter sich zu und sperrte ihn erneut aus.

Olga starrte auf das Papier in ihrer Hand, gab sich den Moment, um ein paar Mal tief durchzuatmen, und schwang die Beine aus dem Bett. Ihre Kleidung fand sie verdreckt, aber ordentlich zusammengefaltet unter dem Bett, zusammen mit ihrer Tasche und den Stiefeln. Als sie hineinstieg, stockte sie.

Ihre Pistolen fehlten.

Sie ging in die Knie, schaute unters Bett, richtete sich auf und drehte sich einmal um sich selbst, tastete über ihre Hosentaschen. Ihre Waffen waren nirgendwo zu finden.

Aus irgendeinem Grund war es das, was sie zum Weinen brachte. Nicht Milans Verschwinden. Nicht Milans erneute Abfuhr nach einem Moment der Nähe, den sie so lange herbeigesehnt hatte, sondern, nein, ihre Waffen fehlten. Verloren in einer der Kneipen oder geklaut von irgendeinem Arschloch im Krankenhaus und nicht einmal Kat konnte sie nach neuen Pistolen aus Riesenerz fragen, weil Kat nicht mehr mit ihr redete. Weil sie weg war. Genau wie Milan.

Olga setzte sich auf den Boden und heulte so lange Rotz und Wasser, bis nichts zurückblieb bis auf lähmende, dröhnende Erschöpfung.

»Olga?«, fragte Feres leise durch die Tür.

Sie legte den Kopf in den Nacken, schloss die Augen und holte tief Luft, ihre Seele ausgewrungen wie einmal durch die Wäschemangel gezogen. *Was soll's.* Schniefend wischte sie sich ein letztes Mal über die Wange, kämpfte sich hoch und schlurfte zu Feres in den Flur.

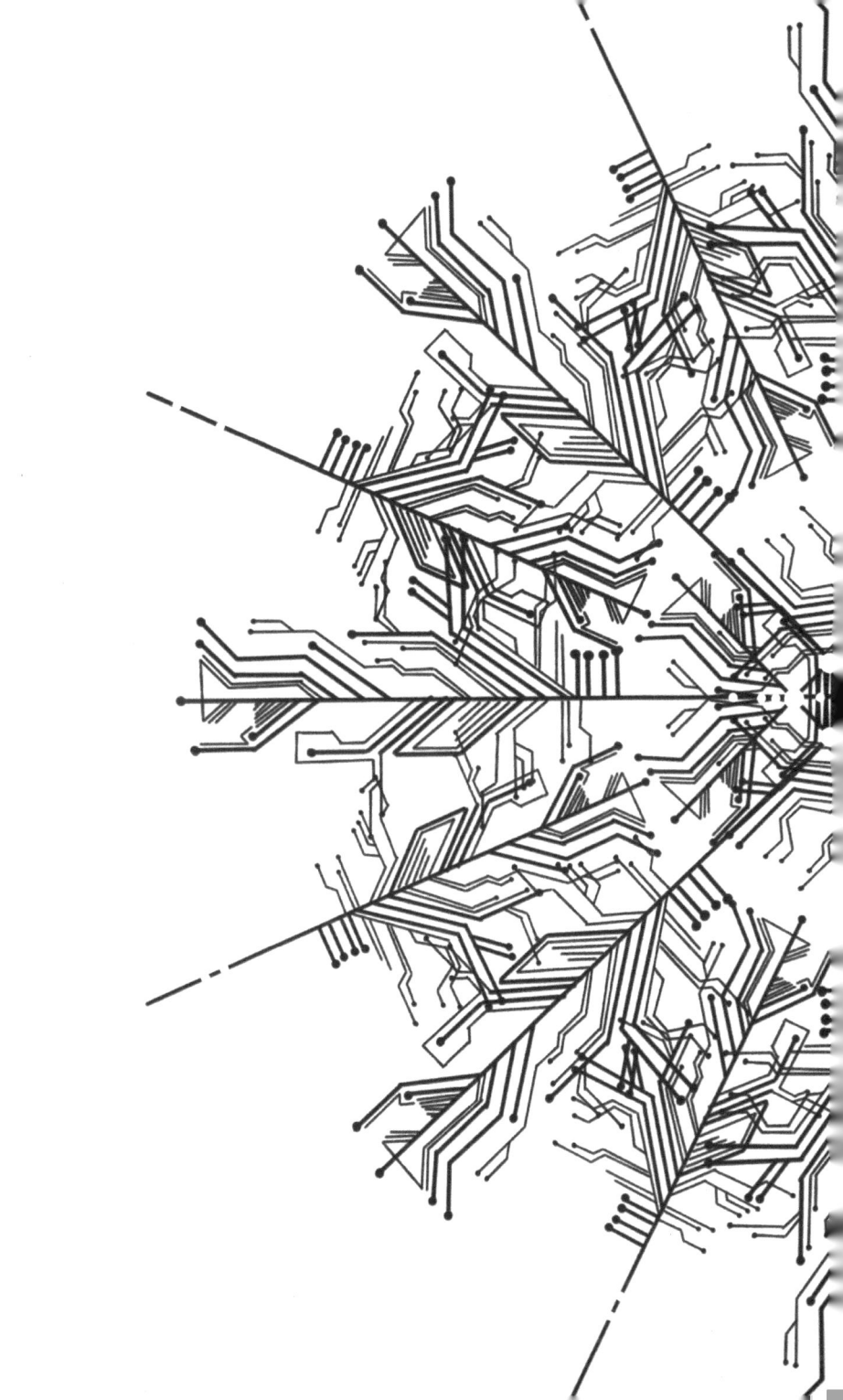

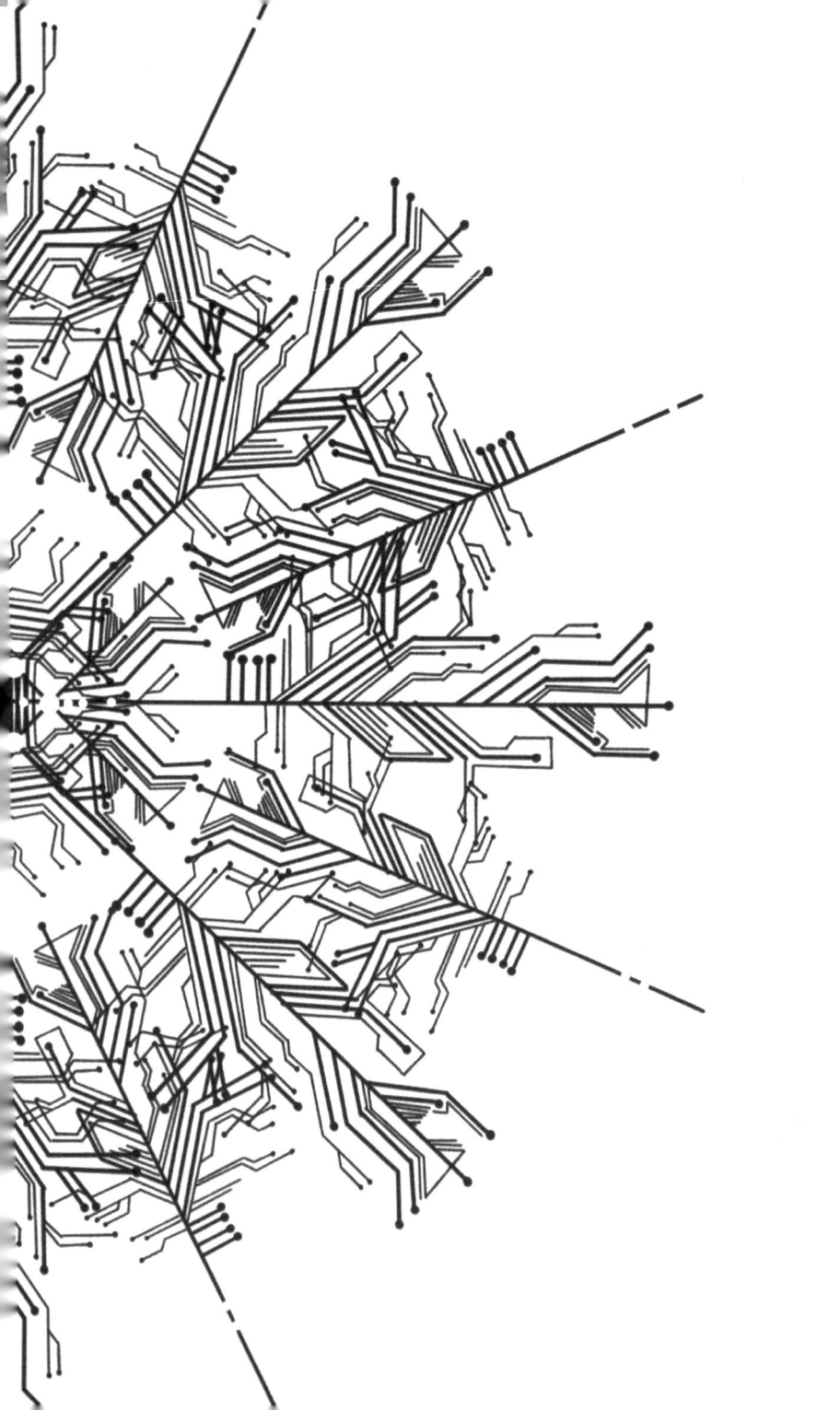

Auszug aus
Was wir über Alchemie wissen
von Prof. Avari Fuchszahn
(3030 na. So.)

Was ist Glasharz?

Glasharz ist ein aus Glaskiefern gewonnenes Material, das in der Alchemie zum Einlagern von Materialien (Körperteilen) für die spätere Verwendung benutzt werden kann. Das flüssige Harz umschließt alles, was man in ihm einbettet, mit einer festen, nahezu unzerstörbaren Schicht und konserviert es selbst über Jahrzehnte.

Zur Freilegung der Materialien braucht es unglaubliche Hitze, Zeit - und vor allem Geduld.

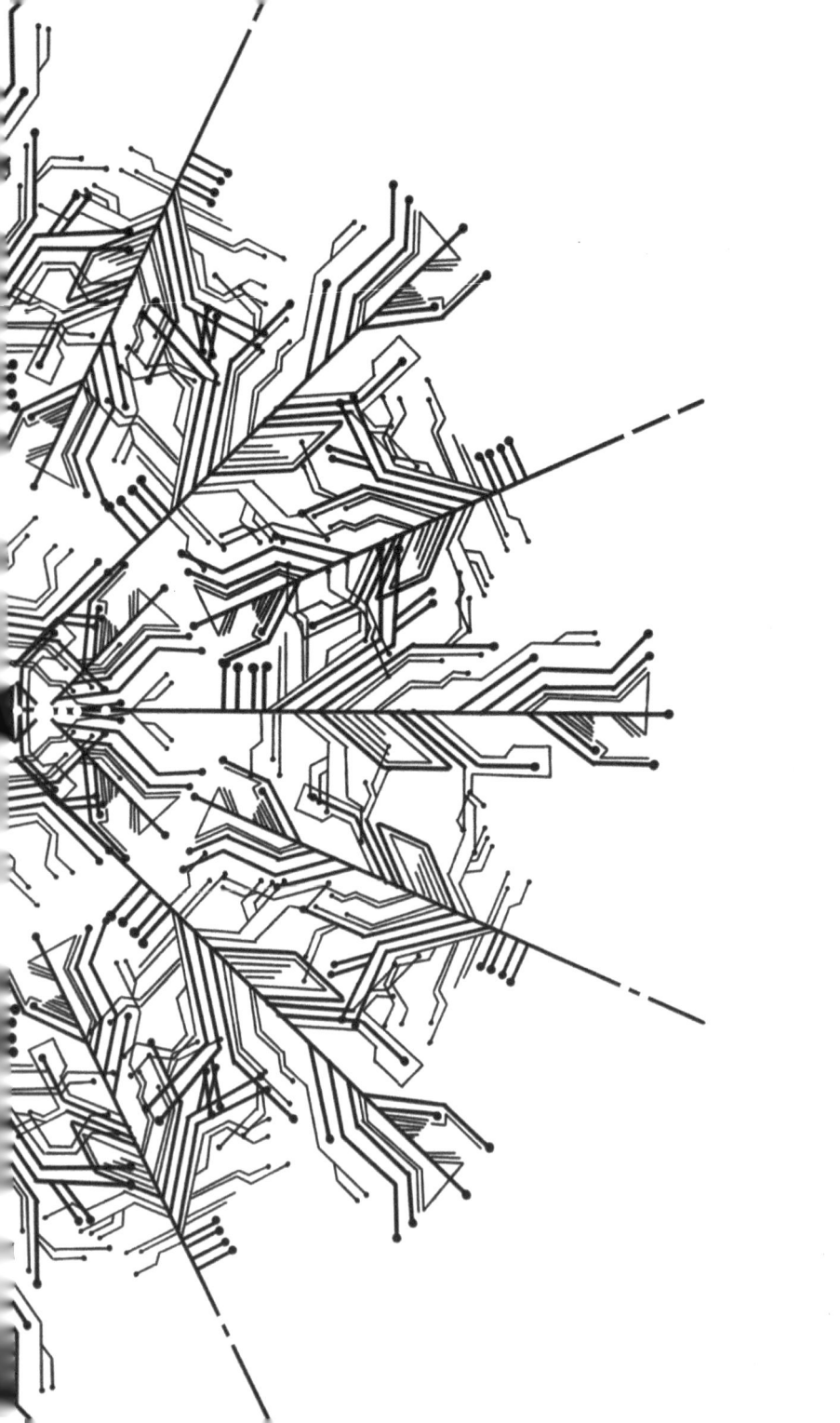

24

*3037 nach Sonnenschlüpfen
(Gegenwart)*

M ilan trat in ihr Büro, schloss hinter sich ab und lehnte sich an, ehe sie, den Schlüssel in der Hand, auf ihren Schreibtisch zuging. Auf halbem Weg überlegte sie es sich jedoch anders. Papiere knirschten, als sie sich auf den Teppich legte, Arme und Beine von sich streckte und den Blick an die Decke richtete.

Was für ein Fiasko.

Ächzend kniff sie sich ins Nasenbein und rieb sich das Gesicht. Ihre Haut war klamm und krümelig unter ihren Fingerspitzen. Sie wusste nicht mehr, wann sie das letzte Mal ein Waschbecken gesehen hatte. Die letzten drei Tage hatten nur aus Hocken und Warten an Olgas Bettkante bestanden.

Jemand pochte an ihre Tür. Milan nahm die Hände vom Gesicht und setzte sich auf, wobei ihre Hüfte schmerzhaft knackte. Ihr Körper und vor allem ihr unterer Rücken hatte ihr das Schlafen im Stuhl sehr übel genommen, und zu sagen, dass sie ihre Dehnübungen in letzter Zeit vernachlässigt hatte, war eine lachhafte Untertreibung. Vielleicht würde sie für ein paar Tage ihren Rollstuhl benutzen.

Sie hatte keine Lust. Auf irgendjemanden, irgendetwas. Sollten sie sie doch alle in Ruhe lassen.

»Ja, bitte?«, rief sie freundlich.

»Hier sind ein paar Papiere, die eine Unterschrift bräuchten …«, kam die schüchterne Antwort. Wahrscheinlich einer von Trifons dutzend Praktikanten.

Milan fuhr sich durch die Haare und zerrte an ihrer Kopfhaut, bevor sie sich räusperte. »Leg sie mir gerne vor die Tür, ich kümmere mich drum.«

»Ich … okay.«

»Danke dir.« Sie war sehr gut darin, so zu klingen, als würde sie lächeln. Wie alle ihre Tonfälle hatte sie auch den hier zur Perfektion trainiert.

Draußen raschelten die Papiere, dann entfernten sich die Schritte. Milan legte sich wieder auf den Rücken, pflückte einen Bleistift von einem nahe liegenden Stapel Übersetzungen (ihre *eigenen* Übersetzungen, alles, was sie bisher über Programmierungen aus den Eisenplatten aus Schwarzfarn hatte entschlüsseln können) und drehte ihn nachdenklich in der Hand.

Allerdings fühlten ihre Finger nichts bis auf Olgas Wärme. Ihre nassen Wangen. Ihren schnellen Herzschlag, wie er durch die Haut über ihren Rippen hallte, der sanften Vibration durch das Schlagfell einer Trommel gleich.

Den Blick an die Decke genagelt, fühlte Milan Olgas Lippen auf ihren nach, den Geschmack von Salz noch auf der Zungenspitze.

Glückwunsch, Milan. Super gemacht, Milan. Ganz klasse gehändelt, Milan.

Sie wusste es besser, hätte den Kuss nicht erwidern sollen. Es ging nie gut, wenn sie unüberlegt handelte. Aber trotz ihrer klaren Vorsätze hatte sie sich gehen lassen … hatte sie einfach ignoriert, nur, weil ihr ein wenig warm im Schritt geworden war.

Großartig, Milan. Richtig gut verbockt, Milan.

Als wäre ihr die ganze Sache mit Avrett nicht Lektion genug gewesen. Und im Gegensatz zu Olga konnte Avrett wenigstens gut auf sich selbst aufpassen.

Olgas verletzter, nein … ihr hasserfüllter Blick bohrte sich durch Milans geschlossene Augen. Angespannt setzte sie sich auf, schob den Bleistift zwischen die Lippen und griff nach ihrem Gehstock. Das brachte jetzt auch alles nichts mehr. Zeit, sich wieder an die Arbeit zu machen. Wenn sonst schon heute alles nach hinten losgegangen war, konnte sie vielleicht wenigstens ein paar Fortschritte an anderer Stelle machen.

Sie zog sich auf die Beine und ging zu ihrem Schreibtisch. Der Fußofen war erkaltet, also entfachte sie ein neues Feuer. Nicht, dass es einen großen Unterschied machte. In den letzten dreizehn Jahren hatte es kaum einen Moment gegeben, in dem Milan nicht gefroren hatte. Auch wenn sie keine Erinnerungen mehr an die Stunden unter der eingestürzten Stadtmauer hatte … die Kälte war in ihre Knochen gewandert und dort geblieben.

Aber hey, das Feuer machte den Kaffee heiß. Sie nippte an ihrer Tasse, brummte zufrieden, bückte sich und zog einen Umschlag unter dem Tisch hervor. Die Lippen an der zweiten Tasse Kaffee, schüttelte sie die Zettel auf den Tisch, faltete Briefe auseinander und ordnete Notizen, bevor sie sich mit den Fäusten abstützte und auf ihr Werk starrte.

Den dicken Stapel mit Arbeit für die Archive, der auf ihrer Tischkante lag, ignorierte sie.

Jemand klopfte wieder an ihre Bürotür.

»Nicht jetzt«, rief sie, ohne aufzusehen. »Ich bin beschäftigt. Komm bitte später wieder.«

Das Klopfen hörte auf und wer auch immer es war, ging weg. Gut. Milan zog ihren Stuhl heran und setzte sich, klopfte mit dem Bleistift unregelmäßig auf die Tischplatte.

Seit sie vor ein paar Wochen von Moras Freilassung erfahren hatte, hatte sie ihre Arbeit in den Archiven dermaßen vernachlässigt, dass sie eigentlich nur darauf wartete, für eine höfliche Rüge von ihren Vorgesetzten vorgeladen zu werden.

»*Wusstest du es?*«, klang Olgas heisere Stimme ihr in den Ohren. »*Dass Mora wieder raus ist. Raus aus dem Knast.*«

Milan blätterte durch ihren Notizblock und kaute so fest auf dem Ende ihres Bleistifts, dass die Mine knackte. Sie hatte es ihr sagen wollen. *Wirklich.* Aber in dem Augenblick hatte Milan in

Olga nichts anderes sehen können als das Kind mit dem glasigen Blick und dem verdrehten Arm, das sie damals im Keller vorgefunden hatte.

Auf das nächste Klopfen an ihrer Bürotür antwortete Milan nicht einmal mehr. Die Hand in den Haaren, beugte sie sich so tief über den Tisch, dass ihr die Brille von der Stirn auf die Nasenspitze runterrutschte.

Es war ja auch nicht so, als hätte sie nicht vorher schon versucht, mit Olga darüber zu reden. Nur immer, wenn sie sich getroffen hatten, war Olga angespannter und angespannter gewesen. Offensichtlich trank sie wieder, Milan hatte die Anzeichen sofort erkannt. Zu gut hatte sie in Erinnerung, wie es bei Rondor damals angefangen hatte.

Und es war auch evident, dass Olathe Frost irgendetwas damit zu tun hatte. Hatte es immer, wenn es mit Olga bergab ging.

Nicht, dass sie es zugeben würde, natürlich.

Nein. Olga nicht von Mora zu erzählen, war ihre vernünftigste Entscheidung der ganzen letzten Wochen gewesen. Vor allem, seit sie diesen Verdacht hatte … diesen nagenden Verdacht über die Pläne ihrer Schwester.

Milan blickte auf die Unterlagen, die ihre private Ermittlerin für sie zusammengetragen hatte: 1) eine Kopie von Moras Entlassungsschein, 2) einen Stadtplan mit möglichen Unterschlüpfen, 3) Quittungen von Händlerinnen und 4) Moras groben Zeitplan der Beschattung der letzten Tage, die Milan nahezu ihr ganzes Monatsgehalt gekostet hatte.

Irgendwo auf ihrem Schreibtisch war der kleine lose Faden, der alles andere auflösen würde, sie musste ihn nur finden.

Den Geschmack von Bleistift auf den Lippen, schaute Milan auf die Uhr. Mit etwas Glück hatte sie noch ein paar Stunden, bevor entweder ihr Vorgesetzter Wind davon bekam, dass sie zurück im Büro war, oder der Neue Rat sie erneut zu einer ausführlichen, ermüdenden, unnötigen Fragestunde einlud.

Milan zuckte mit dem Mundwinkel. Fast schon schmeichelhaft, wie alle sich um ihre Aufmerksamkeit bemühten.

Apropos Aufmerksamkeit …

Vielleicht machte sie sich später doch noch schick und

klopfte bei Kende an. Das letzte Date mit ihm hatte wirklich Spaß gemacht. Sie suchten beide zurzeit das Gleiche, etwas Unbefangenes, Entspanntes und gleichzeitig Zuverlässiges. Sie könnte ihren guten Einteiler anziehen, der mit dem offenen Rücken … Kende in eine Bar ausführen, irgendwo mit guter Musik und gedimmten Lichtern … und ihn danach mit zu sich nach Hause nehmen und in die Kissen nageln, bis sie beide vor Erschöpfung umkippten.

Allein bei der Vorstellung verblasste die Erinnerung an Olgas Berührung ein wenig.

Gut. Damit steht die Abendplanung fest.

Aber zuerst die Arbeit.

Milan steckte den Bleistift hinter ihr Ohr, leerte ihre Tasse, bis bitterer Kaffeesatz ihre Zähne berührte, und hob die Kopie von Moras Entlassungsschein vor ihre Augen.

»Was heckst du aus, Schwesterherz?«, murmelte sie. »Was hast du vor?«

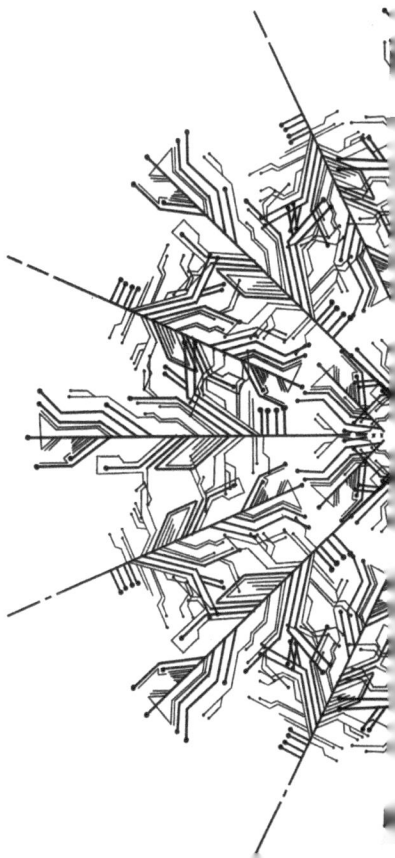

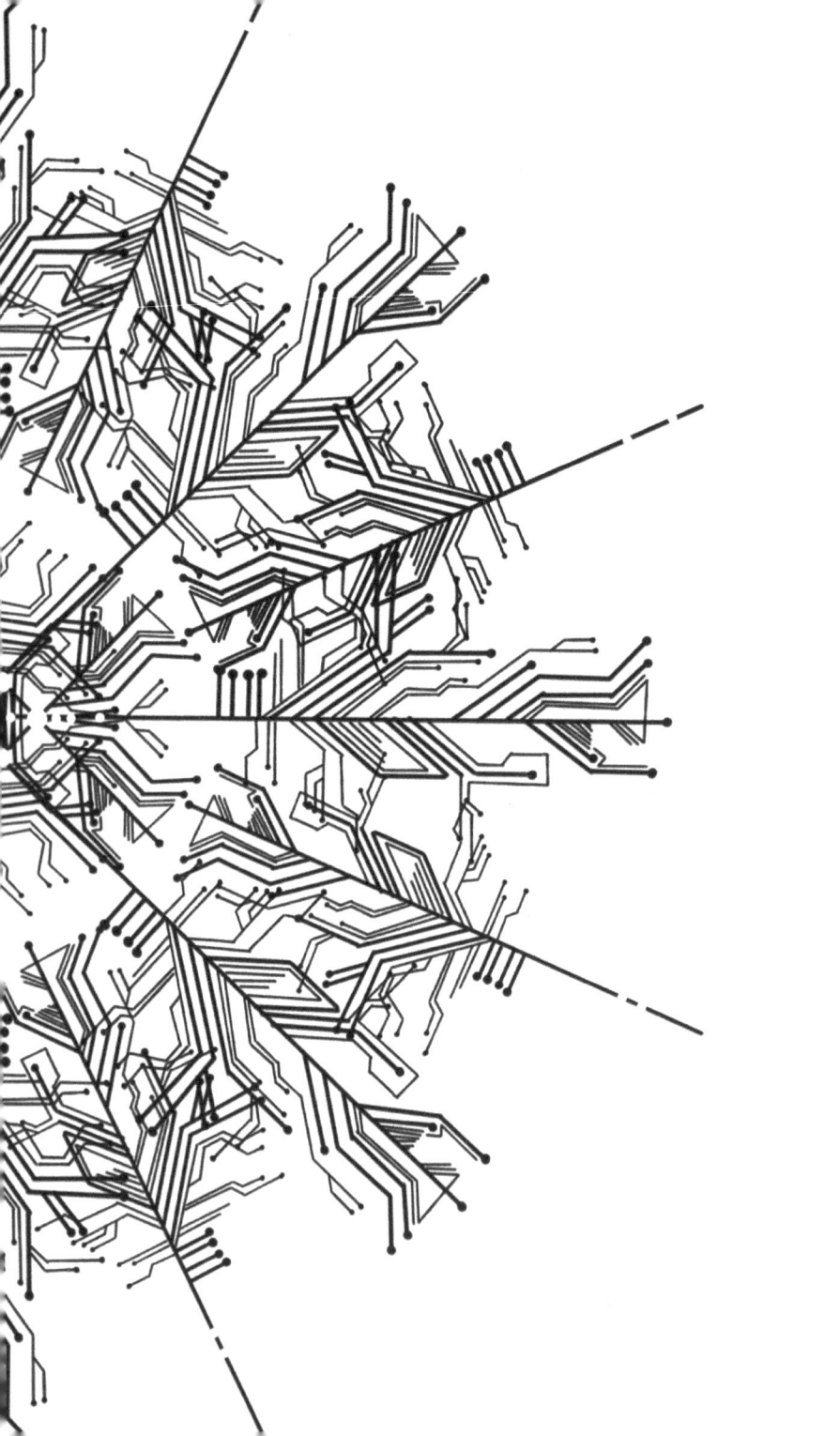

Eintrag aus dem Kompendium der Mondjägerinnen (3013 na. So.)

Kreatur: Hundsziegen

Klassifizierung: urmagische Tiere

Gefahrenstufe: 7/14

Terrain: Gebirge und Städte

Aussehen: kräftige, wolfsähnliche Kreaturen mit ziegenartigen Hörnern und Gesichtszügen, weißem Fell und goldenen Augen, können bis zur Größe eines Pferdes heranwachsen

Besonderheiten:

Hundsziegen haben einen ausgeprägten Geruchs- und Spürsinn, der allerdings bei Regenfall oder Nässe stark beeinträchtigt ist

Verhalten:

Hundsziegen sind intelligente und eigenwillige Kreaturen, deren Biss man nicht provozieren sollte; sie sind ausgezeichnete Kletterer und bevorzugen hoch gelegenes Terrain, bspw. Berge oder Dächer; obwohl sie tendenziell Einzelgängerinnen sind und nur ungern mit ihren Artgenossen interagieren, entwickeln manche Hundsziegen eine enge Bindung zu vereinzelten Menschen - meistens Magischen; für diese werden sie treue Begleiter und kompromisslose Wachhunde zugleich

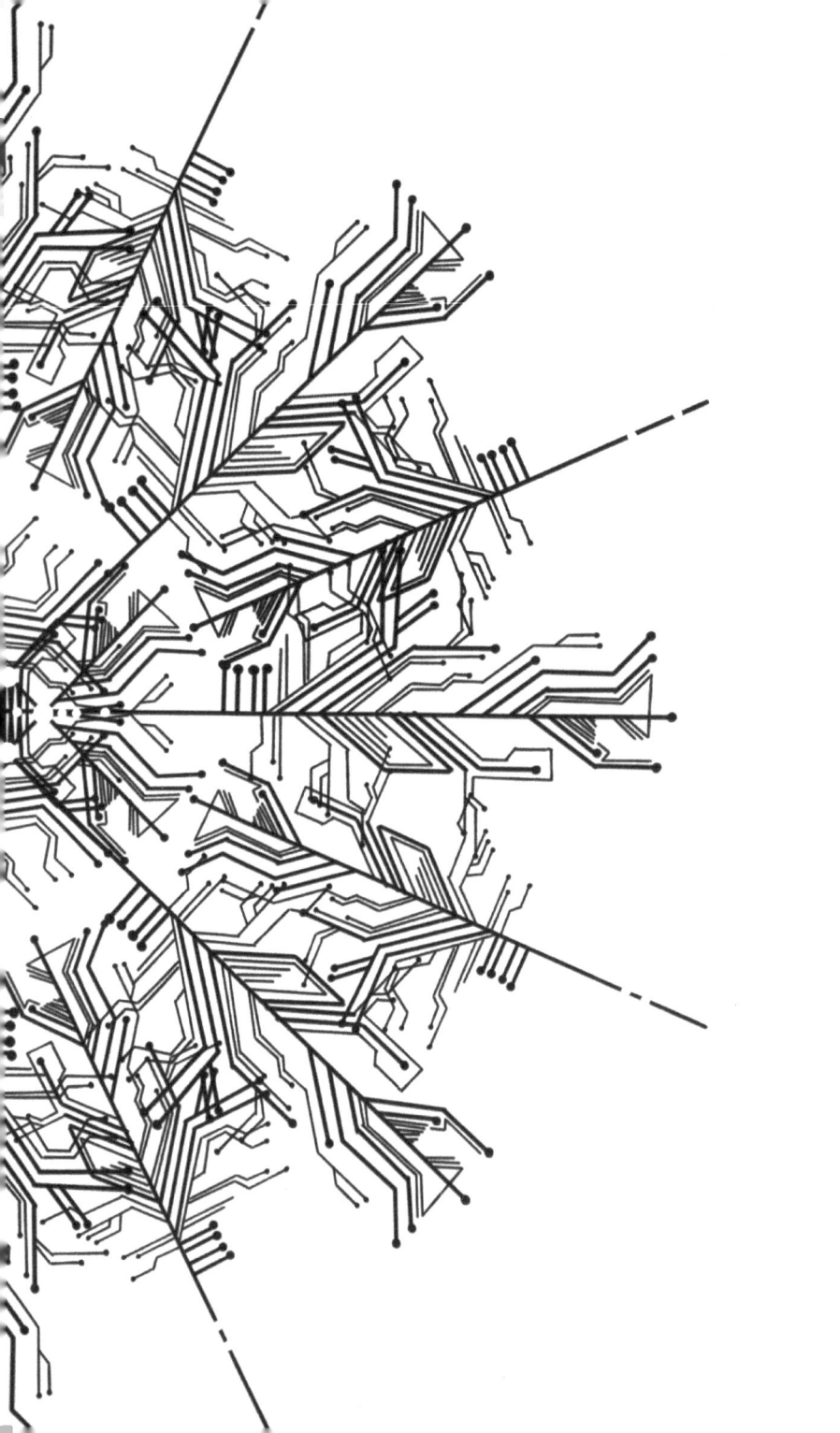

25

W enigstens war es ein freundlicher Korb«, versuchte Feres es tröstend.

»Ich wusste, du hast gelauscht.«

Olga trat aus dem Krankenhaus ins Sonnenlicht und direkt in eine Blase aus Lärm. Der Hospitalplatz hatte sich über Nacht mit Buden und Ständen gefüllt, Leute stellten Markisen auf, nagelten Bänder an Dachbalken und schleppten Kohle, Torf und Feuerwerkskörper hin und her.

Stimmt ja. Das Maskenfest.

Feres fing Olga am Ellenbogen ab, als sie taumelte. »Geht's?«

Sie verzog das Gesicht, dann nickte sie. Es ging tatsächlich. Sie fühlte sich angeschlagen, doch das schob sie mehr auf ihren Hunger und die Fieberträume als auf das beschissene Gespräch mit Milan. Oder sie machte sich nur etwas vor. Kurz schloss sie die Augen, atmete in die Lücke in ihrer Brust. Als sie die Lider wieder hob, begegnete sie Feres' sanftem Blick.

»Was?«, murrte sie.

»Manchmal brauchen die Dinge einfach ein wenig Zeit.« Sichtbar darauf bedacht, dass sie Schritt halten konnte, ging er wieder los. »Mein geliebter Jarwin hat damals auch zuerst meine Gefühle nicht erwidert. Dann, ein paar Monate später ...«

»Was, dann hattest du ihn endlich mürbe gerieben und er hat sich zu einem Date herabgelassen?« Sie schnaubte und quälte sich eine Treppe hoch. »Nein.« Langsam schüttelte sie den Kopf. »Das hier, das war bereits das ‚ein paar Monate später‘. Mal wieder. Ich ...« Die Worte versiegten und ließen nur ihr niedergeschlagenes Schweigen zurück.

»Du willst nicht mehr drauf warten müssen«, beendete Feres lächelnd ihren Gedanken.

Sie musterte ihn. Vielleicht war es die Restwirkung der Medikamente, die sie versöhnlich stimmte, jedenfalls gab sie Milan recht. Er war schon ganz okay.

Am nächsten Brunnenplatz musste Olga eine Pause einlegen, ließ sich auf die kleine Mauer fallen und rieb sich das Gesicht. Ein paar Händler bemerkten Feres' tätowierte Hände und warfen ihm missbilligende Blicke zu. Er lächelte sie gnadenlos an, bis sie sich verpissten. Olga störten die Blicke nicht. Es hielt die Menschen auf Abstand und, heilige Scheiße, sie brauchte gerade Abstand von allen.

»Verzeih mir, ich will mich ja nicht einmischen ...«, begann der Erloschene.

Resigniert massierte Olga sich den Nacken. »Das ist mir neu.«

Elegant, mit raschelnder Kleidung, setzte Feres sich an ihre Seite auf die Mauer und richtete seine Haare. »Mir scheint, du solltest dich bei dem Jungen entschuldigen.«

»Wem, Lero?«

»Du hast ihm einen ziemlichen Schrecken eingejagt. Er ist ein paar Mal vorbeigekommen und hat nach dir gefragt.«

»Mmh.«

»Und ich glaube, du hast ihm im Rausch auch einmal gegen das Bein getreten, was höchstwahrscheinlich kein schönes Gefühl für ihn war, wenn man bedenkt, dass man deine Stiefel im Notfall auch als Amboss verwenden könnte, so viel Stahl ist da drin.« Ehrfürchtig deutete er auf ihre Füße.

Sie presste die Lippen zusammen und zog die Schultern bis zu den Ohren hoch. Leros Stimme huschte ihr durch den Kopf – sein entschuldigender Tonfall, seine vorsichtigen Hände. Bei der Vorstellung, seinem besorgen Blick ausgesetzt zu sein, regte sie sich unbehaglich.

»Und, wenn ich das anmerken darf, er ist ein wirklich attraktiver junger Mann.« Mit dem Ellenbogen stupste Feres sie an. »Wenn du ihn nicht nach einem Mondscheinspaziergang fragst, mache ich es vielleicht.«

Sie schenkte ihm einen tödlichen Seitenblick.

Entschuldigend hob er die Hände. »Verzeihung! Verzeihung. Noch zu früh.«

Er faltete die Hände im Schoß und betrachtete die Menge. Olga schaute auf ihren eigenen Handrücken und auf die kleinen blauen Flecken in ihrer Armbeuge, dort, wo man ihr im Krankenhaus anscheinend irgendwelche Spritzen gegeben hatte. Dann musterte sie wieder den Erloschenen.

Sein blondes Haar war gekämmt und seine Kleidung gewaschen, wenn auch immer noch stellenweise eingerissen. Irgendwo hatte er eine neue Sonnenbrille mit schwarzen Gläsern aufgetrieben, trotzdem konnte sie erkennen, dass die Schwellung um sein Auge bis auf einen hellgrünen Schatten abgeklungen war. Der genähte Schnitt über seinem Wangenknochen verheilte so gut, wahrscheinlich konnte sie in den nächsten Tagen schon die Fäden ziehen, und auch ansonsten wirkte er fitter als bei ihrem letzten Gespräch. Anscheinend hatte ihre Mutter darauf verzichtet, ihm noch mal eine reinzuhauen.

Bei dem Gedanken an Olathe zuckte sie zusammen. »Was ist eigentlich gerade mit Mama?«

Feres wandte sich zurück zu ihr und holte tief Luft. »Die liebe Lathe hat sehr deutlich das Bedürfnis geäußert, sich eine große Menge Veteranenkraut einzuverleiben und dann den Tag ohne meine, ich zitiere, ,dumme Fresse' in der Nähe zu verbringen.«

Olga nickte abwesend. Klang plausibel. Ihr Blick wanderte zum strahlend blauen Himmel und mit einem Zwicken im Bauch stellte sie fest, dass sie erleichtert war. Erleichtert, sich gerade nicht kümmern zu müssen.

»Danke«, sagte sie missmutig. »Dass du auf sie aufgepasst hast, während ich … ja. Also, danke.«

Erneut stupste er sie mit dem Ellenbogen an, dieses Mal sanfter. »Möchtest du weiter? Vielleicht ist sie ja schon wach.«

Nach kurzer Überlegung schüttelte sie den Kopf. Noch zu gut brannte ihr der letzte Streit mit ihrer Mutter in den Ohren. »Habt ihr beiden Divas euch inzwischen mal ausgesprochen?«

Ein tiefer Seufzer, ein knappes Schulterzucken. »Es gab ein paar … nun, nennen wir es mal erhitzte Diskussionen. Doch als dein Lero vorbeikam und sagte, dass du im Krankenhaus bist, haben sich die Prioritäten ein wenig verschoben. Also, Lathe hat mich die letzten Tage weder angeschrien noch angegriffen.«

»Auch ein Fortschritt.« Sein schiefes Lächeln war ansteckend.

»Nimm dich in Acht, sonst wirst du noch zur Optimistin.«

»Nur über meine Leiche«, grinste sie, ehe sie wieder das Getümmel auf dem Platz betrachtete. Derzeit beschränkten sich die Kostümierten auf ein paar bunte Flecken in der Menge, aber spätestens morgen würden die schwarzen Festumhänge, goldenen Bänder und bemalten Holzmasken die Straßen fluten. Grellrote Sonnensegel mit flatternden Bändern spannten sich bereits von Dach zu Dach und durch die offenen Türen einer Kneipe sah Olga eine Gruppe Arbeiter, die frische Sägespäne auf dem Boden ausstreuten und Bierfässer aus dem Lager rollten.

Beim Anblick der Fässer regte sich, mit drei Tagen Verspätung, die Übelkeit des Übersuffs in ihr. Wenn sie jetzt ein Bier roch, würde sie anfangen zu kotzen und erstmal nicht mehr damit aufhören. Schnell wandte sie den Blick ab und erstarrte.

Am anderen Ende der Straße, sein Körper wie ein Stück Draht auf der Lauer, lehnte Rondor an einer Wand und stierte sie über den Rand seines Flachmanns an. Mit dem Kinn nickte er neben sich.

Das Geld. Verdammt noch mal, endlich.

»Weißt du was?« Olga erhob sich und schwankte kurz, bevor sie vor Feres trat und ihm den Blick auf Rondor versperrte. »Du hast recht. Ich sollte mich bei Lero entschuldigen.«

»Jetzt?« Seine Augenbrauen sprangen nach oben. »Oh, gut, aber ich dachte … was ist mit deiner Mutter?«

»Guter Punkt. Wenn du vorgehst und ihr Bescheid sagst, dass ich bald komme, muss sie sich keine Sorgen machen.«

Langsam, skeptisch, erhob er sich und verschränkte die Arme vor der Brust. Sein Tonfall war gutmütig. »Bist du sicher, dass du allein gehen möchtest?«

»Alter, glaub mir, das Ganze wird schon peinlich genug, auch ohne, dass ich einen Aufpasser mitbringe.«

»In Ordnung.«

Mit einem letzten zweifelnden Blick setzte er sich in Bewegung. Nach ein paar Schritten drehte er sich noch einmal zu ihr um. Sie lächelte und winkte ihm. Er zögerte, dann erwiderte er die Geste und ging davon, sein Oberkörper wie eine hüpfende Boje, die aus dem Meer der Menschen ragte.

Olga wartete, bis er eindeutig außer Sichtweite war, bevor sie sich umwandte und selbst aufbrach. Kaum hatte sie die Hauptstraße verlassen, hängte Rondor sich an ihre Fersen. Frustriert trat sie eine leere Flasche aus dem Weg. Sie war wirklich nicht in der Stimmung für den alten Sack, doch der Gedanke an das Geld war Balsam für ihre Nerven.

Ein paar Minuten ignorierte sie ihren Verfolger, stieg über Müllhaufen und quetschte sich durch Spalten, bis sie in einem kleinen Zwischenhof zum Stehen kam. Die Wohnungen im Erdgeschoss hatten keine Fenster und ein großer Laubfang versperrte den höheren Etagen den Blick. Das musste reichen.

»Wurde auch Zeit«, sagte sie barsch und drehte sich zu Rondor um, der am Ende des Hofs erschien. »Die Kaution ist fällig und ich brauche meine Kohle!«

Rondors Klamotten waren immer noch genauso mitgenommen wie bei ihrem letzten Hinterhoftreffen, doch in der Zwischenzeit schien er mal die Gelegenheit zu einer Dusche gehabt zu haben: Sein Bart war gestutzt und seine Haut sauber. Kurz beneidete sie ihn. Sie selbst stank wahrscheinlich wie aus einem Moorloch gekrochen. Ein Wunder, dass Milan ihren Kuss erwidert hatte.

Der Gedanke brachte ihre Augen zum Jucken und das Loch in ihrer Brust zum Dröhnen. Sie spürte immer noch Milans Berührung auf ihrer Taille, die kühlen Lippen an ihrem Hals. Grob schüttelte sie sie ab.

»Und?«, rief sie Rondor zu. »Waren es die richtigen Eisenplatten oder habe ich euch verarscht?«

»Mit den Eisenplatten war alles in Ordnung.«

Sie öffnete den Mund, da überrollte sie eine kurze Gänsehaut. Schnell schaute sie über die Schulter. Nichts. Sie wandte sich wieder nach vorne. Der ehemalige Soldat quittierte ihr Verhalten, indem er die faltigen Augen zusammenkniff, sagte jedoch nichts.

»Siehste?«, kommentierte Olga. »Ich habe euch nicht verarscht. Also …« Fordernd streckte sie die Hand in seine Richtung.

Rondor musterte die Gänsehaut auf ihrem Arm, bevor er gemächlich in die Tasche griff und ein Geldsäckchen aus gelbem Samt herauszog.

Olga spürte, wie ihr Puls einen Hüpfer machte. Bis zu diesem Augenblick hatte sie nicht voll und ganz geglaubt, dass der Kackhohepriester das mit der vierfachen Bezahlung ernst meinte.

Doch anstatt ihr den Beutel zu geben, spuckte Rondor in die Ecke und wischte sich mit dem Ärmel über den Mund. »Der Priester lässt dir ausrichten, gute Arbeit«, sagte er widerwillig.

»Ach ne, sag ich doch.« Erneut streckte sie die Hand aus. »Rück den Scheiß rüber. Ihr habt eh schon genug getrödelt. Und das, nachdem ich mir den Arm für die dummen Dinger verbrannt hab.«

Sie trat vor.

»Nicht so schnell.« Rondor hielt den Beutel an seiner Seite, in seiner Stimme ein unheilvoller Unterton. »Der Hohepriester interessiert sich für deinen neuen Mitbewohner.«

Olga stutzte. *Sein Ernst?* »Und ich interessiere mich dafür, welche von meinen Nachbarinnen im Beichtstuhl petzt.« Als sie Rondors Gesicht sah, lachte sie bitter auf. »Spar dir die Überraschung, ich hätte schon viel früher drauf kommen müssen. Ist es Kat?«

Der Gläubige starrte sie einfach nur stumm an.

»Okay, alles klar.« Sie verdrehte die Augen. »Wenn euch lieben Sonnenanbetern mein neuer Hausgenosse nicht passt, könnt ihr euch ja beim Neuen Rat beschweren.«

»Wieso ist er wieder in der Stadt?«

Wow. Feres hat wirklich einen famosen Ruf. »Fragt doch eure Spitzel, dafür habt ihr die.«

Olga riss den Geldbeutel an sich – Rondor packte ihr Handgelenk und hielt sie fest, als sie zurückzuckte.

»Finger weg«, zischte sie heiser und war sich mehr als deutlich bewusst, dass sie keine einzige Waffe am Leib trug.

Rondor trat näher. Zu nahe. »Der Neue Rat würde sich auf alle Fälle für deinen lieben Erloschenen interessieren.«

»Der Rat würde sich für eine ganze Menge interessieren, Arschloch!«

Sie riss an seinem Griff. Er zuckte nicht einmal, also hieb sie zu – er fing ihre Hand mühelos ab, sein Gesicht so nahe an ihrem, dass sie die Adern in seinen Augen zählen konnte. Seine Stimme war eine einzige Drohung.

»Wenn du redest …«, grollte er.

Sie erwartete ein Satzende, stattdessen drehte er die Hand, zwiebelte ihre Haut. Ihr Fluchen explodierte in ein Jaulen, doch bevor sie ihn treten konnte, ließ er von ihr ab und starrte hinter sie, sein Gesicht vor Verblüffung verzerrt.

Olga hörte das Rascheln in ihrem Rücken und das Kratzen einer Klaue auf Stein.

Natürlich. Die Gänsehaut.

Den Geldbeutel an die Brust gedrückt, stolperte sie zurück und richtete sich auf. Der Gestank nach nassem Fell umwallte sie und sie spürte, wie die feuchte Schnauze ihren Ellenbogen streifte.

»Rondor«, blaffte sie triumphierend. »Darf ich dir Adva vorstellen?«

Aufs Stichwort baute sich die Hundsziege an ihrer Seite auf und rollte ein Grollen aus ihrem Brustkorb – ein Grollen, das sich zu einem rotzigen Fauchen bildete, keine Handbreit von Rondors Fingerspitze entfernt. Er trat weiter zurück, eine Hand am Gürtel.

»Was …«

»Danke für meine Bezahlung.« Olga umklammerte den Beutel, sodass die Münzen knirschten, und reckte das Kinn. »Es ist meine letzte. Auf Nimmerwiedersehen und sag deinem Hohepriester, er kann sich in den Arsch ficken.«

Fassungslos starrte Rondor sie an – nur kurz, da bauschte Adva das Nackenfell, das Maul zu einem weiteren, fleischigen Knurren gefletscht. Olga spürte ihren Rippenbogen, wie er sich an ihre Hüfte lehnte, der lange Schweif, der ihr gegen die Waden peitschte. Sie überspielte ihr Erschaudern, indem sie das Geld in die Tasche stopfte.

»Bei den Masken.« Rondor stieß einen Finger in ihre Richtung, allerdings mit Sicherheitsabstand. »Das kann nicht dein verdammter Ernst sein!«

Olga überlegte. Was hatte Feres so schön gesagt? Ausmisten war sehr befreiend.

»Doch. Doch, ist es. Das hier war eine beschissene Idee von Anfang bis Ende und ganz ehrlich, wenn ich könnte, würde ich meinem jüngeren Ich eine reinhauen, weil sie euer Scheißangebot auch nur *überdacht* hat. Keine Sorge. Ich erzähle dem Neuen Rat nichts weiter. Solange ihr es auch nicht tut.«

Ein lauter Knall über ihnen – jemand warf das Fenster auf und schüttelte ein Kopfkissen aus. Rondors Blick schoss nach oben, dann machte er sich auf den Rückzug, die Hand immer noch am Gürtel.

»Letzte Gelegenheit, es zu überdenken.«

»Letzte Gelegenheit, dich zu verpissen.«

Mit einem finalen Blick auf ihre Hand zwischen Advas Hörnern spuckte er aus und eilte davon. Olga lauschte noch einen Moment, bevor sie sich an die Wand lehnte und die Arme auf die Knie stützte.

»Heilige Scheiße«, murmelte sie.

Eine nasse Zunge an ihrem Ellenbogen.

»Ey!«

Sie zog die Hand zurück, wischte ihren Arm ab. Advas goldene Augen schwebten direkt vor ihren, die rechteckigen Pupillen geweitet.

»Besten Dank für deine Rückendeckung, aber das heißt nicht, dass wir jetzt Freundinnen sind.«

Adva legte den Kopf schräg. Gelassen drehte sie sich um und trottete mit peitschendem Schweif zum Laubfang.

»Ich mag dich nicht!«, rief Olga.

Die Hundsziege sprang auf den Laubfang, sodass das Gestell knarzte, und fletschte die Zähne in ihre Richtung. Eindeutig ein breites Grinsen.

»Ey! Das ist mein Ernst!«

Mit einem Brummen hechtete sie auf den nächsten Balkon und hoch auf die Dächer. Ein paar Dachziegel regneten noch zu Boden, dann war sie verschwunden.

Die Schlange an der Ostgarnison war so lang, dass die Leute auf dem Vorplatz in der prallen Sonne warten mussten. Als Olga endlich den Schalter erreichte, war sie komplett durchgebraten.

»Wie kann ich helfen?«, begrüßte sie eine Oma mit beeindruckend langen, hummerroten Fingernägeln. *Wenn sie für die Dinger mal keinen Waffenschein braucht.*

»Hey.« Nervös trat Olga von einem Fuß auf den anderen. »Ich bin hier, um eine Kaution zu zahlen.«

»Auf welchen Namen?«

»Olathe Hannah Frost. Ich habe eine Vollmacht.«

»Und dein Name?« Die Hummerfingernägel begannen, in einer gigantischen Kartei zu blättern.

»Olga Elea Frost.«

Stumm zog die Oma eine Karte hervor und las. Olga wappnete sich bereits für einen Kommentar, doch dann lächelte sie nur, steckte ihren Bleistift in ihren Dutt und wackelte durch einen dicken Vorhang in einen Hinterraum. Olga blieb zurück, klopfte ungeduldig mit dem Knöchel auf den Tresen. Das war ja wie im Postamt hier. Nur dass die Schalter vergittert waren. So stellte sie sich einen Beichtstuhl vor.

Sie warf einen Blick nach hinten und betrachtete die gelangweilte Schlange hinter sich. Ein paar vereinzelte Händlerinnen waren dabei, aber primär Veteraninnen und Fabrikarbeiter. Einer musterte Olga von oben bis unten und rümpfte demonstrativ die Nase.

Der hatte Nerven. Er hatte verdammt noch mal *Teer* in den Wimpern.

»Pünktlich zum Stichtag. Glück gehabt.« Gut gelaunt setzte die alte Frau sich wieder hinter den Schalter und schob einen Zettel zu ihr durch.

»Ja, richtig Glück«, murmelte Olga.

»Bitte unterschreiben und die vierhundert Silber hier rein.« Sie tippte gegen eine kleine Holzschachtel.

Jemand in der Schlange pfiff anerkennend, aber Olga war zu erleichtert, um einen schwelenden Blick nach hinten zu werfen. Die Münzen prasselten in die Schachtel.

Nachdem die Oma nachgezählt hatte, nickte sie und schob ihr eine Quittung zu. »Danke, das war's.«

Olga glotzte durch das Gitter. »Das war's?« So musste sich eine Taucherin fühlen, die in hoher Geschwindigkeit an die Wasseroberfläche gezogen wurde.

»Ja.«

Also trat sie, um vierhundert Silber leichter, zurück nach draußen auf den hitzeflirrenden Übungsplatz. Im Schatten eines Banners der Stadtwacht drückte sich eine kleine Bank an die Wand. Olga taumelte zu ihr und setzte sich. Vor ihr marschierte ein Trupp Soldatinnen vorbei und ein paar Meter weiter weg trainierte eine Gruppe Rekruten, aber Olgas Blick galt nur den restlichen Münzen in ihrer Hand.

Eine Fuhre Veteranenkraut, ein paar neue Stiefel, vielleicht ein wenig für das neue Dach ...

Oder ...

Ihre Hand wanderte zum Rezept in ihrer Hosentasche. Die Unterschrift der Ärztin war leicht auf dem Papier verlaufen.

Sie konnte sich keine Abstürze mehr leisten.

Etwas musste sich ändern.

Langsam stand Olga auf. Sie war schon halb über den Platz, als ein kreischendes Lachen sie innehalten ließ, gefolgt von einem Johlen.

Ein junger Rekrut warf mit vollem Anlauf eine Trainingspuppe zu Boden. Graues Stroh platzte in die Luft, brachte den Aufseher zum Niesen. Der Junge ignorierte sein Schimpfen, grinste nur breit über die sommersprossigen Wangen und joggte zurück zu seinen Kameradinnen. Ein Mädchen in Trainingsuniform erwiderte seinen Handschlag, sodass es knallte.

»Guter Wurf, Nobi!«, schrie sie.

»Der Trick ist der Anlauf.« Er plusterte sich auf, schüchterne

Überheblichkeit im Gesicht. Hinter den beiden ragte der Turm der Ostgarnison in den sanften Abendhimmel, die Stadtmauer ein dunkelgrauer Umriss im Gegenlicht.

Die Stille im Haus machte Olga misstrauischer, als jedes Geschrei es getan hätte. In der Luft lagen die Überreste eines Streits, legten sich auf ihre Zunge wie Mehlstaub in einer Bäckerei.

Vorsichtig sah sie sich um. Irgendwer hatte ein Brett über die zersplitterten Bodendielen gelegt und der leichte Luftzug verriet ihr, dass die Tür zum Raum ihres Vaters immer noch offen stand. Lautlos, die Fingerspitzen auf den Treppenstufen, schlich sie nach oben. Aus dem Zimmer ihrer Mama quoll Licht in den Flur, die Tür war einen kleinen Spalt geöffnet.

Feres' leise Stimme. Das Murmeln ihrer Mutter.

Schon streckte Olga die Finger aus und berührte das Holz – ging jedoch auf Abstand, als sie ihre Mutter erstickt lachen hörte. Sie zog sich in ihr Zimmer zurück und schloss die Tür hinter sich.

Schwindelig vor Erleichterung blieb sie im Raum stehen und spürte den neuen, alten Luftzug mit ihren Haaren spielen, der Staubmäuse verschob und an Spinnweben zupfte, ehe sie zum Fenster ging.

Adva hockte bereits auf dem Dach, als wollte sie Olgas Stammplatz mit Absicht besetzen, nur, um sie zu ärgern. Olga schenkte ihr einen Stinkefinger, kletterte etwas wackelig hoch und legte sich hin, die Hacken in der Regenrinne und die Arme von sich gestreckt wie ein Seestern auf warmem Sand.

Adva machte es sich ihrerseits auf dem Dachgiebel gemütlich und grollte samtig.

»Halt die Klappe.«

Missmutig zog sie die Flasche Alchemistenhonig aus der Hosentasche, zusammen mit dem Beipackzettel, den die Apothekerin ihr gegeben hatte. Sie überflog ihn und stopfte ihn zurück in ihre Tasche, bevor sie die Flasche aufschraubte und kritisch daran schnupperte.

Es roch scharf, aber eher nach Ingwer als nach Sonnensäure.

Schnell, damit sie es sich nicht anders überlegen konnte, ließ sie einen Tropfen auf ihre Zunge fallen, wo er zu einem fruchtigen Geschmack zerfloss. Anschließend lehnte sie sich wieder zurück, die Hände über ihren Herzschlag gelegt, bis er sich langsam beruhigte.

Die Nacht war so klar, dass Olga sogar eine Gruppe kosmischer Splitter ausmachen konnte. Dunkle, kantige Felder zwischen den Sternen. Sie beobachtete, wie sich der Mond zu den anderen Planeten am Himmel gesellte. Unten auf der Straße klirrten Flaschen, jemand murmelte etwas – wahrscheinlich wieder der lockige Nachbarsjunge, der nach vollendeter Sauftour heimkehrte.

Dösend lauschte sie dem fernen Murmeln ihrer Mutter und Feres. »Ich glaube, sie sind okay«, flüsterte sie. »Zumindest reden sie.«

Adva antwortete ihr, indem sie unruhig mit dem Schweif peitschte. Als Olga sich zu ihr umdrehte, legte sie die Schlappohren an, die goldenen Augen weit aufgerissen. Ihre Lefzen schimmerten im Mondlicht.

Olga betrachtete ihr eingesautes Fell, die zerschnittene Schnauze. Je länger sie hinsah, desto weniger konnte sie das entzündete, gerötete Auge übersehen.

»Warte hier, Mistvieh«, seufzte sie.

Unter dem prüfenden Goldblick stieg sie nach drinnen, durchquerte den Flur und lief nach unten in die Küche. Während sie Augentropfen anrührte, rosa Dämpfe zwischen den Fingern, lauschte sie wieder dem Gespräch über ihr. Es war noch immer im Gange, doch die Spannung in der Luft war deutlich abgeflaut. Leise huschte sie aus der Küche und zurück aufs Dach, wo sie Adva genauso vorfand, wie sie sie zurückgelassen hatte.

Als Olga den Flakon öffnete und die gläserne Pipette herauszog, witterte die Hundsziege und fletschte die Zähne.

»Beim Salz meiner Ahnen«, fluchte sie, der Herzschlag rasend in ihrer Brust, und fuchtelte gereizt mit der Pipette durch die Luft. »Ich reiße mich auch nicht um deine Nähe, glaub mir.«

Adva rollte noch ein paarmal die Lefzen, was wahrscheinlich das tierische Äquivalent zu Olgas Mittelfinger war, bevor sie den Kopf senkte und ihr gestattete, die Hand auf ihre Schnauze zu legen.

»Du bist scheißgruselig«, murmelte sie, tupfte Adva mit dem Ärmel Dreck aus den nassen Wimpern und trug die Tropfen auf. Die Hundsziege ließ es mit sich geschehen.

Schließlich kündete ein Zucken in ihren Ohren Gesellschaft an.

»Hier bist du!«, zwitscherte Feres zu ihnen hoch. »Ist mein Advaschatz bei dir?«

Adva nahm Olga die Antwort ab, indem sie einmal laut schnaubte. Sabber klatschte auf Olgas Wange. Vorwurfsvoll wandte sie sich zum Erloschenen um, der die Regenrinne packte und den Hals über die Dachkante reckte.

»Adva, Liebes!« Freudig winkte er ihr zu, zog sich halb aufs Dach und stützte das Kinn auf die Hände. Sein Gesicht war müde, seine Stimme jedoch sprühte vor Charme. »Und Olga. Liebste Olga. Wie lief dein Gespräch mit Lero?«

Olga warf Adva einen drohenden Blick zu. *Verpetz mich nicht.* Die Hundsziege blinzelte nur ausdruckslos.

»Gut. Okay«, antwortete sie Feres. »Und bei euch?«

Feres' Lächeln wurde breiter. »Mir scheint fast, ich sollte mich bei dir für deinen Krankenhausaufenthalt bedanken. Die Sorge um dich ist eine gute Basis für einen Konsens.«

»Ich bin zutiefst gerührt«, erwiderte sie trocken. »Und wo ist Mama jetzt?«

»Sie meinte, sie braucht einen Moment der Ruhe.« Er hielt inne. »Und eine Pfeife.«

Olgas Augen wurden schmal. »Lass mich raten. Sie ist immer noch sauer auf mich ... Ach, guck nicht so«, fügte sie hinzu, als er unschuldig blinzelte. »So ist sie immer.«

Jetzt, da ihre Mama wusste, dass es ihr gut ging, konnte sie wieder guten Gewissens sauer auf sie sein. Aussprache mit Feres hin oder her: Olga hatte den Erloschenen ins Haus geholt, ohne Olathe zu fragen, und dann auch noch angefangen, wegen Magie Druck zu machen. Wahrscheinlich würde sie ihre Mutter für ein, zwei Tage nicht zu Gesicht bekommen und dann, nach einer Übergangsphase grimmiger Lethargie, würde sie wieder mit ihr reden, als wäre nichts passiert.

Alles wie immer.

»Um fair zu sein, ich bin auch noch ziemlich pissig auf sie.«
Ungelenk richtete sie sich auf, knetete ihre verspannte Schulter und fixierte Feres. »Ich will jetzt allein sein.«

»Oh, freilich, natürlich!« Sofort zog er die Hände vom Dach. »Viel zu Verdauen. Ein Krankenhausaufenthalt. Ein Korb.«

»Danke, dass du mich daran erinnerst.«

»Stets zu Diensten. Gute Nacht, Olga. Bis morgen, Adva!«

Mit einem letzten Winken kletterte er wieder nach drinnen. Sie spürte die Vibration im Dach, als er die Zimmertür hinter sich ins Schloss zog.

Ausgelaugt wandte sie sich zur Stadt. Draußen im Moor spiegelten zwei blaue Lichter das Sternenlicht am Himmel.

Der Anblick löste einen kleinen Zug in Olgas Brust aus – ein Echo aus der ersten Nacht, in der die Irrlichter zurückgekommen waren. Sie kniff die Augen zusammen, schüttelte sich. Das Gefühl verschwand und gleich darauf taten es auch die Irrlichter.

Grübelnd zog Olga ihre Beine an die Brust. »Adva?«

Die Hundsziege reagierte mit einem leisen Rumoren. Olga fuhr sich über die Oberarme, betrachtete die blaue Verfärbung in ihrer Armbeuge. Sie ballte die Hände.

»Kann ich dich um einen Gefallen bitten?« Sie drehte sich um und erwiderte Advas forschenden Blick. »Eine … Person … ist wieder in der Stadt. Sie heißt Mora. Ich brauche jemanden, der ein Auge auf sie hat. Und auf ihre Schwester, Milan. Falls Mora ihr irgendetwas … antun will.«

Die Hundsziege beäugte sie so lange, dass Olga wieder anzweifelte, ob sie sie verstehen konnte. Doch dann erhob sich Adva und sprang, nach einem letzten langen Raubtierblick, auf das Nachbardach. Mit nur wenigen Sätzen war sie davon.

»Ich nehme das mal als ein Ja?«, brummte Olga.

Genau im gleichen Moment fiel in Kats Dachfenster ein Vorhang zu. Olga erhob sich ihrerseits, starrte grimmig den dunklen Stoff an und schnaubte. Sollte Kat doch herumerzählen, was sie wollte.

Ich bin so durch damit.

Wieder in ihrem Zimmer, bemerkte sie eine Vase vor dem Spiegel. Irritiert trat sie heran, griff nach dem Strauß und drehte ihn in ihrer Hand: getrocknete Sandmelisse, Glasknospen,

Feuerdistel, Zuckerwurz, Giftsalbei ... Die Kräuter rochen nach warmem Heu, nach Sandelholz und nach mindestens drei Gerüchen, die sie nicht zuordnen konnte. Oben in den Strauß hatte Feres eine kleine Pappkarte gesteckt:

Olga, willkommen sicher und gesund daheim.

Komisch. Irgendwie hatte sie von ihm eine deutlich schönere Handschrift erwartet. Diese hier sah aus, als hätte sich ein Schulkind Kaffee gespritzt und dann den Unterschied zwischen a, o, u und n vergessen.

»Schleimer«, murmelte sie und platzierte das Pflanzenbündel sorgfältig wieder in der Vase.

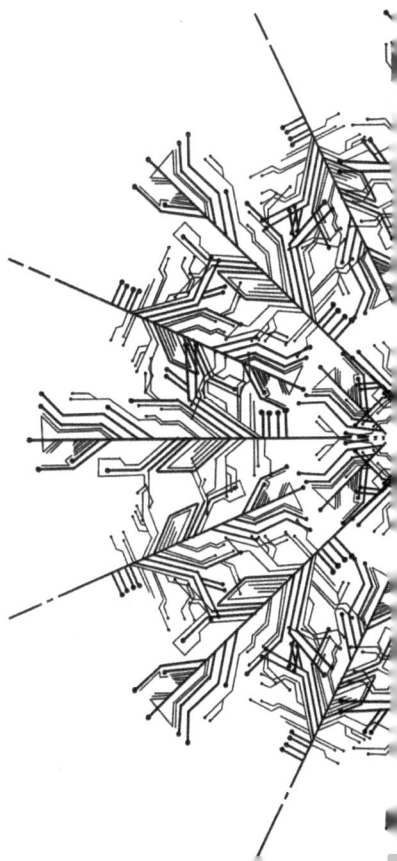

Auszug aus
Traves Naturphänomene
von Nada Quarzsplitter

Höhlenblindheit

Die Höhlenblindheit (seltener auch Riesinnenauge genannt) ist ein Phänomen der Metropole Erzweiden und wohl einer der interessantesten Nebeneffekte der Besiedelung des Riesinnengrabes.

Höhlenblindheit ist angeboren und kommt *ausschließlich* bei Kindern vor, die in Erzweiden oder naher Umgebung zur Welt kommen. Charakteristisch für Höhlenblindheit sind weiße Augen ohne Iris und Pupille, begleitet von einer totalen Blindheit (bei einer partiellen Erblindung oder sonstiger Sehschwäche spricht man nicht von Höhlenblindheit).

Entscheidender Faktor für das Auftreten von Höhlenblindheit ist hierbei eindeutig die Geburtsnähe zur Riesin Erz, die, Spekulationen nach, selbst blind gewesen sein soll.

Bis heute ist das meist genutzte Schriftbild Erzweidens eine Form der Blindenschrift. Grund hierfür ist, dass zu Beginn der Zeitrechnung schätzungsweise 40 % der Einwohnenden eine Höhlenblindheit aufwiesen.

Nachdem die Menschen ihre Behausungen aus den Höhlen auf die Erdoberfläche verlegten - und somit die Distanz zum Leib der Riesin Erz wuchs -, sank dieser Prozentsatz über die Jahrhunderte signifikant. Heute liegt er bei etwas unter 2 % der Bevölkerung.

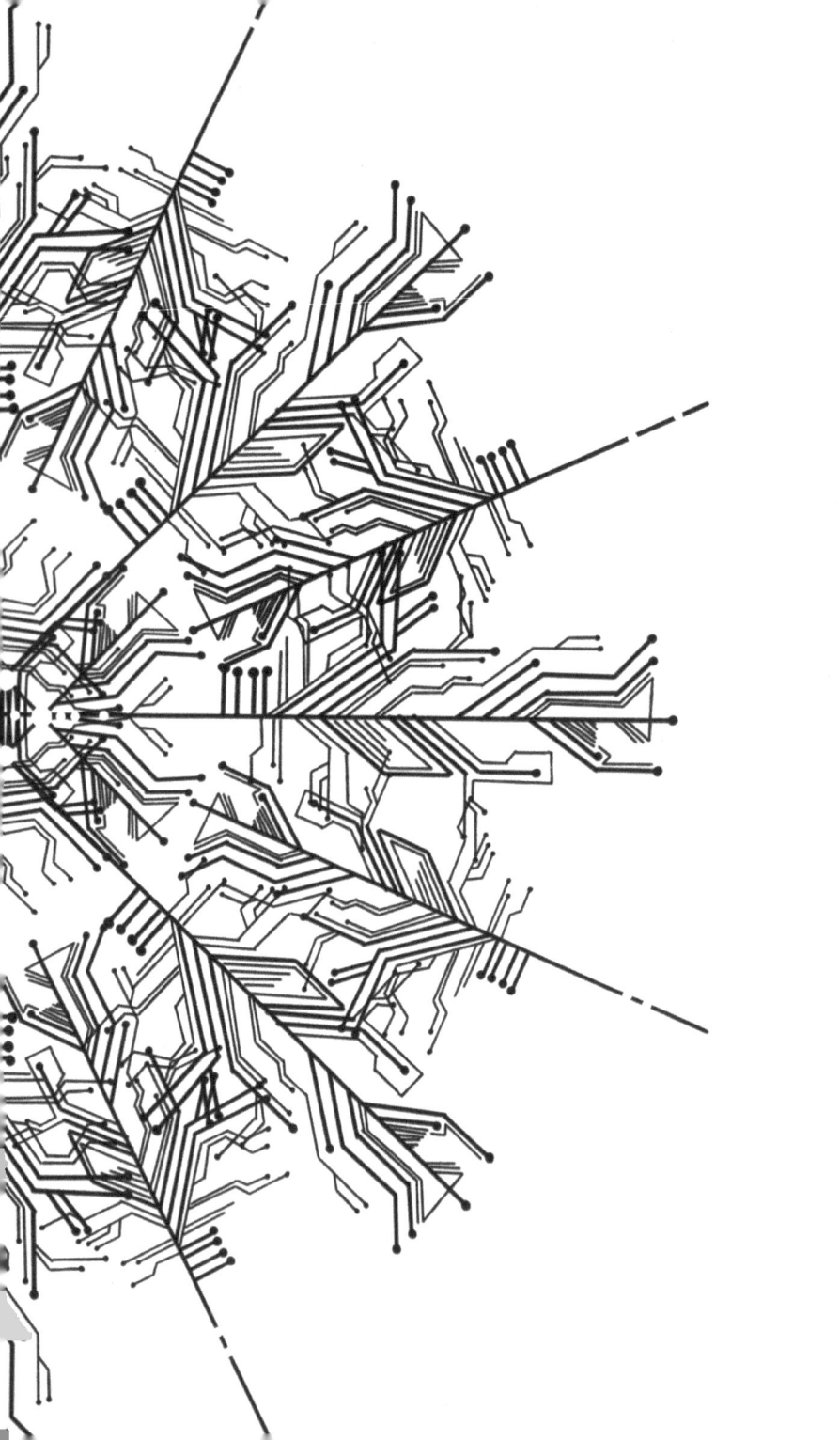

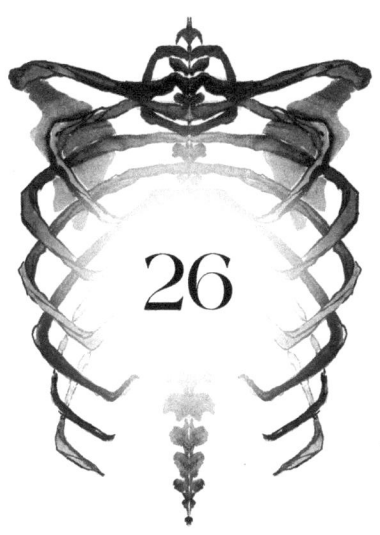

26

*3037 nach Sonnenschlüpfen
(Gegenwart)*

Olga wühlte im Zimmer ihres Vaters herum, als Feres' Stimme die Treppe hochhallte. »Ich brauche noch mehr Nägel! Habt ihr noch mehr Nägel?«

»Nein!«, schrie sie zurück und ergriff eine alte Zeitung von einem Stapel. Die Seiten knisterten und sahen aus, als würden sie sich gleich in Staub auflösen. Olga suchte nach dem Datum: 3016 nach Sonnenschlüpfen. Sie war ein Kack*baby* gewesen.

Resolut legte sie die Zeitung zu dem anderen Müll in eine große Pappbox und zog eine rundliche Truhe heran. Unter der fingerdicken Schicht fettiger Staubmasse hatte das Möbelstück die Farbe von altem Wein und das Schloss war komplett verrostet. Mit Dietrichen war da nichts zu machen.

»Mit so wenigen Nägeln kann ich unmöglich auskommen«, rief Feres.

Genervt setzte Olga das Brecheisen unters Schloss. »Du sollst den Fußboden reparieren, keinen verdammten Igel basteln. Denk dir was aus!«

Seine Antwort ging im Splittern des Holzes unter, als sie das Schloss aus der Truhe drückte. Reflexartig schaute sie über die Schulter, an die Wand.

Aus dem Zimmer ihrer Mutter kam keine Reaktion. Seit zwei Tagen waren ihre einzigen Lebenszeichen Wolken von Veteranenkraut und leere Teller, die wieder vor die Tür gestellt wurden.

Ein lautes Knacken aus dem Erdgeschoss. Das Hämmern stoppte.

»… Olga?«

»Was?«, rief sie, die Hände bereits in der Kiste.

»Was würdest du sagen, wenn ich dir erzähle, dass Löcher im Boden in den Gläsernen Städten der allerletzte Schrei sind?«

»Dann schreie *ich*.«

Hastig hämmerte Feres weiter.

Sie wandte ihre Aufmerksamkeit wieder der Truhe zu. Ihre ersten Griffe brachten nur Stofffetzen und zerknitterte Gürtel mit sich. Wenigstens eine Hose aus Öltuch hatten die Motten halbwegs verschont und eine mit roten Stickereien verzierte Anzugsweste war bis auf ein münzgroßes Loch intakt.

Olga betrachtete die Kleidungsstücke und wartete auf eine Erinnerung – einen Moment, einen Geruch, irgendetwas, doch da war nichts. Es waren einfach nur Kleidungsstücke.

Die Trauermünze an ihrem Ohr wog auf einmal doppelt so schwer.

»Wenn du nach unten läufst, kannst du ein Meisterwerk der Improvisation bewundern«, rief Feres auf der Treppe. »Allerdings rate ich davon ab, nachts barfuß aufs Klo zu gehen.«

Mit eingezogenem Kopf trat er in den Raum und sah sich neugierig um. Er trug nichts bis auf Hosen und eine kurze Weste, präsentierte schamlos seine drahtigen Arme. Langsam gewöhnte sich Olga an den Anblick der Tätowierungen.

Leise summend ließ er sich in einen Schneidersitz auf das Feldbett fallen, griff nach Nadel und Faden und begann, sein frisch gewaschenes Hemd zu flicken.

Olga öffnete den großen Schrank und blätterte durch mehr staubige Papiere. Nur noch mehr alte Zeitungen, Rechnungen, Notizen. Ihr Vater hatte das gleiche G geschrieben wie sie. Ruppig stopfte sie den Zettel zurück ins Fach und drückte die Türen zu.

»Feres, hilf mir mal, den Schrank zu verschieben.«

Während sie sich an die Seite quetschte und mit der Schulter zu schieben begann, passte der Erloschene auf, dass das Monstrum nicht vornüberkippte.

»Ich kann wirklich empfehlen, all die alten Sachen zu verbrennen«, sagte er sanft, als sie fertig war mit Fluchen. »Das Gefühl von Katharsis ist unbeschreiblich. Und es schafft Platz!«

»Ich könnte dich wieder auf die Straße werfen. Schafft auch Platz.«

Pikiert schnalzte er mit der Zunge. »Das Vakuum meiner Abwesenheit würdest du gar nicht verkraften.«

»Kein Wunder, dass dich alle hassen«, grunzte sie, schnappte die rote Truhe und zerrte sie in die Ecke. Er packte zu und schob, ein unschuldiges Grinsen auf den Lippen.

»Was sagt es dann erst über dich aus, dass du mich so gut leiden kannst?«

Olga hielt inne, öffnete den Mund zu einer spitzen Antwort, aber dann schnaubte sie nur belustigt, stieg auf den Deckel der Truhe und begann, mit Fliegenschiss bombardierte Weinflaschen aus dem Wandregal zu räumen. Feres ließ sich wieder auf das Bett fallen – und wischte dabei versehentlich seinen Beutel mit Habseligkeiten von der Kante.

Beim Aufprall rollte ein Summen durch den Raum.

Olga fuhr herum. »Was war das?«

Verdutzt hob er den Kopf, Nähgarn zwischen die Lippen geklemmt. »Was?«, nuschelte er. »Was meinst du?«

»Dieses Summen.« Mit einem Satz war sie von der Truhe gesprungen und starrte den Beutel an. »Was hast du da drin?«

»In meinem Beutel?«

»Mach ihn auf.« Sie schaffte es nicht, die Angst aus ihrer Stimme zu halten.

Seine Augenbrauen sprangen nach oben. »Verzeihung, aber selbst ich habe ein gewisses Maß an Privatsphäre, das ich mir einbehalten möchte. Ich …« Er brach ab, als er ihre Furcht registrierte. Langsam ließ er Nadel und Faden sinken. »Natürlich«, sagte er sanft. »Moment.«

Angespannt beobachtete sie, wie er den Beutel öffnete und eine hölzerne Schachtel herausholte. Sie war flach, kaum größer als eine

Zigarrenschachtel, und schlicht. So schlicht, dass sie nicht einmal ein Schloss besaß.

Wie einen verletzten Vogel drehte er sie in den Händen und die Maserungen wellten sich unter seiner Berührung, rollten über seine Fingerspitzen. Ein Geräusch erklang, als würde das Ding schnurren.

Feres lächelte. »Das ist Prägholz! Ein kleiner Alchemistentrick, der in meiner Jugend sehr beliebt war. Man geht ins Moor, findet den Keimling eines Baumes und verbuddelt eines seiner Körperteile unter den Wurzeln. Wenn der Baum erwachsen ist, kann man aus seinem Holz jegliches beliebige Objekt herstellen, das sich nur für einen selbst öffnet.«

»Ich weiß, wie Prägholz funktioniert«, knurrte sie. »Was hast du da drin?«

Er blinzelte überrascht, strich aber über die Seite der Schachtel, sodass die Maserungen zurückschlängelten und den Inhalt offenbarten. Feres hielt die Schachtel so, dass Olga einen guten Blick hineinwerfen konnte.

Sie war leer bis auf ein Ölportrait, kleiner als eine Postkarte. Olga beugte sich näher heran. Ein Mann mit brauner Haut und dichten, glänzenden Haaren. Den dunklen Weinfleck an seiner Schläfe erkannte sie erst auf den zweiten Blick als ein Muttermal. Sein Lächeln war eine schiefe Linie im Vollbart und in seinen Augen lag eine Art gutmütige Skepsis, die Olga an Milan erinnerte.

»Mein Jarwin«, sagte Feres ein wenig zu heiter, dafür, dass sein einziger Wertgegenstand offensichtlich das Porträt seines verstorbenen Mannes war. »Zugegeben, Prägholz ist eigentlich nicht gerade mein Stil. Doch wenn es einem schon den halben Finger nimmt, kann man auch etwas daraus machen, so mein Gedanke.«

Demonstrativ wackelte er mit der Hand, gluckste und bot ihr die Schachtel an. »Möchtest du mal halten?«

»Eher hüpfe ich in eine Badewanne voller Brennnesseln«, erwiderte sie und sah zu, wie sich das Prägholz wieder über dem Porträt schloss. »Ich hasse das Krabbeln.«

»Das Krabbeln?«

»Ja, du weißt schon.« Sie winkte ab. »Als würde man in einen Kackameisenbau grapschen.«

Sie drehte sich um, stieg auf die Truhe und griff schon wieder nach den Flaschen, als Feres leise fragte:

»Entschuldige bitte meine Verwirrung, aber … welches Krabbeln?«

Langsam stützte er die Wange in der Hand ab, seine ruhige Aufmerksamkeit ganz auf sie gerichtet. Sein Blick war befremdlich und mit einem Schauer begriff sie, dass er sich nicht einfach nur dumm stellte.

»Ich … Moment. Du willst mir sagen, du spürst das nicht?«

»Was soll ich spüren?«

»Das Krabbeln!« Zwei alte Flaschen in den Händen, breitete sie die Arme aus. »Das Scheißkrabbeln … oder … oder Summen, das alle alchemistischen Gegenstände haben? Weil es lebende Gegenstände sind?«

»Verzeihung.« Er wich leicht zurück. »*Lebende* Gegenstände?«

»Ja, natürlich! Die Kreaturen, die Pflanzen leben in den Gegenständen weiter. Also, falls man das leben nennen kann.« Die Bestürzung nahm ihren Worten einiges an Schärfe. »Du *wusstest* das nicht? Du *spürst* das nicht?«

Sein langsames Kopfschütteln schleuderte nur noch mehr Fragen in ihren Kopf. Ratlos setzte sie sich auf die Truhe. Was zum Henker? Wenn er das nicht spürte, wenn alle anderen das nicht spürten …

Sie war immer davon ausgegangen, die Leute ignorierten die wuselnde Signatur der Käfer einfach, wenn sie in ihre Rüstungen kletterten. Ignorierten das gleitende Zappeln, wenn sie eine Kerze aus Feuerforellen anzündeten. Aber … jetzt, wo sie darüber nachdachte … von all den Lektüren der Alchemistinnen, die Mora ihren Rachen hinabgezwungen hatte, hatte keine einzige die Signaturen erwähnt.

Was zum Fick?

Feres fing sich als Erster wieder und hüstelte. »In meinen fast vierzig Lebensjahren ist mir keine einzige Person begegnet, die behauptet, Leben in Objekten spüren zu können.« Faszination glomm in seinen Augen. Er beugte sich zu ihr vor, musterte sie. »Da stellt sich natürlich die Frage, was dich zur Ausnahme macht?«

Sein Blick gefiel ihr nicht. Als wäre sie ein seltenes Wesen, in freier Wildbahn gesichtet. Finster erhob sie sich von der Truhe und schob ihm grob den Karton mit Aussortiertem auf den Schoß. »Kannst du den runterbringen?«

Er begutachtete die Box und blätterte durch die Zeitungen, doch seine Seitenblicke machten deutlich, dass er das Thema nur vorübergehend auf sich beruhen ließ. Neugierig hob er eine Titelseite hoch. »Bist du sicher, dass du das wegwerfen willst?«

Olga sah nach, was er meinte. Es war die Titelseite des Erzjournals, die den Sieg über die Mutter der Masken verkündete. Ihr Vater musste sie aufbewahrt haben, weil ihre Mama darin erwähnt wurde.

»Ja«, antwortete sie knapp und versenkte die Nase wieder im Chaos aus Kisten.

»Mmh.« Zeitungspapier raschelte. »Das ist seltsam.«

»Was ist seltsam?«

»Die haben gar nicht erwähnt, dass Lathe schwanger war.«

Einen Schuhkarton in der Hand, hob Olga den Kopf. »Was?«

»Nun …« Interessiert blätterte er um, überflog den Artikel ein zweites Mal. »Du bist zweiundzwanzig, oder? Und da du im Juli Geburtstag hast –«

»Woher zum Fick weißt du, wann ich Geburtstag habe?«

»Das Datum stand auf deinem Klemmbrett im Krankenhaus.« Er schlug die Zeitung zu und legte sie behutsam beiseite. »Mathe gebietet also, dass Olathe während der Letzten Mondjagd mit dir schwanger gewesen sein muss.« Amüsiert zuckte er mit den Schultern. »Man hätte meinen können, die Reporter erwähnen das wenigstens mit einer Zeile. Ist doch ein gutes Narrativ. ‚Mutter besiegt Mutter‘ oder so etwas in der Art.«

Der Schuhkarton rutschte Olga aus den Fingern, plumpste zu Boden. Der Deckel löste sich und Kerzenstummel kullerten heraus, verschwanden zwischen den Möbeln wie weiße Mäuse auf der Flucht.

Verdutzt schaute Feres sie an. »Olga?«

»Ich …« Langsam, fast schon schwerfällig, erhob sie sich. Starrte auf den Boden. Dann auf ihre Hände. Ein leichter Druck lag auf ihren Ohren, wie nach einem plötzlichen Temperaturabfall. »Warte kurz, ich muss … ich muss nur etwas nachlesen.«

»Was denn?« Feres erhob sich ebenfalls, aber sie winkte ihn zurück, zog fahrig die Zeitung aus dem Karton, presste sie an die Brust und ging raus auf den Flur.

»Kümmerst du dich bitte einfach um den Müll?«, rief sie.

»Oh, oh. Das ist das erste Mal, dass ich dich ‚bitte‘ sagen höre. Geht es dir gut? Haben die im Hospital etwas übersehen?«

Doch sie ignorierte ihn. Verwirrt, aufgebracht ging sie in ihr Zimmer, knallte die Tür zu und schloss ab. Einen Herzschlag lang blieb sie stehen – bevor sie zur Kommode stürzte, die unterste Schublade aufriss und das Manuskript herauszerrte.

Mutationen der Magie? von Professorin Avari Fuchszahn. Von Olga aus den Archiven gestohlen, einmal überflogen, für nutzlos erklärt und enttäuscht wieder in die Schublade gestopft.

Irgendwo hinter ihr erklang ein leises Klopfen, wie aus weiter Ferne. Sie nahm es kaum wahr. Zum zweiten Mal schlug sie das Büchlein auf, dieses Mal mit zitternden Händen, und wischte lose Zettel beiseite, bis sie die Stelle wiederfand, die sie suchte.

Theorie, dass Mutationen der Magie, so, wie ich sie beobachtet habe, ein Schaden am Material sind, ein Störungsfaktor, dessen Auftreten manuell provoziert werden könnte, in dem man die Ressource [die Magierin] einem Quell großer magischer Strahlung nahebringt.

Olgas Finger rutschte den Absatz weiter runter und strandete schließlich an der entscheidenden Zeile.

Am besten unprogrammierte Magische.

Sprachlos ließ sie das Buch auf ihre Oberschenkel sinken, sodass die letzten losen Seiten zu Boden rutschten.

In ihrem ganzen Leben hatte sie Erzweiden kein einziges Mal verlassen. Sie war immer innerhalb der Stadtmauern geblieben, innerhalb der schützenden Aura von Erz, so sicher von urmagischen Kreaturen abgeschirmt wie sonst an keinem Ort der Welt. Es gab keine Möglichkeit, dass sie jemals einem

»Quell großer magischer Strahlung« ausgesetzt gewesen war, der eine »Störung« ihrer Magie – nein, der ihre magischen Heilkräfte verursacht haben könnte.

Jedenfalls hatte sie das bis jetzt angenommen.

Olga hob den zerknautschten Zeitungsartikel hoch, starrte auf die schwarzen Zeichen, die die Worte *Gruppenführerin Olathe Hannah Frost* bildeten, nur ein paar Zentimeter neben *drangen in das Nest der Mutter der Masken ein.*

Olga war nie der Attacke einer urmagischen Naturgewalt ausgesetzt gewesen.

Ihre Mutter allerdings schon.

Als sie mit ihr schwanger gewesen war.

Am besten unprogrammierte Magische.

Mit dem Rücken sank sie gegen die Kommode, brachte den Spiegel leicht zum Vibrieren.

Was war unprogrammierter als ein verdammter Fötus?

Schwer zu sagen, wie lange sie still da saß und die Erkenntnis sacken ließ. Genauso gut hätte sie versuchen können, einen Stein zu verdauen.

Über zwanzig Jahre Streitereien mit ihrer Mutter – immer, wenn Olga Wissbegierde, wenn sie Neugierde über ihre magischen Kräfte zeigte oder wenn sie Fragen stellte nach dem, was genau damals im Nest der Mutter der Masken passiert war –, wurden mit einem Ruck in ein neues Licht gerückt. Es hinterließ ein Nachbeben in ihr wie nach einer tektonischen Plattenverschiebung.

Ihre Mama wusste es.

Sie *musste* einfach wissen, dass Olgas unmögliche Kräfte bei der Begegnung mit der Mutter der Masken entstanden waren. Dass sie mit der Herrin der Irrlichter zusammenhingen.

Olga erinnerte sich an das letzte Mal, als sie versucht hatte, ihre Kräfte anzuwenden, zwischen den Aquarien im Keller der Kommandantin. Das Gefühl einer *Präsenz*, die auf sie eindrückte, ihrer Seele den Platz zum Atmen nahm. Die so sehr den Beschreibungen eben jener Präsenz ähnelte, die der Mutter der Masken nachgesagt worden war.

Sie dachte an den Moment an der Aussichtsplattform,

kurz nachdem die Irrlichter das Moor blau zum Brennen brachten, und den *Sog*, den sie gespürt hatte, als würden die Lichter sie zu sich rufen – *so stark*, trotz der Stadtmauer zwischen ihnen und dem Riesinnengrund unter ihren Füßen.

Und dann waren da die Gerüchte nach dem Wiederauftauchen der Irrlichter. Das Tuscheln über verschwundene Postwagen und überfallene Reisende, die unruhigen Worte, von einer Schaulustigen auf dem Marktplatz dahingeworfen:

»Es ist fast so, als würden sie jemanden suchen.«

Und sie dachte an ihren letzten Streit mit Olathe. Jetzt, im Rückblick, erkannte Olga die Wut, die Gnadenlosigkeit ihrer Mutter als Furcht, pure Furcht, die sie dazu trieb, die Notbremse zu ziehen, und seien ihre Worte auch noch so verletzend.

»Nur über meine Leiche. Hör mir mal gut zu. Du rührst deine Kräfte nicht an. Du denkst nicht mal an sie.«

»Du könntest auffliegen.«

Wovor wollte ihre Mutter sie schützen? Vor dem Neuen Rat, vor Mora, klar, aber war das wirklich alles? War da noch etwas anderes … eine Gefahr, die ihre Klauen in das Erbgut ihrer Mutter gegraben hatte, als von Olga noch nicht einmal mehr existierte als ein kleiner Haufen Zellen?

Olga zog die Knie an die Brust und vergrub die Hände in den Haaren.

Was bedeutete das jetzt für die Beziehung mit ihrer Mama? Nein – was bedeutete das jetzt für *sie*? Olga Elea Frost, der wandelnde Beweis, dass die Theorie einer fanatischen Alchemistin tatsächlich stimmte? Eine Magierin, deren Kräfte auf manipulierten Nanobots zurückzuführen waren, verändert von niemand Geringerem als der Scheißmutter der Masken höchstpersönlich?

Was machte das aus ihr?

Ein verdammtes Irrlicht ehrenhalber?

Zwei Fäuste voller Haare hob sie den Kopf, starrte die Tür an. Irgendwo im Haus sang Feres eine Melodie. Obwohl ihr Schädel zum Bersten voll mit Fragen war, kam Olga nicht umhin, zu registrieren, dass er eine wunderschöne Singstimme hatte. Im Flur klirrte eine Untertasse, ein Türschloss klickte und kurz darauf tastete sich der Geruch nach einer frischen Pfeife Veteranenkraut durch das Haus.

Ihre Mama.

Olga mahlte mit dem Kiefer, die Stirn auf die Knie gepresst. Wie zum Henker … Wie zum Henker sollte sie die verdammt markerschütterndste Erkenntnis ihres Lebens bei ihrer Mutter ansprechen, ohne zu verraten, wie sie an das Manuskript der Alchemistin gelangt war?

Oder ohne Olathe eine reinzuhauen, wenn sie schon dabei war?

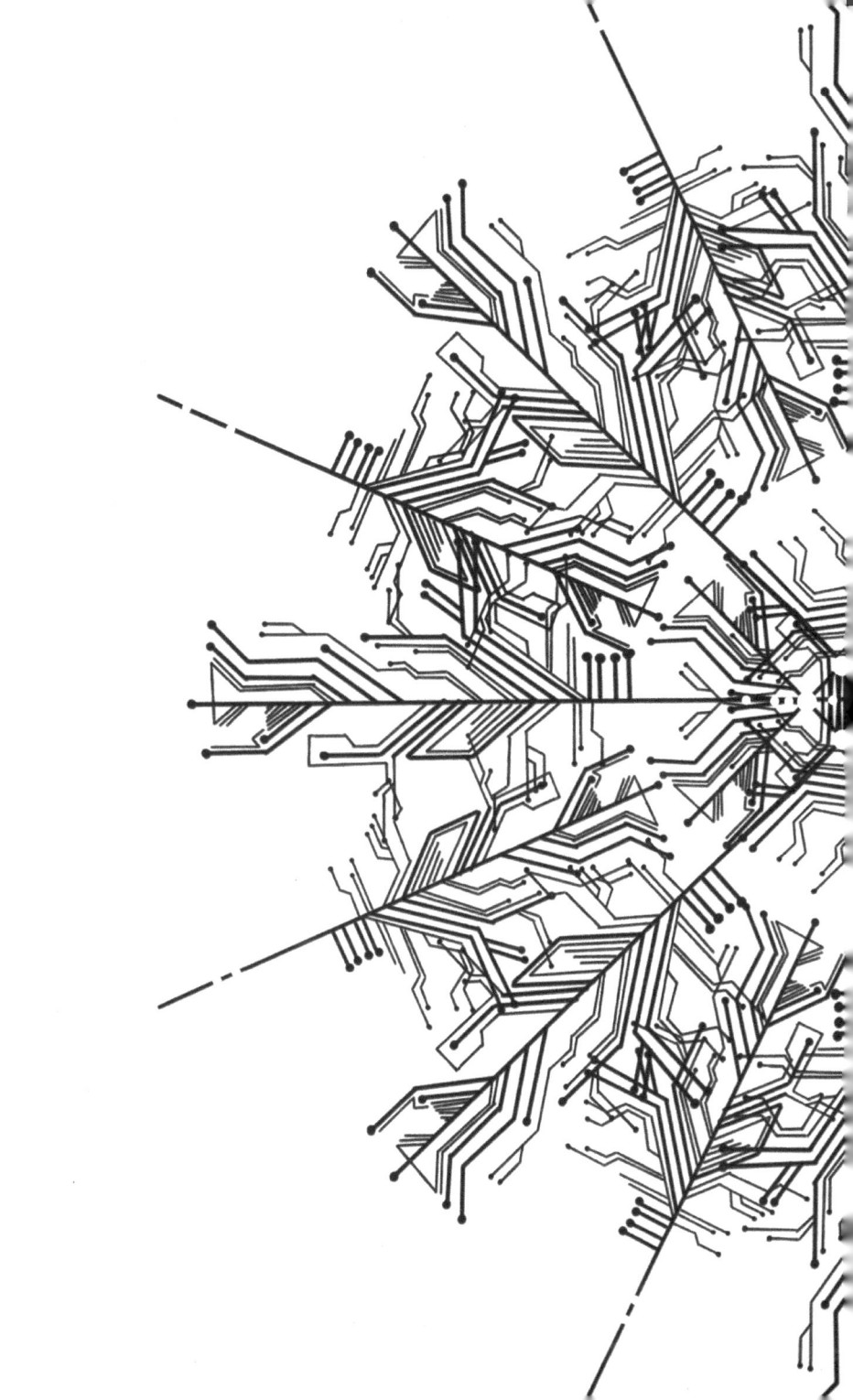

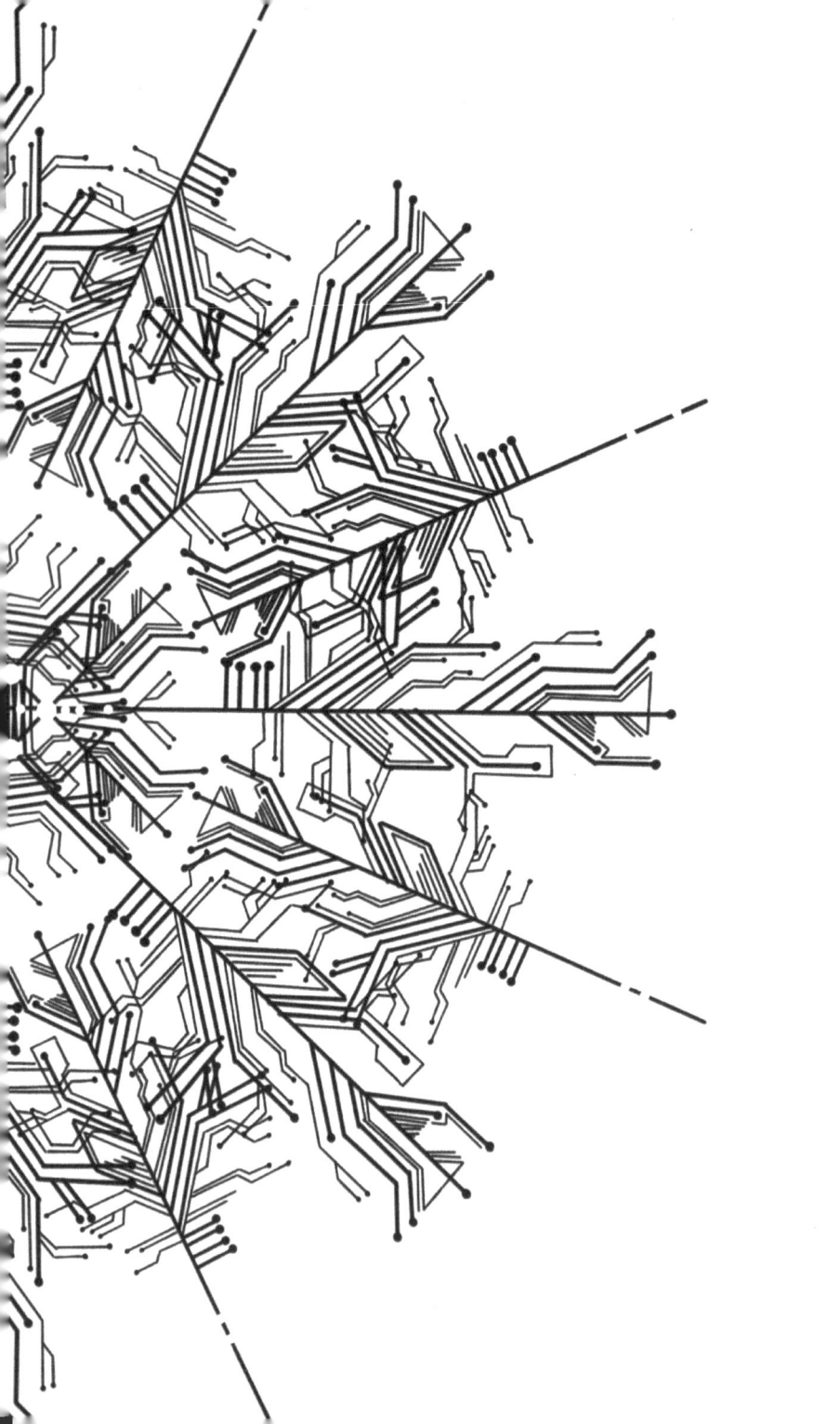

Erzweiden lädt zum Maskenfest ein!

Zu Ehren von REKAR JUNA, Erste Jägerin und Gründerin Erzweidens, öffnet unsere Stadt ihre Tore und ihre Herzen für das 2699. Maskenfest!

Sieben Tage ehren wir REKAR JUNA mit Festumzügen, Musik, Tanz und Feuerwerk und bringen die Knochen unserer Riesin Erz zum Beben. Alle Einwohnenden, Besuchenden und Durchreisenden sind gleichermaßen eingeladen, den Feierlichkeiten mit Speis und Trank beizuwohnen!

Wie jedes Jahr beginnt das Fest mit der Eröffnungszeremonie am Denkmal REKAR JUNAs (Marktplatz am Knie). Anschließend bricht der Umzug zum Tempel der Doppelsonne auf, wo sich die Festbühne befindet, welche rund um die Uhr, alle sieben Tage lang, bespielt wird!

Mehrmals täglich bietet der Tempel offene Meditationen, Münzzeremonien und Salzstreuungen an. Ebenso werden Ruheräume, Essen und Getränke sowie medizinische Notversorgung für Bedürftige gestellt.

WIR WÜNSCHEN ALLEN EIN FROHES UND LEBHAFTES MASKENFEST!

Hinweis: Das detaillierte Festtagsprogramm sowie Masken und Festgewänder können beim Tempel der Doppelsonne oder dem Erzweiden Tourismus e.V. erworben werden.

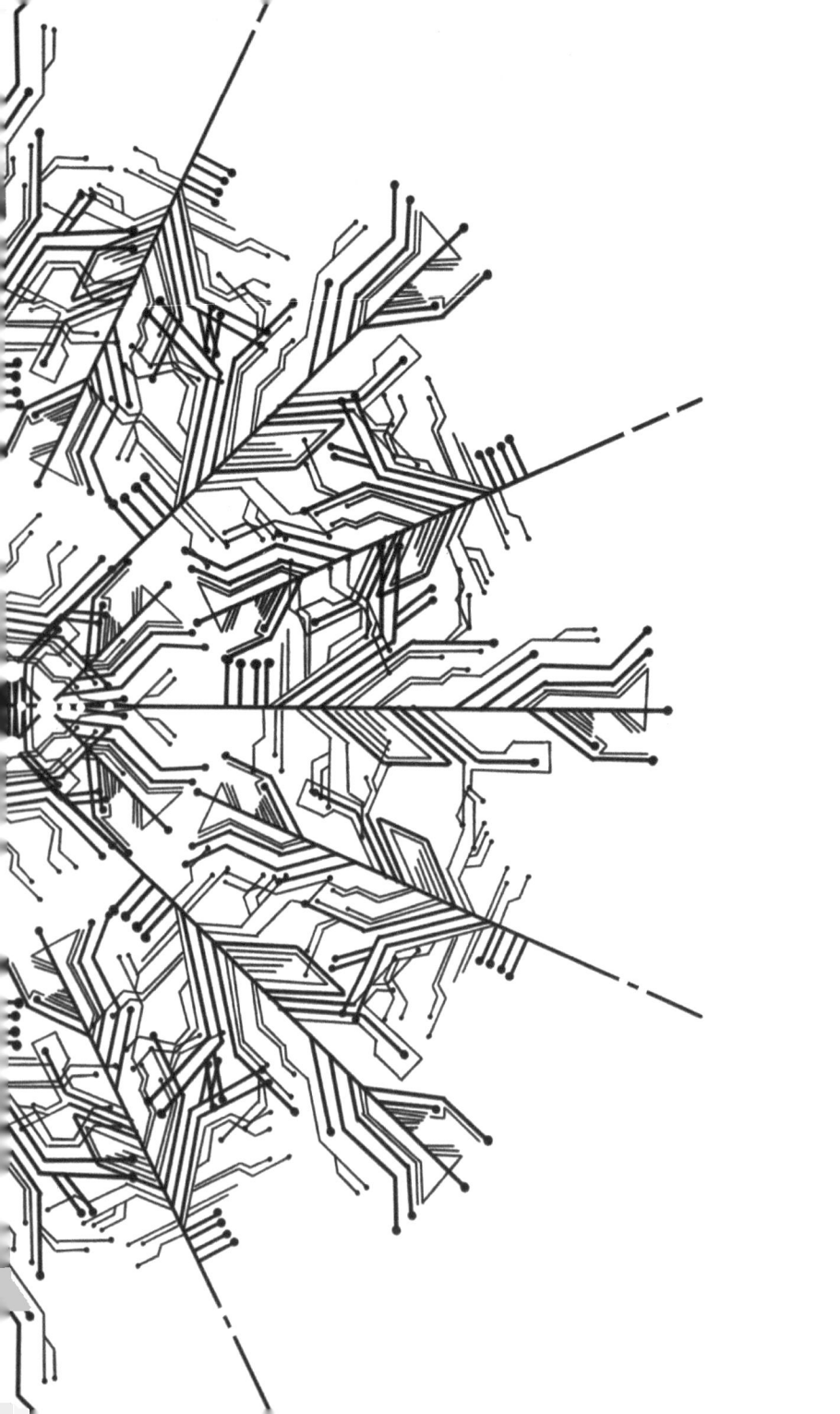

27

3037 nach Sonnenschlüpfen
(Gegenwart)

O lgas Lösung für ihr Dilemma war: Ihrer Mutter aus dem Weg zu gehen. Was bot sich da besser an als das Maskenfest?

Erzweiden tobte vor Vorfreude. In den Straßen krachten die Anspannung des letzten Monats, aufgestaut seit dem Auftritt der Irrlichter, und die Erleichterung über die positive Nachricht der Späherinnen ineinander – um schließlich mit dem ersten Schlag der Festglocken in Konfetti zu explodieren.

Das Maskenfest brachte *immer* alle zum Ausrasten, aber dieses Jahr schien es extrem zu werden.

Olga hielt sich mit der freien Hand ein Ohr zu, als die Jünger am anderen Ende des Platzes begannen, wie besessen auf ihre Blechtrommeln zu schlagen, Glocken zu schütteln und goldene Papierschnipsel in die Luft zu schießen. Arbeiterinnen und Veteranen hoben grölend die Krüge, rote und blaue Bänder in den Haaren, klirrende Ketten am Gürtel, die Münzen an den Ohren mit jedem Tanzsprung klimpernd, und stiegen mit Mülltonnendeckeln und Suppenkellen in das Getrommel der Gläubigen ein.

Meine Fresse.

Noch immer eine Hand auf dem Ohr, in der anderen einen Bierkrug, wühlte sich Olga zum Brunnen der Ersten Jägerin durch. Selbst die Jägerin sah nicht ganz so missmutig aus wie sonst: Milde gestimmt von den Opfergaben, den duftenden Kerzen, Eisenglocken und Talismanen aus Horn und Holz zu ihren Füßen, überwachte sie das Geschehen. Irgendwer hatte ihr eine Flasche Schnaps in die steinerne Hand gedrückt.

Olga kletterte auf den Rand des Springbrunnens und suchte ihrerseits die Menge mit Blicken ab.

Die Rezeptionistin in den Postunterkünften hatte gesagt, Lero sei keine fünf Minuten vor Olgas Ankunft aufgebrochen, also war sie sofort hinterher, aber irgendwo zwischen den ersten Festbuden und dem letzten Pulk grölender Gläubiger war er ihr verloren gegangen.

Neben ihr trommelte ein Typ auf einen alten Suppentopf und schlug ihr fast den Klöppel ins Gesicht, im Schlepptau eine Traube kreischender Kinder mit flatternden Bannern. Durch die bunten Fahnen erhaschte Olga einen Blick auf Leros Hinterkopf.

»Lero!«

Keine Reaktion. Sie sprang vom Sockel, duckte sich, um keinen Arm abzubekommen, und gab ihr Bestes, den Krug durch den Strom der Menge zu manövrieren. Nur nach drei Schritten war der Saum ihrer Ärmel mit Bier durchnässt und ihre Hose mit Wein bespritzt, aber sie war nicht so dämlich gewesen, ihre beste Kleidung anzuziehen.

Dieses Fest gönnte sie sich noch – eine letzte Pause, bevor sie zu ihrer Mama gehen und eine Entscheidung treffen musste. Darüber, was sie sagen wollte. Tun wollte. Fühlen wollte. Über das, was sie herausgefunden hatte. Das, was Olathe ihr verschwiegen hatte.

Abgesehen davon hatte sie noch eine Kleinigkeit gutzumachen.

»Lero! Lero bleib–verdammt–noch–mal–stehen Altnebel!«

Überrascht drehte er sich um. An seiner Seite waren zwei Kerle, die Olga nicht kannte, in samtigen Roben, die sie nicht zuordnen konnte. Mussten extrem weit für das Fest gereist sein.

Lero bedeutete ihnen zu warten, dann quetschte er sich die Stufen runter und rannte ihr förmlich in den Bierkrug. In seinem Festaufzug erkannte sie ihn kaum: Blaue und goldene Schminke bedeckten seine Stirn und Augenlider, Angelhaken hingen um seinen breiten Hals und ein Fetzen Fischernetz schmückte seine Arme – die Dekoration der Münzinseln. Das Hemd, das er trug, war so türkis, dass es fast in den Augen schmerzte.

»Olga!«, begrüßte er sie begeistert.

»Lero! Ich habe dich ge–«

»Was?«

»ICH HABE DICH GE–«

»WAS?«

»Lass uns vielleicht woanders reden.«

Sie dirigierte ihn ein paar Schritte weg von einer Gruppe aufgedrehter Veteraninnen, die es irgendwie geschafft hatten, alte Rüstungen zu Instrumenten umzufunktionieren.

»Also«, begann Olga, nachdem sie sich gesammelt hatte. »Ich muss mit dir sprechen.«

»Geht es dir gut?« Seine Wangen waren gerötet, seine Augen in ehrlicher Besorgnis aufgerissen. »Du bist nicht mehr ins Postamt gekommen …«

»Ja, ich … darüber wollte ich reden.«

»Lero?«, unterbrach sie einer der beiden Fremden und tauchte über ihnen auf den Stufen auf, die braunen Haare verwuschelt und Weinflecken auf der Robe. Hinter ihm war sein kleiner Freund voll und ganz damit beschäftigt, sich ein Stück Konfetti aus dem Auge zu fischen.

»Kommst du?«, grinste der Größere und warf Lero einen Blick zu, der ihn quasi nackt stehen ließ. Dann bemerkte er Olga. »Oh, Olga! Du auch hier!«

Sie blinzelte. »Wer zum Fick bist du?«

»Veit. Wir haben Dart gespielt, letzte Woche. Erinnerst du dich nicht?«

»Ähm.«

»In der Bar?«

»Öhm.«

»Du hast einen Pfeil in die Decke geworfen und wir mussten

auf den Tisch klettern, um ihn wieder zu bekommen. Und dann haben wir noch acht Runden gespielt. Die ich alle gewonnen habe, übrigens.«

»Hat er nicht.« Der kleinere Mann ignorierte den kühlen Blick seines Partners. Das Stück Konfetti beanspruchte all seine Aufmerksamkeit.

Stirnrunzelnd grinste Lero. »Gebt ihr uns eine Minute allein?«

»Oh, klar. Aber beeil dich, ich will die Zeremonie nicht verpassen. Hab gehört, dass sie jedes Jahr jemanden auf der Bühne abstechen, das muss ich sehen.«

»Da wirst du enttäuscht werden«, kommentierte Olga. »Die Tradition haben sie schon vor Jahrhunderten abgeschafft. Eine zu große Sauerei.«

»Oh.« Sichtlich ernüchtert packte Veit seinen Begleiter, der lautstark protestierte, und zog ihn wieder die Treppe hoch.

Olga drehte sich zu Lero.

Er hob entschuldigend die Schultern. »Ich wollte nicht allein gehen und die beiden sind ganz nett«, erklärte er, aber es klang wie eine Frage.

Olga nickte und rieb sich den Nacken. Eine betretene Stille wuchs zwischen ihnen, was bei dem Radau auf der Straße eigentlich unmöglich sein sollte. Leros abwartender Blick kribbelte auf ihrem Gesicht.

Sie holte Luft, schaute ihn an. »Ich …«

»Du …«

»Sorry, du zuerst.«

»Nein, nein, du … du wolltest etwas sagen.« Er lächelte verunsichert.

Heilige Scheiße, was mach ich hier? Sie räusperte sich und hielt ihm den Krug hin. »Ich hab dir etwas mitgebracht.«

Er nahm ihn entgegen, betrachtete ihn. »Da ist eine Sardine im Bier«, stellte er fest.

»Ja.« Olga verschränkte die Arme vor der Brust und beobachtete, wie er den Fisch an der Flosse hochhob und erst das tropfende Tier anstarrte, dann Olga.

»Das … das ist Fischbier«, erklärte sie matt.

Er nickte höflich und ließ den Fisch wieder in das Bier sinken.

Plötzlich sprudelten die Worte aus ihm heraus, als hätten sie ihm tagelang den Schlaf geraubt. »Falls du böse bist wegen der Sache mit dem Krankenhaus, ich wusste einfach nicht, was ich tun soll, ich hätte dich ja nach Hause gebracht, aber ich hatte keine Ahnung, wo du wohnst, und mein Zimmer war so weit weg, und dann hast du dir den Kopf gestoßen und nicht mehr reagiert und ich hab Angst bekommen, weil, wenn Betrunkene nicht mehr reagieren, muss man sie unbedingt zu einer Ärztin bringen und die einzige, die mir eingefallen ist, war Vente, weil die meine Mastektomie gemacht hat, also bin ich in ihr Krankenhaus mit dir, nur am nächsten Tag hab ich mich erinnert, wie *teuer* Vente ist, und ich weiß ja, dass du pleite bist, und dann musste ich die ganze Zeit an die Rechnung denken und dass deine Mutter sich bestimmt Sorgen um dich macht, also hab ich Milan nach deiner Adresse gefragt, und dann bin ich zu deinem Haus und dein Magier wollte mir erst nicht aufmachen, weil er dachte, dass ich gekommen bin, um ihn zu verprügeln, was einfach sehr, sehr verwirrend war, und dann …«

Olga stoppte ihn, indem sie ihm die Hand auf den Mund drückte. Er glotzte sie an. Kleinlaut zog sie ihre Finger zurück und starrte auf ihre Stiefel.

»Danke, Lero. Du hast mir den Arsch gerettet. Und … *mir* tut es leid. Ich wollte dich nicht … als Mora auftauchte, ich …« Sie stockte, presste die Lippen zusammen.

»Nein, ist schon gut.« Unbeholfen trat er von einem Fuß auf den anderen, aber als Olga den Kopf hob, grinste er. »Gerne doch. Immer wieder.« Er überlegte. »Also, hoffentlich nie wieder.«

»Ja.« Vorsichtig wagte sie ihrerseits ein Grinsen.

»Du musst auch nicht drüber reden. Über diese Mora.«

»Oh, den Ahnen sei Dank«, atmete sie auf.

»Aber du, du kannst es, wenn du willst. Mit mir. Oder mit jemand anderem. Aber mit mir geht auch.«

Sie betrachtete sein offenes, ehrliches Gesicht, die überforderte Fürsorge in seinen Augen. *Alter, wie kann ein Mensch nur so … so sein?*

»Vielleicht wann anders«, antwortete sie schließlich, zog eine kleine Flasche Wein aus ihrer Tasche und warf den Stöpsel weg.

»Für jetzt lass uns einfach anstoßen und nicht mehr drüber reden.«

Artig stieß er an und hob den Krug an seine Lippen, hielt jedoch inne. Die Flosse der Sardine wackelte fröhlich im Bierschaum.

»Ich sollte das nicht trinken«, stellte er fest.

»Nein, solltest du ernsthaft nicht.«

»Es riecht furchtbar.«

»Lass es stehen, ich kaufe dir was Vernünftiges.« Olga machte einen Schritt in Richtung Treppe, doch Lero winkte sie weg und deutete in die andere Richtung.

»Aber was ist mit den beiden Spinnern?«, fragte sie.

»Die sind ganz nett, aber sie streiten sich die ganze Zeit und dann haben sie angefangen, mir Erdbeerspieße zu verfüttern und ich weiß ehrlich gesagt nicht, wie ich das einordnen soll.«

Olga zuckte mit den Schultern und zusammen arbeiteten sie sich durch die Menge. Zuckertaler prasselten von den Festwagen auf ihre Schultern und die Blechtrommeln und Glocken der Jünger lärmten mit den Leuten auf den Terrassen und Balkonen um die Wette, die, mit Geige, Akkordeon und Gesang bewaffnet, den ganzen Straßenzug zum Dröhnen brachten.

Olga spürte einen Stups an ihrem Ellenbogen und dann Leros Hand, die sie an den Rand und in eine Nebengasse zog.

»Meine Fresse«, keuchte Olga. »Dieses Jahr ist die Stimmung gut.«

»Trotz Irrlichtern!«, sagte Lero vergnügt.

»Oder gerade deswegen.« Bei der Erwähnung der Irrlichter wurden ihre Hände klamm. Sie schluckte und nickte zur Seite. »Abkürzung?«

»Moment.« Lero wischte sich über die geschminkte Stirn, sodass blaue Streifen auf seiner Hand zurückblieben, beugte sich zu ihr herab und brüllte in ihr Ohr: »Trifon sagt, du bist gefeuert. Und ich habe deinen Job bekommen.«

»Ja?«, schrie sie zurück. »Dachte ich mir.«

Vorsichtig musterte er sie. »Du bist nicht sauer?«

»Nein. Zu dir passt er besser.«

»Aber …« Er zögerte. »Was wirst du jetzt tun?«

Einen Moment überlegte Olga, während jubelnde Kinder an ihr vorbeitrampelten und sich gegenseitig über den Haufen rannten. »Ganz ehrlich? Ich habe nicht den beschissensten Hauch einer verdammten Ahnung.«

Kurz musterte Lero sie, beinahe schon schockiert. Dann schwappte Entschlossenheit über sein Gesicht und er rammte johlend die Fäuste in die Luft. »Du kriegst das hin.« Er zupfte ihr die Flasche aus der Hand und stahl einen Schluck. »Ich glaub's. Ganz fest. Solltest du auch.«

Belustigt nahm sie ihm die Flasche wieder weg. »Sag mal, wie viel hast du heute eigentlich schon gesoffen?«

»Ich meine das ernst«, überging Lero ihre Frage. »Todernst. Glaub dran. Na los.«

»Wenn's sein muss«, murrte sie.

»Mehr. Besser.« Er packte und schüttelte sie.

»Besser ist nicht drin.«

»Dann halt Prost auf mehr besser!«

»PROOOST!«, grölte eine Gruppe Arbeiterinnen im Vorbei-gehen, dicht ineinandergehakt, kichernd und bis zu den Knien mit nassen Sägespänen bespritzt. Über ihnen knallte eine Konfettikanone. Lero verschluckte sich, hustete nasses Papier und Olga lachte dreckig, nur um selbst eine Handvoll bunte Zettel in die Fresse zu bekommen.

Zwei Minuten später tauschten sie ein paar Münzen gegen zwei Krüge leuchtend gelbes Bier. Die Nase schon im Schaum, beobachtete Olga, wie Lero vor dem Trinken in seinen Krug griff und eine Handvoll Tropfen über die Schulter spritzte.

»Für die Ahnen«, erklärte er auf ihren neugierigen Blick hin.

Sie zupfte an seinem Fischnetzschmuck. »Und das hier?«

Er grinste. »Für mich.«

Sie gingen weiter, ließen sich von dem Umzug über den Berg und Richtung Tempel schleifen. Ein Pärchen in Maske und Fest-rock stürmte gackernd an ihnen vorbei und auf den Treppenstufen einer Buchhandlung warfen alte Männer die Würfel in die Luft. Ihr Johlen und Zanken verfolgte sie noch um mehrere Ecken, bis Olga der Geruch nach Grillfeuer und Pfeife um die Nase schlug.

Sofort dachte sie an ihre Mutter.

Zwar war Feres zu Hause geblieben, um auf ihre Mutter aufzupassen, doch die Unruhe blieb. Es fühlte sich falsch an, nicht bei ihr zu sein. Trotz allem.

An ihrer Seite stieß Lero einen Laut kindlicher Freude aus und deutete auf eine Gruppe in Tierkostümen. Sie schaute zu ihm, dann nahm sie einen großen Schluck Bier. *Scheiß drauf. Feiern. Ich will feiern.*

Vor dem Tempel wurde die Menge so dicht, dass sie sich fühlte wie eine Biene in einem verrammelten Bienenstock. Die Bühne ragte wie ein Fels in der Brandung auf – und über ihr, vor dem blauschwarzen Sommerhimmel, die mit Festlaternen übersäten Rippenbögen der Riesin.

Sie suchten Zuflucht auf einem Balkonvorsprung und machten es sich Schulter an Schulter auf dem Geländer bequem. Lero bemerkte, dass Olgas Krug leer war, und bot ihr seinen an.

Sie waren zu weit weg, um die gelb gewandeten Gestalten auf der Bühne zu verstehen, aber sie kannte das Schauspiel auswendig und erklärte Lero die Kostüme, während die ersten Schaustellerinnen unter lautem Jubel aufs Parkett taumelten.

»Das sollen die Menschen sein, die blind unter der Erde leben. Und die Clowns da mit den weißen Holzmasken sind Irrlichter.«

»Was sind die auf den Stelzen?«

»Riesinnen. Ups …«, fügte sie hinzu, als eine der Akrobatinnen eine Dose an den Kopf bekam und von der Bühne plumpste.

Schließlich, unter lautem Kreischen und Pfeifen, brach einer der beiden Pappmonde über der Bühne auf und goldene Bänder quollen heraus. Licht brachte den Platz zum Strahlen.

Begeistert stieg Lero in das Klatschen ein. Olga ließ ihn machen und schmunzelte nur an den Rand ihres Kruges.

Vom Sonnenlicht getroffen, sackten die Riesinnen zu Boden, dann stieg die Erste Jägerin prunkvoll aus den Höhlen und begann, die Irrlichter niederzumetzeln. Sobald sie erfolgreich das letzte abgestochen hatte, die erbeuteten Masken an den Bändern packte und triumphierend in die Luft riss wie abgeschlagene Köpfe, rasteten die Leute nahe der Bühne komplett aus. Wahrscheinlich konnte man den Tumult noch bis Nordport hören.

»Subtil«, bemerkte Lero, die Augen anerkennend aufgerissen.

Olga schwang sich vom Geländer. »Lass uns gehen. Jetzt kommt nur noch der religiöse Kram.«

»Glaubst du, die Kirche hat recht?«, dachte Lero laut, während sie sich an der Balustrade entlang Richtung Straße quetschten und aufpassen mussten, nicht auf dem nassen Pflaster auszurutschen. »Dass wir irgendwann eine zweite Sonne kriegen?«

Olga schnaubte. »Mir reicht eine.«

»Aber eine zweite Sonne würde alle Probleme lösen«, schwärmte ihr Begleiter und machte einem Kutscher Platz, der Nachschub für die Fressbuden den Berg hochkarrte. »Es gäbe keine Nacht mehr, keine Irrlichter …«

»Pass bloß auf«, neckte Olga ihn. »Wenn dich einer der Kultspinner hört, denkt der noch, du bist gutes Material zum Rekrutieren.«

»Vielleicht gibt es dann sogar eine weitere Erste Jägerin.«

»Die gibt es schon«, ertönte Milans Stimme hinter ihnen. »Meine Schwester.«

Olga schrie auf, sodass Lero vor Schreck Bier über seinen kompletten Oberkörper schüttete, und fuhr herum.

Milan stand mit geröteten Wangen vor ihr, der schwarze Ledermantel zerknittert und die Brille mit den roten Gläsern schief auf der Nase. Aus ihrer Gelfrisur hatten sich einzelne Strähnen gelöst. Mit der linken Hand hielt sie sich die Hüfte, mit der anderen umklammerte sie ihren Stock.

War sie etwa *gerannt?*

»Milan?«, rief Lero. Er klang halb verunsichert, halb positiv überrascht, sie zu sehen.

Olga selbst sagte nichts. Der Schmerz aus dem Krankenhaus meldete sich mit einem Ruck und sie spürte, wie die Verletzung ihr Hitze ins Gesicht trieb.

»Was willst du, Milan?«, fragte sie reserviert.

Milan öffnete den Mund zu einer Antwort, brach jedoch mit pumpenden Lungen ab.

Lero trat vor und legte ihr die Hand auf die Schulter, betrunkene Besorgnis im Blick. »Alles in Ordnung mit dir, Chefin?«

Die »Chefin« keuchte und schluckte, ehe sie behutsam seine Hand abstreifte. »Alles gut«, erwiderte sie, doch ihr Blick war fest auf Olga gerichtet. »Wir müssen reden. Jetzt.«

Die Hitze in Olgas Wangen wanderte weiter in ihren Hals. »Sorry«, fauchte sie. »Ich brauche ein wenig *Zeit* für mich. Zum Nachdenken. Wenn du dich also wieder verpissen würdest, damit wir in Ruhe weiterfeiern können, wäre ich dir sehr dankbar.«

Sie wandte sich zum Gehen – Milan packte sie am Arm, ignorierte die Beschwerden der Feiernden, die vor und hinter ihnen die Treppe hinabströmten. Olga starrte erst auf Milans Hand, dann in ihr Gesicht. Ihre Mimik wirkte gefasst, doch ihre Augen verrieten sie.

Sie zitterten.

Kurz wallte der Schnee um sie herum auf und Milan, die Atmung flach unter ihrem Helm, führte sie durch den Sturm zur Mauer.

»Lero«, krächzte Olga, ohne den Augenkontakt mit Milan zu brechen. »Holst du uns noch was zu trinken?«

Verdutzt schaute er zwischen ihnen hin und her. »Aber wir haben noch was zu trinken. – Oh. Ooooh, ihr wollt ohne mich reden.«

Milan lächelte ihm leicht zu. »Bitte nimm es nicht persönlich.«

»Oh, nein, keine Sorge.« Er zuckte mit den Schultern und grinste. »In ein paar Minuten wieder hier?«

Abwesend nickte Olga und spürte, wie er ihr die Schulter drückte, bevor er davonzuckelte und sich am nächsten Kneipenfenster in die Schlange einreihte, unbeschwert auf den Fußballen auf und ab wippend. Olga packte ihrerseits Milan am Handgelenk und dirigierte sie die Treppe runter über den Platz bis zum Brunnen. Grob zwang sie sie, sich mit ihr auf die Kante zu setzen.

»Okay«, presste Olga hervor und verschränkte die Arme vor der Brust. »Was zum Fick soll das?«

»Ich …« Milan umklammerte ihren Stock so fest, dass ihre Knöchel weiß hervortraten. Ein Junge rannte dicht an ihnen vorbei, die Arme schwer beladen mit leeren Bierkrügen – Milans Augen folgten ihm unruhig, bevor sie wieder ihren Blick erwiderte. »Was mach ich hier?«, flüsterte sie. »Das ist eine dumme Idee. Ich sollte …«

»Es geht um Mora, oder?«, unterbrach Olga sie und musste alle Mühe aufwenden, um die Furcht aus ihrer Stimme herauszuhalten. Die Musik und der Lärm des Festes rückten in den Hintergrund. Da war nur Milans Gesicht.

Ihre Freundin nickte knapp. »Ja.« Erneut schaute sie sich um. Holte tief Luft, sammelte sich. Dann packte sie Olgas Hände und rückte näher, die Lippen schmal vor Anspannung. »Also. Du weißt, dass ich in letzter Zeit immer weg war? Diese Sondertreffen, wichtige Besprechungen, all das?«

Misstrauisch nickte Olga.

»Okay. Das waren Verhöre beim Neuen Rat.«

Die Information brachte kurz Olgas Hirn zum Stillstand. Sie glotzte ihr Gegenüber an. »Was?«, entfuhr es ihr schließlich. »Aber ... warum?«

»Das habe ich mich auch gefragt, aber niemand hat mir eine klare Antwort gegeben. Sie wollten nichts Spezifisches, haben mir einfach immer nur irgendwelche Fragen gestellt, über meine Arbeit, meine Karriere. Ich dachte mir, na gut, solche Routinebefragungen gibt es öfter. Vielleicht haben die auch nur Wind bekommen, dass ich mich in Nordport für das Programmieren beworben habe und wollten mir etwas auf den Zahn fühlen. Es war alles eher nervig als wirklich ein Grund zur Sorge.« Erschöpft schüttelte sie den Kopf. »Kurz dachte ich auch, dass es vielleicht um die gestohlenen Briefe gehen könnte.«

Eiswasser flutete Olgas Magen. *Oh, Scheiße.* »Die gestohlenen ...«

»Irgendwer lässt Briefe verschwinden. Trifon hat es vor ein paar Wochen bemerkt. Aber darum geht es jetzt nicht.«

Sie winkte ab, ihr Knie sprang auf und ab und ihr Griff um Olgas Finger wurde so fest, dass sie ihre eigenen Gelenke knirschen spürte. Eindringlich fuhr sie fort:

»Als ich erfahren habe, dass Mora aus dem Gefängnis raus ist, hat es Klick gemacht. Ich meine, ich bin ihre Schwester und ich war es, die sie an den Neuen Rat ausgeliefert hat. Vielleicht dachten die sich, Mora will Kontakt mit mir aufnehmen, oder irgendetwas in der Art. Was auch immer es ist, es muss mit Mora zu tun haben.«

Ihr Blick umklammerte Olgas, ließ sie nicht los, nicht für den Bruchteil einer Sekunde. Es war die gleiche Intensität, mit der sie sonst stundenlang über alte Schriften redete.

»Also hab ich Nachforschungen eingeleitet und es stellte sich heraus, Mora wurde gegen Kaution aus dem Gefängnis gelassen. Eine *gigantische* Kaution. Wir reden hier von Geld, von dem selbst die reichsten Familien in Erzweiden nur träumen können, Olga.«

Ihr Knie wippte schneller und schneller.

»Ich habe mich gefragt, wer hat so viel Kapital? Wer kann so viel zahlen? Wichtiger noch, wer *würde* so viel zahlen, nur um meine Schwester wieder in der Stadt zu haben? Und dann fiel mir der Vorfall auf dem Marktplatz ein, mit Oberkommandantin Grau. Erinnerst du dich? Der Tumult wegen der Irrlichter? Weil Mora die Mondjägerinnen wieder ausgerufen hat?«

»Aber …«, protestierte Olga schwach, den Herzschlag in der Kehle. »Ja, aber das war Schwachsinn. Ein dämliches Gerücht.«

Milan beugte sich näher zu ihr, ein forsches Glühen in den Augen. »Was, wenn nicht?«

Olga schüttelte den Kopf, als könnte sie so Milans schnelle Worte abwerfen, die sie enger und enger umwickelten wie eine Spinne ihre Beute. »Es war nur blöde Spekulation«, versuchte sie es heiser, doch ihre Freundin überging sie.

»Ich hab's nicht aus dem Kopf bekommen!« Sie ließ sie los und hob die Hände, zählte an ihren Fingern ab. »Mora ist außer Gefecht gesetzt, politisch gesehen. Sie hat keinen Rückhalt vom Neuen Rat. Oder von der Stadtwacht. Und trotzdem ruft sie die Mondjägerinnen wieder aus. Warum? Gut, weil es wieder mehr Irrlichter gibt, aber – der ganze Punkt an den Jägerinnen war, die Mutter der Masken zu töten, und das haben sie getan.«

Sie schloss die Augen, öffnete sie wieder und tastete nach Olgas Arm. »Außer sie werden doch noch gebraucht. Außer die Herrin der Irrlichter lebt noch.«

Olga entzog sich der Berührung. »Nein.«

»Ich weiß, wie das klingt, Olga, aber hör mir zu …«

»Nein«, blaffte Olga und kurz brach ihre Stimme durch den Teppich aus Festmusik und Stimmengewirr. Köpfe drehten sich in ihre Richtung. Sie ignorierte sie. »Hörst du dich eigentlich selbst labern? *Meine Mama hat die Mutter der Masken getötet.* Willst du mir ernsthaft sagen, sie hat sich geirrt? Ihr ist das Schwert abgerutscht, ja? Hoppla, upsi, Missverständnisse passieren, haha?«

»Olga ... bitte.« Milan kniff sich ins Nasenbein, ehe sie die Hände ausbreitete. »Nehmen wir einfach kurz an, dass es so ist, ja? Olathe und Mora haben gelogen, aus welchen Gründen auch immer, und die Mutter der Masken lebt noch und jetzt will Mora die Mondjägerinnen wieder aufstellen. Wie will sie das machen? Ohne Ausrüstung, ohne Alchemie, nachdem ...«

»Nachdem ich ihr einziges Sonnenglas zerstört habe«, beendete Olga trocken den Satz für sie.

Milan nickte. »Also habe ich mir jemanden gesucht, der ein ... ein Auge auf meine Schwester hat. Schau nicht so, mir hat es auch nicht gefallen. Es hat meine ganzen Ersparnisse gefressen. Aber ...« Sie faltete die Hände an ihren Lippen und atmete scharf durch die Nase aus.

»Olga. Mora baut ein neues Sonnenglas.«

Olga betrachtete sie. Dann schüttelte sie den Kopf. »Nein«, sagte sie tonlos.

»Doch. Doch, ich weiß, ich wollte es auch nicht glauben ...«

Olga fuhr auf die Füße. Der Lärm um sie herum schwoll an, rückte dichter, nahm ihr die Fähigkeit, sich zu konzentrieren.

»Es ist kaputt«, hörte sie sich selbst rufen. »Ich hab es zerstört, Scheiße, ich hab's zerstört! Sie *kann* kein neues bauen, sie weiß nicht, wie es geht. Niemand weiß es!«

»Bitte, sei nicht so laut.« Milan riss sie zurück in den Sitz, ihre Stimme ein kleiner Leuchtturm in Olgas stürmischen Gedanken, ein Orientierungspunkt. »Ich habe keine Ahnung, wie sie es hinbekommen hat, okay? Ich verstehe selbst nichts mehr. Aber Tatsache ist, sie baut ein neues Sonnenglas und wenn es fertig ist, kann sie erneut ihre Ausrüstung herstellen.« Sie spürte die Vibration von Milans hüpfendem Knie durch ihre Berührung. »Aber auch hier ist wieder die Frage: Wer hat das Geld dafür? Und wer hat ein Interesse daran, dass Mora wieder in ihre alte Position als Mondjägerin aufsteigt?«

Olga hob den Blick. Schaute über den Platz. Die bunten Kostüme, die kostbaren Fahnen, das Schauspiel.

»Der Kult der Doppelsonne«, flüsterte sie.

Milans Knie stoppte. Olga griff sich an den Mund, als könnte sie die Worte wieder einfangen, als könnte sie irgendwie die furchtbare Erkenntnis abfangen, die sich mit voller Wucht aus ihr herauszwang.

Nein. Nein, nein, nein, nein, nein ...

»Milan«, setzte sie nach, auf einmal eine gnadenlose Ruhe in ihrer Stimme, die sie selbst nicht erkannte. »Hat der Neue Rat dich bei deinen letzten Verhören nach deiner Arbeit in den Archiven ausgefragt?«

Ihre Freundin lehnte sich leicht zurück. »Was ...«

Wenn es irgendeine Anleitung gab, irgendwelche Hinweise, wie man ein Sonnenglas herstellte, dann musste sie alt sein, sehr alt. »*Kurz nach dem Sonnenschlüpfen*«-alt. Ein antiker Bauplan, festgehalten auf den schönsten Eisenplatten, die das Archiv zu bieten hatte.

Wie hatte sie so dumm sein können? Wie hatte sie nur so unfassbar dumm sein können?

Sie nahm Milan an den Schultern, wiederholte ihre Frage. »Haben sie dich nach den Archiven ausgefragt?«

»Nur, an welchen Tagen ich gearbeitet habe. Und zu welchen Räumen ich Zugang habe ...«

Sie erhob sich und dieses Mal zog sie Milan mit sich, so heftig, dass ihre Freundin stolperte.

»Olga?«, fragte sie überrumpelt.

Olga schüttelte den Kopf, wieder und wieder und wieder, doch die Erkenntnis ließ nicht los, krallte sich fest. Sie schaute durch die Menge kostümierter Feiernder, als könnte das helfen, als könnte sie so irgendwie entkommen.

»Wir müssen hier weg«, sagte sie hart. »*Du* musst hier weg. Jetzt. Sofort.«

»Was —«

»Wir müssen dich verstecken.«

Wie hoch war die Wahrscheinlichkeit? Wie hoch war die Wahrscheinlichkeit, dass der Neue Rat Milan verdächtigte?

Milan, Moras Schwester. Milan, die in den Archiven arbeitete. Deren Schlüssel Olga für den Einbruch benutzt hatte. Milan, die es liebte, in ihrer Freizeit alte Schriften zu entschlüsseln, verdammt noch mal!

Und dann die Kommandantin. Sollte die Mutter der Masken wirklich noch leben, könnte Mora es sich nicht leisten, dass dies an die Öffentlichkeit kam. Sie könnte es sich nicht leisten, dass Milan …

Milan riss sie aus ihren Gedanken, indem sie ihr Gesicht packte und ihr ihren Blick aufzwang. Olga sah den Keim eines Verdachts in ihren Augen. Milans schöne Augen.

Die Augen, die sich weiteten, als sie die einzelne Schneeflocke erblickten, die von oben zwischen ihnen hinab und zu Boden segelte, wo sie weiß und fluffig liegen blieb.

Ratlos starrte Olga sie an.

Was zum …

Milans Berührung verschwand von ihrer Wange. Sie hob den Kopf und sah, wie ihre Freundin den Mund öffnete. Doch statt Worten quoll nur ein Schwall Blut heraus.

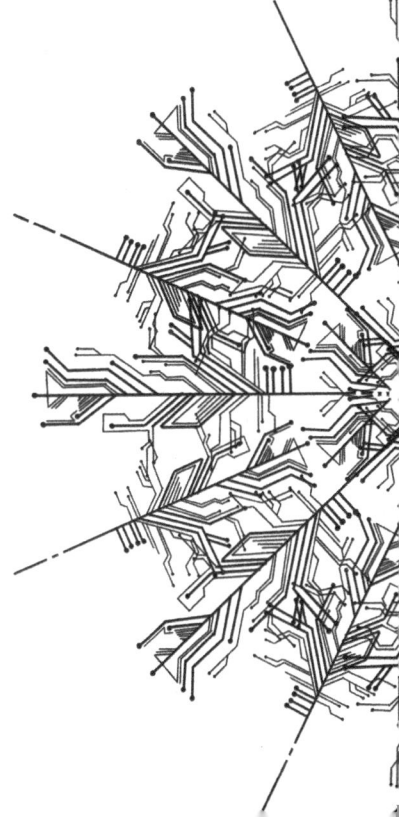

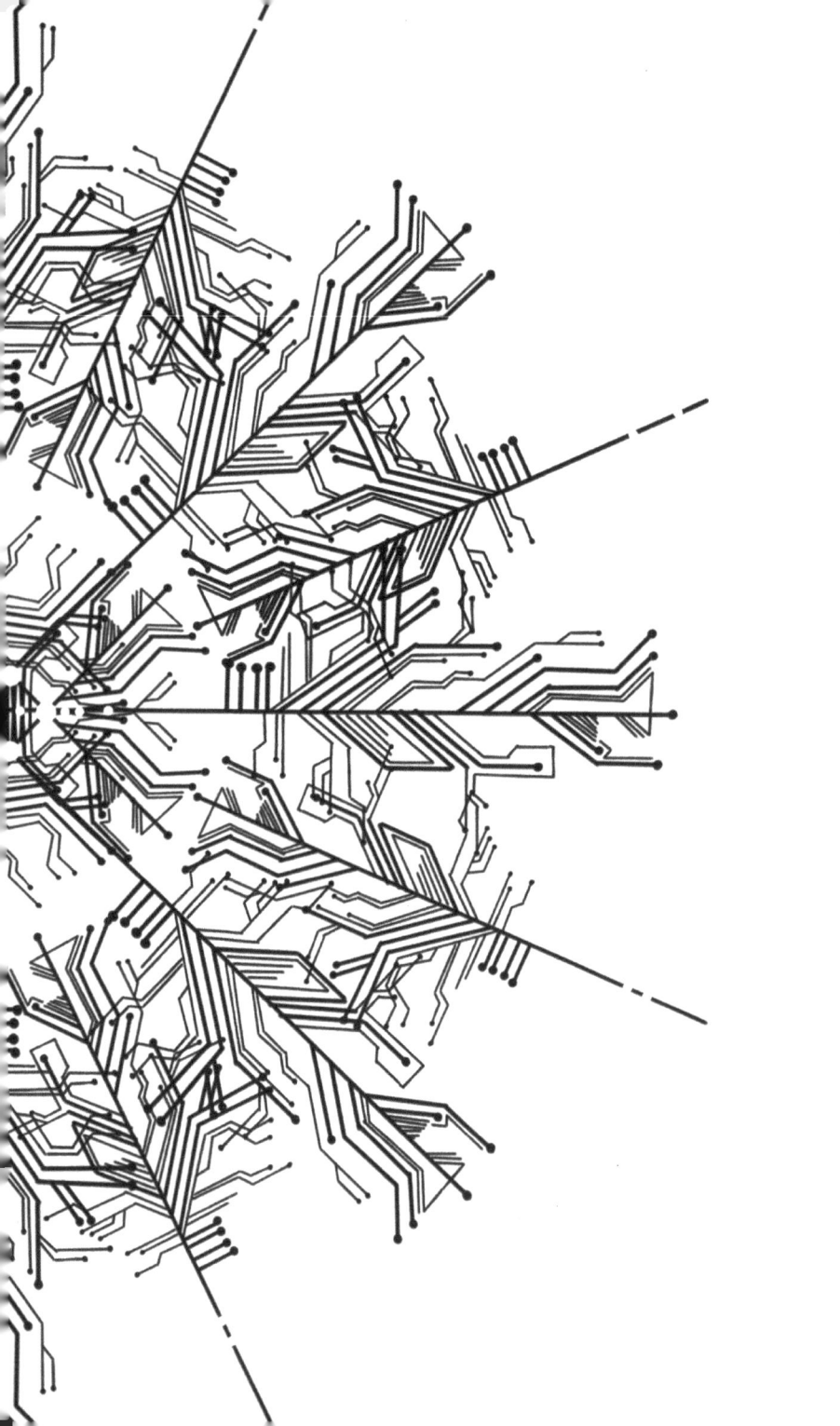

Eintrag aus dem Kompendium der Mondjägerinnen (3013 na. So.)

Frostgeierkontaktlinsen

Frostgeierkontaktlinsen ermöglichen es der Jägerin, die Wärmesignaturen ihrer Umgebung zu sehen. Mit ein wenig Übung kann die Jägerin so durch Wände und sonstige Hindernisse schauen und zielsicher ihre Beute ausmachen - sei das Terrain noch so unübersichtlich.

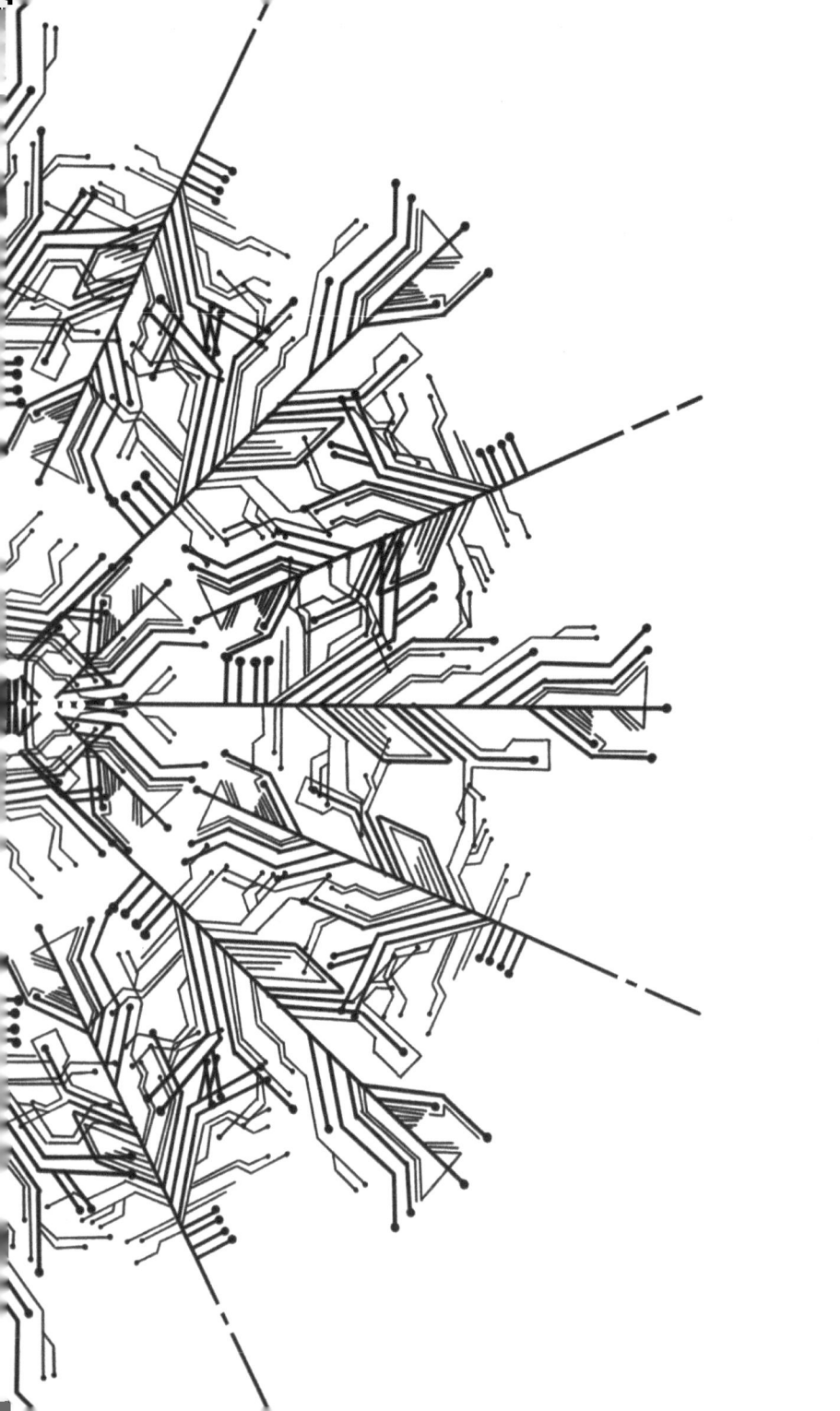

28

*3037 nach Sonnenschlüpfen
(Gegenwart)*

Milan hustete und Olga spürte es warm auf ihr Schlüsselbein spritzen. Sie begriff nicht … auch nicht, als Milan ins Wanken geriet und fahrig nach ihrem Schulterblatt tastete. Ihr Schmerzenslaut ging in ein rotes Gurgeln über – instinktiv fing Olga sie auf und das Gewicht ließ ihre Beine einknicken, zwang sie beide auf die Knie.

Entgeistert sah Olga den Armbrustbolzen, der in Milans Rücken steckte und dessen Feder bei jedem ihrer schlürfenden Atemzüge vibrierte.

Erst, als die Menschen um sie herum zu schreien begannen und zum Himmel deuteten, verstand Olga, dass der Schnee nicht nur in ihrem Kopf war.

Flaschen wurden fallen gelassen, Wein spritzte davon, Scherben knirschten unter Stiefeln. Statt Musik erklang nun panisches Brüllen. Die Leute stoben vom Marktplatz, rammten sich beiseite und flohen in wehenden Kostümen die Straßen hinab, während einzelne Flocken sanft und unscheinbar zu Boden schwebten.

Das Einrasten einer Armbrust riss Olga aus ihrer Starre. Ihr Blick flog hoch. Am anderen Ende des Platzes löste sich eine Gestalt aus dem Strom Fliehender, im Kostüm der Ersten Jägerin und das Gesicht durch eine grinsende Holzmaske verborgen. Allein die schwarzen Handschuhe passten nicht zur Tracht. Zielstrebig schritt sie an einer umgestürzten Feuertonne vorbei, fixierte Olga und hob noch im Gehen die Waffe.

Ihr Körper reagierte schneller als ihr Kopf. Sie riss Milan an die Brust und warf sich zur Seite. Der Bolzen pfiff an ihrer Wange vorbei, ließ den Brunnenstein hinter ihr zersplittern.

Die Gestalt fluchte tief und laut und griff nach einem neuen Pfeil.

Olga löste sich aus Milans Umarmung und sprang auf die Füße, ihre Wahrnehmung gespalten in kurze Eindrücke: Flocken. Schreie. Milans spuckende Atmung. Milans Stock. Sie packte ihn, der glatte Griff rutschig in ihrer blutnassen Hand, und obwohl ihr gesamtes Nervensystem *Rückzug* schrie, *Rückzug!*, floh sie nach vorne, sprintete auf ihren Angreifer zu, denn *er hatte Milan erschossen.*

»Hey!«, brüllte sie.

Der Kerl hob den Blick, sah sie kommen, sah, wie nahe sie war, und ein überraschter Laut hallte unter der Maske hervor. Grob warf er die Armbrust weg und riss die Arme hoch.

Es knackte, als sie auf ihn einhieb, aber die Holzsplitter sagten ihr, dass der Stock brach, nicht sein Knochen. Frustriert zischend, als wäre sie nur ein nerviger Routinetest, sprang er zurück und sie rückte nach, blind vor Wut, den abgebrochenen Griff in der Faust. Vielleicht schrie sie auch. Als sie nach ihm stach, war er besser vorbereitet.

Ihr eigener Schwung trieb sie in seine Faust rein und der Hieb traf sie direkt in den Magen. Die Hand am Bauch, schnappte sie nach Luft und stolperte vor, stürzte, als er hinter sie glitt und mit einem Tritt in ihr Kreuz nachsetzte. Harter Stein an ihrem Gesicht. Rutschend, strampelnd rollte sie sich auf den Rücken, nur, um von seinem Gewicht gefangen zu werden. Sein Körper roch nach Sonnencreme und Möbelpolitur.

Er packte ihren Hals und drückte zu.

Nein. Sie zappelte. Trat. Kratzte, doch seine Lederrüstung schützte ihn, bis eben verborgen unter dem Festkostüm. Noch immer trug er die Maske. Mit gefletschten Zähnen kescherte sie danach, wollte sein Gesicht sehen, sein verdammtes Gesicht.

Er hatte Milan getötet. Er hatte Milan getötet.

Nein.

Sie ließ von der Maske ab, tastete stattdessen den Boden ab. Nasses Konfetti, Stroh, Splitter. Das andere Ende von Milans Stock.

Mit einem zerdrückten Schrei rammte sie es ihm in den Oberschenkel. Er grunzte, erzitterte, doch seine Hände blieben an ihrem Hals. Sie riss den Splitter raus und hieb nach seiner Seite. Rutschte an der Rüstung ab. Ihre Gedanken wurden dünn, ihre Sicht fleckig. Der Schneefall verschaffte ihr den Eindruck, sie würde in den Himmel stürzen, zusammen mit dem Mörder über ihr.

Ein Fauchen raste heran.

Der Assassine hielt Olga immer noch fest genug, um sie auf den Bauch zu reißen, als Adva ihm mit vollem Anlauf in die Seite sprang, die Zähne gefletscht und die goldenen Augen wie zwei glühende Sternschnuppen.

Luft. Sie japste, eine Hand an ihrer Kehle, bis die letzten Flecken aus ihrem Blick schmolzen. Wackelig stemmte sie sich hoch, genau rechtzeitig, um Feres' Ruf zu hören und seinen Griff unter ihrem Arm zu spüren.

»Das Maskenfest habe ich aber anders in Erinnerung«, keuchte er an ihrer Seite. In seinen blonden Wimpern hingen Schneeflocken, seine Wangen waren rot vom Rennen. Mit sicherem Griff half er ihr auf die Beine. »Wer ist dein neuer Freund?«

Olgas Blick flackerte zum Kampf, zu Adva, wie sie fauchend nach dem Mörder schnappte, ihr weißes Fell aufgebauscht und Speichel von den messerscharfen Zähnen spritzend. Der Assassine hechtete zurück, trotz verletztem Oberschenkel flink und trittsicher.

Egal.

»Milan«, krächzte sie, ein Ring aus Schmerz um ihren Hals. Sie schlug Feres' Finger weg, drehte sich taumelnd um und sah zurück zum Brunnen.

Milan zog gerade das Bein an und versuchte, sich aufrecht zu stemmen. Stattdessen spuckte sie einen Schub Rot. Beim Anblick der Pfütze begannen ihre Lider zu flattern und sie sank wieder zu Boden, der Bolzen in ihrem Rücken wie die Nadel in einem präparierten Schmetterling.

Olga schleuderte den Rest des Gehstocks weg und stürzte los. Aus dem Augenwinkel sah sie, wie Leros Gestalt aus der fliehenden Menge brach. Sie hörte Feres' Schritte hinter sich, Advas Fauchen, wie sie dem fliehenden Mörder nachsetzte. Alles egal. Am Brunnen ließ sie sich fallen, spürte, wie das Steinpflaster ihr die Hose an den Knien aufriss.

»Milan.«

Sie wuchtete Milan hoch, packte ihr Gesicht, drehte es zu sich. Zitternder Blick aus halb geschlossenen Augen – die Pupille vor Angst geweitet. Milan öffnete den Mund, doch heraus kam nur Blut. Olga packte Milans Nacken.

»Nicht sprechen«, befahl sie hart.

Leros entsetzter Laut, als er sitzend neben sie fiel. Feres' Hand an ihrer Schulter.

»Olga«, sagte er. »Wir müssen weg. Die Frostgeier kommen.«

Sie schlug beides weg, Feres' Berührung und Leros stammelnde Fragen, und packte den Bolzen.

»Nicht!«, bellte der Erloschene.

Mit einem Ruck riss Olga den Pfeil aus Milans Rücken, ignorierte das schmatzende Geräusch, ignorierte alle Geräusche, und warf ihn beiseite.

»Lero«, herrschte sie. »Hilf mir, ihren Mantel auszuziehen.«

»Aber ...«

»SOFORT!«

Mit bebenden Fingern griff er Milans Kragen. Olga zerrte an den Ärmeln, bemüht, Milans Kopf zu halten, spürte die klamme Stirn an ihrem Hals, ignorierte, wie ihr das schaumige Blut in den Ausschnitt lief.

»Ich krieg das hin«, murmelte sie. »Ich krieg das hin.« Immer und immer wieder: »Ich krieg das hin.«

Ich muss es versuchen. Ich muss es versuchen.

»Was ...« Feres' Stimme war scharf wie eine Glasscherbe.

»Was tust du da?«

Vielleicht spürte er sie, erkannte sie, die Veränderung in der Luft. Ein Gewitter, das sich anbahnte. *Egal. Und wenn es die ganze Welt sieht ... egal.* Sie zog Milans dünnen Pullover hoch, bis ihr vernarbter Rücken nackt da lag, presste die flache Hand auf die Schusswunde und schloss die Augen.

Ihre Welt schrumpfte auf die Größe eines Pulsschlags.

Die Wunde fühlte sich an wie ein lockerer Knoten. Olga versuchte, ihn zu packen, er entglitt ihr, aber sie ließ nicht nach, jagte ihm nach, während Milans Atem schwächer wurde, ihr Herzklopfen flüchtiger.

Dann erwischte sie den Knoten. Sie packte zu, hielt, krallte – rammte jeden Fetzen ihrer Willenskraft in die Verletzung – grell, knisternd, furchtbar, ekstatisch.

Selbst durch die geschlossenen Augen blendete sie das blaue Licht, das unter ihrer Hand hervorbrach. Die Nanobots wüteten in ihren Adern, die Magie donnerte über sie hinweg wie eine Welle, riss sie mit. Sie verlor den Halt. Zerfloss. Für eine kurze Ewigkeit war sie nichts als Instinkt. Absolute Macht. Absolute Hilflosigkeit.

Genau so schnell, wie es gekommen war, verschwand es wieder.

Olga zog die Hand zurück und das Licht erlosch mit einem Knall. Zurück blieb der Triumphschwindel, den man fühlen musste, wenn man gerade eine Riesin erlegt hatte.

Leros Schock, Feres' hartes Schweigen. Milans glatter Rücken. Die Wunde war verschwunden. Olga holte zitternd Luft, dann packte sie die nackten Schultern. Bei der Berührung sprang Restenergie auf ihre Finger und um sie herum zerplatzten Schneeflocken wie knisternde Seifenblasen. Das Kribbeln von Strom lag auf ihrer Zunge.

»Milan?«

Nichts. Sie rollte sie auf den Rücken und auf ihren Schoß. Ihre Augen waren geschlossen, ihre Lippen blau unter dem Blut. Olga ergriff ihre Wange.

»Milan? Wach auf!«

Es musste geklappt haben! Bitte, dieses eine Mal, dieses eine Mal musste es geklappt haben!

»Wach auf, verdammt! Sag mir, dass ich es hinbekommen habe! Sag mir, dass es geklappt hat!«

In der Ferne ertönten Glocken, Hufschläge, das Scheppern von Rüstungen.

Feres griff unter ihren Arm. »Wir müssen weg.«

Olga schüttelte den Kopf, immer wieder, wischte sich über die Augen, tastete nach einem Puls, einem Herzschlag, Wärme. Schließlich fand sie über Milans Lippen das schwache Echo eines Atemzugs.

Ein grober Ruck. »Olga. Bleib hier und sie nehmen dich fest. Uns alle.«

»Nein!« Die Finger fahrig auf Milans Gesicht, hob Olga den Kopf. Ihr Blick traf den von Lero. Durch den Schneefall hindurch schaute er sie an.

»Es muss geklappt haben«, stammelte sie. »Sie muss es schaffen.« Sie packte seinen Blick, klammerte sich an ihn wie an eine Rettungsleine. »Sorg dafür, dass sie sie ins Krankenhaus bringen! Bitte, Lero!«

Er wich vor ihr zurück, die Augen riesig und starr.

Der Lärm von Pferden und Rüstungen wurde lauter. Feres' Arm schlang sich um ihre Brust – er zog sie auf die Füße und schleifte sie mit sich. Olga schaute über die Schulter und sah noch, wie Soldatinnen den Platz fluteten – Lero unter den Gewehrläufen die Hände in die Luft riss –, bevor der Erloschene sie um die Ecke und in den Schutz der Gassen zerrte.

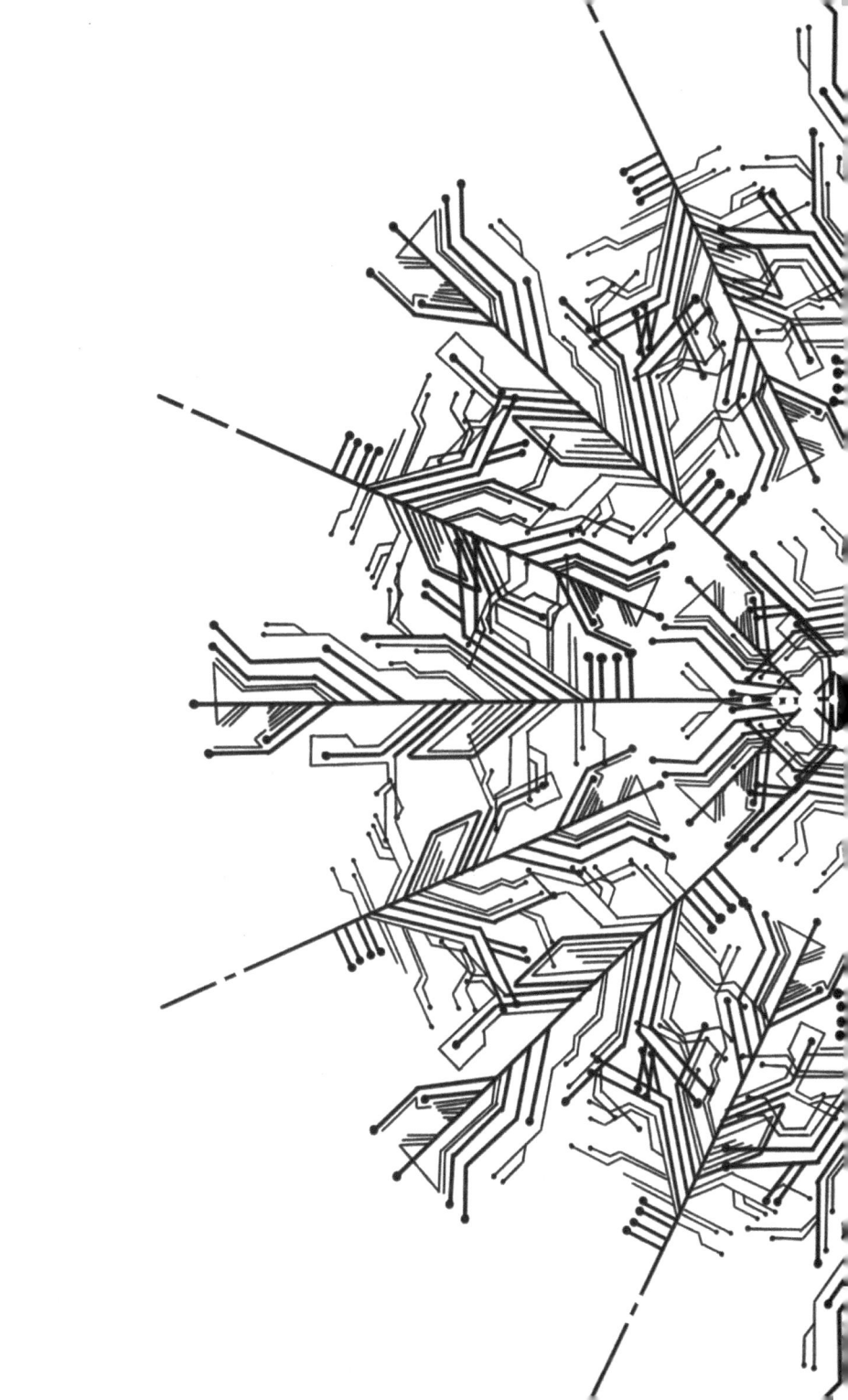

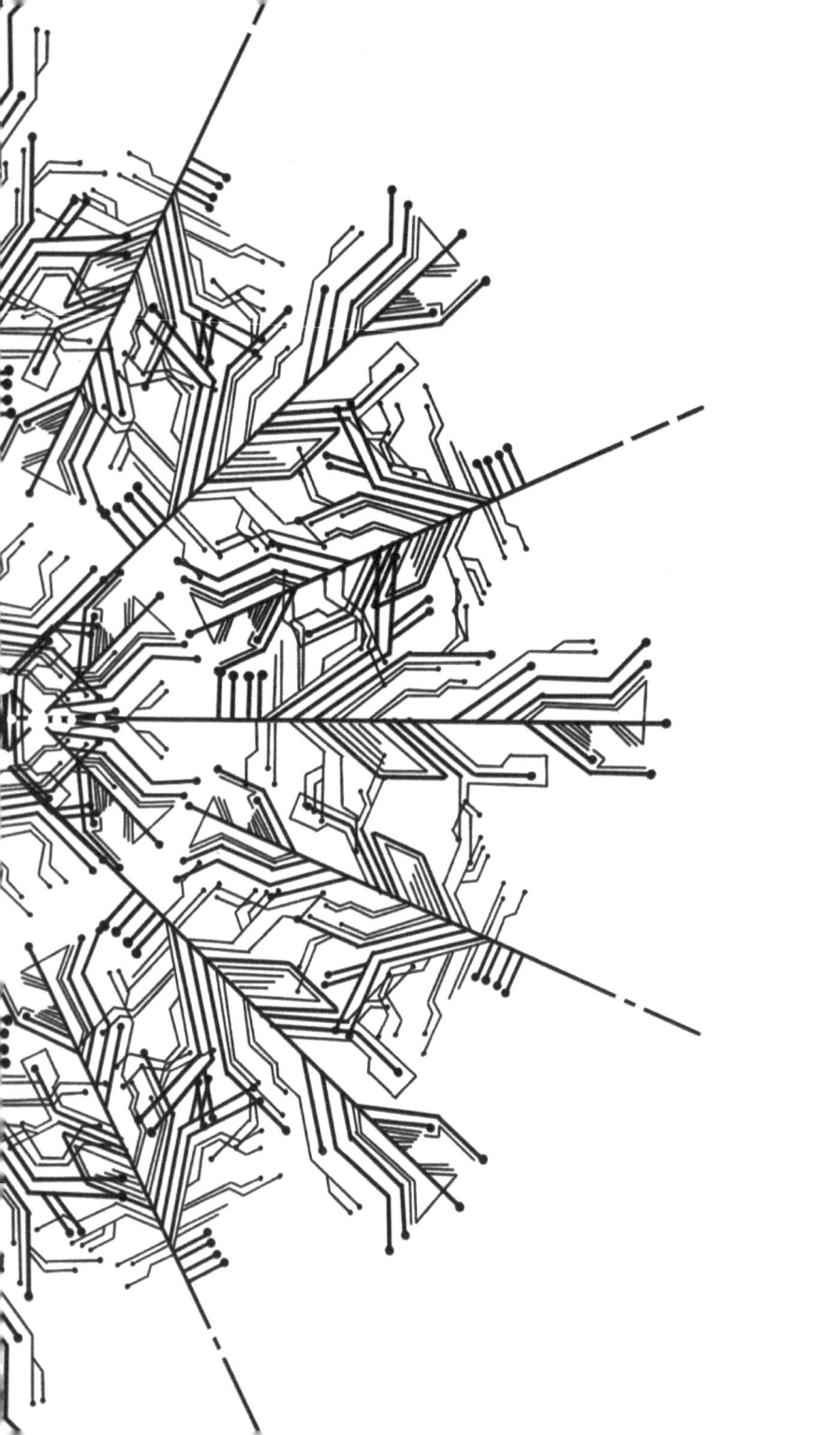

WINTEREINBRUCH
! NOTFALLPROTOKOLL !

BEFOLGE AUSNAHMSLOS ALLE ANWEISUNGEN DER STADTWACHT UND DER MAGIER*INNEN DES NEUEN RATES!
WIR SIND FÜR DIESE SITUATION TRAINIERT.
VERTRAU UNS.

HAST DU KEINE UNTERKUNFT?
SUCHE EIN ÖFFENTLICHES GEBÄUDE ODER NAHES
WOHNHAUS AUF UND BITTE UM EINLASS.

ZIEHE KEINE AUFMERKSAMKEIT AUF DICH!
BLEIBE SO RUHIG WIE MÖGLICH. VERANSTALTE
KEINEN LÄRM.

SOBALD DU DRINNEN BIST - SPARE WÄRME!
VERSAMMELE ALLE BEWOHNENDEN DES HAUSES IN
EINEM RAUM. RÜCKT ZUSAMMEN UND VERSTOPFT DIE
RITZEN VON FENSTERN UND TÜREN SOWIE SONSTIGE
SCHWACHSTELLEN IM HAUS MIT KLEIDUNG/LAKEN.

RATIONIERT FEUERHOLZ, ESSEN UND WASSER!
BEI WASSERMANGEL, SCHNEE SCHMELZEN.

VERBARRIKADIERT ALLE EINGÄNGE BIS AUF EINEN!
DIESER DIENT ALS FLUCHTWEG, SOLLTET IHR
DAS GEBÄUDE SCHNELL VERLASSEN MÜSSEN!
ABER:

**VERLASST DAS HAUS NUR IM ALLERGRÖßTEN
NOTFALL!**

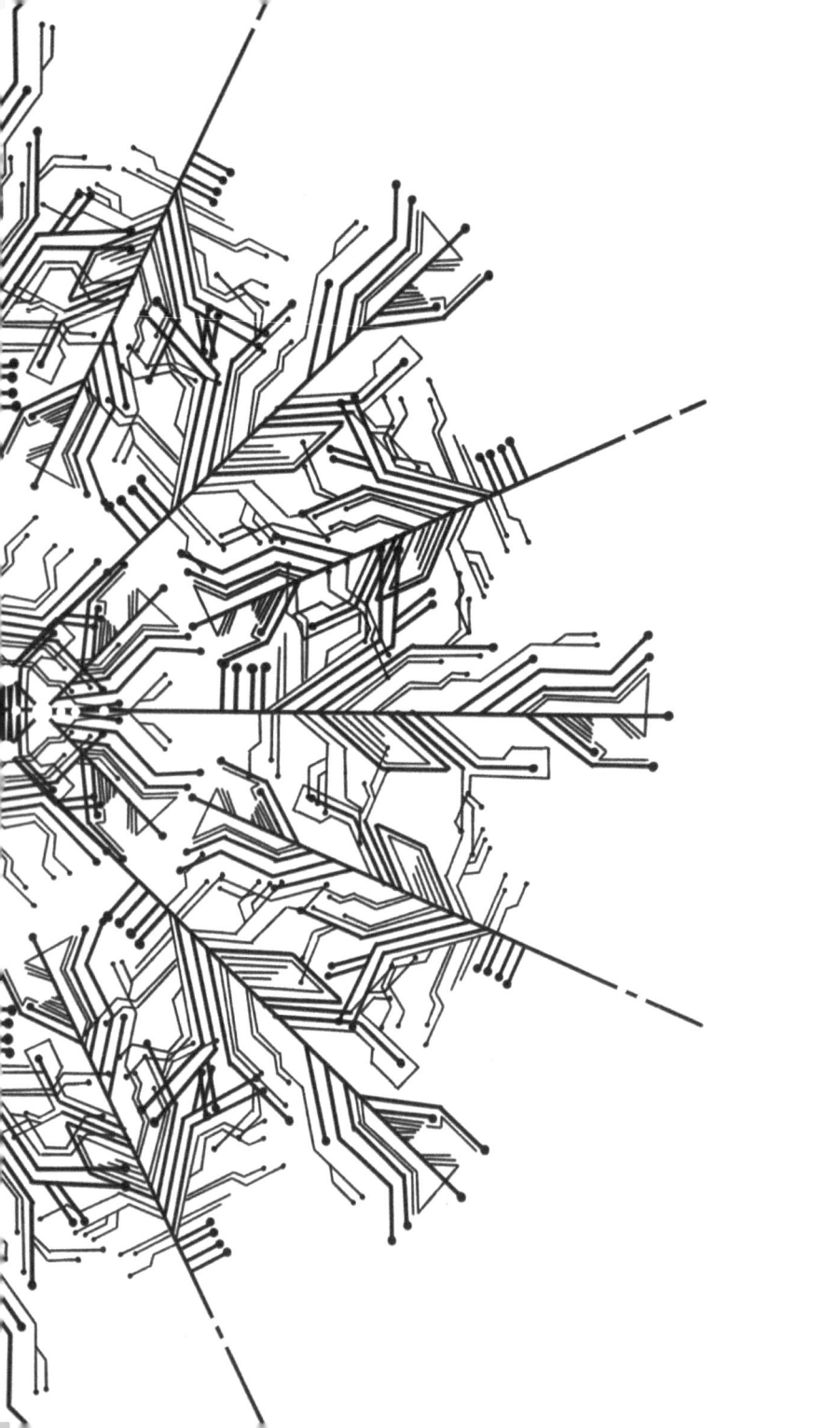

29

3037 nach Sonnenschlüpfen
(Gegenwart)

Es war genau wie letzten Winter.
Nein, korrigierte Olga sich, wobei sie Feres stolpernd durch Gassen und über Treppen folgte, während die Flocken dichter und das Stechen in ihren Seiten stärker wurden. *Nichts ist wie letzten Winter.*

Sie rannte nicht zur Stadtmauer, sondern den Berg hoch Richtung Hüftviertel, stieß auf panische Menschen, die sich in Sicherheit brachten und Barrikaden schleppten, Festschminke auf den Wangen, während der Schnee sie in ihren Sommerkleidern überfiel. Genau wie damals dröhnten die Glockenschläge durch die Straßen, aber vor allem waren sie viel zu spät.

Erzweiden war vollkommen unvorbereitet.

In einer Kurve rutschte sie aus und schrammte gegen eine Wand. Zitternd wischte sie sich eine kalte Flocke vom Hals, spürte, wie sich Milans halb getrocknetes Blut von ihrer Haut löste.

»Was hilft?«
»Ganz ehrlich? Ablenkung.«

Also hetzte sie ihr Hirn los auf die Suche nach einer Ablenkung, auf alles, was nicht Milan war. *Nicht dran denken. Schnee. Winter. Warum bei den Masken ist es Winter?*

Entweder hatte der Neue Rat schlicht und einfach nicht gewusst, dass ein Winter kommen würde und die Späherinnen hatten sich geirrt oder gelogen. Oder aber der Rat war gewarnt worden, dass ein Winter kommen würde und hatte es der Öffentlichkeit mit Absicht verheimlicht. Nur warum sollten sie das tun?

»Nein!«, rief Feres und drehte sich im Laufen um, die goldenen Augen leuchtend. Blonde Strähnen lösten sich aus seinem Zopf, tanzten durch die Luft und fingen Schneeflocken ein. »Hier entlang.«

Sie widersprach nicht und folgte ihm ins Taillenviertel. Der Schnee wurde dicht genug, um liegen zu bleiben. Bald würden die Geier folgen. Schweigend rannten sie weiter, tiefer ins verlassene Viertel, bis es stiller um sie herum wurde – die Panik der Menschen gedämpft, das Dröhnen der Glocken fern.

Elegant kam Feres im Schatten eines Durchgangs zum Stehen, ein kurzer Tunnel, der eine Krone aus Schutt und verbranntem Stein trug. Olga wollte nicht anhalten, wollte weiterlaufen, *weg*laufen, von der frischen, blutigen Erinnerung.

Feres schien das nicht zu interessieren. Er wandte sich zu ihr, trat heran und packte sie am Oberarm. »Würdest du mir bitte erklären, was das gerade war?« Jeglicher Schalk war aus seiner Stimme verschwunden.

»Ein Assassine«, stammelte sie.

»Das meine ich nicht.«

Zittrig holte sie Luft und wehrte seinen Griff ab. Nun, da sie wieder abgeklungen war, hatte die Welle aus Macht ein Vakuum in ihrer Brust zurückgelassen. »Du bist ein Scheißerloschener!«, fuhr sie ihn an. »Du weißt selbst am besten, wie Magie aussieht!«

»Nein«, flüsterte er. Erneut packte er sie, schüttelte den Kopf. »So sieht Magie nicht aus. Magie kann ... *das* nicht.«

»Natürlich nicht.« Mit geballten Fäusten schloss sie die Augen.

Feres' Griff wurde fester, als könnte er Olga so daran hindern, zu beben. »Nein, du verstehst nicht. Magische können vieles, aber wir können keine Körper verändern.«

»Ich weiß.«

»Wir können nicht heilen.«

»*Ich weiß*!«, schrie sie und ihre wund gewürgte Stimme hallte von den Wänden wider. »Glaub mir! Ich weiß das!«

Er beugte sich zurück. Sie hob die Lider und sah, wie er sie musterte: prüfend, kalkulierend, die Lippen zu einem ernsten Strich gepresst.

»Aber du hast es soeben getan«, stellte er ruhig fest. »Du hast ihre Wunde geschlossen.«

»Tja, es hat ganz offensichtlich nicht richtig funktioniert, oder?« Ihr Lachen klang in ihren eigenen Ohren hohl. Sie tigerte los, hin und her, trat Streifen in den lockeren Schnee und schaute schließlich an sich herab. Ihr Hemd war feucht vom Blut, ihre Hände waren komplett eingesaut. Der Anblick stieß sie nach hinten, trieb sie mit dem Rücken an die Wand, die Fäuste auf die Augen gepresst.

»Scheiße.«

»Wie lange weißt du es schon?«

»Scheiße.«

Ihr Brustkorb schrumpfte, ihre Lunge wurde zu klein, als würde sie Rauch atmen. Es war ihre Schuld. Der Angriff, der Bolzen. Es hätte sie treffen sollen, *sie* hatte die Anleitung aus dem Archiv gestohlen. In einem dummen Versuch, ihre Mutter zu schützen. Nicht Milan. Milan. Milan war tot, Milan war jetzt tot und es war ihre Schuld.

»Seit wann weißt du, dass du eine Magierin bist?«

Heftig schüttelte sie den Kopf. »Ich wollte, dass es funktioniert, ich … wieso dachte ich, dass es dieses Mal klappt?«

»Olga.« Behutsame Hände auf ihren Schultern, Feres' ruhige Stimme direkt vor ihr. »Konzentriere dich auf meine Fragen. Wann hast du herausgefunden, dass du Kräfte hast?«

»Sechs«, japste sie, die Fäuste immer noch auf den Augen. »Sechs. Ich war sechs. Oder sieben? Jung.«

»Ah, also wie bei den meisten. Habe ich dir schon erzählt, dass ich selbst ein Spätzünder war? Mag man sich kaum vorstellen, oder?« Ein leises Lachen, gefolgt von einem sanften Händedruck. »Weiß sonst jemand davon?«

»Dann könnte ich wohl kaum bei Mama bleiben, Arschloch!«, fauchte sie.

»Lathe weiß es nicht? Was ist mit Milan?«

»Milan ist tot! Das ist doch jetzt alles scheißegal!«

»Wir wissen nicht, ob Milan tot ist.«

»Fick dich!«

»Gerne, aber erst holst du einmal tief Luft.«

Zornig riss sie die Fäuste vom Gesicht. Sein gefasster Blick war unerträglich. »Mama weiß es«, spuckte sie aus. »Natürlich weiß Mama es. Papa wusste es auch. Er ...« Sie brach ab, die Atemzüge kurz, heftig, schmerzhaft. »Er hat ... sich in der Küch ... ge ... geschn... «

Sofort waren Feres' Hände wieder auf ihren Schultern. »Geschnitten?«

Sie keuchte, nickte. Feres spiegelte die Bewegung, und ohne den Blickkontakt zu brechen, atmete er hörbar ein und aus. Ein. Aus.

»Und du hast ihn geheilt?«, lächelte er.

Erneut nickte sie. Atmete aus. Ein. Aus. Ein. »Ich hatte keine verdammte Ahnung, was da passiert, was ich da tue. Ich hab's einfach ... gemacht. Papa wollte nicht, dass ich ... er wollte mich zu den Magischen geben, aber Mama hat sich quergestellt. Sie hat mir geholfen.«

»Es zu verstecken?«

»Ja. Es sind nur Tricks«, murmelte sie. »Tinkturen. Ich kann Tinkturen verstärken, manche. Und ...«

Sie stockte. Milans Puls, wie er unter ihren Fingern schmolz. Das Knistern. Das Licht. Absolutes Selbstvertrauen, pure Hilflosigkeit.

»Ich konnte nie üben, ich hatte Angst ... an wem denn auch? Niemand darf es wissen! Ich hätte nicht trinken sollen, ich war nicht vorbereitet, ich ... Niemand darf es – Scheiße! *Alle* wissen es jetzt!«

»Nun, auf alle Fälle hast du es bis hierhin gut versteckt. Da hätte mein jüngeres Ich direkt etwas von dir lernen können.«

Etwas an seiner Stimme lenkte sie ab. Verwunderung? Nein. Sie hob den Kopf, schaute in sein Gesicht. *Be*wunderung. In seinem Blick lag eine kalkulierende Faszination, die sie an die Kommandantin erinnerte.

»Du bist eine Magierin«, wiederholte er leise.

»Bin ich nicht.« Sie richtete sich auf, streifte seine Hände ab und wischte sich über die Augen, bis sie trocken waren. »Ich bin die Tochter von Olathe Frost. Ich bin dieses eine Arschloch vom Postamt. Mehr nicht. Das ist der ganze verfickte Punkt an der Versteckscheiße.«

Ein Heulen ließ sie beide zusammenfahren. Der Wind bauschte sich über der Stadt auf, fauchte eine Ladung Eisflocken durch den Tunnel. Olga riss die Arme hoch, um ihr Gesicht zu schützen, und spürte die Kälte wie kleine Nadelstiche auf der Haut. Für einen Herzschlag war sie wieder neun Jahre alt und rannte die Treppe hinab, durch leere Straßen in Richtung Stadtmauer. Dann ebbte der Wind ab und Feres richtete sich auf.

»Nun«, keuchte er. »Wir können mehr darüber reden, sobald wir in Sicherheit sind.«

»Zu Mama.« Und noch während sie sprach, schoss Übelkeit in ihr hoch. *Mama.* Sie war allein in dem Haus – allein, und draußen brach der Winter aus.

»Wieso bist du zum Fest gekommen?«, rief Olga wütend, während sie aus dem Tunnel ins Schneegestöber trat. »Du solltest bei Mama bleiben!«

»Adva wurde auf einmal unruhig«, schrie Feres zurück, die Hand ausgestreckt, um an den Wänden Halt zu finden. »Ich hab noch nie falsch daran getan, auf ihr Bauchgefühl zu hören. Und ich versprach Lathe, nach dir zu sehen und dich zu beschützen.«

»Adva …«

»Keine Sorge, sie wird uns finden.«

Olga nickte, kniff die Augen gegen den Wind zusammen. Noch immer saß der Ring aus Schmerz fest um ihren Hals, dort, wo der Assassine sie gewürgt hatte. *Ich hoffe, er ist tot. Ich hoffe, Adva hat ihn erwischt und ihm die Kehle zerfetzt.*

Die Arme um die Brust geschlungen und die Hände in den Achselhöhlen vergraben, holte sie zu Feres auf, dessen lockere Sommerkleidung beunruhigend viel Angriffsfläche für die Kälte bot. Der Schnee ging ihnen bereits bis zu den Knöcheln, während sie durch eine schiefe Gasse eilten, darauf bedacht, in der Dunkelheit in keines der Löcher zu treten.

Milan.

Olga presste die klappernden Zähne zusammen, konzentrierte sich darauf, warm zu bleiben. Nicht jetzt. Es musste ihr gut gehen. Lero würde der Stadtwacht beschreiben, was passiert war und sie würden Milan ins Hospiz bringen und ihr helfen.

Sie darf nicht tot sein.

Ich darf sie nicht getötet haben.

Wind zerrte ihr die Luft aus den Lungen, peitschte Eiskristalle an ihr hoch und als die Böe vorüber war, war ihr Haarband verschwunden und die langen Strähnen flatterten ihr ungebändigt in die Fresse.

Ein Kreischen riss ihre Blicke zum Himmel – ein Schrei, lang gezogen, klagend, drohend. Sie hörte Feres fluchen und brach in heißen Schweiß aus.

Ohne ein Wort zu sprechen, wechselten sie den Kurs, stolperten zu den Umrissen eines zerfallenen Hauses, auf dessen Dach ein kleiner Baum um seinen Halt kämpfte, und stürzten in den Hauseingang. Es roch nach Fuchspisse und war dunkel, aber trocken. Olga spürte etwas unter ihrem Fuß knacken und hoffte, dass es bloß Äste waren.

Feres bückte sich und klopfte Flocken von seinen Knien. »Dass ich einmal die Wüste vermissen würde«, seufzte er.

»Wir können hier nicht bleiben. Wir müssen zu Mama.«

Er ignorierte Olga, setzte sich, zog den Stiefel aus und schüttete den Schnee raus. Murmelnd rieb er sich die kalten Zehen.

»Hey!« Schlotternd trat sie vor ihn. »Du hast es ihr versprochen.«

»Nein.« Der Erloschene schaute auf, seine Augen golden leuchtend in der Dunkelheit. »Ich habe Lathe versprochen, dich in Sicherheit zu bringen. Was wir jetzt tun müssen, ist uns verstecken, den Sturm ausharren und dann die Stadt verlassen.«

Sie starrte ihn an. »Ja. Zusammen mit Mama.«

»Wir *können* nicht zu Lathe!« Sein Tonfall war scharf, angespannt. »Der Neue Rat wird nach dir suchen. Alle werden nach dir suchen.«

»Ich ... nein.«

Er seufzte schwer. »Meine Liebe, du warst Teil eines Attentats auf eine hochrangige Mitarbeiterin der Archive ... noch dazu die Schwester von Mondjägerin Mora. Übrigens schuldest du mir immer noch eine Erklärung, wie es zu diesem Anschlag gekommen ist, aber gut.« Erschöpft fuhr er sich über das Gesicht. »Doch wichtiger noch, du bist eine Magierin. Eine Magierin, die es geschafft hat, sich über zwanzig Jahre vor dem Rat zu verstecken. Und deine Kräfte …«

Wieder war da diese Neugierde, diese Faszination in seinem Blick. Ein kurzes Räuspern, dann schüttelte er den Kopf und warf ratlos die Hände in die Luft. »Was meinst du, wo sie zuerst nach dir suchen werden?«

Draußen wurde der Sturm so schlimm, dass Olga nicht einmal mehr die Glocken hören konnte. Wut kochte in ihr hoch, evaporierte ihre Furcht – Wut auf sich selbst, Mora, den Neuen Rat, auf Feres. Sie warf sich mit voller Wucht rein.

»Gut«, presste sie hervor und funkelte ihn an. »Und was denkst du, werden sie mit Mama machen, wenn sie vor uns das Haus erreichen? Denkst du ernsthaft, sie würden ihr glauben, dass sie von meinen Kräften keinen verdammten Schimmer hatte?«

Er öffnete den Mund, doch sie unterbrach ihn. »Ich weiß, du bist neu in der Stadt.« Hohn tropfte aus ihrer Stimme. »Aber selbst du solltest wissen, was die Strafe dafür ist, Magierinnen vor dem Rat zu verstecken.«

Langsam erhob er sich. Zum ersten Mal, zum allerersten Mal, sah sie ehrlichen Zorn in seinen Augen.

»Verzeih mir, doch wenn irgendjemand neu ist, dann bist das *du*. Sag mir, was weißt du über Leute wie die vom Neuen Rat? Und damit meine ich, wirklich *wissen*, am eigenen Leib erfahren? Du hast keine Ahnung, welch ein riskantes Spiel du hier spielst. Sobald sie dich erwischen, verlierst du alles. Es wird keine eigenen Entscheidungen mehr geben, keine unbewachte Minute. Sie werden dich untersuchen und dann schicken sie dich zu einer Programmiererin und …«

Er unterbrach sich, griff nach seinem tätowierten Arm wie nach einer alten Wunde.

»Sie werden dich genau so zuschneiden, wie sie dich am meisten gebrauchen können, ohne auch nur einen Gedanken daran zu verschwenden, was … das mit dir machen wird. Und dann verheizen sie dich an der Front.«

»Welche Front?«, rief sie. »Welche *verdammte* Front?«

Verzweifelt schüttelte er den Kopf. »*Es gibt immer eine Front. Du bist zu jung, um das zu verstehen.*«

»Und du bist zu traumatisiert, um es zu durchdenken.«

Er wich zurück, schaute getroffen auf sie herab. Sie zwang sich zu einem tiefen Atemzug. Am liebsten wollte sie sich in die Ecke kauern, die Augen schließen und eine Woche durchschlafen. Doch wenn sie das tat, verlor sie nicht nur Milan.

Sie konnte nicht auch noch ihre Mutter verlieren.

Nicht schon wieder.

Außerdem …

Was, wenn Milan wirklich richtig lag? Wenn es stimmte, dass die Mutter der Masken noch lebte? Das würde bedeuten, dass das wenige, das winzige bisschen, das Olga sicher über die Vergangenheit ihrer Mutter wusste, gelogen war.

Sie brauchte Antworten.

Stumm musterte sie ihre Hände, ehe sie wieder den Erloschenen anblickte. »Ich gehe zu Mama, mit dir oder ohne dich. Nur ist ohne dich die Chance deutlich größer, dass ich dabei draufgehe.« Bitterkeit schäumte in ihr hoch und verätzte ihr den Rachen. Sie packte sie, nutzte sie. »Wenn dir mein Leben egal ist, von mir aus. Aber ich werde nicht die Person sein, die Mama erklärt, dass du sie schon wieder ohne ein Wort der Erklärung zurückgelassen hast.«

Er zuckte zusammen.

Gut.

Grimmig wandte sie sich von ihm ab und ging zur Tür, schaute raus. Ihre Lippen bebten, als sie sich in die Finger hauchte, doch ihr Blick war jetzt von einem neuen Ziel gefestigt.

Kleinlaut stellte Feres sich neben sie. »Du kannst überraschend manipulativ sein, junge Frost.«

Ein zynisches Lachen platzte aus ihr heraus. »Hab von der Besten gelernt.«

Mit einem letzten Seufzen band er sich die Haare aus dem Gesicht und schlug den Kragen seiner dünnen Robe hoch. »Nun. Wenigstens bietet der Schnee eine famose Ablenkung. Tordor Salzknochen wird einen Moment brauchen, bis er sich genug gesammelt hat, um nach dir suchen zu lassen, wenn ihm wortwörtlich Frostgeier ins Arbeitszimmer rauschen.«

»Feres ... danke.«

Er lächelte trocken. »Keine Ursache. Ich liebe es, das Angenehme mit dem Nützlichen zu verbinden.«

Skeptisch schielte sie zu ihm hoch. »Ich frage jetzt mal lieber nicht, ob ‚meine Mutter retten‘ das Angenehme oder das Nützliche ist.«

»Und ich hoffe innbrünstig, meine Liebe, dass du eine Idee hast, wie wir Lathe dazu bringen können, das Haus zu verlassen.«

Sie zögerte. *Absolut keinen Schimmer, wie ich das anstellen soll.* »Bring du uns an den Frostgeiern vorbei, dann kümmere ich mich darum.«

Er nickte, straffte die Schultern und stapfte ihr voraus in den Sturm.

Mit jedem Schritt grub sich die Kälte tiefer in Olgas Haut, umklammerte ihre Knochen und verlangsamte ihre Bewegungen. Es war wirklich nicht wie damals, es war *schlimmer* als damals, da hatte sie wenigstens einen Scheißschal getragen. Als sie auf die Kreuzung Richtung Hüftviertel schlitterten, schlotterten sie am ganzen Leib und Feres' blasses Gesicht war fleckig gefroren.

Doch das war nichts gegen die dröhnenden Glockenschläge und, in unregelmäßigen Abständen, das Kreischen der Geier über ihnen. Ein lautes Krachen aus der Nebengasse zwang sie zu einem Umweg – Pferde wieherten und Menschen brüllten, begleitet vom splittern der Dachziegel.

Plötzlich streckte Feres den Arm aus und stoppte sie, mitten auf den Stufen einer glitschigen Treppe. In seiner Wange zuckte ein Muskel. »Hörst du das?«

Das Heulen des Windes. Dann, fern, ein Hilferuf.

Alarmiert schauten sie sich an. Wieder erklang der Ruf und dieses Mal erkannte Olga die Stimme.

»Irgendwer? Hallo! Ich brauche Hilfe!«

Olga holte Luft für eine Antwort – Feres presste ihr die Hand auf den Mund und drängte sie die Treppe runter, zurück auf den kleinen Vorplatz, in dessen Ecke ein alter Steinschuppen stand. Bestimmt schob er sie durch den Eingang und drückte sie außer Sicht, bevor er mahnend einen Finger auf seine Lippen legte.

Olga starrte ihn an. Etwas an ihm war anders. Er war nicht schlaksig, er war sehnig, das Kinn straff vorgestreckt. Als er einen Schritt näher an das schmale Fenster trat und die Schulter an die kalte Mauer schmiegte, erkannte sie seinen Tänzerschritt als das, was er wirklich war: Der sichere Tritt eines erfahrenen Jägers.

Ein erneuter Hilferuf.

»Ich kenne sie!«, zischte Olga.

»Erste Regel des Versteckens: Niemals den eigenen Standort preisgeben.« Mit einem sanften Kopfschütteln schnitt er ihren Protest ab. »Zweite Regel: Niemand, der nichts Übles im Schilde führt, macht einen solchen Lärm, wenn riesige wütende Vögel mit fabelhaftem Gehör am Himmel kreisen.«

»Wir können sie nicht draußen lassen«, flüsterte sie zurück. »Sie ist blind. Wir waren mal befreundet, und sie …«

Olga brach ab, als die Erkenntnis einsetzte. »Sie … sie arbeitet für den Hohepriester«, beendete sie den Gedanken laut. »Sie arbeitet für *Mora*.«

»Hallo? Bitte!«, erklang Sonjas Schrei von draußen, panisch und grell.

Der Erloschene warf Olga einen prüfenden Seitenblick zu. »Ich vermute, der Assassine hatte auch irgendetwas mit Mora zu tun?«, seufzte er.

Olga, die Hand auf den Mund gepresst, nickte langsam.

Sonja arbeitete für den Hohepriester und der Hohepriester hatte dafür gesorgt, dass Mora wieder auf freiem Fuß war. Und er hatte Olga die Eisenplatten stehlen lassen. Oder war das Moras Idee gewesen? *Natürlich* war es das. Verflucht, als ob die Zecke sich nicht an den Priester hängen und ihn für ihre eigenen Pläne nutzen würde.

Niemals wäre Olga auf den Deal eingegangen, wenn sie gewusst hätte, für wen die Eisenplatten wirklich bestimmt waren oder um was es sich handelte: Baupläne für ein neues Sonnenglas.

Und genau deshalb hatte Mora *sie* für den Diebstahl ausgesucht. Um es ihr heimzuzahlen, ihr eins auszuwischen. Das hier war ihre Rache. An Olga. Und an Milan.

»Feres?«, fragte sie kalt.

Feres, mit dem Rücken zur Wand, wandte sich vom Schneegestöber ab und zu ihr.

»Du warst bei den Mondjägerinnen.«

»In der Tat«, erwiderte er.

Olga schluckte. »Ihr habt für die Irrlichtjagd diese ... diese Kontaktlinsen benutzt, oder? Wie hoch ist die Wahrscheinlichkeit, dass die auch mit Höhlenblindheit funktionieren?«

Seine Augen wurden erst schmal, dann groß. »Oooooh«, machte er. »Oooh, das ist neu. Ooooh, das ist *gut*. Hut ab, Mora. Verstehe.«

Sonjas Ruf wurde schriller, lauter. Feres ging in die Hocke, direkt am Türrahmen, und plötzlich war in seiner Hand ein Wurfmesser, die Klinge lang und flach wie ein Glassplitter. *Wo zum Fick hat er das denn her?*

»Sie kann uns also sehen«, raunte er. »Aber sie weiß nicht, dass wir es wissen.« Er drehte das Messer in seinen schlanken Fingern und nickte ihr zu.

Großartig. Aber da sie keine bessere Idee hatte, räusperte sie sich und formte einen Trichter um den Mund.

»Sonja?«, schrie sie und machte sich nicht einmal die Mühe, das Zittern in ihrer Stimme zu verstecken. »Bist du das?«

Eine Pause, in der nichts zu hören war bis auf den Sturm.

»Olga?« Ihre Panik klang so echt, dass ihr kurz Zweifel kamen. »Olga!«

»Ich bin hier!« Sie lehnte sich Feres gegenüber an die Mauer, die Finger in den Türrahmen gekrallt.

»Olga, hilf mir!«

»Wenn du rausgehst, hat sie dich.« Sie konnte den mahnenden Blick des Erloschenen auf ihrer Haut spüren.

»Ach nee.«

»Über welche Waffenkenntnisse verfügt sie?«

»Sie ist *blind*!«, fauchte Olga und strich sich unbeholfen die nassen Haare aus dem Gesicht. »Ich dachte, sie kann nicht mal *gucken*!«

»Na und?«, erwiderte er tadelnd, bevor er wieder in den Sturm starrte. »Nun, denk dir schnell etwas aus, sonst lernen wir auf die unangenehme Art, was sie drauf hat.«

Olga stieß einen leisen Fluch aus. »Ich … ich kann nicht!«, schrie sie. »Wir sind verletzt!«

Stille. Sie schaute zu Feres. Sein goldener Blick war unruhig, doch ansonsten regte er keinen Muskel.

»Du musst zu uns kommen!«, rief Olga. »Folge meiner Stimme!«

»Olga?«, antwortete Sonja, dieses Mal deutlich näher.

Sie presste sich an den Rahmen und spähte nach draußen, entdeckte eine helle Silhouette im Pelzmantel, der Oberkörper ruhig, der Kopf in ihre Richtung gewandt.

»Ja! Hierher, Sonja, verdammt!«

Das Knirschen der Stiefel. Sonja schluchzte, keinen Meter von ihnen entfernt. »Danke, Olga.«

Das Klicken einer Sicherung. Feres fuhr auf die Beine und warf das Messer.

Olga hörte den Schmerzensschrei in der Sekunde, in der der Schuss durch den engen Schuppen krachte. Irgendwo hinter ihr knackte Stein – sie ignorierte es, sprang nach vorne durch die Pulverwolke und packte zu, der Gewehrlauf heiß in ihrer Hand. Fauchend drückte sie ihn hoch, das Gesicht nur eine Handbreit von Sonjas entfernt.

»Du! BESCHISSENE! Lügnerin!«, brüllte sie.

Kurz lag überraschter Schmerz in Sonjas blinden Hasenaugen. Und dann grinste sie. »Dafür, dass du chronisch misstrauisch bist, bist du wirklich verdammt naiv, Frost.«

Belustigt zog sie sich das Wurfmesser aus dem Bein und stach zu.

»Olga!«

Feres packte ihren Kragen und riss sie nach hinten, sodass ihr der Gewehrlauf entglitt. Die Klinge peitschte ihr einen glühenden Kratzer über die Wange. Sie konnte nicht einmal zusammenzucken, da zerrte Feres sie schon tiefer in den Schuppen, sprang vor sie und rauschte auf Sonja zu – nur um fluchend nach links zu tauchen, als ihre Angreiferin ihm sein eigenes Messer entgegenschleuderte. Klirrend landete es an der Rückwand.

Kaum hatte der Griff Sonjas Hand verlassen, lud sie das Gewehr nach und nahm Feres ins Visier.

Der zweite Schuss ließ Olga fast taub werden. Feres stolperte zurück und schlug rücklings gegen die Mauer, wobei ein schmaler Streifen Blut die Wand hochspritzte.

»Feres!«

Sie machte einen Satz in seine Richtung, doch erneutes Klicken ließ sie herumfahren. Sonja stand grinsend im Schuppeneingang und zielte auf ihr Gesicht.

Sie duckte sich und warf sich nach hinten, in der Sekunde, in der Sonja abdrückte. *KNALL.* Eine Blase aus Schmerz platzte durch Olgas Kiefer bis in die tiefsten Ecken ihres Schädels, als die Kugel ihr laut klingelnd die Trauermünze vom Läppchen sprengte. Und das halbe Ohr gleich mitnahm.

Mit einem Schrei wich sie zurück, schlug gegen die Wand und rutschte zu Boden, während heiße Tropfen unter ihrer Hand hervorquollen. Durch das Pochen in ihrem Kopf hörte sie Sonja ungeduldig schnalzen, sah, wie sie durch den Schuppen und auf sie zu ging.

»Halt still, verdammt!«

Scheiße. Scheiße, Scheiße, Scheiße …

Sie wollte weiter zurückweichen, doch da war nur die Mauer. Ein Klirren: das Messer, eine Handbreit neben ihrem linken Fuß. Sonja entdeckte es im gleichen Moment wie sie und wurde schneller, griff nach einer neuen Patrone, bemerkte nicht, wie Feres sich mit schmerzverzerrtem Gesicht an der Mauer aufstützte, kaum dass sie an ihm vorbei war.

Himmel, ein Glück.

»Feres!«, schrie Olga. »Fang!«

Mit voller Kraft trat sie gegen die Klinge. Die Waffe sauste über den Boden auf ihn zu und direkt in seinen Griff, als er sie gekonnt fing. Sonja fuhr herum, doch zu spät. Mit der Beiläufigkeit einer Person, die schon Tausende Messer geschleudert hatte, warf er. Die schmale Schneide flog durch die Luft, machte eine schicke Umdrehung und landete mit einem dumpfen Laut in Sonjas Hand.

Autsch.

Gellend jaulte Sonja auf, allerdings mehr frustriert als schmerz-erfüllt. Das Gewehr entglitt ihr – Olga sprang vor und schnappte es, bevor es den Boden berühren konnte. Sie ließ dem Miststück keine Zeit zum Reagieren. Mit glühenden Wangen baute sie sich vor Sonja auf und holte aus.

»Grüße an Mora!«

Kräftig rammte sie ihr den Lauf gegen die Schläfe und ohne einen Ton brach Sonja zusammen wie eine Marionette, der man die Fäden abgeschnitten hatte. In der darauffolgenden Stille stupste Olga sie einmal mit dem Stiefel an, ehe sie das Gewehr sinken ließ und sich keuchend an die Wand lehnte.

Ein warmer Tropfen landete auf ihrer Schulter. Sie drückte ihre Hand auf das, was einmal ein komplettes Ohr gewesen war. Wenigstens schien die Blutung weniger zu werden.

»Feres?«, presste sie zwischen den Zähnen hervor. »Bist du okay? Wo hat sie dich getroffen?«

»Arm«, grunzte er und zog sich in einen schiefen Sitz. Missmutig nahm er die Finger von der Wunde, betrachtete sie. »Glatter Durchschuss. Wenigstens etwas.« Mit einem resignierten Seufzer rappelte er sich auf, trat zu Sonja und schaute auf sie hinab. Olga stieß sich von der Wand ab und tat es ihm gleich.

Feres ergriff als Erster wieder das Wort. »Wir müssen dir bessere Freundinnen besorgen.«

»Ich kann's nicht fassen.« Olga ging in die Hocke, hob Sonjas Augenlid an und kurz konnte sie die Säure riechen. Waren das hier *ihre* Linsen? Die, die sie selbst hergestellt hatte?

Diese Dreistigkeit.

»Sie trägt einen Wintermantel«, stellte Feres neben ihr laut fest. »Sie war vorbereitet. Vorsicht! Wisch dir bitte erst die Hände ab.«

Olga schenkte ihm einen kühlen Blick, rieb sich aber das Blut in die Hose und begann, die Kontaktlinse aus Sonjas Auge zu fischen: Ein goldstichiges Blütenblatt aus Glas, von dem ein sanftes Kribbeln ausging. Sie verzog das Gesicht und reichte die Linse an Feres weiter, der sie wiederum gegen das Licht hielt.

»Lange ist es her«, murmelte er.

»Benutz du sie. Du kennst dich damit aus.«

»Bist du nicht die, die Alchemie gelernt hat?« Als er ihr Starren bemerkte, zuckte er entschuldigend mit den Schultern. »Lathe hat es mir erzählt.«

»Natürlich hat sie das.« Sie schnaubte. »Ja. Ja, hab ich. Aber ich durfte die Scheißsachen nie selbst benutzen.«

Olga reichte ihm die zweite Linse, bevor sie den weißen Mantel von Sonjas regungslosem Körper zerrte. Das Futter aus Fuchsfell war dick und flauschig unter ihren Fingern. Sie zog ihn an und ignorierte den Geruch nach Sonjas Parfum sowie die Tatsache, dass ihr Ohr den feinen Pelz einsaute.

Feres hob eine Augenbraue. »Ach, du kriegst den warmen Mantel?«

»Und das Gewehr.«

In den Taschen fand sie eine Schachtel Munition, eine kleine Dose aus Metall und einen Flakon aus braunem Glas. Angestrengt versuchte sie, das Etikett zu entziffern, Feres kam ihr jedoch zuvor.

»Aufputschmittel«, erklärte er. »Zu meiner Zeit im Militär sehr beliebt, auch wenn einer der Nebeneffekte eine gewisse Leichtsinnigkeit ist. Ich nehme an, die Dame hier ist bis zur Kante voll damit, so, wie sie die Messerstiche weggesteckt hat. Ist noch etwas drin?«

Olga schüttelte den Flakon. »Nein.«

»Mmh. Bedauerlich.«

Als Nächstes ließ Olga die Metalldose aufschnappen. Auf rotem Samt gebettet waren eine Pipette und ein ovales Fläschchen, in der eine klare Flüssigkeit hin und her schwappte.

Feres schnipste mit den Fingern. »Das sind Augentropfen, die brauche ich. Aah.« Er zog die Luft durch die Zähne ein und ließ den verletzten Arm sinken.

Während Feres sich daran machte, die Kontaktlinsen zu beträufeln und einzusetzen, zerriss Olga den Saum von Sonjas Schürzenkleid. Einen Fetzen drückte sie sich ans Ohr, den anderen reichte sie Feres.

»Ich würde ja helfen, aber ...« Sie stockte, zuckte zurück, als sein Blick sie traf. Blutige Haut. Milans Atem, der unter ihren Händen schmolz. Ihr Blick. Ihr ...

»Schon gut.« Sanft zog er ihr den Stoff aus der Hand. »Ich habe nicht das geringste Interesse daran, dass du versehentlich meinen Arm abfallen lässt.«

Ungelenk, mithilfe seiner Zähne, verschnürte er die Schusswunde. Dann richtete er sich die Klamotten, blinzelte und hob die Hände vor die Augen. Ein zufriedenes Schmunzeln zuckte über seine Lippen. Langsam drehte er sich um die eigene Achse und sein Blick wanderte über die Schuppenwände, doch Olga wusste, dass er weiter als das sehen konnte.

»Wie …« Sie zögerte. »Wie ist es?«

»Seltsam. Wunderbar.« Er schaute sie an. Wie sie wohl aussah? Leuchtete ihre Körperwärme in seinem Blickfeld? Konnte er ihren warmen Atem in der kalten Luft sehen? Erneut betrachtete er seine Hände, ehe er sich behutsam über die Augenlider strich. »Vertraut.«

»Irgendwer in der Nähe?«

Er schüttelte den Kopf. »Jedoch sollten wir aufbrechen, bevor sich das ändert.« Er hockte sich wieder neben Sonja und Olga schaute schnell weg, als er das Wurfmesser aus ihrem Fleisch riss. Nachdenklich wischte er die Waffe an ihrem Kleid ab. Mit gewohnt gelassenem Tonfall schlug er vor: »Wir sollten sie töten. Oder wenigstens fesseln.«

Ein unbehaglicher Kloß bildete sich in Olgas Hals. »Nein.« Sie packte das Gewehr und drehte es in den Händen. Ein Einschussmodell und, viel wichtiger, komplett aus Riesenerz. Es fühlte sich stabil an und deutlich eleganter als die Waffe, mit der sie vor Jahren das Sonnenglas zerschossen hatte.

Sie erinnerte sich an den Punkt purer Gewissheit vor dem Schuss, an die tiefe Befriedigung, dass, egal, was jetzt passieren würde, sie die Kommandantin da treffen würde, wo es wehtat. Als sie nachlud und die Sicherung einschnappen ließ, hallte das Klacken beruhigend in ihren Ohren. Sie schaute zu Sonja.

»Keine Fesseln. Wenn sie aufwacht, hat sie so wenigstens eine Chance.«

Feres runzelte die Stirn, sagte jedoch nichts und schritt zur Tür, den Blick forschend in den Himmel gerichtet. Seine Augen waren klar vom Adrenalin – oder vielleicht waren es auch nur die Kontaktlinsen. Mit einer nervösen Hand klopfte er gegen den Türrahmen.

»Dann mal weiter.«

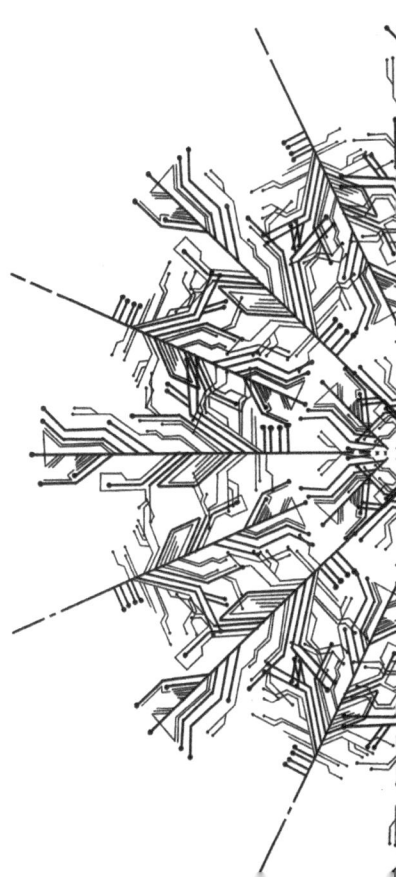

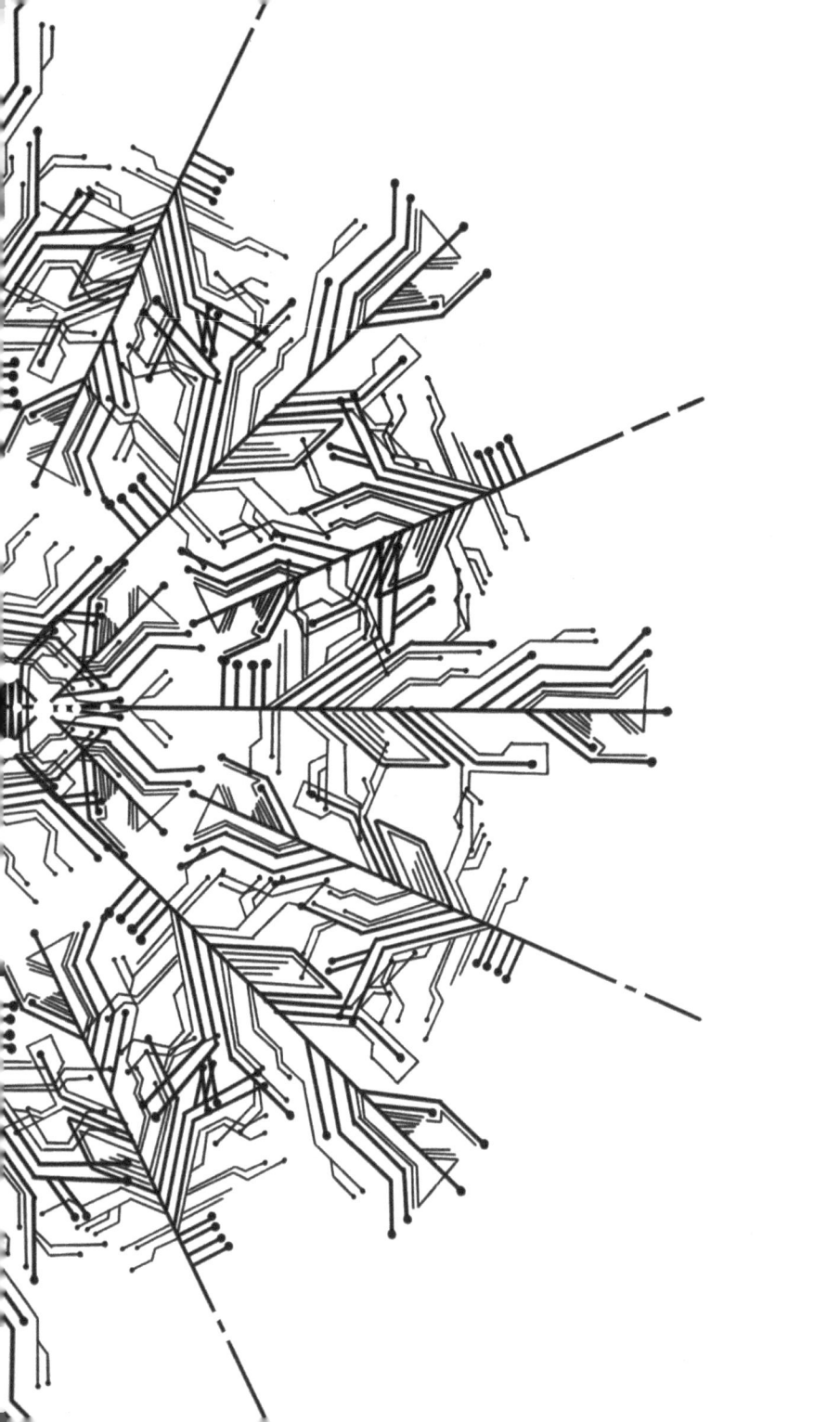

Auszug aus den Briefen von Vanja Salzwasser, Späherin und Philosophin

(2793 na. So.)

Einer lebenden, atmenden Riesin gegen-
überzustehen … dies ist eine Erfahrung, die
heute schlicht und einfach das menschliche
Vorstellungsvermögen übersteigt.

Welch unbegreiflichen Ängste muss ein
solcher Anblick in unseren Vorfahren aus-
gelöst haben? Welch überwältigende Gefühle
von Nichtigkeit und Bedeutungslosigkeit es
in ihre Seelen gebrannt haben muss, mit der
Erscheinung einer kilometerhohen humanoiden
Gestalt konfrontiert zu sein? Eine Gestalt
mit Fleisch aus Stein, auf deren Schultern
die Frostgeier nisten, deren Haupt von Wolken
gekrönt und deren Blick von einer solch
scharfen Intelligenz erfüllt ist, dass der
ameisenartige Mensch am Boden nur beten kann,
niemals interessant genug zu sein, sodass
sich die Aufmerksamkeit der Riesin auf seine
Wenigkeit richtet.

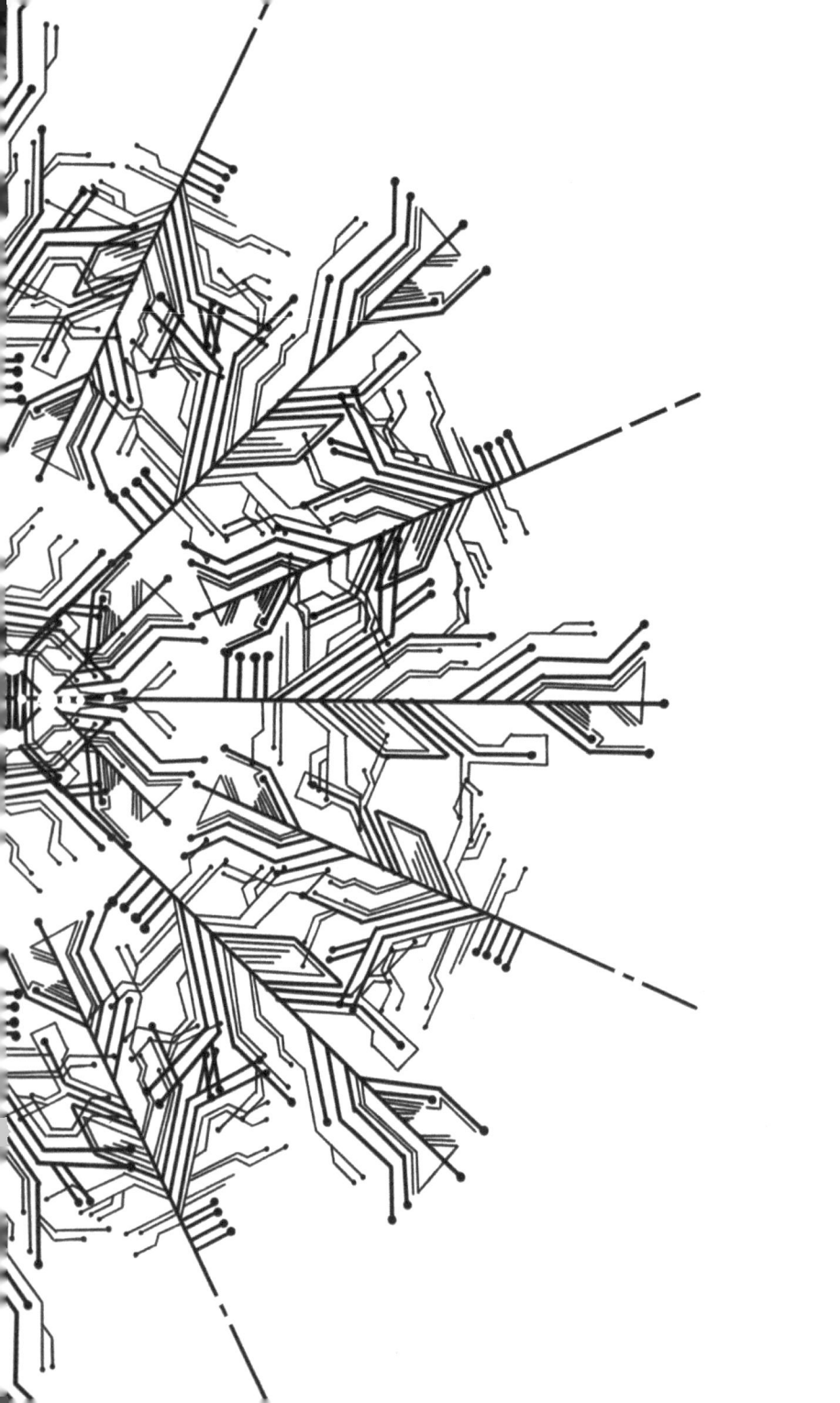

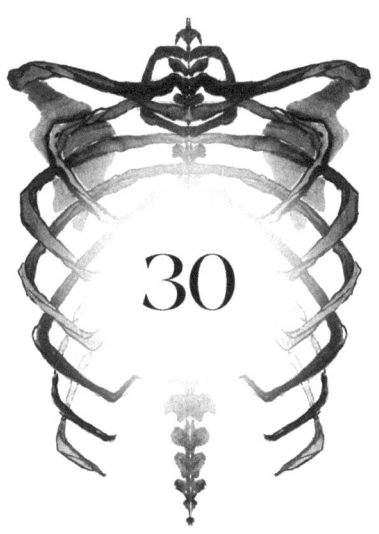

30

3037 nach Sonnenschlüpfen
(Gegenwart)

Der Schneesturm hielt die Stadt nun endgültig gefangen. Olga gab es auf, die Orientierung behalten zu wollen und überließ sich ganz und gar Feres' Führung. Die Hand auf ihrem Rücken, bemüht, nicht zu heftig zu schlottern, dirigierte er sie durch kaum erkennbare Gassen, hüfthohe Schneewehen und formlose Stufen hinauf.

Er sprach nicht, bewahrte sich all seine Energie dafür auf, nicht zu erfrieren. Regelmäßig hob er den Blick zum Himmel, hielt Ausschau nach der Wärmesignatur riesiger Greifvögel. Und jedes Mal legte Olga das Gewehr an, bereit, zu schießen.

Dann nickte er nur, senkte den Kopf und sie ließ sich von ihm weiterzerren, die kalten Lippen in den weichen Kragen von Sonjas Mantel gepresst. In ihrem Ohr knisterte gefrorenes Blut.

Ein kurzer Ruck erschütterte sie, als Feres ausrutschte und sich an ihre Schulter klammerte. Ungelenk fing sie ihn ab, so gut sie konnte, und musterte ihn beunruhigt. Seine Augen waren noch immer fokussiert, doch die vereisten Wimpern zitterten.

Er war schwerer verletzt als sie, hatte mehr Blut verloren … nur das Adrenalin hielt ihn so lange auf den Beinen.

»Nur noch ein paar Straßen«, keuchte sie nutzlos. *Keine Scheißahnung, ob das stimmt.*

Er nickte, schaute wieder zum Himmel, dann links und rechts, bevor er weitertaumelte. »Alle sind in ihren Häusern«, murmelte er. »Aber sie frieren.«

Für ein paar Minuten liefen sie in der geteilten, unaussprechlichen Wut auf das Versagen des Neuen Rates.

Wie, zum Henker, sollten sie sicher untertauchen? Ohne Unterschlupf, Feuerholz, Vorräte? Geschweige denn die Frage, ob es Olga gelang, ihre Mutter aus dem Haus zu bekommen.

Ein Knirschen unter Olgas Stiefel – sie fuhr zusammen, tastete mit der Fußspitze im Schnee. Nur eine Holzmaske. Über ihren Köpfen schwankten noch die Festbänder, zu starren Wellen gefroren. Stände, deren bunte Bemalungen matt unter dem Eis hervorleuchteten, kämpften gegen das Gewicht des Schnees an. Woanders waren die Markisen bereits längst eingeknickt und die gesplitterten Stäbe ragten aus dem Schnee wie die Masten zerschellter Schiffe in einer Bucht.

Ein fernes Kreischen hinter ihnen. Feres warf einen prüfenden Blick über die Schulter. »Der fliegt in die andere Richtung.«

Er zog Olga weiter. Die Trümmer der Festtagsbuden zwangen sie, in der Mitte der Straße zu gehen. Konfetti hatte sich in den Schnee gemischt und klebte an ihren Sohlen. Olga fluchte, als sie mit dem Fuß an einem Stück Holz hängen blieb und Feres krallte sich an ihr fest, verhinderte, dass sie auf die Fresse flog.

»Eine Straße noch«, stieß er hervor. »Gleich geschafft.«

Ein umgestürzter Bierstand versperrte den Weg. Olga kletterte voraus, wobei sie Kaskaden an Schnee aus dem Weg räumen musste, und streckte die Hand aus. Mit einem Schmerzenslaut ließ sich Feres von ihr auf den wackeligen Untergrund ziehen. Er richtete sich auf und warf ihr einen dankbaren Blick zu.

Olga spürte das Knistern der Magie genau in dem Moment, in dem er herumfuhr und hochschaute.

»Runter!«, schrien sie synchron.

Olga hechtete von der Bude und riss Feres mit sich.

Eine Sekunde später durchlöcherten Eisdolche das Holz, lang wie Unterarme. Die Bude bebte unter dem tödlichen Hagel.

»Zum Henker!«, fluchte sie. Das Knistern in der Luft war so intensiv, dass es ihre Haare zum Schweben brachte, und als sie ihr Gewehr umschloss, verpasste es ihr einen kleinen Stromschlag.

Neben ihr riss Feres reflexartig die Hände vor die Brust, krallte sie mit einer komplizierten Bewegung in die Luft. Nichts passierte.

Irritiert glupschte Olga ihn an.

»Oje«, seufzte er matt – und fiel nach hinten, als die Bude auseinandergerissen wurde. Das Echo des Splitterns donnerte durch die Straße. Olga fuhr hoch, wirbelte herum, legte das Gewehr an und zielte in den Himmel. Ihr Mund klappte auf.

»Ich hatte noch keine Gelegenheit, mich angemessen vorzustellen«, rief die Magierin. »Kamil Salzknochen.«

Sie stand in der Luft. *Nein*, korrigierte sich Olga, den Finger auf dem Auslöser. Sie stand auf Eisplatten. Grelles, weißes Licht strahlte selbst durch den dunklen Stoff ihres Kurzmantels – die Tätowierungen in vollem Einsatz. Als der Wind ihr das blonde Haar aus dem Gesicht peitschte, erkannte Olga den gelangweilten Ausdruck über der gebrochenen Nase und stöhnte.

»Was willst du?«, schrie sie zurück und funkelte die Magierin durch das Visier des Gewehrs an.

Warum greift sie nicht an?

Wie als Antwort auf ihre Gedanken, schnipste die Frau. Um sie herum erschien ein neuer Ring aus Eisdolchen, wie lange Spiegelsplitter, und schwebte einsatzbereit in der Luft. Überheblich blickte sie zu ihnen herab.

»Hab ich dich.«

»Einen Scheiß hast du!«, bellte Olga.

Kamil hob eine gezupfte Augenbraue. »Dich meine ich nicht, Frost.«

An ihrer Seite kämpfte sich Feres auf die Beine und hob unbeholfen eine Hand zum Gruß. »Verzeihung, kennen wir uns?«

Ausdruckslos blinzelte die Magierin. »Ist das dein Ernst?«

»Entschuldige – Kamil, ja?« Er rieb sich verlegen den Nacken. »Mein Gedächtnis war noch nie das Beste. Was auch immer dich gegen mich aufgebracht haben mag, ich versichere dir, nach einem ruhigen Gespräch und einer Tasse Tee sieht die Welt schon wieder ganz anders …«

Die Anzahl der Eisdolche verdoppelte sich.

»Gibt es eigentlich IRGENDJEMANDEN, mit dem du dich nicht angelegt hast?«, fauchte Olga, während sie hastig einen Schritt zurücktrat. Feres hob ratlos die Schultern, sein Blick war jedoch fest auf Kamil gerichtet. In seiner linken Hand drehte er das Wurfmesser.

»Schieß«, murmelte er.

»Was?«

»Schieß. Mach Lärm.«

»Aber …«

»Wenn sie uns töten wollte, hätte sie es längst getan.« Noch immer schaute er zur Magierin hoch, doch seine Haltung veränderte sich. Einem Raubvogel gleich, der sich zum Abflug bereit machte. »Geh und hol Lathe. Ich komme nach.«

»Waffen nieder«, rief Kamil und ließ demonstrativ die Eisdolche knirschen. »Letzte und einzige Warnung.«

»Olga, meine Liebe.« Feres zwinkerte. »Ich weiß, was ich tue.«

Und dann kapierte sie, dass er nicht Kamil anschaute.

Er schaute in den Himmel.

»Oh, bei den verfickten Knochen« flüsterte sie, riss das Visier zurück vors Auge und schoss.

Die Kugel pfiff an Kamil vorbei und in den Sturm. Sie wirbelte herum, sah ihr nach, die zierlichen Hände von zuckenden Mikroblitzen umgeben. Ein Kreischen durchbrach den Sturm und brachte die Platte unter ihren Schuhen zum Klirren.

»Mist!« Kamil hechtete von ihrem Eispodest, schleuderte im Fall drei neue in die Luft, landete und brachte sich springend in Sicherheit – in letzter Sekunde, ehe der Frostgeier auf das nahe Dach hinabkrachte und blutige Porzellanfedern in alle Richtungen explodierten. Die Wucht des Aufpralls fegte durch den Boden und in Olgas Wirbelsäule. Sie quietschte, fiel auf die Knie, während es um sie herum Schindeln regnete.

Der Frostgeier rammte die Klauen in die Dachbalken, richtete sich auf – breitete die Flügel drohend über der Stadt aus und Olga, immer noch am Boden, konnte nur mit offenem Mund starren.

Es war, als wäre ein Dreimast aus dem Himmel gefallen, der nun die Segel hisste. Blut spritzte aus seinem Hals, dort, wo Olgas Schuss ihn getroffen hatte. Bei dem Anblick spürte sie einen Nadelstich im Magen.

Tut mir leid.

Kreischend richtete der Geier das flache Gesicht in den Himmel. Das goldene Auge auf seiner Brust jedoch fixierte die Magierin.

Oh, oh.

Kamil rümpfte die Nase. Ihr Blick schoss zu den Häusern, als eine Tür aufflog und die Bewohnerinnen herausstolperten. Ohne zu Zögern wandte sie sich wieder dem Geier zu und breitete die Arme aus, versperrte dem Frostgeier den Weg. Ihre Tätowierungen waren weiß wie glühendes Eisen.

Olga sah nicht mehr, was Kamil als Nächstes heraufbeschwor. Feres' Stimme ließ sie herumfahren. Er schaffte es gerade so, dem zitternden Untergrund zu trotzen und sich auf den Beinen zu halten.

»Was machst du noch hier?«, bellte er. »Ich sagte, lauf zu deiner Mutter! Und gib mir das Gewehr!«

»Hetz nicht, Alter!« Zitternd richtete sie sich auf und der klirrende Flügelschlag des Frostgeiers warf sie fast wieder um. Wind peitschte ihr Haare in den Mund. Sie knurrte und warf Feres das Gewehr zu – er fing es aus der Luft und gleich darauf auch die Schachtel mit Munition.

»Wenn du stirbst, bringe ich dich um!«, schrie Olga ihm noch zu, dann rannte sie los, die steile Straße hinauf, hörte, wie Kamils Nanobots sich aufheizten, als sie ihre Flucht bemerkte, und sprintete gerade rechtzeitig um die nächste Hauskante, um einer Ladung Eisdolche zu entgehen.

Nicht umdrehen. Weiter. Ein weiterer Schuss hinter ihr, wahrscheinlich Feres, panisches Geschrei gemischt mit einem Gewitter aus Eis und Porzellan. Das Kreischen des Frostgeiers war zum Schädelspalten. *Weiter.*

Schließlich, endlich, erreichte sie ihr Haus.

Die Fenster waren verrammelt, dunkel. Olga wischte sich über die Augen und taumelte die kurzen Stufen hoch, den Schlüsselbund in den kalten Fingern, aber die Tür war nicht abgeschlossen.

Eine Woge Schnee rutschte ihr in die Kniekehlen. Sie stolperte nach drinnen, warf sich gegen die Tür und das Klicken des Schlosses hallte im Eingangsbereich nach. Erleichtert richtete sie sich auf und holte Luft, um nach ihrer Mutter zu rufen.

Sie erstarrte.

Kältewolken stauten sich auf ihren Lippen. Die Feuerstelle war leer, die Kerzen auf dem Kaminsims zu kalten Wachsknöpfen abgebrannt. Sie wollte sie berühren, hielt jedoch mitten im Schritt inne. Ihr Blick schoss hoch zum Geländer.

Olga wusste um jede Art von Stille, die es in diesem Haus gab, und *keine* dieser Arten von Stille existierte, ohne dass ihre Mutter sich mit Veteranenkraut zudröhnte. Doch sie konnte keins riechen.

Langsam setzte sie den Fuß ab. Ohne den Blick von der Brüstung zu wenden, tastete sie nach links und nahm den Kerzenständer aus massivem Holz, an dem noch ein Fetzen Restwärme hing. Das Gewicht erdete sie, während sie den zugenagelten Krater am Boden umrundete und der Anblick warf sie zurück zu Feres, seinem blutigen Arm, seine blauen Lippen. Heftig schüttelte sie die Gedanken ab.

Er ist erfahren und zäh wie Unkraut. Er kommt klar.

Mit jedem Schritt hallte ihr das laute Knarzen der Stufen voraus. Sie fixierte den Treppenabsatz – der tote Winkel lag im Dunkeln. Mit hoch erhobenem Kerzenständer sprang Olga um die Ecke.

Der Flur lag leer. Das kleine Fenster am Ende war mit Gardinen verhangen, dahinter versuchte der Sturm, ins Haus zu kommen und brachte das Glas zum Vibrieren.

Olga roch Süßölrose und begann zu zittern.

Langsam stieß sie die Tür zum Zimmer ihrer Mutter auf.

Auf dem Feldbett, auf dem erst vor Kurzem noch Kat Wache gehalten hatte, saß die Kommandantin. Ihre schlichte Rüstung war mit weißer Tarnfarbe bespritzt. Um ihren Hals hing eine schneeweiße Pelzkapuze wie eine Jagdtrophäe. Mit ordentlich über den Schwertknauf gefalteten Händen starrte sie nachdenklich ins Nichts, die Schwertspitze in den Boden gebohrt. Nur eine Handbreit von Olathes Hals entfernt.

Hitze fauchte über Olgas Haut, setzte ihr glühende Angstknoten in den Magen. *Mama.* Sie lag auf dem Bauch, das Gesicht abgewandt, und regte sich nicht. Ein Anblick, der *falsch* war. So, als würde man eine mächtige Bärin hilflos ausgeliefert sehen.

Olga krallte die Hand in den Türrahmen. Die Bewegung zog den Blick von Moras Kohleaugen auf sich.

»Mädchen.« Dieses Mal gab sie sich nicht die Mühe, nett zu klingen – es gab keine Uhrmacherin als Zeugin, keinen Lero. Sie rupfte das Schwert aus dem Parkett und deutete auf das Bett gegenüber. »Setz dich.«

Olgas Körper schrie. Schrie sie an, umzudrehen, wegzurennen, raus in den Schnee, raus aus der Stadt. Nur der Anblick ihrer leblosen Mutter am Boden hielt sie an Ort und Stelle.

Die Kommandantin seufzte. »Selbst nüchtern hörst du immer noch nicht.« Als Olga nicht reagierte, folgte sie ihrem Starren und musterte desinteressiert Olathe. »Sie ist nur bewusstlos. Ich möchte ihr nachher noch ein paar Fragen stellen.«

Dieses Mal setzte die Schwertspitze direkt neben Olathes Taille auf.

»Ich wiederhole mich nicht.«

Also trat Olga vor. Die Kommandantin hob die Hand, deutete auf den Kerzenleuchter. Ein dumpfer Laut ertönte, als Olga ihn am Boden abstellte, ehe sie sich steif und mit leeren Händen auf die Bettkante setzte. Keinen Meter von ihr entfernt lag ihre Mutter, der Brustkorb nahezu reglos unter der flachen Atmung. Olga erkannte Schürfwunden, geschwollene Fingerknöchel. Sie hatte sich gewehrt. *Natürlich* hatte sie sich gewehrt.

»Wie ich sehe, bist du Sonja begegnet.« Mora öffnete die Hände am Schwertknauf, schloss sie wieder. Wie einen Eiswürfel spürte Olga ihren Blick auf der Haut, als er an ihr hinaufwanderte und den weißen Mantel fixierte. »Ich habe allerdings mehr von ihr erwartet als ein blutiges Ohr. Sehr enttäuschend.«

Die Rüstung knarzte, während sie das Gewicht verlagerte. Schnell suchte Olga sie mit den Augen nach Waffen ab. An ihrer Hüfte hing das zweite Schwert. Jede Wette, dass sie auch noch ein paar Messer bei sich trug.

»Und gleichzeitig …«, fuhr Mora fort. »… ist Sonjas Versagen eine glückliche Fügung. So habe ich die Gelegenheit, dir in Person zu danken.«

»Du hast mich ausgetrickst.« Es klang so dünn in ihren eigenen Ohren, so lächerlich.

Ernst hob die Kommandantin das Kinn. »Ich bezweifle, dass du mir geholfen hättest, hätte ich dich offen darum gebeten.« Ihre Stimme war wie ein Schnitt. »Zumal du mir ohnehin noch ein Sonnenglas schuldig bist. In diesem Sinne möchte ich dir für die Anzahlung danken.«

Olga lachte auf, ein panischer, kleiner Laut. Milans gurgelnder Atem klang ihr in den Ohren und Wut kochte in ihr hoch, drängte die Panik in den Hintergrund.

»Was, du dankst mir, indem du deinen Assassinen schickst?«

»*Mein* Assassine?«, zischte sie. »Du denkst, ich schicke einen Assassinen, der eine Göre wie dich nicht von meiner Schwester unterscheiden kann?«

Olga stutzte. »Aber …«

»Du hast deine Arbeit gut gemacht, Mädchen. Überaus gut. Du hast mir alles gegeben, was ich brauche. Doch ich habe einen Fehler gemacht. Ich habe dem Neuen Rat tatsächlich zugetraut, die richtigen Schlussfolgerungen zu ziehen.« Als sie weitersprach, war jedes Gefühl von der Oberfläche getilgt. »Statt auf deinen Namen zu kommen, haben sie sich auf Milan konzentriert. Der Bolzen sollte für dich sein.«

»Der … der Assassine kam vom Rat?«

Ihre Lippen kräuselten sich. »Du hast Ohren, Mädchen. Du hast genau gehört, was ich gesagt habe.«

Als sie Olgas Fassungslosigkeit sah, legte sie den Kopf schräg, sodass ihr langer Zopf ihr über die Schulter glitt. »Ich erwarte nicht, dass du meine Arbeit verstehst. Deine Mutter hier …« Sie trat heftig in Olathes Seite. Olga fuhr zusammen, aber Moras Blick hielt sie an Ort und Stelle. »… sie hat es verstanden. Und dann haben die Irrlichter sie verführt. Nur ein Beispiel dafür, welch schändlichen Einfluss diese … Kreaturen haben.«

Kurz schloss sie die Augen, atmete ruhig ein. »Alles muss ich selbst erledigen. Ich habe den Ausgleich geschaffen, die Ressourcen umverteilt. Erst im Moor. Nun in der Stadt. Das ist meine Aufgabe.«

Ihre rechte Hand schloss sich fest um ihre Klinge. »Und du, Mädchen, hast meinen Fortschritt bereits genug verzögert.«

Olga schleuderte ihr den Schlüsselbund entgegen und stürzte los. Bettkante. Boden. Tür. Ein Klirren, ein Zischen, zwei schnelle Schritte hinter ihr ... und Moras Schwertknauf rammte ihr Sterne in die Schläfe. Olga blieb keine Zeit, den Sturz abzufangen. Sie krachte in die Wand, schlug japsend mit der Schulter auf und Schmerz riss durch ihre Seite.

»Du machst es deutlich schwerer, als es sein müsste.«

Olga rappelte sich auf, taumelte – ein Tritt in ihren Rücken warf sie in den Flur, gegen die Brüstung, die unter ihrem Gewicht knirschte. Sie stieß sich ab und floh zur Treppe.

Nur etwas Zeit verschaffen. Nur etwas Zeit verschaffen, bis Mama aufwacht.

Und wenn sie nicht rechtzeitig zu sich kam ...

Nun, dann lockte sie wenigstens Mora von ihr weg.

Die Wand über dem Treppenabsatz explodierte unter einem Schwerthieb in Splitter. Olga schrie auf und sprang nach links, unter Moras nächstem Hieb hinweg. Stolperte. Landete auf dem Rücken.

Über ihr ragte die Kommandantin auf. Ihre Präsenz, die den ganzen Flur ausfüllte, das Haus vergiftete, Olga die Atmung nahm. Den Weg nach unten blockierte.

»Ich hätte dich nie in mein Haus holen sollen. *Du* bist *Milans* Irrlicht.«

Mora stach zu. Olga stieß sich ab, machte eine Rückwärtsrolle und die Schwertspitze spaltete knackend die Diele, auf der sie eben noch gelegen hatte. Rutschend sprang sie auf, rannte den Flur hinab. Sofort setzte die Kommandantin ihr nach. Sie hörte sie näherkommen.

»Diesem Einfluss muss ich ein Ende setzen.«

Verdammt, verdammt, verdammt ...

Olga riss die Tür zu ihrem Zimmer auf, sah ihr eigenes Gesicht verschwommen über der Kommode im Spiegel – sie packte ihn und schleuderte ihn hinter sich. Ein Aufprall,

Glasexplosion. Leises Knurren. Scherben rutschten über den Boden, erreichten gleichzeitig mit Olga die Fensterbank.

Sie löste den Riegel und der Wind trat das Fenster ein.

Olga musste den Kopf runterreißen, um nicht von den Läden getroffen zu werden. Mit einem Krachen schlugen sie gegen die Wand. Noch mehr Splitter. Schnee, Heulen, Sturm. Hinter ihr die knirschenden Schritte der Kommandantin. Olga ignorierte die Kälte, setzte das Knie auf die Fensterbank und packte die Regenrinne.

Eine Faust in ihren Haaren. Ruck nach hinten.

Sie schrie. Für eine kostbar erkämpfte Sekunde umklammerte sie den Fensterrahmen, dann glitten ihre Finger ab und Mora schleuderte sie zurück in den Raum. Sie rutschte über den Boden, spürte, wie die Scherben durch ihre Kleidung und in ihre Waden schlitzten.

Schützend die Hände um den Kopf geschlungen, kam sie zum Liegen. Aber nur kurz, bis die Kommandantin sie packte, auf die Füße zerrte, zusammen mit den Splittern in ihrem Mantel, und gegen die Wand schlug. Dornen, die Olga in den Rücken stachen. Sie jaulte auf. Mora hielt sie aufrecht, fegte ihr die Glaskrümel von der Schulter, als wäre sie ein Kind, das beim Spielen dreckig geworden war.

»Dieses Mal kann Milan nicht kommen und dir helfen«, sagte sie leise. »Dafür hast du gesorgt.«

Olga versuchte, sie zu schlagen – doch sie wischte ihre Faust beiseite, ohne mit der Wimper zu zucken, wirkte nicht einmal außer Atem. Nur an ihrem Kinn klaffte ein tiefer, tropfender Schnitt, wahrscheinlich von einer Scherbe.

Ruhig setzte Mora Olga das Schwert an die Kehle und sie spürte, wie ihre Augen feucht wurden.

»Ich erzähle es dem Rat. Alles.«

»Du weißt schon, dass ich dich töten werde?«

»Milan auch? Sollte sie überleben und allen sagen, dass die Mutter der Masken noch lebt?«

Die Kommandantin schwieg. Berechnend schaute sie sie an.

Also stimmt es. Olga grinste, verzweifelt und triumphierend.

»Sie werden dich in Stücke reißen!«, spuckte sie hervor.

Die Kommandantin musterte sie. Dann seufzte sie resigniert. »Nehmen wir mal an, eine von euch schafft es mit dieser Information bis zum Neuen Rat. Was meinst du, wen werden die Leute anklagen?«

Die Verwirrung auf Olgas Gesicht ließ ihre Lippen zucken. Sie lächelte, beugte sich herab und flüsterte: »Es ist wirklich eine Schande. So viele Tote. So viele Alte, in den Straßen erfroren, Kinder, im kalten Wohnzimmer verhungert. Alles nur, weil der Neue Rat versagt hat. Alles nur, weil niemand rechtzeitig wusste, dass der Winter kommt.«

Olga erschlaffte in ihrem Griff.

Die Briefe.

Die Briefe, die sie die ganzen letzten Monate für den Hohepriester – für Mora – gestohlen hatte. Die verschlüsselten Nachrichten der Späherinnen an den Neuen Rat. Die Frühwarnungen für den Winter. Olga hatte sie abgefangen.

Zufrieden nahm die Kommandantin ihre Sprachlosigkeit in sich auf, musterte die wütenden Tränen, die sich in ihren Augenwinkeln ballten. »Fühl dich nicht zu sehr geschmeichelt. Du warst nur eine von vielen Handlangerinnen.« Dann schmolz ihr Lächeln und der harte Zorn kehrte zurück. »Milan jedoch hat den Bolzen im Rücken nicht verdient. Deswegen wird es nicht schnell gehen, Mädchen. O nein. Ich habe einen feinen Tropfen Säure in Arbeit, nur für dich.« Sie trat so nahe heran, dass der Geruch nach Rose Olga den Atem nahm. »Und bei jedem Eintauchen in die verdammte Esse werde ich dich daran erinnern, dass es deine Schuld ist, wenn Milan sterben sollte.«

Olgas Schädel pochte. Ihr Rücken schmerzte – alles schmerzte. Sie roch den Essig, spürte den Keller um sich herum aufwallen. Doch gleichzeitig …

Sollte.

Mora war nicht vor Ort gewesen, als der Mörder sie auf dem Marktplatz angegriffen hatte, und der Assassine war nicht von ihr gewesen. Woher hatte sie also bereits gewusst, dass sich der Neue Rat geirrt hatte? Dass es Milan erwischt hatte und nicht Olga?

Wenn Milan sterben sollte.

Eine Erinnerung ... eine ihrer allerersten gemeinsamen Erinnerungen, unter der Kuppel im Schneesturm. Die treuen Soldatinnen und Soldaten, die auf Moras Ruf herangeschwärmt waren. Und dann der wütende Alte im Postamt, der erst vor wenigen Wochen zornig Moras Ehre verteidigt hatte. Die Kerzen an der Büste auf dem Platz der Mondjägerinnen, die Tuscheleien auf dem Marktplatz am Knie. Der Tonfall ehrfürchtiger Anerkennung in Kats Stimme, wann immer Moras Name fiel.

Milan irrte sich. Mora *hatte* Verbindungen. Sie *hatte* Macht.

Mora war nicht mehr Kommandantin, nicht einmal ihre Mondjägerinnen gab es mehr, doch sie hatte Leute in der Stadt, die ihr treu waren. Unter den Veteraninnen ... und in der Stadtwacht.

Fieberhaft überlegte Olga. Mora wusste um Milan – jemand hatte es ihr erzählt, einer der Soldaten vielleicht, die vorhin auf den Platz am Brunnen gekommen waren. Jemand, der Milan mitgenommen hatte, der wusste, ob ... wusste, *dass* sie noch lebte.

Aber die Pisser haben nicht alles gesehen.

Triumphierend fletschte Olga die Zähne. »Behalte deinen Essig!«, fauchte sie. Dann griff sie nach dem Schnitt auf Moras Kinn und beschwor die Magie.

Dieses Mal kam die knisternde Welle schneller, aggressiver, als hätte sie nur darauf gelauert, endlich Einlass zu bekommen. Blaue Lichtsplitter sprangen aus ihren Fingern, erhellten Moras leichenblasses Gesicht.

Schockiert prallte sie zurück, ließ Olga fallen wie eine Stange Dynamit – die Magie verpuffte in elektrische Luft, kaum dass die Berührung brach. Olga taumelte, stemmte sich in die Wand und trat zu.

Das Schwert flog aus Moras Griff, schepperte zu Boden und Olga duckte sich, jagte der Klinge nach, hörte die Kommandantin dicht hinter ihr. Mit einem Wutschrei grub sie die Finger in die Scherben und schleuderte Mora eine Handvoll Glas in die Fresse. Mora zischte, fuhr zurück und Olga stolperte rückwärts in den Flur, den Schwertgriff rutschig in der zerschnittenen Hand.

Sie konnte nicht kämpfen, nicht hiermit, nicht so, und war Mora hoffnungslos unterlegen. *Aber Milan lebt!* Milan lebte noch und wenn Olga sich jetzt umbringen ließ, würde sie Milan nicht sagen können, dass das alles hier ihre Schuld war. Wie verdammt leid es ihr tat.

»Du hast recht!«, grölte Olga, die Wangen heiß vom Adrenalin. »Das hat sie nicht verdient!«

Sie hörte das scharfe Kratzen der zweiten Klinge, die aus der Scheide an Moras Hüfte gezogen wurde. Ihre straffe Statur schoss durch den Türrahmen, den Schneesturm im Rücken, aber sie konnte Olga nicht täuschen. Sie wusste, wie die Kommandantin aussah, wenn sie um Fassung rang.

»*Mondgeburt*«, stieß sie aus, der Schnitt an ihrem Kinn verschwunden und gegen mehrere Kratzer auf ihrer Stirn eingetauscht.

»Überrascht, Zecke?«, schleuderte Olga zurück, bewegte sich rückwärts den Flur hinab Richtung Treppe.

»Es reicht!«

»Das finde ich auch!«, fauchte Olga.

»Duck dich!«, bellte Olathe hinter ihr.

Olga überlegte nicht. Sie schmiss sich auf den Boden und ihre Mutter setzte mit einem Zornesheulen über sie hinweg, das dem Sturm Konkurrenz machte. Bebend landete sie vor Mora und hieb mit dem Schwung einer Kugelstoßerin den Kerzenleuchter in ihre Richtung, ihr Rücken unter dem weißen Hemd ein einziger Muskelberg.

»FINGER WEG!«

Schock in den schwarzen Augen, als Mora parierte. »Du ...«

»FINGER WEG!«

Mora taumelte zurück, wich dem Leuchter aus.

»Das hier ist unser Haus! UNSER Haus!«

»Mama!«, schrie Olga. Die Euphorie zerriss ihr fast die Stimme. Und dann: »Mama, pass auf!«

Noch im Ausfallschritt stach Mora zu, wirbelte herum, der schwarze Zopf eine Peitsche, die ihr folgte. Grollend wich Olathe zurück. Olga sprang auf, stolperte vor, nur um vom Arm ihrer Mutter aufgehalten zu werden.

»*Nein!*«, blaffte sie. »Zurück. Gib mir das Schwert.«

Sie wartete gar nicht erst auf Olgas Antwort, entriss ihr die Klinge. Und dann drehte sie den Kopf, schaute Olga an, ein breites, wildes Grinsen auf dem Gesicht.

»Nerissa und ich regeln das.«

Verdattert kniff sie die Augen zusammen. »Wer zum Fick ist Nerissa?«

Ein Keuchen erklang. Sowohl Olga als auch ihre Mutter schauten zu Mora. Die Kommandantin stand einfach nur da und starrte. Es war der gleiche Blick wie damals, als Olga das Sonnenglas zerstört hatte.

»Du hast es behalten.« Ihre Stimme war schmal, gebrochen von Fassungslosigkeit.

Halb hinter ihrer Mutter verborgen, schoss Olgas Blick zwischen den beiden Kriegerinnen hin und her, ihre Hand aufs Geländer gestützt. Auf einmal war sie eine Zuschauerin, die in eine Szene gestolpert war, die nicht für ihre Augen bestimmt war.

»Du hast es *behalten?*«, wiederholte Mora. Das Schwert in ihrer Hand zuckte wie der Schwanz einer Katze kurz vor dem Angriff.

Olathe stieß ihr kehliges, raues Lachen aus und schlug einmal prüfend das Schwert hin und her. »Behalten? So kann man es natürlich auch nennen.« Sie knackte mit dem Nacken und festigte ihren Stand. »Na komm schon, meine große Kommandantin. So wie früher.«

Mora schoss vor – und stach an Olathe vorbei nach Olga.

Sie hatte nicht einmal Zeit, zusammenzuzucken. Funken stoben vor ihrem Gesicht, als ihre Mutter parierte, sie packte und aus dem Weg riss. Die Wucht trieb Olga über den Treppenabsatz und instinktiv riss sie die Arme über den Kopf. Die Welt warf sich in die Waagerechte.

Fall.

Und dann Aufprall.

Holz in ihrem Kreuz, Knie in ihrem Gesicht. Knacken in den Rippen. Olga krachte über die letzte Stufe und kam zum Liegen, verheddert in ihren eigenen Gliedern, die Hacke im Fensterglas. Schwindelnd griff sie nach ihren Rippen. Das Stechen jagte ein lautloses Heulen durch ihre Lungen und schwarze Sterne durch ihr Blickfeld.

»Olga? Spatz!«, hörte sie ihre Mama schreien, ehe wieder Metall bellend aufeinanderprallte.

Olga zwang den Blick von der Decke und zum Flur, gerade rechtzeitig, um zu sehen, wie ihre Mutter der Kommandantin in den Bauch trat. Ihr Ächzen hallte durch den Eingangsbereich. Olathe schaute nach unten. »Spatz! Bist du —«

Mora fuhr wieder nach vorne und ihr Hieb hobelte Splitter vom Geländer, zwang Olathes Aufmerksamkeit zu sich zurück. Es galt Hammerschlag gegen Nadelstich. Mora fädelte einen Angriff ein, Olathe trümmerte zurück, drängte die Kommandantin aus Olgas Sichtfeld – nur um in zwei fauchenden Stichen zurückgedrängt zu werden.

Sie hörte ihre Mutter lachen. Ein wilder, unbändiger Laut. Ein alter Laut, den Olga nicht kannte. Für einen Moment war sie die Letzte Jägerin, von der alle immer erzählten. Sie war Feres' Lathe.

Olga sah Moras Gesicht, das so sehr wie Milans aussah und trotzdem nur aus Kanten bestand. Hasserfüllte Disziplin. Als Mora zustach und Blut von der Schulter ihrer Mutter spritzte, wusste Olga, dass sie sich beeilen musste.

Sie zerrte sich hoch, watete durch die Erschöpfung wie durch Sirup, während jeder Schritt einen Puls aus Hitze durch ihren Brustkorb schickte. Die Wand, das Haus, gab ihr Halt. Weiteres Knallen, Splitter von oben. Mit knirschenden Zähnen taumelte Olga in die Küche.

Sie ertastete Kräuter, Gläser, glitschig unter ihren Fingern. Ihre Sicht flockte wie Milch in heißem Wasser – sie knurrte, schüttelte den Kopf. Sie konnte zwar nicht viel, aber wenigstens konnte sie *das* hier. Tränen schossen in ihre Augen, als sie die Flüssigkeiten mischte und Alkohol über ihre Schnitte lief. In der Schublade fand sie eine Spritze.

Ein weiteres Splittern. Olgas Blick schoss hoch, gerade rechtzeitig, um zu sehen, wie Mora und Olathe zusammen mit der Brüstung ins Erdgeschoss hinabrauschten.

Der Aufprall bebte bis in ihren Kiefer.

Staub.

Stille.

Dann ein Rutschen. Olgas Mama schnaubte benommen, rappelte sich träge auf und schwankte. Silbernes Blut lief ihr die Nase hinab, tropfte von ihrem Kiefer.

Moment.

SILBER?

Sprachlos starrte Olga sie an. Das Gesicht ihrer Mutter hatte einen Knacks, klar und scharf, wie ein Sprung in einer Porzellanschale. Als Olathe ihn mit einem Grunzen betastete, breiteten sich weitere Haarrisse aus – sprangen über ihre Wange bis hoch zum Augenwinkel. Benommen schüttelte sie den Kopf und schimmerndes Blut flog aus der Wunde, schoss durch die Luft wie Tropfen aus Mondlicht.

Olga hatte nicht die Gelegenheit, sie mit Fragen zu bombardieren, denn hustend kämpfte sich die Silhouette der Kommandantin aus den Trümmern, den Rücken zur Küche gewandt. Das Schwert in der Hand stapfte sie zu Olathe.

Los.

Olga krallte sich die Spritze und schlich ihr nach, der Nacken schweißgebadet.

»Warum?«, schrie Mora – und trat zu. Mit einem lauten Knall sprang Olathes Knie aus der Fassung. Gellend stürzte sie zurück zu Boden. Mora bückte sich, zerrte sie wieder hoch. »Warum hast du es behalten? Warum hast du nicht *mir* vertraut?«

Sie setzte die Klinge an Olathes Kehle. »Sag es mir!«

Jetzt!

Olga sprang vor, packte Moras Zopf und riss mit all ihrer Restkraft daran. Sofort wirbelte die Kommandantin herum – und direkt in die Spritze. Ihre Augen weiteten sich.

Mit einem letzten wütenden Laut drückte Olga den Kolben ganz nach unten, ehe sie losließ und zurückwich, außer Reichweite von Moras Krallen.

Keuchend starrten sie sich an. Warteten.

Mit fahrigen Fingern tastete Mora nach der Spritze in ihrem Hals. Ihr Oberkörper geriet als Erstes in Schieflage.

»Was«, flüsterte sie, sackte auf das eine Knie, dann auf das andere, ihr rumorender Blick die ganze Zeit fest auf Olga gerichtet.

»Oh, keine Sorge …«, erwiderte Olga. »… du wirst nur

bewusstlos. Ich möchte dir nachher noch ein paar Fragen stellen.«

Das Schwert rutschte ihr aus der Hand. Mit einem Klirren ihrer Rüstung kippte sie vornüber zu Boden und blieb liegen, die Augen geschlossen.

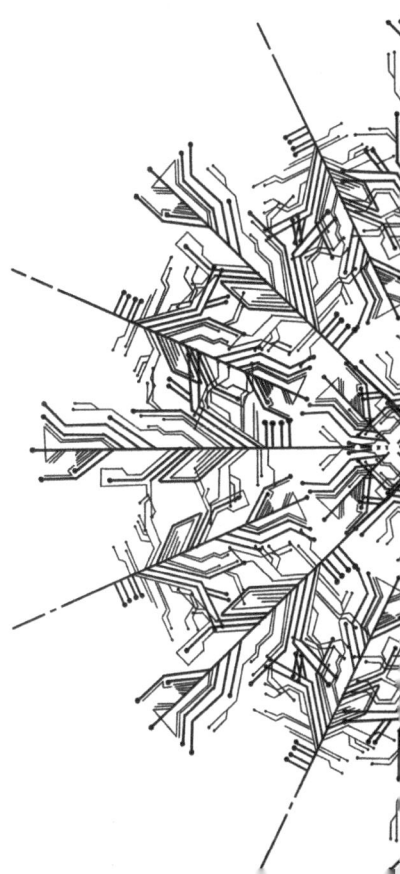

Auszug aus dem Logbuch der Bergbauvorsitzenden Erzweidens

(Letzter Eintrag: 24.01.2861 na. So.)

22.01.2861 na. So.

Leerung der Stollen 111, 112, 114 sowie der zentralen Halle und der Quartiere. Damit ist die Räumung des Werkes abgeschlossen. Jegliche Gerätschaften aus Riesenerz werden in die Speicherstadt umdisponiert. Alles andere zurückgelassen.

Durchzählung der Belegschaft ergab: Zwei vermisste Bergarbeiterinnen, ein vermisstes Kind. Halte die Versiegelung der Ein- und Ausgänge bis zur Rückkehr der Suchtrupps zurück.

23.01.2861 na. So.

Kind und Bergarbeiterin 1 im Schacht 122 gefunden und glücklicherweise lebend geborgen. Bergarbeiterin 2 weiterhin vermisst. Durchsuchung des Wirbelbereiches und der Hüftstollen noch ausstehend.

24.01.2861 na. So.

Wasserdurchbruch in Stollen 114 und 115
zwingt Suchtrupps zum Rückzug. Versiegelung des Bergwerkes eingeleitet. Notaus-
gang 4 wird bis zur letzten Minute für
Bergarbeiterin 2 offen gelassen.

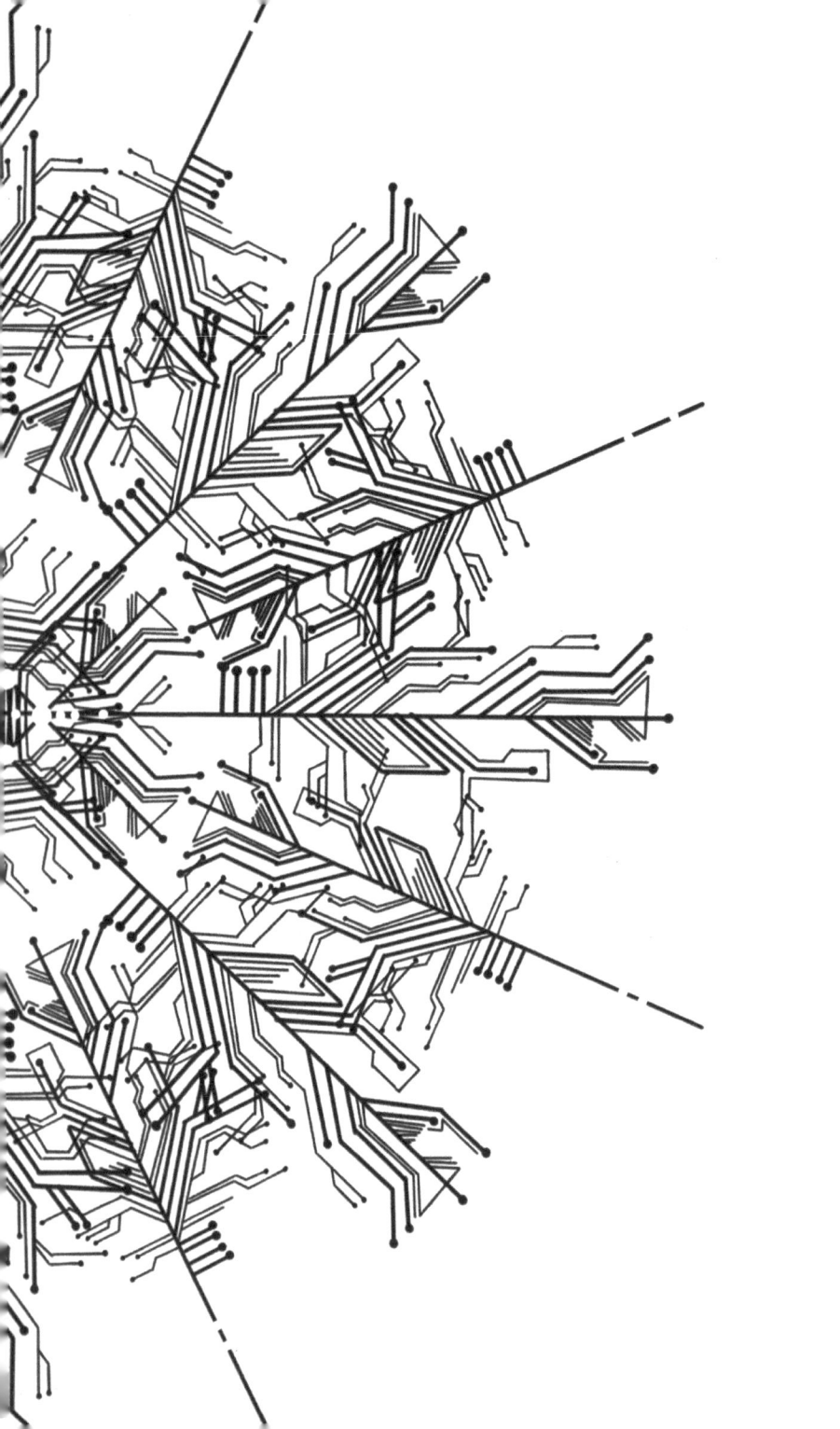

31

3037 nach Sonnenschlüpfen
(Gegenwart)

In der folgenden ohrenbetäubenden Stille ließ sich Olga gegen die Wand fallen und rutschte zu Boden, wo sie sitzen blieb und gegen den Kopfschmerznebel ankämpfte. An ihren blutverschmierten Fingern klebte eine Handvoll schwarzes Haar. Angewidert schüttelte sie es ab und schloss die Augen.

Eine Pause. Nur eine verdammte, kleine Pause, bitte.

Das rutschende Geräusch ließ sie ihre Lider wieder heben. Zwischen den Geländertrümmern kämpfte sich ihre Mutter auf die Seite. Schweiß und Wut rollten ihr über das Gesicht und die Schultern, als sie Moras Schwert heranzog und die schmerzverzerrten Augen auf die Kommandantin richtete.

»Mama«, krächzte Olga warnend.

Aber Olathe spuckte nur auf den Boden, stemmte sich auf das unverletzte Knie und packte die bewusstlose Mora am Schopf.

»Mama, nicht!«, schrie Olga, richtete sich auf und fiel sofort zurück, die verkrampften Finger auf die Rippen gedrückt. »Lass den Scheiß«, hustete sie.

»Diese Frau gehört tot.«

»Verdammt, ja, aber …«

Entschlossen riss Olathe das Kehlstück von Moras Rüstung und platzierte die Schwertspitze auf ihrem weißen Brustbein. »Glaub mir, es ist besser so. Du —«

Mit einem Wutlaut donnerte Olga die Faust gegen die Wand, sodass die Töpfe an den Balken aneinanderklapperten, der Knoblauchzopf von seinem Nagel rutschte und Olga auf die Schulter plumpste.

»Mama, wenn mir heute noch irgendjemand sagt, dass ich etwas nicht verstehen kann, brenne ich das verfickte Haus ab!«

Verblüfft musterte Olathe ihre Tochter genauer, zum ersten Mal seit dem Kampf. Ihr Blick wanderte von ihren aufgeschürften Knien über den zerschnittenen Mantel bis zu dem rohen, blutigen Klumpen, der mal ihr Ohrläppchen gewesen war.

»Olgaspatz, bist du okay?«

»HAST DU OKAY SCHON MAL GESEHEN? ICH ZEIG DIR GLEICH OKAY!« Sie packte den Knoblauch und pfefferte ihn in die Ecke. »Was, zum Henker, Mama … Die Mutter der Masken LEBT?«

»Oh. O ja. Ja, das tut sie.«

»FANTASTISCH! GROßARTIG!« Vom Schreien heiser geworden, stieß sie einen Finger in ihre Richtung. »Wo wir schon dabei sind, was ist mit deinem GESICHT los?«

Olathe blinzelte. »Mein Gesicht?« Als hätte sie es bis eben vergessen, ließ sie Mora mit einem schweren »Klonk« fallen und legte ihre Hand an die Wange. Die Risse waren bereits dabei, zu verkrusten, bildeten silberne Rillen auf brauner Haut.

»Mama«, flüsterte Olga. »Was *ist* das?«

Ihre Mutter seufzte laut. Dann griff sie nach ihrem Kinn. Nur dass sie nicht ihr Kinn packte, sondern ihre Fingerspitzen *in ihr Fleisch sanken wie in einen verdammten Teich* und sie begleitet von einem widerlichen Knistern begann, die oberste Schicht ihres Gesichtes abzunehmen.

WAS … IGITT … DAS …

Entsetzt presste Olga sich an die Wand, rechnete mit dem Anblick von Muskeln oder Sehnen. Doch anstatt Haut löste sich eine flackernde, perlweiße Maske von Olathes Antlitz, manifestierte sich zu einem festen Gegenstand – ein grinsendes Gesicht mit viel zu vielen Zähnen, bis eben von einer Illusion verborgen.

Ihre Mutter blieb ohne einen Knacks oder eine Schramme in der Wange zurück … ihre ganz normale, vernarbte Fresse, wie sie sich gehörte.

»Diesen Teil mag ich am wenigsten«, sagte Olathe und kräuselte unbeeindruckt die Lippen, als habe sie eben etwas zu Salziges gegessen. »Das kitzelt immer so. Hier, halt mal.«

Olga schrie auf, als ihre Mutter ihr das … das *Ding* in die Hände warf. Beinahe ließ sie es fallen. Ein tellergroßes flaches Antlitz aus Porzellan – nein, aus Knochen, mit leeren Augenschlitzen, geformt wie Rosenblätter. Durch das riesige Grinsen verlief ein silberner Knacks, wie eine mit flüssigem Blei gefüllte Wunde.

Irgendwo zwischen verstört und fasziniert hielt Olga die Maske auf Abstand. »Waaaas zum …«

Als hätte es diese kleine Unterbrechung nie gegeben, setzte Olathe erneut das Schwert an, Moras Körper schlaff in ihrem Griff.

»NEIN, Mama!« Fluchend rappelte Olga sich auf und stolperte nach vorne. Der Blick ihrer Mutter trieb sie fast wieder zurück.

»Sie wollte dich töten!«, grollte Olathe. »Sie wollte dich wieder *wegnehmen*! Wieso verteidigst du sie? Diese Person ruiniert Menschenleben! Alles! Alles, was sie berührt! Sie ist ein beschissener Fluch, das ist sie! Vor allem du müsstest das wissen!«

»Natürlich weiß ich das, aber du kannst sie nicht abstechen! Wir müssen herausfinden, was sie und der Hohepriester planen. Sie haben ein neues Sonnenglas gebaut und Mora hat vielleicht …«

Ein rotes Rinnsal lief über Moras Schlüsselbein. Olga erreichte ihre Mutter, ließ die Knochenmaske fallen und packte mit einer Hand den Schwertgriff.

Bei der Berührung fror sie ein. »Liegt dir etwas an ihr?«, flüsterte sie, ihr Starren eine einzige Anklage. »Ist es das?«

»Nein, Scheiße, nein, Mama!« Sie gab es auf, die Verzweiflung aus ihrer Stimme halten zu wollen. »Aber du darfst sie nicht töten. Sie hat vielleicht Milan.«

»Mir egal.«

Olga zuckte zusammen. Dann umklammerte sie auch mit ihrer zweiten Hand den Schwertgriff. »Aber mir nicht. Milan hat mich damals aus Moras Anwesen gerettet. Wir sind es ihr so was von schuldig, sie jetzt nicht im Stich zu lassen. Außerdem, wenn die Leute im Viertel erfahren, dass du ihre große Heldin abgestochen hast ...«

»Mir egal.«

»Sie werden dich lynchen.«

»Das ist es mir wert.«

»ABER MIR NICHT, MAMA! Du verdammte Egoistin!«

Olga hielt ihrem Blick stand, kämpfte mit all der losen Restkraft, die sie noch hatte, gegen ihren Griff an.

Langsam, widerwillig, ließ Olathe das Schwert los. Laut schepperte es zu Boden.

Olga kippte in ihre Arme, packte sie so fest, wie sie konnte, und vergrub die Stirn in ihrer verschwitzten Halsbeuge. Für einen kurzen Augenblick floh sie sich in den vertrauten Geruch nach süßem Veteranenkraut.

»Danke«, stammelte sie. »Danke.«

Olathe zögerte, ehe sie die Umarmung behutsam erwiderte. Von einer Sekunde auf die andere hielt sie Olga wie ein rohes Ei. »Deine Rippen ...«, krächzte sie.

»Halt die Klappe.«

»Ich habe dich die Treppe runtergeworfen.«

»Ja, und hättest du es nicht getan, wäre ich jetzt ein Grillspieß.«

»Mmh.« Vorsichtig bettete sie ihre Hand auf Olgas Kopf. »Ich liebe dich genau so, wie du bist, mein Schatz, aber wir müssen unbedingt etwas für deinen Nahkampf tun. Das ist ja wirklich erbärmlich.«

Olga lachte und verzog sofort gequält das Gesicht. »Ich weiß gar nicht, was du meinst.«

»In deinem Alter konnte man mich in einen Gildenkampf werfen und ich bin danach wieder losgetrippelt wie ein Katzenhirsch nach der Geburt.«

»Gibst du gerade etwa zu, dass du alt geworden bist?«

Olathe folgte ihrem Blick auf ihr Knie, das verletzte Bein unbequem von sich gestreckt, und räusperte sich. »Vielleicht ein bisschen.«

Mit einem schüchternen Laut schwang die Hintertür auf und Schnee platzte in die Küche. Sofort spannte Olathe sich an. Olga kämpfte sich auf die Füße und drehte sich um, eine verkrampfte Hand auf der Schulter ihrer Mutter.

Kat trat in die Küche, ihre Wangen von der Kälte dunkel gebissen, die Haare in einer Lockenwolke um ihren Kopf gefroren und einen Schürhaken zum Schlag erhoben. Ihr Blick huschte erst zu Olga, dann zu Olathe, um schließlich auf der bewusstlosen Mora am Boden zu landen.

Ihr Mund klappte auf.

»Kat«, setzte Olga an und hob langsam die Hände. Schnell überlegte sie. Moras Schwerter lagen nur einen Sprung entfernt in Reichweite, doch sie bezweifelte, dass ihre Rippen das mitmachen würden. Geschweige denn einen weiteren Kampf.

Also Diplomatie. Na toll.

»An eurer Stelle …«, krächzte die Veteranin und durchquerte die Küche mit den Bewegungen einer Person, die wusste, wie man sich auf dünnem Eis verhält. »… würde ich jetzt sofort einen Schritt von Mondjägerin Mora wegtreten.«

»Leichter gesagt als getan«, seufzte Olathe.

»Kat«, wiederholte Olga, die leeren Hände immer noch erhoben. »Das ist alles ein wenig anders, als es aussieht.«

Als unter Kats Stiefel eine zerbrochene Arzneiflasche knirschte, verharrte sie. Olga spürte, wie sich neben ihr ihre Mutter aufraffte.

»Katharina Treibholz«, knurrte sie und in ihrer Stimme lag die Autorität einer Gruppenführerin. »Du bist nicht gerade die Art von Soldatin, die etwas überstürzt, also hör uns wenigstens zu.«

»Sieht eher so als, als hättet *ihr* es überstürzt.« Doch beim Klang ihres vollen Namens hörte Kat auf, den Schürhaken durch die Luft kreisen zu lassen und richtete ihre Aufmerksamkeit auf Olathe. »Deine Erklärung is besser gut, meine Liebe.«

»Mora ist in *unser* Haus gekommen. Sie hat *uns* angegriffen.« Olathes nächste Worte klangen äußerst unzufrieden.

»Wir haben sie nicht einmal umgebracht, also hast du gar keinen Grund, dich aufzuregen.«

Mit einem Knall stürzte Feres durch die Haustür.

Kat kreischte und sprang zurück – Olga fuhr herum und bereute es sofort, griff sich an die Rippen. Das Fluchen blieb ihr im Hals stecken. Von der erneuten Kälte gestochen, blinzelte sie zur Eingangstür.

»O nein, danke!«, bellte Kat und stach den Schürhaken in Feres Richtung. »Nicht schon wieder *der* Penner!«

»Ich möchte euch wirklich nicht in eurer Unterhaltung stören …«, hauchte er, sackte mit höflicher Miene gegen den Türrahmen und begann, herunterzurutschen. »… aber wir stehen ein wenig unter Zeitdruck.«

Achtlos ließ er das Gewehr zu Boden fallen. An seiner Seite erschien Adva, winselnd und Eiskristalle im Fell, und legte sich auf den Boden.

»Feres!«, rief Olga, stieß sich von ihrer Mutter ab und humpelte los. »Adva!«

»Ganz vorsichtig«, murmelte der Erloschene, während sie sich vor ihm auf die Knie sinken ließ. »Sonst klingst du noch so, als würdest du dich freuen, uns zu sehen.«

»In deinen Träumen, Idiot.« Doch sie nahm seine Hand in ihre und drückte sie. Es war, als würde sie einen Ball aus Frostbrand halten und auch ansonsten sah er aus, als hätte ihn ein Stachelschwein aus Eis zusammengeschlagen und die zitternde Adva neben ihm wirkte nicht wirklich besser. Reue schwoll in ihr an, so heftig, dass sie fast von innen erwürgt wurde.

»Bist du lebensmüde?«, fuhr sie Feres an.

Aber sein Blick fiel an ihr vorbei auf Mora, die immer noch bewusstlos am Boden lag. Milde beeindruckt wanderten seine Augenbrauen nach oben. »Wie ich sehe, habt ihr auch Besuch bekommen?«

»Lenk nicht ab! Was war das denn für ein Kackplan! Diese Magierin mit Geflügel ablenken?«

»Nun … es hat funktioniert, oder?« Er setzte sich ein Stück auf und sofort wich ihm alle Farbe aus dem Gesicht. Sein Schlottern machte es ihr schwer, ihn zu verstehen.

»Kamil ist noch gut mit den Frostgeiern beschäftigt, aber sie hat Verstärkung bekommen … Magier. Deswegen würde ich vorschlagen, wir packen so schnell wie möglich unsere Sachen und ziehen … weiter.« Erschöpft schloss er die Augen.

Olga wischte grob sein schneeüberzogenes Haar nach hinten und drückte zwei Finger auf seinen Puls. *Viel zu schnell.* Entschlossen wandte sie sich zu ihrer Mutter. »Wir müssen weg.«

Bevor ihre Mama antworten konnte, hob Kat wieder den Schürhaken. »Niemand verpisst sich, ehe ihr mir nicht erklärt —«

»Moment.« Olathe schüttelte Kats Worte mit einer Handbewegung ab und richtete sich auf, so gut ihr Knie es zuließ. Alarmiert erwiderte sie Olgas Blick. »Was wollen die Magier von uns?«

Ich könnte einfach lügen. Aber sie wollte nicht mehr. Zu zermürbt war sie vom Kampf, vom Zaubern, vom Sturm.

»Diese Kamil ist hinter Feres her, aber der Rest … mich. Sie wollen mich.«

Olga rechnete damit, dass Furcht das Gesicht ihrer Mutter flutete, Wut, vielleicht sogar Verzweiflung. Stattdessen zerbrach etwas in ihren Augen. Nicht laut, sondern leise. Fast schon resigniert. Als habe sie Jahrzehnte vor Gericht gestanden, auf ein Urteil gewartet, und nun, da es endlich gefallen war, war es nur eine Sache von Sekunden, ihre neue Lage zu akzeptieren.

»Sie wissen Bescheid?«, war alles, was sie fragte.

Olga nickte und spürte, wie sich der Druck in ihrem Hals aufbaute.

Ein lautes Winseln. Alle drehten sich zu der Hundsziege um und sahen, wie sie sich auf die Pfoten kämpfte. Aus ihrer Flanke ragten zwei Eisdolche, umschlossen von schwarzem, gefrorenem Blut.

»Ich will ja nicht drängeln«, flüsterte Feres, eine Hand auf Advas Hals gelegt. »Aber wir reden hier von vielleicht drei Minuten.«

»Ist das dein Scheißernst?«, brauste Olga auf. »Ich … okay. Okay.« Tiefes Luftholen. *Au. Zu tief.* Mit einem Knurren raffte sie sich auf und torkelte zurück zu ihrer Mutter. »Streiten können wir uns immer noch, wenn wir in Sicherheit sind.«

Zögerlich wandte sie sich an Kat. »Nimmst du … nimmst du Mamas andere Seite?«

»Ich gehe nicht«, unterbrach Olathe sie knapp.

»Dich hat niemand gefragt.«

»Ich bleibe. Ich bleibe im Haus.«

»OH, FICK DICH DOCH IN DEIN GEBROCHENES KNIE, MAMA!« Olga packte sie am Oberarm, zog sie nach oben … bereute es sofort, als die Sterne ihr das Sichtfeld schmolzen. Japsend krümmte sie sich, Magensäure im Rachen.

Eine raue Hand strich über ihre Wange. Die Stimme ihrer Mutter, sanft. »Olga.«

»Nein.« Sie zog weiter an ihrer Mutter, ehe sie kraftlos auf die Knie sank.

»Ihr müsst gehen, Spatz.«

Olga gab es auf, zu zerren. Aus ihrer Kehle brach ein Laut, den sie selbst nicht erkannte, ein Laut, der sowohl ihr gehörte als auch dem Kind, das sie nie richtig sein durfte und trotzdem nicht aufhören konnte, zu sein, und einmal angebrochen, ließ er sich nicht mehr versiegeln. Ihre Mama flüsterte ihren Namen und zog sie an sich, doch sie wehrte sich, schlug auf ihren Rücken.

»FICK DICH!«, schrie sie. »Ich hasse dich! Ich hasse dich!«

»Olga. Spatz.«

»Du musst mitkommen! Ich … Lass mich dich heilen.«

»Nein.«

»Lass es mich versuchen! Ich muss es versuchen!«

»Nicht in deinem Zustand.« Olathe schob ihre Hände vom Knie.

»Das darfst du nicht! Du darfst mich nicht … Adva!«, schrie Olga, blind vor Salzwasser. »Du kannst sie tragen, oder? Feres? Kat?«

Als Antwort bekam sie nur betretene Blicke.

»Fickt euch!«, schrie sie.

»Kat«, sagte Olathe, tief und rauchig und die Worte vibrierten durch ihre Umarmung. »Ich weiß, dass es ein großer Gefallen ist. Aber den bist du mir noch schuldig.«

Verheult drückte Olga ihre Mutter von sich und drehte sich Kat zu, um ihre Reaktion zu sehen.

Die Veteranin zog ihren kürzeren Arm an ihre Seite, verharrte ansonsten jedoch in der Verteidigungshaltung. während auf ihrem Gesicht Verwirrung und Ablehnung ineinanderprallten. Ihr Blick schoss zu Mora – Olathe zwang sich ihm in den Weg.

»Wem willst du helfen, Katharina? Der Person, die Soldatinnen wie dich zum Sterben ins Moor schickt ...« Sie deutete auf Mora. »... oder der, die dafür sorgt, dass du es wieder lebend zurück in die Stadt schaffst?«

Langsam sank der Schürhaken hinab. Olga schaute zwischen den beiden Frauen hin und her, die Hilflosigkeit in nassen Streifen auf ihren Wangen. Schweigend starrte Olathe Kat einfach nur an.

Die Veteranin kräuselte die Lippen. Stieß ein ungläubiges Schnauben hoch. Dann fiel der Haken mit einem Klappern zu Boden und sie stapfte in den Raum, an Olga vorbei. Feres entfuhr ein Schmerzenslaut, als sie sich seinen Arm über den Nacken warf und ihn auf die Füße zerrte.

»Dann mal schnell«, murrte Kat.

Erleichtert sanken Olathes Schultern nach unten. Sofort wandte sie sich an Adva. »Hilfst du dann bitte meiner Tochter?«

Olga fuhr zu ihrer Mutter herum. »Nein ... Mama ...«

»Bitte hör mir zu.«

»Nein!«

»OLGA!«, donnerte sie und auf einmal war jede Geduld aus ihrem Gesicht verschwunden. Sie packte ihr Kinn so fest, dass es wehtat. Erschrocken erwiderte Olga ihren Blick.

»Ich weiß, was ich tue. *Lass mich das regeln.*« In ihrer Stimme lag die volle Kompetenz jahrelanger Mondjagden. Olga wollte protestieren – ihre Mutter fuhr ihr ins Wort, mit einer Eindringlichkeit, die keinen Widerspruch duldete. »Du musst abhauen. Versteck dich. Ich kann nicht gehen. Aber dich dürfen sie nicht erwischen.«

Ein kühler Druck in ihrer Hand. Verwirrt schaute Olga nach unten und sah die knochenbleiche Maske, ihre toten Sehschlitze von silbernen Rissen umgeben.

Mit Nachdruck schloss Olathe Olgas Finger, bevor sie wieder ihr Kinn hob. »Sie dürfen *euch* nicht erwischen.«

Olga starrte sie an. Starrte ihre Mutter an und dann Feres, der aussah, als wäre gerade ein Geist durch ihn hindurchgefahren. Sein Blick klebte an der Maske wie an einem Unfall, von dem er sich nicht abwenden konnte.

»Du musst mitkommen, Mama«, schniefte sie. »Bitte.«

Ihre Mutter nahm ihren Kopf, küsste sie auf die Stirn. Dann schob sie sie auf Abstand, sture, brennende Liebe in den Augen.

Olga hörte Pfoten und Raubtierhecheln, spürte eine warme Zunge auf der Wange. Aus dem Augenwinkel sah sie, dass Feres an einer Ohnmacht schrammte. Mit einem Grunzen zwang Kat ihn Schritt für Schritt durch den Raum Richtung Küche.

»Jetzt oder nie, Klein Frost!«, bellte sie.

»Bitte.« Olga ignorierte die Stupser der Hundsziege. »Bitte lass mich nicht allein.«

»Du bist nicht allein.« Grob stieß Olathe ihr die Maske vor die Brust. »Pass gut auf sie auf. Ihr Name ist Nerissa. Sie mag Kakao, verträgt kein Sonnenlicht und du musst sie regelmäßig aufsetzen, sonst wird sie … einsam. Aber egal, was du tust.« Sie senkte den Kopf, bohrte ihren Blick in Olgas. »Höre nicht auf das, was sie dir sagt, Olga. Das ist mein Scheißernst. Trau ihr nicht.«

Draußen auf den Straßen ertönte Lärm. Ferne Rufe. Feres fletschte die Zähne, ein gehetztes Flackern im Gesicht.

»Na los doch!«, rief Kat hinter Olga. »*Jetzt!*«

Also gab sie auf.

Welche Wahl hatte sie denn schon?

Sie stopfte die Maske in die Manteltasche und ließ sich von Adva auf die Beine helfen, ihre Hörner kalt unter ihrem Griff. Die Hundsziege schwankte, suchte ihrerseits an Olga Halt und so bugsierten sie sich stolpernd zur Hintertür, ein zerschnittenes, zerbeultes Zweigespann, Kat und Feres dicht neben ihnen.

Als sie den Balken zur Küche passierten, schaute Feres über die Schulter und öffnete schwach den Mund.

»Lathe … ich …« Es war kaum mehr als ein Flüstern.

Olga hörte die Trauer in der Stimme ihrer Mutter, als sie antwortete: »Mach's einfach wieder gut.«

Die Tür zum Innenhof war bis auf Brusthöhe zugeschneit. Kat zog sie mit dem Fuß nach innen auf und die Kälte begrüßte sie mit freudig schnappenden Zähnen, riss an ihren Haaren und nagte an ihrer Haut. Olga zögerte. Warf einen letzten Blick zurück.

Stumm bebend saß ihre Mama über das verletzte Knie gebeugt, die Finger in ihre Kopfhaut gekrallt.

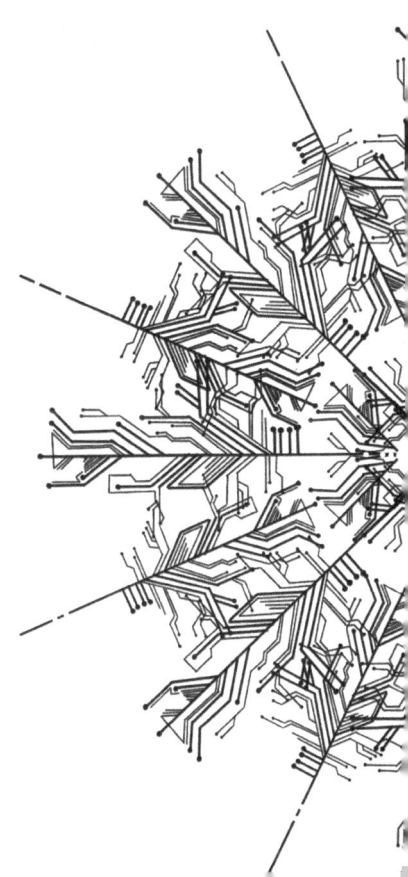

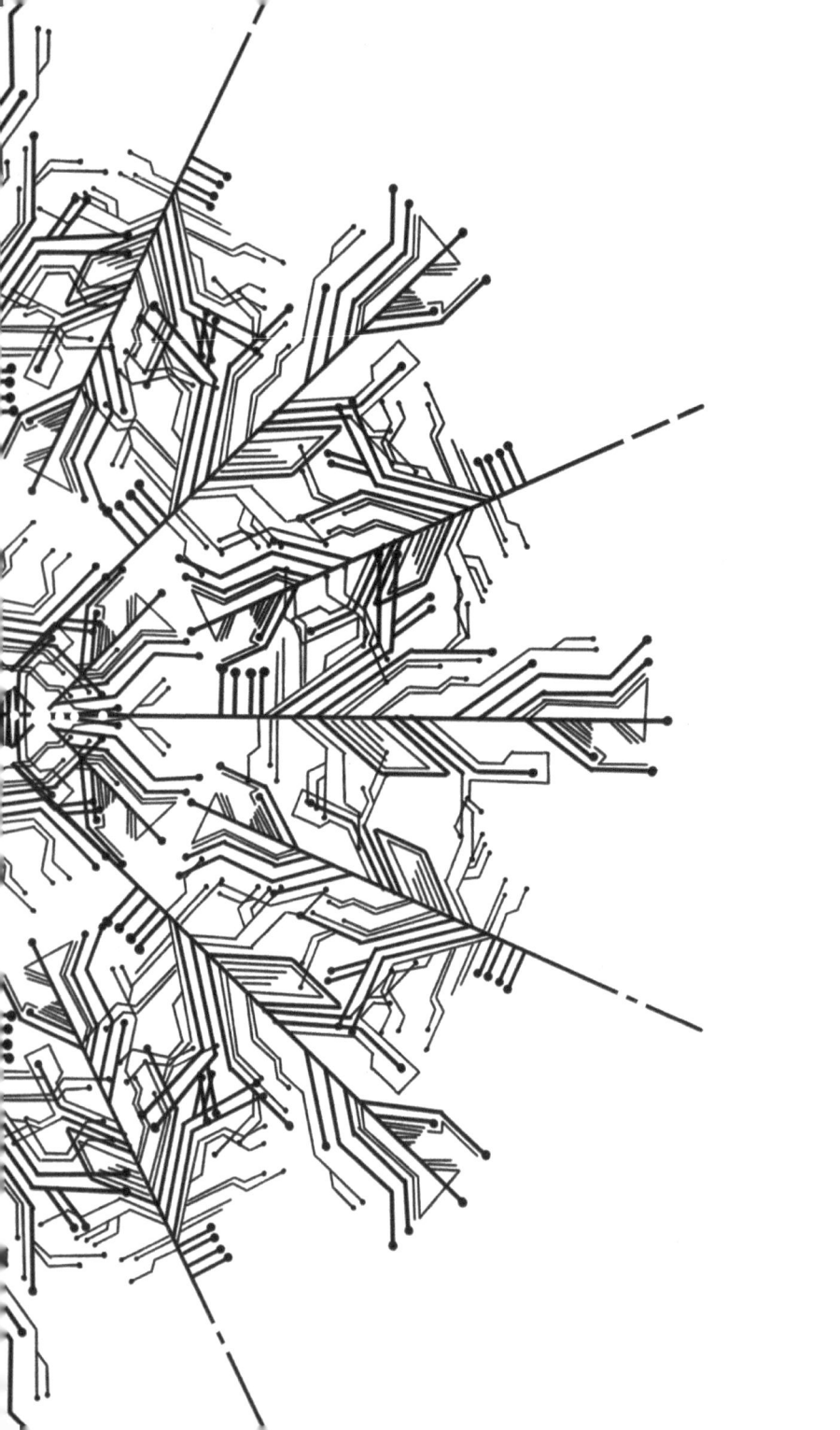

Einsatzprotokoll der Mondjägerinnen

(ein paar Monate vor der Letzten Mondjagd)

Einsatzleitung: Kommandantin Mora Moorfund, Gruppenführerin Olathe Hannah Frost

Protokoll: Kommandantin Mora Moorfund

Zweck des Einsatzes: Errichtung einer sicheren Festung innerhalb des feindlichen Gebiets als Ausgangsposten für zukünftige Mondjagden

Zusammenfassung des Einsatzes: Es ist uns gelungen, einen Fingerknochen der Riesin aus der Stadt zu einem der westlichen Türme im Moor zu transportieren. Der Schutz scheint zu wirken, die Irrlichter meiden den Turm.

Unterwegs kam es durch einen Irrlichtangriff zu vier Kausalitäten. Soldatin Katharina Treibholz griff im Wahn ihre Kameradinnen an, ehe sie die Waffe gegen sich selbst richtete. Gruppenführerin Frost schritt ein und sicherte ihr Überleben. Ich selbst wurde schwer verletzt und zum Rückzug genötigt. Gruppenführerin Frost blieb zurück. Ich weiß nicht, ob sie tot ist.

Morgen werden wir wieder ausrücken. Wir müssen sie finden.

Ohne sie schaffen wir das nicht. Ohne Lathe schaffe *ich* das nicht.

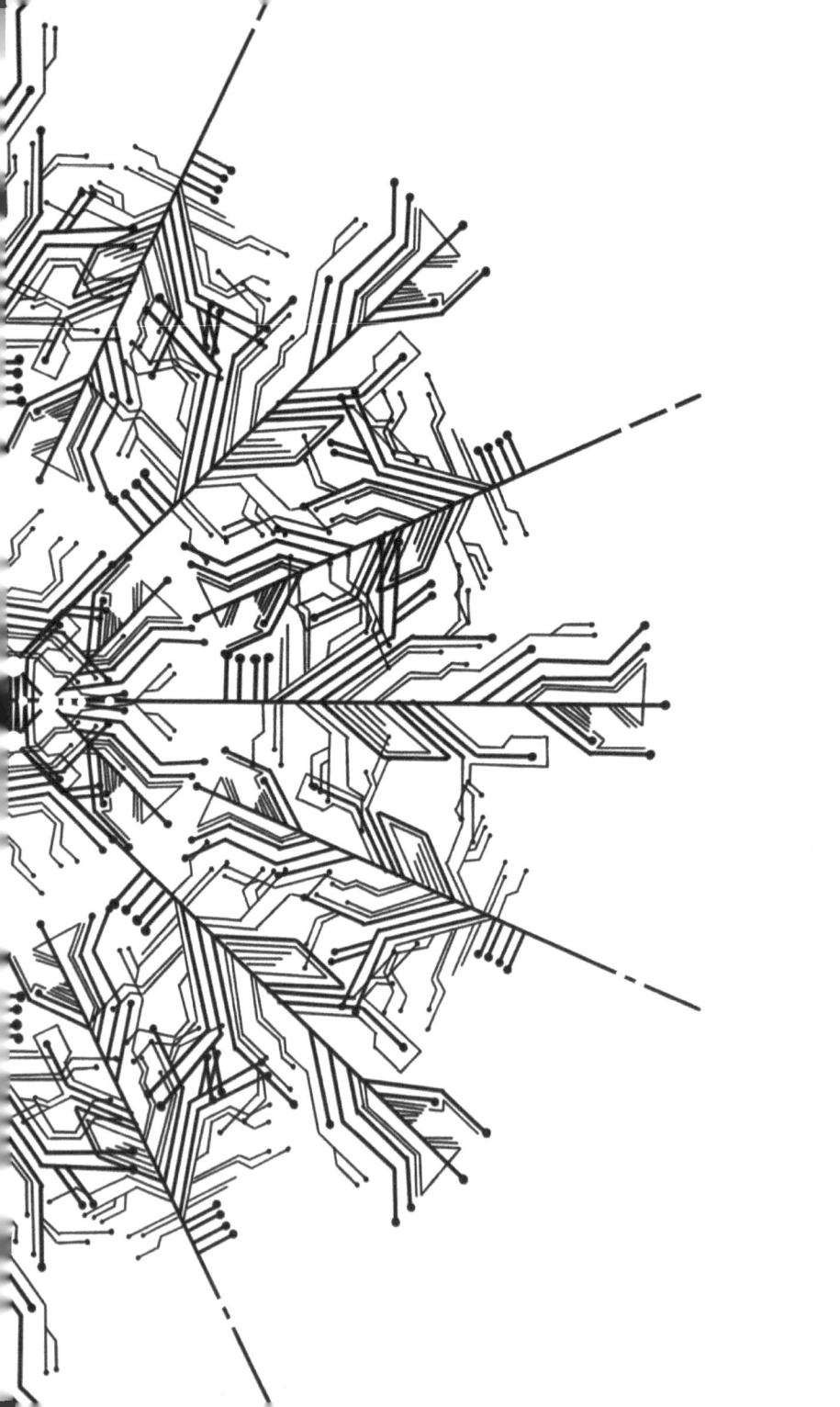

32

*3037 nach Sonnenschlüpfen
(Gegenwart)*

Olga klammerte sich an das Echo von Olathes Berührung, bis die Kälte ihr es von der Wange fegte.

»Rein! Schnell«, hallte Kats Stimme durch den Innenhof. Die Veteranin dirigierte sie routiniert aus dem Schnee und in den Flur ihrer eigenen Wohnung, als würde sie den ganzen Tag nichts anderes tun. Mit einem erschöpften Hauch Dankbarkeit erinnerte sich Olga an Kats Vergangenheit als Schlepperin.

Schneeflocken fegten hinter ihr nach drinnen, klammerten sich an den dunklen Tapeten fest.

»Lass die Tür offen, Klein Frost.«

Zu schwach, um irgendetwas zu hinterfragen, zog Olga die Hand von der Klinke und drehte sich zu Kat. Diese setzte Feres mehr grob als sanft auf einem Stuhl ab, ihr Kopf rot vor Anstrengung. Feres' Augenlider flatterten. Trocken schluckte er und stützte sich am Tisch ab, während Kat zur Wand neben einer schmerzhaft heruntergekommenen Kommode ging, wobei ihre Stiefel weiße Flecken in den Teppich stanzten, und an einer

Kordel zog. Irgendwo im Gebäude schlug ein Glöckchen an.

An Advas Seite gestützt, beobachtete Olga sie und fühlte sich außerordentlich nutzlos. »Was machst du da?«

»Ein bissel Verstärkung rufen«, erwiderte Kat. »Olga, ich brauch ein paar Fetzen Fell und irgendetwas aus deiner Tasche. Wir müssen 'ne falsche Fährte legen.«

Sie mied Olgas Blick, und dann, mit beängstigter Gelassenheit, zog sie sich hüpfend den Stiefel vom Fuß und zertrümmerte mit der Hacke das Wohnzimmerfenster.

Als hätte er nur gierig auf die kleinste Schwachstelle gewartet, schleuderte der Schneesturm das Glas in den Raum. Feres zuckte schwach zusammen. Kat sprang zur Seite, um nicht von den Splittern getroffen zu werden.

»Was zum …«, rief Olga.

Barsch winkte Kat sie heran. »In die Küche. Los. Los!«

Perplex gehorchte Olga und floh mit Adva in den nächsten Raum. Jeder Schritt warf eine kleine Schmerzwelle durch ihre Brust. Hinter ihr zerrte Kat Feres wieder hoch, ignorierte sein Stöhnen und schleifte ihn mit sich. Schnee füllte gefräßig den Raum.

»Kat … dein Haus …«, setzte Olga lahm an.

»Hey, ihr Weicheier habt mir eh schon alles vollgeblutet, da kommt es auf ein paar Trümmer mehr oder weniger nicht an. Und so wird's bedeckt.« Kat packte sie an der Schulter und schob. »Zum Kamin.«

Olga öffnete den Mund, da platzte die Tür am anderen Ende der Küche auf und knallte gegen die Wand. Kain – eine Laterne in der einen, einen genagelten Holzschläger in der anderen Hand und eine dreckige Pelzjacke über dem gestreiften Nachthemd.

»Was?«, blökte er. Und als sein Blick auf Olga, Feres und Adva fiel: »Die?«

»Der?« Anklagend deutete Olga auf Kain.

Kat zuckte nur mit den Schultern und winkte Kain ungeduldig heran. »Man kann sich seine Kundschaft nich immer aussuchen, alter Mann. Halt mal.« Mit einem Ächzen wuchtete sie Feres gegen die Wand, klatschte ihm prüfend gegen die Wange – er verzog das Gesicht, die Augen geschlossen – und überließ es Kain, ihn am Umfallen zu hindern.

»Kain, wir nehmen die Tunnel.«

»Mmmh.«

»Und du musst eine falsche Fährte legen.«

Angewidert streckte der alte Sack die Zunge raus, Feres' Arm über der Schulter. »Muss ich das also, ja?«

»Tunnel? Welche Tunnel?« Statt einer Antwort bekam Olga die Laterne in die Hand gedrückt.

Kain stierte zu ihr hoch. »Ich brauch Material, Süße.«

»Welche Tunnel?«, wiederholte sie und hasste sich für ihre schrille Stimme. Sie war fertig, ihre Nerven waren dünn wie Reispapier und das Letzte, das verdammt noch mal Allerletzte, was sie jetzt wollte, war es, unter die Erde zu gehen. Advas Horn wie einen Stressball umklammernd, sah sie zu, wie Kat in den Kamin kroch und die Finger an die Rückwand legte.

»Diese Tunnel«, grinste die Veteranin.

Olga spürte das Knistern, bevor sie begriff, um was es sich handelte. Erst begannen sich die braunen Backsteine – nein, begann sich das *Holz* – zu winden, um sich dann mit wallenden Maserungen zurückzuziehen und einen quadratischen Durchgang zu offenbaren, gerade groß genug, um einen geduckten Menschen hineinzulassen.

Mit einem Schnaufen sprang Kat hinab. Ihre Hacken knallten auf Stein und das Geräusch echote so laut nach, als stünde sie in einer Halle. Zum ersten Mal schaute sie Olga wieder direkt an, sichtlich zufrieden mit der Fassungslosigkeit, die sie sah.

»Hey«, lachte sie. »Wenn ich mir eh schon wie eine Irre den Arm abhacke, wäre es doch dumm gewesen, keine ordentliche Ladung Prägholz dabei rauszuholen, oder?«

»Ha«, stieß Feres aus und hob im schwachen Triumph seinen verstümmelten Finger. »Genau das habe ich auch zu Olga gesagt.«

Kat schenkte ihm einen angewiderten Blick.

»Wer bist du, Kat?«, stammelte Olga.

»Wer *ich* bin? Dein Ernst, Fräulein Ich–stehe–bis–zu–den–Titten–in–magischen–Geheimnissen?«

»Außerdem …«, warf Kain gelangweilt dazwischen. »Welche anständige Schmugglerin arbeitet bitte ohne Tunnel, Hamsterbacke?«

Olga fuhr zu ihm herum. »Ich geb dir gleich anständig, du alter, ranziger —«

»EY! Wer zankt, wird den Magiern zum Fraß dagelassen.« Fordernd streckte Kat den Arm aus dem Durchgang. Kain schenkte Olga ein letztes, diabolisches Grinsen, dann machte er sich daran, Feres in den Kamin zu stopfen.

Unruhig trat Olga heran, wagte einen Blick in den Durchgang. »Das … das sieht aus wie ein Minenschacht.«

»Jap.« Ächzend hievte die Veteranin den murmelnden Feres zu sich hinab.

»Führt der … führt der in die alten Minen?«

»Das haben Minenschächte so an sich, ja.«

»Hey, Rotznase. Material? Für die Fährte?«

Olga starrte weiter, Kains ungeduldige Hand ignorierend. »Die *eingestürzten* und *verlassenen* Minen, die das *Grab der Riesin Erz* durchlöchern?«

»Wenn's dir nich passt, bleib hier.«

Ein feuchtes Stupsen an ihrem Gesicht. Olga zuckte zusammen, ließ dann jedoch zu, dass Adva ihr das verkrustete Ohr ableckte. Der Atem auf ihrer Wange hatte etwas Beruhigendes. Sie schaute wieder zu Kat. Die Veteranin hielt ihr die Hand hin, ein knappes Lächeln auf den Lippen.

»Was, hast du etwa Schiss, Kleine?«

Leise fluchend streckte Olga ihr den Mittelfinger hin, zog eine Hand Fell aus Advas Nacken und reichte es zusammen mit dem blutigen Kittelstoff aus ihrer Manteltasche Kain. Dann, bevor sie es sich anders überlegen konnte, kletterte sie hinab. Adva winselte, sprang ihr nach und ihr Schweif war kaum über die Kante in den Tunnel gerutscht, da schloss sich der Eingang hinter ihnen wie raschelnder Efeu, der über ein Grab wuchs.

Die Höhlen waren gigantisch. Olga folgte der Rauchfahne ihres kleinen, rostigen Ofens mit dem Blick und versuchte, die Ausmaße des Verstecks zu erhaschen, doch das Segeltuch, über sie gespannt wie eine Zeltplane, versperrte ihr die Sicht.

Irgendwie war es eine Hilfe. So konnte sie sich wenigstens einbilden, irgendwo auf einem Feld zu campen und nicht in instabilen Höhlen unter Tonnen von Stein zu hocken.

Alles, was sie beim Hereinkommen an Eindrücken erhascht hatte, war »groß«, »alt«, »kalt« und am allerwichtigsten: »nicht wie Moras Keller«, ehe Kat sie direkt in das Gewirr an Kisten geschoben hatte. Entlang an provisorischen Wänden aus Schmugglergut, vorbei an Stützbalken aus Metall, so breit wie Kutschen, und über rostige Gleise mit vergessenen Loren, in denen Verpackungsmaterial Feuchtigkeit zog.

Olga hatte es nach wenigen Metern aufgegeben, den Anblick zu verarbeiten und sich voll und ganz der Trance der Erschöpften überlassen.

Jetzt, auf dem Feldbett, wurde sie nur noch durch die stroh-gefüllten Kartoffelsäcke aufrechtgehalten, die Kat ihr hinter den Rücken gestopft hatte, bevor sie sich sonst wohin verpisst hatte.

Wie aufs Stichwort, knarzte das Segeltuch, als die Veteranin es zurückschlug.

»Du hast die Wahl zwischen Schnaps mit Stückchen drin oder sieben Jahre altem Bier. Für beides kann ich keine Sicherheit garantieren.«

Olga zog die Hand von den Augen und nahm Kat die klare Flasche ab. Ihr Kopf schwamm von den Schmerzmitteln, aber wenn es eine Zeit fürs Mischen gab, dann war es verdammt noch mal heute.

»Danke«, flüsterte sie zurück.

Kat schwieg nur. Während sie sich einen kleinen verbeulten Aktenschrank an den Feldofen schob und darauf fallen ließ, zog Olga den Korken. Der *Plopp* hallte wider wie in einer Blech-trommel und wurde irgendwo außerhalb des Zeltes, weit über ihnen, mit einem Rascheln beantwortet.

»Fledermäuse«, sagte Kat nur. »Die kleinen Scheißer sind überall. Muss meine Ware mit Rattengift einsprühen, damit sie die Finger davon lassen.« Sie kniff die Augen zusammen und lugte an Olga vorbei. »Wie kommt die Mondgeburt zurecht?«

Olga folgte ihrem Blick zum Feldbett an ihrer Seite, wobei sie versuchte, den Oberkörper so wenig wie möglich zu drehen.

Feres' Wimpern leuchteten im Feuerschein so golden, dass sie kurz dachte, er schaute sie an, aber seine Schultern hoben und senkten sich leicht im Schlaf. Fast sah es schon albern aus, wie seine langen Glieder über die Kanten des Betts lugten. Seine Verbände leuchteten weißer als das Fell von Adva zu seinen Füßen. Die Hundsziege pennte so tief, es sah aus, als wäre sie an Ort und Stelle gestorben.

»Der *Erloschene*«, murmelte Olga, »hat mir heute den Hals gerettet.«

Sie trank. Zu ihrer Erleichterung entpuppten sich die Stückchen nur als Ingwer.

Kat musterte sie. Olga ließ es einen Moment über sich ergehen, doch dann hob sie den Kopf und erwiderte das Starren. *Ich bin zu durch für diesen passiv–aggressiven Scheiß.*

»Hey. Du hast mitbekommen, was Mama gesagt hat.« Bei dem Gedanken an ihre Mutter musste sie kurz schlucken. Noch immer saßen ihr die Verzweiflung und ihre Rage von vorhin dicht unter der Haut.

»Lass mich dich heilen. Bitte.«

»Du hast mitbekommen, was *ich* gesagt habe«, fuhr Olga fort. »Es muss dir nicht gefallen. Du musst es nicht einmal verstehen. Aber wenn das hier funktionieren soll, hör verdammt noch mal auf, ihn als Mondgeburt zu bezeichnen.« Sie zögerte. »*Uns* als Mondgeburten zu bezeichnen.«

Damit wandte sie sich ab. Sie spürte Kats Blick, die Fragen, die ihr brennend auf der Zunge lagen, doch zu ihrer Erleichterung schwieg die Veteranin nur und stocherte im Bauch des Ofens herum.

»Kann nichts versprechen«, brummte sie letztendlich. »Aber der Tod weiß, ich stehe in der Schuld deiner Mutter.« Unzufrieden spießte sie ein Stück Kohle auf und wedelte es in Olgas Richtung. »Auch wenn es *hinterhältig* von ihr war, die ,Ich hab dein Leben gerettet'-Karte zu ziehen. Hätte sie das nicht gemacht, hätte ich euch direkt zum Neuen Rat kutschiert, kapiert?«

»Ach«, erwiderte Olga belustigt. »Als ob du dem Rat so einen Gewinn gönnen würdest.«

Die Antwort brachte Kat irritiert zum Grübeln. Olga ließ sie kurz, dann holte sie angespannt Luft. »Kat?«

»Mmh?«

»Ich hätte diese Sachen niemals sagen sollen. Als du gekündigt hast.« Sie zögerte, starrte zur Zeltdecke und wieder zu Kat. »Es ging immer um Vertrauen.«

Einen Moment stocherte die Veteranin nur in den Flammen herum. Schließlich verzerrte sich ihr Gesicht zu einer Schnute und sie hob langsam die Schultern.

»Eeh«, machte sie. »Spar dir deine Worte, bis ich dir die Rechnung geschickt hab.«

Vorsichtig lächelte Olga. »Kannst du es mir auslegen? Ich befürchte, ich bin seit Kurzem arbeitslos.«

»Och, glaub mir …« Ihr Mundwinkel verzog sich zu einem schiefen Grinsen. »… Arbeit haben wir hier genug. Vor allem, sobald wir endlich unsere kleine Heiltrankproduktion angehen.«

Sie kicherte, als sie Olgas deprimierten Blick sah, erhob sich, trat an ihr Fußende und klopfte mit dem Schürhaken an den Ofen.

»So. Damit solltet ihr heute Nacht nicht erfrieren. Wir kommen morgen mit Essen wieder. Bis dahin macht keinen Lärm und wandert gefälligst nicht durch mein Lager.«

»Sehr witzig.« Missmutig strich sich Olga über die verbundenen Rippen.

Kats schadenfrohes Gackern hallte durch den halben Berg. Mit einem letzten skeptischen Blick auf den schlafenden Feres schlug sie die Plane vor ihren Unterschlupf und stapfte davon.

Olga lauschte, bis ihre Schritte gänzlich von der Geräuschkulisse der Höhlen verschluckt wurden. Quietschende Metallgeländer, tropfendes Wasser. Das Rascheln und Seufzen stillgelegter Stollen. Und irgendwo, hoch über ihr, der Winter, wie er durch die Rippen von Erz pfiff.

Niedergeschlagen zog sie ihre Schaffelldecke zu sich in den Schneidersitz und drückte sie an ihr Gesicht. Ihr Griff wanderte zu ihrem Ohr, doch statt ihrer Trauermünze fühlte sie nur das dicke Pflaster.

»Olga?«

Sie ließ ihr Ohr los, schaute zu Feres. Sein Blick war matt und seine Stimme kaum mehr als ein Ausatmen.

»Schlaf«, sagte sie. »Du hast Fieber, du musst dich ausruhen.«
Deckenrascheln. Seine Hand krabbelte in ihre Richtung,
ein müder, langsamer Griff. »Tut … mir leid. Wegen Lathe.
Ich hab gesagt, ich helfe dir, sie zu holen. Ich hab's … vergeigt.«

»Werd nicht rührig. Sonst freu ich mich noch, dass du
überlebt hast.«

»Das … können wir natürlich nicht riskieren.«
Den Blick abgewandt, nahm sie seine Hand und drückte sie.

»Wir holen sie zurück«, flüsterte sie grimmig. »Wir holen sie
alle zurück. Und dann sprenge ich Moras Pläne höchstpersönlich
in Fetzen.«

Das Gesicht der Kommandantin schob sich vor ihr inneres
Auge. Ihr harter Blick, ihre Befriedigung, als Olga das Ausmaß
ihrer Taten klar geworden war.

Alles, wirklich alles war nach hinten losgegangen. Der Neue
Rat wusste von ihren Kräften und suchte sie. Mora hatte wieder
ein Sonnenglas, während die Stadt von einem Winter überfallen
wurde. Ihre Mutter war außer Reichweite und Milan erst recht.

Und an all diesen Dingen war sie schuld.

Aber …

Da war auch Moras Schock gewesen. Ihr Jähzorn, ihre Fassungslosigkeit. Und dann ihr Körper, wie er wehrlos ausgeliefert
am Boden lag.

Am Ende des Tages, trotz all ihrer Manipulation, ihrer
Schwertkunst, ihrer Skrupellosigkeit, war sie auch nur ein
Mensch. In dem Moment, in dem sie die Spritze in ihrem Hals
versenkt hatte, konnte Olga sich ein kleines Stückchen Macht
zurückerobern.

Es war nicht viel. Aber es war *so viel mehr*, als sie das letzte
Mal hatte.

»Feres?«, begann sie. »Was meinst du, wohin werden sie Mama
und Mora …«

Feres stieß ein leichtes Schnarchen aus. Enttäuscht ließ sie
seine Hand fallen. Aber er hatte ein Argument.

Ihre zerschnittenen Hände, ihre Prellungen, ihre Rippen, alles
in ihrem Körper schrie geradezu nach Schlaf. Doch ihr Kopf ließ
es nicht zu, wanderte zu Milan zurück, immer und immer wieder.

Die Sorge schraubte sich zu einem so tiefen Schmerz in sie hinein, dass sie sich unwillkürlich die Fäuste an die Brust legte.

Sie musste sich ablenken.

Ihr Blick fiel auf Sonjas Mantel. Kat hatte ihn zum Trocknen über die nächste Kiste geworfen. Unter der Wärme dampfte er den Geruch nach Blut und Parfum in das stickige Zelt.

Olga streckte den Arm aus und kurz darauf lehnte sie sich zurück, die weiße Knochenmaske in der Hand.

Lange betrachtete sie das Ding.

Es war kaum schwerer als ein Pappteller und glatt, doch die verkrusteten Risse und die angeknacksten Kanten hatten etwas seltsam Haptisches. Prüfend steckte sie den Finger durch die Augenlöcher. Zwar wusste sie nicht, was genau sie erwartete, aber sie traf weder auf eine unsichtbare Barriere noch auf einen Augapfel.

Wäre da nicht dieses altvertraute Kribbeln und Summen der Alchemie, könnte es eine stinknormale Festmaske sein.

Ein letzter, verstohlener Blick zum schnarchenden Feres. Dann lehnte sie sich zurück und hob das Ding auf Augenhöhe.

»Na gut«, flüsterte sie. »Ich glaube, wir beide müssen uns mal unterhalten.«

Olga setzte die Maske auf.

Und stürzte in den Himmel.

Die Höhle verschwand, schmolz, raste an ihr vorbei. Es fühlte sich an, als würde sie etwas am Kopf packen und aus ihrem Körper in die Sterne werfen. Eine Supernova, die ihr durch die Brust schoss und die Luft nahm, ein Reißen in ihrem Bauch, als sie sich überschlug, *um* sich schlug, erschrocken aufschrie.

Bildfetzen prasselten auf sie ein, bissen in ihre Schläfen – Moor, Blau, Zelt, Käfig, Schale, Gift, See, Höhle, Rauch, Moor, noch mehr Moor. Ein Geruch nach Moder, Angst, Schmerz, Frühlingsblumen, Seerosen und Fleisch, das brennt – alles in so schneller Reihenfolge, dass Olga nichts übrig blieb, als die Arme vors Gesicht zu reißen und abzuwarten, dass es aufhörte.

Es war zu *viel*. Zu *nahe*.

Und plötzlich war es still.

Zitternd hob sie die Arme vom Gesicht und sah sich um. Sie saß im Nichts. Nein, das stimmte nicht. Sie saß in absoluter, raumloser, geschmackloser Schwärze. Doch noch während sie aufstand, begann die Schwärze zu zerfallen wie vertrocknete Farbe von einer Tür und ein Bild vom Moor entblätterte sich. Sprachlos drehte sich Olga um die eigene Achse.

Der Winter hielt die Landschaft gefangen. Eis kroch die Grashalme hoch und zwang sie in Stellung – aber die Perspektive stimmte nicht. Sie war noch nie im Moor gewesen, aber Olga war sich sicher, dass die Halme nicht so niedrig waren.

Moment. Bin ich größer *geworden?*

Ein Beben fuhr durch die Landschaft, ein Knistern – das Panorama zitterte, wackelte wie der schiefe Ton eines unerfahrenen Geigenspielers. Es wirkte roh und unfertig, fast schon … defekt.

Mit einem Knacken war Olga von Irrlichtern umgeben.

Sie schrie, stolperte zurück, fiel zu Boden und bemerkte im gleichen Augenblick, dass ihr Körper unversehrt war. Keine Prellungen, keine gebrochenen Rippen, selbst ihr Ohr war noch ganz, die Trauermünze genau da, wo sie hingehörte. Verblüfft tastete sie um sich, griff ins verschneite Gras, doch sie spürte weder den Schnee noch die Nässe. Alles fühlte sich falsch an, nicht echt. Wie eine Beschreibung.

Ein Windstoß rauschte klingelnd durchs Feld. Die Irrlichter wandten die Köpfe und Olga hörte ein Knirschen hinter sich.

»Nerissa.«

Langsam drehte sie sich um.

Und sah sich Auge in Auge mit einer Naturgewalt.

Das Klappern der Masken, die vom langen Rumpf der Mutter hingen, ihre Wirbelsäule bedeckten, ihre Schultern schützten und ihre Brust schmückten. Eine Rüstung, ein Kettenrock aus Gesichtern, die sich bei jedem langsamen Schritt ineinander verschoben, verdrehten, verkeilten. Alle mit den gleichen Zügen, wenn auch nicht mit dem gleichen Ausdruck.

Olga konnte sich nicht regen. Konnte nur die Mutter der Masken anstarren, wie sie über ihr auftürmte – ihre Armee aus Irrlichtern um sich herum – und auch wenn sich alles andere falsch anfühlte, das Feld, der Wind und die Lichter: Als die Naturgewalt sich zu ihr herabbeugte, spürte Olga ihren *Blick* in den Knochen, so real wie einen Fausthieb.

Sie erkannte das Gefühl.

Sie hatte es schon einmal gefühlt, damals, im Keller zwischen den Aquarien, als sie zum ersten Mal bewusst ihre Magie angewendet und den Fisch getötet hatte.

Die Mutter der Masken sprach mit ihr.

»Geh und höre. Höre, bis zu erfährst. Erfahre, und dann komme zurück. Sage mir Bescheid.«

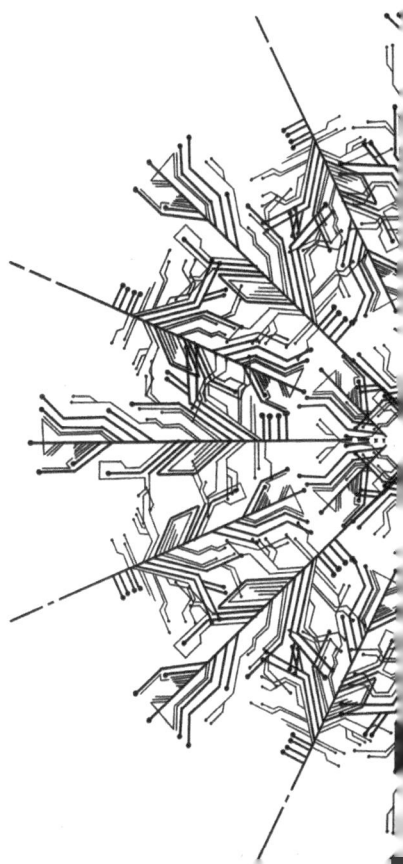

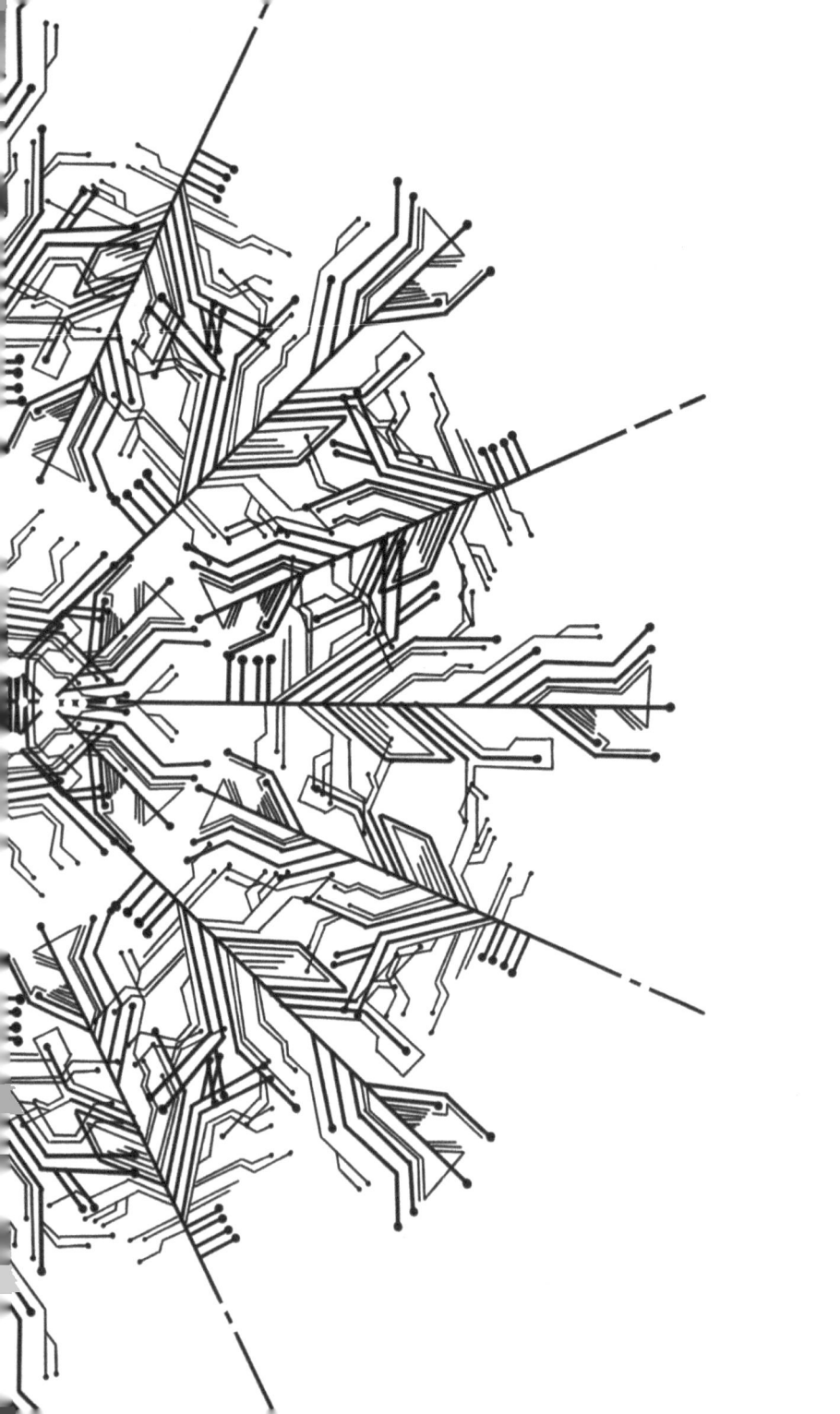

»Was ist kontrovers daran, meinesgleichen zu beschützen?«

- Tordor Salzknochen zu seinem umstrittenen Gesetz, dass jedes magische Kind in die Obhut des Neuen Rates zu übergeben ist

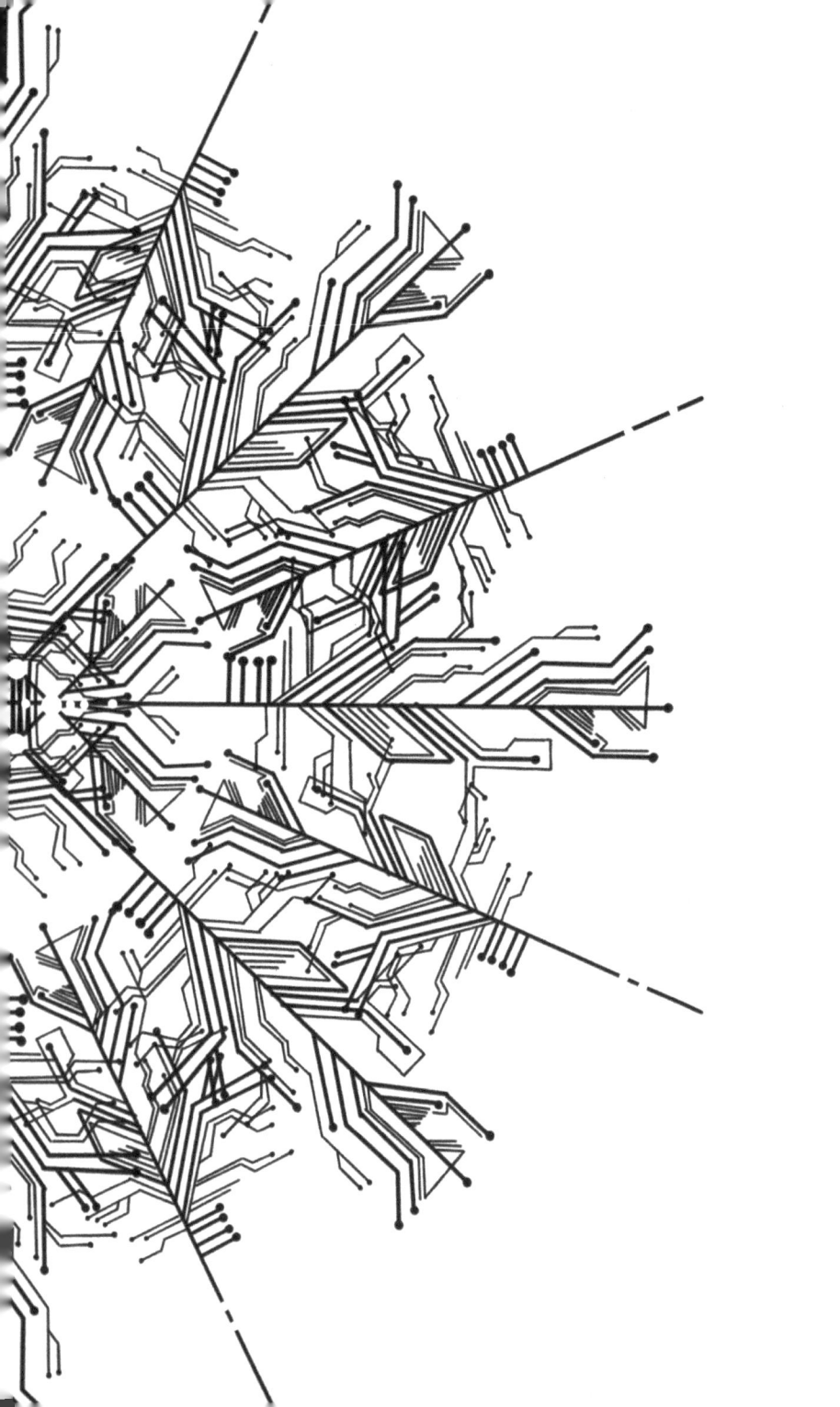

Epilog

*3037 nach Sonnenschlüpfen
(Gegenwart)*

Alles war kalt, noch kälter als sonst. Als wäre das Eiswasser, das in Milans Adern floss, aus ihr hinausgelaufen und hätte die Welt übernommen. Stimmen, aufgeregt und scharf, prallten gegen ihren Kopf, doch was auch immer das Problem war, ihr fehlte die Konzentration, sich darum zu kümmern. Morgen, dachte sie träge und sank zurück in ihren Halbschlaf.

Für ein paar lange Herzschläge war sie wieder in den überfüllten Schlafstätten der Stadtwacht, um ihren Hals das Kettchen mit der kleinen Plakette, auf der ihr Name (*Milan Moorfund*), Geburtsdatum (*unbekannt*) und Rang (*Kadett*) standen. Ausgelaugt vom Training des Vortages, die kratzige Decke bis zum Kinn hochgezogen, bemerkte sie, dass Avrett nicht neben ihr im Bett lag – ihr Schlafplatz, seit die beiden sich in der ersten Ausbildungswoche ineinander verschossen hatten. Aber das musste nichts heißen, wahrscheinlich hatte sie Wachdienst auf der Mauer.

Irgendwie beruhigend.

Die Erschöpfung legte sich um Milans Gedanken wie ein Netz um einen Fischschwarm. Doch je mehr sie versuchte, einzuschlafen, desto tiefer bohrte sich die lose Sprungfeder ihres Feldbetts zwischen ihre Schulterblätter, wie ein Dorn, der alles daransetzte, sie wachzuhalten.

Ihr Bett wackelte unter einem Stiefeltritt.

»Moorfund! Aufstehen!«

Sie versuchte, die Augen zu öffnen. Es gelang ihr nicht. Kurz brach Panik in ihr aus, was seltsam war. Panik hatte sie sich doch schon vor Jahren abgewöhnt.

Ein dumpfer Puls durchrollte ihren Körper. Die Sprungfeder drehte sich tiefer in ihr Kreuz, quälte irgendetwas zwischen einem Stöhnen und einem Husten aus ihr heraus.

Das Gespräch um sie herum fror ein. Hastige Schritte ertönten, ein grobes »aus dem Weg«. Irgendwo zu ihren Füßen stieß jemand einen furchtsamen Laut aus und Ketten klapperten gegen Metall.

Milan riss die Augen auf, fuhr hoch und keuchte puren Schmerz an die verschwommene Steindecke. Zwei Hände legten sich auf ihren Kopf, pressten sie wieder nach unten, wobei die Handschuhe an ihren Ohren knisterten wie Streichhölzer.

»Sieh an, das Wunder lebt«, murmelte jemand. »Naemi. Mach bitte die nächste Infusion bereit.«

Infusion? Trocken hustete sie. Erinnerungen an das Anwesen ihrer großen Schwester. Nadel um Nadel um Nadel, auf Moras Anweisungen hin in ihre Armbeuge gestochen.

»Damit es dir besser geht.«

Oh, danke, aber nein *danke.*

Sie wollte die Hände abwehren, doch ihre Bewegung stoppte ein paar Zentimeter in der Luft. Träge schaute Milan zur Seite und erblickte Handschellen, die sie ans Bett fesselten (und zwar nicht auf die Art, die Spaß machte).

Mit zusammengekniffenen Augen versuchte sie, an der Ärztin vorbei etwas vom Raum zu erkennen. *Wo ist meine Brille?*

Der Griff um ihr Gesicht lenkte ihren Blick zurück an die Decke, drückte sie zurück ins Kissen. Finger zwangen ihre Augenlider auf und ein Nadelstich aus Licht bohrte sich erst in ihre linke, dann in ihre rechte Pupille.

»Sieht alles … gut aus. Normal.« Die Frau klang verblüfft.

»*Normal?*«, erklang eine junge Stimme, als eine in Blau gekleidete Gestalt Milans Blickfeld streifte und begann, hinter der Ärztin auf und ab zu tigern. »Nichts an dieser Scheiße ist normal!«

Über Milan gebeugt, verdrehte die Ärztin die Augen. Beim Sprechen blähte sich ihre Stoffmaske über ihren Lippen abwechselnd auf und fiel wieder zusammen.

»Hörst du uns?«, fragte sie.

Benommen nickte Milan. *Woher … kenne ich sie? Diese Augen. Nein, die Stimme …* Sie schluckte, klaubte mühselig ihre Gedanken zusammen. *Ärztin … Krankenhaus … Olga.*

Milan blieb der Atem im Hals stecken.

Olga.

Das Maskenfest.

Der Schuss! Der Schuss in ihren Rücken!

Aber warum war sie nicht … Magie. Da war Magie gewesen.

Olgas Magie.

Olga konnte *Magie?!*

»Kannst du reden?«

Es war, als müsste sie ihre Zunge aus einem trockenen Kokon befreien. Der Geschmack nach altem Blut überfiel sie, brachte sie zum Würgen. Die Handschellen klirrten unter ihrem Husten.

Irgendwo schnaubte jemand belustigt. »Klingt schon mal besser als nichts.«

»Gut, verdammt!« Der Kerl in Blau hörte auf, hin und her zu pirschen. Sein dunkles Gesicht richtete sich in Milans Richtung und seine Unterlippe blitzte auf. *Ein Piercing?* »Dann kann ich sie jetzt ja befragen.«

»Gar nichts kannst du, Dora.« Die Ärztin schnalzte mit der Zunge und richtete ihre Taschenlampe direkt in sein Gesicht. »Du wirst nicht meine Arbeit der letzten zwölf Stunden zunichte machen, indem du meine Patientin —«

»Ach, halt's Maul, Vente. Du bist nur in diesem Raum, weil wir Mitleid mit dir haben.«

Milan hob den Kopf, ihre Nackenmuskeln brennend vor Anstrengung verzogen. Der Mann, der *Magier* namens Dora stand am Fußende ihres Bettes, die Hände zu Fäusten geballt.

Irgendwie musste Milan ihn gegen sich aufgebracht haben, denn er gab sich alle Mühe, sie mit Blicken zu häuten.

Eine Bewegung am Boden zog Milans Aufmerksamkeit auf sich. Da kauerte ein weiterer Mensch, nicht in den Roben der Magischen, sondern in türkiser Festtagstracht, durchnässt und bis zum Kragen mit Blut befleckt. Jemand hatte seine Handgelenke an den Lattenrost gefesselt (auf eine Art, die *garantiert* keinen Spaß machte) und einen grauen Sack über seinen Kopf gestülpt. Als spürte er ihren Blick, wandte er das Gesicht in ihre Richtung.

»Milan … Chefin?« Die Stimme zitterte. »Du … du bist okay?«

Sie hustete, holte rasselnd Luft. *Der Neue aus dem Postamt?* »Alt… Altnebel?«

Lero schrie auf, halb erleichtert, halb verängstigt. »Milan! Du lebst! Milan, Olga hat dich …«

Bevor er den Satz beenden konnte, trat Dora hinter ihn, packte ihn am Kopf und donnerte seine Stirn gegen das Bettgestell. Die Ärztin über Milan zuckte zusammen. Milan selbst erstarrte, konnte nur zusehen, wie Lero gegen die Bettkante sackte und die Stirn in die Armbeuge presste. Ein roter Fleck blühte auf dem grauen Stoff auf.

Der Magier wischte sich die Hand an der Hose ab, ehe er sich zu ihm hinabbeugte. »Wer hat dir erlaubt, zu sprechen, Funkenloser?«

»Dora.« Eine neue Stimme, ruhig. Außerhalb von Milans Blickfeld klimperte etwas wie ein leises Windspiel.

Der Magier fuhr herum. »Diese Ficker haben einen verdammten *Frostgeier* auf Kamil gehetzt!« Demonstrativ zog er Lero am Kragen hoch auf die Knie, bevor er auf Milan deutete. »Auf *unsere* Kamil! Sie wurde bis vor einer Stunde operiert!«

»Dora Glasgriff, deine Sorge um meine Nichte ehrt mich. Aber das reicht.«

Kurz sah es tatsächlich so aus, als würde Dora anfangen, zu weinen. Mit schwelenden Augen schob der junge Magier das Kinn vor, funkelte den Fremden außerhalb Milans Sichtfeld an und ihr fiel auf, dass bei seinem Erscheinen alles Getuschel verstummt war. Dann spuckte Dora aus, löste seinen Griff aus Leros Nacken und trat zurück.

Klimpernde Schritte. Am Fußende des Bettes erschien ein Magier.

Obwohl sie ihn noch nie getroffen hatte, erkannte Milan ihn sofort. Die Trauermünzen machten ihn unverkennbar. Es waren so viele, dass ihr Gewicht seine Ohrläppchen über die Jahre hinweg in die Länge gezogen hatten und auch ansonsten bedeckten sie ihn von oben bis unten, überzogen seine schwarzblaue Robe wie ein Schuppenteppich aus Kummer.

Langsam, mit der Hilfe der Ärztin, stemmte sie sich in einen schiefen Sitz und schaute in Tordor Salzknochens blinde Augen.

Tordor lauschte dem zitternden Lero am Boden, runzelte fast schon bedauerlich die Stirn und drehte sich in Milans Richtung.

»Es freut mich, zu hören, dass du das Attentat überlebt hast, Milan. Das ist doch dein Name, oder? Milan?«

»Ich … Ja.« Sie lehnte sich an das Kopfende, schaute an Tordor hinab und wieder hoch. Selbst mit seinen Schuhen konnte er kaum größer als Olga sein. Trotzdem sorgte allein seine Anwesenheit dafür, dass alle im Zimmer respektvoll die Schultern strafften.

»Danke für Eure Fürsorge«, ergänzte sie, weil es beim Pokern nie ein falscher Zug war, höflich zum Besitzer der Spielhalle zu sein. »Darf ich wissen, was passiert ist? Wo ist meine Freundin Olga?«

»Wie interessant.« Mit klimpernden Trauermünzen setzte sich Tordor Salzknochen auf ihre Bettkante und schlug gelassen die Beine übereinander, als wäre das hier kaum mehr als eine Routinebesprechung seines Neuen Rates. »Diese Frage wollte ich eigentlich dir stellen.«

ENDE BAND 1

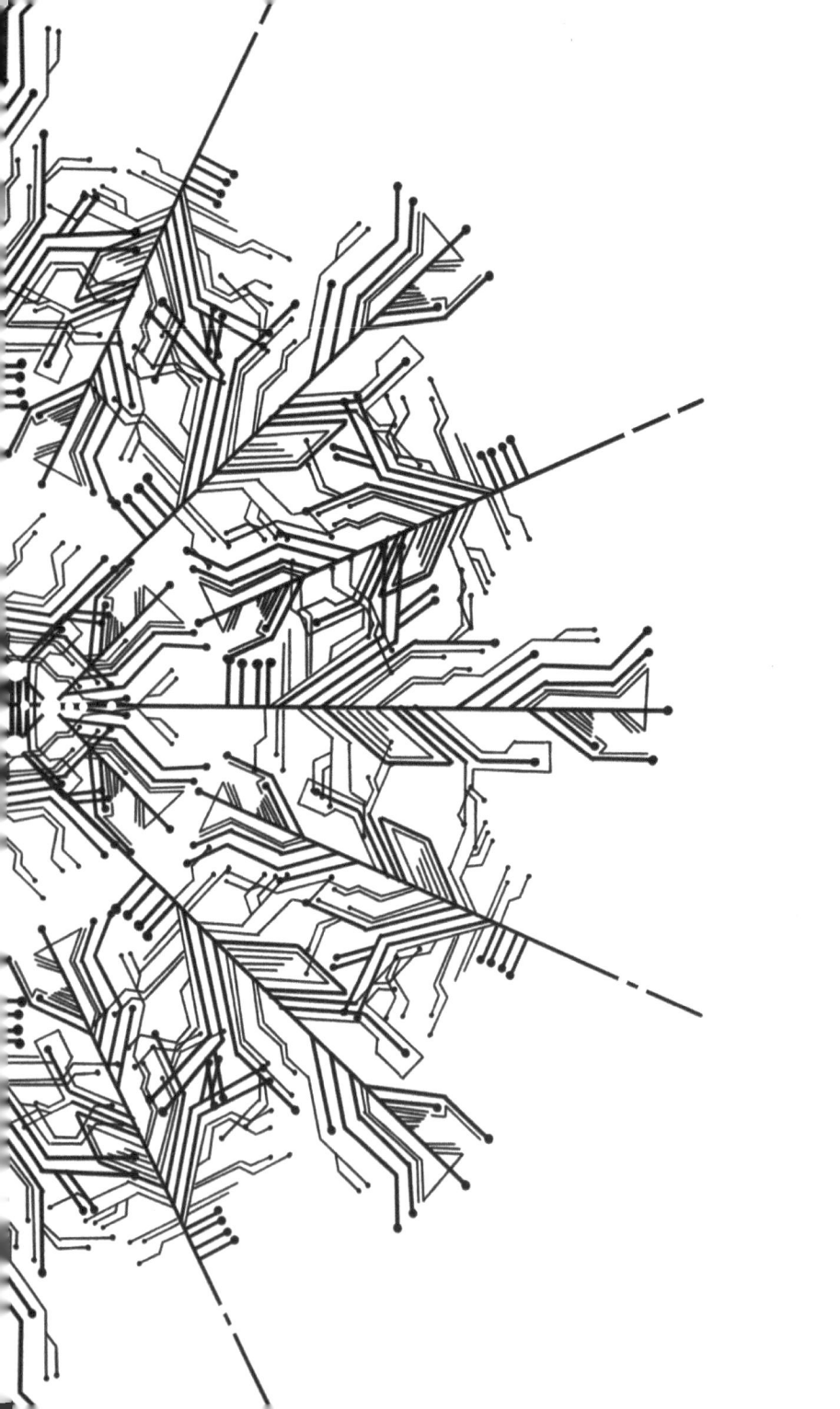

Freya Petersen

Autorin und Illustratorin für Dark Fantasy, Comic, Prosa und alles, was dazwischenfällt, mit einer ernsthaften Schwäche für verwegene, vielschichtige und verlorene Charaktere. Sofern sie nicht auf dem Sofa liegend ihre digitale Katzenbildersammlung erweitert, ackert sie wie ein Shrimp am Schreibtisch für ihr Studium am Literaturinstitut Hildesheim.

Ihre persönlichen Forschungsschwerpunkte sind queere und neurodivergente Repräsentation sowie Worldbuilding in Fantasy und Science Fiction.

Mit Die Mutter der Masken gewann sie 2025 den Seraph Phantastikpreis in der Kategorie Bestes Debüt.

So erreichst du die Autorin:

Instagram.de/freyapetersen_autorin

DANKSAGUNG

Die Danksagung für ein Debüt ist unmöglich kurz zu halten. Denn man dankt nicht nur für ein einzelnes Buch, sondern auch dafür, dass man zum Schreiben gekommen und vor allem dabeigeblieben ist. In diesem Sinne:

Mama, Papa – ja, die Widmung ist ernst gemeint. Nein, ich hab sie nicht nur reingeschrieben, weil ich weiß, dass ihr fünf Prints vorbestellt habt. Liebe euch sehr.

Jakob–Nugget und Lily–Würmchen, danke euch, dass ihr meinen chaotischen Monologen übers Schreiben lauscht, auch wenn es euch manchmal abgrundtief langweilt. Lasst mal wieder einen Geschwistertreff machen.

Loki. Du bist die Hebamme dieses Buches, auch wenn oft nicht das Buch das Baby war, sondern ich. Danke dir für unsere Schreibrollenspielhandlung vor über acht Jahren und dafür, dass du in den richtigen Momenten mein Schreibschulhirn aus dem Fenster wirfst. Chop, chop, Seelenschwester!

Kim, Kad, danke, dass ihr mich und mein Buch in einer besonders hoffnungslosen Phase aus dem Container gezogen habt wie so einen wilden Waschbären und euch dachtet: »Doch doch, das kann was werden.« Auf hoffentlich noch viele gemeinsame Jahre voller Rödeln und Blödeln!

Danke dir, Melli, für deinen hammer Buchsatz. Noch nie durfte ich so viele Extrawürste haben.

Casjen, danke für Schreibtreffs mit Donuts in Göttingen, deine stetige Versorgung mit Reels und dafür, dass du für jede queere Identitätskrise zu haben bist. Danke, Antoni Dylan, für deinen intuitiven Telefonservice und dafür, dass du eine No–Bullshit–Anlaufstelle purer Unterstützung bist. Danke an eine Deutschlehrerin, in deren Klassenzimmer immer Platz für ein me-lancholisch–dramatisches Schreibkind war: Liebe Frau Bretschnei-der, eine meiner Nebenfiguren ist von Ihnen inspiriert. Um Ihre Fähigkeiten der Textanalyse zu überprüfen, sage ich Ihnen aller-dings nicht, welche.

Meine unschlagbaren Testlesenden: Danke, Malu, für deine Couch, Freundinnenschaft, Fangirlen und so viel Hype für meine Ladies, dass mir fast schwindelig wird. Küsschen, du Bestmensch. Feline, mein partner in crime – danke für die beste Kritik und den vierstündigen Austausch auf Discord über die richtige Art, gemein zu Figuren zu sein. Danke, Jenn, meine Überraschungs–Testleserin zum genau richtigen Zeitpunkt. Du bist die unangefochtene Plotschnüfflerin und der Tag, an dem ich einen Twist vor dir verstecken kann, muss erst noch kommen. Und Mio! Last–Minute–Mio! Danke für die Rettung.

Danke dir, Lina, für Nachmittage auf Schulhöfen, handgeschriebene Briefe und heilende Wochenenden in Bremen. Immer, wenn ich eine Lesung mache, höre ich deine Stimme, die mir sagt, ich soll nicht zu schnell sprechen.

Danke ans Hildesheimer Fantasytreffen, einfach weil FUCK YEAH!

An Max, der kein Fantasy mag und dennoch dreißig Minuten zu spät zum Treffen mit Mira kam, weil er sich festgelesen hat, und danke an Mira, die immer begeistert nach dem Projekt fragt, selbst wenn sie keinen Plan hat, was ich da eigentlich schreibe. Und danke an Alex für ein absolut liebes Lesungsgespräch vor mehreren Jahren, das er wahrscheinlich längst wieder vergessen hat, aber für mich ein wichtiger Wendepunkt war.

WEITERE GEILE BÜCHER

CHASING GHOSTS
Dark Fantasy
ISBN: 978-3-9859514-5-1

Als Silyor aus dem Gefängnis zurück in den Dienst geholt wird, stinkt die Sache sofort bis zum Himmel. Immerhin müsste er wegen des angeblichen Mordes an seinem Partner noch über zwanzig Jahre dort versauern. Doch seine Vorgesetzten versprechen ihm, die Strafe zu erlassen, wenn er nach ihrer Pfeife tanzt.

Seine Aufgabe: einer Organisation aus Auftragsmördern das Handwerk zu legen.

Für ihn eine einfache Sache. Eigentlich.

Doch seine eingeschränkte Freiheit entpuppt sich schnell als Selbstmordkommando. Außerdem stimmt irgendetwas ganz und gar nicht in Yorkh. Kinder verschwinden, Menschen lösen sich buchstäblich in Rauch auf, und als wäre das nicht genug, erscheint ständig dieser mysteriöse Typ in seiner Nähe. Kaito. Vermeintlicher Barkeeper, Problem-Magnet und leider viel zu attraktiv.

Silyor wird das Gefühl nicht los, das alles mit dem Mord zusammenhängt, den man ihm damals angedichtet hat. Aber wie zur Hölle soll er an die unter Verschluss gehaltenen Akten des Falls kommen, wenn jeder seiner Schritte unter strenger Beobachtung steht?

Er beginnt, tiefer in der Vergangenheit zu graben.

Und stößt auf eine lang vergessene Finsternis.

After Eden

Dystopische Dark Fantasy
ISBN: 978-3985952113

**700 Seiten actiongeladene Fantasy.
Bildgewaltig. Mitreißend. Episch.**

Als Eden fiel, verließ Gott die Welt und verfluchte sie. Die rebellierenden Engel verwandelte er in Dämonen - die sieben Todsünden – und sperrte sie in Slayer. Menschen, dazu verdammt, zu töten und Leid zu bringen.

Nemesis – Nach sechzehntausend Jahren als Slayer hat er die Schnauze gestrichen voll. Sollen die himmlischen Speichellecker doch kommen und endlich vollbringen, woran alle vor ihnen gescheitert sind!

Zero – Verdammte Verräter! Er wird sie finden. Sie töten. Und alle, die ihm in die Quere kommen, wird er im Namen des Himmels vernichten.

Gabriel – Wieso will Gott die Todsünden plötzlich auslöschen? Sind sie nicht noch immer Brüder und Schwestern des Himmels? Sie sind nicht verloren – nur gefallen! Und er wird ihnen das Fliegen wieder beibringen.

Isaiah – Das Schicksal kann ihn mal. Ehrlich, es geht mal gar nicht klar, dass die Menschheit über Jahrtausende an einem Fluch leidet. Aber nicht mit ihm. Er wird sich höchstpersönlich darum kümmern, dass dieses Elend ein Ende findet!

John – Erst bestraft Gott die Menschen mit den Todsünden und nun will er sie loswerden? Nein danke. Es ist wohl an der Zeit, ein paar Federn zu rupfen.

Dystopische Dark Fantasy mit Helden, die keinen Bock haben, welche zu sein – und viel Sarkasmus. Ein Anime zum Lesen!

Sieben Todsünden. Sieben grausame Schicksale. Ein Fluch, der sie eint.nun will er sie loswerden? Nein danke. Es ist wohl an der Zeit, ein paar Federn zu rupfen.

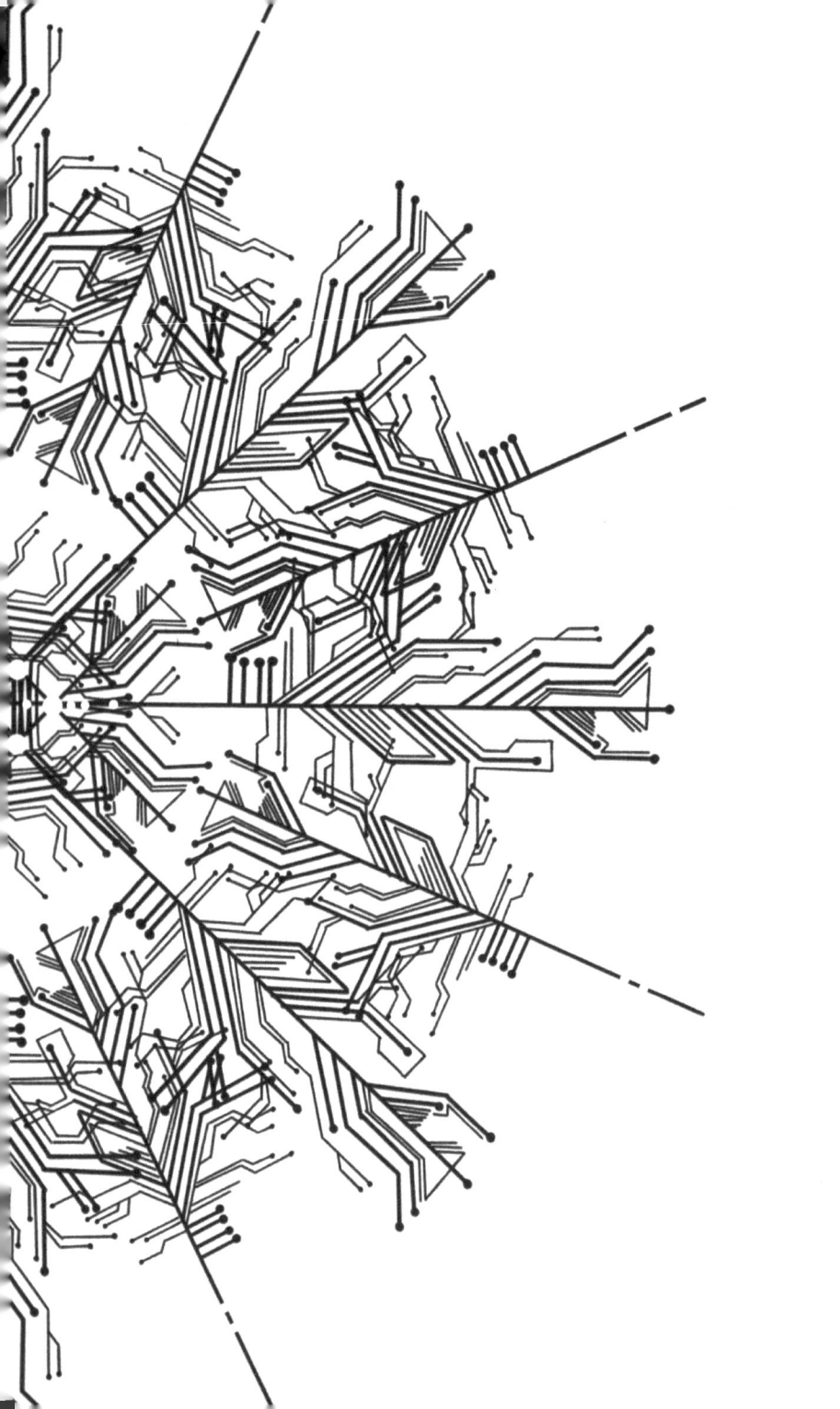

CONTENT NOTES

- Traumabewältigung
- Dissoziation
- Gewalt, teilweise auch gegen Kinder und Tiere
- Krieg, Tod, Blut, Folter, Kraftausdrücke
- Drogenkonsum und Alkoholmissbrauch
- Spritzen, erzwungene Verabreichung von Medikamenten und Betäubungsmitteln
- Parentifizierung
- Gaslighting (nicht nur von Irrlichtern)
- Extrem schlechtes Wetter